让-保尔·萨特

(1905–1980)

Jean-Paul Sartre

萨特文集
Jean-Paul Sartre

沈志明
夏玟
主编

戏剧卷 I

袁树仁 等
译

人民文学出版社

JEAN-PAUL SARTRE

Les mouches
©Editions Gallimard, Paris, 1943

Huis-clos
©Editions Gallimard, Paris, 1945

Morts sans sépulture
©Editions Gallimard, Paris, 1946

La putain respectueuse
©Editions Gallimard, Paris, 1946

Les mains sales
©Editions Gallimard, Paris, 1948

Le Diable et le bon Dieu
©Editions Gallimard, Paris, 1951

Simplified Chinese translation copyright
©People's Literature Publishing House 2019

All rights reserved

目　次

戏剧卷导言 …………………………………… 沈志明　1

苍蝇 ………………………………………… 袁树仁 译　1
隔离审讯 …………………………………… 李恒基 译　99
死无葬身之地 ……………………………… 沈志明 译　153
恭顺的妓女 ………………………………… 罗大冈 译　229
脏手 ………………………………………… 林秀清 译　269
魔鬼与上帝 ………………………………… 罗嘉美 译　415

戏剧卷导言

让-保尔·萨特的著作浩瀚恢宏，就文学领域而言，除诗歌外，几乎所有的门类和体裁都有不俗的表现。但就其反响之强烈、国际影响之深远（译为外文的数量之大和语种之多），当首推戏剧。他善于抓住当时世人所关注的重大现实问题，通过巧妙的戏剧构思和天才的戏剧语言，成功地运用人物形象传递举世瞩目的信息。因而他的每个剧本搬上舞台都产生过轰动效应。加之他的戏剧可读性极强，往往在上演的同时，剧本也在图书市场推出，观众和读者竞相争购，除了精装和平装，八个剧作全部以普及本出版，销售量大大超过他的其他著作。法国中学和大学的文学教材及各类教学参考书所选萨特作品，也以剧作居多。因此尽管时过境迁，除《隔离审讯》成为法国现代剧保留剧目外，他的其他剧作已不大有上演机会，但萨特依然属于少数拥有大量读者的剧作家，他的八部剧作至今仍是法国书店的常备书籍。

萨特具有戏剧天赋和演员性格，从小喜欢自编自演，不算少年和大学时期的习作，他的第一次戏剧尝试，是一九四〇年被关押在战俘集中营期间写的《巴里奥纳·雷之子》。他亲自执导，于圣诞节为所在地的战俘演出。这部神秘剧表面的主题是基督诞生，事实上是讲罗马人占领巴勒斯坦的悲剧。法国战俘看后心领神会，热烈鼓掌，在圣诞节之夜，默默响应着抵抗的召唤。萨特由此发现,真正的戏剧可以召唤世人,只要作者与公众置身共同的境况。这为他后来创造境况剧打下了坚实的基础。但此剧仅仅是一次尝试,结构及戏剧语言均不成熟,且因迫于形势,带有浓厚的神秘主义色彩。所以萨特后来一直不肯正式出版这部作品。为了尊重作者本人的意愿,我们没有把这部剧作收入本集。但除了萨特八个各具特色的剧作,我们还收入了他根据大仲马的《凯恩》改编的同名剧作。此剧于一九五三年十一月至一九五四年六月在巴黎上演,场场爆满,非常成功。后来还多次出版,并附有大仲马原著。尽管萨特宣布:"此乃根据亚历山大·仲马的作品改编,非让-保尔·萨特之作也。"① 但事实上,尽管萨特基本上保留了原著的主题思想,却将凯恩成功地改成了体现萨特思想的戏剧人物,深深打上了萨特的烙印,因而应当收入萨特的作品集。

萨特戏剧的魅力不在于故事的曲折、情节的跌宕起伏,而以人物的思想冲突和变化引人入胜,以崇高的理想和严酷的现实、绝对的主观和无情的客观之间的对立使读者产生激情。萨特戏剧的主题思想、历史背景、创作方法(《自由剧和境况剧》)和写作动机,作者本人早有清晰的交代,我们已择其要点译出,详见本《文集》第六卷"附录"(《萨特谈"萨特戏剧"》),在此无须赘述。

本文试图通过分析萨特戏剧来揭示引人注目的萨特思想。我们知道,萨特的文学著作始终贯穿着他的哲学思想,他的戏剧使其存在主义哲学走出书斋,与广大观众和读者直接沟通。萨特戏剧的主要人物随着萨特思想的嬗变而嬗变。《存在与虚无》(1943)、《圣热内,演员和殉道者》(1952)和《辩证理性批判)(1960)这三部重要著作标志着萨特思想的三个里程碑。《苍蝇》(1943)、《隔

---

① 萨特:《答让·卡利埃问》,见一九五三年《战斗报》。

离审讯》(1944)、《死无葬身之地》(1946)、《恭顺的妓女》(1946)和《脏手》(1948)主要涉及《存在与虚无》提出的几大主题：自由、自在和自为，真诚作弊，他人的目光，个人道德等。在表现自由观的同时，作者指出了妨碍取得自由的种种障碍。《魔鬼与上帝》(1951)则形象地表现了作者的善恶辩证观。萨特宣称《圣热内》最完整地解释了他的自由观，是《存在与虚无》和《辩证理性批判》的分水岭，以存在主义精神分析法揭示了让·热内如何从小偷变成诗人，如何从以恶为恶过渡到以善为善。《阿尔托纳的隐居者》(1959)体现了萨特的历史观，印证了萨特思想在《辩证理性批判》中已从心理视角扩大为历史视角：世人创造历史，同时历史塑造世人。总之，《苍蝇》《隔离审讯》《死无葬身之地》着重强调自由选择和实际效果之间的关系，而《脏手》《魔鬼与上帝》《阿尔托纳的隐居者》则把在道德和实效之间进行选择的必然性放到了最重要的地位。

下面我们重点选择五个剧作，揭示萨特如何通过戏剧人物形象来图解其自由观、人际观、行为观、善恶观和历史观。

一　俄瑞斯忒斯印证了萨特的自由观

在萨特心目中，自由是人类生存的本质。"一切理性皆通过自由得以问世。"[①]自由就是选择权和决定权。人人皆自由。人，生而自由，生存即自由。我们把这种与生俱来的自由称为绝对自由。唯有死亡才剥夺人的自由，因为死亡作为最终归宿，使人变成了物。在人类的生存中，对每个人来说，自由之门始终敞开。一个

---

①　《存在与虚无》，第543页，加利马出版社。

人若决定"当暴君或民主人士",他的选择是他整个身心使然。"彻底的选择与我们内心深处的意识融为一体"①。这种内心深处的意识本身就是自由,就是选择,就是命运。但,自由虽是我们存在的本质,却需要每个个体去创造,把自在自由变成自为自由,即把自在存在变成自为存在,这种转变行为,我们称之为极端个体主义。我们通过解剖《苍蝇》主人公俄瑞斯忒斯来揭示同期哲学著作《存在与虚无》所阐述的绝对自由观。

俄瑞斯忒斯突然来到阿耳戈斯城。他与悔恨交加,自暴自弃的全城居民相反,没有任何自卑自贱的情结。他,年轻,英俊,富有,成熟,摆脱了一切信仰的羁绊和奴役的桎梏,没有家庭、祖国、宗教、职业的牵挂,既"可以自由采取一切介入行动",又"可以永远不承担任何义务"——一个卓尔不群的人,甚至不屑报杀父之仇。然而他虽自由得像空气,却为无枝可依而烦恼。于是来到阿耳戈斯扎根,以便结束游丝般生活在空中的自由,做个平常人,"芸芸众生中的一员",脚踏实地,以平常心过真正平常人的生活。

但面对满城敌意,他不知所措。不过他以特殊的旁观者身份,很快看清了形势:朱庇特暗藏的神权威胁,胞姐厄勒克特拉的反叛,母亲克吕泰涅斯特拉的无耻,国王埃癸斯托斯的暴虐。总之,老百姓深受压迫和奴役,丧失尊严,生活在水深火热之中。不受"超自我"约束的俄瑞斯忒斯,一旦选择扎根阿耳戈斯和拯救庶民百姓,立即发现自身的存在和自由。

首先,他敢于顶撞朱庇特,不把神权放在眼里:自由人不信鬼神。朱庇特多次暗里明处施展神威都无济于事。面对自由人坚定的意志,神明毫无办法,因为神明只不过是人类思想的折射,不是

---

① 《存在与虚无》,第517页,加利马出版社。

真实的存在,纯系人类思想的产物,神权建筑在放弃自由的人们恐惧和怯懦的基础之上。难怪朱庇特叹道:"俄瑞斯忒斯知道他是自由的","自由一旦在人的灵魂中爆发,诸神便奈何他不得"。其次,为了拯救深陷凄惨处境的胞姐,为了让阿耳戈斯人民获得自由,他毅然杀掉国王,甚至处死生身母亲。为民除害和大义灭亲之后,他毫不后悔,因为一不为报私仇,二不想篡王位,确实出于崇高的动机。最后,他自认为崇高的行为得到了完全相反的结果,既遭到全城居民的唾弃,又引起胞姐的憎恨。但他并不后悔,自认为他引走苍蝇就标志着阿耳戈斯获得解放。他一个人承担一切后果,声称"要做没有领土没有臣民的国王"。

不过俄瑞斯忒斯的行为是否像他想象的那般高贵呢?否。虽然朱庇特软硬兼施均告失败,却不等于俄瑞斯忒斯获得胜利,充其量打了个平手。因为阿耳戈斯人民并没有真正得到解放和自由,他们仍然悔恨交加。甚至同情和怀念被杀的国王和王后。自由人把除害当作唯一的目的,一旦目的达到,后事如何,他就不管了,客观上把阿耳戈斯奉还朱庇特。后者定会安排别的国王,或许更暴虐。所以,俄瑞斯忒斯所赠与的解放和自由是大败笔,可谓"赢家成输家":阿耳戈斯人民只有依靠自己的力量和斗争才能获得真正的解放。相反,朱庇特倒是"输家成赢家",因为他依然是阿耳戈斯的至高至圣。

俄瑞斯忒斯拒绝朱庇特让他当国王的建议,证明他洁身自好,独立自主,宁愿自我设计,自造命运,但也着实表明他脱离群众,力不从心,改变不了任何人的状况和境况,甚至说服不了胞姐跟他一起逃跑,阻止不了她继续沉溺于悔恨。他非但不善于启发她的觉悟,相反一味让她隶属于他,以致被她骂为"窃贼"。因此,他所做的一切实际上是一种无所为而为的行为,即无意义的行为。不正常的孤胆英雄是一种没有价值的英雄主义。除了证明他"天马行空,独往独来"的潇洒外,剩下的依然只是他个人的自由。他返故里定居的目的没有达到,不得不再次背井离乡,浪迹江湖,像他最后讲述的传奇中的风笛手那样永远消失。

综观全剧,俄瑞斯忒斯违背了做平常人,跟当地人民打成一片的初衷。相反以超人的姿态为民众作秀,从自由的假想出发,上场为自由作秀;下场之后回到自由的假想。这样看来,他并不把解放阿耳戈斯人民真正放在心上,仅把人民当作他自我解放的机会或理由,当然得不到人民的认同。令人想起法国当年抗德分子的个人暗杀行动。由于他甘愿囿于自我孤立,他的一切行为必然导致失败,并以悲剧——即"恐怖分子的悲剧"(萨特语)告终。他辛苦追求自由一场,只写下一段"无用的激情"(《存在与虚无》结束语)的历史。他追求的自由越绝对,失败也越彻底。他的自由是为己的自由,其存在与他人无关,他人的利害也与他不相干。这种为己的存在,若不为他人谋福利,必将变成自在之物。这个道理,萨特本人后来才明白,我们将在下文论及。

我们批判绝对自由观和极端个体主义,并不等于说《苍蝇》没有积极的现实意义。相反,该剧于一九四三年六月上演,由闻名遐迩的杜兰执导。巴黎当时尚处沦陷时期,是黎明前最黑暗的一年。由于贝当不战而降,俯首听命于德军,法国人民心怀怨气。同时又颇有负罪感,唯有暗中企盼解放之日到来。《苍蝇》的演出,不言自明地发出了抵抗的召唤,适逢巴黎发生了暗杀德国军官的法比安事件,场内场外公众心照不宣,对《苍蝇》的演出反响更加强烈。以致当局对此剧很快下了禁演令。

二 "地狱即他人"印证了萨特的人际观

萨特在研究人的存在本体论时,把他人的存在(为他)与自为的存在(为我)置于同等重要的地位。个体的存在,哪怕最孤独的人,也离不开他人。因此"我"与"他人"的关系始终是萨特考察和研究的重要命题。萨特存在主义以研究自我为出发点,而自我,即自在和自为的那个个体,是以自由为本质的。那么两个或两个以上的自由人,即以自由为本质的个体发生关系,必然产生冲突:"冲突是为他之存在的原始意义",因为"我企图从他人的控制中解脱出来,他人也企图从我的控制中解脱出去;我力图奴役他人,同时他人也力图奴役我"。"一切于我有价值的于他人也有价值。"[①]我是他人注视和评判的对象,他人也是我注视和评判的对象。然而我不知道他人如何审视我,同时他人也不知道我如何审视他。故而他人的存在于我是一种永久的危险,反之亦然。因此人与人之间是互相审视、互相逃避、互相排斥的关系,但也是互相依存的关系。没有他人,我便失去依托和参照。总之,我既是主体也是客体。他人于我:"地狱即他人";反之亦然。我决没有资格说"天堂就是我"。

以上是萨特从本体论角度论述人际关系,但他的意思决非说人与人的关系始终恶劣,而是指那些囿于自在存在的人们——即被物化了的人们,他们运用别人对他们的看法和对他们的判断手段来认识和判断自己,结果完全依附于他人,因而度日如年,如受地狱之苦。萨特为《隔离审讯》安排了这类典型。

---

① 以上三句引文出自《存在与虚无》,第413页,加利马出版社。

《隔离审讯》是一部富有哲理意义的荒诞剧。三个死者,一男二女,进入地狱后,互相排斥,互揭隐私,明枪暗箭,斗得不可开交。加尔森,伊奈司,埃司泰乐,三个互不相识的人物偶然在地狱相遇,而且注定要永远待在一起受苦。这是一座特殊的地狱,既无刑具,亦无皮肉之苦,他们的炼狱只是日夜通明的灯光。他们不眨眼皮,永无睡意,始终保持清醒的头脑。因此他们无法逃避彼此的目光,亦无脱身之计,因他们已是死者,再也无法改变活人对他们的看法。这里的境况正好与《苍蝇》里的境况相反。俄瑞斯忒斯最终获得个人自由,而且对自己的所作所为承担全部责任;而《隔离审讯》中的人物相互撒谎,自欺欺人,他们无法选择自由,无力选择自由,甚至不敢选择自由。他们永远孤独无援,并注定待在一起互相折磨。

加尔森是逃避兵役的叛徒,伊奈司是造成三个人非正常死亡的同性恋者,埃司泰乐犯有溺婴罪。但当他们互相讯问为何来到地狱时,各人对自己的问题或闭口不谈,或避重就轻,或妄加粉饰(如加尔森吹嘘自己是个高贵的和平主义者)。他们仿佛仍活在人间,在进行社交性谈话。直到伊奈司指出他们"都是杀人犯……从来不会平白无故地把人送进地狱",这才互揭面纱,凶相毕露,狗咬狗般恶斗。接着仍由伊奈司点破这场互审的性质:"咱们每个人都是其他两个人的刽子手。"

懦夫加尔森害怕被揭短,建议三人保持缄默和互不干扰。两女士同意了,但埃司泰乐下意识地拿出粉盒和口红,涂脂抹粉需要镜子,实际是她需要用镜子来确认自己的存在,需要自我欣赏和被人欣赏。同性恋者伊奈司乘虚而入,自告奋勇用眼睛替代镜子,对她百般引诱。但埃司泰乐觉得伊奈司的眼珠照出的自己太小了,于是频频向加尔森送秋波,甚至明言希望获得加尔森的爱恋。这就引起伊奈司的嫉妒:男性在场本身就是对同性恋者的侵犯,互不干扰是决无可能了。

加尔森为洗刷自己,对埃司泰乐表现得冷淡无情。面对两名刽子手,埃司泰乐真的生气了。加尔森于是建议和睦相处,互相帮助,但伊奈司声称不需要帮助。加尔森听任伊奈司纠缠埃司泰乐,无奈后者感兴趣的只是男女情爱,伊奈司又一次失败了。面对加尔森和埃司泰乐的爱情闹剧,伊奈司一时无计可施。幸而她很快发现,加尔森之所以接受埃司泰乐,仅仅是为了从他人口中听到美化自己的看法。于是伊奈司揭露埃司泰乐为了与男人厮混,什么谎言都说得出口。加尔森转而企图说服伊奈司相信他不是懦夫,当然又碰了钉子。就这样,三角矛盾越搅越复杂,进入恶性循环。最后加尔森恼羞成怒,愤而敲打地狱之门,企图摆脱这两个女人。不料一阵寂静之后,牢门突然洞开,吓得叶公好龙的加尔森裹足不前,在两个女人面前充分暴露出懦夫的本性。

剧情铺展至此终于点题:加尔森三十年来梦想当英雄,并一再重申当英雄的愿望,伊奈司一针见血指出:"只有行动才能断定人的愿望。"加尔森诡辩道:"我死得太早。人家没给我留下时间让我拿出行动。"伊奈司进一步批他:"结束了的一生就是你的为人,除此之外,你什么也不是。"一言定性。加尔森气急败坏地骂道:"毒蛇!"他以谩骂认输之后,前去抚摸铜像,无奈地像铜像那样做个物件,任人审视,遭人唾骂。具体而言,就是继续忍受两个女人的折磨:"那就这样继续下去吧!"

由此作者得出结论:"地狱即他人。"我们根据《隔离审讯》可以理解此话有两层含义:其一,很多人囿于陈规陋习,苦恼于他人对自己的定见,但又根本不想改变,更想不到砸碎地狱去获得自由。这样的人如同死者,并甘当死者。其二,一旦当上懦夫,没有任何东西可以改变这一事实。不管人的主观愿望如何,决定人的价值的是他自身的行动,而人不仅有行动的自由,也有以行动改变行动的自由。萨特说:"不管我们处在什么样的地狱圈内,我想我们有砸碎地狱圈的自由。如果有人不这么做,他们就是自愿待在里面,归根到底,他们自愿入地狱。"(参见《萨特谈"萨特戏剧"》)

三 雨果的极端行为印证了萨特的行为观

如上所述,俄瑞斯忒斯怀着崇高的动机,大胆投入极端的行动,结果事与愿违。这是绝对自由观导致的失败。想当英雄的加尔森堕落为叛徒,被人处决却死不认账,这是自欺欺人、真诚作弊的可耻下场。可见行动在萨特伦理观中起着极其重要的作用。萨特认为,人只能通过其行动才得以自我塑造。他指出:"一个人仅仅是一系列的行动,是构成这些行动关系的总和、组合、整体。"[①]既然我们注定是自由的,那就应该用我们的行动来证明我们是自由的。而且,我们所完成或未完成的一切行动应当成为所有人获得自由的模范行为。比如《死无葬身之地》中被捕入狱并经受拷打的抵抗运动积极分子,他们虽然是真实存在的,但对我们而言,已成为神话。萨特自问:"难道我们自己在严刑拷打下也能坚持下来吗?那是关于体力耐抗的考验,不是什么挫败大历史的诡计和揭穿异化的陷阱。一个被严刑拷打的人,他怎么办?招供抑或拒绝招供,这就是我称之为英雄主义的经历,对我而言,是一种未亲身经历的英雄主义。"为此必须引天下为己任,不惜牺牲一切,乃至自己的生命。这便是战后萨特在否定自己的绝对自由观时的

[①] 《存在主义是一种人道主义》,第58页,拿吉尔出版社。

伦理观。他抱着这种理想主义着手创作《脏手》,不料剧本上演引起轩然大波,这才发现自己从一个极端跳到了另一个极端。

《脏手》从本体论角度揭示存在主义的行为观。在萨特戏剧里,行为不是普遍人性的产物,而是人物的自由创造;且不是工匠式的创造,而是署名的艺术创造,即唯一的、不可替代的、有个性的创造。萨特认为,人在完成一个个行动的同时一步步创造自己的本质。他十分清楚行动观念极其复杂,但仍把重头戏——悲剧事件——或放在行动抉择的艰难阶段,或放在行动失败后人物不知所措之时。因此,与其说萨特戏剧展现人物的行动,不如说探索人与其行动之间各种不同的关系。不幸,人与其行动的关系几乎是永远难以弄清的问题:"我们总把握不住我们行为的后果,因为一切周密安排的事情,一旦得以实现,立即进入天理人情。"①时过境迁,就不属于我们自己了。

《脏手》的主线是雨果和贺德雷的对抗:未谙世事的青年和饱经沧桑的壮年的对峙,即千方百计采取行动向自己证明自身存在的弱者和不择手段追求效果而不怕弄脏双手的强人之间的对立,前者求纯洁认死理,后者讲灵活求实效。

雨果毅然与资产阶级家庭决裂,加入共产党。他在地下党内的化名拉斯柯尼科夫,是借用陀思妥耶夫斯基的《罪与罚》中主人公的名字,此名的俄语含意是叛逆者,造反者。他以杀手的名字自喻,可见入党动机不纯,却又想在革命政党内追求纯洁。这说明他一开始就错了,失败是必然的。他抱着出身不好的自卑感,竭力表现自己革命,求战立功心切。况且他感到党内同志对他不信任:资产阶级出身的新闻记者很难叫人信任嘛。他很苦闷,脱离了资产

---

① 《辩证理性批判》,第150页,加利马出版社。

阶级又不为无产阶级所接受,悬在两个世界之间,度日如年。他渴望行动,要求考验,幻想以暴力行为来抹去父亲的阴影和不好的出身,从而得到同志们的认同。但谁都不把他当回事。后来因任务急需,加之他的保护人和情妇奥尔嘉竭力推荐,上司路易终于把他派到党的高级领导人贺德雷身边当私人秘书。任务是接近贺德雷并将其暗杀。雨果兴高采烈,人家总算重视他了,而他根本不考虑其使命是否正当、正确。

出乎他意料,贺德雷表示接纳他、信任他,并明确告诉他,入党并不一定必须受贫困驱使,每个人有各自的具体情况。雨果大受感动,觉得贺德雷是实实在在的人,言行一致的人,乐于助人的人,没想到贺德雷竟乐意帮助他成长。于是他暗杀贺德雷的意志动摇了。一星期的期限糊糊懂懂地过去了,这时他亲眼看见贺德雷跟当权派卡尔斯基和保尔亲王会晤,私下达成建立抗德联合阵线的协议,雨果认为这无疑是破坏党的纯洁的背叛行为。他盛怒之下,大声斥责贺德雷背着党搞交易,正当他准备掏枪射击时,炸弹爆炸的一声巨响粉碎了窗玻璃。贺德雷奋不顾身把雨果摁倒在地,使他免于受伤。

这次爆炸明显冲雨果而来,同志们一周来未见他有所行动,已经对他产生不信任了。雨果出于自尊,决心立即投入行动。但经过与贺德雷正面交锋,雨果被贺德雷驳得无言对答。贺德雷一针见血地指出,雨果入党是为了个人灵魂得救,就像参加教会,为了摆脱无聊的孤独而追求绝对理念,他并不想改变世界,只想把世界炸个粉碎。"想与世人沟通的资产阶级青年,行动就是目的,就是说通过行动来实现沟通。这样,事情被颠倒了:为了自救而行动,就得选择一个目的来行动。"① 贺德雷正相反,先选择目标而后行

---

① 《冒险家肖像》,收入《处境种种》第六卷,第13页,加利马出版社。

动。这样，效果便成了一切行为的基本准则："只要有效，一切手段都是好的。"为此不惜弄脏双手、不惜说谎，兵不厌诈嘛……就在两人交锋的过程中，雨果的妻子捷西卡爱上了贺德雷，并将雨果担负的使命通知了贺德雷。贺德雷得知雨果是党内教条主义者派来的杀手，非但没有敌视他，反而启发他独立思考，自己作出选择和判断。正当雨果拿定主意放弃暗杀任务，接受贺德雷领导时，却撞见妻子倒在贺德雷怀里。他大吃一惊，顿感五雷轰顶，以为贺德雷种种宽宏大度的表现都是为了自己的妻子。他不假思索地开了三枪，贺德雷在咽气前只来得及对自己的警卫说出一句话为雨果开脱。蓄意的政治谋杀被解释为情杀，雨果被判入狱三年。

雨果在狱中始终思想混乱，理不清自己究竟出于何种原因刺杀贺德雷，也无法判断自己的行动是否有意义。在此期间，党的政策变了，那些命令杀害贺德雷的人如今采纳了贺德雷的路线。贺德雷恢复了名誉，成了光荣的烈士。雨果坐牢时，已经有人送去一盒含毒药的巧克力糖，他侥幸未吃，所以出狱后成了对组织构成威胁的活口，必须除掉。奥尔嘉千方百计说服路易重新接纳雨果入党，并劝雨果改名换姓，把刺杀贺德雷一事作为情杀彻底忘掉。

这时雨果才恍然大悟，意识到他的行为从主观到客观都毫无意义，只剩下自杀来挽回面子。于是他朝自己冷静地开了一枪，结束了毫无意义的一生。他以为可以通过自杀的"壮举"来否定情杀的结论，以死来承担自己行为的后果，但这不过是他最后一次幻想，因为革命党人认为，他的自杀行为正好说明他是不可挽救的混入革命队伍的投机分子。总之，雨果一贯囿于理想主义，把道德和政治混为一谈，他的伦理观和善恶观阻碍他接受实践论、效果论，导致他处处碰壁，事事失败。

四　格茨的为恶而恶、为善而善印证了萨特的善恶伦理观

　　《魔鬼与上帝》从伦理角度讲可以说是《脏手》的续篇,格茨是雨果的延伸,尽管这两个人物生活的时代相隔四百多年,地点从法国移到了德国。如果说《魔鬼与上帝》以人物形象表明萨特的伦理思想,那么同时期的《圣热内,演员和殉道者》则以传记和评论来阐明他的伦理观念,尽管不成系统。换言之,格茨以文学形象再现了让·热内,以形象语言表达了萨特的善恶伦理观,因为格茨像让·热内一样在恶与善中寻求绝对。

　　格茨是贵族母亲和农民父亲的私生子。在处于瓦解中的封建社会,他客观上象征恶行。每个阶级内部等级森严,尤其贵族阶级内部。男人作孽,可以赎罪;女人犯下过失却世代遭人咒骂。格茨是由母亲犯罪留下的孽种,不仅遭到爵爷们唾弃,也受到百姓的诅咒。以他这样的身份、境况,很难安身立命,他永远是他人蔑视和憎恨的对象。为了抵抗厄运,他别无选择,只能以牙还牙,憎恨世人。他注定作恶。

　　大写的"恶"成了他生存的依据,他通过作恶来证实自己的存在。而且作恶越多越感到有生存价值,正如《苍蝇》中厄勒克特拉所言:"必须以暴力医治他们(世人),只能以恶治恶。"于是格茨奸同鬼蜮,行若狐鼠:烧杀奸淫之后,又摧毁一座教堂,借以完成绝对的恶。他甚至吹嘘杀兄是他最美的声誉。"恶人应当为恶而恶,因为善抢在恶之前了。"[1]格茨以恶魔化身自居,自以为所向披靡,

---

[1]　《圣热内,演员和殉道者》,第77页,加利马出版社,1952年。

无与伦比。这个恶魔认为唯一配得上跟他较量的对手只有上帝了。他向上天挑战:"我杀了兄弟,喂,天老爷,你能拿我怎么样?"他以为冒犯上帝,就能迫使上帝显灵,出来跟他较量一番,因为他需要上帝来确认自己的存在。可上帝保持沉默,无动于衷,根本不理他。

必须说明,萨特有关魔鬼与上帝的命题与宗教毫不相干。"上帝"一词的含义,他采用了斯宾诺莎的观点,即上帝是统治宇宙的一切自然力及其产生的现象之总和。上帝并非从外界而是从内部支配人类,以致每个人都是独特的个体,有别于他人,恰似树叶、雪花,过去,现在,将来,都不相同。每个人作为自然的一部分在偶然的时间和地点出世,又偶然地离世。所不同的是,人有自我意识、理性和想象力,身在自然中,又与自然隔膜,孤独无援地生活在与一切生物共享的天地中。人有思想,且不能摆脱思想;正像有躯壳,且不能摆脱躯壳。人甚至能想象自身的终结:死亡,因而不断产生焦虑、恐惧。

为此,格茨更焦虑、更着急了,上帝越不理睬,他就越瞧不起自己,就越想作恶,甚至不惜摧毁人们最珍视的爱情,做个纯而又纯的魔鬼。他宣布与爱情不共戴天,对爱他的卡特琳娜极尽凌辱之能事,命令她充当兵营娼妓,打算把她抱到他母亲的床上做爱,报复母亲生下了他这个"杂种"。可见他的暴行和仇恨恰恰是得不到爱和不被世人接受的绝望的反抗。谁都不爱他,自然他也不爱任何人,甚至不能忍受卡特琳娜含情脉脉的眼光。他喜欢背叛,因为他是背叛的产物,甚至乐于吹嘘背信弃义。一切的一切,他都反其道而行之。

唯利是图的银行家富克尔问格茨为何执意毁城?这样做有何好处?"因为大家都要我赦免沃尔姆城,"格茨回答,"旁人作恶出于淫欲或私利,而我,为作恶而作恶。"格茨非但不为自己作恶感到羞愧,反而以此来炫耀。萨特指出:"作恶的经历是王侯的'我思'(笛卡儿语:我思故我在),这种'我思'显示意识相对存在有其独立性。我希望成为巨兽,成为飓风。人的一切与我无关,我违反世人制订的全部法律,我践踏所有的道德标准。没有什么能够限定或限制我。但我存在,我将是消灭一切生命的寒流"①。然而,这一切都是幻想,幻觉。

因为,"恶不是目的,而只是手段,归根结底,两害相权应取其轻"②。绝对的恶,恰如绝对的自由,是不存在的,是不可能实现的,是与人本身不相容的。况且,正如纳斯蒂所指出,格茨的暴行只对大贵族有利。一语中的,格茨立即承认:"这么说,我做了与我愿望相反的事情喽。"是的,除了他一个人承担恶行的全部责任外,他没有改变任何东西,只能使穷人更穷,富人更富;除了被别人利用和留下恶名外,他什么也不是。"月亮不是你的,大傻瓜;你撕打,却让贵族们渔翁得利",纳斯蒂对他说。确实,除了确认自己的存在,为恶而恶毫无意义,纯粹是无所为而为的行为。最后,这个作恶的小丑,如纳斯蒂所说,原地打转,害了他自己。

萨特指出:"既然恶的主观标准是引起恐怖,恶人知道,最大的恶行也是给他自己造成最大痛苦的行径。热内背叛朋友时曾承认:我的背叛给我造成无比的痛苦。"③是的,格茨杀人放火,大闹乾坤,"反认他乡是故乡","到头来都是为他人作嫁衣裳"。他厌倦了,腻烦了,动摇了。于是纳斯蒂乘虚而入,点出作恶和行善在于一念之差:"放下屠刀,立地成佛。"这时副官前来报告,攻打沃

---

① 《圣热内,演员和殉道者》,第221页,加利马出版社。
② 同上,第175页。
③ 同上,第178页。

尔姆城的一切准备就绪,只等他下令。格茨心慌了。这位沉湎于纯粹性和独立性的统帅,作恶也罢行善也罢,做抉择时同样心绪不宁。

中世纪的人多半很迷信,格茨也不例外。他一直暗暗地、焦急地等待上帝向他显灵,但上帝不理会他,只派了几名使者跟他周旋。所谓使者,就是富克尔,海因里希,纳斯蒂,卡特琳娜。他们看出格茨执意作恶,钻进死胡同,便告诉他作恶不是什么了不起的事情,作恶者大有人在,而且不像他那般虚张声势、大吵大闹。难就难在行善,做善事在世上是办不到的。教士海因里希激将道:"上帝的旨意是世无善。"此话击中格茨要害。既然纯粹的恶既单调又无效,必然导致失败,不如行善,况且上帝说世无善,与上帝交锋的良机来了,格茨偏要做些善事给上帝看。

此处主观的、臆想的绝对性再明显不过了:倘若上帝存在,倘若世间人人作恶,那就意味着上帝不许世人行善。格茨找到了挑战上帝的借口,于是对海因里希说:"你错了。你告诉我,行善是不可能的,那么我打赌我将行善,因为这是保持我与众不同的最好办法。我以前是罪犯,现在我要洗心革面,放下屠刀。我打赌要当圣人了。"一念之间,他决定行善,以示向上帝挑战。他非但收回毁灭沃尔姆城的命令,而且下令把土地无偿分给农民。他行善的决定不仅立即受到贵族的强烈的反对,斥责他"成为德国贵族的掘墓人",甚至他以前的雇工卡尔也敌视此举,这位虚无主义者认为受到了空前的侮辱。更使格茨吃惊的是,革命首领纳斯蒂也反对他的计划,劝他留下土地,好好经营管理,增加财富,因为分配土地会过早触发农民的暴动,并终将遭受镇压。他向格茨耐心解释,需要准备七年方可举行圣战,在此期间,格茨的土地可以用来做庇护所、集训地。

但格茨不听劝告,他决心在年内建立太阳城邦,让广阔的大地充满幸福、爱情和德行。他讨厌上帝和世人利用他,但他想利用上帝作工具来实现他的理想,声称:"上帝要我发出耀眼的光辉……"一语道破他想当圣人。原来他急于把农民从水深火热中拯救出来,是为了他自己得救,就像雨果为了所谓的原则,不惜炸毁世界。格茨一百八十度的急转弯很快引起不良的后果。农民先是不理解他的举动,接着果然引起农民的暴动。在农民起义军屡遭败北的情况下,纳斯蒂恳求格茨指挥农民军打几个胜仗,以迫使贵族与之媾和。格茨却拒绝暴力,前往农民军中宣讲"叛乱等于自杀"。他以救世主的口吻说:"我下到世人中间是为了拯救和平。"但农民不信任他,他苦心经营的太阳城也被农民军烧毁。居民全部被杀。原因是他们拒绝加入暴动。走投无路的格茨再次求助上帝,上帝仍然保持沉默,他莫名惊诧:上帝不理会恶人可以理解,难道对善人也无动于衷吗?黑夜,寂静,孤独。就这样,他成了全德国最受憎恨的人。格茨遭到彻底的失败,不得不离群索居,过着苦行僧的生活,以饥饿折磨自己,还让唯一从太阳城逃出来照料他的希尔达鞭打他。

打赌一年的期限到了,海因里希来找他结账,一一列举他的罪状,层层剥开他的画皮:格茨把土地恩赐给农民,但土地原本不属于他,顺水人情而已;农民得到了土地,但根本保不住。贵族轻而易举又将土地夺回。结果,农民仍然没有得到土地,人心倒给搅乱了。格茨只不过扮演了一回救世主的角色,并知错不改,拒绝充当农民军首领,导致农民军的失败,两万五千人被杀。他应当对叛军失败负责,行善一年造成的罪孽超过他三十五年作恶。

他还是他,根本没变,换了个角色变了些言辞,上演了一场又一场自欺欺人的悲剧。他承认自己是个蹩脚的演员,也乐意承担一切责任。但他对海因里希说,无论作恶或行善,都没有上帝的支持和阻拦,一切与上帝不相干。这么说上帝不存在,没有天堂,因此也没有地狱,只有生活在地球上的世人。一心想让格茨忏悔的海因里希听了气急败坏,盛怒之下,企图掐死格茨。格茨出于自卫,一刀捅死海因里希,从而结束了行善的闹剧。

这样,绝对的恶和绝对的善都失败了,那是注定的,必然的。格茨不得不放弃或当魔鬼或当圣人的伦理之战,加入充满谎言和妥协的政治斗争,当一名普通战士,为有限的目标拼搏。但纳斯蒂不需要普通战士,而急需指挥官。当了三十六年指挥官,换言之,体验了三十六年孤独的格茨,一心只想做个平常人,以平常心做平常人。纳斯蒂反驳道,首领也是平常人,并非圣贤,但必须忍受孤独。

格茨终于明白什么是局限,便同意了指挥叛军。有个头目不服从他指挥,立刻被他当众处死:没有纪律便没有军队,没有服从便没有纪律。他以实际行动接受指挥战争:"既然有这场战争要打,我就打这场战争。"是否打得赢?剧终了,谁都回答不了。即使请教萨特本人,他大概也会说不知道。反正输赢不重要,管它呢!重要的是,格茨从此不再为恶而恶、为善而善了,他终于走上从实践中探寻真理的道路。他总算比雨果前进了一大步。虽然从德国历史来看,那次规模宏大的农民起义最终还是失败了,败得十分凄惨。

五 弗朗茨的肆无忌惮和无能为力印证了萨特的历史观

《苍蝇》《脏手》和《魔鬼与上帝》三剧中,理想主义的伦理家和实用主义的活动家之间的对峙最终有利于后者,并非因为占上风的后者正面地、积极地结束剧情,相反是为了衬托俄瑞斯忒斯、雨果和格茨这些萨特式人物的失败。总体上讲,三剧涉及个人危机及个人与个体或群体的矛盾,而《阿尔托纳的隐居者》则在《辩证理性批判》的思想指导下写成,企图表现人与历史的关系,确切讲,人对历史的无奈。"世人不仅做不到想做的,而且要对自己的现状负责。"①就是说,世人非但阻挡不了历史的进程,反倒要对历史的步伐负责。

格拉赫一家的内部矛盾实际上反映了德国、欧洲乃至世界战后的矛盾,即每个人对那场浩劫的历史和战后的世界应抱什么态度。弗朗茨为什么自我禁闭起来?怕受司法审判吗?不,其父的势力和地位可以轻而易举地使他逃避任何审判,然而却无力阻止他自我审判。父亲代表宣扬德行却不身体力行的老一代;弗朗茨则体现主张言行一致的不妥协、不通融、咄咄逼人的新一代。但新老两代都很主观,都以为选择离群索居是最自由的生活方式。剧中马丁·路德象征性地被视为弗朗茨及其一家失败的罪魁祸首:"他(弗朗茨)是个小清教徒,路德的受害者……";"格拉赫一家都中了路德的毒,这位先知先觉的人使我们傲气十足",使他们狂傲,自以为君临尘世,自以为他们每个想法都是放之四海而皆准的真理,每个批判都绝对正确和普遍适用,自以为他们的思想可以改变世界、改造世人、创造历史。

他们错了。"不是思想改变世人,一种立场,仅知其原因,还

---

① 《处境种种》第二卷,第27页,加利马出版社。

不足以消除之,必须亲自体察,把它与其他种种激情相对比,锲而不舍地与之斗争,简言之,磨炼自己。"①人的意志不管有多么坚强和巨大,只能根据现有形势的客观架构来创造历史。"在这层意义上,历史是全人类一切活动固有的结果,在世人看来,仿佛是一种外来的力量,如果他们在最后的和客观的结果中认不出他们自身活动的意义。"②

弗朗茨在路德教传统中长大,是地地道道的唯心主义幻想家,一旦接触实际就处处碰壁,必定失败。行善也罢,作恶也罢,隐居也罢,都事与愿违,一事无成。他出身的家庭属德国大实业巨富,第二帝国时期被封为贵族,拥有特大的造船厂。祖辈世代身兼企业家和造船主,父亲独揽大权,专横跋扈,宣称能对付一切、安排一切、包办一切。

战时父亲将一片土地卖给希姆莱建造集中营。弗朗茨看到俘虏的非人境况,气愤之余,也对俘虏们丧失人格尊严大感不解。他认为父亲把土地卖给希姆莱是不道德的行为。为了替格拉赫一家赎罪,他把一名在逃的波兰犹太人藏在自己的房间里。

格拉赫家的司机是暗藏的纳粹分子,一直监视他们的行动。他发现了弗朗茨的举动,立即开车去告密。父亲感到事情严重,抢先给戈倍尔打电话,请求宽恕他儿子和饶恕俘虏的性命。然而纳粹党徒却当着弗朗茨的面处死了犹太人。看在老格拉赫面上,弗朗茨没有受到惩罚,但立即被送往前线当兵。这是弗朗茨生平第一次受到精神创伤,而且是由他所钦佩的父亲造成的。他倒并非为死者感到内疚,而是为不能对自己的行为负责而感到屈辱。他是家中的长子,生就的继承人,未来的大企业主,现在却意识到自

---

①②《辩证理性批判》,第20页,加利马出版社。

己无权无势,无足轻重,对一切都无能为力。

弗朗茨的脑袋恰似肥皂沫罐,生产泡沫形象。他参战时,父亲的形象虽像肥皂泡似的破灭了,接踵而至的却是一圈比一圈大的希特勒形象。他对权势的迷信越来越深,在他眼里,希特勒代表德国,捍卫希特勒就是捍卫德国。这样,他的命运与战争、希特勒以及德国紧紧连在一起了。不论他投入战争的初衷如何,历史终于把他造就成一名法西斯走卒。过去被他视为无耻的种种暴行,如摧毁村庄,屠杀无辜,严刑拷问俘虏和百姓等,他都不由自主地做了。一时间,他陶醉于至高无上的权欲之中。但一待红军反攻,他的部队全军覆没。他只身逃脱,幸免一死。这次不仅是他个人失败,而且是集体失败。似乎死神有意嘲弄他,偏不让他死,不让他一了百了,用他的话来说:"我追赶死神,可运气不好,死神比我跑得快。"弗朗茨穿越疮痍满目的地区,从苏联、波兰回到德国,回到父亲身边。

他还没来得及估量战争的含义和预测战争的后果,又发生了一起事件,表面上看似乎微不足道,对他则有决定性意义。有一天,他胞妹莱妮挑逗一个美国兵,惹得美国人欲火中烧,企图强暴。弗朗茨赶来救援。莱妮随手操起酒瓶,砸到美国人头上。弗朗茨出面承担责任,声称他打伤了美国人。父亲再一次出面打点,大事化小,息事宁人,好像什么事也没发生,弗朗茨再次意识到自己的渺不足道和无能为力。这对他是致命的打击。他发现父亲正在重振昔日雄风,战败反倒带来更大的繁荣。这么说来,恶是有利可图的喽。他一向为善而善,为恶而恶,面对自己从失败到失败的境况,更深地陷入谜团;"邪恶,这是唯一的原材料。人们把它送进我们的提炼厂加工。善良就是最后的成品。其结果:善良变成邪恶。但别以为邪恶能变成善良。"

他不愿意看到德国战后重新崛起：如果德国再次繁荣昌盛，他，弗朗茨，就永远是个战争罪犯，就证明他为实现希特勒鼓吹的军事王国而效的犬马之劳付诸东流了。于是他决定采取鸵鸟政策，闭眼不看现实，从此他把自己禁闭起来，与世隔绝，拒绝见父亲，只许跟他有乱伦关系的妹妹莱妮上楼伺候他。他自编神话，自我膨胀，自欺欺人，千方百计使自己相信，战败已成为无可挽救、无可弥补的灾难，而唯有他，自成一统的隐士能挽救德国的历史价值和阻挡历史前进的步伐。他为此站岗放哨，坚决拒绝犯罪感，声讨集体犯罪的理念。他声称德国虽然战败，酷刑和谎言虽然无用，但坚决主张为纳粹德国辩护，同时也为自己推卸罪责。为此他创建螃蟹法庭，以便得到过度补偿。他以民族和世纪的先知自居，为千秋万代作证。弗朗茨装疯卖傻，转移问题的性质，颠倒犯罪者和受害者的位置，胡说纳粹德国不仅无辜，而且是这场战争第一个受害者。所以，他只愿看到废墟、破产、贫困、饥馑、受伤、死亡。只有山河破碎，民不聊生才能证明他在战争中的作为具有正义的性质。

总之，他隐居是为了逃避现实，为了看不见祖国的复兴，也为了逃避自己的罪责。就这样一住十三年，胡说八道了十三年。其间，弗朗茨弄虚作假，戏弄历史，把自己打扮成英雄，身上戴着十二颗战争荣誉勋章，其实是一打巧克力糖章，时不时偷吃一粒，为自己庆功。唯有父亲理解他这种自我逃避实际上比面对现实更加痛苦，因此到了第十三年，当父亲知道自己身患绝症，即将辞别人世之际，便决心采取措施结束这场悲剧。父亲巧妙地怂恿次子的妻子，过时的明星尤哈娜打进弗朗茨封闭的天地，试图通过尤哈娜把弗朗茨拉回到现实中来。哪知一生只追求虚荣的尤哈娜与弗朗茨一拍即合：弗朗茨企图在尤哈娜眼里树立战争英雄的形象，而尤哈娜则希望弗朗茨承认她有永恒的美貌。这对渴望绝对观念的男女,决定心照不宣地互相吹捧,编织谎言,以便挽救各自的失败:战场的败将与陨落的明星同做英雄美人的美梦。

但莱妮不能容忍尤哈娜进入弗朗茨的生活,她轻而易举地打破了他们的美梦:一方面向尤哈娜揭露弗朗茨是个罪人,曾严刑拷问俘虏;另一方面给弗朗茨送上一份报刊,上面刊登着系列文章,赞扬"工商巨头重振了德国",并论资排辈,把格拉赫家族排在榜首。莱妮一箭双雕:弗朗茨的谎言王国顿时冰消瓦解,事实胜于雄辩,德国重新繁荣昌盛了;尤哈娜对他的崇拜和爱情立即化为憎恨和厌恶。弗朗茨彻底失败了,没有必要再继续隐居,于是他同意下楼,回到现实世界。

在弗朗茨看来,父亲应对他的一切负责,罪责难逃。他对父亲说:"我是施刑者,您是揭发者。"迫使父亲承认有罪,谁也不要审判谁,父子俩清账了,扯平了。身患癌症,大限将至的父亲心领神会,况且现代大企业已掌握在技术管理人员手里,像他这种老一代企业主已无用武之地,生活还有什么可留恋的呢?他承认:"有罪的只是我一个人,我承担一切罪过。"弗朗茨觉得此话中听,于是同意跟父亲一起自裁。父亲以自己的形象创造了心爱的儿子,这儿子必然是个无用的影子,本体消失,影子跟着消失。"您是我的起源,也将是我的归宿,咱们善始善终吧。"——"我生了你养了你,现在我将毁掉你。我的死包括了你的死,最终其实是我一个人去死。"一语道破弗朗茨什么也不是,一生毫无价值,从激情到激情,即便圣洁,也只不过是"一股无用的激情"。这样,全剧以父亲和长子自杀及莱妮上楼代替哥哥隐居而告终。

《阿尔托纳的隐居者》揭示的世界是个历史塑造人的世界,在这样的世界里,世人是历史的客体。暴力、酷刑、战争是客观现象,谁也逃脱不了。施刑者不一定全是虐待狂,而是社会的产物和工具。大家都逃避承担暴力的责任,主子和奴才,自由和必然结成奇怪的一对。弗朗茨既是战争的同谋,又是战争的受害者。他象征性地代表受害者和刽子手奇怪的结合,同时体现世人的真诚作弊。格拉赫一家的失败正是世人共同的失败,本时代的失败。我们大家都将受到历史及其"螃蟹们"的审判。但战后的世人正在觉悟中,朝着人将成为历史主体,即人创造历史的方向前进。这就是《辩证理性批判》留下的信息。

以上论述足以证明钱锺书先生提及萨特等人时的那个论点:"盖文艺与哲学思想交煽互发,转辗因果。"①我们已经充分见出萨特式人物的艺术形象确实随着萨特哲学思想的嬗变而发展变化。他们不仅以文学形象图解萨特思想,而且常常是作者的投影,反映萨特本人的行为轨迹。我们知道,哲学家萨特给自己规定的使命是认识世界、思考世界、解释世界、寻求和研究与现象相对立的"自在之物",不管这种"自在之物",如康德所说,是不可认识的,还是如马克思所言,只是尚未认识的,反正他把第一部哲学巨著定名为《存在与虚无——试评现象学本体论》,即从本体论的角度去认识世界。这是非常艰难的使命,因为刚开始认识世界时,他的思想已经不由自主地形成了。他说:"我实际是一件文化家产,文化浸透了我,我以文化的光辉反射着家庭,如同傍晚的池塘反射着白日的炎热。"②出身书香门第的萨特受到典型的法国小资产阶级文化熏陶,所幸他很早就觉悟到,要正确认识世界,必须首先认识自

---

① 《致胡乔木》,见《钱锺书散文》,第422页,浙江文艺出版社。
② 《文字生涯》,第36页,加利马出版社。

己、批判自己。所以他投影于笔下的人物,让他的人物体现他的追求:"我按自己的形象塑造我的人物,并非原封不动地照搬我的形象,而是按照我渴望成为的形象加以塑造。"①更难能可贵的是,他对自己塑造的形象(在某种程度上讲也是他自己的形象)始终采取批判的态度,甚至不惜与出身阶级和所受的文化熏陶决裂:"由于我们自己属于资产阶级,我们体验了资产阶级的焦虑,我们的灵魂是分裂的,但既然心中不快的本意是想摆脱不幸的状态,况且我们不再可能一蹴而就地解脱,同时不得不披上寄生贵族的外衣,因此我们必须成为资产阶级的掘墓人,哪怕冒着与之同归于尽的风险。"②这段文字道出了萨特思想的社会背景和嬗变趋势,同时充分体现在他各个时期的剧作中。

萨特戏剧大多数主人公不同于"典型人物"和"性格人物",而常常接近神话、传奇、志怪范畴的人物。萨特从不相信一成不变的"人性",他认为作家在不同的历史时期运用差不多相同的文学形式时,并非人性永恒不变,而是在不断产生剥夺和异化的背景下,自由和冲突始终在起作用。

萨特认为,人与物的不同之处,在于人意识到自身的存在,物则没有这种意识;人思考和解释外部世界,物则没有这种能力。所以物只是自在存在。此外,人意识到自己的思考能力,既用思想判断世界,也用思想判断自身。所以,人是自为存在。但,人有惰性,或懒于思考,或不善思索,乃至思想误入歧途。所以,人很容易沦为物而不能自拔。

由此,萨特提出自我选择,自我设计,自我塑造。他的思想集

---

① 《文字生涯》,第206页,加利马出版社。
② 《什么是文学》,第276页,加利马出版社。

中到一点,就是让自由人自由地塑造自己,渐渐地,自由就变成必然。这就是他的理想主义,或曰唯心主义的思想基础。为此,他把重心放在人的状况的嬗变上,进而人与他人的关系必定成为关键性问题。既然人以行为体现其存在,那么用世人的行为来判断世人的存在便再自然不过了。

这样,萨特戏剧的主要源泉来自人物在一定境况下被迫作出选择后所采取的行动。剧中的境况、冲突、行动和言谈全部服务于萨特有关介入文学的构思,直接与现实挂钩,直接影响社会。选择意味着行动。萨特式人物不按行动与否来分类,而按是否为自由而行动,或是否因甘于受奴役而行动来分类,前者诸如俄瑞斯忒斯,抵抗运动人士(《死无葬身之地》),雨果,格茨,弗朗茨,后者诸如厄勒克特拉,加尔森,丽瑟,凯恩。

为自由而行动和因甘愿受奴役而行动,在这两者之间选择时所采取的行动,我们称之为萨特式行动。其主要特征是个人主义和排他性,只考虑个人自由而不顾其他。谁都说不清谋杀埃癸斯托斯是否会改变阿耳戈斯的形势,格茨创建的太阳城邦是否变成非暴力者的坟墓,涅克拉索夫的骗局是否导致开除好几名记者,莱妮向尤哈娜透露弗朗茨当过刽子手是否打消了尤哈娜对弗朗茨的敬佩乃至导致弗朗茨自杀。答案似乎都是肯定的,但从不点破,让读者自己去琢磨。一切结果皆模糊不清,因为结果并不重要,关键在于排他性作秀。

作秀似乎是萨特式人物最大的本领,他们不属逢场作戏那般粉墨登场,而是天生的演员,常常一开场就清醒地意识到自己在不断演戏。最杰出的演员当推表演艺术家凯恩:扮演剧中人的凯恩自己成了剧中人,久而久之,他不知是扮演奥瑟罗、哈姆莱特还是扮演他自己,凯恩不存在了。确切讲,他似存在似不存在,他装作存在,一离开舞台就不存在了。

　　作秀当然是把不真诚当作真诚表演,以假乱真,而萨特的存在主义人道主义恰恰在于揭露世人真诚作弊,旨在恢复人的真诚本性。这种人性的转变,必然伴随争斗、暴力乃至死亡,必然充满失败。除《涅克拉索夫》和《凯恩》之外,其他所有的剧作都涉及一条甚至几条人命。大部分主人公都有暴力行为,甚至犯杀人罪。因为萨特对人的观念本身包含悲剧性:自由必然意味着与他人发生冲突,自由在充满冲突的道路上寻找界定。萨特在研究情感结构时,着重考虑产生这种情感的真正的社会背景、激情背后的宗教和道德的价值、社会的禁忌和急需、民族的冲突、阶级的冲突、权力的冲突、意志的冲突、行动的冲突,等等。(参阅《辩证理性批判》)

　　萨特戏剧一般包含三类冲突:首先,剧中人与自己的冲突,这是最基本的冲突,因萨特式人物必须给自己下定义;其次,跟某个社会实体、政治实体或宗教实体的冲突,即一个人反对一大群,往往以孤胆英雄的面目出现;最后,跟他人的冲突,即普遍意义上的他人,这是最主要的冲突。萨特让他笔下的人物选择犯罪,因为不让有反悔的余地。他要的是真诚的行为,完全承担责任的行为。再说性命攸关的问题、面临死亡的问题,与己与人都至关重要,更能把人置于极端的境况。这是萨特境况剧主要的特征之一。如《死无葬身之地》,抵抗运动分子在刽子手酷刑下斗智斗法,顶住不招供,绝不肯在刽子手面前表现得贪生怕死,不给卖国贼任何聊以自慰的借口。总之,有两种形式的罪行:一种,有意犯罪,甚至把犯罪当作生死的依据,就像萨特笔下青少年时期的让·热内(即后来的圣热内);另一种,犯罪者无法忍受自身所犯的罪行。前者诸如俄瑞斯忒斯、雨果、格茨,后者诸如埃癸斯托斯、克吕泰涅斯特拉、弗朗茨、海因里希。

"在为自己选择受奴役或获自由的同时,人必将选择一个受奴役或享自由的天地,悲剧在于人必定尽心竭力证明他的选择是对的。在上帝面前,在死亡面前,在暴君面前,我们有一条是确信无疑的,得意扬扬也罢,惴惴不安也罢,反正确信我们是自由的。"萨特于一九四七年七月在《新法兰西评论简报》发表的这个声明,当然是为他在战争年代创作的四个剧本作辩护。他曾把《苍蝇》《隔离审讯》《死无葬身之地》和《恭顺的妓女》称为"自由剧",很能反映他当时的观点:只要有勇气,不怕死,就有自由抉择的可能。但后来他批判了这种绝对自由观,认为四剧"自序"提出"在任何情况,在任何时间,在任何地点,人自由选择自己当叛徒或当英雄"的论点非常不妥。萨特终于认识到自己一向坚持的"在任何情况下总会有选择的可能"这个论点"错误到家了",这是经历多次严重挫败之后,再次觉醒的自白。为了批判自己,他故意在《魔鬼与上帝》中塑造了海因里希这个人物:当他要在教会与穷人两者之间作选择时,他无法选择了:"他既不能选择抛弃穷人的教会,也不能选择抛弃教会的穷人。他完全被他的境况束缚住了。"①这是萨特境况剧后期最主要的特征,即剧中人时时处处受到社会环境和历史背景的制约。

　　因此,萨特从五十年代开始相信马克思的存在决定意识的思想,但坚持认为自由处于世人生活的中心地位,这仍占其著作的主导。不过自由的主体扩大了。人在自由地闯新路时,不再仅仅为自己,而主要为创建一种新的行为规范。人塑造自己,在塑造自己的同时,选择社会。人只是塑造自己的结果,善与恶,如果当作一种绝对,就毫无意义了。这算是萨特后期达到的最高思想境界。

---

① 《新左派杂志》,1969 年 11 月 12 日。

不管怎样,萨特式人物毕竟多为斯丹达尔式的个人主义"英雄",诸如雨果、格茨、弗朗茨等,作者让他们身不由己地投入历史潮流,同时又保留表示赞成或反对的可能;他们完全受到社会存在的制约,却自以为有足够的能力来承受这种制约,并对此负责。萨特认为,每个人全部,至少部分是由他人造就的,但总要对这样的自己负责。譬如,没有权柄的人往往要对所发生的事情负责,除此之外,不可能有其他作为。但他又认为,一个人总还可以为别人所造就的自己有所作为,即"把完全受社会制约的生灵变成部分摆脱制约的人"。①

马克思说,哲学家迄今为止只是解释世界,现在应当改变世界。萨特自从认定此话是真理,便一直认为意象(想象物)对现实世界具有影响力。他把戏剧作为改造世界的工具,正是因为戏剧对现实具有直接的冲击力。戏剧活生生地表现个体,一个连一个,串在一起就形成故事。故事接故事,便形成历史。正因如此,他偏爱历史题材,把情节放在某个特定的历史境况。意象或称想象,在萨特眼里,便是自由的工具。如果不重视意象,就没有自由可言,因为人通过行为的表象来赋予其行为以意义。萨特戏剧全与自由有关,每个萨特式人物都千方百计争取自由,尽管他们力不从心,最后以失败告终,但作者希望世人以他笔下人物的失败为借鉴,吸取教训,开辟新路,获得较多的自由。所以萨特式人物均为作者批判的对象,也可以说是他的一种间接自我批判,而且是相当彻底的自我批判。

文学批评家乔治·巴塔耶在《文学与恶》中评论萨特的《圣热内,演员和殉道者》时,说过这样一段话:"文学作品就是沟通,出

---

① 《新左派杂志》,1969年11月12日。

自独立自主的作家之手,超越孤立的个人,面向独立自由的世人。"如果是这样,作家就是自己否定自己,就是在为了作品而否定自己的同时,也使读者为了阅读而否定阅读者自己。正如萨特所说:"作者和读者同时消失,彼此使对方消失,以便最后只有圣言存在。"①

沈 志 明

一九九六年岁末

一九九七年初秋

二〇一四年冬末

---

① 《圣热内,演员和殉道者》,第509页,加利马出版社。

三 幕 剧

苍　蝇

（一九四三年）

袁树仁　译

献　给

查理·杜兰[*]

以表衷心谢意及友好情谊

---

[*] 查理·杜兰(1885—1949),法国著名演员及导演。

人　　物

朱庇特①

俄瑞斯忒斯②

埃癸斯托斯③

保傅

卫士甲、乙

大祭司

厄勒克特拉④

---

① 朱庇特本是罗马神话中的主神,相当于希腊神话中的宙斯,主宰一切。本剧中朱庇特即宙斯。
② 阿伽门农与克吕泰涅斯特拉之子。据希腊神话,阿伽门农被杀害时,俄瑞斯忒斯才十一二岁。阿伽门农从前的保傅为使俄瑞斯忒斯免遭埃癸斯托斯的毒手,秘密地将他送往斯特洛菲俄斯(福略斯王,俄瑞斯忒斯的姑父)家中寄养。八年后,俄瑞斯忒斯刚刚成人,回家为父报仇,将母亲和埃癸斯托斯杀死。后为复仇女神所追逐,终至发狂。
③ 堤厄斯忒斯之子。据希腊神话,堤厄斯忒斯与阿伽门农之父阿特柔斯系兄弟,因争夺王位互相仇视。阿特柔斯杀了堤厄斯忒斯的两个儿子。另一儿子埃癸斯托斯在阿伽门农出征特洛伊期间,与阿伽门农的妻子克吕泰涅斯特拉通奸。阿伽门农胜利归来后,埃癸斯托斯与克吕泰涅斯特拉合谋杀害了阿伽门农,为其父报仇。后僭位七年,至第八年为俄瑞斯忒斯所杀。
④ 据希腊神话传说,厄勒克特拉是阿伽门农与克吕泰涅斯特拉之次女,俄瑞斯忒斯的姐姐。

克吕泰涅斯特拉①

复仇女神甲

一年轻妇女

一老年妇女

男女群众若干

复仇女神厄里倪厄斯②

众仆人

宫廷侍卫

---

① 据希腊神话传说,克吕泰涅斯特拉是斯巴达国王廷达瑞俄斯的女儿,与海伦是姐妹。她声称与埃癸斯托斯合谋杀害阿伽门农,是因为憎恨阿伽门农出征时杀了他们的长女伊菲革涅亚献祭。她与埃癸斯托斯的关系,当然也是重要因素。

② 厄里倪厄斯,指大地或黑夜的三个女儿(一说不止三人),头缠毒蛇,眼滴鲜血。她们惩罚一切罪行,特别是弑亲罪。她们追逐杀手,逼得他无处藏身。

第 一 幕

〔阿耳戈斯①的一个广场。苍蝇及死亡之神朱庇特的雕像一尊:白着两眼,面带血污。

第 一 场

〔一群身着黑色丧服的老年妇女,按宗教仪式列队入场,在神像前奠酒。一个白痴在舞台深处席地而坐。俄瑞斯忒斯和保傅出场,朱庇特尾随而上。

俄瑞斯忒斯　喂,妇女们!

〔老年妇女都转过身来,齐声惊叫。

保傅　请问……

〔老年妇女都后退一步,并往地上啐一口唾沫。

保傅　请听我说,我们是路过这里,迷了路。我只向你们打听一件事。

〔老年妇女纷纷逃散,捧着的骨灰罐失手落地。

保傅　这些老东西!还以为我对她们有点意思怎么着?啊!老

---

① 阿耳戈斯,位于伯罗奔尼撒东北部阿耳戈利斯境内,为阿伽门农及其兄弟墨涅拉俄斯的都城。

爷,多么令人愉快的旅行啊!不论是希腊,还是意大利,都有五百座以上的都城。那里有香醇的美酒,服务周到的旅馆,熙熙攘攘的街道。可你倒好,灵机一动,偏要到这里来!这些山里人似乎从来没见过游客。这该死的小镇,烈日当头,我问路已经问了不下一百遍。人人都是这样:一见了你,就惊慌得大喊大叫,四散而逃。街上阳光耀眼,令人头晕目眩。黑压压的一片,人们步履沉重,狂奔快跑。呸!这空荡荡的街道,颤抖的空气,还有这太阳……难道有比这太阳更晦气的么?

俄瑞斯忒斯　我是在这里出生的……

保傅　据说是。可是我要是你,我才不拿这个炫耀呢。

俄瑞斯忒斯　我出生在这里,可是我必须像过往行人那样问路。去敲敲这家的门!

保傅　你还指望什么?指望有人回答你么?你仔细瞧瞧这些房子,你说,都是什么模样!窗户在哪里?我估计,窗户都朝着与外界隔绝的、阴暗的内院开着,倒让屋子背面朝街……(俄瑞斯忒斯作手势)好,好,我去敲。不过,肯定没有希望。

〔保傅敲门。无声。再敲。门微启,露出一道狭缝。

语声　干什么呀?

保傅　打听一件事。您知道……

〔房门骤然关上。

保傅　他妈的,你们全去找死吧!俄瑞斯忒斯老爷,你该满意了吧,滋味尝够了吗?如果你愿意,我可以挨家挨户去敲。

俄瑞斯忒斯　不用,算了。

保傅　瞧!这儿倒有个人。(走近白痴)大人!

白痴　哦!

保傅　(再次施礼)大人!

白痴　哦！

保傅　您能不能给我们指一指埃癸斯托斯的家？

白痴　哦！

保傅　阿耳戈斯王，埃癸斯托斯。

白痴　哦！哦！

〔朱庇特从舞台深处走过。

保傅　真倒霉！好容易碰上一个不逃走的，却是个白痴。（朱庇特再次走过）啊？！这家伙一直跟随我们到了这儿！

俄瑞斯忒斯　谁？

保傅　那个长胡子的人。

俄瑞斯忒斯　你在做梦吧！

保傅　我刚刚看见他走过去。

俄瑞斯忒斯　你大概认错人了吧！

保傅　绝不会。除了巴勒莫①的朱庇特铜像面部的铜胡子外，我这一辈子还没有见过这样的胡子哩。你看，他又从这儿过去了。他到底打我们什么主意？

俄瑞斯忒斯　他也在旅行，和我们一样。

保傅　嘿！去得尔福②的路上，我们遇到过他。我们在伊特亚上船的时候，他那把大胡子早摊在船上了。到了瑙普利亚③，我们处处都碰上他。现在，他又在这里。在你看来，这无疑是偶

---

① 巴勒莫，意大利城市。
② 得尔福在福咯斯境内，是阿波罗颁发神示的地方。据希腊神话，俄瑞斯忒斯来到得尔福，求签于阿波罗庙，神示令他杀母报仇。萨特反其意而用之，将俄瑞斯忒斯描写成不受神意左右的"自由的人"。
③ 瑙普利亚，阿耳戈斯地方的一个海港。欧里庇得斯在悲剧《俄瑞斯忒斯》和《厄勒克特拉》中，都提到阿伽门农的兄弟墨涅拉俄斯从特洛伊班师回国时在这里上岸。

然的巧合了?(用手驱赶苍蝇)嗳!我看这阿耳戈斯的苍蝇倒好像比这儿的人热情好客得多。你看看这些苍蝇,快看哪!(指着白痴的眼睛)他一只眼睛上叮着十二只苍蝇,就像叮在涂了果酱的面包片上一样。可是他,他还傻乎乎地笑哪,好像很乐意苍蝇啜他的眼睛。是啊,你瞧他眼睛里渗出的白水如同酸奶一般。(驱赶苍蝇)好啦,快滚开!好啦好啦!咦!这些苍蝇又落到你身上去了!(驱赶苍蝇)你看,这可使你感到宾至如归了:你总是抱怨到了你的故国仍是外邦人,你看这些小动物不是热烈地欢迎你吗!它们好像认出你来了。(驱赶苍蝇)去,去,去,安静!安静点吧!不要跟我这么亲热!这苍蝇是从什么地方来的?比红隼鸟声音还响,比蜻蜓个头还大!

朱庇特　(已走到他们跟前)这无非是吃得比较肥的绿头苍蝇罢了。十五年前,死尸腐烂的那股恶心味,把这些苍蝇吸引到这个城市来。自那以后,它们就一天比一天肥起来。再过十五年,个头怕要抵得上小青蛙呢!

〔静场。

保傅　请问,您是哪一位?

朱庇特　我叫得墨特里奥斯,从雅典来。

俄瑞斯忒斯　半个月以前,我好像在船上见过您。

朱庇特　我也见过你们。

〔从王宫中传来令人毛骨悚然的呼号。

保傅　哎呀,这可不是吉兆。老爷,依我看,咱们最好还是走吧!

俄瑞斯忒斯　住嘴!

朱庇特　你们完全不必害怕。今天是亡人节。这呼号的声音标志着祭祀的开始。

俄瑞斯忒斯　看来您对阿耳戈斯的事情了如指掌。

朱庇特　我经常到此地来。你们知道吗,希腊人凯旋而归的船队在瑙普利亚海湾停泊,阿伽门农王归来的时候,我正在这里。站在城墙高处,可以远远看见雪白的船帆。(驱赶苍蝇)那时还没有苍蝇。那时的阿耳戈斯还只是一座外省小城,在阳光照耀下显出无精打采、寂寞烦闷的模样。此后数日,我和别人一起登上城墙上的巡查道,久久凝视着在平原上行进的国王的行列。第二天傍晚时分,王后克吕泰涅斯特拉,由现国王埃癸斯托斯陪同,出现在城堡围墙上。阿耳戈斯人看见落日映红了他们的面孔,看见他们俯身雉堞,向海上久久凝望。大家心想:"要有好戏看啦!"然而他们一言不发。这个埃癸斯托斯,你们大概知道,他是王后克吕泰涅斯特拉的情夫。这个淫棍,那时就有了忧郁症。怎么,您好像累了?

俄瑞斯忒斯　这是因为长途跋涉和天气酷热的缘故。不过您的话使我很感兴趣。

朱庇特　阿伽门农是个好人。可是,你们看,他也犯了一个大错误。他以前不准在大庭广众之下处人极刑。很可惜。其实,在外省,来个绞刑,会给人增加几分乐趣,也会使人对死感到无所谓。这里的居民一言不发,因为他们生活烦闷,盼望看看暴死的惨状。他们看到国王出现在城门口的时候,一言不发。他们看到克吕泰涅斯特拉向国王伸出美丽而香喷喷的双臂,还是一言不发。那时,只要说一个字就足够了,但是他们缄默无语。每个人的头脑中都浮现出一个形象,一具死尸,身材高大,满脸开花。

俄瑞斯忒斯　那您呢,您也一言未发么?

朱庇特　这使您很恼火么,年轻人?我对此倒很坦然。这证明您有高尚的感情。对啦,我没有说话,因为我不是本地人,而且这事与我无关。那些阿耳戈斯人,第二天当他们听到他们的国王在王宫里痛得惨叫时,他们还是一言不发。他们眼睑低垂,遮住他们那双被欲火烧得骨碌碌直转的眼珠,整座城市犹如一个发情的女人。

俄瑞斯忒斯　于是杀人凶手称王,享受了十五年的幸福。我算相信众神主持正义了!

朱庇特　嗳!不要这么快就指责众神嘛!难道非得惩罚不可么?将这场喧嚣混乱转化为有益于推行道德的局面,岂不更好?

俄瑞斯忒斯　众神这样做么?

朱庇特　他们派来了苍蝇。

保傅　苍蝇在这里面起什么作用呢?

朱庇特　噢!这是一个象征。众神做的事,你们可以从这件事上判断一二:你们瞧那边的那个老木虱子,贴着墙壁,用那黑色的小爪子,轻快地爬着。它就是这种丛生于缝隙之中的黑色而扁平的小生物的美妙标本。我扑向小虫,把它逮住,拿来给你们看看。(朱庇特向老妇人猛扑过去,将她带到台前)这是我逮住的鱼。瞧,她那惊恐不安的神情!呸!你眨巴眼,可是你们这群人对于太阳这把白热化的利刃已经习惯了,你们看这鱼儿在钓竿头上还跳来跳去。喂,老太婆,告诉我,你一定死了好几十个儿子了吧,不然怎么从头到脚都着黑呢?好,快说!说了,我说不定会放了你。你为谁服丧啊?

老妇人　这是阿耳戈斯人穿的衣服。

朱庇特　阿耳戈斯人穿的衣服?噢,我懂了。你是为你们的国王,被谋杀的国王服丧。

老妇人　不要说了!看在上帝面上,住嘴吧!

朱庇特　像你这个岁数,想必听到了那天整整一上午在城中街道回荡的震天动地的呼号声。那你干什么了?

老妇人　我丈夫下地去了,我能做什么呢?我把门闩上了。

朱庇特　对啦,你将窗子半开,好听得更真切一些。你屏住呼吸躲在窗帘后面向外窥视,脊梁沟里有什么东西奇异地发痒。

老妇人　不要说了!

朱庇特　肯定你那天晚上大享床笫之乐。过节嘛,嗯?

老妇人　噢,老爷,那是……一个可怕的节日。

朱庇特　一个血红的节日,一个你们无法忘却的节日。

老妇人　老爷!您是一位亡人么?

朱庇特　亡人?去,去,这个疯女人!我是谁,你不要管。最好管好你自己,设法以忏悔得到上苍的饶恕吧!

老妇人　唉!忏悔,老爷,您要是知道我是怎样忏悔的就好了。我的女儿也忏悔。我的女婿每天献祭一头母牛。就连我快七岁的小外孙,我们一直用悔悟的精神抚养教育他:这孩子乖极了,满头金发,原罪的思想已经深深印在他的脑海里。

朱庇特　好,你这个老下流坯,滚开吧!设法在悔悟中死去,唯有如此,你的灵魂方能得救。(老妇逃走)二位大人,要么是我大错特错,要么这就是牢固地建筑在恐怖之上的旧式的真心的虔诚。

俄瑞斯忒斯　您是什么人?

朱庇特　谁把我放在心上?我们刚才谈到众神。那么,应该让埃癸斯托斯挨五雷轰顶才对?

俄瑞斯忒斯　当然应该……唉!我也不知道什么应该,什么不应该。关我什么事!我不是此地人。埃癸斯托斯悔悟了么?

朱庇特　埃癸斯托斯?他若是悔悟了,那我倒要十分奇怪。不过,这没关系。整个城市替他悔悟。悔悟,这是可以称出分量的。(王宫中传来的号叫声,令人毛骨悚然)你们听!为了使他们永远不忘记国王临终的呼号,挑选了一个嗓门特别大的牧牛人,每逢忌辰,让他在王宫大厅中这样喊叫。(俄瑞斯忒斯作一手势,表示厌恶)唔!这是小事一桩。等会儿把死人放出来的时候,不知你们会说什么呢!十五年以前,就是今天,阿伽门农被谋杀了。啊!从那以后,轻浮的阿耳戈斯百姓变化多大啊!现在这里的百姓与我的心贴得多么近!

俄瑞斯忒斯 和你的心?

朱庇特 算了,算了,年轻人。我这是自言自语。我本应该说:与众神的心贴得多么近。

俄瑞斯忒斯 真的吗?血迹斑斑的墙壁,数百万的苍蝇,屠宰场的腥味,鼠妇①般的酷热,空荡荡的街道,一尊神像满面血污,活像个被谋杀的人;一些被吓得魂不附体的可怜虫,躲在家里捶胸顿足——还有这呼号的声音,令人无法忍受的叫喊;讨朱庇特欢心的,难道正是这些么?

朱庇特 啊!不要对众神妄加评断吧,年轻人,他们也有难言的苦衷呢!

〔静场。

俄瑞斯忒斯 我记得,阿伽门农有一个女儿,是吧?一个叫厄勒克特拉的女儿?

朱庇特 对,她在这儿。就住在埃癸斯托斯的王宫里。——那就是王宫。

俄瑞斯忒斯 啊?!那就是埃癸斯托斯的宫殿?——那厄勒克特

---

① 鼠妇,一种甲壳类动物。此处形容酷热闷人。

拉对这一切怎么看呢?

朱庇特　唉!她还是个孩子。阿伽门农还有一个儿子,叫什么俄瑞斯忒斯。人们说他死了。

俄瑞斯忒斯　死了!是呀……

保傅　对,对,老爷,您清清楚楚地知道,他是死了。瑙普利亚人对我们讲过,阿伽门农死后不久,埃癸斯托斯下令将俄瑞斯忒斯也杀害了。

朱庇特　有人认为他还活着。据说,去杀他的人动了恻隐之心,没杀他,把他扔在森林里了。他可能被雅典富有的自由民收容养大。对我来说,我倒希望他已经死了。

俄瑞斯忒斯　请问,那是为什么?

朱庇特　您设想一下,如果有一天,他出现在这座城市的城门口……

俄瑞斯忒斯　那又怎么样?

朱庇特　唉!对了,那时倘若我遇到他,我就要对他说……我就要对他这么说:"年轻人……"我叫他"年轻人",因为如果他活着,差不多是您这个年纪。对了,大人,请问尊姓大名?

俄瑞斯忒斯　我叫菲勒勃,科任托斯①人。我周游四方,增长见识,带着一个家奴,他从前是我的保傅。

朱庇特　太好了。我就要对他说:"年轻人,走开吧!你到这里来寻求什么?你想行使你的权利么?嗨!我看你精力充沛,身体健壮,到一支善战的军队里,可以当一员猛将。比起统治一座半死不活的城市,一座像一具腐尸一样招满苍蝇的城市,你更可以大有作为。这里的人触犯神灵犯了大罪,不过现在走

---

① 科任托斯,伊斯特摩斯地峡旁的古城,在伯罗奔尼撒东北部。

上了赎罪的道路。随他们去吧,年轻人,随他们去吧,不要去干扰他们摆脱苦海,踮起脚尖轻轻地走开吧!你不可能分担他们的悔悟,因为他们的罪过里,没有你的份。而且你那对他们说来很不得体的清白无邪,会像一条鸿沟一般将你与他们分隔开来。倘若你多少有些爱他们之心,你就走开吧!走开吧,否则你很快会失去民心:只要你在路上拦住他们,使他们的注意力从悔恨上移开,哪怕只是一瞬间,他们的全部过失就要永远凝固在身,犹如油脂遇冷凝固一样。他们感到内疚,他们心怀恐惧——而内疚和恐惧,对众神的鼻孔来说是挺好闻的。是的,这些可怜的灵魂,众神很喜欢。你想夺走神祇对他们的宠爱么?那你又能给他们什么来代替呢?是饱食终日,是外省忧郁的宁静和厌倦,啊,幸福之中司空见惯的厌倦么?一路顺风,年轻人,祝你一路顺风。一座城邦的秩序和人们心灵的平静是不稳定的:如果你触动了它,你就会引起大灾大难。(凝视着俄瑞斯忒斯)一场可怕的灾难就会降临到你的头上。"

俄瑞斯忒斯　真的吗?您要说的就是这些么?好,那么,如果我是这位年轻人,我就要回答您……(二人对视,各不相让。保傅咳嗽)噢!我不知道会回答您什么。也许您言之有理。再说,反正这与我毫不相干。

朱庇特　那太好了。但愿俄瑞斯忒斯也这样通情达理。走吧,祝您平安无事。我也该办我自己的事去了。

俄瑞斯忒斯　祝您平安无事。

朱庇特　对了,我忘了告诉您:如果这苍蝇惹您讨厌,有个办法可以摆脱。您看这群苍蝇,在您周围嗡嗡叫。我一挥腕,一抬胳膊,嘴里念道:"阿布拉克萨斯,加拉,加拉,啐,啐。"现在您再瞧,苍蝇立刻掉下来,像青虫一样在地上爬。

俄瑞斯忒斯　感谢朱庇特!

朱庇特　这没什么。一点处世小技嘛!我会对苍蝇施展魔力。再见,我会和您再见的。(下)

第 二 场

〔俄瑞斯忒斯,保傅。

保傅　你要当心!这个人知道你是谁。

俄瑞斯忒斯　他是人吗?

保傅　哎呀!我的老爷,你真叫我伤心!我给你上的那些课,我以前教过你的微笑的怀疑主义,你都学到哪儿去了!"他是人吗?"当然啰!只能是人,这已经够受的了。这个大胡子是个人,是埃癸斯托斯的密探。

俄瑞斯忒斯　算了吧!你那套哲学可把我害苦了!

保傅　害了你?!难道使人能够独立思考是有害的么?啊,你变得太厉害了!从前我能看到你心眼里去……你跟我说说,你心里想的到底是什么?为什么把我带到这里来?你想在这儿干什么?

俄瑞斯忒斯　我跟你说过我来这儿是要干什么事吗?算了吧!少废话。(走近王宫)这是我的宫殿。我的父亲就出生在这里。就在这里,一个淫妇和她的主子,把我的父亲谋害了。我也出生在这里。埃癸斯托斯的大兵们将我带走的时候,我还不到三岁①。我们肯定是从这扇门走出来的。一个大兵将我抱在

---

① 据希腊神话传说,俄瑞斯忒斯在阿伽门农出征时是一二岁。其父十年征战归来被杀,其时俄瑞斯忒斯应为十一二岁。如果其父被害时他只有三岁,那么他就是阿伽门农出征七年以后生的,这不可能。

17

怀里，我眼睛睁得大大的，一定在哭……啊！一点都记不起来了。现在我看见一座寂静无声的大建筑，好一番外省的庄严气派，显得盛气凌人。我是第一次看见它。

保傅　一点都回忆不起来了！忘恩负义的老爷，我可是花了十年心血让你记住这一切的啊！那我们到各处的旅行呢？那我们游览过的各地城市呢？那我专门为你一人开设的考古课呢？也都回忆不起来了么？不久以前，你的脑海里还装满许许多多的宫殿、庙宇和寺院。你本可以像地理学家鲍萨尼阿斯①一样，写一本希腊指南的呀！

俄瑞斯忒斯　宫殿！对，对！宫殿，石柱，雕像！我头脑中有这么多石头，可是为什么我没有比以前更重些呢？还有厄斐索斯神庙②的三百八十七级石阶呢，你怎么没提到啊！我一级一级地爬上去，每一级我都记得。第十七级，我想，有破损。啊！一只狗，一只躺在炉灶旁取暖的老狗，主人走进来时它就微微抬起身、轻声哼哼着向主人致意，一条狗也比我的记性好：它能认出自己的主人。它的主人。然而什么是属于我的呢？

保傅　你把学问弄到哪里去了，先生？你的学问是属于你的。我怀着真挚的爱，精心为你选择你该学的东西，就好像要扎成一束鲜花一般，把我本人智慧的结晶和我的宝贵经验调配在一起。我不是自你幼年起，就让你阅读各种书籍，使你熟悉人类各种不同的思想见解，让你漫游上百个城邦，在每一个场合都向你反复指出人的风习是多么变化无常么！现在你已经长大成人，家财万贯，又仪表堂堂，深思熟虑有如一位长者，摆脱了

---

① 鲍萨尼阿斯，公元一至二世纪希腊著名地理学家，著有《希腊游记》等。
② 可能是指厄斐索斯地方著名的阿耳忒弥斯庙。见《新约·使徒行传》第十九章。

各种奴役和信仰的羁绊,没有家庭,没有祖国,没有宗教,没有职业,可以自由自在地承担各种义务;同时你也懂得,绝不应该承受诺言的约束。总之,你是一个才智超群的人,甚至完全可以在一座著名的大学城里讲授哲学或建筑学。就这样,你还怨天尤人!

俄瑞斯忒斯　不,我并不抱怨。我不能抱怨:你给了我自由。风儿从蛛网上吹落几根蛛丝,那几根蛛丝就在离地面十尺的地方飘荡着。我的自由如同这几根蛛丝一样。我并不比一根蛛丝分量更重,我生活在空中。我知道这是一种幸运,我充分地珍惜这样的机会。(稍停)有的人生来就是承受某种约束的:他们无法选择,人们已将他们引向某一条道路。道路的尽头,一个行动在等待着他们,这就是他们的行动。他们向前走去,赤裸的双脚沉重地踩在土地上,在碎石上擦破了皮肉。到什么地方去的欢乐,对你来说,显得庸俗不堪吧?还有别的人,沉默寡言的人,他们在心灵深处感觉到模糊不清的尘世形象的重压。因为在他们的孩提时代,五岁或七岁的时候,有一天……于是,他们的生活就变了。他们不是才智超群的人,这很好。我七岁的时候,就已经知道我是流亡他乡的人。各种气味,各种声响,雨点拍打屋顶的声音,光线的颤动,我任凭这一切洒满我的全身,落在我的周围。我知道那都是属于别人的,我永远也不会将这些变成我的往事。对于那些拥有房产、牲畜、奴仆和田地的人来说,往事是丰盛精美的食物。可是我……我是自由的,感谢上天。啊?我是多么自由!我的灵魂又是多么美妙的空虚!(走近王宫)本来我应该生活在这里的。你那些书,我也可以一本都不读,很可能我根本就目不识丁:王子识文断字,是很罕见的。然而,从这道大门,我本当已经出出进进一万次了。我小的时候,也许会拿这门扇玩耍,我会用力把身体顶在门扇上,门扇会吱嘎作响,却并不开启,我的手臂则会体会到它的阻力。大了以后,我会在夜间偷偷把门推开,走出去与姑娘们幽会。再以后,到我长大成人的那一天,奴隶们会将这道门大大敞开,我会骑着马跨出门去。我古老的木头大门啊,我闭着眼睛也能摸到你的钥匙孔。那里,下面,那块门槛上划破的痕迹,可能是我弄的。头一天我持长矛,不会用,划出来的。(变动一下位置)小多利安风格①,对不?你觉得那些金银镶嵌怎么样?我在多多涅②看见过类似的镶嵌:多么精美的手艺!好,走吧,我要让你高兴:这不是我的宫殿,也不是我的大门。我们在这儿无事可做。

保傅　嗳,这才叫通情达理嘛!在这儿生活,你又能得到什么好处?你的灵魂,此时此刻,或许已被可耻的悔悟搅得惊恐万分了呢!

俄瑞斯忒斯　(响亮地)那至少这悔悟是属于我的。这将我的头发烤焦的酷热,会属于我。这苍蝇的嗡嗡叫声,会属于我。这时候,我会赤身露体地待间阴暗的房间里,从护窗板的缝隙中,观察着落日的红光,我会等待着夕阳西下,等待着阿耳戈斯傍晚凉爽的阴影,犹如一股芳香,从地上冉冉升起。这样的傍晚与千千万万的傍晚完全类似,但却总是新鲜的,因为这傍晚的阴影属于我。保傅,咱们走吧。你没看见我们正在属于别人的酷热之中腐烂发臭吗?

保傅　啊,老爷!这回你可叫我放心了!最后这几个月——更确

---

① 古希腊的一种建筑风格。
② 多多涅,地名,在厄珀洛斯,是宙斯颁发神示的圣地。多多涅的祭司借橡树上的风声来推测宙斯的意思。

切地说,自从我向你揭示了你的身世之后——我见你一天比一天变样,我就睡不着觉。我怕……

俄瑞斯忒斯　怕什么?

保傅　我说了,你会生气的。

俄瑞斯忒斯　我不生气。你说吧!

保傅　我怕——虽然你自幼受熏陶养成了怀疑一切、奚落一切的处世态度,恐怕也无济于事,有时你还会产生荒唐的念头——总之,我心想你是不是在考虑将埃癸斯托斯赶走,由你取而代之。

俄瑞斯忒斯　(缓慢地)赶走埃癸斯托斯!(稍停)你可以放心,老人家,现在已为时太晚了。揪住这玷污圣殿的淫夫的胡子,把他从我父亲的宝座上拉下来,我并非没有这种愿望。但是,和这里的百姓一起,我能干出什么事业来呢?我从未见过他们哪家的孩子出生,从未参加过他们哪家女儿的婚礼,我也不分担他们的悔悟,他们的名字我一个也叫不上来。还是那个大胡子说得对:一个国王应该与他的臣民有共同的回忆。随他们去吧,老人家,咱们走吧!踮着脚尖走开。啊!如果通过一个什么行动,你明白么,通过一个什么行动可以让我在他们当中站住脚,如果我能据有他们的回忆,即使是通过犯罪的手段,据有他们的恐怖心情和他们的期望,以填补我内心的空虚,即使要我杀死我的生身母亲……

保傅　老爷!

俄瑞斯忒斯　是啊,这都是幻梦。我们走吧!你去看看能不能给我们搞几匹马,我们径直上斯巴达去,那里我有些朋友。

〔厄勒克特拉上。〕

第 三 场

〔前场人物,厄勒克特拉。

厄勒克特拉 （扛着一个箱子,没有看见场上人物,走近朱庇特的雕像）下流坯!你盯着我干吗?去你的!两只眼睛瞪得溜圆,脸上沾满红果汁,你吓唬不了我。喂,今天早晨,她们来了,是不是?那些女圣徒,穿黑袍子的老婆子们。她们穿的大笨鞋在你四周噼啪作响。嗯,你这个妖怪就高兴了,你就喜欢那帮老婆子,她们越像幽灵,你就越喜欢她们。今天是你的节日,她们在你脚下浇洒最珍贵的美酒,霉臭味从她们裙子底下直冲上你的鼻子。你的鼻孔到现在还因这可心的芳香而美滋滋的。（往神像上蹭几下）那好,现在你闻闻我吧,闻闻我这新鲜肉的味道。我年轻,充满活力,这大概使你讨厌。全城都在祈祷,我也来向你献上我的供品。你接着:这是果皮菜叶和炉灰渣,长满蛆的臭肉块,一块弄脏了的面包。这些东西,我家的猪都不吃,可是你的苍蝇却喜欢。祝你节日快乐,节日快乐,但愿这是最后一次了。我劲还不够大,不能把你摔倒在地。但我可以往你身上啐唾沫,我也只能这样。我等待的那个人,他一定会带着利剑来到的。他会望着你发笑,像我这样,双手叉腰,笑得前仰后合。然后他抽出利刃,将你从上到下劈成两半,就这样!于是朱庇特成了两半,唰唰地倾倒下来,一半朝左,一半朝右。所有的人都会看到,他原来是白木头做的。亡人之神,是白呲呲的木头做的。脸上血迹斑斑,表情吓人,墨绿的眼睛,只不过是一层彩釉而已,难道不是吗?你自己知道,你里头全是白的,就像一个吃奶的婴儿一样白。

你知道一刀就能将你劈开。你甚至连血都流不出来。白木头！上好的白木头：真好烧。(瞥见俄瑞斯忒斯)啊?！

俄瑞斯忒斯　不要害怕。

厄勒克特拉　我不害怕。一点都不怕。你是谁？

俄瑞斯忒斯　一个外邦人。

厄勒克特拉　欢迎你。凡是不是这个城市的,我都觉得很珍贵。你叫什么名字？

俄瑞斯忒斯　我叫菲勒勃,科任托斯人。

厄勒克特拉　啊？科任托斯人？我嘛,人家叫我厄勒克特拉。

俄瑞斯忒斯　厄勒克特拉。(向保傅)请你回避一下,让我们单独谈谈。

〔保傅下。

第 四 场

〔俄瑞斯忒斯,厄勒克特拉。

厄勒克特拉　为什么你这样看着我？

俄瑞斯忒斯　你很漂亮。你与这里的人不相像。

厄勒克特拉　漂亮？你肯定我很漂亮么？和科任托斯的少女一样漂亮么？

俄瑞斯忒斯　是的。

厄勒克特拉　这里的人都不当面说我漂亮。他们不愿意让我知道。再说,我漂亮又有什么用呢,我只不过是个女仆。

俄瑞斯忒斯　你？你是女仆？

厄勒克特拉　最下等的女仆。我给国王和王后洗衣裳。这些衣裳污秽不堪,上面什么脏东西都有。所有他们的内衣内裤,裹着他们腐烂身躯的衬衣,国王与克吕泰涅斯特拉同房时她穿的衬衣,这些全由我洗。我闭着眼睛,拼命地搓。我也洗碗碟。你不相信我的话?看看我的手吧!那么些大大小小的裂口,是不是?你那神情多古怪!你说,我的手会不会碰巧像公主的手?

俄瑞斯忒斯　可怜的手。不,这不像公主的手。不过,你讲下去吧。他们还让你干什么?

厄勒克特拉　对,每天早晨,我得倒垃圾。我把垃圾箱拖到王宫外面,然后……我怎么处理这些垃圾,你已经看见了。我都给他,这个木头人,这个朱庇特,这个亡人和苍蝇之神。那天,大祭司来向神像顶礼膜拜,一脚踩在菜帮子、萝卜缨子、蚌壳上,气得都快晕过去了。喂,你会去告发我吗?

俄瑞斯忒斯　不会。

厄勒克特拉　要告发,尽管去,我不在乎。他们还能把我怎么样呢?打我吗?已经打过了。把我关在大塔楼顶上么?这主意还真不错,我就再也不用看他们的嘴脸了。你想象一下,每天晚上,我把活干完,他们就要奖赏我:我得走到一个滚圆肥胖、身材高大、染了头发的女人跟前去。她的嘴唇油腻腻的,双手雪白雪白的,那是一双散发着蜂蜜芳香的王后的手。她将手搭在我的肩膀上,把她的嘴唇往我的额头上一贴,说道:"晚安,厄勒克特拉。"每晚如此。每天晚上,我感受到那热乎乎的贪婪的肥肉,紧贴着我的皮肤。但是我经受得住,从来没有倒下。这是我的母亲,你明白吗?如果把我关在塔楼上,她也就不用亲吻我了。

俄瑞斯忒斯　你从来没想过要逃走吗?

厄勒克特拉　我没有这样的勇气:孤单单一个人上路,我会害怕的。

俄瑞斯忒斯　你就没有可以陪伴你的女友么?

厄勒克特拉　没有,我只有我自己。我是癞子,我是瘟疫:这里的人会告诉你的。我没有女友。

俄瑞斯忒斯　怎么,甚至连一个奶妈,一位亲眼见你出生并且多少还喜欢你的老太太,也没有么?

厄勒克特拉　没有。你去问问我母亲吧,她会说,即使那些心肠最软的人见了我也会感到失望的。

俄瑞斯忒斯　那么,你就在这里待一辈子?

厄勒克特拉　（喊道）啊,不,不是一辈子! 不,你听我说,我在等待。

俄瑞斯忒斯　等待什么事,还是等待什么人?

厄勒克特拉　我不告诉你。还是你说说吧。你也很漂亮。你要在这里待很久么?

俄瑞斯忒斯　我本来今天就要走。可是现在……

厄勒克特拉　现在?

俄瑞斯忒斯　我说不准了。

厄勒克特拉　科任托斯是个美丽的城市么?

俄瑞斯忒斯　很美。

厄勒克特拉　你很喜欢那个城市,为它感到骄傲吗?

俄瑞斯忒斯　是的。

厄勒克特拉　对我来说,为我出生的城市感到骄傲,似乎很荒唐可笑。你给我解释解释吧。

俄瑞斯忒斯　怎么说呢……我也不知道。我没法给你解释。

厄勒克特拉　你没法?（稍停）是不是科任托斯真有浓荫覆盖的广场? 真有傍晚人们可以散步的广场?

俄瑞斯忒斯　是真的。

厄勒克特拉　晚上,大家都出来吗?大家都散步吗?

俄瑞斯忒斯　对,大家。

厄勒克特拉　年轻小伙子和姑娘在一起?

俄瑞斯忒斯　年轻小伙子和姑娘在一起。

厄勒克特拉　他们彼此总有话说吗?他们很喜欢待在一起吗?夜深了,还能听见他们在一起谈笑吗?

俄瑞斯忒斯　是的。

厄勒克特拉　你觉得我很幼稚可笑吧?因为我很难想象散步、歌唱、微笑这些事是什么样子。这里的人被恐惧折磨得痛苦不堪。而我……

俄瑞斯忒斯　而你?

厄勒克特拉　是仇恨折磨我。科任托斯的姑娘们,她们整天做什么?

俄瑞斯忒斯　她们梳妆打扮,唱歌或弹琴,然后互相串门,晚上,她们参加舞会。

厄勒克特拉　她们无忧无虑么?

俄瑞斯忒斯　她们也有小忧小虑。

厄勒克特拉　是吗?你听我说,科任托斯的人,他们也有悔恨吗?

俄瑞斯忒斯　偶尔也有。不常有。

厄勒克特拉　那么,他们是想干什么就干什么,过后就不再想这些事了?

俄瑞斯忒斯　是这样。

厄勒克特拉　这倒挺有意思。(稍停)你再告诉我一件事,因为我需要了解,为了一个人……为了一个我等待着的人,我要了解。假设有一个科任托斯的小伙子,就是每天晚上和姑娘们一起谈笑的一个小伙子,出门回来,发现他的父亲被人谋害了,他的母亲与杀父凶手同床共枕,他的姐姐沦为奴隶。这个科任托斯小伙子,他会忍气吞声吗?他是卑躬屈节地打着恭退出来,到他的女友身边去寻求安慰呢,还是抽出利剑,向杀人凶手猛砍猛劈,直到他脑袋开花为止呢?——你怎么不回答?

俄瑞斯忒斯　我不知道。

厄勒克特拉　怎么?你不知道?

〔克吕泰涅斯特拉的声音:厄勒克特拉!

厄勒克特拉　嘘!

俄瑞斯忒斯　怎么啦?

厄勒克特拉　这是我母亲,克吕泰涅斯特拉王后。

第 五 场

〔俄瑞斯忒斯,厄勒克特拉,克吕泰涅斯特拉。

厄勒克特拉　怎么,菲勒勃,你见她害怕么?

俄瑞斯忒斯　这张脸,我曾经上百次地极力想象它是什么模样,现在,我终于见到了。虽有脂粉的光泽,仍然显得疲惫、无精打采。然而,她的眼睛这样呆滞无神,我真没想到。

克吕泰涅斯特拉　厄勒克特拉,国王命你穿戴齐整参加大典。你去穿上黑衣裙,戴上首饰。怎么?你垂下眼皮是什么意思?胳膊肘紧紧夹着骨瘦如柴的腰身,手足无措的样子……你在我面前常常摆出这副模样。你装得倒像,可我再也不上你的当了:刚才我从窗子里看到的厄勒克特拉,与你现在判若两人,你手舞足蹈,眼睛放射出热情的光芒……你敢抬起头来看

27

着我?你倒是回答不回答我的话?

厄勒克特拉　你们难道需要一个脏丫头,为你们的节日增添光彩么?

克吕泰涅斯特拉　别装蒜了!厄勒克特拉,你是公主。和往年一样,百姓在等着你。

厄勒克特拉　我是公主,真的吗?你们每年也就这么一次,当老百姓要求看见我们全家在一起的情景以受教益的时候,你们就想起还有我这么个公主,是吗?美丽的公主,给你们洗碗、放猪的公主!埃癸斯托斯是不是还和去年一样,用手臂搂住我的肩膀,贴着我的脸露出笑容,同时在我的耳边低声道出威胁我的话语呢?

克吕泰涅斯特拉　要让他不这样,那就看你了。

厄勒克特拉　对了,如果我听任你们的悔恨也毒害我的心灵,为了我没有犯的罪祈求众神宽恕的话。对了,如果我亲吻埃癸斯托斯的手,管他叫爸爸的话。呸!他的指甲下面有干了的血迹!

克吕泰涅斯特拉　随你便吧!我已经好久不以我的名义给你下命令了。我向你转达国王的命令。

厄勒克特拉　埃癸斯托斯的命令关我什么事?我的母亲,他是你的丈夫,你亲爱的丈夫,可不是我的。

克吕泰涅斯特拉　厄勒克特拉,我没什么可跟你说的。我看得出来,你是要把你自己毁了,也要把我们毁了。可是,一朝之间毁了自己一生的我,又怎能规劝你呢?你恨我,我的孩子。但更使我忧虑不安的,是你长得像我:我以前也是这样的尖尖的脸,焦虑不安的性格,狡黠的眼睛——这是不会有好下场的。

厄勒克特拉　我不愿意像你!喂,菲勒勃,我们两人都在你面前,一个挨着一个,你都看见了。我不像她,是不是?

俄瑞斯忒斯　我说什么呢?她的面容如同被霹雳击过和被冰雹打过,而你的面孔似乎预示着狂风暴雨的到来:有一天,激情会将这面容完全烧毁的。

厄勒克特拉　预示着狂风暴雨?好吧。这种比拟,我可以接受。但愿你能说中。

克吕泰涅斯特拉　咦?你这样打量着人家,你是什么人?让我也来端详端详你。你在这儿干什么?

厄勒克特拉　(急切地)他是科任托斯人,名字叫菲勒勃。他来旅行。

克吕泰涅斯特拉　菲勒勃?啊!

厄勒克特拉　你好像害怕他叫别的名字?

克吕泰涅斯特拉　害怕?如果说我毁了自己,还得到了什么东西的话,那就是我现在什么都不会怕了。你过来,外邦人,欢迎你。你好年轻啊!你多大了?

俄瑞斯忒斯　十八岁。

克吕泰涅斯特拉　你父母都还健在么?

俄瑞斯忒斯　我父亲去世了。

克吕泰涅斯特拉　那你母亲呢?她大概岁数跟我差不多吧?你怎么不说话?可能你觉得你的母亲比我年轻,她还能陪你谈笑歌唱吧!你爱她吗?回答呀!为什么你离开了她?

俄瑞斯忒斯　我前往斯巴达投军去,去当雇佣军。

克吕泰涅斯特拉　过往的游人一般都绕行八十公里,避开我们的城市。没有人告诉过你么?平原上的人把我们孤立起来了:他们视我们的悔恨如瘟疫,生怕被传染上。

俄瑞斯忒斯　我知道。

克吕泰涅斯特拉　十五年前犯下的一桩不可饶恕的罪过,把我们压得透不过气来。他们告诉你了吗?

俄瑞斯忒斯　告诉我了。

克吕泰涅斯特拉　说王后克吕泰涅斯特拉罪大恶极,她的名字被众人咒骂,对不对?

俄瑞斯忒斯　对,他们告诉我了。

克吕泰涅斯特拉　那你怎么还是来了呢?……外邦人,我就是王后克吕泰涅斯特拉。

厄勒克特拉　菲勒勃,你不要心软哪。王后搞了个我们举国一致的把戏来寻开心:这就是所谓公开忏悔的把戏。在我们这里,每个人都必须当着大家的面高喊自己的罪孽。节日的时候,某个商人,关了店下了板以后,跪行长街,用地上的尘土揉搓着自己的头发,声嘶力竭地叫喊,说自己是杀人凶手,是奸夫或者是渎职者。这种事屡见不鲜。然而阿耳戈斯人对这些已经开始厌倦了:每个人对别人的罪行都能倒背如流。王后的罪行更是如此,再也不能使任何人感兴趣了,可以说这是正式公开的罪行,奠基的罪行。你可以想象一下,她看见了你,年纪轻轻,新来乍到,一无所知,连她的名字都不知道,她是多么高兴呀!对她来说,这是千载难逢的机遇啊!于是,她装出仿佛是第一次忏悔的模样。

克吕泰涅斯特拉　住嘴!随便谁都可以朝我脸上啐唾沫,叫我罪犯和娼妓。但是任何人都没有权利对我的悔恨说三道四。

厄勒克特拉　菲勒勃,你看见了吧,这是规矩。人们向你苦苦哀求,请你谴责他们。但是,你要注意,只能根据他们向你承认的过失来评断他们:其他的过失则与任何人无关。倘若你知道了,他们就要对你不满。

克吕泰涅斯特拉　　十五年前,我是全希腊最美丽的女子。你看看我的脸,就可以断定我经受了多少痛苦。我毫不掩饰地告诉你:我引以为憾的,并不是那个老公羊①的死!当我看见他在浴盆里血流如注的时候②,我高兴得唱起歌,跳起舞来。直到今天,十五年过去了,每当我忆起那副情景的时候,仍然有一种快感使我浑身战栗。但是,我有一个儿子——他大概也是你这个岁数。埃癸斯托斯将他交给雇佣兵的时候,我……

厄勒克特拉　　好像你也有一个女儿,我的母亲。你叫她当了洗碗的女佣。然而这一过失却并不使你怎样痛苦。

克吕泰涅斯特拉　　厄勒克特拉,你还年轻。处置一个年纪轻轻还没有来得及作恶的人对他来说易如反掌。不过,不要着急:有那么一天,你也要拖着一桩无法弥补的罪行的包袱。每走一步,你以为离它远一些了,然而它依然那样沉重地拖累着你。你回头望去,只见它在你身后,够又够不着它,暗淡而又纯净。有如一块黑色的水晶。甚至你都弄不明白这是怎么回事。你会说:"不是我,这不是我干的。"然而,它在那里,你千百次否认,它仍在那里,将你向后拉去。最后你终于明白了:你将你的一生孤注一掷,一失足成千古恨。现在,除了拖着你罪行的重担直到死去,你已别无出路。这就是悔恨的法律,既公平也不公平。看你这青春的傲气将来会变成什么样子吧!

厄勒克特拉　　我青春的傲气?你追悔你的青春年华,远远甚于你的罪行。你憎恨我的青春年华,远远甚于我的清白无辜。

---

① 指阿伽门农。
② 据传说,阿伽门农从特洛伊归来之后,克吕泰涅斯特拉和埃癸斯托斯趁他蹲在窄小的浴盆里沐浴的时候,把一件没有领口、没有袖口的浴后长袍罩在他身上,向他刺了三剑,将他杀死。

克吕泰涅斯特拉　厄勒克特拉,在你身上我憎恨的,是我自己。并不是你的青春年华——噢,不是!——而是我自己的青春年华。

厄勒克特拉　可是我,我恨的是你,正是你。

克吕泰涅斯特拉　不害羞吗?!我们两人在这儿对骂,就像两个年龄相仿的女人争风吃醋变成了仇敌一般。而我是你的母亲呀。年轻人,我不知道你是什么人,也不知道你到我们这里来干什么。但是你的到来是不祥之兆。厄勒克特拉厌恶我,我不是不知道。但是十五年来,我们保持着沉默,只有彼此的眼神泄露出我们内心的秘密。你来了,和我们说了几句话,于是我们就忽然张牙舞爪像两只母狗一般对吠起来。城邦的法律规定我们有义务接待你。可是,我坦率地对你说,我希望你走开。至于你,我的孩子,你太像我了,我不喜欢你,这是事实。但我宁愿断去右手,也不愿加害于你。你对这一点知道得一清二楚,你利用了我的弱点。不过我还是劝你,不要将你那小小的毒蛇头伸向埃癸斯托斯:他举棍一击,就会打断毒蛇的脊梁骨。相信我的话,遵照他的命令去行事,否则你会后悔的。

厄勒克特拉　你可以给国王回话,说我节日典礼上不露面。菲勒勃,你知道他们搞什么名堂吗?城市后山上有一个岩洞,我们城里的年轻人从来没有找到岩洞的尽头。有人说这岩洞通往地狱,大祭司让人拿一块大石头把洞口堵上了。你相信吗?每到我父亲的忌辰,百姓聚集在岩洞前,士兵从旁将堵塞洞口的巨石推开。据说,我们那些亡灵就从地狱里上来,四散在城内。餐桌上给他们放上一份餐具,给他们准备好椅子和床铺,晚上守夜时大家坐紧些给他们腾出位置。他们无处不去,人们的全部时间都花在他们身上。你可以猜想到活人的哀诉:

"我亲爱的亡灵,我亲爱的死鬼,我并不想冒犯你,宽恕我吧!"第二天清晨,鸡啼的时候,他们又回到地下去了,再把巨石推回岩洞口。这就算结束,下一年再来。我不愿意参与这种虚情假意的仪式。死人是他们的,又不是我的。

克吕泰涅斯特拉　如果你不心甘情愿地服从,国王已经下令强拉也要拉你去。

厄勒克特拉　强拉我去?……哈哈!强拉我去?太好了!我的好妈妈,请你告诉国王放心,我服从就是了。既然百姓希望见到我,我就在节日典礼上露露面,不让他们失望。你,菲勒勃,我请你晚一些走吧,参加一下我们的节日活动。说不定你会遇到好玩的事。一会儿见,我去装扮一下。(下)

克吕泰涅斯特拉　(对俄瑞斯忒斯)你走开吧。我确信你将给我们带来不幸。你不能怪我们,我们没有做任何冒犯你的事情。走开吧!我以你母亲的名义乞求你,走开吧!(下)

俄瑞斯忒斯　以我母亲的名义……

〔朱庇特上。

第 六 场

〔俄瑞斯忒斯,朱庇特。

朱庇特　您的仆人告诉我,你们就要走了。他到处寻找马匹,跑遍全城,一无所获。我可以给你们搞两匹鞴有鞍具的母马,价钱也不贵。

俄瑞斯忒斯　我不走了。

朱庇特　(缓慢地)您不走了?(稍停。急切地)那么我也不离开您,您是我的客人。在城市下方,有一家相当不错的旅店,咱们可以一起到那里去住。找我这么个伴,您是不会后悔的。首先——阿布拉克萨斯,加拉,加拉,啐,啐——我可以帮您摆脱苍蝇。其次,我这么大年岁的人,有时可以出些好主意:我可以做您的父亲呢!您给我讲讲您的身世。来吧,年轻人,听凭安排吧:这一类的邂逅有时比最初设想的还更有益处。就以忒勒马科斯为例,您是知道的,他是奥德修王①的儿子。有一天,忒勒马科斯遇到一位老人,名叫门托尔②。此后,老人便与他的命运紧密相连,到处跟随着他。对了,您知道这位门托尔是谁吗?

〔朱庇特一面说着,一面将俄瑞斯忒斯带下。

——幕落

---

① 奥德修为伊塔刻王。他参加特洛亚战争归来时,中途遇风,在海上漂流十年,历经艰险,最后终于回到希腊。荷马史诗《奥德修纪》讲述的就是他的故事。
② 这段故事见《奥德修纪》第二卷。为帮助忒勒马科斯,雅典娜化作奥德修的老臣门托尔,陪他到异乡去寻找父亲。

第 二 幕

第 一 景

〔山中一处平地。右侧为一岩洞,一块黑色巨石堵住洞口。左侧,几级台阶通向一座神庙。

第 一 场

〔群众,然后上场的是朱庇特、俄瑞斯忒斯和保傅。

一妇人　（跑在小儿子面前）瞧瞧你的领带。我已经给你打了三次了。（用手掸灰尘）这儿。好,现在干净了。乖点啊,叫你哭的时候,你就和别人一起哭。听见了吗?

孩子　他们是从这儿出来吗?

妇人　对。

孩子　我害怕。

妇人　应该害怕,我的宝贝。应该怕极了。这样才能成为一个诚实的人。

男甲　他们今天倒碰上好天气。

男乙　幸亏如此！应该说他们还是喜欢太阳的光和热的。去年正赶上下雨。他们那样子可……真可怕。

男甲　是可怕。

男乙　唉！

男丙　等他们回到洞内，就剩我们留在这儿的时候，我要爬上去，仔细瞧瞧这块石头。心想："这回，又能过一年安稳日子了。"

男丁　是吗？就是这样也无法宽慰我的心。从明天开始，我心里又要开始嘀咕："明年他们会是什么模样呢？"他们一年比一年凶恶了。

男乙　住嘴，该死的！说不定他们已经有人从石头缝里钻出来，在咱们当中游荡了……有些死人是提前到的。

　　〔几人面面相觑，心神不安。

一少妇　哪怕马上开始也好啊！这些王宫里的人，他们干什么去了？现在还不到。我可是觉得这么等着最难受了：全到了，大家站在火辣辣的太阳底下，着急得直跺脚，目不转睛地盯着这块黑石头……啊！他们就在那儿呢，石头后面。和我们一样，他们也在等待，想着出来怎么祸害我们，心里暗暗高兴。

一老妇　算了吧，你这个臭女人！谁都知道你为什么害怕，你男人今年春上刚死，可是你已经叫他当了十年王八。

少妇　对对，我承认我是想方设法欺骗他来着。可是我很爱他，我使他生活得愉快。他一点也没起疑，临死的时候还像感恩戴德的狗那样温情脉脉地望了我一眼。现在，他什么都知道了，是别人破坏了他的心绪。如今他恨我，他痛苦不堪。过一会儿，他会挨着我，他那轻烟一般的身躯会紧紧贴在我的身上，比任何活人都贴得紧。啊！我要把他像皮围领一样绕在脖子上，把他带回家去。我已经给他准备了几样他爱吃的美味小菜，白面糕点，还有小吃。可是，恐怕什么都无法平息他的怨恨。而且今天夜里……今天夜里，他要和我同床。

男戊　对,她说得对。埃癸斯托斯在做什么?他在想什么?再这么等下去,我受不了啦!

男己　随你怎么怨天尤人吧!你以为埃癸斯托斯不像我们这么害怕吗?你愿意像他那样跟阿伽门农面对面待上二十四小时吗?

少妇　多么可怕的等待啊,太可怕啦!我仿佛觉得你们大家都慢慢地离开我走了。巨石还没有挪开,可每个人都像孤单单的一滴雨水一样,已经在受着自家亡人的折磨了!

〔朱庇特、俄瑞斯忒斯、保傅上。

朱庇特　从这儿过来,这地方好。

俄瑞斯忒斯　这就是阿耳戈斯的公民,阿伽门农王最忠诚的百姓么?

保傅　他们长得可真丑!老爷,你看看,一个个面色蜡黄,眼窝塌陷。一个个吓得要死。这就是迷信的结果。你看看他们,看看他们吧!你如果还需要证据来证明我的人生哲学是多么高超,那你看看他们,然后再看看我的满面红光。

朱庇特　妙不可言的满面红光!我的好好先生,在朱庇特的眼光看来,即使几片罂粟花瓣贴在你脸上,你仍然和这些人一样,不失为粪土。瞧瞧吧,你都发臭了,自己还不知道呢!可是他们,鼻孔里充满了自己的臭味。他们比起你来,颇有些自知之明。

〔人群中怨声鼎沸。

男庚　(登上神庙的台阶,对人群讲话)他们存心要逼我们发疯吗?同伴们,咱们一齐喊,把埃癸斯托斯叫出来:我们不能再让他拖延大典了。

众人　埃癸斯托斯!埃癸斯托斯!可怜可怜我们吧!

一妇人　是啊！可怜可怜吧！可是谁也不会可怜我！我切齿痛恨的那个人，他就要来了，带着他那割断的脖子！他要用那看不见的，黏糊糊的手臂紧紧搂住我，整整一夜，他要与我睡觉，整整一夜。啊！（昏厥过去）

俄瑞斯忒斯　简直发疯了！应该告诉这些人……

朱庇特　哎，怎么，年轻人，一个女人一时翻白眼，值得这么大惊小怪么？您要见识的多啦！

男辛　（跪倒在地）我臭气冲天！我遗臭万年！我是一个卑鄙无耻之徒！你们看，苍蝇像乌鸦一样落在我身上。复仇的苍蝇！叮吧，抠吧，挖吧，到我的皮肉，直到我污秽下流的心里去找食吃吧。我有罪，我万恶不赦，我比下水道、比化粪池还肮脏……

朱庇特　老实人！

数名男子　（将男辛扶起）行啦，行啦。过一会儿，等他们来了，你再讲吧！

〔男辛依然痴痴呆呆，翻着白眼，喘着粗气。

众人　埃癸斯托斯！埃癸斯托斯！可怜可怜我们吧，快下令开始吧！我们坚持不住啦！

〔埃癸斯托斯出现在神庙的台阶上，身后是克吕泰涅斯特拉、大祭司和众卫士。

第 二 场

〔前场人物，埃癸斯托斯，克吕泰涅斯特拉，大祭司，众卫士。

埃癸斯托斯　狗男女们！你们竟然口出怨言，真是胆大包天！你们干的卑鄙勾当,都忘记了么?按照朱庇特的神意,我要使你们对过去记忆犹新。(转身向克吕泰涅斯特拉)咱们只能决定开始,不等她了。不过,叫她小心点。我要对她进行惩罚,以儆效尤。

克吕泰涅斯特拉　她答应我服从命令。我敢肯定,她正在梳妆。她大概梳妆打扮的时间太长,耽误了。

埃癸斯托斯　(对众卫士)去,到王宫把厄勒克特拉给我找来,把她带到这里来,不愿来就强拉来!(卫士下。向群众)各就各位。男人在我右首,女人和孩子在我左首。好。

〔静场。埃癸斯托斯等待。

大祭司　这些人受不了啦!

埃癸斯托斯　我知道。如果卫士们……

〔卫士返场。

卫士甲　老爷,我们到处寻找公主。可是王宫里空无一人。

埃癸斯托斯　那好,明天我们再跟她算账。(向大祭司)开始吧!

大祭司　移开大石头。

众人　啊!

〔卫士移开巨石。大祭司向前,直走到岩洞口。

大祭司　你们这些被遗忘的人、被抛弃的人、失望的人,你们像死火山的喷烟一样在地底下、在黑暗中飘飘荡荡,你们除了满腹的怨恨就一无所有了,亡人们,起来吧,今天是你们的节日!来吧,就像风儿驱赶着巨大的硫黄蒸气,从地下升腾起来吧!从世界的脏腑中上来吧!啊,死过上百次的亡人们,我们心脏的每一次跳动都使你们复苏,变得如同刚刚死去一样。以愤怒、辛酸和复仇精神的名义,我召唤你们,来把你们的仇恨发泄在活人身上吧!来吧,如浓雾一般布满我们的街道,成群地拥挤着混进母亲和孩子、情夫与情妇之间,让我们为不是亡人而懊恼吧!起来,夜里人人害怕的吸血鬼、恶鬼、幽灵和哈尔比亚们[①]!起来,因说了亵渎神明的言语而死去的士兵们!起来,命途多舛的人,受尽屈辱的人!起来,饥饿而死的人们,你们临终的呼喊就是一声诅咒。你们看,活着的人们已经在这里了,肥美的活生生的猎物已在这里了!起来吧,像旋风一般扑向他们,把他们啃得只剩下骨头!起来!起来!起来!

〔鼓声大作。大祭司在岩洞口前面舞蹈,最初缓慢,后越来越快,直至筋疲力尽,倒地。

埃癸斯托斯　他们来了!

众人　太可怕了!

俄瑞斯忒斯　这太不像话了!我要……

朱庇特　看着我,年轻人,正面看着我。好,您明白了。现在,请您不要作声。

俄瑞斯忒斯　您是什么人?

朱庇特　以后您就会知道。

〔埃癸斯托斯缓步走下神庙的台阶。

埃癸斯托斯　他们已经来了。(停顿)阿瑞西,被你嘲弄的丈夫,他来了,他就在这里,紧挨着你,拥抱着你。啊,他抱得多么紧,他多么爱你,他多么恨你!尼西阿斯,你的母亲,她来了,她在这里,你那因无人照料而死去的母亲。还有你,谢盖斯特斯,无耻的高利贷者,他们来了,这些不幸的负债者,因贫困而死以及被你搞得破产而上吊自杀的人。他们就在这里,今天

[①] 希腊神话中司暴风的有翅女怪。

该他们向你讨债了。还有你们,做父母的,充满柔情的父母们,眼睛向下点,往下看,往地上看:他们来了,你们死去的孩子,伸着小手!你们往日拒绝给予他们的快乐,你们往日使他们遭受的痛苦,现在都像铅块一样,沉重地压在他们痛苦失望、充满仇恨的小小心灵上。

众人　可怜可怜吧!

埃癸斯托斯　啊,是啊!可怜可怜吧!你们难道不知道,死人从来没有恻隐之心吗?他们的苦痛永远不会消失,因为他们的阳世账已经终结,不能更改了。尼西阿斯,你难道打算用积善积德来抹去从前你给母亲造成的痛苦么?然而你想想,什么样的善行才能够打动她呢?她的灵魂犹如赤日炎炎的正午,没有一丝风,一切都静止不动,一切都万古不变,什么都不生长,只有无情的烈日、纹丝不动的太阳永不停歇地炙烤着它。死去的人再也不能复活——你们懂么,这个无情的字眼——他们再也不能复活了。正因为如此,他们才成了腐蚀不了的看守,看守着你们的罪行。

众人　可怜可怜我们吧!

埃癸斯托斯　怜悯你们?啊,蹩脚的演员们,你们今天可有观众了!这千万只眼睛,目不转睛,带着绝望的眼光,注视着你们的面孔和双手,你们感觉到它的分量了吗?他们看得见我们,他们望着我们,在聚集起来的亡灵面前,我们就像赤身露体一样别想掩饰。哈哈!你们现在已经相当局促不安了!这看不见的、清澈的目光,比你们记得起来的任何目光都要持久,它在炙烤着你们。

众人　可怜可怜我们吧!

众男　饶恕我们吧,我们还活着,你们却死去了。

众女　可怜我们吧！我们的周围是你们的面容和过去属于你们的东西,我们永生永世为你们服丧,我们从黎明号哭到夜晚,再从夜晚号哭到黎明。我们再怎样做也是无济于事,对你们的记忆已散成丝缕,从手指缝中漏走了。每天,记忆总要淡薄一点,于是我们的罪过就增加一分。你们离开我们,你们离开我们,你们从我们身边流逝,有如流出的血一样。然而,倘若这话能够平息你们灵魂中的激愤的话,啊,我们亲爱的亡人,我愿告诉你们,你们已经毁了我们的生活。

众男　饶恕我们吧,我们还活着,你们却死去了。

众儿童　可怜我们吧！我们生出来,原非本意。我们一个个都因长大了而感到羞耻。我们怎么会冒犯了你们呢？你们看,我们勉勉强强维持着生命,骨瘦如柴,面色苍白,身躯弱小。我们一点声都不出,悄悄溜来溜去,甚至不震动我们周围的空气。我们害怕你们,噢,怕得要命！

众男　饶恕我们吧,我们还活着,你们却死去了。

埃癸斯托斯　肃静！肃静！你们这样哀叹不止,身为你们的国王,我,我该说什么呢？对我的惩罚已经开始:大地颤抖,天空阴暗。亡人中最大的人物就要出现,他就是我亲手杀死的阿伽门农。

俄瑞斯忒斯　（拔剑出鞘）淫棍！我不许你将我父亲的名字和你的鬼把戏搅和在一起！

朱庇特　（拦腰抱住俄瑞斯忒斯）住手,年轻人,住手！

埃癸斯托斯　（转身）谁敢？（厄勒克特拉出现在神庙台阶上,身着白色裙袍。埃癸斯托斯瞥见了她）厄勒克特拉！

众人　厄勒克特拉！

第 三 场

〔前场人物,厄勒克特拉。

埃癸斯托斯　厄勒克特拉,你说,穿这身衣服是什么意思?

厄勒克特拉　我穿上了我最漂亮的衣服。今天难道不是过节吗?

大祭司　你这是来嘲弄亡人吗?今天是他们的节日,你知道得清清楚楚,你应该穿丧服出现。

厄勒克特拉　丧服?为什么要着丧服?我不害怕我的亡人,你们的亡人与我有什么相干!

埃癸斯托斯　你说的是实话,你的亡人不是我们的亡人。你们瞧瞧她,这个阿特柔斯的孙女,那身妓女打扮。阿特柔斯曾经卑鄙地杀害了他的侄子①。你是什么东西!无非是这个被诅咒的家族最后的子孙罢了!我可怜你,才让你留在王宫里。可是今天,我承认我错了,因为在你的血管里流的,一直是阿特柔斯家族肮脏的血液!如果我不好好整治整治你,就要把我们都传染上!畜生!你等着,瞧我会不会惩罚你。到那时,两只眼睛都还不够你哭呢。

众人　亵渎神明啊!

埃癸斯托斯　听见了吧,无耻的东西!你冒犯了百姓,他们在骂你,你听到了吗?他们叫你什么,你听到了吗?倘若没有我在

---

① 阿特柔斯为阿伽门农之父。他的兄弟堤厄斯忒斯曾诱奸他的妻子,并与之争夺王位,被阿特柔斯放逐。堤厄斯忒斯走时,将阿特柔斯的一个儿子带走,将他养大,让他去杀他的父亲阿特柔斯,结果反被阿特柔斯杀死。后来阿特柔斯假意同堤厄斯忒斯和好,请他赴宴,将堤厄斯忒斯两个儿子的肉给他吃。众神为此诅咒阿特柔斯一家不得好报。埃癸斯托斯也是堤厄斯忒斯的儿子,他后来杀死阿伽门农,也算是为父报仇。

这里抑制着他们的愤怒,他们会就地把你撕成碎片!

众人 亵渎神明啊!

厄勒克特拉 难道快活就是亵渎神明吗?为什么他们不快活呢?谁不让他们快活呢?

埃癸斯托斯 她死去的父亲,就在这里,脸上血迹犹存。而她却在笑……

厄勒克特拉 你竟然胆敢提起阿伽门农?你知道他夜里是否曾来到我身旁,轻轻地和我说话?你知道他用嘶哑和疲惫的声音对我说些什么爱抚和怀念的话语?我放声大笑,这倒不假。我有生以来第一次放声大笑,我感到幸福。难道你们认为,我的幸福不会使我父亲的心感到快慰么?啊!如果他在这里,如果他看见他女儿身穿雪白的长裙,看到他那沦为下贱女奴的女儿高昂着头,苦难不幸并没有压垮她的自尊心,我确信,他绝不想诅咒我;在他饱受痛苦折磨的脸上,双眼会闪射出光芒,淌血的双唇会露出笑容。

少妇 说不定她说的是真话?

众人 (七嘴八舌)不对,她在骗人,她疯了。厄勒克特拉,求求你,你快走开吧!否则你这样亵渎神明,会给我们招来祸殃的。

厄勒克特拉 你们到底怕什么呢?我向你们四周看看,除了你们的影子,并没有其他的东西。不过,请你们听听我刚刚得知的事情,可能你们还不知道:在希腊,有着幸福的城市。雪白而宁静的城市,如蜥蜴一般,沐浴着和煦的阳光。就在此时此刻,就在这个天底下,在科任托斯的广场上,孩子们在玩耍。他们的母亲,根本无须为生了这些孩子而请求宽恕。她们微笑着,看着孩子,为自己的孩子感到骄傲。啊,阿耳戈斯的母亲们,你们理解吗?一个女人望着她的孩子,心中想道:"是我十月怀胎生下的他啊!"这种做母亲的骄傲心情,你们还能理解吗?

埃癸斯托斯　你到底住嘴不?否则我要把你的话塞回你的喉咙!

群众中有人叫喊　对!对!叫她住嘴。够了!够了!

也有人叫喊　不!不!让她说!让她说!这是阿伽门农在她身上显灵了。

厄勒克特拉　天气晴朗。平原上到处有人抬头望着天空说道:"天气不错。"他们高高兴兴。啊,你们这些自己折磨自己的人!农民们走在自己的田地上,说着:"天气不错。"这种朴实的悠然自得,你们已经忘记了么?瞧你们现在这副模样,垂着胳膊,耷拉着脑袋,粗气都不敢出。你们家的亡灵紧贴在你们身上,你们吓得动也不敢动,生怕稍一动弹会把他们挤着碰着。倘若你们的手忽然从一小股潮湿的蒸汽中挥过,这气体就是你们亡父或祖先的灵魂,这该多么可怕,是吗?——你们看我:我伸出手臂,舒展身体,像刚刚睡醒的人一样伸伸懒腰,我占据着我在阳光下应有的位置,该占多少就占多少。难道天会塌下来,砸到我的头顶上么?我还要跳舞。你们瞧,我跳舞。我只感到风儿在吹动我的头发,别的什么也感觉不到。亡灵在哪里?你们相信他们随着节拍和我一起跳舞么?

大祭司　阿耳戈斯的百姓们,我告诉你们,这个女人亵渎神明。她和你们当中听她胡言乱语的人,要遭祸殃的!

厄勒克特拉　啊,我死去的亲人,伊菲革涅亚,我的姐姐[①],阿伽门

[①] 伊菲革涅亚为阿伽门农与克吕泰涅斯特拉所生之长女。希腊联军将开赴特洛伊时,阿尔忒弥斯女神发怒,使海上起逆风,无法航行。阿伽门农依照先知卡尔卡斯的话,杀了伊菲革涅亚来献祭,以平息女神的愤怒。

农,我的父亲,我唯一的国王,请你们倾听我的祈祷吧!如果我亵渎神明,如果我冒犯了你们痛苦的亡灵,就请你们示意给我吧!赶快示意给我,好让我知道。但是,我的亲人,如果你们认为我说得对,那么,就请你们不要作声,不要让一片树叶、一茎青草晃动,不要让任何声响来打扰我神圣的舞蹈:因为我为欢乐而舞,为人类的安宁而舞,为幸福和生活而舞。啊,我的亲人,我要求你们保持肃静,以便让我周围的人知道,你们的心是和我在一起的。

〔舞蹈。

人群中声音 她跳了!看她,轻盈得如同跳动的火焰;她在阳光下舞蹈,有如风展旗帜飒飒作响。——而且亡灵们默不作声!

少妇 你们看她那心醉神迷的样子——不,亵渎神明的人绝不会有这样的面庞。对啦!埃癸斯托斯,埃癸斯托斯!你一言不发——为什么你不回答?

埃癸斯托斯 跟臭畜生有什么可争论的?把它们杀了就是!以前我饶了她一命,真是大错特错了。不过,这个错误还可以挽回:不要怕,我立即把她砸死在地上,她的整个家族也就随之灭绝了!

众人 威胁不等于回答,埃癸斯托斯!除此以外,你就对我们说不出什么别的了么?

少妇 她跳着舞着,笑容满面,幸福得很,而且亡灵似乎在保护着她。啊,厄勒克特拉,太令人羡慕了!你看我,我也像你一样,伸开双臂,将我的胸脯敞向太阳!

人群中声音 亡人保持着沉默:埃癸斯托斯,你欺骗了我们!

俄瑞斯忒斯 亲爱的厄勒克特拉!

朱庇特 他妈的,我要挫挫这女孩的傲气。(伸出手臂)波济东,卡里布,卡里邦,吕拉比。

〔堵塞岩洞口的巨石沿神庙台阶滚下,轰然作响。厄勒克特拉停止舞蹈。

众人 太可怕了!

〔静场。长久的沉默。

大祭司 噢,卑怯轻浮的百姓们:亡灵们报复了!你们看,苍蝇有如滚滚烟尘向我们扑来!你们听了亵渎神明的话语,我们遭到了诅咒!

众人 我们什么事也没干,这不是我们的过错。她来了,用她包藏祸心的话语诱惑了我们!把这个女巫扔到河里去,把她扔到河里去!烧死她!

一位老妇 (指着那位少妇)还有她!她听那番话就像吃蜜糖一样舒服!把她的衣服扒下来,让她赤身露体,拿鞭子抽得她皮开肉绽!

〔众人抓住了少妇,几个男人登上台阶,朝厄勒克特拉扑去。

埃癸斯托斯 (重又挺直身板)肃静,狗男女们!挨着个儿回到你们的位置上去,让我来处置她。(静场)怎么样?你们看见了吧,不服从我是什么下场?现在,你们还怀疑你们的首领吗?回家去吧,亡灵会陪伴着你们,整个白天和整整一夜,他们是你们的客人。在餐桌上,炉灶边,在床上,给他们让出个位置来,尽量用你们堪称典范的行动,使他们忘掉这一切。至于我本人,虽然你们对我的怀疑触犯了我,但是,我宽恕你们。可是你,厄勒克特拉⋯⋯

厄勒克特拉 怎么样?我这次没成功。下次我要搞好些。

埃癸斯托斯 我不会给你下一次的机会!城邦的法律不允许我在

这节日期间惩处人。你知道这一点,所以你滥用了这条规定。但是,你不再是城邦的一员了,我驱逐你出去。你就穿着这件不要脸的衣裙光着脚离开,不许携带行李。如果明天黎明时,你还在我们的城垣内,我要下令,任何遇到你的人,都可以像杀死一只癞皮羊一样杀死你。

〔埃癸斯托斯下,卫士随下。人群列队从厄勒克特拉身旁走过,向她挥舞拳头。

朱庇特　（向俄瑞斯忒斯）怎么样,我的主人？您受感化了吧？这是一段道德教育,或者是我完全搞错了:善有善报,恶有恶报嘛。（指着厄勒克特拉）这个女人……

俄瑞斯忒斯　这位女子是我的姐姐,老家伙！走开,我要和她说几句话。

朱庇特　（凝视他好一会,然后,耸耸肩膀）随您便吧！

〔朱庇特下,保傅随下。

第 四 场

〔厄勒克特拉,（站在神庙的台阶上）俄瑞斯忒斯。

俄瑞斯忒斯　厄勒克特拉！

厄勒克特拉　（抬起头,注视着他）啊！是你,菲勒勃？

俄瑞斯忒斯　厄勒克特拉,你再不能在这城市里待下去了。你有危险。

厄勒克特拉　有危险？啊,真的！你看见了,我败得好惨。这多少是你的过错,你要知道。不过,我不怪你！

俄瑞斯忒斯　我怎么啦？

厄勒克特拉　你骗了我。（下台阶,向俄瑞斯忒斯走去）让我看看

48

你的脸。是的,我上了你眼睛的当。

俄瑞斯忒斯　时间紧迫,厄勒克特拉。听我说:咱们一起逃走。有个人正在给我搞马匹,我骑马带着你,你坐在我身后。

厄勒克特拉　不!

俄瑞斯忒斯　你不愿意跟我一起逃走吗?

厄勒克特拉　我不愿意逃走。

俄瑞斯忒斯　我带你到科任托斯去。

厄勒克特拉　(笑)哈哈!科任托斯……你看,虽然你是无意的,但你还在骗我。我,到科任托斯我能干些什么呢?我还是应该冷静些。昨天我依然有着不高的愿望:当我低垂着眼帘服侍他们用饭的时候,我从睫毛间注视着国王夫妻。那上了年纪的美人,面孔呆滞死板;那男的,肥胖而苍白,干瘪的嘴巴,黑黑的连腮胡子从这边耳朵长到那边耳朵,好像连成一串的蜘蛛。我想着能有一天,看见一股热气,一小股笔直的热气,有如严寒的早晨呼出的一口气一样,从他们豁开的腹部升起。我向你发誓,这就是我的全部夙愿,菲勒勃。我不知道你想干什么,但是我不应当相信:你的目光并不那么诚实。你知道我认识你以前想过什么吗?我想,一个聪明人在世上,除了有一天能够对其所受之害以眼还眼,以牙还牙以外,恐怕再也不能期望别的了。

俄瑞斯忒斯　厄勒克特拉,如果你跟我走,你就会看到,人们还可以期望很多很多别的东西,但仍不失为一个聪明人。

厄勒克特拉　我再也不愿意听你说了。你把我害苦了。你来到这里,细腻得有如少女的脸上,眼睛发出如饥似渴的光芒,你使我忘记了仇恨。我松开了攥紧的双手,让我唯一的珍宝滑到了脚下。我本来以为用说教可以治好这里的人们。事情的经过,你已经看见了:他们喜欢他们的痛苦,他们需要有个老伤口,他们用肮脏的指甲去抓挠,小心翼翼地维护着它。其实应该用暴力来医治他们,只能以毒攻毒。永别了,菲勒勃,走开吧,让我和我可怕的幻梦为伴吧!

俄瑞斯忒斯　他们要杀死你的。

厄勒克特拉　这里有一座庙宇,阿波罗①神庙。有时罪犯躲在庙内。只要他们待在里面不出来,谁也休想触动他们一根毫毛。我就藏身庙内好了。

俄瑞斯忒斯　你为什么拒绝我的帮助呢?

厄勒克特拉　应该帮助我的不是你。会有别的人来解救我的。(稍停)我的弟弟没有死,我知道。我等待着他。

俄瑞斯忒斯　如果他不来呢?

厄勒克特拉　他会来的,他不会不来。他属于我们的家族,你懂吗?他和我一样,生下来血液里就带有犯罪和不幸。他是一位伟大的武士。两只血红的大眼睛,和我们的父亲一模一样,总是蕴含着愤怒。他受着痛苦的折磨,弄不清自己的命运是怎么回事,就像被剖了腹的马,四蹄与五脏六腑搅成一团。现在,只要稍微一动,他就会把五脏六腑掏出来。我敢肯定,他会来的,这个城市吸引着他。因为在这里他能制造最大的灾祸,并且自食最大的恶果。他要来的,低垂着头,痛苦不堪,急不可耐。他使我感到害怕:每天夜里我在睡梦中都看见他,并惊叫着醒过来。然而我等着他,我爱他。我必须留在这里,以引导他的怒火——我是有头脑的——并亲手将罪人指给他

---

① 阿波罗是希腊神话中的太阳神,又是诗歌、音乐、预言之神,亦能救苦救难,又称"拯救之神"。

看,对他说:"刺吧,俄瑞斯忒斯,砍吧,罪人就在这里!"

俄瑞斯忒斯　如果你弟弟并非你所想象的那样呢?

厄勒克特拉　那你说阿伽门农和克吕泰涅斯特拉的儿子该怎么样?

俄瑞斯忒斯　如果他在一个幸福的城邦中长大,不愿意再报效他的家族了呢?

厄勒克特拉　那我就朝他脸上啐一口唾沫,对他说:"滚开吧,你这只狗,滚到女人堆里去。你简直是个女人坯。然而,你打错了算盘,你是阿特柔斯的孙子,你逃不脱阿特柔斯家人的命运!你宁愿蒙受耻辱,不愿犯罪,随你的便吧!但是,命运要找上门来,那时你就要先蒙受耻辱,然后身不由己地犯下罪孽!"

俄瑞斯忒斯　厄勒克特拉,我就是俄瑞斯忒斯。

厄勒克特拉　(叫喊失声)你说谎!

俄瑞斯忒斯　凭我父亲阿伽门农的亡灵,我向你发誓:我是俄瑞斯忒斯。(沉默片刻)怎么?还等什么,干吗不往我脸上啐呀!

厄勒克特拉　我怎么能这样做呢?(看着俄瑞斯忒斯)这漂亮的额头,是我弟弟的额头。这闪闪发光的眼睛,是我弟弟的眼睛。俄瑞斯忒斯啊!我倒宁愿我弟弟死了,让你还是菲勒勃。(腼腆地)你真的在科任托斯生活过吗?

俄瑞斯忒斯　不,是雅典的市民将我抚育成人。

厄勒克特拉　看上去,你真年轻!你打过仗吗?你身旁佩的剑,你使用过吗?

俄瑞斯忒斯　从来没有。

厄勒克特拉　当我还不认识你的时候,我感到自己并不太孤独:我在等待着另外一个人。我只想着他的力量,而从不想我自己的弱小。现在，你就在我眼前了。俄瑞斯忒斯曾经是你。我望着你，我明白了，我们是两个孤儿。（稍停）可是你知道，我爱你。比起想象中的俄瑞斯忒斯来，我更爱你。

俄瑞斯忒斯　如果你爱我，那就来吧：我们一道逃走。

厄勒克特拉　逃走？和你？不。阿特柔斯家族的命运应该在这里决定。我是阿特柔斯家族的一员。我对你一无所求。我再也不愿意向菲勒勃要求什么了。但是我留在这里。

〔朱庇特出现在舞台后部，躲藏起来偷听他们谈话。

俄瑞斯忒斯　厄勒克特拉，我是俄瑞斯忒斯，你的弟弟。我也是阿特柔斯家族的一员，你的位置是在我身旁。

厄勒克特拉　不，你不是我弟弟，我也不认识你。俄瑞斯忒斯已经死了，这对他实在是再好也不过了。从今以后，我要在祭奠我父亲和我姐姐的亡灵时，一道祭奠他的亡灵。可是你，你来索取阿特柔斯家族的姓氏，你是什么人，可以自称是我们家族的人呢？难道你曾经在谋杀阴影的笼罩下生活过么？你应是个文静的孩子，神态温柔端庄，带有你养父的高傲神态，一个干干净净的孩子，两眼充满自信，闪闪发光。你相信人们，因为他们在餐桌上，在床榻边，在楼梯上，都对你笑容可掬，因为他们是人的忠实奴仆。在生活中，也是如此，因为你有万贯家财，你的玩具数不胜数。可能有时你想过，人世并不那么丑恶。你认为在生活中随波逐流是一种乐趣，就像洗一个舒舒服服的温水澡，发出惬意的呻吟那样。而我，六岁时便沦为女仆①，我对一切都不相信了。（稍停）走开吧，好心人。好心人

---

① 按照希腊神话传说，这是不可能的。阿伽门农出征特洛伊十年。厄勒克特拉与俄瑞斯忒斯均应为出征前所生。

对我毫无用处：我需要的是一个同谋。

俄瑞斯忒斯　你想，我会抛下你孤单单一个人么？既然你已经失去了最后的希望，你留在这儿还能有什么作为呢？

厄勒克特拉　那就是我自己的事了。永别了，菲勒勃。

俄瑞斯忒斯　你赶我走么？（走了几步又停下）你等待着一个气势汹汹的武士，我与他并不相像，难道这是我的过错么？如果来的果然是那样的人，你会抓住他的手，对他说："砍吧！刺吧！"而对我，你什么要求也没有。上帝啊，我是什么人啊，连我的亲姐姐都不考验我一下，就不认我了？

厄勒克特拉　啊！菲勒勃，我不能在你没有仇恨的心灵上压这样一副重担！

俄瑞斯忒斯　（痛苦不堪）你说得真好：没有仇恨。也没有爱。你，我本来可以爱你的。本来可以……然而，为了爱，为了恨，应该献出自己。一个人，出生富裕之家，稳稳地置身于他的财富之中，某一天，他把自己奉献给了爱，奉献给了恨，并且和自己一起，把他的土地、房屋和往昔的回忆都献出去了。这个人是美的。而我是什么人，我有什么可以献出来呢？我不过是苟活于世：今天在城中游荡的幽灵，我比任何一个都更虚无缥缈。我体会过幽灵的爱情，有如轻烟一般捉摸不定，稀疏淡薄；但是我没有体验过活人炽热的感情。（稍停）耻辱啊！我回到了自己的故乡，我的姐姐却不肯认我。现在，我该走向何方？哪一个城邦该是我的落脚之处呢？

厄勒克特拉　难道没有这么一个城邦，那儿有美丽的姑娘等待着你么？

俄瑞斯忒斯　没有任何人等待着我。我从这个城市走到那个城市，对于别人也好，对我自己也好，都是外邦人。我走过之后，城门随即关闭,犹如涟漪消失后水面恢复平静一样。我离开阿耳戈斯之后,除了在你心头留下幻想破灭的辛酸以外,此行还能留下什么呢?

厄勒克特拉　你向我说过有幸福的城市……

俄瑞斯忒斯　对幸福我是朝思暮想的。我希望有我自己对往昔的回忆,有我自己的土地,在阿耳戈斯人中间有我自己的地位。(静场)厄勒克特拉,我不离开这里。

厄勒克特拉　菲勒勃,走吧,我求求你:我真可怜你。如果我是你心目中的亲人,你就走吧。你只会遭到不幸,而且你清白的心地,说不定会使我的计划遭到失败。

俄瑞斯忒斯　我不走。

厄勒克特拉　你以为在这儿我会让你那讨厌的纯洁保持下去,让你留下做吓人的无言的法官,审判我的行动么?为什么你还固执己见呢?这里没有一个人要你。

俄瑞斯忒斯　这是我唯一的机会。厄勒克特拉,你不能拒绝给我这个机会。请你理解我:我要成为某一个地方的人,众人中的一员。就说一个奴隶吧,当他走过的时候虽然疲惫不堪,心情抑郁,背负重物,步履艰难,为使自己不跌倒,望着自己的脚,只能看到自己的脚,但他是走在他的城市之中,犹如一片树叶长在绿叶丛中,犹如一棵树长在森林之中。虽然令人压抑而且灼热,但阿耳戈斯就在他的周围,到处都是阿耳戈斯的一切。厄勒克特拉,我愿意当这个奴隶,我多么希望将城市拉在我的身旁,裹在我的身上,就像裹在毯子里一样。我不走了。

厄勒克特拉　即使你在我们当中待上一百年,你也永远是个外邦人,比在大路上游荡还要孤单。人们将垂下眼帘,用眼角乜斜你。如果你从他们身边走过,他们说话也要放低嗓门。

俄瑞斯忒斯　为你们效劳真的如此之难吗？我可以保卫城池，我也有黄金，可以周济你们的穷苦人。

厄勒克特拉　我们既不缺少将校，也不缺乏乐善好施的慈善人。

俄瑞斯忒斯　那……

〔低头走了几步。朱庇特出现，搓手注视着俄瑞斯忒斯。

俄瑞斯忒斯　（重又抬起头）至少让我看明白也好啊！啊，宙斯①，宙斯，上天之王，我很少有求于你，你也很少垂青于我。但你可以为我作证，我从来是与人为善的。现在，我厌倦了，我再也不分善与恶，我需要的是给我指出一条我应走的路。宙斯，难道一个国王的儿子，被赶出他出生的城市，就真的该虔诚地忍受放逐之苦，低垂着头，如同丧家之犬一般离开他的家乡么？这就是你的意愿么？我实在不能相信。然而……然而你又不许杀生……啊！谁在谈起杀生？我真不知道自己在说些什么……宙斯，我向你祈求：如果忍气吞声和甘受胯下之辱是你强加给我的天条，就请你向我显圣吧，因为我对什么都看不清楚了。

朱庇特　（自言自语）怎么办？对，为你效劳！阿布拉克萨斯，加拉，加拉，啐，啐！

〔巨石周围光芒四射。

厄勒克特拉　（笑出声来）哈！哈！今天圣迹接二连三出现！你看，虔诚的菲勒勃，你看，求教众神得到的就是这个！（狂笑不止）善良的年轻人……虔诚的菲勒勃："向我显圣吧，宙斯，向我显圣吧！"于是，神圣的巨石周围光芒四射。走开吧！到科任托斯去吧！到科任托斯去吧！走吧！

---

① 宙斯，希腊神话中的众神之王，即罗马神话中的朱庇特。

俄瑞斯忒斯　（注视巨石）那么……这就是善么？（稍停，久久注视巨石）乖乖地听话。乖乖地。总是说"对不起"和"谢谢"……是么？（稍停，一直注视着巨石）善。他们的善……（稍停）厄勒克特拉！

厄勒克特拉　快走，快走吧！不要让这位贤哲的奶娘失望，她正从奥林匹斯山顶①向你俯下身来。（戛然而止，目瞪口呆）你怎么啦？

俄瑞斯忒斯　（声音变了）还有一条路。

厄勒克特拉　（惊恐万状）不要违抗了，菲勒勃。你已经请示过众神的旨意了：那好啦！你已经知道神的旨意是什么了。

俄瑞斯忒斯　旨意？……是的……你是指这巨石四周的光芒么？这光芒并不是为我闪射的。现在谁也不能再对我发号施令了。

厄勒克特拉　你说话叫人摸不着头脑。

俄瑞斯忒斯　你现在忽然间距离我多么遥远啊……一切都改变了，变得多么厉害啊！在我周围，以前存在着有生机的、热乎乎的东西。现在有什么东西刚刚死去了。一切都是多么空虚……啊！茫茫的空间，漫无边际……（走了几步）黑夜降临了……你不觉得天冷了吗？……可是，是什么……是什么刚刚死去了？

厄勒克特拉　菲勒勃……

俄瑞斯忒斯　我告诉你还有一条路……我的路。你没有看见吗？这条路从这里开始，下坡通向城里。应该下去，你懂吗，一直

---

① 奥林匹斯山在希腊北部马其顿与忒萨利亚之间，高约三千二百公尺，是希腊半岛最高的山。古人相信它的顶巅直入云中，认为它是众神居住的地方。

下到你们那里去。你们是在一个洞穴的尽头,最里头……(向前,朝厄勒克特拉走去)你是我的姐姐,厄勒克特拉,这座城市是我的城市。我的姐姐!

〔抓住厄勒克特拉的手臂。

厄勒克特拉　放开我!你弄得我好疼,你使我害怕——而且我不属于你。

俄瑞斯忒斯　我知道。还不属于我,我还太轻。我必须用一个重大的罪行作为我的压舱之物,使我直沉下去,直沉到阿耳戈斯的渊底。

厄勒克特拉　你准备干什么?

俄瑞斯忒斯　等等。让我向这个无瑕的轻薄之物告别,它就是我过去的形象。让我向我的青春年华告别。科任托斯或雅典的傍晚,充满歌声、芳香四溢的夜晚,将永远不再属于我了。清晨,充满希望的清晨……好了,永别了!永别了!(朝厄勒克特拉走去)来,厄勒克特拉,好好看看我们的城市。它就在那边,在阳光映照下通红一片,人和苍蝇嗡嗡作响。夏日的午后,它处于不能自拔的麻木之中。它的每一堵墙壁,每一个屋顶,每一扇关闭的门扉,都不欢迎我。然而,必须征服这个城市,从今天早上我就感觉到了这一点。你也一样,厄勒克特拉,也要征服你。我会征服你们的。我要变作一把利斧,将这顽固的城墙劈作两半。我要把这些笃信宗教的人家砸烂,从它们开裂的伤口会散发出饲料和焚香的气味。我要变作一把大斧,砍进这座城市的心脏,就像一把大斧砍进橡树树心一般。

厄勒克特拉　你变得多么厉害:你的眼睛不再闪闪发亮,而变得暗淡无光了。唉!菲勒勃,你从前那样温柔!而现在,你跟我讲话,就像我梦中的那个人和我讲话一样。

俄瑞斯忒斯　听我说:这些人被他们死去的亲人包围,在他们阴暗的房间里瑟瑟发抖。假如说,我将他们全部的罪行都承担起来,假如说我想做一个名副其实的"盗窃悔恨的人",将他们的全部悔恨都放在我的心上:欺骗了她丈夫的那位女子的悔恨,让他母亲死去的那位商人的悔恨,将欠他债的人搜刮至死的高利贷者的悔恨。到了那一天,我心头的悔恨将比阿耳戈斯的苍蝇还要多,全城的悔恨都将集中在我的身上,你说,我不是就获得了城邦公民权,成为你们当中的一员了吗?到那时候,在你们血迹斑斑的城墙之中,我不是也和待在自己家里一样了吗?不是正像那个围着红色围裙的屠夫,四周挂着他刚刚宰完的带血的牛肉,待在自己的铺子里一样吗?

厄勒克特拉　你想为我们抵罪么?

俄瑞斯忒斯　抵罪?我说要把你们的悔恨放在我的心头,但我并没有说将这些聒噪的飞禽如何处置:说不定我要拧断它们的脖子。

厄勒克特拉　你怎么能承担起我们的痛苦呢?

俄瑞斯忒斯　你们只要要求摆脱痛苦就行了。事实上,强迫你们在心中保留这些痛苦的,就是国王和王后。

厄勒克特拉　国王和王后……菲勒勃。

俄瑞斯忒斯　众神为我作证,我本来是不愿让他们流血的。

〔静场良久。

厄勒克特拉　你太年轻,太软弱了……

俄瑞斯忒斯　怎么,现在你要后退了么?把我藏在王宫里,今天晚上带我到国王王后的床榻跟前,你就会看到我是不是太软弱。

厄勒克特拉　俄瑞斯忒斯!

俄瑞斯忒斯　　厄勒克特拉!这是你第一次叫我俄瑞斯忒斯。
厄勒克特拉　　是的。果真是你。你是俄瑞斯忒斯。我认不出你来了,因为我等待着的你不是这个样子。然而,我口中这股苦味,这股发烧的味道,我在梦中已经尝到过千百次了,我辨别得出来。你终于来了,俄瑞斯忒斯,你决心已下。我现在,就像在梦中一样,正处于一个无法弥补的行动的起点上,我害怕——就像在梦中一样。啊,日夜盼望的时刻,又怕它到来的时刻啊!现在,每时每刻都息息相关,犹如一台机器上的大小齿轮互相咬紧一样。我们一刻也不能怠慢,直到让他们两人都四脚朝天躺在地上,面孔就像被踩了一脚的桑葚。让他们血流满地!正是你要结果他们。从前你的眼光多么温柔!唉!我永远不会再看见那柔和的目光了,永远也不会再看见菲勒勃了。俄瑞斯忒斯,你是我的兄弟,你是咱们家的家长①,拥抱我吧,保护我吧!我们正在迎接极大的苦痛。

〔俄瑞斯忒斯将厄勒克特拉抱在怀里。朱庇特从藏身之处走出,悄然离开。

——幕落

第 二 景

〔王宫中。宝座大殿。一尊朱庇特雕像,表情可怖,血迹斑斑。日暮时分。

第 一 场

〔厄勒克特拉首先上场,然后向俄瑞斯忒斯摆手示意,俄

---

① 古希腊习俗,父死后,子为家长。

〔瑞斯忒斯上。

俄瑞斯忒斯　有人来了！（拔剑在手）
厄勒克特拉　是巡逻的士兵。跟我来,我们藏在这里。
〔二人藏身于宝座之后。

第 二 场

〔前场人物（隐藏）,士兵二人。

士兵甲　这苍蝇今天不知道怎么了,跟疯了一样。
士兵乙　苍蝇闻到了死人味道,高兴了。我连呵欠都不敢打,怕一张嘴,苍蝇就冲进来,成群结队、川流不息地飞进我的嗓子眼。（厄勒克特拉猛一露头,又隐藏起来）咦,有什么响动。
士兵甲　是阿伽门农坐在宝座上。
士兵乙　是他那大屁股压得宝座板嘎嘎直响？不可能,伙计,死人可没有分量。
士兵甲　一般平民百姓是没有分量的。可是他,成为王室死人以前,可是一位活生生的国王啊！不管年头好坏,平均总有一百二十五公斤吧！若是他剩不下几斤重,那才稀奇呢！
士兵乙　那么……你确信他在这儿？
士兵甲　那你说他在哪儿？我要是一位故去的国王,嘿,要是每年有二十四小时可以还阳,我肯定回来坐在我的宝座上。坐上一整天,追忆以前的大好时光,不去祸害任何人。
士兵乙　你现在活着,你才这么说。你要是死了,大概也和别的死人一样干坏事。（士兵甲给了士兵乙一个嘴巴）嗬嗬！这还了得！
士兵甲　这是为你好,你看,我一下子就打死了七个,简直是一群。

士兵乙　一群死人？

士兵甲　不是。一群苍蝇。哎呀,我满手都是血。(往军裤上擦手)该死的苍蝇!

士兵乙　上帝让它们生出来就是死的那该有多好!你看这儿这些死人,一个个全都一声不吭,规规矩矩待着,毫不碍事。苍蝇死了,大概也差不多。

士兵甲　住嘴!我琢磨呀,说不定这儿还得加上苍蝇的幽灵……

士兵乙　谁说不是呢!

士兵甲　你想想看!这些小玩意儿,每天上百万地死去。要是把去年夏天以来死的苍蝇都在城里放出来,有一个活的,就得有三百六十五只死的,围着我们嗡嗡转。呸!那空气都得黏糊糊的,全是苍蝇。到那时,一张嘴就得吃苍蝇,一呼吸就得进苍蝇,一股一股的苍蝇黏糊糊的,钻到我们的气管和肠胃里去……喂,你说,说不定这间屋子有怪味,就是因为这个。

士兵乙　唔!像这么大的一千平方尺的大殿,有几个死人就能熏臭了。人说死人有口臭。

士兵甲　我告诉你,这些死人相互吸血呢……

士兵乙　我跟你说,有点不对劲:木板直响。

〔士兵甲乙从右边走到宝座后面观察。俄瑞斯忒斯和厄勒克特拉从左边绕到前面,绕过宝座台阶。等士兵从左边出来时,他们已从右边回到藏身之处。

士兵甲　你看,明明白白没人嘛!这是阿伽门农,我告诉你,这是神圣的阿伽门农!他大概坐在这几层坐垫上,身子挺得笔直,像根竹竿一样,正瞧着我们:除了瞧瞧我们,他那时间可怎么打发呀!

士兵乙　那咱们最好改改姿势,苍蝇弄得鼻子直痒痒,也只好认了。

士兵甲　我倒宁愿待在哨所里,来上一盘棋,那该多美!在那儿,回来的死鬼是咱们的伙伴,也和咱们一样,是普通一兵。可在这儿,我一想到先王坐在上边,数着我上衣上缺几颗纽扣,就像将领检阅我们似的,我就觉得不自在。

〔埃癸斯托斯、克吕泰涅斯特拉上,仆人掌灯随上。

埃癸斯托斯　下去!

第 三 场

〔埃癸斯托斯,克吕泰涅斯特拉,俄瑞斯忒斯和厄勒克特拉(隐藏)。

克吕泰涅斯特拉　你怎么啦?

埃癸斯托斯　你看见了么?要不是我用恐怖吓住他们,转眼之间,他们就会把悔恨抛到九霄云外去了。

克吕泰涅斯特拉　使你心神不安的,难道就是这个么?在必要的时候,你总是有办法使他们那股反叛劲顿然消失的。

埃癸斯托斯　可能。这套把戏对我真是易如反掌。(稍停)我后悔不该惩处厄勒克特拉。

克吕泰涅斯特拉　是因为她是我生的么?既然你高兴那么做,那就行了。凡是你做的事,我都觉得做得好。

埃癸斯托斯　夫人,我感到后悔并不是因为你。

克吕泰涅斯特拉　那究竟是为什么呢?你并不喜欢厄勒克特拉。

埃癸斯托斯　我受够了。我用手臂,将全国百姓的悔恨托在空中,已经十五年了。十五年来我穿得像个吓唬人的稻草人,这些黑衣服最后把我的灵魂也给染黑了。

克吕泰涅斯特拉　可是,老爷,我自己……

埃癸斯托斯　我知道,夫人,我知道:你马上要向我提起你的悔恨。真的,我很羡慕你,这悔恨充实了你的生活。我呢,我没有悔恨,因此阿耳戈斯没有一个人像我这样忧伤。

克吕泰涅斯特拉　我亲爱的老爷……(挨近埃癸斯托斯)

埃癸斯托斯　别过来,你这轻浮的女人!他在看着,你不感到羞耻吗?

克吕泰涅斯特拉　他在看着?谁能看见我们?

埃癸斯托斯　怎么?国王呀!今天早晨把死鬼放出来了。

克吕泰涅斯特拉　老爷,我求求你……死鬼在地底下,不会这么快就妨碍我们。难道你忘了,这套鬼把戏是你自己为老百姓编出来的?

埃癸斯托斯　夫人言之有理。你瞧我很累了,你走开吧,我要一个人好好想想。

〔克吕泰涅斯特拉下。

第 四 场

〔埃癸斯托斯,俄瑞斯忒斯和厄勒克特拉(隐藏)。

埃癸斯托斯　朱庇特,难道你需要的阿耳戈斯王就是这般模样么?我去,我来,我会高声叫喊,我到处摆出这副盛气凌人的可怕的架势,凡是瞥见我的人都感到自己罪孽深重。然而我是一个空空的躯壳:一头野兽在我不知不觉中吞食了我的五脏六腑。此刻,我顾影自怜,发现我比死去的阿伽门农更加是个死人。我说过我很忧伤吗?那我是说谎。一片茫茫沙漠,在清澄虚无的天空之下,无数虚无的黄沙,这既不是忧伤,也不是快乐:它是阴森可怖的。啊!只要我能流下一滴眼泪,就是送掉我的王国,也在所不惜啊!

〔朱庇特上。

第 五 场

〔前场人物,朱庇特。

朱庇特　诉说你的愁怨吧:你是一个与其他国王差不多的国王。

埃癸斯托斯　你是什么人?你到这里来干什么?

朱庇特　你认不出我来啦?

埃癸斯托斯　滚出去,否则我要叫卫士痛打你一顿。

朱庇特　你认不出我来啦?可是你见过我。梦中见过。对,我那时模样比现在可怕。(雷鸣电闪,朱庇特现出可怖神情)是这模样?

埃癸斯托斯　朱庇特!

朱庇特　这就对了。(又变得笑容可掬,走近雕像)这是我吧?阿耳戈斯的居民们,他们祈祷时看见的我,是这样的吧?当然喽,一位天神能这样面对面端详自己的形象,是难得的事。(稍停)我长得真是丑陋不堪!他们大概不会很喜欢我。

埃癸斯托斯　他们怕您。

朱庇特　太妙了!我要人家喜欢我有什么用!你呢,你喜欢我吗?

埃癸斯托斯　您要我怎么样呢?我难道不是已经付出了相当高的代价了吗?

朱庇特　永远不够!

埃癸斯托斯　我要累死了!

朱庇特　不要夸大其辞吧!你身体不错,又肥又胖。这我倒不怪你。这是上等的王室油脂,黄黄的像蜡油。这倒是需要的。你注定还要活上二十年。

埃癸斯托斯　还要二十年!

朱庇特　你希望死么?

埃癸斯托斯　是的。

朱庇特　如果有一个人走进这里,手执出鞘的利剑,你会引颈待毙么?

埃癸斯托斯　我不知道。

朱庇特　好好听我说。如果你像小牛一样任人宰割,我们就要惩处你,惩一儆百,叫你永生永世做鞑靼人的王。我这次来,就是要告诉你这件事。

埃癸斯托斯　有人要杀我?

朱庇特　似乎如此。

埃癸斯托斯　厄勒克特拉?

朱庇特　还有一个人。

埃癸斯托斯　谁?

朱庇特　俄瑞斯忒斯。

埃癸斯托斯　啊!(稍停)那好,这是在劫难逃了,我有什么办法呢?

朱庇特　"我有什么办法呢?"(改变口气)立即下令,逮住一个年轻的自称名叫菲勒勃的外邦人。叫人把他和厄勒克特拉关进地牢——我准你把他们永世扔在地牢里。好啦!你还等什么?叫卫士吧!

埃癸斯托斯　不。

朱庇特　请问你能否把拒绝的理由告诉我?

埃癸斯托斯　我疲倦了。

朱庇特　为什么盯着你的脚尖？你布满血丝的大眼睛，转过来望着我！看这儿，看这儿！你出身高贵，却像一匹马一样愚蠢。不过，你的这种抗命不从与那些使我激怒的违抗有所不同：这好比是一点调味的辣子，过一会儿，会使你的俯首听命显得更加有味。我知道你最后会接受的。

埃癸斯托斯　告诉您，我不愿意按您的意图行事了。我过去干得太多了！

朱庇特　加油！顶吧！顶吧！啊！我喜欢你这样的心灵！你双眼闪射出炯炯的光芒，握紧拳头，当着朱庇特的面拒绝服从。然而，你这没有头脑的家伙，你这匹小马驹，不听话的小马驹，你心里早就跟我说同意了。好，你得服从。你以为我会无缘无故离开奥林匹斯山么？我是想预先给你报个凶信，希望阻止这场凶杀。

埃癸斯托斯　给我报个信！……这真奇怪呀！

朱庇特　相反，这是再自然不过的了。我想使你避开这个危险。

埃癸斯托斯　谁要求您这样做的？阿伽门农，那时您给他报信了么？他可是很想活的！

朱庇特　啊，你这天生忘恩负义的家伙！啊，你这个讨厌的人！我对你，比对阿伽门农更亲，我向你证明了这一点，你反倒怨气冲天。

埃癸斯托斯　比阿伽门农更亲？我？您亲的是俄瑞斯忒斯。您容许我毁掉自己，任凭我手执斧头，直奔国王的浴盆——那时肯定您在神山之巅舔着嘴唇，心中暗想，罪人的灵魂是多么令人惬意。可是今天，您保护着俄瑞斯忒斯，不让他犯罪——而我，您促使我杀了父亲；您又选中了我，拉住要报仇的儿子的胳膊。我大概只配当一个杀人凶手。而他，对不起，肯定您对他另有打算了。

朱庇特　多么奇怪的嫉妒！放心吧：我喜欢他并不胜于喜欢你。我谁都不喜欢。

埃癸斯托斯　那么，不公平的神明，请您看看你们叫我成了什么人！您说：如果您今天要阻止俄瑞斯忒斯蓄谋的凶杀，那您从前为什么又允许我杀人？

朱庇特　并不是所有的罪行都同样地令我讨厌。埃癸斯托斯，你我都是王，我坦率地对你讲：第一件罪行，是我犯的，因为我创造出的人是会死的。自那以后，你们这些杀人凶手，又有什么办法呢？要杀死你们的受害者吗？好吧，反正受害者本身就已孕育着死亡。你们最多是加速了这个死的发展过程而已。如果你不杀死阿伽门农，你知道他后来的遭遇如何吗？三个月以后，他应该患中风，死于一位美丽的女奴的怀抱之中。可是你的罪行帮了我的忙。

埃癸斯托斯　帮了您的忙？十五年来，我一直在赎罪，这罪行反倒帮了您的忙？真是倒霉透了！

朱庇特　怎么？正是因为你赎罪，这才帮了我的忙呀？我喜欢付出代价的犯罪。我很喜欢你的罪行，因为那场凶杀是缺乏理智的，昏头昏脑的，自己也说不清道不明的，老式的，与其说是人祸，不如说更像天灾。你对我不曾有一瞬间的对抗，你在极度疯狂和恐惧之中猛砍下去。等到狂热平息下来，你带着恐惧的心理反复考虑你的行为，于是你不想承认了。然而我从中得到了极大的好处！死了一个人，却有两万人堕入悔恨之中，这就是结论。我这桩买卖做得合算！

埃癸斯托斯　我明白了您这番话的含义：俄瑞斯忒斯是不会懊悔的。

朱庇特　毫无异议。此刻他正在头脑冷静地、稳稳当当地、颇为得法地设计他的计划。一场毫无悔恨、肆无忌惮、平静无波的凶杀,在杀人凶手心灵中这事如雾气一般轻盈,毫无压力,这对我有什么用处呢？我一定要阻止！啊,我痛恨新的一代所犯的这些罪:这些罪有如稗子一样,徒劳无益。这个温柔的年轻人,会像宰小鸡一样将你杀死,然后走开。双手沾满鲜血,良心却不受谴责。我如果处在你的地位,我真的会感到受了羞辱。来！叫你的卫士吧！

埃癸斯托斯　我已经跟您说过了,我不叫。正在酝酿的这场凶杀令您那样不快,因此它反而使我高兴。

朱庇特　(改换口气)埃癸斯托斯,你是国王,我这是向你作为国王的良心说话,因为你喜欢统治。

埃癸斯托斯　那又怎么样？

朱庇特　你恨我。但是咱们是亲戚。我按照我的形象塑造了你:一个国王,他就是一位地上的神明,像神明一样高贵和阴森可怕。

埃癸斯托斯　阴森可怕？您？

朱庇特　你看看我！(静场良久)我跟你说了,你是按照我的形象塑造的。我们两个人都要使天下安宁。你在阿耳戈斯,我在全世界。在我们的心头,沉重地压着同一个秘密。

埃癸斯托斯　我没有秘密。

朱庇特　有。跟我有同样的秘密。使众神和众国王痛苦的秘密,这就是:人是自由的。埃癸斯托斯,他们是自由的。这一点,你知道,而他们自己却不知道。

埃癸斯托斯　那当然喽！如果他们知道,还不在我王宫四周放火,把它付之一炬！十五年来,我一直搞这套把戏,目的就是要让他们看不到自己的力量。

朱庇特　你很明白,咱们都一样。

埃癸斯托斯　一样?一位天神说他和我一样,这不是天大的笑话吗?自我上台以来,我的全部言行都旨在塑造我的形象,我要使我的形象深深印在每个臣民的心中,即使他一个人的时候,也要感到我严厉的目光透入他的思想深处。然而第一个受害者竟是我自己:我也只会用他们看我的眼光来看我自己了。我俯身于他们心灵的井口,在井底看见了我自己的形象。它使我感到厌恶,把我吓得目瞪口呆。万能的神啊,无非别人对我心怀恐惧罢了,除此之外,我是个什么呢?

朱庇特　那你以为我又是个什么呢?(指着雕像)我也一样,我有我的形象。你以为我见了它不感到头晕目眩么?十万年来,我在世人面前舞蹈。一种缓慢、阴沉的舞蹈。必须让他们瞧着我:只要他们的眼睛盯在我身上,就会忘了看他们自己。如果我稍微一走神,如果让他们的目光移开的话……

埃癸斯托斯　怎么样?

朱庇特　算了。这只跟我有关系。你疲倦了,埃癸斯托斯,但是你有什么可抱怨的呢?你会死去。我则不会。只要这大地上有人类,我就非得在他们面前跳舞不可。

埃癸斯托斯　唉!可是,是谁迫使我们非这样做不可呢?

朱庇特　没有谁,无非是我们自己。因为我们有着同样的嗜好。你喜欢"治",埃癸斯托斯。

埃癸斯托斯　治。这是真话。正是为这个,我引诱了克吕泰涅斯特拉;正是为这个我杀死了国王。我希望到处有治,并且通过我来体现。我没有欲望,没有爱情,没有希望地活了这么多年,我做到了有治。噢,这可怕的神圣的嗜好啊!

朱庇特　我们不可能有别的嗜好：我是天神，而你天生就是要当国王的。

埃癸斯托斯　天哪！

朱庇特　埃癸斯托斯，我的创造物，我的会死的兄弟啊，以我们两人为之效劳的治的名义，我命令你：把俄瑞斯忒斯和他的姐姐抓起来。

埃癸斯托斯　他们真的那么危险么？

朱庇特　俄瑞斯忒斯知道他是自由的。

埃癸斯托斯　（急切地）他知道他是自由的。那么，将他关进铁窗这还不够。一个自由人待在一座城市里，恰如一只癞皮羊待在羊群里一样。他要把我的整个王国传染上，毁了我的事业。万能的天神啊，您还等什么，还不叫雷劈死他？

朱庇特　（缓慢地）叫雷劈死他？（稍停。疲倦，弓起背）埃癸斯托斯，众神还有一个秘密……

埃癸斯托斯　您又要对我说什么？

朱庇特　一个人的灵魂中，一旦自由爆发出来，众神对他就毫无办法了。因为这是人间的事情，应该由其他的人——也只能由其他的人来决定，是让他到处走呢，还是将他扼杀。

埃癸斯托斯　（注视朱庇特）将他扼杀？……很好。我一定服从您的命令。可是，请您再不要说什么了，也不要再待在这儿了。因为我受不了。

〔朱庇特下。

第　六　场

〔埃癸斯托斯独自一人待了片刻；然后，厄勒克特拉和俄瑞斯忒斯出现。

厄勒克特拉　（跳至门边）刺死他！别让他喊出声！我把住门。

埃癸斯托斯　原来是你,俄瑞斯忒斯？

俄瑞斯忒斯　看剑！

埃癸斯托斯　我不自卫。现在我叫人也太晚了,我感到庆幸的是为时太晚了。我不自卫:我愿意你把我杀死。

俄瑞斯忒斯　那好。用什么方式无关紧要。我反正要当杀人凶手。

〔剑击埃癸斯托斯。

埃癸斯托斯　（踉跄）你刺得很准。（拼命抓住俄瑞斯忒斯）让我看看你。你真的不懊悔吗？

俄瑞斯忒斯　懊悔？为什么？我干的是正义的事。

埃癸斯托斯　正义的事,这正是朱庇特希望的事。你藏身这里,听到了他的话。

俄瑞斯忒斯　朱庇特关我什么事？正义是人的事,我不需要一位天神来指教我。你这个卑鄙无耻的家伙,杀死你是正义之举,摧毁你对阿耳戈斯人进行统治的王国是正义之举,将他们自尊的情感还给他们是正义之举。

〔俄瑞斯忒斯将埃癸斯托斯推开。

埃癸斯托斯　疼啊！

厄勒克特拉　他站不稳了,面色苍白。太可怕了！一个人死的时候,真难看啊！

俄瑞斯忒斯　住嘴！不要让他将别的记忆带进坟墓,只要他记住我们的快乐！

埃癸斯托斯　让你们两人都受到诅咒吧！

俄瑞斯忒斯　你这口气还没咽完？（又刺埃癸斯托斯一剑,埃癸

斯托斯倒地）

埃癸斯托斯　当心苍蝇,俄瑞斯忒斯,当心苍蝇！事情还没完呢！
（死去）

俄瑞斯忒斯　（用脚碰碰埃癸斯托斯）不管怎么说,对他来说,是全部完结了。领我到王后的卧室去！

厄勒克特拉　俄瑞斯忒斯……

俄瑞斯忒斯　怎么啦？……

厄勒克特拉　她再也无法加害于我们了……

俄瑞斯忒斯　那又怎么样？……我认不出你来了。刚才你可不是这么说话的。

厄勒克特拉　俄瑞斯忒斯,我也认不出你来了。

俄瑞斯忒斯　那好,我一个人去。（下）

第 七 场

〔厄勒克特拉独自一人。

厄勒克特拉　她马上要喊叫了吧？（稍停。侧耳细听）他正在走廊上行走。等他打开第四扇门……啊！我曾经希望如此！我现在也是这样希望,我必须还希望如此。（注视埃癸斯托斯）这个已经死了。我所希望的原来是这个。真没想到。（走近埃癸斯托斯）我在梦中曾经上百次地看见他,就是躺在这个地方,心口上插着一把剑,他闭着眼睛,好像睡着了。我是多么恨他,我从对他的憎恨中感到多么快乐。可现在他不像睡着的样子,他睁着眼睛,瞧着我。他死了——我心中的仇恨也和他一起死了。我在这里等待着。另外一个,在她的卧室深处,还活着。她马上就要叫喊起来。她会像野兽一样嚎叫。

啊！这眼光我受不了。(跪下,将一件外套扔在埃癸斯托斯脸上)我所希望的到底是什么？(静场。传来克吕泰涅斯特拉的喊声)他把她刺杀了。她是我们的母亲,他把她杀死了。(立起)好了,我的仇敌全死了。几年当中,我预先享受了他们的死带给我的快乐。而现在,我的心仿佛被钳子夹住了。难道十五年之中我一直在欺骗自己吗？这不可能！这不可能！这绝不可能:我并不懦弱！我曾经期待这个时刻的到来,我现在仍然这样希望。我曾经期望看到这只肮脏的胖猪躺在我的脚下。(扯过外套)你这死鱼一般的目光,没什么了不起！我曾经期望有朝一日看到它,现在看到了,感到欣慰。(传来克吕泰涅斯特拉较前微弱的呼喊声)让她喊吧！让她叫吧！我愿意听她恐怖的呼喊,我愿意她受痛苦折磨。(喊声停止)快乐啊！快乐啊！我快乐得流出了眼泪:我的仇敌死了,我父亲的仇报了！

〔俄瑞斯忒斯返场,手握血迹斑斑的利剑。厄勒克特拉向他奔去。

第 八 场

〔厄勒克特拉,俄瑞斯忒斯。

厄勒克特拉　俄瑞斯忒斯！(扑在俄瑞斯忒斯的怀里)

俄瑞斯忒斯　你怕什么？

厄勒克特拉　我不是害怕,我是陶醉了。陶醉在快乐之中。她说什么了？她有好长时间乞求你宽恕么？

俄瑞斯忒斯　厄勒克特拉,我做的事,不会懊悔。然而我觉得不该谈起这些事:有些回忆是不能分享的。你知道她死了,这就行了。

厄勒克特拉　她死的时候诅咒了我们吗？你只告诉我这一点：诅咒了我们吗？

俄瑞斯忒斯　是的，诅咒了我们。

厄勒克特拉　把我搂在你的怀里，我心爱的人，用尽全力紧紧地拥抱我吧！夜色是多么浓，火把的光芒都很难照透！你爱我吗？

俄瑞斯忒斯　这不是夜晚，这是晨曦。我们自由了，厄勒克特拉。我仿佛觉得我使你诞生于世，我自己也刚刚和你一起诞生。我爱你，你是属于我的。昨天我还是孤身一人，今天你属于我了。鲜血双重地将我们联结在一起：我们是同一血统，我们又共同让别人流了血。

厄勒克特拉　把你的剑扔掉！把这只手给我！（握住俄瑞斯忒斯的手亲吻）你的手指短短的，方方的。天生是双夺权和掌权的手。亲爱的手！它比我的手还要洁白。为了砍杀那杀死我们父亲的凶手，它又变得多么沉重！等等！（厄勒克特拉找来一个火把，将火把挨近俄瑞斯忒斯）我要照照你的面庞，因为夜色深沉，我看不清你。我需要看看你：我看不见你的时候，我很怕你。我的眼睛绝不能离开你。我爱你。我应该想着我爱你。你的神情好奇怪啊！

俄瑞斯忒斯　我自由了，厄勒克特拉。自由像雷一样打到了我的头上。

厄勒克特拉　自由了？我，我不觉得我自由了。你能使得这一切都不发生么？一件事情临到头上，我们就再也无法自由地使它不发生。我们从今以后永远是杀害我们母亲的凶手了，难道你能阻止它么？

俄瑞斯忒斯　你以为我愿意阻止它么？我完成了我的行动，厄勒克特拉,这一行动好像背人过河的驮夫一样,我要把它背在肩上。我要将它背到河的那边,我才感觉到分量。背的越沉,我就越高兴,因为我的自由,就是它。昨天,我还在大地上漫无目的地游荡,成千上万条道路从我脚下飞逝而过,因为这些路都属于别人。这千万条道路我都走过,纤夫沿着河岸走的路,赶骡子的人走的崎岖山路,赶车人走的石板路,我全都走过。但是没有一条路是属于我的。今天,只剩下了一条路,而且上帝知道它通向哪里,然而这却是我的道路。你怎么啦?

厄勒克特拉　我看不见你啦!灯火不亮了。我听到你的声音,但是这声音使我难受,就好像刀子割我一样。难道从今以后天空就总是这么昏暗了么,连白天也这样吗?俄瑞斯忒斯,它们来了!

俄瑞斯忒斯　谁来了?

厄勒克特拉　它们来啦!它们从哪儿来的?它们吊在天花板上,就像一串串黑葡萄,正是它们黑压压的一片把墙变成了黑色。它们挤到光线和我的眼睛之间,正是它们的影子遮住了我的视线,使我看不见你的脸。

俄瑞斯忒斯　苍蝇……

厄勒克特拉　你听!……你听苍蝇振动翅膀的声音,仿佛铁匠铺风箱的轰鸣!俄瑞斯忒斯,苍蝇把我们包围了。苍蝇盯住我们。过一会儿就要落在我们身上,我就会感到千百只黏糊糊的苍蝇腿在我身上爬行。俄瑞斯忒斯,往哪里逃啊?眼看着苍蝇越长越大,越长越大,现在已经有蜜蜂那么大了。苍蝇要结成厚厚实实的一团团,到处跟随着我们。太可怕了!我看见了苍蝇的眼睛,成百万只眼睛在注视着我们。

俄瑞斯忒斯　小小的苍蝇能把我们怎么样?

厄勒克特拉　这是厄里倪厄斯,俄瑞斯忒斯,这是复仇女神。

人声　（在门后）开门！开门！要是不开门,就把大门撞开！

〔沉重的击门声。

俄瑞斯忒斯　克吕泰涅斯特拉的喊声引来了卫士。来！领我到阿波罗神庙去。我们在那里过夜,避开这群人和苍蝇。明天我要向我的臣民讲话。

——幕落

第 三 幕

第 一 场

〔阿波罗神庙。半明半暗。舞台中央一尊阿波罗雕像。厄勒克特拉和俄瑞斯忒斯睡在神像脚下,手臂环抱着神像的大腿。复仇女神厄里倪厄斯在他们四周围成一圈。复仇女神如同长脚鹭鸶那样站着睡觉。尽头是一扇沉重的铜门。

复仇女神甲　（伸懒腰）啊！我站着睡着了,怒火满腔,做了好些令人生气的梦。啊！美丽的狂热之花啊,我心上美丽的红花！（绕着俄瑞斯忒斯和厄勒克特拉转）他们睡着了。他们长得多么白净,性情多么温柔！我要到他们的肚子上和胸脯上滚上一滚,恰如溪流在卵石上跳跃一样。我要耐心地在这细嫩的皮肉上摩擦,揉搓,刮磨,直到刨出骨头来。（踱了几步）啊,纯洁的仇恨之晨！多么壮丽的苏醒:他们睡着了,浑身湿漉漉的,散发出灼热的气味。而我,精神爽朗,表情严峻,我看管着。我是铁石心肠——我感到自己神圣无比。

厄勒克特拉　（酣睡中）唉！

复仇女神甲　她在叹息。喂,耐心点,你马上就会体验到我们叮咬的滋味。我们要让你在我们的抚摸下号叫不止。我要像雄性与雌性交尾那样刺入你的体内。因为你就是我的配偶,你会感受到我的情爱的分量。厄勒克特拉,你很漂亮,比我漂亮。不过,你等着吧,我的亲吻使人衰老。不出六个月,我就会把你变成个老太婆,而我依然年轻。(俯身凝望二人)这美妙的猎物,鲜美可口,却容易腐败变质。我凝视着他们,呼吸着他们的气息,怒不可遏。啾,感觉到复仇解恨的时刻已经到来该有多么快乐!感觉到自己能张牙舞爪,凶猛异常,血管中怒火在燃烧,是多么快乐!仇恨充满我的全身,仇恨压抑着我,仇恨像乳汁一样涨满我的乳房。醒来吧,我的姐妹们,醒来吧:清晨已来临。

复仇女神乙　我梦见我咬,我叮!

复仇女神甲　别着急,今天有一位天神在保佑着他们。但是长不了,口渴和饥饿就会使他们离开这个避难地。到那时,你们就大嚼特嚼吧!

复仇女神丙　啊!我要抓他一爪!

复仇女神甲　稍等片刻:不久你的利爪就会在罪人的皮肉上划出千百条血印。过来,姐妹们,来端详端详他们。

一复仇女神　他们多么年轻!

另一复仇女神　他们多么漂亮!

复仇女神甲　享受一番吧:大多数情况下,罪人都是又老又丑的。毁坏美好的东西,这种令人如醉如痴的快乐,是千载难逢的啊!

众复仇女神　哎呀!哎呀!

复仇女神丙　俄瑞斯忒斯还几乎是个孩子。我的仇恨对他要表现出母爱的温存。我要把他苍白的脸放在我的膝上,抚摩他的头发。

复仇女神甲　然后呢？

复仇女神丙　然后我就猛然间将这两个手指头戳进他的眼睛。

〔三人齐声哈哈大笑。

复仇女神甲　他们在叹息,在焦躁不安。他们就要醒了。来,姐妹们,苍蝇姐妹们,让我们用歌声把罪犯们唤醒。

复仇女神　（合唱）

勃兹,勃兹,勃兹,勃兹。

像那苍蝇扑上涂了果酱的面包,

我们要落在你们腐烂的心胸。

腐烂的心,出血的心,鲜美的心,

我们要采集你心上的脓血,

就像那小蜜蜂。

看吧,我们要酿成蜜,酿成美好的青蜜。

仇恨充满我们的心,还有什么样的爱情能与它抗争。

勃兹,勃兹,勃兹,勃兹。

我们将是监视各家各户的耳目,

我们将是看家的大狗,你走过时,龇着牙,面目狰狞。

我们将是天空中的嗡嗡声,飞过你的头顶,

我们将是森林中的声响,

我们将是哨音,咯咯的响声,嘘嘘的声音,猫头鹰的叫声,

我们将是黑夜,

你心灵上深沉的夜空。

勃兹,勃兹,勃兹,勃兹,

哎呀！哎呀！哎呀哈！

勃兹,勃兹,勃兹,勃兹,

我们吮吸脓血,是一群苍蝇,
我们和你分享一切,
我们到你口中寻觅食物,到你眼睛深处寻觅光明,
我们伴随你,直到坟墓,
到那时,我们才让位给蛆虫。
勃兹,勃兹,勃兹,勃兹。
〔舞蹈。

厄勒克特拉 (醒来)谁在说话?你们是谁?
众复仇女神 勃兹,勃兹,勃兹。
厄勒克特拉 啊!你们来了!怎么?我们确实把他们俩杀死了么?
俄瑞斯忒斯 (醒来)厄勒克特拉!
厄勒克特拉 你,你是谁?啊!你是俄瑞斯忒斯。走开!
俄瑞斯忒斯 你这是怎么啦?
厄勒克特拉 你叫我见了害怕。我梦见我们的母亲仰面倒地,血流如注。她的血汇成细流,从王宫中每一扇门下流淌出来。你摸摸我的手,冰凉。不,放开我!别碰我!她流血多么?
俄瑞斯忒斯 住嘴!
厄勒克特拉 (完全清醒过来)让我看看你:你杀死了他们。是你杀死了他们。你在这里,你刚刚醒过来,你脸上什么痕迹也没有,然而,你杀死了他们。
俄瑞斯忒斯 那又怎么样?是的,我杀死了他们!(稍停)你叫我见了也害怕。昨天你是那么漂亮。好像一头野兽今天用利爪毁了你的面容。
厄勒克特拉 一头野兽?那是你的罪行。它扯下了我的双颊和眼皮,我仿佛觉得我的眼睛和牙齿都裸露在外。咦,这些人,这

些人是谁?

俄瑞斯忒斯　不要理她们。她们丝毫不能加害于你。

复仇女神甲　要是她有胆量,叫她到我们中间来!你看看,我们是不是对她无能为力。

俄瑞斯忒斯　安静,母狗们!滚回窝里去!(众复仇女神嘟嘟哝哝)昨天身着白色长裙,在庙宇台阶上欢舞的,是你么?这怎么可能呢?

厄勒克特拉　一夜之间,我衰老了。

俄瑞斯忒斯　你还很漂亮,不过……我在什么地方见过这无神的眼睛呢?厄勒克特拉,你像她。你像克吕泰涅斯特拉。杀死她,值得吗?我在你的眼睛里看见了我的罪行,这罪行使我厌恶自己。

复仇女神甲　这是因为她厌恶你。

俄瑞斯忒斯　真的吗?我真的使你厌恶吗?

厄勒克特拉　不要问我吧!

复仇女神甲　怎么样?你还有什么好怀疑么?她怎么能不恨你呢?她怀着幻想,平静地生活着。你突然来了,带来了杀戮,触犯了神灵。现在,她分担了你的过失,紧紧抱住这底座,这是她剩下的唯一的一方土地了。

俄瑞斯忒斯　不要听她胡说八道。

复仇女神甲　往后站!往后站!赶走他,厄勒克特拉,不要让他的手触到你。他是屠夫!他身上散发出鲜血的腥味。他极其野蛮地杀害了老太太,你知道,翻来覆去砍了好几刀。

厄勒克特拉　你不是骗人吧?

复仇女神甲　你可以相信我的话,当时我在场,我在他们四周嗡嗡地叫。

厄勒克特拉　他砍了好几刀?

复仇女神甲　足有十几刀。而且,每一剑下去,伤口都嚓嚓作响。她用双手护住面孔和腹部,他却将她的双手砍成一道一道的。

厄勒克特拉　她受了很多罪么?她不是当场死掉的么?

俄瑞斯忒斯　再不要看她们,堵住你的耳朵,尤其不要再问她们了。你问她们,你就完了!

复仇女神甲　她受的罪惨不可言!

厄勒克特拉　(以手掩面)啊!

俄瑞斯忒斯　她想分裂我们,在你周围竖起孤独的高墙。当心啊!当你孤身一人,完全孤立无援的时候,她们就会向你猛扑过来。厄勒克特拉,我们共同决定了这次谋杀,我们也应当共同承受它的后果。

厄勒克特拉　你以为我是愿意的么?

俄瑞斯忒斯　难道事实不是如此么?

厄勒克特拉　不,不是这么回事……等一等……是的,是这么回事!啊!我也搞不清了。我曾经幻想过要除掉他们。但是,是你,是你干的!你是杀害生母的刽子手!

众复仇女神　(哈哈大笑,高声叫喊)刽子手!刽子手!屠夫!

俄瑞斯忒斯　厄勒克特拉,这扇门后面,就是世界。那里有人世和清晨。外面,太阳在大路上升起。我们一会儿走出去,走在洒满阳光的大路上,这些黑夜的女儿①就会失去她们的威力:白昼的阳光有如利剑,将穿透她们的胸膛。

厄勒克特拉　阳光……

复仇女神甲　你永远也见不到阳光了,厄勒克特拉。我们就像遮

---

① 根据希腊神话,复仇女神是大地或黑夜的女儿。

天盖地的蝗虫群一样遮住你的阳光。你走到哪里,在你的头上都是漆黑一片。

厄勒克特拉　放开我吧！不要再折磨我啦！

俄瑞斯忒斯　正是你的软弱造成了她们的强大。你看,她们什么都不敢对我说。你听着:一种无名的厌恶落在了你的头上并且分裂了我们。可是,有什么你经历过的,我不曾经历过呢？母亲的呻吟,难道你以为我的耳朵永远也听不见了么？她惨白的脸上睁得大大的两只眼睛——波涛汹涌的两大海洋——难道你以为我的眼睛永远也看不见了吗？折磨你的恐惧不安的心情,难道你以为永远不会折磨我了吗？不过,我不怕,我是自由的。我可以超越恐惧不安和可怕的回忆,我是自由的。我认为我做得对。不应该恨你自己,厄勒克特拉。把你的手给我:我不会抛弃你的。

厄勒克特拉　放开我的手！四周这些黑乎乎的母夜叉叫我害怕,但是比起你来,你更骇人。

复仇女神甲　你看！你看！小囡儿,我们还不如他那样叫你害怕,是不是？厄勒克特拉,你需要我们,你是我们的孩子。你需要我们的指甲挖你的皮肉,你需要我们的牙齿叮咬你的胸口,你需要我们吃人的爱使你忘却背负的仇恨,你需要肉体受苦以忘却心灵上的痛苦。来吧！来吧！你只要走下两级台阶,我们就会将你迎进我们的怀抱,我们的亲吻就会撕裂你细嫩的皮肉,那时你就会忘却,在纯净的苦痛之火上获得忘却！

众复仇女神　来吧！来吧！

　　〔众复仇女神缓缓舞蹈,仿佛要使厄勒克特拉沉醉入迷。
　　厄勒克特拉站起。

俄瑞斯忒斯　（拉住厄勒克特拉的手臂）不要去,我求求你,那你就毁了自己！

厄勒克特拉 （猛力挣脱）啊！我恨你！

〔厄勒克特拉走下台阶，众复仇女神一拥而上，向她猛扑过来。

厄勒克特拉 救命啊！

〔朱庇特上。

第 二 场

〔前场人物、朱庇特。

朱庇特 滚回狗窝里去！

复仇女神甲 主人！

〔复仇女神遗憾地闪开，留下厄勒克特拉躺在地上。

朱庇特 可怜的孩子们！（向厄勒克特拉走去）你们竟然落到这个地步？愤怒和怜悯使我内心矛盾。起来吧，厄勒克特拉：只要我在这里，我这些母夜叉们就不会加害于你。（朱庇特搀扶厄勒克特拉站起）你的脸真吓人！一夜之间！仅仅一夜之间！你那农家姑娘般的鲜艳哪里去了？一夜之间，你的肝，你的肺，你的脾都已衰竭。你的躯体只叫人生怜。啊！高傲疯狂的年轻人啊，你们给自己制造了多少苦痛！

俄瑞斯忒斯 不要用这种善良的语气说话，这对诸神之王很不合适。

朱庇特 你，你也不要用这种高傲的语气说话，这对一个正在赎罪的罪人也不怎么合适。

俄瑞斯忒斯 我不是罪人，你也不能让我补赎我不承认是罪行的罪行。

朱庇特　你大概搞错了。不过,耐心一些,我不会让你长期不醒悟。

俄瑞斯忒斯　你想折磨我多久就折磨多久;但我对我的行为毫不悔恨。

朱庇特　由于你的过错,你姐姐落到如此凄惨的境地,你竟然不懊悔么?

俄瑞斯忒斯　不懊悔。

朱庇特　厄勒克特拉,你听见了么?这就是那个自称爱你的人!

俄瑞斯忒斯　我爱她胜过爱我自己。但是她的痛苦来自她自己,也只有她自己才能从中解脱出来:她是自由的。

朱庇特　那你呢?你大概也是自由的吧?

俄瑞斯忒斯　这你知道得很清楚。

朱庇特　厚颜无耻、愚昧无知的家伙,你拿镜子照照自己吧:你摆出一副盛气凌人的架子,实际上,你不过蜷缩在一位乐于助人的天神①双腿之中,被饿狗包围着。此情此景,如果你还敢宣称你是自由的,那么,身戴镣铐、关在牢房的囚犯,饱受折磨的奴隶,也应该吹嘘他们是自由的了?

俄瑞斯忒斯　那为什么不可以?

朱庇特　你当心点:现在你气壮如牛,无非是阿波罗在保护着你。可是,阿波罗是我俯首帖耳的奴仆。我只要手指动一动,他就会抛弃你。

俄瑞斯忒斯　好吧,你动动手指好了,干脆把你整只手都举起来得了。

朱庇特　那又何必?我不是对你说过吗,我不愿意惩罚人?我是

---

①　指阿波罗。

来拯救你们的。
厄勒克特拉　拯救我们？复仇和死亡之神,别开玩笑了！给受苦的人以徒然的希望,是不允许的,哪怕他是一位天神也不允许。
朱庇特　一刻钟以后,你可以离开这里。
厄勒克特拉　安然无恙地离开这里？
朱庇特　我说话算数！
厄勒克特拉　那你反过来对我有什么要求呢？
朱庇特　对你,我什么要求也没有,我的孩子。
厄勒克特拉　什么要求也没有？善良的天神,可爱的天神,我没听错吧？
朱庇特　或者说,几乎什么要求也没有。你可以轻而易举地给我的东西,就是一点点懊悔。
俄瑞斯忒斯　当心,厄勒克特拉:这点微不足道的东西,将像一座大山一样压在你的心上。
朱庇特　（对厄勒克特拉）别听他的！你还是回答我吧:你怎么能拒绝否认这个犯罪行为呢！犯下这罪行的是别人。最多只能说你是他的同谋吧！
俄瑞斯忒斯　厄勒克特拉！你要否认你十五年的仇恨和希望么？
朱庇特　谁说要否认那个了？但是,她从来不愿意干这种亵渎神明的事情。
厄勒克特拉　唉！
朱庇特　来吧！你可以相信我。难道我看不到人的内心深处么？
厄勒克特拉　（怀疑地）十五年来,我日夜梦想着杀掉他们和复仇,而你在我内心深处看到的,是我不愿意这样做么？
朱庇特　唉！你梦想流血报仇,这使你感到安慰,但也有它无罪的一面:它掩盖了你受奴役的一面,它医治着你骄傲的自尊心所受的创伤。然而你从未考虑过要把梦想付诸行动。难道我错了么?

厄勒克特拉　啊!我的天神,我亲爱的天神,我多么希望你没有错啊!

朱庇特　你还是个小姑娘,厄勒克特拉。别的姑娘期望成为女子中最富有的或者最美丽的人。而你,在你的家族可怕命运的诱惑之下,却期望成为最痛苦和罪孽最深重的女人。你从来不想作恶,你只希望你自己受苦。在你那小小的年纪,别的孩子还在玩娃娃或者跳房子;而你,可怜的小姑娘,你没有玩具,你没有小朋友,你就玩谋杀,因为这是可以一个人玩的游戏。

厄勒克特拉　唉!唉!听你这一席话,我对自己反倒看清楚了。

俄瑞斯忒斯　厄勒克特拉!厄勒克特拉!你现在是有罪之人了。你期望什么,除了你自己,谁能知晓?难道你让别人为你做主?为什么要歪曲过去,因为无法为自己辩护了吗?厄勒克特拉,过去你曾经是愤怒的,你为什么要否认自己呢?过去,你是一个年轻的复仇女神,我是多么看重你这一点呀,你为什么否认你自己呢?你难道看不出,这残酷的天神在耍弄你吗?

朱庇特　我在耍弄你?你们最好听一听我向你们提出的条件吧:如果你们不再坚持你们的罪行,我把你们二人都扶上阿耳戈斯的宝座。

俄瑞斯忒斯　接替我们的受害者?

朱庇特　这很必要。

俄瑞斯忒斯　我要穿上已故国王余温尚存的衣服。

朱庇特　穿这身衣服或者穿别的衣服,这倒无关紧要。

俄瑞斯忒斯　对,只要是黑的就行,是不是?

朱庇特　你不是在服丧么?

俄瑞斯忒斯　对,我忘了,为我母亲服丧。那我的臣民呢,我也必须让他们穿黑衣服么?

朱庇特　他们已经身着黑衣了。

俄瑞斯忒斯　是这样。让他们把旧衣裳慢慢穿破吧!怎么样,你懂了么,厄勒克特拉?如果你流上几滴眼泪,就会给你送上克吕泰涅斯特拉的裙子和衣衫——你十五年来亲手洗涤的臭气冲天、污秽不堪的衣衫。她的角色也等待着你,你只要照她的样子扮演一番就可以了。视觉效果一定十分完美,所有的人都会以为你的母亲转世了,因为你已经长得跟她一模一样。我可比较挑剔:我杀死了那小丑,他的裤子,我绝不穿。

朱庇特　你高昂着头,你杀死了一个毫不自卫的男子和一个求饶的老太婆。不认识你,光听你讲话的人可能还以为,你以一当十,浴血奋战,拯救了你出生的城市呢!

俄瑞斯忒斯　说不定我确实拯救了我出生的城市。

朱庇特　你?你知道这门后面是什么吗?阿耳戈斯的居民——阿耳戈斯的全体居民。他们手拿石头、叉子和棍棒,正等待着他们的救星,好向他表示感激之情。你如同麻风病患者一样是孤独一人。

俄瑞斯忒斯　是的。

朱庇特　去吧,别得意。最卑鄙无耻的杀人凶手,他们蔑视你、厌恶你,已把你抛进孤独的境遇之中。

俄瑞斯忒斯　最卑鄙无耻的杀人凶手,是那干完了又懊悔的人。

朱庇特　俄瑞斯忒斯!我创造了你,我创造了一切。你看!(神庙墙壁打开。天空显现,转动的群星闪烁。朱庇特出现在舞台深处，声音变得震天动地——用扩音器——但是看不真切）你看这日月星辰，旋转井然有序，从不相互碰撞：这是我根据公平合理的原则调节了它们的运行。你听这群星和谐的声音，这优雅而雄壮的矿物界歌声，在天空的各个角落里回荡。（音乐）由我主宰，各类物种蕃衍不息。我下令，人生人，狗下狗；由我主宰，海浪伸出柔软的舌头舐着细沙，并按时退回；我使万物生长，我的气息指引着淡黄花粉般的烟云环绕着地球旋转。不速之客，这并非在你家。你存在于世界上，就像刺扎在肉中一样，就像偷猎者闯入禁猎的领主森林一样：因为世界是善良的。我按照我的意志创造了世界，我就是善的化身。而你，你作了恶，世上万物以茫然的声音在控告你：善乃无所不在，它是植物的精髓，它是泉水的清新，它是组成火石的颗粒，它是岩石的重量。善无所不在，甚至在火与光的自然状态中，你都可以找到善。你的躯体本身也违背你的意志，因为它服从我的规定。善在你身内，也在你身外：它如同刺刀刺入你体内；它犹如高山压在你的身上；它犹如大海冲带着你，席卷着你。是它使你的肮脏勾当得逞，因为它是蜡烛的光亮，你刀剑的利刃，臂膀的力量。你为之自豪的恶，你自诩为创造者的恶，它不是存在的反映、巧妙的遁词、骗人的假象又是什么呢？就连这假象的存在本身，也是要由善来支持的。回到你的本来面目吧，俄瑞斯忒斯：宇宙认为你错了，而你在宇宙中不过是个渺小的小虫。返回本性之中吧，反常的孩子：承认你的过失，痛恨你的过失，如同拔掉一颗发臭的龋齿那样，把过失从你身上拔除吧！否则你可要当心，大海会在你面前后退，你路过之处泉水会枯竭，你走的路上石块和岩石会滚出道外，大地会在你脚下化成灰烬。

俄瑞斯忒斯　让大地化成灰烬好了！让岩石怒骂我好了！让我所经之处花草凋谢好了！要归罪于我，搬出你的整个宇宙都不够！你是诸神之王，朱庇特，你是岩石、群星之王，你是大海波涛之王，但你不是人间之王。

〔四壁合拢，朱庇特重又出现，疲惫不堪，背驼腰弯。又恢复了自然的声调。

朱庇特　我不是你的王，无耻小儿，那么是谁创造了你？

俄瑞斯忒斯　是你。但你不应该把我造成自由的人。

朱庇特　我给你自由，是为了替我效劳。

俄瑞斯忒斯　那倒很可能。不过，这自由反过来对抗你了。无论是你，还是我，对此都无能为力。

朱庇特　终于有了道歉的话了。

俄瑞斯忒斯　我不道歉。

朱庇特　真的么？你自称成了自由的奴隶，这很像是一句道歉的话，你知道么？

俄瑞斯忒斯　我既不是主人，也不是奴隶，朱庇特。我就是我的自由。你一旦把我创造出来，我就不再属于你了。

厄勒克特拉　看在咱们父亲的分上，俄瑞斯忒斯，我恳求你，不要在犯罪之上又加上亵渎神明吧！

朱庇特　听她的话吧。别想以你的理由说服她。你的这些话她可能没听到过，似乎相当新颖——但也相当刺耳。

俄瑞斯忒斯　朱庇特，对我的耳朵也是如此。对发音的喉咙和对吐字的舌头，也是如此：我很难理解自己说的话。昨天，你还是蒙着我眼的一块布，堵着我耳的蜡塞。昨天，我还有一个借口：我存在的借口就是你，因为你把我生出来是为你的意图服务。人世是个老媒婆，不断向我提到你。后来，你抛弃了我。

朱庇特　抛弃了你,我?

俄瑞斯忒斯　昨天,我在厄勒克特拉身旁。你的整个大自然簇拥在我的周围。这赛壬①,她歌唱着你的善德,给我出了很多主意。为了使我软下心来,炽热的阳光变得温和,有如薄雾遮挡住视线。为了鼓动我忘掉所受的屈辱,天空变得明媚迷人,仿佛给人以宽恕。我的青春听从你的命令觉醒了,它站在我的眼前,那副哀求的样子就像一个将要被人抛弃的未婚妻:这是我最后一次看见我的青春年华。突然间,自由落在我的头上,使我浑身麻木,大自然向后逃去。这时,我再也没有年龄了,我感到在你那宽宏大量的小小的世界上,自己是孤单一人,如同一个人失去了自己的影子。在天上,一切都消失了,既没有善,也没有恶,也没有任何人对我发号施令了。

朱庇特　如此说来,我应该高度赞赏从羊群中除去的癞皮羊,或者关在检疫所里的麻风病患者喽?俄瑞斯忒斯,你回想一下,你曾是我的羊群的一分子,你曾和我的羊一起啃过我田里的青草。你的自由只不过是使你浑身发痒的疥癣,只不过是遇到放逐而已。

俄瑞斯忒斯　你说的确是实话:一种流亡。

朱庇特　恶还不是那么深远:它始于昨天。回到我们中间来吧!回来吧!看你是多么孤单,连你的姐姐也抛弃了你。你面色苍白,忧虑不安,眼睛瞪得老大。你希望活着么?但你现在被不人道的恶行折磨着,这恶行与我的本性格格不入,与你自己也格格不入。回来吧!我就是忘却,我就是安宁。

---

① 希腊神话中的海妖,长着女人的头,身躯似鸟。躲在海岛上,每当船只通过时,便用美妙的歌声引诱船员,使船只触礁沉没,然后吞食遇难的人。

俄瑞斯忒斯　与我格格不入，我知道。超出天性，违反天性，无法辩解，除了靠我自己，不能再依赖别人。但是，我不会回到你的法律之下；我命中注定除了我自己的意愿以外，不受任何法律的约束。我不会返回你的自然之中：尽管有千百条道路引导我返回你的自然，我却只能走我自己的路。因为我是一个人，朱庇特，每个人都应该开创自己的路。自然是怕人的，你，你，诸神之王，人类也使你害怕。

朱庇特　你说的不假：当人像你这样时，我憎恨他们。

俄瑞斯忒斯　当心，你刚才承认了你的弱点。我呢，我并不憎恨你。你我有何相干呢？我们两人如同两只船，顺流而下，挨得很紧，但互不相撞。你是一位天神，我是自由的人：我们孤独的状况极为相似，我们的苦恼也极为相似。有谁告诉你，我不曾在这漫漫长夜中寻觅悔恨呢？悔恨。困倦。而我再也不能悔恨了，也不能安眠了。

　　　〔静场。

朱庇特　你打算怎么办？

俄瑞斯忒斯　阿耳戈斯人是我的百姓。我必须使他们睁开眼睛。

朱庇特　可怜的人们！你赐给他们的是孤独和羞耻，你将把我遮盖他们的布帛撕下，你会猛然使他们看到他们的生活，淫秽的枯燥乏味的生活，白白送给他们的生活。

俄瑞斯忒斯　既然绝望是他们的命运，为什么我要拒绝把我心中的绝望给予他们呢？

朱庇特　他们要来何用？

俄瑞斯忒斯　他们想怎么办，就怎么办：他们是自由的，而人类的生活恰恰应从绝望的彼岸开始。

　　　〔静场。

朱庇特　好吧,俄瑞斯忒斯,这一切本在预料之中。总该有人来宣告我的失势。这就是你喽?昨天见到你少女般的面庞时,谁会相信这个人就是你呢?

俄瑞斯忒斯　难道我自己会想到么?我吐出的字眼对我的嘴说来都太大,把我的嘴都撕破了。我肩负的命运对于青春年少的我过于沉重,把我的青春都压毁了。

朱庇特　我并不怎么喜欢你,但我可怜你。

俄瑞斯忒斯　我也可怜你。

朱庇特　再见,俄瑞斯忒斯。(走了几步)至于你,厄勒克特拉,你要记住:我的统治还远远没有结束。——而且我也不愿意放弃斗争。你是和我站在一边还是反对我,走着瞧吧!再见。

俄瑞斯忒斯　再见。

〔朱庇特下。

第 三 场

〔前场人物(除朱庇特)。厄勒克特拉缓缓站起。

俄瑞斯忒斯　你到哪里去?

厄勒克特拉　别管我。我跟你没什么话说。

俄瑞斯忒斯　我昨天刚刚认出你,难道必须永远失去你么?

厄勒克特拉　但愿我从来就不认识你。

俄瑞斯忒斯　厄勒克特拉!我的姐姐,我亲爱的厄勒克特拉!你是我唯一的亲人,我生活中唯一的温暖,不要把我一个人丢下,跟我一起留下吧!

厄勒克特拉　贼!从前没有任何东西属于我,只有一点点平静和若干幻梦。现在你夺走了我的一切,你盗窃一个穷人。你是我的弟弟,一家之长。你本应当保护我,你却将我投入血泊之中。我满身通红,如同剥了皮的牛一般。贪婪成性的苍蝇紧追着我,我的心已成了苍蝇的破窝!

俄瑞斯忒斯　我心爱的人,真是这样,我夺走了你的一切,除了我的罪过,我什么也不能给你。可是,这是一件极大的礼物。你以为它不像铅块一样也压在我的心灵上么?我们以前太轻飘飘了,厄勒克特拉。现在我们的双脚踩在泥土里,正像大车的车轮深陷在车辙里一样。来,我们马上动身,弯着腰,背起我们宝贵的重担,脚步沉重地向前走去。把你的手给我,我们朝……

厄勒克特拉　哪里走?

俄瑞斯忒斯　我不知道。朝我们自己走。在江河和高山的彼端,有另一个俄瑞斯忒斯和另一个厄勒克特拉在等待着我们。必须耐心地找寻他们。

厄勒克特拉　我再也不愿意听你说教了。你给我的无非是不幸和厌恶。(厄勒克特拉跳到台上。众复仇女神缓缓靠近)救命啊!朱庇特,众神之王和人类之王,抱着我,把我带走吧,保护我吧!我将遵循你的法规,我要做你的奴隶任你驱使,我要亲吻你的双脚、你的双膝。保护我,防着苍蝇,防着我弟弟,防着我自己!不要让我孤独一人,我要终生赎罪。我悔过,朱庇特,我悔过。(跑下)

第 四 场

〔俄瑞斯忒斯,众复仇女神。

〔众复仇女神欲追赶厄勒克特拉。复仇女神甲拦住她们。

复仇女神甲　让她去吧,姐妹们。她从我们手里逃掉了。不过,这一个还在。我估计还要待很长时间,别看他年纪轻轻,心眼可够死的呢!让他抵两个人的罪!

〔众复仇女神开始嗡嗡作响,靠近俄瑞斯忒斯。

俄瑞斯忒斯　我是孤单一人。

复仇女神甲　不,噢,最俊俏的杀人凶手,我还陪伴着你呢:你瞧我将用什么样的游戏逗你高兴吧!

俄瑞斯忒斯　直到死我都是孤零零的。然后……

复仇女神甲　干啊,姐妹们,他软下来了。你们看,他的眼睛越睁越大,不久,他的神经就要像竖琴的琴弦一样绷得紧紧的,在恐怖的美妙指法下,发出回响。

复仇女神乙　不久饥饿就会驱使他离开避难所,不出今天晚上。我们就能尝到他的鲜血味道了!

俄瑞斯忒斯　可怜的厄勒克特拉!

〔保傅上。

第 五 场

〔俄瑞斯忒斯,众复仇女神,保傅。

保傅　喂,我的老爷,你在哪儿呀?怎么一点也瞧不见!我给你送来点吃的:阿耳戈斯人包围了神庙,你就别想从这儿出去。今天夜里,咱们再设法逃走。趁这会工夫,吃点东西吧。(众复仇女神拦住他的去路)啊!这是些什么人?又是迷信。我多么留恋阿提刻①这个甜蜜的国度啊,在那儿我的道理是对的。

---

① 阿提刻为雅典所在的一部分地方。

俄瑞斯忒斯　不要靠近我，她们要把你活活撕碎的！

保傅　轻点轻点，我的美人们。来，要是我的供品能使你们安静下来，请吃这些肉和果品吧！

俄瑞斯忒斯　你是说，阿耳戈斯人已聚集在神庙前面了吗？

保傅　对啦！到底谁心眼最坏、最疯狂，要加害于你，是这些美人儿，还是你亲爱的百姓，我还真说不准呢！

俄瑞斯忒斯　那好。（稍停）把这门打开。

保傅　你疯了？他们手执武器，就在门后呢！

俄瑞斯忒斯　我叫你干什么，你就干什么。

保傅　请允许我违抗你，就这一次。我告诉你，他们会用石块把你砸死①。

俄瑞斯忒斯　我是你的主人。老头子，我命令你打开大门。

〔保傅将门稍稍打开。

保傅　哎呀呀！不得了！

俄瑞斯忒斯　把两扇门都打开！

〔保傅打开大门，躲藏在一扇门后。人群猛力推开两扇门，在门槛处停住，目瞪口呆。阳光耀眼。

第 六 场

〔前场人物，群众。

〔人群中叫喊声：打死他！打死他！砸死他！撕碎他！打死他！

---

① 在古希腊，群众可以把那些引起公愤的人用石头砸死，一面扔石头，一面诅咒，这种惩罚叫"石击刑"。

俄瑞斯忒斯　（完全没有听到叫喊）啊,阳光!

众人　亵渎神明的家伙!杀人凶手!屠夫!要把你四马分尸!要把滚烫的铅水浇在你的伤口上!

一妇女　我要抠你的眼睛!

一男子　我要吃你的心肝!

俄瑞斯忒斯　（挺起身来）我十分忠诚的百姓,你们来啦?我是俄瑞斯忒斯,你们的国王,阿伽门农的儿子。今天是我加冕的日子。(人群低声嘟哝,不知所措)你们怎么不大喊大叫啦?(人群沉默不语)我知道:我叫你们害怕。十五年前的今天,另一个杀人凶手站在你们面前,他的手套沾满鲜血,一直红到肘部。然而你们没有怕他,你们从他的眼睛里看出来,他没有勇气承担自己的行为,和你们是同样的人。罪犯承担不住的罪恶,就不再是谁的罪恶了,是不是?那几乎等于一场偶然的灾祸。你们欢迎了杀人凶手做你们的国王。过去的罪恶如同丧家之犬,轻声呻吟着,开始在城垣内到处游荡。阿耳戈斯的居民们,你们瞧着我,你们明白,我的罪行确确实实由我承担。我面对着太阳郑重表示,我愿意承担这罪行的责任,它正是我活着的目的,我的骄傲。你们既不能惩罚我,也无法怜悯我,正因为如此,你们才害怕我。可是,我的臣民们,我爱你们,正是为了你们我才杀人的。为了你们。我来讨还我的王位,你们不要我,因为我和你们不是同样的人。现在,我是你们的一员了。噢,我的臣民们,鲜血把我们联结在一起,我有资格当你们的国王。你们的过错,你们的悔恨,你们深夜的苦恼和忧虑,埃癸斯托斯的罪行,这一切都是我的,我承担一切。再不要惧怕你们的亡人了,现在他们是我的亡人了。你们看:你们忠实的苍蝇离开了你们朝我扑来。不过阿耳戈斯人,请你们不要害怕,我不会浑身沾满鲜血就坐上被我杀死的人的宝座:一位天神将这宝座奉献给我,我说不要。我要做没有领土、没有臣民的国王。再见了,我的臣民,设法活下去吧:这里一切都是崭新的,一切有待开始。对我来说,也是如此,生活刚刚开始。奇异的生活。你们再听着:一年夏天,斯库洛斯①岛老鼠成灾,肆虐猖獗,把什么都咬坏了。城中居民以为只有死路一条了。一天,来了一个风笛手。他高高挺立在城中央——就这样。(站起)他开始吹奏风笛,所有的老鼠都来聚集在他的周围。然后他大步走去,就这样,(走下神像底座)一面向斯库洛斯人喊道:"闪开!"(人群闪开)所有的老鼠都犹豫不决地昂着头——就像苍蝇那样。你们快看!你们看那苍蝇!然后,猛然间,老鼠扑到他的脚印上去。于是风笛手和老鼠就永远地消逝了。就像这样。

〔俄瑞斯忒斯下。众复仇女神在他身后吼叫着,奔过去。

——幕落

---

① 希腊东面的一个小岛,周围一百公里,距欧玻亚不到五十公里。

独 幕 剧

隔 离 审 讯

(一九四五年)

李恒基 译

人　物

伊奈司
埃司泰乐
加尔森
招待员

第 一 场

〔加尔森,招待员。

〔一间陈设为第二帝国时期风格的客厅,壁炉架上有一尊铜像。

加尔森　（上,环顾）到了。

招待员　到了。

加尔森　这样的……

招待员　这样的。

加尔森　我……我想,住久了,对这些家具总会习惯的。

招待员　这得看什么人。

加尔森　每间都一样?

招待员　哪里哪里。上我们这儿来的,有中国人、印度人。一把这种第二帝国时期风格的大靠椅,它们能派上什么用场?

加尔森　那我呢,我能拿它们派什么用场?您知道我以前是干什么的吗?算了,这无关紧要。总而言之,过去我一直在我不喜欢的家具堆里,生活在虚假的环境之中,我也过得很高兴。在一间路易-菲力浦式餐厅的虚假环境里生活,您觉得如何?

招待员　往后您就知道了,在一间第二帝国时代的客厅里,也挺不错呢!

加尔森　啊? 好,好,好,好。（环顾）怎么说,我也是万万没有料到……您对世上传说纷纷的事,不是一无所闻吧?

招待员　哪方面的?

加尔森　这个这个……（做了一个含糊的、动作很大的手势）各方面的呀。

招待员　您怎么能听信那些胡说八道呢？他们从来没有到过这里。因为，说来说去，他们一旦进到这里，那就……

加尔森　对了。

〔两人大笑。

加尔森　（忽然严肃起来）尖头桩在哪儿？

招待员　什么？

加尔森　尖头桩呀，铁条架呀，皮漏斗呀。①

招待员　您说笑话吧？

加尔森　（凝视招待员）啊？那好。不，我不是说笑话。（沉吟片刻，来回踱步）没有镜子，没有窗户，当然啦。容易打碎的东西一件都没有。（忽然勃然大怒）可是为什么连我的牙刷都要拿走？

招待员　这不来劲儿了？瞧您又要讲究起什么做人的面子来了。真了不得。

加尔森　（怒拍椅子扶手）我请您别这样放肆。我对我自己目前的境况不是一无所知，可是我不许您这样……

招待员　哎哟！您别见怪。有什么法子？上这儿来的主顾，全都提同样的问题。他们来了就问："尖头桩在哪儿呀？"我管保他们问这话的时候，决不会想到梳洗打扮。等到我们给他们吃过定心丸之后，这就要什么牙刷了。可是，看在上帝分上，您就不能仔细想一想吗？归根到底，请问：你为什么要刷牙呢？

加尔森　（平静下来）对啊，究竟为什么？（看看四周）还有，究竟

---

① 均为残酷刑具。尖头桩：使犯人坐其上，桩尖刺穿人体；铁条架：置犯人于其上，下设火烧；皮漏斗：用以强灌液体入犯人口腔或鼻腔的工具。

为什么要照镜子呢？至于这尊铜像嘛，放得好啊……可以想象，总会到那样的时候，我得瞪眼瞧它。瞪眼瞧它，嗯？咱们来干脆的，没有什么好隐瞒；我已经说了，我对自己眼前的境况，并不是一无所知。您要我说说怎么回事吗？那家伙出不来气儿，往下沉，没进水里，只有眼睛还露出在水面，他看见了什么呢？一尊巴勃第安纳①的铜像。真是一场噩梦呀！好，大约有规定，不许你回答我的问话，那我不勉强。不过，您记着：我并不是毫无准备的人，您甭自鸣得意，以为已经让我感到意外了；我是要正视目前的境况。（又踱步）这么说，没有牙刷。也没有床。因为不睡觉，是不是？

招待员　当然！

加尔森　我早料到。为什么要睡觉呢？睡意从耳朵后面冷不防地掐住您，您感到眼睛阖上了，可是，为什么要睡呢？您往长沙发上一靠，呼……睡意过去了。您就得揉揉眼睛爬起来，一切又从头开始。

招待员　您真是想象力丰富！

加尔森　别插嘴。我决不大喊大叫，也决不哼哼，我要正视自己的境况。我不愿意连它是什么模样都没有看到就让它从我后面扑过来。我是胡思乱想吗？那是因为根本不需要睡觉。既然不困，为什么要睡呢？对极了。别忙，别忙！为什么这就难熬呢？为什么这就一定教人吃不消呢？我懂了：因为这种生活，没有间隙。

招待员　什么间隙？

---

① 巴勃第安纳(1810—1892)，法国著名铸匠，曾复制许多当代及古代雕塑。从"怎么回事"以下的这一段话，是加尔森想象地狱里刑讯时的景象。

加尔森　（学他的语气）什么间隙？（怀疑地）望着我。我早料到会是这样的！您的眼光里之所以会有这种叫人受不了的、像是要把人看透的放肆表情，原因就在这里。我实话实说，它们萎缩了。

招待员　您说的是什么？

加尔森　您的眼皮。我们，我们眨一下眼皮，叫作一瞬。黑乎乎的一刹那，就像一道幕，一起一落，造成间隙。眼睛得到湿润，世界顿时消隐。您可体会不到，这多使人耳目一新啊。一小时之内休息四千次。四千次短暂的逍遥。我说四千次……可现在呢？我就要过这种没有眼皮的日子了吗？别装糊涂。没有眼皮跟没有睡意，是一回事。我再也没法睡觉了……我怎么受得了呢？请您费点劲儿了解了解我这个人：我生就的脾气爱故意找别扭，您看出来了吧，我……我习惯于跟自己过不去。可是我……我总不能一刻不停地跟自己找别扭呀：在尘世，有白天黑夜。夜里我得睡觉。舒舒服服睡一觉。以此补偿。我让自己做些简单的梦。比如梦见一片草地……就只有一片草地，别的什么都没有。我梦见我在上面散步。现在是白天吗？

招待员　您明明看到：灯全亮着。

加尔森　敢情！这就是你们的白天。我说的是外边。

招待员　（惊愕）外边？

加尔森　外边！这些墙的另外一面。

招待员　有一条走廊。

加尔森　走廊的尽头呢？

招待员　有别的房间，别的走廊，还有楼梯。

加尔森　还有呢？

招待员　没有了。

加尔森　您总有外出的日子吧？您去哪儿？

招待员　我舅舅那儿，他是招待员的领班，在四楼。

加尔森　我该早料到呀。电路开关在哪儿？

招待员　没有。

加尔森　那怎么办？没法关灯？

招待员　管理处到时候会卡断电路的。不过，我不记得这一层楼什么时候断过电。咱们这儿随时都有电的。

加尔森　好啊。那就得瞪着眼生活了。

招待员　（讥讽）生活……

加尔森　您别抠字眼儿。瞪着眼儿。眼睛老得睁着。眼睛里一片亮。脑子里一片亮。（稍停）要是我把这铜像甩过去，那电灯也砸不灭吗？

招待员　铜像太沉了。

加尔森　（双手抱住铜像，想把它拿起来）您说对了，太沉。

　　〔静场片刻。

招待员　嗯，如果您用不着我，我就走了。

加尔森　（一惊）你要走？再见。（招待员走到门口）请等一下。（招待员转身）那是电铃吗？（招待员点头）我什么时候想叫您来，按铃就成，是吗？

招待员　原则上是这样。可是电铃不听使唤。里面什么地方卡住了。

　　〔加尔森走到电铃跟前按铃。铃响。

加尔森　没毛病！

招待员　（诧异）没毛病。（他也按了一下）您这会儿别太高兴，这种情况长不了。行，随时听候吩咐。

加尔森　（做了一个挽留的手势）我……
招待员　哎？
加尔森　不,没事。(他走到壁炉前,拿起一把裁纸刀)这是什么？
招待员　您看得出,这是一把裁纸刀。
加尔森　这屋里有书吗？
招待员　没有。
加尔森　那么,要它有什么用？（招待员耸肩）好。您请便吧。
〔招待员下。

第 二 场

〔加尔森一人。
〔台上只有加尔森一人。他走到铜像前,抚摸铜像。坐下。又站起来。走到电铃前,按电钮。铃不响。他又按了两三下。铃仍无声。他走到门口,想开门。门却推不动。他叫起来。

加尔森　招待员！招待员！
〔无人回答。他一面叫一面双拳捶门。突然,他平静下来,又回去坐下。恰在这时,门开了,伊奈司上,后随招待员。

第 三 场

〔加尔森,伊奈司,招待员。
招待员　（对加尔森）刚才您叫我来着？
〔加尔森走过去,正要回答,瞥见伊奈司。

加尔森　没有。

招待员　（转向伊奈司）您就住这儿,太太。（伊奈司不语）您有什么问题要问我吗？（伊奈司仍不语）

招待员　（感到扫兴）到这儿来的主顾,都爱问这问那……我不勉强您问。况且,牙刷、电铃、巴勃第安纳的铜像这一类问题,这位先生全都知道,他一定给您解答得跟我一样清楚。

〔招待员下。静场。加尔森不看伊奈司。伊奈司环顾左右,然后,突然朝加尔森走去。

伊奈司　弗洛朗丝呢？（加尔森不语）我在问您哪：弗洛朗丝在哪儿？

加尔森　我根本不知道。

伊奈司　敢情这就是你们的全部办法呀？不让见,好让人牵肠挂肚地受不了？告诉您吧,这一招对我不管用。弗洛朗丝是个缺心眼儿的傻丫头,我并不惦记她。

加尔森　对不起：您把我当成谁了？

伊奈司　您？刽子手呀。

加尔森　（吓了一跳,继而大笑）这场误会闹得真滑稽。刽子手？不错不错！您走进屋子,朝我一看,您就想,他是刽子手。荒唐荒唐！招待员也可笑,他早该给咱们互相介绍介绍。什么刽子手！鄙人叫约瑟夫·加尔森,专栏作家,文人。事实上,咱们俩是以同样的名义给送到这里来的。夫人尊姓大名？

伊奈司　（干巴巴地）伊奈司·赛拉诺。是小姐。

加尔森　很好,好极了。哎呀,总算说开了。那么,您觉得我的模样像个刽子手了？请问：凭什么能把刽子手一眼就认出来呢？

伊奈司　他们都显得害怕。

加尔森　怕？太有意思了。怕谁？怕受他们害的人？

伊奈司　问得好！我说什么，自己心里有数。我照过镜子。

加尔森　照过镜子？（看看四周）真要命，他们把可以当镜子用的东西统统拿走了。（稍停）不管怎么说吧，我可以向您担保：我不害怕。我倒不是对目前的境况满不在乎，我很能意识到它的严重性。然而我不害怕。

伊奈司　（耸肩）这我管不着。（稍停）您是不是有时候去外面遛遛，散散步？

加尔森　门是关死的。

伊奈司　糟糕。

加尔森　我看得出来，有我在场，您很反感。就我个人而言，也恨不得能一个人待着。我得把我的一生理出个头绪来，需要好好反省。不过我相信，咱们都将就点儿，是能够彼此适应的。我不说话，尽量少动，少出声。只是，我能不能提个建议：咱们之间礼数得周到些，这是一道最有效的防线。

伊奈司　我不懂什么礼数。

加尔森　那我就得来双份的。

〔静场。加尔森坐在长沙发上。伊奈司来回踱步。

伊奈司　（望他）您的嘴。

加尔森　（如梦初醒）有何见教？

伊奈司　您能不能让您的嘴歇歇呢？它在您的鼻子底下像一只陀螺老转老转。

加尔森　您多包涵，我自己觉察不到。

伊奈司　要不然我早就怪您了。（加尔森的嘴嗒地一响）又来了！您还自以为有礼貌呢，您连自己脸上什么表情都不管。这儿不光是您一个人，您没有权利让我看到您怕成那样而感到难受。

〔加尔森站起来,向她走去。

加尔森　您不害怕吗,您?

伊奈司　怕管什么用?以前,就是咱们还抱有希望的那会儿,怕也许是件好事。

加尔森　(轻轻地)现在已经没有希望了,可是咱们跟以前还是一样呀。咱们并没有一进来就吃苦头呀,小姐。

伊奈司　我知道。(稍停)那又怎么样?以后呢?

加尔森　我不知道。我等着。

〔静场。加尔森回到自己的座位坐下。伊奈司又来回踱起步来。加尔森的嘴嗒地一响,忙看了伊奈司一眼,赶紧用手捂住脸。埃司泰乐同招待员上。

第 四 场

〔伊奈司,加尔森,埃司泰乐,招待员,

〔埃司泰乐看着加尔森。加尔森没有抬头。

埃司泰乐　(对加尔森)不!不,不,别抬头。我知道你的两只手捂住的是什么,我知道你已经没有面孔了。(加尔森松开手)啊!(稍停片刻。感到意外)我不认识您。

加尔森　我不是刽子手,太太。

埃司泰乐　我也没有把您当成刽子手呀。我……我还以为是某某人跟我闹恶作剧呢。(对招待员)还有谁来?

加尔森　没有了。

埃司泰乐　(舒了口气)啊!那么说,就我们几个:这位先生,这位太太,跟我……

〔她笑起来。

加尔森　（干巴巴地）有什么可笑的。

埃司泰乐　（仍笑着）可是这几张沙发多难看,您瞧,摆成那样,好像今天是大年初一,我上玛丽舅妈家去做客似的。这长沙发该是每人一张吧?我的是这一张?(对招待员)可是我没法往上坐,简直太吓人了:我穿的这一身是浅蓝色的,那沙发是墨绿色的。

伊奈司　您就坐我的那张吧。

埃司泰乐　枣红色的那张?您太客气了,可是,那也好不了多少。不过,有什么法子呢?各有各的份儿:既然我的是墨绿色的,我就坐墨绿色的吧。(稍停)要说对我勉强凑合的嘛,该是先生坐的那张。

〔静场片刻。

伊奈司　听到没有,加尔森?

加尔森　（惊跳）长……沙发?哦,对不起。(起身)您请坐,太太。

埃司泰乐　谢谢。(她脱去大衣,往沙发上一扔。停顿片刻)既然要一起相处了,就让咱们彼此认识认识。我叫埃司泰乐·里戈。

〔加尔森鞠躬,正要自报姓名,伊奈司却抢了先。

伊奈司　伊奈司·赛拉诺。非常荣幸。

〔加尔森又鞠一躬。

加尔森　约瑟夫·加尔森。

招待员　您还有什么吩咐?

埃司泰乐　没有,您走吧。有事我就按铃叫您。

〔招待员鞠躬。下。

第 五 场

〔伊奈司,加尔森,埃司泰乐。

伊奈司　您真漂亮。我恨不能弄一束鲜花来欢迎您。

埃司泰乐　鲜花？是呀。我可喜欢鲜花了。花儿一到这里会蔫的:太热。嗨！最起码,是不是,要保持心情愉快。您是……

伊奈司　上星期。您呢？

埃司泰乐　我？昨天。丧葬仪式没有结束。(她说得很随便,语气、表情就像叙说眼前见到的情景)风吹拂着我姐姐的面纱。她使劲装哭。哭啊,哭啊,再使点劲儿。瞧,这不是！挤出了两滴眼泪,两滴小小的眼泪在她的黑纱后面闪亮。奥尔加·雅代那天早晨可难看了。她挽着我姐姐的胳膊。她没有哭,因为睫毛上了油膏。我得说,我要是她的话……她算是我生前最要好的朋友呢。

伊奈司　您吃了不少苦头吧？

埃司泰乐　没有。倒不如说是迷迷糊糊的。

伊奈司　您得的是……？

埃司泰乐　肺炎。(跟刚才叙说时的表情一样)好,丧事办完了,他们走了。你好！你好！握手,握手,握手。我丈夫伤心过度病倒了,待在家里。(问伊奈司)您是……？

伊奈司　中了煤气。

埃司泰乐　您呢,先生？

加尔森　挨了十二颗子弹①。(埃司泰乐做了一个动作)真抱歉,

---

① 意谓被行刑队处决。行刑队一般十二人。

作为死人，我可不是体面的伴侣。

埃司泰乐　哦！亲爱的先生，请您别用这样难听的词儿说话行不行？这……听着刺耳。说到底，这字眼有什么意思？没准咱们从来也没有像现在这样有生气。如果一定要说明咱们所处的这种……现状，倒不如管咱们叫不在世的人，这样的称呼更加准确。您成为不在世的人很久了吗？

加尔森　个把月了。

埃司泰乐　您是哪儿人？

加尔森　里约热内卢人。

埃司泰乐　我是巴黎人。您在那儿还有什么人？

加尔森　我的妻子。（同埃司泰乐刚才的表情一样，叙说着）跟往常一样，她来到兵营；人家不让她进。她从栅栏的铁条中间往里看。她还不知道我已经不在了，不过她觉得不对劲儿。她走了。她穿了一身黑。赶巧，她不必再换丧服了。她不哭；她从来不哭。阳光那么明媚，她穿了一身黑，走在空荡荡的街上，睁着那双受害者的大眼睛。啊！她教我受不了。

〔静场。加尔森走到中间那张沙发坐下，双手捧头。

伊奈司　埃司泰乐！

埃司泰乐　先生，加尔森先生！

加尔森　有何见教？

埃司泰乐　您坐在我的沙发上了。

加尔森　对不起。

〔他起身。

埃司泰乐　您好像心事挺重。

加尔森　我要把我的一生理出个头绪来。（伊奈司大笑）笑什么，还是学我的样好。

伊奈司　我一生清清楚楚。有条有理。在世上的时候,我的生活本来就过得有条不紊,用不着我操这份心。

加尔森　当真?您居然认为这很简单!(抚额)多热啊!你们不见怪吧?

〔他打算脱掉外衣。

埃司泰乐　啊!不行!(语气放得柔和些)别脱。我最讨厌男人不穿外衣。

加尔森　(重又穿上)那好吧。(稍停)我,我过去总在编辑部里过夜。那儿总是热得要命。(停顿片刻。像刚才追叙往事时的表情一样)热得要命。天黑了。

埃司泰乐　可不,已经是夜里了。奥尔加正脱衣裳呢。在阳世,时间过得才快哩。

伊奈司　是夜里了。他们已经封上我的房门。屋子里空空如也,一片漆黑。

加尔森　他们把外衣搭在椅子背上,衬衫的袖子一直捋到胳膊肘上面。尽是男人的味儿,烟草的味儿。(沉吟片刻)想当初我就爱在穿着衬衫的男人圈子里过日子。

埃司泰乐　(干巴巴地)咱们的口味本来就不一样。这就是证明。(对伊奈司)您呢,您喜欢光穿衬衫的男人吗?

伊奈司　光穿衬衫也罢,穿了外衣也罢,反正对男人我不大感兴趣。

埃司泰乐　(怔怔地看看他们俩)那为什么?为什么要把咱们凑到一块儿?

伊奈司　(抿嘴笑)您说什么?

埃司泰乐　我看着你们俩,心想:咱们要一起相处了……我本指望能在这里碰到几位朋友,几位亲人。

伊奈司　还有一位脸的正中间给打穿了的、顶要好的男朋友。

埃司泰乐　对,还有他。他的探戈舞跳得像专业舞蹈家一样出色。可是咱们,咱们,为什么要把咱们凑在一起?

加尔森　赶巧。他们按先来后到的次序,哪儿有空,往哪儿送。(对伊奈司)您笑什么?

伊奈司　因为您说赶巧,把我逗乐了。您用得着那样急于给自己吃定心丸吗?他们才不会让什么事情赶巧凑在一起呢?

埃司泰乐　(怯怯地)咱们从前没准在什么地方见过面吧?

伊奈司　从来没有。否则我是不会忘记您的。

埃司泰乐　那么,或者跟咱们来往的人中间,有人认识您,也认识我?您认识杜布瓦-塞穆一家吗?

伊奈司　怎么可能呢?

埃司泰乐　他们谁都接待。

伊奈司　他们是干什么的?

埃司泰乐　(意外)什么也不干。他们在柯列兹有一幢古堡式的别墅……

伊奈司　我,我可只是个邮政局的女职员。

埃司泰乐　(后退一步)啊?真的?……(稍停)您呢,加尔森先生?

加尔森　我从来没有离开过里约热内卢。

埃司泰乐　这证明您完全说对了:把咱们凑在一起,是出于偶然。

伊奈司　偶然。这些家具放在一起是偶然的。右边的大沙发是墨绿色的,左边的大沙发是枣红色的,都是赶巧,是不是?那好,您倒是把这几张沙发的位置变换变换试试,到时候您就不这么说了。再说那尊铜像,也是随便放的?还有,这儿这么热,这么热,是偶然造成的?(沉吟片刻)跟您说吧,这一切他们早就安排好了。甚至每一个细枝末节,都经过他们精心安排。这间屋子,早就预备好等咱们来住。

埃司泰乐　您怎么能这样说呢?这里的每一件东西都那么难看,那么僵硬,那么见棱见角。我顶讨厌棱角了。

伊奈司　(耸肩)您以为我一直是在第二帝国风格的客厅里生活吗?

〔停顿片刻。

埃司泰乐　这么说,一切都早已定了?

伊奈司　一切。咱们几个也早给搭配好了。

埃司泰乐　那,您,您的位置正好对着我,这也不是偶然的了?(稍停)他们想要干什么呀?

伊奈司　不知道。他们有他们的打算。

埃司泰乐　我不能容忍别人在我身上打主意。我马上就想做点相反的事。

伊奈司　请便!您倒是做呀!您连他们打的什么主意都不知道。

埃司泰乐　(顿足)受不了。准有什么倒霉事要通过你们俩落到我的头上。(她看着他们)通过你们俩。过去有些人的脸色,我一看就明白。可是从你们俩的脸上,我什么也看不出来。

加尔森　(忽对伊奈司)您说说看,为什么把咱们弄到一块儿?您已经说了一大堆,索性说个透。

伊奈司　(意外)可是我一点都不知道为什么。

加尔森　应该知道。

〔他搜索枯肠。

伊奈司　除非咱们每个人都有勇气说出……

加尔森　什么?

伊奈司　埃司泰乐!

埃司泰乐　什么事？

伊奈司　您干过什么事？为什么他们要送您上这儿来？

埃司泰乐　（连忙说）不知道，压根儿不明白为什么。我想会不会闹错了。（对伊奈司）您别笑。您想想：每天有多少人……不在了。他们成千上万往这里来，接待他们的只是些下级办事人员，是些不明情况的职员。哪能不出差错呢？别自以为是。（对加尔森）您也说句话呀。他们既然对我处理错了，那对您也可能弄错的呀。（对伊奈司）您也一样。咱们想：给弄到这儿来，完全是错误造成的，这样岂不是更好吗？

伊奈司　您要说的就这些？

埃司泰乐　您还要我怎么说？我没有什么好隐瞒的。我从小没爹没妈，挨穷受苦，还要养活我的小弟。我爸爸的一个老朋友向我求婚。他有钱，心眼儿好，我就答应了。您处在我的地位能不这样做吗？小弟有病，需要人精心照料。我跟我丈夫一起风平浪静地过了六年。两年以前，我遇到了我后来爱上的那个人。我们很快就彼此倾诉衷肠，他要我跟他私奔，我不干。后来我就得了肺炎。事情就是这一些。说不定有人会根据什么原则，责怪我不该为一个老人牺牲我自己的青春。（问加尔森）您认为我这样做是错的吗？

加尔森　当然不错。（稍停）您呢，您认为一个人按照自己的原则生活是错的吗？

埃司泰乐　难道有谁在这方面责备您吗？

伊奈司　那时候我办了一份和平主义的报纸。仗打起来了。怎么办？他们的眼睛都盯在我身上。"看他还敢不敢？"我呢，我敢。我要看他们拿我怎么办？他们枪毙了我。我错在哪里，错在哪里呀？

埃司泰乐 （一只手放到他的手臂上）您没有错。您是……
伊奈司 （挖苦）一位英雄。尊夫人呢,加尔森?
加尔森 嗯,什么? 当年是我把她从火坑里救出来的。
埃司泰乐 （对伊奈司）您看看! 您看看!
伊奈司 我一清二楚。（稍停）您这出戏演给谁看? 咱们是彼此彼此。
埃司泰乐 （厚着脸皮问）什么彼此彼此?
伊奈司 都是杀人犯。咱们现在是在地狱里,我的小乖乖,根本就不存在什么错不错的问题,从来也不会平白无故地把人送进地狱的。
埃司泰乐 别说了!
伊奈司 送进地狱! 打入地狱! 打入地狱!
埃司泰乐 住口! 要您住口! 不许您把话说得这样难听。
伊奈司 小圣女,您给打入地狱啦! 十全十美的英雄,您给打入地狱啦! 咱们有过欢天喜地的日子,是不是? 有些人,直到死还在为咱们受尽苦难,而咱们还因此而高兴。现在,该受报应了。
加尔森 （举手）您住不住口?
伊奈司 （并不害怕,却十分惊讶地望着他）哈!（停顿片刻）别忙! 我总算明白了,总算知道为什么他们要把咱们几个安排到一块儿。
加尔森 您说话留点神。
伊奈司 您待会儿就明白这有多简单。简单到极点! 没有肉刑,是不是? 然而,咱们是在地狱里。再没有人会进来,没有人了。就咱们几个要待在一起,待到底。是这样吧? 总之,咱们这儿还缺一个人,缺一个刽子手。

加尔森　（低声）我知道。

伊奈司　就是说,他们节省了一个人员。就是这样。由客人自己侍候自己,就像自助餐厅那样。

埃司泰乐　您这话怎么讲?

伊奈司　咱们之中,每一个人对其他两个人就是刽子手。

〔静场。他们在品味着这句话的滋味。

加尔森　（柔声细气地）我决不当你们俩的刽子手。我不愿意给你们吃苦头,我跟你们井水不犯河水。毫无牵连。这很简单:每人守住自己的那点地盘就成。这是防守之地。您在这儿,您在这儿,我在那儿。谁也别出声,别说话;这不难做到吧,是不是?咱们每人都有那么多事要操心呢。我相信,哪怕待上一万年我也能不说一句话。

埃司泰乐　我得沉默?

加尔森　对。那样,咱们……咱们就能得救。不说话,眼睛老往自己的心里看,千万别抬头。行不行?

伊奈司　行。

埃司泰乐　（犹犹豫豫地）行。

加尔森　那好,咱们这就分手。

〔他坐到自己的座位上,双手蒙头。静场。伊奈司给自己唱道:

在白外套大街

他们搭了个露台

把砻糠灌进木桶

那是一座断头台

在白外套大街。

> 在白外套大街
> 刽子手早早起了床
> 他们有事儿要忙
> 得斩决几名大将
> 几名主教和海军司令
> 在白外套大街。
>
> 在白外套大街
> 来了些正经的娘儿们
> 穿戴花花绿绿
> 就是没有了脑袋
> 她们的脑袋早已
> 跟帽子一起滚进了
> 白外套大街的臭水沟里。

〔这时,埃司泰乐在搽粉抹口红。埃司泰乐一面化妆,一面发愁似的在周围找镜子。她在自己的手提包里翻了一阵,接着转身问加尔森。

埃司泰乐　先生,您带了镜子没有?(加尔森不语)大镜子,或者随身带的小镜子,随便什么镜子都成,有没有?(加尔森仍不语)既然您让我一个人在一边儿待着,至少得给我一面镜子照照。

〔加尔森仍捧住头,不答。

伊奈司　(殷勤)我有,我手提包里有一面镜子。(翻手提包。无可奈何)我的镜子也找不着了。准是他们在传达室给拿走的。

埃司泰乐　真气人!

〔停顿片刻。她闭眼,踉跄欲倒。伊奈司忙去扶住她。

伊奈司　您怎么啦?

埃司泰乐　(睁眼,微笑)我也莫名其妙。(摸自己)您没有这种感觉吗?要是我不照镜子,尽管摸到自己,我也不能肯定我究竟是不是真的存在。

伊奈司　您算有福气。我从来没有从内心感觉到我自己。

埃司泰乐　啊,对了,从内心……脑子里的那些事情,全都朦朦胧胧的,弄得我昏昏欲睡。(稍停)过去我的卧室里有六面大镜子。现在我还看得见这些镜子,全都看得见。可是镜子却看不见我。镜子里照出了双人沙发,地毯,窗户……多么空虚呀,这一面照不见我的镜子。想当初我说话的时候,总想法子待在一面镜子照得着我的地方。我一面说话,一面看镜子里说话的我。我看自己就像别人看我一样。这样我才清醒。(绝望地)我的唇膏!我一定把唇膏涂得不是地方。老是照不到镜子,我可怎么办哪!

伊奈司　让我当您的小镜子好吗?过来,请上我这儿来。坐在我的沙发上。

埃司泰乐　(指指加尔森)可是……

伊奈司　咱们不管他。

埃司泰乐　那咱们会互相伤害的,您刚才这么说过。

伊奈司　我像要伤害您吗?

埃司泰乐　这,我哪说得准呀。

伊奈司　是你要伤害我。可是,又能怎么样?既然得吃苦头,倒不如由你给我吃苦头算了。坐,靠近些。再过来些。往我的眼睛里看:你看到你自己没有?

埃司泰乐　影子太小了。看不清。

伊奈司　我可看得清哪。看得到你的全身。你有什么不清楚的，尽管问我吧。没有哪一面镜子比我这双眼睛更牢靠。

〔埃司泰乐感到为难，转身向加尔森望去，好像要求他帮忙。

埃司泰乐　先生！先生！我们在这儿说话不影响您吧？

〔加尔森不答。

伊奈司　别理他；他已经不算数了；就咱们俩在一起。你就问我吧。

埃司泰乐　我的唇膏是抹在嘴唇上了吗？

伊奈司　让我看看。抹得不怎么对头。

埃司泰乐　我刚才就想来着。幸而（瞥加尔森）谁都没有看见。我重抹吧。

伊奈司　这样好一点。不。顺着嘴唇抹；我把住你的手。这儿，这儿。好。

埃司泰乐　跟我刚进门的时候一样好吗？

伊奈司　比那会儿强多了。更有分量，更残忍，这正是一张地狱里的嘴巴。

埃司泰乐　嗯！这就好？真气人，我就是没有法子自己判断判断。您担保这样好吗？

伊奈司　你不愿意咱们之间以你相称吗？

埃司泰乐　您担保我这样好吗？

伊奈司　你真美。

埃司泰乐　您有审美力吗？您跟我的审美观是一样的吗？哎哟，真气人，真气人！

伊奈司　我跟你的审美观是一样的，因为我看你挺顺眼。好好看看我。对我微笑。我也不难看。我不比一面镜子好得多吗？

埃司泰乐　我不知道。您让我发怵。过去,我照镜子,镜子里我的形象完全顺从我。我很熟悉它……现在我要微笑了,我的微笑将一直进入您的瞳仁深处,天晓得它会变成什么模样。

伊奈司　谁不让你也叫我对你百依百顺呀?(她们俩面对面望着。埃司泰乐堆起笑脸,伊奈司的目光有点把她镇住了)你下决心不肯改口用"您"来称呼我吗?

埃司泰乐　对妇女不称"您",我有点说不出口。

伊奈司　特别是对邮政局的女职员,是不是?你那儿有一块什么?腮帮底下?是一块红斑吗?

埃司泰乐　(吓了一跳)一块红斑?多可怕呀!哪儿?

伊奈司　哎唷!我是一面诱捕云雀的迷镜;我的小云雀,我可逮住你了!没有红斑。一丁点儿都没有。嗯?要是镜子老撒谎怎么办呢?或者,要是我闭上眼睛,不肯看你,你的美貌又能有什么用处?别害怕:我得望着你,我的眼睛必须瞪得大大的。而且我一定好好对待你,体贴入微地对待你。不过,你得用"你"来称呼我。

〔停顿片刻。

埃司泰乐　我让你喜欢?

伊奈司　很喜欢!

〔停顿片刻。

埃司泰乐　(朝加尔森那面点了点头)我愿意他也看我。

伊奈司　哈!因为他是男的。(对加尔森)您赢了。(加尔森不语)抬起头来看看她吧。(加尔森不语)别装样儿了:我们说的话您句句都听进去了。

加尔森　(突然抬头)您可以这么说,我句句都听进去了;尽管我用手指头堵住了耳朵,你们的话还是在我的头脑里直嗡嗡。

现在可以让我安静了吧？我跟你们没有交道可打。

伊奈司　跟这位小妞儿呢？您想打打交道吧？您安的什么心，我早已看透了。您摆出一副俨然的样子，无非是为了逗她动心。

加尔森　您算了吧。这会儿正有人在报社议论我呢。我要听他们说些什么。我才不在乎那小妞儿呢。这下您可以放心了吧？

埃司泰乐　多谢多谢。

加尔森　我本来不愿意出言不逊的……

埃司泰乐　没教养的东西！

〔停顿片刻。他们都站了起来，一个个面面相对。

加尔森　瞧，这不是！（稍停）我早就恳求过你们：不要说话。

埃司泰乐　是她起的头。她主动要给我当镜子。我并没有向她要过什么。

伊奈司　是没要什么。你只是在他跟前磨来蹭去，搔首弄姿，想吸引他看你一眼。

埃司泰乐　那又怎么样？

加尔森　你们都疯了？你们知道不知道这样闹下去会闹出什么结果吗？趁早别说话了！（稍停）咱们都回到自己的座位上去，安安静静坐下来，闭上眼睛，尽量忘记还有别人在场。

〔稍停。他重新坐下。她们也犹犹豫豫地各自回到座位上去了。伊奈司忽转过身来。

伊奈司　啊！忘掉。多么幼稚！我直到骨子里都感到您在场。您的沉默灌满了我的耳朵。您即使闭上嘴，即使割掉舌头，难道您就能够使自己不存在了吗？您就能够停止您的思想吗？您的思想，我听得见，它在嗒吧嗒吧地响着，像一只闹钟；我还知道，我的思想您照样也听得见。您一动不动蜷缩在您那张沙发上也白搭，您无处不在，声音传到我耳朵里的时候都已经弄脏了,因为在传来的半道上您已经听到过。您连我的脸都抢走了。您认识那张脸,我自己反而不认识。她呢?她?您把她从我的手里抢走了。要是只有我跟她两个人在,您想她敢像现在这样对待我吗?不,不,把您的手从脸上挪开吧,我才不会让您这样待着呢,这不太称您的心了吗?您麻木不仁地待着,像菩萨入定那样沉浸在自己的内心世界里。我就算闭上眼睛,也能感觉到她在把她生活中的种种声音,甚至裙子摆动发出的窸窣声,都奉献给您,能感觉到她在朝您微笑,尽管您自己看不见……不行!我甘愿选择我的地狱;我要睁大了眼睛看你们,抹开情面斗下去。

加尔森　很好。我料到会有这一步;他们像耍弄孩子似的对待我们。要是他们安排我跟男人们在一起就好了……男人都有不说话的本领。不过也不应该要求太多。(他朝埃司泰乐走去,伸手托住她的下巴)那么,小乖乖,你喜欢我,是吗?好像你刚才还瞟我来着?

埃司泰乐　您别碰我。

加尔森　哎!咱们松快松快吧。过去我很喜欢女人,知道吗?女人们也很喜欢我。赶紧宽衣解带。咱们已经不怕吃什么亏了。有什么必要讲礼貌?为什么还要讲客气?不必见外!待会儿,咱们都得剥得一丝不挂。

埃司泰乐　您别缠着我。

加尔森　一丝不挂!啊!我早跟你们打过招呼。我本来对你们毫无要求,只求你们给我安宁,少说话。我用手指头堵住了耳朵。当时戈麦斯正站在那几张桌子中间说话呢。报馆的同事们都在听着。他们全都只穿衬衫。我想弄清他们谈话的内容,可是很难哪。地面上的事情发展得那样快,很难跟上趟。

那时候你们就不能不说话吗？现在已经完了。他已经不说了，他对我的全部看法统统收进他的脑袋里去了。得，干脆，一不做，二不休。剥个一丝不挂，我倒要看看我究竟得跟谁周旋。

伊奈司　您心里明白。您知道跟谁周旋。

加尔森　只要咱们不是每个人都坦白说出自己为什么受到这样的处罚，咱们就照旧什么都不知道。你，金发女郎，从你说起。你是为了什么？告诉我们为什么？你说实话可以消灾；等到咱们一旦认识到什么是咱们的孽障，那……你说吧，为什么？

埃司泰乐　跟你们说了：我不知道。他们也不肯告诉我。

加尔森　我知道。对我，他们也不肯说明白。可是我有自知之明。你怕带头？好吧。由我先说说。（沉吟片刻）我很不光彩。

伊奈司　行了。我们知道您临阵逃跑。

加尔森　别说了。永远也别这么说。我到这里是因为我亏待了我的妻子。完全是为了这个。我虐待了她五年。当然，她现在还忍受着痛苦。看，她来了；我一提到她，她就出现在我的眼前。我在乎的是戈麦斯，可眼前出现的却是她。戈麦斯在哪儿呢？整整五年呀。你们说说看！他们把我的东西还给她；她坐在窗户跟前，把我的上衣放到膝盖上。那件有十二个子弹孔的上衣。血迹像锈斑一样。弹孔周围一圈焦黄。哈！这是一件可以进博物馆的展品，一件有历史意义的上衣。这件上衣，我穿过！你要哭吗？你总算要哭了，是不是？我回家的时候常常醉得像头猪，身上一股酒味儿和脂粉味儿。她已经等了我整整一夜；她没有哭，连句埋怨话都不说，当然啰。只是她的眼睛，那双睁得大大的眼睛，流露出埋怨的神情。现在我毫无遗憾，我要受到报应，但我不后悔。外面飘着雪花。可是你哭不哭呢？她真是个有殉道者气质的女人。

伊奈司　（几乎柔声细气地）为什么您要让她痛苦呢？

加尔森　因为折磨她太容易了。只要一句话，就可以教她顿时改变脸色。她是个敏感的女人。啊！一句埋怨话都不说。我很会气人。我等着，等着。就是等不来。她就是不流一滴眼泪，不说一句埋怨话。当初是我把她救出了火坑，你们懂吗？她的手摸着上衣，眼睛并不看。她用手指头摸着一个个弹孔。你还等什么？你还抱什么希望？跟你说吧，我毫无遗憾。总而言之，她太崇拜我了。你们懂不懂？

伊奈司　不懂。没有人崇拜我。

加尔森　那倒好。对您是件大好事。这些，您听起来一定觉得太抽象。那我讲段故事吧：从前哪，我把一个混血女人留宿在我家里。夜里就甭提多痛快了！我的妻子睡在楼上，我们怎么折腾她都听得见。清早，她头一个起床。我们还在睡懒觉呢，她就把早饭端到我们床上。

伊奈司　下流坯！

加尔森　对，对，对，有人疼的下流坯！（思想走神）不，没什么。这是戈麦斯，不过他没提起我。您刚才说我是"下流坯"，是不是？当然是呀，要不然我怎么会到这里来呢？请问您是……？

伊奈司　我呀，我在尘世人家就管我叫"该下地狱的臭娘儿们"。早就要把我打入地狱。今天到这里当然也不足为怪了。

加尔森　就这些？

伊奈司　不止这些，还有那桩跟弗洛朗丝有关的事。死人的事。三条人命。先是他，接着是她和我。谁也没有能够活下来，总算教我无牵无挂；干脆只剩下空房一间。偶尔，那间屋子又出现在我眼前。全空了,百叶窗关得严严的。啊!啊!他们后来把封条启开了。要出租……把那间屋租出去。门上贴了告示。这……简直荒唐。

加尔森　三条人命。您是说三条人命吗?

伊奈司　三条。

加尔森　一男两女?

伊奈司　对。

加尔森　得。(沉默片刻)男的是自杀的?

伊奈司　他?他当时根本没有那份能耐。不过,他也没有少受痛苦。他不是自杀的,是给一辆有轨电车轧死的。那还不轻而易举!当时我就住在他们家,他是我的表弟。

加尔森　弗洛朗丝是金黄色头发?

伊奈司　金黄头发?(瞅了一眼埃司泰乐)您知道,我一点都不痛惜。不过,跟你们讲这段往事,我终归不痛快。

加尔森　讲下去!讲下去!那个男的教您恶心了,是不是?

伊奈司　逐渐造成的,一件事一件事积累起来的。比如说,他喝什么的时候,总出怪声;他的鼻子总往杯子里喷气儿。尽是这一类小事。喔!他怪可怜的,经不起打击。您干吗微笑?

加尔森　因为我,我不是那种不堪一击的人。

伊奈司　还得以后看呢。我已经钻到那个女人的心里去了。她是用我的眼睛来看他的……临了,她投入了我的怀抱。我们在市区的另一头租了一间屋子。

加尔森　后来呢?

伊奈司　后来就出了车祸。我天天都跟她叨叨:哎呀,小宝贝儿!是咱们害死了他。(稍停)我真坏透了。

加尔森　对,我也坏。

伊奈司　不,您,您不坏。您是另一码事。

加尔森　什么?

伊奈司　我待会儿跟您细说。我,我才坏呢。我是说,我活着就得让别人受痛苦。一把火,一把烧毁人家心灵的火。当我单身独处的时候,我就熄灭了。整整半年呀,我在她心里燃烧,把什么都烧光了。有一天夜里,没料到她竟从床上爬起来,拧开了煤气开关,然后又回来挨着我睡觉。结果就落到这样的下场。

加尔森　嗯!

伊奈司　什么?

加尔森　没什么。这可是不体面。

伊奈司　是不体面。那又怎么样?

加尔森　哦!您说得对。(对埃司泰乐)该你了。你做过什么事?

埃司泰乐　我早跟您说了,我不知道怎么搞的。我扪心自问也找不到答案……

加尔森　好。那就让我们来帮你弄清。那个脸给打破了的人是谁?

埃司泰乐　哪个人?

伊奈司　你明知道在说谁。你进门的时候害怕见到的那个人。

埃司泰乐　是我的一位朋友。

加尔森　你为什么要怕他?

埃司泰乐　您没有权利来盘问我。

伊奈司　他是为了你才自杀的,是不是?

埃司泰乐　才不是哪。您疯了?

加尔森　那你为什么怕他?他用长枪朝自己脸上开了一枪,嗯?这一枪把他的脑袋都打飞了,是不是?

埃司泰乐　别说了！别说了！

加尔森　就是为了你,为了你！

伊奈司　为了你,挨上这一枪。

埃司泰乐　你们让我安静。你们教我害怕。我要走！要走！

　　　　〔她跑到门口,摇门。

加尔森　要走请便！我求之不得。不过,门是从外面关死的。

　　　　〔埃司泰乐按电铃,铃不响。伊奈司和加尔森大笑。埃司泰乐转身,背靠着门,面对他们俩。

埃司泰乐　(声音沙哑,慢慢地)你们卑鄙！

伊奈司　不错,是卑鄙。那又怎么样?那个人是为了你才自杀的,是不是?他是你的情夫?

加尔森　当然是她的情夫。要把她独占,是不是这么回事?

伊奈司　他的探戈舞跳得像专业舞蹈家一样出色。但是,据我想,他穷。

　　　　〔静场。

加尔森　问你哪,他是不是穷?

埃司泰乐　是,他穷。

加尔森　而你呢,你要保全名声。有一天他来了,求你,你却打哈哈。

伊奈司　唵?唵?你跟他打哈哈?所以他就自杀了?

埃司泰乐　你当初就是用这双眼睛来看弗洛朗丝的吗?

伊奈司　对。

　　　　〔静场片刻。埃司泰乐哈哈大笑。

埃司泰乐　你们根本没有猜着！(她挺了挺腰,仍背靠门看着他们。用无情的、挑衅的口气说)他要我生个孩子。这下你们该满意了吧?

加尔森　而你，你不肯。

埃司泰乐　不肯。可是孩子还是生了出来。我去瑞士住了五个月。谁都不知道。生了一个女儿。我生产的时候，罗杰就守在我身边。他可高兴当爸爸了。我不高兴。

加尔森　后来呢？

埃司泰乐　有一个阳台，下面就是湖。我搬来了一块大石头。他冲着我喊："埃司泰乐，求求你，求求你。"我恨他。他全都看到了。他赶到阳台上趴着看，看见了湖面上一圈圈水波。

加尔森　后来呢？

埃司泰乐　完了。后来我回到巴黎。他，他就自作自受地干出了那件事。

加尔森　把自己的脑袋炸开了？

埃司泰乐　就是。真犯不着；我丈夫从来就不曾有过半点怀疑。（稍停）我恨你们。

〔忽然，她抽抽搭搭地干泣。

加尔森　没用。进到这里，是流不出眼泪来的。

埃司泰乐　我胆小卑鄙！胆小卑鄙！（稍停）你们要是知道我多恨你们才好呢！

伊奈司　（挽住她的胳膊）可怜的小东西！（对加尔森）调查结束了。不必再绷着刽子手的嘴脸了。

加尔森　刽子手的……（环顾四周）只要能照照镜子，让我付出多大的代价都成啊。（稍停）这儿多热！（无意中脱下上衣）喔！对不起。（打算再穿上）

埃司泰乐　您尽管脱掉上衣好了。现在……

加尔森　对。（把上衣扔到沙发上）不要恨我，埃司泰乐。

埃司泰乐　我不恨您。

伊奈司　那对我呢,您恨我吗?

埃司泰乐　恨。

〔静场。

伊奈司　怎么样,加尔森?现在咱们都已经给剥得精光,露了原形,您看得更清楚了吗?

加尔森　我不知道。也许更清楚些。(胆怯地)咱们试试怎么样?看咱们能不能互相帮助?

伊奈司　我不需要帮助。

加尔森　伊奈司,他们把头绪搅乱了。哪怕您稍有动弹,哪怕您只是抬手扇扇风,埃司泰乐和我都不免感到晃悠。咱们谁也没法单独脱身;要么一起完蛋,要么一同得救。您自己选择吧。(稍停)怎么啦?

伊奈司　他们租下了那间屋子。窗户四敞大开,一个男人坐在我的床上。他们租下了那间屋子!租下了那间屋子!进来吧!进来吧,别不好意思。进来的是个女人。她走到男的跟前,手搭到他的肩膀上……他们还等什么呀?为什么还不开灯呀?都看不见了。他们就要拥抱了吗?这间屋子是我的!是我的呀!为什么他们不开灯。我看不见他们了。他们说些什么悄悄话?他就要在我的床上来亲她疼她了吗?女的跟男的说,已经中午了,太阳多亮呀。那么说,是我瞎了。(稍停)完了。一切都烟消云散了:我再也看不见,再也听不到。好,我想,我同尘世的缘分算是到了尽头。没有什么可说的了。(颤了一下)我感到四大皆空。现在我完全死了,整个儿的我全都进到这里来了。(稍停)您刚才说什么来着?要帮我忙,是吗?

加尔森　是。

伊奈司　帮什么忙?

加尔森　叫他们的打算落空。

伊奈司　那我用什么来报答您呢？

加尔森　您也帮我的忙。费不了多大劲儿，伊奈司；只要您拿出一点儿良心。

伊奈司　良心……我到哪儿去弄这点儿良心呀？我已经烂了。

加尔森　我还不是一样？（稍停）就算这样，咱们也得试试，好不好？

伊奈司　我已经干枯了。我既不能接受别人的恩惠，也无法给别人好处；我怎么帮得上您的忙呢？一根枯掉了的树枝，火一点就着的枯树枝。（稍停；她看看埃司泰乐，埃司泰乐捧住了头）弗洛朗丝是金黄头发的女人。

加尔森　难道您知道这小个子女人以后就是您的刽子手？

伊奈司　据我想，很可能。

加尔森　他们是要通过她来收拾您。至于我，我，我……我根本不把她放在眼里。如果您这方面……

伊奈司　怎么？

加尔森　明摆着是个圈套。他们冷眼瞅着您，看您中不中圈套。

伊奈司　我明白。您，您就是一个圈套。您以为您的这番话，他们没有预料到吗？您以为这里就没有咱们见不着的陷阱机关吗？处处都有陷阱。可是能把我怎么样？我也一样，我也是陷阱。是对付她的陷阱。说不定最终要由我来收拾她。

加尔森　您什么也抓不着。咱们就像回旋木马一样，看起来在你追我赶，却永远跑不到一块儿。您可以相信：他们早都安排好了。死了这条心吧，伊奈司。算了吧，别死攥住不放了。不然的话，您早晚要弄得咱们三个人全都倒霉的。

伊奈司　难道我会随便松手吗？我知道下一步会怎么样。我要燃烧。我烧呀,烧呀,我明明知道不会有结果;我什么都知道。您以为我会就此罢休吗?我非把她弄上手不可,她将用我的眼睛来看您,就像当初弗洛朗丝看另外一个男人一样。您还说什么你们要倒霉的。告诉您吧,我全都知道,我甚至对自己都不怜悯。圈套,哈!圈套。当然,我中了圈套。那又能怎么着?他们要满意才好呢?

加尔森　（搂住她的肩膀）我呀,我会疼您的。您看我。咱们都已经给剥得精光了,连骨头都赤裸裸地亮在外面,我能够一眼看到您的心里。就好比有一条纽带把咱们拴到了一块儿。您想我会愿意伤害您吗?我对尘世已无挂牵,对自己也无怨尤;我也已经干枯了。但是,对您,我能怜悯。

伊奈司　（加尔森说话的时候,她由他搂着;待他把话说完,伊奈司甩开身子）别碰我。我讨厌别人碰我。收起您的恻隐之心吧。得了!加尔森,就在这间屋子里,也有许多陷阱等着您呢。是对付您的。专门对付您的。您还是多为自己的事操心吧。（稍停）只要您不影响我们,让我跟那个小妞儿得到完全的安宁,那我就尽量不伤害您。

加尔森　（凝视她良久,耸肩）好吧。

埃司泰乐　（抬头）救救我,加尔森。

加尔森　您要我干什么?

埃司泰乐　（站起来,朝他走去）我,您能救我。

加尔森　去求她吧。

　　　　〔伊奈司走过来,站到埃司泰乐的身后,但没有碰到她。下面对话时,她的话几乎是凑在埃司泰乐的耳边说的。可是埃司泰乐却面对加尔森。加尔森也看着她,不说一句话。埃司泰乐只朝他答话,好像是他在盘问。

埃司泰乐　求求您,加尔森,您答应过的!快一点!赶紧呀!我不愿意一个人待着。奥尔加把他拉去跳舞了。

伊奈司　把谁?

埃司泰乐　彼埃尔。他们在一起跳舞。

伊奈司　彼埃尔是谁?

埃司泰乐　一个傻小子。他管我叫他的活水。他爱我。奥尔加把他拉去跳舞了。

伊奈司　你爱他吗?

埃司泰乐　他们跳完一曲又坐下了。奥尔加喘着大气儿。她干吗要跳舞呢?为了让自己苗条一些?当然不是。当然我不爱他,他才十八岁,我不是专吃小白脸的妖精。

伊奈司　那你就由他们去吧。你又在乎什么呢?

埃司泰乐　他本来是属于我的。

伊奈司　如今世上没有一件东西是属于你的了。

埃司泰乐　他本来是我的。

伊奈司　对了,他本来是……现在你再试试看,还能把他抓到手吗?还能摸到他吗?奥尔加能摸到他,她能,是不是?是不是?她能够把他捧在手里,能够抚摸他的膝盖。

埃司泰乐　她正用肥大的胸脯贴着他,呼出的气息直喷到他的脸上。小不点儿啊,可怜的小不点儿,你还等什么?赶紧冲她大笑呀。当初我只要瞅她一眼,她就不敢这样放肆……如今,我真的什么也不是了吗?

伊奈司　你什么也不是了。在世上你什么也没有了;你有的一切全都在这里。你要裁纸刀吗?你要那尊巴勃第安纳的铜像吗?蓝颜色的那张沙发归你使用。还有我,小宝贝,我也永远是你的了。

埃司泰乐　哈？我的？那么,你们俩有谁敢管我叫他的活水？要骗你们是不行的,你们全都知道,我是脏透了的垃圾。想念我吧,彼埃尔,你就只惦记我一个人吧,保护我;只要你心里老叨念着:"我的活水,我亲爱的活水!"我就可以只有一半在这里,只有一半的罪孽,就可以仍然是尘世间的活水,在你的身边。她脸红得像只西红柿。看看,这怎么可能呢？我们在一起笑话过她上百次。这是什么曲子,我过去那么爱听的？啊!这是圣路易勃鲁斯舞曲……哎,跳呀,跳呀。加尔森,您要是能看得到她,那才有意思呢。她万万想不到我居然现在还看得见她。我看见你了,看见你了,你的头发凌乱了,你的脸往一边歪着,我看见你踩了他的脚。真是笑死人。跳呀!快一点!再快一点!他把她拉过来扯过去,真不雅观。快一点!想当初,他跟我说过;您跳得真轻巧。那就跳吧,咱们跳吧!(边说边跳)告诉你,我看见你了。她满不在乎,从我的眼前跳过去。咱们的亲爱的埃司泰乐!什么？咱们的亲爱的埃司泰乐？啊!你住嘴吧!我出殡的那天,你没掉一滴眼泪。她跟他说:"咱们亲爱的埃司泰乐。"亏她还有脸提到我。跳呀,跟着拍子跳。她哪会边说边跳呀。你说什么……不!不!别告诉他!我把他舍给你了,你就把他带走吧,守着他,随你把他弄成什么样都行,可就是别告诉他……(停止跳舞)好。你现在可以把他留在你身边了。加尔森呀,她竟然全都跟他说了:罗杰是谁,我为什么去瑞士,又怎么生了个私孩子,全都告诉了他。"咱们亲爱的埃司泰乐并不是……"不,不,确实,我并不如何如何……他伤心地摇摇头,这倒并不是说,他知道了这些怎么大吃一惊。现在,你就守着他吧。我决不为他那长长的睫毛和少女一般的容貌来跟你争风吃醋。哈!他管我叫他的活水,他的水晶。唉,水晶已经摔成碎片。"咱们亲爱的埃司泰乐。"跳舞吧!你们跳吧!注意,跟着拍子跳。一,二。(跳舞)要是能回到世上,哪怕一会儿,一小会儿,去跳个舞,要我出多大的代价我也舍得呀!(跳舞;沉默)我听不大清了。他们灭了灯,好像要跳探戈;为什么他们压低了乐声?大点声吧!多遥远呀!我……我完全听不到了。(停下舞步)永远听不到了。大地离开了我。加尔森,望着我,搂住我。

〔伊奈司从埃司泰乐身后向加尔森示意走开。

伊奈司　(盛气凌人)加尔森!

加尔森　(后退一步,向埃司泰乐指指伊奈司)您找她去。

埃司泰乐　(抓住他)别走开!您还算不算男子汉?望着我,别把眼睛躲开:您就那么受不了吗?我有金黄色的头发,况且,还有人为我自杀过。请问:您总得看点什么吧?就算不看我,您也得看铜像,看桌子,看这几张沙发。无论如何,我总比那几样东西要好看吧。告诉你:我是从他们的心窝里掉出来的,就像从窝里掉出来的小鸟一样。你把我捡起来吧,放到你的心窝里去,到时候你就会知道我有多可爱呢。

加尔森　(竭力推开她)我要您找她去。

埃司泰乐　找她?她顶什么用?她是女的。

伊奈司　我不管用?可是,小鸟,小云雀,你可是在我的心窝里美美地待过很久的。别怕,我要一直望着你,连眼皮都不眨一下。你将永远活在我的眼光里面,就像一道阳光里面的一片光斑。

埃司泰乐　一道阳光?哈!算了吧。您刚才就算计过我,您明明知道我没上您的当。

伊奈司　埃司泰乐,我的活水,我的水晶。

埃司泰乐　您的水晶？真滑稽。您想哄谁？得了吧，谁都知道我曾经把亲生的女儿从窗口扔了出去。水晶已经摔到地上成为碎片，我并不在乎。我不过是一张人皮——我这张人皮却不是供您消受的。

伊奈司　来吧！你愿意是什么就是什么：愿意是活水，愿意是脏水都行，到了我的眼睛里面，你就能重新找到你自己的形象，你愿意是什么就能是什么。

埃司泰乐　放手！您根本没长眼睛！我该怎么办才能教您撒手呀？有了！

〔她朝伊奈司当脸啐了一口。伊奈司突然撒手。

伊奈司　加尔森！我找您算账！

〔静场片刻。加尔森耸肩，向埃司泰乐走去。

加尔森　怎么？你要一个男人？

埃司泰乐　不是随便哪一个男人。要你。

加尔森　别瞎说了。随便哪一个男人都成。碰巧我在场，就要我。好吧。(扶住她双肩)我可没有多少本领讨你的欢心，你知道：我不是傻小子，也不会跳探戈舞。

埃司泰乐　就你这样，我也要。说不定我能改变你。

加尔森　我不信。况且，我会……会走神的。我心上牵挂着别的事呢？

埃司泰乐　什么事？

加尔森　与你无关。

埃司泰乐　我要坐到你的沙发上去。等着你过来照应我。

伊奈司　(哈哈大笑)哈！母狗！趴下！趴下！他还算不上怎么美呢。

埃司泰乐　(对加尔森)别理他。她根本不长眼睛，也没有耳朵。

她不算数。

加尔森　我能给你多少就给多少。可是能给的不多。我不会爱上你:我对你太了解了。

埃司泰乐　那你要我吗?

加尔森　要。

埃司泰乐　这就行了。

加尔森　那……

〔他向她俯下身去。

伊奈司　埃司泰乐!加尔森!你们昏头了!我还在呢,我!

加尔森　我知道。那又怎么样?

伊奈司　居然当着我的面?你们……你们不能!

埃司泰乐　为什么不能?我一向当着女用人的面脱衣裳的。

伊奈司　(扑到加尔森身上)撒手!撒手!不要用您那双男人的脏手去碰她!

加尔森　(用力把她推开)行了,我不是文质彬彬的君子,要我揍一个女人,我决不手软。

伊奈司　您可是答应过我的呀,加尔森,您答应过我的!求求您!您答应过我的呀!

加尔森　是您先撕毁了协议。

〔伊奈司后退,一直退到舞台深处。

伊奈司　你们爱怎么干就怎么干吧,你们是强者。可是,你们记着:我在这里瞅着你们。我的眼睛要死死盯住您——加尔森;您不得不在我的眼皮底下亲她搂她。我恨死你们了!你们相亲相爱吧!相亲相爱吧!咱们都在地狱里,早晚要轮到我的。

〔下面的戏中,她一声不吭地看着他们。

加尔森　(回到埃司泰乐跟前,搂住她的肩膀)把你的嘴给我。

〔停顿片刻。他向她俯下身去,冷不丁又挺起身来。

埃司泰乐　（做了一个气恼的动作）唉！……（稍停）我跟你说过,别把她当回事儿。

加尔森　可是偏偏她在作怪。（稍停）戈麦斯在报馆。他们关严了窗户;该是冬天了吧。足有半年了。他们把我……已经半年了。我不是早跟你说过我会走神吗？他们冷得直哆嗦。全都穿着上衣……真有意思,在世上,他们竟冷成那样;我在这里,偏偏又这么热。这一次,戈麦斯议论的,正好是我。

埃司泰乐　这会拖得很长吗？（稍停）你起码得告诉我:他在说什么？

加尔森　没有。他什么也没有说。他是个浑蛋。就是个浑蛋。（侧耳倾听）一个地地道道的浑蛋。呸！（他又凑近埃司泰乐）咱们干咱们的？你会爱上我吗？

埃司泰乐　（微笑）谁知道呢？

加尔森　你能相信我吗？

埃司泰乐　问得怪。以后你就老在我跟前,你总不至于跟伊奈司合伙来坑我吧？

加尔森　那倒不会。（停顿片刻。他从埃司泰乐肩上把手松开）我说的是另外一种信任。（倾听）说下去,说下去,你爱怎么说就怎么说好了;反正我不在场。我没法为自己辩护。（对埃司泰乐）埃司泰乐,你得给我信任。

埃司泰乐　麻烦事儿真不少！你已经有了我的嘴,我的胳膊,我的整个身子,一切本来可以很简单……还要我的信任？我,我又偏偏没有信任可以给你;你太难为我了。啊！你一定干过什么坏事,才这样需要我的信任。

加尔森　他们枪毙了我。

埃司泰乐　我知道。你拒绝上阵。后来呢?

加尔森　我……我也没有完全拒绝。(对看不到的人们)他说得对,他骂得恰如其分,可是他并没有说该怎么做才对。难道我当初应该闯进将军府,对他说"将军,我不去"吗?多废话呀!他们会当场把我抓进监狱。而那时候我要说明自己的观点,我要说话!我不愿意听凭他们来封住我的嘴。(对埃司泰乐)我……我跳上了火车。他们在国境线上逮捕了我。

埃司泰乐　你当时想去哪儿?

加尔森　去墨西哥。我打算去那儿办一份和平主义的报纸。(沉默片刻)哎,你倒是说话呀。

埃司泰乐　你要我说什么?说你做得对,因为那时候你不希望打仗。(加尔森做了一个表示气恼的动作)啊!我的亲亲,我实在猜不出该怎么说才称你的心。

伊奈司　我的心肝儿,你得说他像一头雄狮那样跑了。因为他是逃跑的,你的这位肥头大耳的亲亲。正是这件事儿:弄得他心里很不踏实。

加尔森　逃跑,出走;你们怎么说都成。

埃司泰乐　当时你不逃走不行呀。如果你不走,他们早就把你抓起来了。

加尔森　那还用说。(稍停)埃司泰乐,难道我是贪生怕死吗?

埃司泰乐　我可不知道,我的小乖乖,我可没有钻进你肚子里呀。究竟是不是,得由你自己来断定。

加尔森　(颓然)我定不了。

埃司泰乐　说来说去,你应该记得:你当初那样做,总有理由吧?

加尔森　对。

埃司泰乐　这就是了。

加尔森　那些理由靠得住吗？

埃司泰乐　（怫然）你多复杂！

加尔森　当时我想说明自己的观点……我……在这以前反复考虑过……那些理由靠得住吗？

伊奈司　啊！问题来了:那些理由是不是靠得住？你反复推敲斟酌，就是不肯贸然行动。可是,恐惧呀,仇恨呀,以及种种见不得人的肮脏东西,统统也都成了理由。想下去,找找原因,刨根究底地问问自己。

加尔森　住口！你以为我在等你发表高见吗？我在单人牢房关着的时候,日日夜夜只是走来走去吗？从窗户底下走到门口,又从门口走到窗户底下。我对自己的一举一动都详加审察,让自己顺着一条路线走。我觉得我这一生都在扪心自问。可是又怎么样？实际行动在那儿摆着:我……我跳上了火车。这是抹不掉的。究竟为什么？为什么？临了,我也想过:让死来断定我是什么人吧;如果我死得清白,那就证明我不是贪生怕死……

伊奈司　那你是怎么死的呢,加尔森？

加尔森　死得很窝囊。（伊奈司大笑）哦！因为我的肉体垮掉了。我并不惭愧。只是,一切问题都因此挂了起来。（对埃司泰乐）过来,你。望着我。他们在世上议论我的时候,我需要有人望着我。我喜欢绿颜色的眼睛。

伊奈司　绿颜色的眼睛？看看,看看！那你呢,埃司泰乐？你爱不爱贪生怕死的小人？

埃司泰乐　你可不知道,我才无所谓呢。贪生怕死也罢,不贪生怕死也罢,只要能亲我疼我就行。

加尔森　他们一面抽烟,一面晃悠着脑袋;他们腻烦了,他们想:加尔森是个贪生怕死的小人。他们有气无力地、无精打采地这样想着,不过是为了总得想点什么而已。加尔森是个贪生怕死的小人!这就是他们——我的同事们——下的结论。半年之后,他们就会说:跟加尔森一样贪生怕死。你们俩算走运;在世上已经没有人还想得起你们。我,我的日子,要难过得多呀。

伊奈司　您的妻子呢,加尔森?

加尔森　哦,我的妻子呀。她死了。

伊奈司　死了?

加尔森　我大概忘了跟你们说了。她刚死不久。两个来月吧。

伊奈司　由于悲痛?

加尔森　当然是由于悲痛。您想她还能由于别的原因而死吗?好了,万事大吉:战争结束了,我的妻子死了,我也进入了历史。

〔他干泣,捂住了脸。埃司泰乐勾住他。

埃司泰乐　我的心肝,宝贝!看我呀,乖乖!摸我,摸我。(她抓住他的手,把它放到自己的心口)把你的手放到我心口。(加尔森想抽开手)手搁那儿;搁那儿,别挪开。他们早晚会一个接一个死掉的:他们现在怎么想有什么要紧。忘掉他们。只有我才是你的。

加尔森　(抽开手)他们可忘不了我,他们。他们是早晚会死的,可是他们后继有人,后来的人会接替他们;我这一生已经成了他们手里的把柄。

埃司泰乐　你想得太多了!

加尔森　有什么法子?从前,我也脚踏实地干过……啊!真恨不能回到他们中间,哪怕一天也行啊……得费多大劲来澄清这一笔糊涂账啊!可是我现在已经成了局外人,他们根本不考虑我就做出了结论。他们是正确的,因为我已经死掉了。已经像只耗子那样关进鼠笼。(笑)已经报废了。

〔静场。

埃司泰乐　(轻轻地)加尔森!

加尔森　你在?那好,听我说,帮个忙吧。不,别后退。我知道:你觉得奇怪,居然有人求你帮忙,你没有这个习惯。可是,只要你肯,只要你努一把力,咱们说不定能够真正地相爱。你看,他们有一千张嘴,一遍又一遍说我是怕死鬼。可是一千张嘴算得了什么?只要有一个灵魂,仅仅一个灵魂,竭力来证明我没有逃跑,我不可能逃跑,来肯定我的勇气,我的清白,那我……我确信能够得救!只要你相信我,我就会觉得你比我自己还要亲呢。

埃司泰乐　(笑)白痴!亲爱的白痴!你想我会爱上一个怕死鬼吗?

加尔森　可是你刚才还说……

埃司泰乐　我跟你说着玩的。我爱男人,加尔森,我爱货真价实的男子汉,皮肤粗糙、手里有劲的男子汉。你的下巴不是怕死鬼的下巴,你的嘴不是怕死鬼的嘴,你的声音不是怕死鬼的声音,你的头发不是怕死鬼的头发。为了你的嘴,你的声音,你的头发,我才爱你的。

加尔森　当真?全是真话?

埃司泰乐　你要我赌咒发誓吗?

加尔森　那我就敢跟他们斗,跟世上的人斗,跟这里的人斗。埃司泰乐,咱们就一定能够走出这座地狱。(伊奈司大笑。他中断了讲话,转过脸看她)怎么回事?

伊奈司　(笑)她说的那番话连她自己都不信;你怎么这样天真?

"埃司泰乐,我是胆小鬼吗?"你知道她才不在乎呢!

埃司泰乐　伊奈司!(对加尔森)别听她胡说!如果你真的要我信任你,你得先信任我。

伊奈司　对啦,对啦!快信任她吧。她急需一个男人,这一点你可以相信,她需要有一个男人的胳膊来搂住她的身子,她需要闻到男人的气味,需要在男人的眼睛里看到男人的欲望。至于别的嘛……哈!她会说:你是上帝,是天王老子,只要你听了受用。

加尔森　埃司泰乐!真是这样的吗?你倒是说话呀;真是这样的吗?

埃司泰乐　我说什么好呢?这方面,我一窍不通。(跺脚)这一切真叫人受不了!就算你是贪生怕死的小人,我也爱你!这还不行吗?

〔静场片刻。

加尔森　(对两个女人)你们俩都让我恶心!

〔他朝门口走去。

埃司泰乐　你干什么?

加尔森　走。

伊奈司　(急促地)你走不远:门是关死的。

加尔森　他们会开门的。

〔他按电铃。铃无声。

埃司泰乐　加尔森!

伊奈司　(对埃司泰乐)甭着急;电铃坏了。

加尔森　告诉你们,他们会来开门的。(捶门)对你们我再也无法容忍了,我吃不消!(埃司泰乐朝他扑去,他推开她)滚!你比她更让人恶心!我不愿意陷到你的眼窝里去。你这个浑身湿漉漉、软绵绵的东西！你是一条章鱼，一片烂泥塘！（砸门）你们开不开门呀？

埃司泰乐　加尔森，求求你，别走。我不跟你纠缠了，我让你安安静静地待着，只求你别走。伊奈司已经张牙舞爪了，我不愿意单独跟她待在一起。

加尔森　你自己想办法对付吧。我又没有请你来。

埃司泰乐　胆小鬼！胆小鬼！你是个地地道道的胆小鬼！

伊奈司　（靠近埃司泰乐）哎，我的小云雀，不满意了？刚才为了讨他好，你啐了我一脸，为了他，咱们闹翻了。可是那个败兴的家伙现在要走了，他一走，咱们女人之间什么都好说。

埃司泰乐　你休想得到什么好处！只要门一开，我就出去。

伊奈司　上哪儿？

埃司泰乐　哪儿都成。离你越远越好。

〔加尔森一个劲儿地捶门。

加尔森　开门，开门呀！我宁可受遍毒刑，挨夹棍、拶子，烧化的铅水、夹肉的钳子、勒脖子的绞带以及种种烧、烤、炮、烙、割、剐、磔裂等大刑。哪怕被鞭子抽，挨镪水浇，弄得遍体鳞伤、皮肉寸断，也比忍受这思想上的痛苦，比受这痛苦的阴魂百般戏弄、弄得你不疼不痒、难以名状，强得多呀。（他抓住门把，使劲晃着门）你们开不开门？（突然间，门自开了，他差一点摔趴下）啊！

〔静场良久。

伊奈司　怎么着，加尔森？您要走就走吧。

加尔森　（慢条斯理地）我弄不明白：这门为什么竟然开了。

伊奈司　你还等什么？走吧！快走呀！

加尔森　我不走了。

伊奈司　你呢,埃司泰乐?(埃司泰乐不动;伊奈司大笑)怎么样?谁走?咱们三个人中间谁走?路已经通了,谁不让咱们走呀?哈!真笑死人!咱们谁也离不了谁。

〔埃司泰乐从后面朝她扑过去。

埃司泰乐　谁也离不了谁?加尔森,快来帮忙,快来。咱们把她拖出去,把她关到门外去;临了,她就明白了。

伊奈司　(挣扎)埃司泰乐!埃司泰乐!求求你!别抛弃我。别把我扔到门外走廊里去,别扔掉我。

加尔森　放开她!

埃司泰乐　你疯了?她恨你。

加尔森　我是为了她才不走的。

〔埃司泰乐放开伊奈司,惊诧地望着加尔森。

伊奈司　你为了我?(稍停)好,那就快把门关上。开着门,这里更热上十倍。(加尔森过去关上门)你为了我?

加尔森　是。你知道什么人才叫贪生怕死。

伊奈司　我知道。

加尔森　你知道什么叫痛苦、羞耻和恐惧。曾经有过这么一段日子,你把自己看透了,弄得灰心丧气、寸步难行;过了一夜,你又变得没有了主意,变得不明白头天得到的启示究竟有什么意义。是啊,你熟悉痛苦的代价。既然你说我是贪生怕死,你一定是有根据的了。唵?

伊奈司　对。

加尔森　我应该说服的不是别人,而是你:你是我的同类。刚才,你以为我真的会走吗?我不能由你抱着那些想法,那些对我的全部想法,留在这里扬扬自得。

伊奈司　你当真想说服我?

加尔森　我没有别的办法。我已经听不到他们的议论了,这你是知道的。不用说,他们已经同我断绝了关系。全都完了:事情已经成为定局。我在世上已经什么都算不上了,连个胆小鬼也算不上了。伊奈司,现在只有咱们几个在一起:只有你们俩在想到我。而她又起不了作用。可是,信不信由你,只有你,只有恨我的你,才能救我出苦海。

伊奈司　怕不那么容易吧。仔细看看我:我这脑袋顽固得很哪!

加尔森　需要下多大功夫,我就下多大功夫。

伊奈司　哦!你倒是有功夫。有的是功夫。

加尔森　(扶住她的双肩)听我说:人人都有目的,是不是?我一向不把金钱、美女放在心上。我只想做一个男子汉。一个硬汉子。我的赌注全都压在这上面了,一个选择了走艰险道路的人,难道会是贪生怕死的吗?一个人的一生,怎么能单凭一件事来断定呢?

伊奈司　为什么不能?你做了三十年的大梦,老以为自己有智有勇;你对自己的千百种缺点短处从来都不放在心上,总以为英雄人物怎么干都是允许的。那时候你多不拘小节呀!可是后来,弄到大难临头,人家把你逼得无路可走,你……你就跳上了去墨西哥的火车。

加尔森　我不是做英雄梦。我是自愿选择了走这条道路的。一个人自己愿意做什么人,就是什么人。

伊奈司　拿出证据来。证明你过去并非梦想。只有行动才能断定人的愿望。

加尔森　我死得太早,人家没有给我时间,让我拿出我的行动。

伊奈司　人总是死得太早——或者死得太晚。然而,结束了的一生在那儿摆着,像账单一样,已经记到头,得结账了。你的一生就是你的为人,除此之外,你什么也不是。

加尔森　毒蛇!你对什么都有说头。

伊奈司　说下去!说下去!不要丧失勇气。要说服我其实也不难。找一点论据,费一点口舌就是了。(加尔森耸肩)哎,怎么样?我早说过,你不堪一击。啊!你现在要付出多大的代价呀!你是个贪生怕死的小人,加尔森,你是个贪生怕死的小人,因为我说你是,听到了没有,我说你是!然而,你看,我其实多软弱无力呀,不过是一口气儿;不过是一道看着你的目光,一种想着你的惨淡的思想。(加尔森张开双臂,朝她走去)哈!那双男子汉的大手张开了。可是你希望抓到什么呢?思想是用手抓不到的。得了吧,你没有别的办法:只有把我说服。我抓住你了。

埃司泰乐　加尔森!

加尔森　什么?

埃司泰乐　你还不报复?

加尔森　怎么报复?

埃司泰乐　搂住我,她就会大喊大叫起来。

加尔森　这倒是真的,伊奈司。你抓住了我;我也抓住了你呀。

〔他向埃司泰乐俯下身去。伊奈司大叫。

伊奈司　哈!胆小鬼!胆小鬼!干吧,从女人身上找安慰去吧。

埃司泰乐　吱哇乱叫吧,伊奈司,吱哇乱叫吧。

伊奈司　你们可真是匹配的一对!你看他那只大手,掌心贴在你的背上,抚摩你的皮肉,你的衣裳,可惜你看不到。那只手湿漉漉的,他在出汗。他会在你的衣裳上留下一摊蓝茵茵的印渍。

埃司泰乐　由你吱哇乱叫吧!加尔森,把我搂得更紧些,让她气死。

伊奈司　对,对,紧紧地搂住她,搂住她!把你们的热气掺和在一起吧。爱是挺美滋滋的吧,嗯,加尔森?像睡觉一样,暖和,深沉,可是我决不会让你睡着。

〔加尔森做了一个动作。

埃司泰乐　别理她。亲我的嘴;我把整个身子都交给你了。

伊奈司　那你还等什么?照人家说的办吧。贪生怕死的加尔森,怀里搂住了杀害婴儿的凶手埃司泰乐。谁下赌注?——胆小鬼加尔森会不会亲她疼她?我看见你们了,看见你们了;我一个人就代表一群人,代表众人,加尔森,你听见没有?我代表众人。(念念有词)胆小鬼!胆小鬼!胆小鬼!你想躲开我?休想!我决不会放过你。你打算从她的嘴唇上寻求什么?遗忘?可是我决不忘记你,我决不。你得说服我才行。得说服我。来吧,来呀!我等着你呢。你看,埃司泰乐,他松手了。他像一条狗那样听话……你休想把他弄到手。

加尔森　这里老也不黑?

伊奈司　永远不黑。

加尔森　你总能看到我?

伊奈司　永远看得到。

〔加尔森放开了埃司泰乐,在房里走了几步,走近铜像。

加尔森　铜像……(伸手摸)已经到这样的时候了!铜像在这儿摆着,我瞪眼看它,我明白我是在地狱里。我跟你们说过,这一切都是早就安排好的。他们料到我会在众目睽睽之下站到这壁炉跟前来伸手捏住这尊铜像。那一双双眼睛像是要把我吃了……(突然转身)啊!你们不过才两个人啊!我刚才还以为有好多人呢。(笑)原来这就是地狱。我万万没有想到……你们的印象中,地狱里该有硫黄,有熊熊的火堆,有用来烙人的铁条……啊!真是天大的笑话!用不着铁条,地狱,就是他人。

埃司泰乐　我的爱!

加尔森　(推开她)别缠着我。咱们之间,有她挡着呢。只要她看得见我,我就没法爱你。

埃司泰乐　哈!我要叫她看不见咱们。

〔她从桌上拿起裁纸刀,扑向伊奈司,连击数刀。

伊奈司　(边招架边笑)你干什么?干什么?疯了?你明明知道我早已经死了。

埃司泰乐　死了?

〔她丢下了刀。静场片刻。伊奈司拾起刀,朝自己身上猛击多下。

伊奈司　已经死了!死了!死了!刀子没用了,毒药没用了,绳索也没用了。早已经完了,你懂不懂?咱们永远在一起了。

〔伊奈司笑。

埃司泰乐　(大笑)永远,我的上帝呀,这有多滑稽!永远!

加尔森　(望着她俩,亦笑)永远!

〔他们三人都一屁股坐倒在各自的座位上。静场良久。他们已不笑,只面面相觑。加尔森站起来。

加尔森　那就这样继续下去吧。

——幕落

四 幕 剧

死无葬身之地

（一九四六年）

沈志明　译

人　物

弗朗索瓦

索比埃

卡诺里

吕茜

亨利

民团团丁甲

若望

克洛谢

朗德里约

贝勒兰

民团团丁乙

第 一 幕

〔一间阁楼,有一个天窗透亮。一些杂七杂八的东西乱糟糟地放着:几只箱子,一个旧火炉,一具女式服装模特儿。卡诺里和索比埃,一个坐在箱子上,一个坐在一张旧木凳上;吕茜坐在火炉上。他们都戴着手铐。弗朗索瓦来回踱着,他也戴着手铐。亨利躺在地上,睡熟了。

第 一 场

〔卡诺里,索比埃,弗朗索瓦,吕茜,亨利。

弗朗索瓦　你们到底打算说说话不?

索比埃　(抬起头)你要我们说什么?

弗朗索瓦　随便说什么,只要出声就行。

〔突然传来一阵庸俗而刺耳的乐曲声,是楼下有人打开了无线电收音机。

索比埃　喏,声音来啦。

弗朗索瓦　我不要听这个,这是他们的声音。(又开始踱步,突然停下)哦!

索比埃　又怎么啦?

弗朗索瓦　他们听见我的脚步声了,他们在说:"喏,他们之中已有人开始坐立不安啦。"

卡诺里　那就别坐立不安呗。坐下吧。把手放在膝盖上,这样你的手腕就不那么疼了。也别说话。设法睡睡觉,或者想点什么也行。

弗朗索瓦　管什么用?

〔卡诺里耸耸肩膀。弗朗索瓦又踱来踱去。

索比埃　弗朗索瓦!

弗朗索瓦　嗯?

索比埃　你的皮鞋嘎吱嘎吱响。

弗朗索瓦　我是故意让它响的。(稍停。过来站到索比埃跟前)你们能想些什么呢?

索比埃　(抬起头)你要我告诉你吗?

弗朗索瓦　(望着他,往后退了几步)不,不必告诉我。

索比埃　我在想那个喊救命的小姑娘。

吕茜　(好像突然从梦中惊醒)哪个小姑娘?

索比埃　庄户的那个小姑娘。他们把我们带走的时候,我听见她在喊叫。当时火已经烧到楼梯了。

吕茜　庄户的小姑娘?不该再向我们提起她。

索比埃　还有许许多多的人都死了。有孩子,有妇女。但我并没有听见他们临死的惨叫。而那个小姑娘的呼叫声好像还在我耳边。这种惨叫我一个人承受不住。

吕茜　她十三岁。她是因为我们的缘故而死的。

索比埃　因为我们的缘故,他们都死了。

卡诺里　(向弗朗索瓦)瞧,还是不说话的好。

弗朗索瓦　说话又怎么啦?我们也活不多久啦。等会儿说不定你会觉得还是他们走运哩。

索比埃　他们没有想到要死。

弗朗索瓦　难道我想到了吗？事情没成，不能怪我们。

索比埃　不，怪我们。

弗朗索瓦　我们是按命令办的。

索比埃　没错。

弗朗索瓦　他们对我们说："冲上去，拿下村庄。"我们告诉他们："这太蠢啦，德国人在二十四小时内就能知道。"他们回答我们说："无论如何得上去，攻下村庄。"我们只得说："好吧。"我们冲上去了。错在哪里？

索比埃　应该拿下来才对。

弗朗索瓦　但我们拿不下来啊。

索比埃　我知道。我是说，无论如何应该拿下来。（稍停）三百个人。三百个人根本没有想到会死。结果无谓地牺牲了。他们躺在石头堆里，太阳晒黑了他们的尸体。从哪个窗口都看得见他们。这全怪我们，是由于我们的过错。现在这座村子里只剩下民团、死人和石头了。我们死的时候，耳边响着这些惨叫声可真够受的。

弗朗索瓦　（大嚷）别再跟我们提你那些死人了。我最年轻，我只是服从命令。我冤枉！冤枉！我冤枉！

吕茜　（温和地，在弗朗索瓦和索比埃争论的时候，她始终保持冷静）弗朗索瓦！

弗朗索瓦　（不知所措，声音也软了）干吗？

吕茜　来，小弟，坐到我这里来。（弗朗索瓦犹豫不决。吕茜更温和地重复道）来呀！（弗朗索瓦坐下。吕茜用铐着手铐的双手吃力地伸向弗朗索瓦的脸庞）瞧你热的！你的手帕呢？

弗朗索瓦　在我的口袋里，我掏不出来。

吕茜　是在这个口袋里吗？

弗朗索瓦　是的。

　　　　〔吕茜把手伸进弗朗索瓦的上衣口袋。费劲地从里面掏出一块手帕，替他擦脸。

吕茜　你浑身湿透了，你在发抖，不该走这么长的时间。

弗朗索瓦　要是我能脱掉上衣该多好……

吕茜　既然这不可能就别去想了。（弗朗索瓦想挣脱手铐）别弄了，别想弄断它了。希望会使人难受的。你安静下来，慢慢呼吸，一动也不要动；我就一动不动，使自己平静。这样我不消耗体力。

弗朗索瓦　有什么用？难道为了待会儿受刑时有劲叫得更响！这能保存多少体力？！只剩下这么点时间了，我真想哪儿都去去。（欲起身）

吕茜　坐着。

弗朗索瓦　我必须兜圈子。只要一停下来，脑子就开始想。我不愿想。

吕茜　可怜的小弟。

弗朗索瓦　（不由自主地依偎在吕茜的膝旁）吕茜，这一切是多么残酷啊。我不能再看你们的脸，你们的脸简直使我害怕。

吕茜　把头靠在我的膝盖上。是啊，这一切是多么残酷啊，而你又是这么年轻。要是有人能对你微笑着说："我可怜的小兄弟！"那该有多好啊。从前，我可以分担你的悲伤。我可怜的小弟……我可怜的小弟……（突然挺直身子）现在不行了，忧虑已使我眼泪干枯，我哭不出来了。

弗朗索瓦　别抛弃我。我有时产生一些使我感到羞耻的念头。

吕茜　听着，有一个人能帮助你……我并不感到很孤单……（稍停)若望和我心连心。如果你能……

弗朗索瓦　若望?

吕茜　他们没有抓住他。他往南去格勒诺布尔了。我们当中只有他能活下来。

弗朗索瓦　那又怎么样呢?

吕茜　他会去寻找其他同志。他们会在别的地方重新开辟工作。等将来战争结束,他们就住在巴黎,安安静静地过日子,使用贴着自己照片的真证件;人家将用他们的真名实姓来称呼他们。

弗朗索瓦　那又怎么样?算他走运。这跟我有什么相干?

吕茜　他穿过森林下山,山下沿公路长着杨树。他会想到我。世上只有他一个人会这么柔情脉脉地思念我。也想你,他会想到你是一个可怜的小鬼。试想一下他在看着你哩,他会掉泪的。(哭了)

弗朗索瓦　你,你也会掉泪。

吕茜　我哭出的是他的眼泪。

〔稍停。弗朗索瓦突然站起来。

弗朗索瓦　够了,够了,我到头来会恨他的。

吕茜　你以前可是喜欢他的啊。

弗朗索瓦　不像你那么喜欢他。

吕茜　是的,不像我那么喜欢他。

〔走廊里响起脚步声。门开了。吕茜突然站起身。一个团丁看了看他们,又把门关上。

索比埃　(耸耸肩膀)他们拿我们开心。你为什么站起来?

吕茜　(重新坐下)我以为他们来提我们了。

卡诺里　他们不会那么快来的。

吕茜　为什么？

卡诺里　他们犯了一个错误，他们以为等待会磨灭意志。

索比埃　难道错了吗？人在胡思乱想的时候，等待可是不好受的呀！

卡诺里　当然喽。但从另一方面来看，你能有时间使自己镇静下来。譬如我吧，第一次被捕是在希腊，当时是梅塔克萨斯①统治时期。清晨四点钟他们来抓我。如果当时他们稍微逼我一下，我就会招供了。出乎意料，他们什么也没有问我。过了十天，他们对我使用了各种重刑。但太晚了，他们错过了利用我神魂未定的好机会。

索比埃　他们拷打你了？

卡诺里　那还用说！

索比埃　拳打？

卡诺里　又拳打又脚踢。

索比埃　你……想过要开口吗？

卡诺里　没有。他们打我的时候，我能顶住。

索比埃　啊？喔，能顶住。（稍停）要是他们打在胫骨上或肘部呢？

卡诺里　没事，没事。能顶住。（温和地）索比埃。

索比埃　什么？

卡诺里　用不着害怕他们。他们没有多少办法。

索比埃　我害怕的是我自己。

---

① 梅塔克萨斯(1871—1941)，希腊政治家。一九一七年随康斯坦丁国王逃亡国外。一九二〇年回希腊搞政变。失败后再度流亡。王朝复辟后，他出任内务大臣(1932)、国防大臣(1936)，后任内阁首相。一九三八年自行宣布任终身政府首脑。第二次世界大战期间，他起先靠拢德国，后倒向盟国。

卡诺里　为什么呢？我们没有什么可招供的。我们所知道的他们都知道。听我说！（稍停）其实并不像你们想象的那样可怕。

弗朗索瓦　怎么讲？

卡诺里　我说不好。噢，譬如，我觉得时间好像过得很快。（笑了）我就拼命地咬紧牙关，以至于后来三个小时内我想张嘴都张不开了。那是在瑙普利亚。有个家伙穿着旧式高勒皮鞋，鞋头很尖，他往我脸上踢。当时有几个女人在窗外唱歌。我居然把她们唱的歌都记住了。

索比埃　在瑙普利亚？哪一年？

卡诺里　三六年。

索比埃　那年我去过那里。我是乘泰奥菲尔-戈蒂埃号轮船去希腊的。我去那里野营。我见过监狱，墙前长着仙人掌。这么说，当时你在里面，我在外面喽？（笑了）真有意思。

卡诺里　有意思。

索比埃　（突然）如果他们一点一点地折磨你呢？

卡诺里　唵？

索比埃　如果他们用刑具一点一点地折磨你呢？（卡诺里耸耸肩膀）我设想采用自我控制的办法来对付。每隔一分钟我对自己说，再坚持一分钟。这是不是一个好办法？

卡诺里　没有现成的办法。

索比埃　那你打算怎么对付？

吕茜　你们难道就不能不说话吗？瞧瞧这孩子，你们以为讲这些能给他鼓气吗？等着吧，他们会教给你们办法的。

索比埃　别管我们的事。他不爱听，让他堵上耳朵好啦！

吕茜　我呢，我也得堵上耳朵吗？我不喜欢听你们讲这些，是因为我怕瞧不起你们。难道你们需要用这些话来给自己打气吗？

我看见过牲畜是怎么死的,我倒愿意像它们那样默默地死去。

索比埃　谁跟你说死来着?我们在说,他们在我们死前会对我们采取什么手段。应该做好思想准备啊。

吕茜　我就不愿意做什么思想准备。对即将到来的这种时刻我何苦要感受两次呢?瞧瞧人家亨利,他睡大觉哩。为什么不睡大觉?

索比埃　睡觉?然后让他们在睡梦中推醒我?我不干。我的时间很宝贵。

吕茜　那么就想一点你喜爱的事物吧。我啊,我想念若望,想我的生活,想我的弟弟,想到他有一次生病了,我在阿卡雄的一个旅馆里照料他的情景。从我房间的窗口望出去,我看得见一片绿浪涛涛的松柏。

索比埃　(嘲讽地)绿浪涛涛,真的吗?我对你说,我的时间很宝贵。

吕茜　索比埃,我都认不出你来了。

索比埃　(尴尬)行了!我的神经不好,我像少女一样容易激动。(起身向她走去)咱们按各人自己的方式应付吧。至于我,如果受到突然袭击毫无准备,我就毫无办法。如果我能事先感受到痛苦——哪怕一点儿也好,以便事到临头不突然——我心里就踏实多了。这不是我的错。我做什么都很过细。(稍停)你知道,我很喜欢你。但我感到孤独得很。(稍停)如果你要我沉默不语……

弗朗索瓦　让他们说去吧。要的就是有点声响。

吕茜　你们爱怎么样就怎么样吧。

　　〔静场。

索比埃　(低声地)喂,卡诺里!(卡诺里抬起头)你,你是否遇到过招出同党的人?

卡诺里　嗯,遇到过。

索比埃　后来怎么样?

卡诺里　既然我们没有什么可供认的,这对你有什么用?

索比埃　我想知道,他们能互相宽容吗?

卡诺里　这得看情况。有一个人用猎枪朝自己脸上开了一枪,但他只不过打瞎了自己的眼睛。我有时在比雷埃夫斯港大街上碰见他,由一个亚美尼亚女人领着走路。他想他已经不欠谁的账了。谁欠谁的账,只有自己最清楚。我们在一次集市上干掉了一个。他当时正在买洛库姆糕①。这小子出狱之后便爱上这种糕点,因为是甜的。

索比埃　一个走运的人。

卡诺里　嗨!

索比埃　要是我招了供,我怎么也不会吃甜食来寻开心。

卡诺里　说是这么说,未经历这种场面,难说究竟会怎么样。

索比埃　不管怎么说,干出这种事之后,我决不会怜惜自己,我想我会去摘猎枪的。

弗朗索瓦　我,我挑的是吃洛库姆糕。

索比埃　弗朗索瓦!

弗朗索瓦　弗朗索瓦,怎么啦?我入你们一伙的时候,难道你们事先告诉过我这一切后果了吗?你们对我说:"抵抗运动需要人。"但你们没有对我说抵抗运动需要英雄啊。我可不是英雄。我干了人家叫我干的事:我散发了传单、运过武器。你们还说我老是高高兴兴的。可是谁也没有告诉过我最后等着我

---

① 洛库姆糕,一种阿拉伯甜点。

的结局是什么。我向你们发誓,我从来不知道我为什么而奋斗。

索比埃　你知道的。你知道勒内受过严刑拷打。

弗朗索瓦　我可从来没有想过。(稍停)那小女孩死了,你们怜悯她,说什么:"她是因为我们的缘故才死的。"而我,如果他们用雪茄烟头烫我之后我招了,你们便会说:"这是个怕死鬼。"你们如果背后不给我一枪的话,也会把猎枪递到我的手里。可是我,我才比那个小女孩大两岁啊。

索比埃　我刚才是说我自己。

卡诺里　(走近弗朗索瓦)弗朗索瓦,现在你不再承担任何义务,没有义务,也没接受什么指令。我们什么也不知道,所以也无所谓保守什么秘密。每个人自己想办法应付,设法少受点皮肉之苦吧。至于采取什么手段达到这个目的,那并不重要。

〔弗朗索瓦渐渐冷静下来,但已筋疲力尽。吕茜把他搂在怀里。

索比埃　手段并不重要……当然。嚎叫,哭泣,哀求,向他们认错,搜索枯肠向他们交代点什么事、供出个什么人,这有什么关系呢?反正你输不了什么,有什么可指摘的。这些见不得人的小事绝对不会被人知道。也许这样做更好些。(稍停)我拿不准。

卡诺里　你想干什么?想知道一个名字或一个行动日期,以便有点事情拒绝向他们交代?

索比埃　我说不好。我甚至不知道我能否做到什么也不说。

卡诺里　什么意思?

索比埃　我想了解我自己。我早知道到头来总要被他们抓住的。总有那么一天我将面墙而立,没人救我。我自问,能顶住吗?

165

我的身体使我担忧。你明白吗？我身子骨不结实,神经脆弱得像个女人。现在,喏,这个时刻已经到来。他们马上要用刑具收拾我。但我上了当！我将白白地受折磨,至死都不知道自己算个什么。

〔楼下音乐停了。他们愣了一下,竖起耳朵听着。

亨利　（突然惊醒）怎么啦？（稍停）波尔卡舞曲完了。我想该轮到我们跳舞了。（音乐又响了）虚惊一场。真奇怪,他们那么那么喜欢听音乐。（站起来）我梦见我在跳舞,在谢赫拉查德①,你们知道巴黎的谢赫拉查德吗？我可从来没有去过。（慢慢完全苏醒过来）啊,你们在这儿……你们在这儿……吕茜,你想跳舞吗？

吕茜　不。

亨利　你们的手腕也疼吗？我睡觉的时候,手上的肉大概肿起来了。现在几点钟？

卡诺里　三点。

吕茜　五点。

索比埃　六点。

卡诺里　我们不知道到底几点。

亨利　你不是有表嘛。

卡诺里　我戴在手腕上,他们把它砸碎了。可以肯定,你睡了好半天了。

亨利　我把被他们夺走的睡眠时间补回来了。（向卡诺里）帮我一下。（卡诺里为他当人梯,亨利站在他身上够到天窗口）看太阳现在是五点钟啦,吕茜讲得对。（跳下地）镇公所还在燃

---

① 独场芭蕾舞剧,一九一〇年首次在巴黎歌剧院演出。此处系指巴黎歌剧院。

烧。我说,你不想跳舞?(稍停)这音乐,我讨厌死了。

卡诺里 (无所谓地)忍耐点吧。

亨利 大概从农庄那边都能听得见这音乐。

卡诺里 不会再有人听它了。

亨利 我知道。但这音乐从窗口进去,在尸体上空缭绕。音乐、太阳构成一幅图画。尸体变得黑乎乎的。唉!我们真的失败了。(稍停)小家伙怎么啦?

吕茜 他不大舒服。他已经八天没合过眼了。你用什么办法睡着的呢?

亨利 不知不觉就睡着了。我感到非常孤独,所以直发困。(笑了笑)我们已经被整个世界遗忘了。(走近弗朗索瓦)可怜的小鬼……(抚摸他的头发,突然停住,向卡诺里)我们错在哪儿?

卡诺里 我不知道。找错管什么用?

亨利 出了岔子,我感到自己有责任。

索比埃 你也这么想?啊,我很高兴。我还以为就我一个人这么想哪。

卡诺里 噢,那好,我说,我也感到有责任。但这能改变什么?

亨利 我可不乐意戴罪死去。

卡诺里 别钻牛角尖啦。我相信伙伴们决不会责怪我们。

亨利 我才不在乎伙伴们呢。此刻我只觉得对不起自己。

卡诺里 (感到不快,冷冰冰地)怎么,你是想请一位听忏悔的神甫喽?!

亨利 让神甫见鬼去吧。此时此刻我只感到对不起我自己。(稍停,似乎自言自语)事情不应该落到这么个地步。如果我能找到错在哪里……

卡诺里　那你不就成了先知先觉了吗？

亨利　那我也可以正视错误并对自己说："我是为此而死的。"天啊，一个人决不能像耗子一样无缘无故地死去。连吭都不吭一声。

卡诺里　（耸耸肩）得了。

索比埃　你为什么耸肩膀？他有权死得其所啊，这是他唯一的权利。

卡诺里　当然啦。如果他做得到，那就让他死得其所吧。

亨利　谢谢你的批准。（稍停）你最好也着手考虑考虑如何死得其所，我们剩下的时间不多了。

卡诺里　我的死？为什么？这对谁有用？这纯属个人的事。

亨利　纯属个人的事。是的，那又怎么啦？

卡诺里　我从来不热衷于个人的事。既不热衷于别人的事，也不热衷于自己的事。

亨利　（没有听卡诺里讲话）我只求做到能对自己说，我已尽力而为了。不过，这个要求可能过高。三十年来我总感到自己有罪，罪过在于我一直活着。现在，由于我的过错，房子烧了，无辜的人死了这么多，所以我也将负罪而死。我的一生只不过是个错误。

〔卡诺里起身向他走去。

卡诺里　你不谦虚呀，亨利。

亨利　什么？

卡诺里　你自寻烦恼，因为你自视太高。我，我认为我们早已死亡，从我们不再有什么用处的时候开始，我们就死了。现在，我们只剩下一点死后的生命，再消磨上几个小时就完了。你已无事可做，只能消磨消磨时间，和你身旁的人聊聊天而已。

亨利，任其自然吧。你休息休息，因为我们在这儿已无事可做。你有权休息了，你休息吧，因为我们已经无用了。我们是一些微不足道的死者。（稍停）我这是第一次自认为有权休息。

亨利　三年以来我第一次面对面地正视自己。从前人家给我下命令，我服从，我一直以为自己是对的。现在谁也不能再给我下命令了，因此没有任何东西来证明我是对的。多余的一点儿生命，是的。就这么点时间来考虑我自己的问题。（稍停）卡诺里，我们为什么要死呢？

卡诺里　因为人们把一项危险的任务委派给了我们，而我们很不走运。

亨利　是的，伙伴们会这么想的。他们在正式讲话中也会这么说的。但你自己怎么想的呢？

卡诺里　我什么也不想。我为我们的事业而活着，我早就预料到我会像现在这样死去。

亨利　你为我们的事业而活着，这倒是。不过不要对我说你为我们的事业而牺牲。或许，譬如说，我们成功了，或我们在执行任务的时候死了，或许在那个时候……（稍停）而现在，我们快死了，是因为别人向我们下了个愚蠢的命令，而我们又没有执行好，因此，我们的死对任何人都是无益的。我们的事业并不需要攻打这座村庄，说不需要是因为这项计划不现实。事业从不下命令，事业从不发表意见，而是由我们来决定事业的需要。别谈什么事业了吧。不要在这儿谈。当人们可以为事业工作的时候，可以谈谈。不能为它工作了，就应该保持沉默，尤其不应当用它来作自我安慰。事业抛弃了我们，因为我们已经没什么用了。事业会找别的人去为它服务，譬如在图尔、在里尔、在卡卡索纳,女人们正在生下接替我们的婴儿。我们想证实我们的生活有意义,但我们失败了。现在我们要去死了,我们将成为有罪的死者。

卡诺里　(无动于衷)随你怎么说吧。反正在这个紧闭的房间里,没有什么有意义的事情,希望也罢,绝望也罢,反正什么名堂也搞不出来。

〔稍停。

亨利　如果我们还能干点儿什么该多好啊。随便干什么都行。或者能向他们隐瞒点什么也行……算了!(稍停。向卡诺里)你有妻室吗?喂?

卡诺里　有啊,她在希腊。

亨利　你可以想想她嘛。

卡诺里　我试试看,但隔得太远了。

亨利　(向索比埃)你呢?

索比埃　我有二老双亲。他们以为我在英国。我猜他们现在正坐下来吃饭。他们晚饭吃得早。如果我能对自己说他们将突然之间感到一阵心悸,好像是某种预兆似的,那也好啊……但我肯定他们此刻非常安逸。他们会等我几年。越来越平静地等候,直到我在他们心目中不知不觉地消失。我父亲,他现在大概正在说他的园子,以前吃晚饭的时候他总是讲园子。待会儿他要去浇他的菜地。(叹气)可怜的老人!为什么我想起他们呢?一点用也没有!

亨利　是的,没什么用。(稍停)不管怎么样,我还是希望我的老人健在,可惜我没有亲人了。

索比埃　什么人也没有了?

亨利　没有了。

吕茜　（生气地）你这么说不对。若望是你的亲人,若望是我们大家的亲人。他是我们的领导,他正想念我们哩。

亨利　他想念你,因为他爱你。

吕茜　他想念我们大家。

亨利　（温和地）吕茜！难道我们过去常常谈论故世的人吗？我们来不及埋葬他们,连把他们埋葬在我们心中的时间也没有。（稍停）没有。哪儿也不缺我,我没让人感觉缺少我。地铁挤得水泄不通,饭馆总是满座,每个人的脑子里都被小忧小虑塞得满满的。我溜出了这个世界,可它依然是满满的,满得很。应当承认我不是不可缺少的人。（稍停）我本来很想成为不可缺少的人,对某件事或对某个人来说少了我不行。（稍停）吕茜,我爱过你。我现在对你说出来,因为这已经没什么关系了。

吕茜　是的,没有关系了。

亨利　好啦。（他笑笑）我生在这个世上确确实实、完完全全是多余的。

〔房门打开,几个团丁进来。

索比埃　你们好。（向亨利）你睡着的时候,他们已经光顾我们三次了。

团丁甲　叫索比埃的是你吗？

〔静场。

索比埃　是我。

团丁甲　跟我们走。

〔再次静场。

索比埃　说到头来,我很乐意他们从我下手。（稍停。走向门口）我不知道过一会儿我能不能认识自己。（退场的时候）现在是我父亲浇菜的时候了。

第 二 场

〔除索比埃外，前场人物都在。

〔又是长时间的静场。

亨利　（向卡诺里）给我一支烟。

卡诺里　他们把我的烟抢走了。

亨利　倒霉。

〔传来的音乐是爪哇舞曲。

亨利　哎，咱们跳舞吧，他们不是让我们跳舞吧？怎么样，吕茜？

吕茜　我对你说过我不跳。

亨利　随你便。反正女舞伴有的是。（他走近那个女式服装人体模型，举起铐着的双手，把模特儿套进双臂，双手又沿模特儿的双肩和双侧滑下去，然后抱紧模特儿开始跳舞。音乐不响了，亨利停了下来，放下模特儿，然后慢慢把双臂抽出来）他们开始了。

〔他们侧耳细听。

卡诺里　你听见什么了吗？

亨利　没有。

弗朗索瓦　你说他们会怎么整他？

卡诺里　不知道。（稍停）我希望他能顶住。否则他自己会感到非常痛苦，比他们施的刑罚更使他痛苦。

亨利　他一定能经受得住。

卡诺里　我是说内心里要经受得住。当你没有什么好交代时，这更难对付。

〔静场片刻。

亨利　他没有叫出声来,这已经不错了。

弗朗索瓦　也许他们只是审问审问他。

卡诺里　没这回事!

〔索比埃嘶哑地惨叫。大家吓了一跳。

吕茜　(语调急促,显得很不自然)现在,若望大概已经到达格勒诺布尔了。我不信他走十五个多小时还到不了。他一定感到很奇怪,因为他看到的是宁静的城市,人们坐在咖啡馆露天座上。韦科尔①的经历只是一场梦而已。(索比埃喊声越来越大,吕茜的说话声也越来越响)他想着我们。他开着窗听无线电广播。太阳照在山头上闪闪发光。这是一个晴朗的夏日下午。(索比埃喊声更大)啊!(瘫坐在一只箱子上,抽泣起来,嘴里还重复着)一个晴朗的夏日下午。

亨利　(向卡诺里)我不会叫的。

卡诺里　你错了。喊出声会好受些。

亨利　我想到你们听见我的喊声,她在我的头顶上抽泣,我会受不了的。

〔弗朗索瓦开始发抖。

弗朗索瓦　(快忍受不住了)我不信……我不信……

卡诺里　别出声,小兄弟。他们来啦。

亨利　该轮到谁了?

卡诺里　轮到你或轮到我。他们会把姑娘和孩子留到后边。(钥匙在锁洞里转动)我希望轮到我。我不喜欢听别人的喊

---

① 韦科尔山脉是法国北方前阿尔卑斯的最大山脉。此处指格勒诺布尔周围群山之中最高的山头,称韦科尔山,海拔一三二四米。吕茜他们曾在韦科尔山里打游击。

叫声。

〔门开了,若望被推进屋子。他没有戴手铐。

第 三 场

〔前场人物,若望。

〔他进屋时眨眨眼睛。以适应室内半明半暗的光线。大家都向他转过去。团丁退出,随手把门关上。

吕茜　若望!

若望　别出声。别叫我的名字。上这边来靠着墙:他们也许透过门缝看着我们。(瞧着吕茜)你在这儿,你在这儿。我还以为再也见不到你了。那边是谁?

卡诺里　卡诺里。

亨利　亨利。

若望　我看不清你们。皮埃尔和雅克都已经……?

亨利　是的。

若望　小鬼也在这儿吗?可怜的孩子。(声音低而急促)我倒希望你们都死了。

亨利　(笑着)我们尽了最大的努力。

若望　我估计到了。(向吕茜)你怎么啦?

吕茜　哎!若望,一切都完了。我原想,若望,他现在已经在格勒诺布尔,他在街上走动,他眺望群山……可……可现在,一切都完了。

若望　别哭哭啼啼的,我完全有可能从这儿脱身。

亨利　他们怎么抓到你的?

若望　他们还没有真的抓住我。我在山脚下去凡尔多纳的大路上遭遇上他们的一支巡逻队。我说我是锡米埃人,锡米埃是山谷中的一个小镇,他们便把我带到这里来了,我待不长,他们去了解我讲的是不是真话。

吕茜　可是在锡米埃,他们要去……

若望　我那儿有伙伴,他们知道对他们该说些什么。我能脱身。(稍停)我必须出去,因为伙伴们不知道我在这儿。

亨利　(吹口哨)确实是。(稍停)喂,你对我们这次行动怎么看?我们这回搞得够惨的吧?

若望　我们换个地方重新干。

亨利　你,你能重新干。

〔走廊里响起脚步声。

卡诺里　你们离他远一点,别让他看见我们在同他说话。

若望　怎么了?

亨利　他们把索比埃送回来了。

若望　啊!他们已经……

亨利　是的,他们从他身上下手了。

〔几个团丁架着索比埃进来,索比埃瘫倒在一只箱子上。团丁退场。

第 四 场

〔前场人物,索比埃。

索比埃　(没有看见若望)他们搞了我多久?

亨利　半个小时。

索比埃　半个小时?卡诺里,你说的对,时间过得挺快。你们听见我喊了吗?(没人回答)自然你们是听见了的。

175

弗朗索瓦　他们怎么整你来着？

索比埃　别忙。你会知道的,别这么着急嘛。

弗朗索瓦　是不是……非常难受？

索比埃　我不知道,但我可以告诉你一点,他们问我若望在哪里,而如果我知道他在哪儿的话,我很可能就告诉他们了。(笑笑)你们瞧,我现在认识我自己了。(大家不作声)怎么啦？(顺着他们的目光望去,看见若望,他靠着墙,双臂是分开的)谁在那儿？是若望？

亨利　(赶紧制止)住嘴。他们把他当成锡米埃的一个小伙子了。

索比埃　锡米埃的小伙子？(叹了口气)算我运气。

亨利　(出乎意料)你说什么？

索比埃　我说,算我运气。现在我可有秘密向他们隐瞒了。

亨利　(几乎高兴地)真的哟。现在我们大家都有秘密向他们隐瞒了。

索比埃　我刚才真希望他们把我杀了。

卡诺里　索比埃,我敢肯定你不会招供的。你不可能招供。

索比埃　告诉你,我连母亲都会出卖。(稍停)一分钟便能毁掉整个一生,这太不公正了。

卡诺里　(轻声细语)其实哪止一个一分钟。你认为一时的软弱能抹杀你决定抛弃一切来和我们一起战斗的那个时刻吗？还有这三年的勇敢战斗和忍耐？还有那天你自己尽管已筋疲力尽还替小家伙背枪和背包？

索比埃　不用为我费心了。现在我明白了,我看到了我自己真实的面貌。

卡诺里　真实的面貌？今天他们拷打你的时候,你的表现难道不是真实面貌吗？昨天你坚持把自己的一份水让给吕茜喝,这难道不是你的真实面貌吗?我们不是完人,不能对自己求全责备。山谷里的路也有好几条嘛。

索比埃　好,那如果我刚才出卖了同伴,你们还能正眼看待我吗?

卡诺里　你不会出卖同伴的。

索比埃　如果我会呢?(卡诺里沉默)你明白了吗?(稍停,笑笑)有些人死在床上,问心无愧。好儿子,好丈夫,好公民,好父亲……嗨!其实像我一样都是些懦夫,而他们自己永远也不知道。他们运气好。(稍停)你们使我不开口吧!来吧!还等什么呀?

亨利　索比埃,你是我们当中最优秀的。

索比埃　胡说!

〔走廊里响起脚步声。他们默不作声。门打开。

团丁甲　那个希腊人,在哪儿?

卡诺里　我就是!

团丁甲　出来。

〔卡诺里随团丁下。

第 五 场

〔除卡诺里外,前场人物都在。

若望　他为我受罪去了。

亨利　正是为你受罪才好哩,否则就白受罪了。

若望　等他回来的时候,我怎么能经受得起他的眼光呢!(向吕茜)告诉我,你恨我吗?

吕茜　我像恨你的样子吗?

若望　把手伸给我。(吕茜向他伸去铐着的双手)我为自己没戴

177

手铐而感到耻辱。你还活着！我曾经想过："至少,对她说来一切都结束了,用不着恐惧了,饥饿和痛苦都过去了。"可是你还活着！他们会来提审你。等他们把你送回来的时候,你就剩半条命了。

吕茜　可是我的眼睛里只会有爱情的光芒。

若望　我一定会听见你的喊叫。

吕茜　我尽可能不叫。

若望　但小鬼会喊叫的。我肯定他会喊叫的。

弗朗索瓦　住嘴！住嘴！你们统统给我住嘴！难道你们想让我发疯吗？我可不是什么英雄,我不愿意他们把我当作你的替死鬼！

吕茜　弗朗索瓦！

弗朗索瓦　别管我！我可不跟他睡觉。(向若望)我,我恨你,如果你想知道的话。

〔稍停。

若望　你说得对。(朝门口走去)

亨利　慢！你要干什么？

若望　我从来不让我的伙伴们替我去死。

亨利　那谁去通知同志们？

〔若望站住。

弗朗索瓦　随他去好啦！他要去自首就让他去。你没有权利阻止他。

亨利　(向若望,不理睬弗朗索瓦)要是伙伴们以为我们已攻下村庄,队伍往这儿开过来,那可就坏事了。(若望低着头转回身,走过来坐下)还是给我支烟抽抽吧。(若望给他一支烟)也给小鬼一支抽。

弗朗索瓦　别来烦我。

〔弗朗索瓦又回到里边的角落里。

亨利　给我点上。(若望替他点上烟,亨利吸了两口,神经质地抽噎了一两下)不用担心。我喜欢抽烟,但我过去不知道抽烟能给人这么大的乐趣。你还剩下几支?

若望　一支。

亨利　(向着索比埃)拿着!(索比埃一声不吭地接过香烟,抽了几口,然后还给他。亨利转过身来向着若望)我很高兴你来到这儿。首先你给了我一支烟,其次你是我们的见证人,这是硬碰硬的。将来你去看望一下索比埃的双亲,再给卡诺里的妻子写封信。

吕茜　明天,你将进城,你把我生命最后一刻的神情藏在眼睛里带走。你是世界上唯一能看到这种神情的人,千万别把它遗忘。我,就是你。你活着,等于我活着。

若望　哪能忘得了。

〔他向吕茜走去。又有脚步声。

亨利　你原来在哪儿还待在哪儿,别动,别说话。他们来了。这次该轮到我了,我得赶紧,否则我的话就讲不完了。听着!倘若你不来,我们将像牲畜一样受罪而不知道为什么。现在你在这里,这儿发生的一切将有一定的意义。我们进行斗争,并非为你一个人,而是为了所有的伙伴。我们失败了,但我们或许能挽回面子。(稍停)我原来认为自己已毫无用处了,但我现在看到有些事情还需要我。运气好一点,我也许还能对自己说,我死得其所了。

〔门打开,卡诺里出现,两个团丁架着他。

索比埃　他,他没有喊叫。

——幕落

第 二 幕

〔一间学校的教室。一些条凳和课桌。涂着白灰泥的墙壁。里边墙上挂着一张非洲地图和贝当①的肖像。一块黑板。左侧有一扇窗,尽里有一道门。在靠窗的一张小桌子上放着一台收音机。

第 一 场

〔克洛谢,贝勒兰,朗德里约。

克洛谢　提下一个吗?

朗德里约　等一等,得抽空填肚子。

克洛谢　你们愿意填就填吧。趁你们吃饭的空我也许还能再审问一个。

朗德里约　不,那你就太美了。你难道不饿吗?

克洛谢　不。

朗德里约　(向贝勒兰)克洛谢不饿!(向克洛谢)你准是病了吧?

克洛谢　我一干起来就不觉得饿。

---

① 贝当(1856—1951),一九四〇年任法国总理,主持对德投降并组织维希傀儡政府,称"元首"。一九四五年以通敌罪被判处死刑,后改判无期徒刑,死于狱中。

〔他朝收音机走去,转动旋钮。

贝勒兰　别吵我们。

克洛谢　(低声咕噜,但听得见)……不爱音乐!

贝勒兰　你说什么?

克洛谢　我说,每当我见到不爱音乐的人就觉得奇怪。

贝勒兰　我也许喜欢音乐,但不喜欢这种音乐,也不喜欢在这种地方听音乐。

克洛谢　是吗?而我,只要这么一唱就行……(遗憾地)声音开得轻点行不行……

贝勒兰　不行。

克洛谢　你们都是些畜生。(稍停)叫人带人去?

朗德里约　让我们歇一会儿吧,天啊!还有三个要审呢,这要搞到晚上十点了。饿着肚子干,我可受不了。

克洛谢　第一,只剩下两个了,因为我们把小男孩留到明天再问;其次,要是抓紧点,我们在两小时内就把他们打发了。(稍停)今晚图卢兹电台广播歌剧《托斯卡》①。

朗德里约　我才不在乎呢。下去看看他们搞到什么好吃的。

克洛谢　我知道:鸡。

朗德里约　又是鸡!我都吃腻了!去给我找一盒牛肉罐头来。

克洛谢　(向贝勒兰)你呢?

贝勒兰　我也要牛肉。

朗德里约　还有,你叫个人来把这个给我们擦掉。

克洛谢　什么?

朗德里约　这儿,那个希腊人出的血。真叫人恶心。

---

① 三幕歌剧,意大利作曲家普契尼(1858—1904)的作品。

克洛谢　不应该把血迹擦掉,这能起到吓唬他们的作用。

朗德里约　地板上这些乌七八糟的东西不擦掉,我吃不下饭。(稍停)你还等什么?

克洛谢　不该把血迹擦掉。

朗德里约　这儿谁指挥谁?

〔克洛谢耸耸肩膀,退场。

第 二 场

〔朗德里约,贝勒兰。

贝勒兰　你对他别太过分了。

朗德里约　我克制点就是。

贝勒兰　我告诉你……他有一个表兄在达南①身边工作。他经常给他打小报告。我想一定是他把多班撵走的。

朗德里约　这王八蛋!他要是想把我撵走,他得趁早,因为我觉得达南要比我先见阎王。

贝勒兰　有可能。(叹一口气,机械地朝收音机走去)

朗德里约　啊,不,你别去开。

贝勒兰　听听新闻。

朗德里约　(冷笑)新闻,我不听也知道。

〔贝勒兰转动收音机旋钮。

广播员声音　第四响是八点整。("嘟嘟嘟嘟",他们对表)亲爱的听众,一会儿请听我们的星期音乐会节目。

朗德里约　(叹气)真的,今天是星期日。(收音机开始播送某个

---

① 达南(1897—1945),法国政客。他创立民团(1943),专门镇压抵抗运动。

乐曲)把它关掉。

贝勒兰　每星期天,我开着车,到蒙马特尔①搞个把娘儿们,然后朝图凯海滩飞驶而去。

朗德里约　什么时候?

贝勒兰　哦,战前呗。

广播员声音　现在播送《我在本堂神甫住宅的花园里找到一些钉子》。我重复一遍:《我在……》

朗德里约　闭上臭嘴,浑蛋!(拿起一个罐头盒向收音机的方向扔过去)

贝勒兰　你疯了?收音机要砸坏的。

朗德里约　我才不管呢。我不要听这些浑蛋讲话。

〔贝勒兰旋动收音机的旋钮。

广播员声音　德军固守瑟堡和冈城。在圣洛地区,德军未能挡住敌军,敌军有所推进。

朗德里约　知道了。关上吧。(稍停)你将来准备干什么?上哪儿去?

贝勒兰　你想我还能干什么?完了!

朗德里约　是的,这些混账王八蛋!

贝勒兰　你骂谁?

朗德里约　所有的人。德国人也是浑蛋。半斤八两,统统一样!(稍停)要是一切能重新开始……

贝勒兰　我,我觉得没什么好后悔的。我吃喝玩乐够痛快的了,至少直到最近,我都挺痛快。

〔克洛谢回屋,捧着罐头。

---

① 蒙马特尔,巴黎最繁华的地区之一,常有妓女出没。

第 三 场

〔前场人物,克洛谢,一名团丁。

朗德里约　喂,克洛谢,英国人在尼斯登陆了。

克洛谢　在尼斯?

朗德里约　他们没有遇到抵抗。他们正向皮热泰尼埃挺进。

〔克洛谢瘫坐在一张凳上。

克洛谢　圣母呀!(贝勒兰和朗德里约笑起来)跟我开玩笑吧!你们可不该开这种玩笑啊!

朗德里约　没什么。今天晚上你把这事写到你的小报告里去好啦!(团丁进来)把它给我擦干净。(向贝勒兰)你一起吃吗?

〔贝勒兰走近,拿起牛肉罐头,瞧了瞧又放下。

贝勒兰　(打哈欠)审讯以前我总感到不舒服。(打哈欠)我不够凶狠;可是一旦他们顽固不化,我就发火了。下一个要提审的家伙是什么样的?

克洛谢　一个大高个儿,三十岁,很结实。要费点劲。

朗德里约　他可别像那个希腊人那样。

贝勒兰　哦!那个希腊人是他妈的畜生。

朗德里约　活见鬼。他们不开口真叫人无法忍受。(打哈欠)你的哈欠传染给我啦。(稍停。朗德里约看看吃空的牛肉罐头底,没说话,然后突然向着团丁)喂,去带人来。

〔团丁出去。静场。克洛谢吹口哨。贝勒兰走到窗前,把窗开得大大的。

克洛谢　别开窗,天气已经开始凉了。

贝勒兰　什么窗?噢,对……(他笑笑)我没意识到竟把窗打开

了。(准备去关窗)

朗德里约　让它开着吧。这儿让人憋气,我需要空气。

克洛谢　随你便。

〔亨利和三个团丁上。

朗德里约　让他坐下。把手铐给他摘了。把他两只手绑在椅子扶手上。(团丁把亨利捆上)叫什么?

亨利　亨利。

朗德里约　亨利什么①?

亨利　亨利。

〔朗德里约做个手势,团丁打亨利。

朗德里约　怎么样?你叫什么名字?

亨利　我叫亨利,就叫这个。

〔团丁打亨利。

朗德里约　停下。再打会把他打昏的。多大岁数?

亨利　二十九岁。

朗德里约　职业呢?

亨利　战前,我学医。

贝勒兰　你受过教育,浑蛋。(向团丁)打!

朗德里约　别浪费时间。

贝勒兰　学医!给我打!

朗德里约　贝勒兰!(向亨利)你的头头在哪儿?

亨利　不知道。

朗德里约　当然喽!别,别打他。你抽烟吗?把这支烟给他。等等。(把烟夹在自己嘴上,点着了,然后递给亨利。一个团丁

―――――――――

① 即让他讲出姓氏。

把烟放到亨利的嘴上)抽吧。你还指望什么？你唬不住我们。行了,亨利,别充好汉了。反正谁也看不见你。别浪费你我的时间,你没有几个小时可活了。

亨利　你们也长不了。

朗德里约　我们嘛,我们活着的时间可以按月算。我们能埋葬你。抽吧,好好想一想。既然你受过教育,那就放明白一点。你要是不说,你那个女同伙或那个小孩会说的。

亨利　那是他们的事。

朗德里约　你的头头在哪儿？

亨利　你们可以想办法让我说啊。

朗德里约　你倒喜欢来硬的？拿掉他的烟。克洛谢,收拾收拾他。

克洛谢　把棍子插到绳里去。(团丁把两根棍子塞进绑着亨利手腕的绳子里)很好。我们来转动棍子,直到你开口为止。

亨利　我决不开口。

克洛谢　别忙,你先得嚎叫一番。

亨利　来,让我叫吧。

克洛谢　你小子夸口。放谦虚点。自己把自己捧得太高,摔下来可会粉身碎骨。给我转！慢点！怎么样？没事？好,再转。转。等等,他开始痛了。怎么样？痛不痛？当然喽,对一个有文化教养的人来说,痛苦是不存在的。遗憾的是从你的脸部表情上看出痛来了。(温和地)你淌汗了。我替你难受。(用自己的手帕替他擦脸上的汗)再转。要喊了,还不喊？你摇晃啦。你可以忍住不叫出声来,但止不住要晃脑袋。你痛得很哪。(用手指摸一下亨利的双颊)你的牙关咬得好紧啊,这么说你害怕喽？"我要是能再坚持一会儿,只再坚持一小会儿……"但这一会儿过去后还要再来一会儿,之后还有一会儿，直到你觉得太痛苦了，忍不住了。还是甘拜下风为好，我们决不会放过你的。(双手捧住亨利的头)你这双眼睛已经看不见我了，看见什么来着？(轻声地)你长得挺俊。转！(稍停，得意扬扬)你马上要大喊啦，亨利，你马上要大叫啦。我已经看见叫喊声涌上来把你的脖子都胀肿了，现在到嘴边啦。再使点劲。转！(亨利喊叫)哈哈！(稍停)你感到多丢脸哪。转，不停地转。(亨利喊叫)你瞧瞧，就是第一声难哪。现在慢慢地，自然而然地你要开口啦。

亨利　你们只能得到我的喊叫声。

克洛谢　不，亨利，不。你已经没有资格逞英雄了。"来，让我叫吧。"你瞧，你熬不了多久。你的头头在哪儿？放老实点，亨利。要低声下气才行。告诉我们，你的头头在哪儿？怎么，你还等什么？要么叫，要么说。转！转哪！他妈的，把他的手腕拧断！停！他昏死过去了。(拿来一瓶烧酒和一只杯子，慢慢地喂亨利喝)喝吧，可怜的烈士。你觉得好点吗？那么我们再来。把家伙拿来。

朗德里约　不必了。

克洛谢　什么？

〔朗德里约用手摸了摸额头。

朗德里约　把他带到隔壁去。你们到那儿去收拾他。

克洛谢　那边地方太小，施展不开。

朗德里约　我说了算，克洛谢。我已经提醒你两次了。

克洛谢　可是……

朗德里约　你要我赏你嘴上一拳吗？

克洛谢　好，好，把他带走。

〔团丁把亨利松绑后带走，克洛谢随下。

第 四 场

〔贝勒兰,朗德里约。

贝勒兰　你去吗?

朗德里约　不。克洛谢使我讨厌。

贝勒兰　他话太多。(稍停)学医,这浑蛋。我十三岁就离开了中学,我不得不靠自己挣钱过日子。我不走运,没找上个有钱的父母送我上学。

朗德里约　我希望他能开口。

贝勒兰　我发誓,会的,他会开口的。

朗德里约　真叫人受不了,死不开口的家伙。

〔亨利喊叫。朗德里约走到门口,把门带上。隔着门很清楚地又传来亨利的喊叫声。朗德里约走到收音机旁,打开收音机。

贝勒兰　(惊愕)你也受不了啦,朗德里约。

朗德里约　这些惨叫真叫人受不了,神经要结实才行。

贝勒兰　让他喊去吧!这个混账臭知识分子。(尖声的音乐)轻一点。你使我听不清隔壁的声音了。

朗德里约　你上他们那儿去吧。(贝勒兰迟疑一下,退场)一定要让他开口。这是个懦夫,他非是个懦夫不行。

〔音乐声和喊叫声交织在一起。喊声中止,等了一会儿。贝勒兰回来,脸色苍白。

贝勒兰　把音乐关掉。

〔朗德里约关收音机。

朗德里约　怎么样?

贝勒兰　他们打死他,他也不会开口的。

朗德里约　(向门口走去)住手。把他带到这儿来。

第 五 场

〔前场人物,克洛谢,几个团丁,亨利。

贝勒兰　(走向亨利)还没有完。重新戴上。不必害怕。垂下眼睛,我叫你眼睛朝下看。(打亨利)浑蛋!

克洛谢　(走近他们)把手伸出来,我给你戴上手铐。(慢慢地替他戴好手铐)痛吧?嗯?很痛吧?可怜的小伙子。(抚摸亨利的头发)行了,别再逞强了,你已经喊叫了,不管怎么说,你还是喊出声了。明天,你就要开口了。

〔朗德里约打了个手势,团丁们把亨利带走。

第 六 场

〔除亨利和团丁外,前场人物都在。

贝勒兰　混账!

朗德里约　真叫人受不了。

克洛谢　什么?

朗德里约　真叫人受不了,死不开口的家伙。

克洛谢　他还是喊了嘛,他喊出了声……

〔朗德里约耸耸肩膀。

贝勒兰　把姑娘带来。

朗德里约　姑娘……要是她不开口……

贝勒兰　那就……

朗德里约　没什么,(突然暴跳如雷)他们当中必须有一个开口的。

克洛谢　那就把那金黄头发的小子再带来一趟。他到火候了。

朗德里约　黄头发的?

克洛谢　索比埃。他是个胆小鬼。

朗德里约　一个胆小鬼?把他带来。

〔克洛谢下。

第 七 场

〔贝勒兰,朗德里约。

贝勒兰　其实都是些胆小鬼,只是有些人顽固一点罢了。

朗德里约　贝勒兰,如果有人拔你的手指甲,你怎么办?

贝勒兰　英国人不拔手指甲。

朗德里约　要是游击队呢?

贝勒兰　他们也不会拔我们的手指甲。

朗德里约　为什么?

贝勒兰　我们,我们不会遇上这种事。

〔克洛谢推着索比埃上。

克洛谢　让我来审问他。

第 八 场

〔前场人物,克洛谢,索比埃和几个团丁。

克洛谢　把他的手铐摘下来。把他的手臂绑在扶手椅上。好。(向索比埃走去)不错,搞的还是你,你又被绑在椅子上了。

我们都在这儿。你知道为什么我们又叫你下来吗?

索比埃　不知道。

克洛谢　因为你是一个胆小鬼,因为你会招出来。你不是个懦夫吗!

索比埃　是懦夫。

克洛谢　你瞧瞧,你瞧瞧……我从你的眼神里早看出来了。让我们看看你那两只睁得大大的眼睛……

索比埃　赶明儿你被吊死的时候,你的眼睛也会这么大。

克洛谢　别充好汉,你根本不配。

索比埃　全都一样,咱们彼此彼此。你对我有兴趣,俺?其实你严刑拷打的不是我,而是你自己。

克洛谢　(突如其来地)你是犹太人吗?

索比埃　(诧异)我?不是。

克洛谢　我敢说,你是犹太人。(向团丁们作了个手势,团丁们打索比埃)你不是犹太人?

索比埃　行,我是犹太人。

克洛谢　好。现在你听着,先拔手指甲,这样可以给你时间考虑考虑。我们不着急,我们有一夜的时间。你说不说?

索比埃　多么卑鄙!

克洛谢　你说什么?

索比埃　我说,多么卑鄙。你和我,我们都卑鄙。

克洛谢　(向团丁们)把钳子拿来,开始拔。

索比埃　别碰我!别碰我!我说,你们要知道什么我统统说出来。

克洛谢　(向团丁们)还是拔他一下手指甲,让他瞧瞧我们可是真拔。(索比埃呻吟)好,你的头头在哪儿?

索比埃　松开我,我在这张椅子上受不了。我受不了啦,我受不了啦!(朗德里约示意,团丁们给他松绑。他跟跟跄跄站起身走向桌子)给支烟。

朗德里约　等等。

索比埃　你想知道什么?头头在哪儿?我知道,我的伙伴们都不知道,只有我知道。我知道他的秘密。他在……(突然朝他们背后一指)那儿!(大家都转过身去。他突然跳上窗户,蹦到窗台上)我赢了!别走近我,否则我就往下跳。我赢了!我赢了!

克洛谢　别装疯卖傻。只要说出来,我们就放你。

索比埃　你们干等着吧!(大喊)喂,楼上听着,亨利,卡诺里,我没有说。(团丁们向他冲去,他跳楼自尽)晚安!

第 九 场

〔克洛谢,朗德里约,贝勒兰,团丁。

贝勒兰　浑蛋!臭胆小鬼!

〔他们俯身窗口往下望。

朗德里约　(向团丁们)下去看看。如果还活着,再把他带来。我们要趁热打铁,直到他在我们手中完蛋为止。

〔团丁们下,稍停。

克洛谢　我对你们说过把窗关上。

〔朗德里约向他走去,朝他脸中央猛打一拳。

朗德里约　你把这一拳写进小报告里去吧。

〔稍停。克洛谢拿出一块手帕,擦擦嘴。团丁回来。

团丁乙　断气了。

朗德里约　婊子养的!(向着团丁)把姑娘给我带来。(团丁们下)他们会开口的,他妈的!他们会开口的!

——幕落

第 三 幕

〔阁楼。弗朗索瓦、卡诺里、亨利背靠着背席地而坐。他们紧紧围成一个圆圈,低声说着话。若望愁眉苦脸地在他们周围转来转去,不时想介入谈话,但克制住了,继续踱来踱去。

第 一 场

〔弗朗索瓦,亨利,卡诺里,若望。

卡诺里　他们绑我胳膊的时候,我瞧着他们。一个家伙过来打我。我看清楚他了,心想:"我在哪儿见过这个人。"接着,他们劈头盖脑地打我,我却竭力在想这个家伙是谁。

亨利　你指哪一个?

卡诺里　嘴闲不住的那个大高个儿。我在格勒诺布尔见过他。你认识龙格街的糕点商沙泽埃尔吗?他在商店后间卖奶油冰淇淋卷。每星期天早晨,那个家伙手里拎着红线扎的一盒糕点从那里走出来。因为他的嘴脸特别,我便注意了他。我当时以为他是警察局的人。

亨利　你早该把这个情况告诉我。

卡诺里　说他是警察局的人。

亨利　沙泽埃尔卖过奶油冰淇淋卷。他也对你胡扯了吗?
卡诺里　是的。他凑过来脸对脸地悄悄对我说的。
若望　(突然地)他说什么来着?
　　　〔他们向他转过身来,惊讶地瞧着他。
亨利　没什么。瞎扯呢。
若望　现在还瞎扯,我简直不能忍受。
亨利　为什么?这样可以分分心。
若望　啊,是吗?当然,我可感觉不出来。
　　　〔静场。亨利又转向卡诺里。
亨利　你估计他们当老百姓的时候是干什么的?
卡诺里　作纪录的那个胖子大概是牙科医生。
亨利　不错嘛,嗨,我说,幸亏他没有带牙钻。
　　　〔他们笑起来。
若望　(暴躁地)别笑了。(他们停止笑,瞧着若望)我知道,你们可以笑,你们有权笑。再说,我不能再给你们下命令。(稍停)如果你们过去对我说,有朝一日你们会使我惶恐不安的……(稍停)你们怎么能高兴得起来呢?
亨利　自寻快乐呗。
若望　当然,你们只是自身受苦,所以心里踏实。我是结过婚的人,我没对你们说起过。我妻子在临产时死了。当时,我在诊所的大厅里踱来踱去,我知道她快死了。和现在的情形一样,完全一样!我多么想帮助她啊,但我无能为力。我走着,走着;我竖起耳朵听着,想听她的喊叫声。她没有喊。她是好样的,你们也是好样的。
亨利　这不能怪我们。
若望　这也不怪我自己呀!我很想能帮助你们。

卡诺里　你帮不了。

若望　我知道。(稍停)他们已经把她带走两个小时了。他们可没有把你们留这么长时间啊。

亨利　她是个女人嘛。和女人在一块,他们就得玩个够。

若望　(怒不可遏)我一定要打回来。一个星期以后,一个月以后,我一定会再回来。我要叫人把他们全都给骗了。

亨利　你还能憎恨他们,你有运气。

若望　难道这是运气吗?我恨他们主要是为了分心。(他又走了一会儿,突然产生一个念头,他把一只旧火炉拖到天窗底下)

卡诺里　你真烦人。你要干什么?

若望　我想在天黑以前再见他一面。

亨利　谁?

若望　索比埃。

亨利　(无动于衷)哦!

〔若望站在火炉上,从天窗口往下望。

若望　他还在那儿呢。他们会让他在那儿腐烂发臭。你们想上来看看吗?我扶你们上去。

卡诺里　何必呢?

若望　是啊,何必呢?死人,反正你们留给我啦!

弗朗索瓦　我想看看。

亨利　我劝你别看。

弗朗索瓦　(向着若望)帮我一把。(若望帮弗朗索瓦爬上火炉。他扒着天窗往下望)他,他的脑壳摔碎了。(他跳下来,到一个角落里蹲下,浑身发抖)

亨利　(向着若望)你这样不好。

若望　为什么?你们心肠这样硬,我想你们看看尸体还是经受得住的。

亨利　我大概经受得住。但小鬼不行。(向弗朗索瓦)悼词之类，是若望的事。你不必管这个死人。他的生命结束了。谁也不会再谈起他了。而你，你还有一小段路要走。管管你自己吧。

弗朗索瓦　我的脑袋也将粉碎，眼睛也……

亨利　你就用不着管了，反正到那时你也瞧不见你自个儿的模样了。

〔稍停。若望来回踱着，然后笔直站到卡诺里和亨利的面前。

若望　是否需要别人拔掉我的手指甲，我才能重新成为你们的伙伴？

卡诺里　你一直是我们的伙伴。

若望　你明知不是。谁对你们说我会顶不住呢！(向亨利)也许我，我还能忍住不喊呢！

亨利　还有什么说的吗？

若望　请原谅我，我只有沉默的权利。

亨利　若望！过来坐在我们身边。(若望迟疑了一下，坐下)要是你处在我们的地位。你也会像我们一样的。但是我们的心事不一样。(若望突然站起来)你怎么啦？

若望　他们不把她带回来，我就坐不住。

亨利　你瞧瞧，你动个不停，焦躁不安，你真是生气勃勃啊。

若望　整整六个月我都没有对她说过我爱她；夜里我把她搂在怀里，把灯关掉。现在他们把她剥得赤身露体，在她身上乱摸。

亨利　这有什么要紧？重要的是要取胜。

若望　胜什么？

亨利　要取胜。有两个队比赛，一队要别一队招供。(他笑笑)这个比喻有点可笑，但我们只能如此。如果我们招了，那一切都完了。因为我喊叫了，他们得了几分，但总的来讲我们的处境并不坏。

若望　胜了，负了，我才不在乎呢。这只是说着玩玩而已，而她受到羞辱却是真的，她受到折磨是真的。

亨利　那又怎么啦？他们逼我喊出声的时候，我，我也感到羞辱，但这很快就过去了。只要她不说出来，他们的手不会在她身上打下烙印的。你知道，这批家伙是一些可怜虫。

若望　他们是些男人，而她现在在他们的怀里。

亨利　行了，如果你想知道的话，我可以告诉你，我也爱她。

若望　你？

亨利　为什么不呢？晚上，你们双双上楼的时候，我并不怎么好受啊。噢，至于灯光么，我还经常在想，你是不是关灯。

若望　你，你爱她？而你居然能这样无动于衷？

亨利　她的痛苦使我们接近了。你以前给予她的欢乐曾使我们疏远。今天我却比你更接近她。

若望　这不是真的！不是真的！她受刑的时候一定想着我。她只想到我。为了不出卖我她才蒙受痛苦和耻辱。

亨利　不，为了取胜。

若望　你撒谎！（稍停）她说过："等我回来的时候，我眼睛里只会有爱情的光芒。"

〔走廊里响起了脚步声。

亨利　她回来了，你可以从她的眼神里明白一切。

〔门打开。亨利站起身。

第 二 场

〔前场人物,吕茜。
〔若望和亨利默默地看着吕茜。吕茜直挺挺地走过去,连看也不看他们。走到舞台前坐下。稍停。

吕茜　弗朗索瓦!(弗朗索瓦来到她身边,靠着她的双膝坐下)别碰我。把索比埃的大衣给我。(弗朗索瓦拿过大衣)把大衣披在我肩上。(用大衣把自己紧紧裹住)

弗朗索瓦　你冷吗?

吕茜　不冷。(稍停)他们在干什么?他们瞧着我?他们干吗不一起说说话?

若望　(从后面走近她)吕茜!

卡诺里　别打扰她!

若望　吕茜!

吕茜　(温和地)你要干什么?

若望　你答应过我,你的眼睛里只会有爱情的光芒。

吕茜　爱情的光芒?(不胜悲伤地耸耸肩膀)

卡诺里　(站起身)别缠她!你过一会儿再跟她说话。

若望　(粗暴地)别管我。她是我的。你们这些人,你们抛弃了我。我没有什么好说的。但你们别想把她从我手里夺走。(向吕茜)对我说话啊。你和他们不一样,是吗?你不可能跟他们一样。你为什么不回答?难道你怨我吗?

吕茜　我不怨你。

若望　我温柔的吕茜。

吕茜　我再也不会温柔了,若望。

199

若望　你不爱我啦?

吕茜　不知道。(若望向吕茜走近一步)我求求你,别碰我。(费劲地)我想我应该继续爱你,但我已经感觉不到我的爱情了。(疲乏地)我什么也感觉不到了。

卡诺里　(向若望)你过来。(拖着若望,强迫若望坐在自己旁边)

吕茜　(自言自语)这一切都没什么大关系。(向着弗朗索瓦)他们在干什么?

弗朗索瓦　他们坐着,背对着背。

吕茜　好。(稍停)告诉他们我没有招供。

卡诺里　我们知道,吕茜。

吕茜　好。(长时间的静场。走廊里响起脚步声。弗朗索瓦喊着蹿起来)你怎么啦?啊,对,该轮到你啦。不要示弱。要使他们丢脸才行。

〔脚步声渐近,后又渐渐远去。

弗朗索瓦　(趴在吕茜的膝盖上)我再也受不住了!我再也受不住了!

吕茜　看着我!(扶起他的头)瞧你吓成这个样子!你不会说出来的?回答呀!

弗朗索瓦　我说不好。我刚才还有一点儿勇气,但我不该重新看见你。你这个模样,披头散发,衬衣被撕破了。我知道他们都搂过你。

吕茜　(激烈地)他们碰也没有碰到我,谁也没有碰到我。我硬得像块石头。我没有感觉到他们的手摸我。我正面看着他们,心想:"什么事也没有发生。"(充满激情地)确实什么事也没有发生。最后我使他们害怕了。(稍停)弗朗索瓦,要是你招供,这将意味着他们倒是确确实实强奸了我。他们会说:"我们终于制服了他们。"他们会很得意地回想起这些事。他们会说:"我们拿那个姑娘大大开心了一番。"应该让他们丢脸。如果我不想再见他们的话,我马上就吊死在这个天窗的栏杆上。你不会说吧?

〔弗朗索瓦耸耸肩不回答。静场。

亨利　（轻声地）怎么样,若望?谁说的对?她想取胜,这是压倒一切的。

若望　住嘴！你为什么想从我手里夺走她?你心满意足了。你可以高高兴兴,充满自豪地去死。而我只有她,我却还要活下去。

亨利　我什么也不要。不是我从你那儿把她抢走的。

若望　说吧！说吧！继续吧。你有充分的权利,甚至有理由来折磨我,因为你早已付了代价。（他站起身）你们对自己多自信啊！难道只要皮肉受过苦就能问心无愧了?（亨利不答）你真不理解我比你们大家更不幸吗?

弗朗索瓦　（忽地跳起来）得了！得了！得了！

若望　（大嚷）我最不幸！最不幸！

弗朗索瓦　（向若望扑去）你们瞧瞧他啊！你们瞧瞧！我们大伙中最不幸的人。他睡得着,吃得下。他的双手是自由的。他会重见天日,他会活下去。这就算最不幸的人。你还想要什么?让我们怜悯你吗?浑蛋！

若望　（把胳膊交叉放在胸前）很好。

弗朗索瓦　有一点响声我便心惊肉跳,我连口水也咽不下去,我奄奄一息。可是数他最不幸,而我得高高兴兴地去死。（怒不可遏）我把这个幸福还你吧,去你妈的蛋。

吕茜　（突然站起身）弗朗索瓦！

弗朗索瓦　我去告发你！我去告发你！我要让你分享一下我们的欢乐！

若望　（声音低沉而急迫）去吧,你不会理解我多么希望你去告发我啊！

吕茜　（抓住弗朗索瓦的后颈,把他的头扭向自己）瞧着我。你敢招出来？

弗朗索瓦　敢！这就是你们吓人的话,我要告发他,就是要告发他。这再简单不过了。他们向我走过来,我的嘴巴就自动张开了,他的名字脱口而出,而且我这是心口一致的。有什么敢不敢的呀？我看到你们脸色苍白、肌肉抽搐、神色古怪的时候,你们对我的鄙视不再使我害怕了。（稍停）我要救你的命,吕茜；他们会让我们活下去的。

吕茜　这样的活命我不要。

弗朗索瓦　我可要。不管怎么个活法,我都要活。只要活得长久,耻辱会过去的。

卡诺里　他们不会饶恕你的,弗朗索瓦。即使你说了,也不饶你。

弗朗索瓦　（指着若望）至少我能看到他吃苦头。

亨利　（站起来,向吕茜走去）你想他会说出来吗？

吕茜　（转身向着弗朗索瓦,细细打量着他）会的。

亨利　你有把握吗？

〔他们面面相觑。

吕茜　（经过很长时间的犹豫之后）有。

〔亨利向弗朗索瓦走去。卡诺里站起身,来到亨利身旁。他们俩望着弗朗索瓦。

亨利　弗朗索瓦,我不是你的审判官。你还是一个孩子,这一切对你来讲实在太冷酷无情了。要是我在你这个年龄,我想我也会招的。

卡诺里　一切都是我们的过错。我们万不该把你带上,因为有些风险只有成年人才能承担。我们请求你原谅。

弗朗索瓦　(后退几步)这是什么意思?你们想要把我怎么样?

亨利　不能让你招供,弗朗索瓦。你要知道,他们不管怎样最终还是要把你杀掉的,而你这样就死得卑怯。

弗朗索瓦　(吓坏了)好吧,我不说。我告诉你们,我决不说。你们别缠着我了,好吧。

亨利　我们已经不信任你了。他们知道你是我们的薄弱环节。他们一定会对你用尽酷刑,直到你招供了为止。而我们要做的就是不让你开口。

若望　你们以为我会让你们这么干吗?别害怕,小弟。我的双手是自由的,我和你在一起。

吕茜　(挡住若望的去路)关你什么事?

若望　他是你弟弟。

吕茜　弟弟又怎么啦?反正他明天要死的。

若望　这难道是你说的话吗?你叫我害怕。

吕茜　必须使他不开口,用什么手段都行。

弗朗索瓦　你们别……(他们不理睬他)既然我已经向你们发誓不说出来。(他们自然不理)吕茜,救救我,别让他们害我;我决不招供,我向你发誓。吕茜,我决不招。

若望　(站到弗朗索瓦旁边)你们别想碰他。

亨利　若望,伙伴们什么时候到这个村庄来?

若望　星期二。

亨利　他们来多少人?

若望　六十个。

亨利　六十个人对你寄予信任。可是他们星期二会像耗子一样死去。要六十个人还是要他，你选择吧。

若望　你们没有权利叫我作这样的选择。

亨利　你是他们的头头不是？说呀！

〔若望迟疑一下，然后慢慢离去。亨利走近弗朗索瓦。

弗朗索瓦　（瞧着他，然后大喊起来）吕茜，救救我！我不愿意死在这里，我不愿意今夜死。亨利，我才十五岁，让我活吧。不要在黑暗中杀死我。（亨利掐紧弗朗索瓦的喉咙）吕茜！（吕茜把头转过去）我恨你们，全都恨。

吕茜　小弟，我可怜的弟弟，我唯一的亲人，原谅我们吧。（转过身去。稍停）快点。

亨利　我快不了，他们把我的手腕几乎弄碎了。

〔静场。

吕茜　完了吗？

亨利　他死了。

〔吕茜转过身来，把弗朗索瓦的尸体抱在怀里。弗朗索瓦的头搁在她的膝盖上。很长时间的静场之后，若望开始低声说话。下面的对话都是低声进行的。

若望　你们都变成些什么了？为什么你们不和其他人一块儿死？我厌恶你们。

亨利　你以为我就自爱吗？

若望　行了。反正二十四小时之后，你就升天了，而我，我得每天想起这求饶的小鬼，以及你双手掐住他脖子时的嘴脸。（向弗朗索瓦走去，看着他）才十五岁！他在愤怒和恐惧中死去。（又走过来向亨利走去）他从前爱戴你，他靠着你的肩膀睡觉，他对你说过："有你在我就睡得踏实。"（稍停）浑蛋！

亨利　（向着卡诺里和吕茜）你们俩倒是说话啊！别让我一个人承担责任。吕茜！卡诺里！你们是借我的手把他杀死的啊！（没有回音,他转身向着若望）你呢？你居然审判起我来了,你干吗不保护他？

若望　（暴躁地）我能干些什么？你们会让我保护他吗？

亨利　你手上没铐,应该打我啊。（激动地）倘若你打了我……倘若你把我打趴在地上……

若望　手上没铐？可是你们捆住了我的手脚。只要我说一句话,只要我动一动,你们就说："伙伴们怎么办？"你们把我排斥在外,你们主宰着我的生和死,毫不留情。现在别来说我又是你们的同谋了,哪有那么容易。我是你们行为的见证人,如此而已。我证明你们是杀人凶手。（稍停）你掐死他是出于自尊。

亨利　你胡说！

若望　出于自尊！他们使你喊出声了,嗯？你感到耻辱。你想使他们上当以作补偿。你想死得光彩,难道不是吗？你要取胜,你对我们说过。你明明对我们说过你想取胜。

亨利　不对！这不对！吕茜,告诉他,这不对。（吕茜不答,他向她跨了一步）你说啊,你说我是出于自尊才掐死他的吗？

吕茜　我不知道。（稍停,痛苦地）反正不能让他说出来。

亨利　你恨我吗？他是你弟弟,只有你有权谴责我。

吕茜　我不恨你。（亨利凑近吕茜抱在怀里的弗朗索瓦的尸体。她生气地）别碰他。

〔亨利慢慢转过身去,走向卡诺里。

亨利　卡诺里,你没有喊叫。可是你也要他死的啊。难道我们是出于自尊杀死他的吗？

卡诺里　我并不自尊。

亨利　而我有！我确实有。但我是出于自尊杀死他的吗？

卡诺里　你自己应该知道。

亨利　我……不，我搞不清楚了。这一切发生得太快了，现在他已经死了，(突然地)你们不要嫌弃我吧！你们没有权利嫌弃我。刚才我的两只手掐住他脖子时，我觉得是我们大家的手，我觉得我们几个人一起在掐，否则我绝对不会……

卡诺里　他死是应该的。如果他刚才离我近，会由我掐死他的。至于你脑子里想什么……

亨利　怎么？

卡诺里　这无关紧要。在这四壁之间什么都无关紧要。他应该死就是了。

亨利　好吧。(他走近尸体，向着吕茜)别害怕，我不会碰他。(他向尸体俯下身去，久久地望着他，然后直起身子)若望，我们搞第一次行动时，有多少人质被枪杀？(若望不答)十二个。其中有一个小男孩，他叫代斯塔什。你还记得吧，我们在米尼大街上见过布告，沙博内尔要去自首，而你阻止了他。

若望　那又怎么啦？

亨利　你想过为什么要阻止他吗？

若望　情况不一样。

亨利　也许不一样。如果你当时有更明确的动机，那倒不错。你能够问心无愧。不过代斯塔什还是死了。我永远问心有愧，直到他们把我蒙上眼睛推到墙根下枪毙的时候，我还会感到内疚。但是我要良心有什么用？反正孩子死在必然。

若望　要是我就不这样。

亨利　(温和地)因为你置身事外，若望，你既不能理解也不能评论。

〔长时间静场,吕茜开口说话。她抚摸着弗朗索瓦的头发,但并不看他。自这场开始,她第一次大声说话。

吕茜　你死了,我的眼泪已经哭干。原谅我,我没有眼泪了,死不再是什么了不起的事。外边有三百人,他们倒在草丛中。明天我自己也将凉了,赤身露体,甚至无人用手来抚摸我的头发。没什么可遗憾的。你瞧,生命也算不了什么。永别了。你已经尽了你的力量。你之所以半途而止,这是因为你的力量还不够。谁也没有权利责备你。

若望　谁也不能怪他。(长时间静场。他走过来坐在吕茜身旁)吕茜!(她作了个手势让他走开)别赶我啊,我很想帮助你。

吕茜　(诧异)帮助我干什么?我不需要帮助。

若望　你需要。我认为你需要帮助,我怕你经受不住。

吕茜　我可以一直坚持到明天晚上。

若望　你太紧张了,你会坚持不住的。你会突然失去勇气的。

吕茜　你为什么替我担心?(看着他)你现在痛苦。好,我对你说些使你安心的话,然后你就走吧。小弟死后,一切都变得非常简单,我只要照管我自己就行了。你知道,我不需要勇气就能死。反正你很清楚,我不会比他多活多久。现在,你走吧。等会儿他们来提我的时候我会向你告别的。

若望　让我待在你身边吧。你要我不说话,我就不说。可是我待在这儿,你就不觉得孤独了。

吕茜　和你在一起就不孤独了吗?啊,若望,你难道不明白我的意思吗?我们之间已经没有共同的东西了。

若望　难道你忘了我爱你吗?

吕茜　你爱的是另一个女人。

若望　那是你啊!

吕茜　我已经不是你爱的那个女人了。我自己也认不出自己了。我脑子里好像有什么东西被卡住。

若望　也许是。也许你变成另一个女人了。如果是这样,我爱的就是这个女人。明天,我就爱这个死去的你。我所爱的是你啊,吕茜,是你。幸福的吕茜我爱,不幸的吕茜我也爱;活着的吕茜我爱,死去的吕茜我也爱。反正我爱的是你。

吕茜　好吧,你爱我,那又能怎么样呢?

若望　你也爱过我。

吕茜　是的。我也爱过我的弟弟,而我却听任人家把他杀了。我们的爱情已是遥远的过去了,还跟我提它作甚?爱情实在太无关紧要了。

若望　你撒谎。你明明知道你在撒谎。爱情过去一直是我们的生命,不折不扣是我们俩的生命。我们所经历的一切都是我们俩一起度过的。

吕茜　是的,是我们的生命。是我们的前途。我生活在期待之中;在期待中我爱过你。我总盼着战争结束,盼着有朝一日我们能在大伙面前举行婚礼,我每天傍晚都在等待着你。可现在我没有什么前程了,我只有等死,而我将一个人死去。(稍停)走开吧。我们没有什么好说的了;我并不痛苦,我不需要安慰。

若望　你以为我想安慰你吗?我看到你这双干枯的眼睛,我知道你的心像地狱一样,没有一丝痛苦的痕迹,甚至没有一滴眼泪。一切都到了白热化的程度。由于感觉不到痛苦,你该是多么痛苦呀。啊!我多少次想到严刑拷打,我预先什么都感受到了,但我想象不到拷打居然能使自尊心变成这般可怕的痛苦。吕茜,我真想让你对自己有点怜悯心。如果你能放松一下这个紧箍的头,如果你能把头靠在我的肩上,那该多好啊。回答我啊!瞧瞧我啊!

吕茜　别碰我。

若望　吕茜,你这是徒劳的。我们连在一起不能分离。他们对你所做的一切,都是我们俩的。你感觉不到的痛苦,我感觉到了。这种痛苦在等待着你。如果你投入我的怀抱,这就会变成我们俩的痛苦。我亲爱的,相信我吧。我们还可以说我们俩。我们将是一对伴侣,我们将共同承受一切,甚至你的死亡。如果你还能有一滴眼泪……

吕茜　(暴躁地)一滴眼泪?我只希望他们再来提我,他们拷打我,这样我便能死不开口,让我来嘲弄他们,使他们害怕。这儿的一切都没意思:等待、你的爱情、这压在我膝上的沉重的脑袋。我愿痛苦吞噬了我,我要化为灰烬。我要死不开口,盯住他们戒备的目光。

若望　(垂头丧气)自尊心已经湮没了你整个身心。

吕茜　这难道是我的不是吗?他们所打击的就是我的自尊心。我恨他们,他们控制着我,其实我也控制着他们。我感到离他们比离你更近。(笑了笑)你要我说:我们!你的手腕像亨利的手腕那样骨碎筋折吗?你的双腿上有卡诺里腿上的斑斑伤痕吗?算了,真是一场喜剧。你什么也没有受到,可你什么都想象得出来。

若望　骨碎筋折的手腕……好啊!如果我只要成了这个样子就能和你们一起的话,那我很快就能办到。

〔他在自己周围寻找什么,发现一只沉甸甸的炉算,急忙拿了过来。吕茜哈哈大笑。

吕茜　你干什么?

若望　（把左手摊在地板上,右手拿着炉算朝左手砸去）我听够了你们宣扬你们的痛苦,好像这些痛苦是你们的功劳似的。我老是用可怜虫般的眼光瞧着你们,我受够了。他们对你们施加的刑罚我也能受到,这是每个人都能办到的。

吕茜　（笑着）晚了,晚了。你可以砸碎自己的骨头,你可以挖掉自己的眼睛。但这是你,是你自己决定要受痛苦的。而我们受的每个痛苦都是别人强加的。那是别人使我们蒙受的。你赶不上我们。

　　　　〔稍停。若望扔下炉算,望着吕茜,接着站起身。

若望　你说的对。我不可能赶上你们了。你们是生死与共的,而我是孤单一人。我不再动弹了,也不跟你们讲话了。我躲到阴暗的角落里去,你们忘记我的存在吧。我想,这是我在这段历史中要承受的命运。我应该接受我的命运,正如你们接受你们的命运一样。（稍停）刚才我有个想法:皮埃尔在塞瓦兹我们藏过武器的那个山洞附近被打死了。如果他们放了我,我就去找他的尸体,我放几份文件在他的口袋里,然后把他拖到山洞里。你们计算一下时间,在我走后四小时,等他们再提审的时候,你们就告诉他们这个山洞。他们会找到死去的皮埃尔,一定以为就是我。我想,这样他们就不会再折磨你们,会很快结果你们的。就这样吧,永别了。

　　　　〔他走向屋子深处。长时间的静场。走廊里响起了脚步声。一个团丁手提一盏灯进屋,用灯在屋子四周照了一圈。

团丁　（瞥见弗朗索瓦）他怎么了?

吕茜　他睡着了。

团丁　（向着若望）你来,你!你有消息了。

〔若望迟疑了一下,带着绝望的神情看了看每个人,随团丁下。门又关上。

第 三 场

〔卡诺里、亨利、吕茜。

吕茜　他脱身了,是吗?

卡诺里　我想是的。

吕茜　很好,又少了一桩心事。他将会合志同道合的人,一切会很顺利。你们上我这边来。(亨利和卡诺里走近)再过来一点,现在就剩我们,没外人了。怎么站着不过来?(望着他们,明白了)哎!(稍停)他早晚要死的,你们很清楚,他早晚要死的。是楼下那帮人借我们的手杀死了他。过来,我是他的姐姐,我对你们说,你们是无罪的。把你们的手放在他身上。他一死,便是我们的人了。瞧瞧他的神态多严厉啊。他的嘴巴封住了一个秘密。摸摸他吧。

亨利　(抚摸弗朗索瓦的头发)我的小弟!我可怜的小弟弟!

吕茜　他们逼你喊出声,亨利,我听到你喊了,你大概感到耻辱吧。

亨利　是的。

吕茜　我像你自己一样,强烈地感到你的耻辱,这也是我的耻辱。我对若望说我孤单,我对他撒了谎。和你们在一起,我不感到孤单。(向卡诺里)你没有喊叫,你,多遗憾!

卡诺里　我也感到耻辱。

吕茜　喔!为什么?

卡诺里　亨利喊叫的时候,我感到耻辱。

吕茜　好。你们俩靠紧我。我感觉出了你们的胳膊,你们的肩膀。

这孩子的头沉沉地压在我的膝上。这样很好。明天我还是不开口。啊！我一定死不开口,为了弟弟,为了我,为了索比埃,为了你们。我们团结得像一个人。

——**幕落**

第 四 幕

〔幕启前,一个令人厌恶且庸俗不堪的声音唱道:"倘使所有戴绿帽子的男子都戴上小铃铛。"幕拉开,一间教室。时间是翌日早晨。贝勒兰坐在一条板凳上喝酒,看上去醉醺醺的。克洛谢靠窗口站着,打着哈欠。朗德里约不时发出笑声。

第 一 场

〔贝勒兰,朗德里约,克洛谢。

贝勒兰　你笑什么?

朗德里约　(把手攥成喇叭形贴在耳边)你说什么?

贝勒兰　我问你为什么发笑。

朗德里约　(指着唱机,大声嚷)因为这个。

贝勒兰　唵?

朗德里约　是的,我觉得这个想法很滑稽。

贝勒兰　什么想法?

朗德里约　把小铃铛系在当王八的男人身上。

贝勒兰　啊,他妈的!我啥也听不清。(朝收音机走去)

朗德里约　(大嚷)别关。(贝勒兰转动旋钮。静场)你瞧,你瞧。

贝勒兰　（愣住）瞧什么？

朗德里约　冷啊。

贝勒兰　七月天你还冷？

朗德里约　我对你说天气冷，你啥也不懂。

贝勒兰　你刚才对我说什么来着？

朗德里约　啊？

贝勒兰　什么王八男人。

朗德里约　谁对你说什么王八男人来着？你才戴绿帽子哪。（稍停）我要听听新闻。（站起身，朝收音机走去）

克洛谢　没有新闻。

朗德里约　不播新闻了？

克洛谢　还不到时候。

朗德里约　我倒要看看。（抓住旋钮，音乐声，杂音）

贝勒兰　你把我们的耳朵都吵聋了。

朗德里约　（冲着收音机）浑蛋！（稍停）我才不管哪，我要听BBC电台，波长多少？

贝勒兰　二十一米。

〔朗德里约转动旋钮：捷克语讲话。朗德里约笑起来。

朗德里约　（笑着）这是捷克话，你听听；这年月一个捷克人在伦敦发表讲话。世界可真大啊。（摇晃收音机）你就不能讲点法语？（关上收音机）给我来点喝的。（贝勒兰给他倒一杯酒。朗德里约向他走去，喝酒）我们在这里干吗？

贝勒兰　管它这里那里的……

朗德里约　我真想去打仗……

贝勒兰　嗨！

朗德里约　真的，我想去打仗。（抓住贝勒兰胳膊上的衣服）你别来说我怕死。

贝勒兰　我什么也没说啊。

朗德里约　死,是怎么回事？唵？怎么回事？说穿了,人总要死的,明天,后天,或三个月之后。

克洛谢　(生气地)不对,说的不对！英国人一定会被赶回海里。

朗德里约　赶回海里？英国人可跟在你的屁股后边不放。就连这座村子里都会噼噼啪啪大打一场。朝教堂"嘭"一下,朝镇公所"嘭"一下。克洛谢,到那时你怎么办？你躲进地窖里去！哈！哈！进地窖去！那才有意思哩！(向贝勒兰)人一旦死了……我扯到哪里去了。嘿,上面那些小坏蛋,把他们全部毙了,怎么样？这与我毫不相干。人早晚总有一死。我就是这么想的。今天轮到他们死,明天轮到我。这是注定了的,不是吗？我严守时刻,我。(喝酒)我们都是些畜生。(向克洛谢)你为什么打哈欠？

克洛谢　我感到无聊。

朗德里约　那你喝酒好了。你看我无聊吗？你就爱监视我们。你在肚子里打你的小报告。(倒了一杯酒,递给克洛谢)喝,来,喝！

克洛谢　我不能喝,我肝不好。

朗德里约　你把这杯喝下去,否则我就泼你一脸。(稍停,克洛谢伸手拿起杯子,喝酒)哈！哈！畜生,统统都是畜生。就这样,好极了。(他们听见脚步声,有人在阁楼上走动。他们三人一齐抬起眼睛向上望。他们默默地听着,然后朗德里约突然转身向门口跑去,打开门,叫唤)科比埃！科比埃！(一团丁出现)去叫他们安静点。揍他们一顿。(团丁下,朗德里约关上门,回到其他两个人中间来,三个人仰着脑袋倾听。静场）又得看他们的嘴脸，这日子过得真窝囊。

贝勒兰　你们提审他们时还需要我吗？

朗德里约　怎么啦？

贝勒兰　我想，他们的头头兴许躲在林子里，我带上二十人，去搜捕一趟。

朗德里约　（望着他）嗨？（稍停，仍旧听见上面走动声）你留在这儿。

贝勒兰　好吧。（耸耸肩）不过我们会浪费时间。

朗德里约　这有可能。我们一起浪费时间好啦！

〔他们情不自禁地看着天花板，仰着头，进行下面一段对话，直至上面的声音消失为止。

克洛谢　现在该把那个小年轻弄下来了。

朗德里约　小年轻，我不把他放在眼里，我要让男子汉开口。

贝勒兰　他们不会讲的。

朗德里约　我对你说，他们一定会开口的。他们是些畜生，问题是要会对付他们。嘿！我们揍得还不够厉害。（顶楼上一阵推推搡搡的嘈杂声，接着一片寂静。朗德里约满意地）你看怎么样？他们安静下来了吧。什么也顶不上强硬手段。

〔显而易见，他们松了一口气。

克洛谢　你还是应该从小孩开始。

朗德里约　好吧。（他朝门口走去）科比埃！（没有回答声）科比埃！（走廊里响起急促的脚步声，科比埃出现）把小孩给我带来。

科比埃　小孩？他们把他掐死了。

朗德里约　什么？

科比埃　昨天夜里他们把他掐死了。我看到他的时候他的头靠在他姐姐的膝盖上,她说他睡着了,其实他已经冰凉了。脖子上有手指的痕迹。

朗德里约　啊?(稍停)那谁在上面走动?

科比埃　希腊人。

朗德里约　好。你可以走了。

〔科比埃退场。静场。克洛谢情不自禁地抬头望天花板。

贝勒兰　(大发雷霆)马上打十二发子弹把他们毙了。别再见他们了!

朗德里约　住嘴!(他走向收音机,把它打开。慢步圆舞曲。然后他回到讲台,自斟自饮。他放下酒杯时,看见了贝当的肖像)你瞧见了吧,你瞧见了吧,你推脱不管。你献身了,你把自己献给了法国。但这些芝麻大的事,你却不管。你已名垂青史,而我们却陷在狗屎堆里。什么东西!(把酒杯朝贝当像扔去)

克洛谢　朗德里约!

朗德里约　你的报告把这也写上。(稍停。他努力克制自己。转身向着贝勒兰)请他们吃十二发子弹,那太便宜他们了。这正是他们所希望的,明白吗?

贝勒兰　如果这是他们所希望的,那算他们运气。结束了吧,别再见他们了。

朗德里约　我不愿意让他们不招供就完蛋。

贝勒兰　他们不再有什么值得我们要的东西了。他们在这儿已经二十四小时了,那头头早就逃之夭夭了。

朗德里约　我才不管他们的头头哩,我要他们开口。

贝勒兰　但如果他们不开口呢?

朗德里约　你不必发愁。

贝勒兰　退一步说,如果他们不开口呢?怎么办?

朗德里约　(大嚷)我对你说不必发愁。

贝勒兰　好吧,那你提他们来吧。

朗德里约　我自然要提他们。

〔他不动弹,克洛谢笑起来。

克洛谢　如果这是些视死如归的人呢?唵?

〔朗德里约突然往门口走去。

朗德里约　把他们带来。

科比埃　(上场)三个全带来?

朗德里约　对!三个全带来。

〔科比埃退场。

贝勒兰　那个姑娘,你应该把她留在上头。

〔从他们头顶的楼上传来脚步声。

朗德里约　他们下来了。(向收音机走去,把它关了)如果他们把头头交出来,我便饶他们活命。

克洛谢　朗德里约,你疯了!

朗德里约　住嘴!

克洛谢　他们罪该万死。

朗德里约　我才不管他们该不该呢。我要他们屈服。他们别给我来殉教徒的那一套。

贝勒兰　我……听我说,免他们一死我可受不了。如果我想到他们会活下去,他们可能比我们后死。他们头脑里会一辈子记住我们的模样……

朗德里约　你没有必要为此发愁。要是他们为了活命而开口招供,那他们就不会再回忆起这段经历了。他们来啦!

〔贝勒兰突然站起身,把酒瓶和酒杯统统藏在椅子底下。他们三个人一动不动地站着等候。

第 二 场

〔前场人物,吕茜、亨利、卡诺里和三个团丁。
〔双方默默对视。
朗德里约　和你们在一起的男孩子,你们把他怎么了?
〔吕茜等人不回答。
贝勒兰　一群杀人犯!
朗德里约　你别说话。(向着他们)他想招供,是不是?而你们不让他招。
吕茜　(激昂地)不对。他根本不想招供,谁也不想招。
亨利　他太年轻。犯不着让他受折磨。
朗德里约　你们当中是谁掐死他的?
卡诺里　我们是集体决定的,因此我们共同承担责任。
朗德里约　好。(稍停)如果你们提供我们问你们的情况,你们就可以活命。
克洛谢　朗德里约!
朗德里约　我对你们讲过,不要插嘴。(向他们)你们接受吗?(稍停)怎么样?行还是不行?(吕茜等人沉默不语。朗德里约样子狼狈)你们拒绝吗?你们为了救一条命要献出三条命,多么荒唐!(稍停)我让你们活命!活命!活命!你们是聋子吗?
〔静场。然后,吕茜向朗德里约等人走去。
吕茜　胜利了,我们胜利了!这个时刻使我们失去的许多东西得到了报偿。昨天夜里我想忘记的一切,现在我骄傲地让它再现在眼前。他们剥下我的衣服。(指克洛谢)这个家伙按着我的双腿。(指朗德里约)这个家伙抓住我的双臂。(指贝勒兰)而这个家伙强奸了我。我现在能说了,我可以大声喊:"你们强奸了我,你们不要脸。"我已经雪耻了。你们的大小钳子在哪儿?你们的鞭子在哪儿?今天早上你们乞求我们活下去。我们的回答是:"不,不。"你们必须干完才能了事。

贝勒兰　够了!够了!重重地打!

朗德里约　行了,贝勒兰。我当你们的头也许当不长久,但只要由我当一天头,就不许你们顶撞我的命令。把他们带走。

克洛谢　难道不稍稍收拾他们一下?反正对他们说什么也是白费口舌,白费口舌,耳边风而已。(指着亨利)这个家伙昨天来的时候还神气活现,结果我们照样让他像娘儿们那样哇哇叫。

亨利　今天你们再试试,看我叫不叫。

朗德里约　如果你还有劲,你就收拾他们吧。

克洛谢　噢,我啊,你知道,即使他们是视死如归的人,也不会使我为难。我喜欢干这一行。(指着团丁们)把他们带到老虎凳那边去。

卡诺里　等一等。如果我们接受,怎么能够证明你们能让我们活命?

朗德里约　我说话算话。

卡诺里　好,总得将就着点,不活就得死,只能挑一样。那你们以后把我们怎么处置?

朗德里约　我把你们交给德国当局。

卡诺里　由德国当局枪毙我们。

朗德里约　不,我向他们说明你们的情况。

卡诺里　好。(稍停)如果我的同志们允许的话,我准备说了。
亨利　卡诺里!
卡诺里　我能单独跟他们谈谈吗?我认为我可以说服他们。
朗德里约　(仔细打量着卡诺里)为什么你要招呢?你怕死?
　　〔长时间的静场,卡诺里低下头。
卡诺里　是的。
吕茜　怕死鬼。
朗德里约　好。(向着团丁们)你,你站到岗口去;你,你把着门。你们其他人跟我来。你有一刻钟的时间可以做他们的工作。
　　〔朗德里约、贝勒兰和克洛谢从尽里头那道门退场。

第 三 场

　　〔卡诺里,吕茜,亨利。
　　〔在这一场的整个前半场,吕茜一直保持沉默,好像对争论不感兴趣。
卡诺里　(一直走到窗口,然后回来,走到他们跟前,声音急促而低沉)太阳看不见了,快下雨了。你们都疯了?你们这么看着我,好像我真要出卖我们的头头似的。我只是想按若望给我们出的主意,把他们打发到塞瓦兹山洞里去。(稍停。他微笑)他们伤了一点我们的筋骨,但我们还是完全顶用的啊。(稍停)行了,应该开口,我们没有必要浪费三条命。(稍停,温和地)你们干吗非要死呢?这样死有什么用处?你们回答呀!死有什么用?
亨利　没什么用。
卡诺里　那为什么?

亨利　我活腻了。

卡诺里　我比你更不想活。我比你大十五岁,他们折磨我更厉害。他们留下我这条命没有什么值得羡慕的。

亨利　(温和地)你难道就这么怕死吗?

卡诺里　我不怕死。刚才我骗他们来着,我不怕死。但我们没有权利作无谓的牺牲啊。

亨利　啊!为什么不?为什么不?他们打断了我的手腕,他们剥了我的皮,难道我没有付出代价吗?我们取胜了。为什么当我心甘情愿一死了之的时候,你要我再活下去?

卡诺里　有些伙伴需要帮助。

亨利　哪些伙伴?在哪儿?

卡诺里　到处都有。

亨利　瞧你说的。即使他们饶了我们的命,也会送我们到盐矿上去的。

卡诺里　那我们就逃跑。

亨利　你,你能逃得了?你已经是半死不活的人了。

卡诺里　我逃跑不了,还有你哪。

亨利　希望渺茫。

卡诺里　那也值得冒一下风险。即使逃跑不了,盐场上还有别的人:生病的老人,坚持不住的妇女,他们都需要我们。

亨利　听我说,我看到小弟脸色煞白地躺在地上,心想:"行了,事已至此,我毫不后悔。"当时,我在盘算着我一定会在黎明时死去。只是抱着这样的想法,我才动手的。倘若我没有想到六小时之后我们也是一抔黄土的话……(大嚷)不,我不愿意在他死后活着,我不愿意比这孩子多活三十年。卡诺里,死是非常容易的事。我们甚至来不及看他们的枪筒就完事了。

卡诺里　我们没有权利作无谓的牺牲。

亨利　要是有人打你,直打得你没有一块好骨头,这样活着难道还有意思吗?天这么黑。(从窗口往外望去)你说的对,快下雨了。

卡诺里　天空乌云密布,马上会有一场倾盆大雨。

亨利　(突然间)那是出于自尊。

卡诺里　什么?

亨利　小弟。我想我杀死他确实出于自尊。

卡诺里　讲这话有什么用,反正他必须死。

亨利　这个疑问就如同犯人脚镣上拖的铁球一样,我得带着他。我一生中每时每刻都要责问自己。(稍停)不能,我不能活下去。

卡诺里　你真婆婆妈妈!你和别人一起有许多事情可做。你会忘掉的……你考虑你自己太多了,亨利。你想挽救你的一生吗?……好!那就应该干,这样我们就能自救。(稍停)听我说,亨利。如果你今天死了,人家就给你作个结论:你是出于自尊杀死了小弟,这就盖棺论定了。但如果你活下去……

亨利　会怎么样呢?

卡诺里　那就不会定案了。人家根据你的整个一生来判断你的每一个行为。(稍停)如果你在还能工作的时候听任别人杀死你,那没有比你的死更为荒谬的了。(稍停)我叫他们不?

亨利　(指着吕茜)由她决定。

卡诺里　你听见了吗,吕茜?

吕茜　决定什么?喔,是的,一切早已定了:告诉他们我们决不招供,让他们快点下手。

卡诺里　吕茜,那么伙伴们呢?

吕茜　我没有什么伙伴了。(她向团丁们走去)去叫他们来,我决定不招供。

卡诺里　(跟在她后面,向着团丁们)等一等,还有五分钟。(他把她引到舞台前)

吕茜　五分钟,是的。你盼什么?五分钟内说服我?

卡诺里　是的。

吕茜　多么纯洁的心啊!你满可以活下去,你心安理得,他们折腾了你一下,仅此而已。而我,他们玷污了我。我全身没有一块地方不使我恶心。(向亨利)你,你装腔作势,因为你掐死了一个孩子。你忘了这个孩子正是我的弟弟吗?而我什么也没有说,是吗?我承担一切罪孽;叫他们把我连同一切罪孽都消灭掉算了。你们走吧,既然你们能够容忍你们自己,那就去活着吧。而我,我恨我自己。但愿我死后人间的一切就像我从未存在过似的。

亨利　吕茜,我决不离开你。你怎么决定,我听你的。

〔稍停。

卡诺里　不管你们愿意不愿意,我还是要拯救你们。

吕茜　你要招供?

卡诺里　该这么做。

吕茜　(愤慨地)我就对他们说你胡说。你完全是在瞎编。(稍停)如果我早知道你要招供,你以为我会让你们碰我弟弟吗?

卡诺里　你弟弟要出卖我们的头头,而我要给他们设一个迷魂阵。

吕茜　这是一码事。他们眼睛中胜利的神情是一样的。

卡诺里　吕茜,你也是出于自尊才让我们弄死弗朗索瓦的喽?

吕茜　你白费口舌,你永远不能使我受良心的责备。

团丁乙　还有两分钟。

卡诺里　亨利！

亨利　我听她的决定。

卡诺里　(向吕茜)你为什么要想着这帮子人？六个月以后,他们将统统龟缩在地窖里不敢露面,从气窗往里扔进一颗手榴弹,就能使我们这段历史永远结束。剩下的问题才是重要的。世界以及你在这个世界上的所作所为,咱们的伙伴们以及你为他们所做的一切。

吕茜　我已经冷漠无情了。我感到孤单。我只能想到我自己。

卡诺里　(温和地)难道在这人世间你真的一无留恋吗？

吕茜　什么也没有。一切都败坏了。

卡诺里　那么……

〔他做了一个无可奈何的手势,向团丁们跨出一步。下雨了,开始是稀稀拉拉的淅沥小雨,后来是急促密集的滂沱大雨。

吕茜　(急切地)怎么啦？(低声而缓慢地)下雨了。(一直走到窗口,看下雨。稍停)我三个月没有听见雨声了。(稍停)我的天哪,在这段日子里,一直晴天,叫人难受。我已记不起来了,我还以为要永远生活在阳光下。雨下得多大啊！一会儿就能闻到泥土的湿味了。(她的双唇颤抖起来)我不愿意……我不愿意……

〔亨利和卡诺里来到她的身旁。

亨利　吕茜！

吕茜　我不愿意哭,否则我会变成一头畜生的。(亨利搂住她)放开我！(大喊)我愿活着,我愿活着！(伏在亨利的肩头抽噎)

团丁甲　(走上前来)怎么样,到时间了。

卡诺里　(看了吕茜一眼后,向着团丁)去告诉你的头头们,说我们愿招。

〔团丁下。稍停。

吕茜　（镇静过来）真的吗？我们能活下去？我可是已经置身在另一个世界里了……你们看看我，对我笑笑。我已经很久没有看见微笑了……我们这样做对吗，卡诺里？我们做得对吗？

卡诺里　我们做得对。应该活下去。（向一个团丁走去）去告诉你的头头们，说我们愿招。

〔团丁下。

第 四 场

〔除上场原有人物外，加上朗德里约、贝勒兰、克洛谢。

朗德里约　考虑得怎么样啦？

卡诺里　去格勒诺布尔的公路上，在四十二号界石处，你们走右首的小路。进林子五十米以后，你们看得见一个小树丛，矮林后面有一个山洞。我们的头头就藏在里面，还有武器。

朗德里约　（向着团丁们）带十个人，马上出发。尽量抓活的来。把俘虏们重新押到上面去。

〔团丁们把俘虏们押出去。克洛谢迟疑片刻，悄悄随他们退场。

第 五 场

〔朗德里约、贝勒兰，后加克洛谢。

贝勒兰　你认为他们讲的是真话吗？

朗德里约　当然是真的。这是些畜生。（坐在讲台上）怎么样，我们到底还是制服了他们。你看见他们走出去时的神态了吧？他们没有进来的时候那样傲气了。（克洛谢进来。朗德里约和颜悦色）怎么样，克洛谢，我们制服他们了吧。

克洛谢　（漫不经心地搓着双手）是啊，是啊，我们制服了他们。

贝勒兰　（向着朗德里约）你让他们活命吗？

朗德里约　哦！不管怎么样，现在……（窗下响起一排枪声）怎么回事？（克洛谢用手捂起脸，不好意思地笑）克洛谢，你没有……？

〔克洛谢笑着示意，没有执行命令。

克洛谢　我想这样更人道一点。

朗德里约　浑蛋！

〔又响起一排枪声，朗德里约跑向窗口。

贝勒兰　算了吧！一二不过三。

朗德里约　我不允许……

贝勒兰　这样也好，在活着的人面前，我们脸上就光彩了。

克洛谢　过一会儿，谁也想不起这一切了。除了我们以外，谁也不知道。

〔响起第三排枪声。朗德里约直挺挺坐下。

朗德里约　哎唷！

〔克洛谢向收音机走去。转动旋钮。音乐。

——幕落

独幕剧

恭顺的妓女

(一九四六年)

罗大冈 译

人　物

丽瑟
黑人
弗莱特
约翰
吉姆士
参议员
男甲
男乙
男丙

第 一 景

〔美国南方某城市的一个房间。白墙。一张没有靠背的大沙发。右边是窗,左边是一扇门(通浴室)。台底一小前厅,通向门口。

第 一 场

〔丽瑟,黑人(稍后上)。

〔开幕前,台上有暴风雨般的嗡嗡声。丽瑟独自一人,身穿衬衣,使用电气吸尘机扫地。有人按门铃。她犹豫了一下,望了一下浴室的门。铃声又响。她关了吸尘机,去把浴室的门打开一半。

丽瑟　(轻声说)有人按铃,你别出来。(去开门。一个黑人在门口出现。一个白头发、又胖又高的黑人,笔挺地站着)怎么回事?你想必找错地方了!(稍停)你到底要干什么?说话呀!

黑人　(恳求)求求您,太太,求求您。

丽瑟　求什么呀?(仔细打量他)噢……那天在火车上的就是你吧?你到底没有让他们抓住?你怎么会找到我的住址的?

黑人　我想办法找到的,太太。我到处找啊。(做企图入门状)求求您!

丽瑟　别进来,我这儿有人。你到底要干什么?

黑人　求求您。

丽瑟　到底什么事?什么事呀?你要钱吗?

黑人　不,太太。(稍停)求求您,对他说,我什么都没有干。

丽瑟　对谁说呀?

黑人　对法官说。太太,请您就对他这样说吧。求求您,对他这样说吧。

丽瑟　我呀,我什么也不说。

黑人　求求您。

丽瑟　我什么都不说。我自己的麻烦事已经够多的了,我不愿再管别人的麻烦事了,你走吧。

黑人　您知道我什么都没有干,难道我干了什么事吗?

丽瑟　你是什么都没干。我可不去见法官。法官跟警察全都一样,我看见他们就恶心。

黑人　我家里有老婆孩子,我在外边转了一整夜圈子不敢回家,我实在吃不消了。

丽瑟　你就离开这个城吧。

黑人　各处车站上都有人监视。

丽瑟　谁在监视?

黑人　白人。

丽瑟　什么样的白人?

黑人　所有的白人。您今天还没有出门么?

丽瑟　没有。

黑人　街上人很多,老老少少。互不相识的人也聚在一块儿。

丽瑟　这是怎么回事?

黑人　这就是说,我只好在城里转圈子,一直转到他们把我捉住为止。每逢不相识的白人在一起交头接耳,必定有一个黑人要没命了。(稍停)请您去说我什么都没干,太太。对法官这样说;对记者这样说。他们也许会登出来的。这样说吧,太太,这样说吧,这样说吧。

丽瑟　你别嚷。我这儿有人。(稍停)至于报纸,你别打那个主意。现在不是我出头露面的时候。(稍停)但如果他们逼我去作证人,我答应你对他们说实话好了。

黑人　您对他们说我什么都没干么?

丽瑟　我就这样去说。

黑人　您可以对我起誓么,太太?

丽瑟　可以,可以。

黑人　对着上帝起誓,上帝的眼睛在看着我们。

丽瑟　啊!你给我滚吧!我已答应你,你该知足了。(稍停)滚吧!快滚呀!

黑人　(突然地)求求您,把我藏起来。

丽瑟　把您藏起来?

黑人　您不愿意吗,太太?您不愿意吗?

丽瑟　我?把您藏起来?去吧!(砰然把门关上,把黑人关在门外)别找麻烦。(转向浴室)你可以出来了。

〔弗莱特上,身穿衬衣,没有戴假领,也没打领带。

第 二 场

〔丽瑟,弗莱特。

弗莱特　刚才是怎么回事?

丽瑟　没有什么。

弗莱特　我以为是警察来了。

丽瑟　警察?你跟警察有什么来往吗?

弗莱特　我倒没有什么。我以为是来找你的。

丽瑟　(恼怒)为什么?我从来没有拿过别人一分钱!

弗莱特　警察从来没有找过你麻烦么?

丽瑟　反正,没说我偷过东西。(忙着摆弄电气吸尘机,暴风雨般的声音又响起来)

弗莱特　(被声音弄得很烦躁)咳!

丽瑟　(高声喊,想让对方听见)怎么了,亲爱的?

弗莱特　(高声喊)你把我耳朵震聋了。

丽瑟　(高声喊)马上就完。(稍停)我就是这样一个人。

弗莱特　(高声喊)什么?

丽瑟　(高声喊)我对你说我就是这个样子。

弗莱特　(高声喊)什么样子?

丽瑟　(高声喊)就是这样子。第二天早晨起来,我非洗澡不可,并且要用吸尘机扫地。(放下吸尘机)

弗莱特　(指着床)你顺手把床毯铺上吧。

丽瑟　什么?

弗莱特　床。我跟你说把床铺好,这样敞着,有那么一股罪过的味儿。

丽瑟　罪过?哪儿来的词儿?你是牧师吗?

弗莱特　不是。为什么问我是不是牧师?

丽瑟　你说话跟《圣经》一样。(注视他)不,你不是牧师,你打扮得太讲究了。让我瞧瞧你的那些戒指。(羡慕地)啊!告诉我,你很有钱吧?

弗莱特　是的。

丽瑟　大财主吗?

弗莱特　大财主。

丽瑟　那再好不过了。(用双臂围绕他的头颈,把嘴唇向他伸去)我觉得一个男子还是有钱的好,这样使人对他信任。

〔弗莱特犹豫着,没吻她,接着转过脸去。

弗莱特　收拾床吧。

丽瑟　好,好,好!我就收拾。(把床铺好,自己发笑)"有一股罪过的味儿。"要不然我还感觉不出来呢。亲爱的,你说吧,这罪过是你干的呀。(弗莱特作否认状)当然,这也是我的罪过。但是我良心上已有那样多的罪过……(坐在床沿强拉弗莱特坐在她身旁)来,坐在我们共同的罪过上。这是一个挺美的罪过,嗯,一个讨人喜欢的罪过,对不对?(笑)你别低着眼皮儿,你是不是怕我?(弗莱特很粗野地抱紧她)好痛,好痛!(他放开她)古怪的家伙!你看上去可不善良。(稍顿)你的小名叫什么?你不愿意告诉我吗?要知道,不知道你的小名使我怪别扭的。自己不肯说小名,这倒还是头一次。来我这儿的人很少说他们姓什么,这一点我也明白。可是小名!假如我不知道你们的小名,叫我怎么分辨你们呢?把小名告诉我,告诉我吧,亲爱的!

弗莱特　不。

丽瑟　那么,就叫你"无名先生"。(站起来)等一下,我就快收拾好了。(移动几件东西)得,得,都整理好了。把椅子放在桌子周围,这样比较大方。你不认识卖图片的商店吗?我要在墙上挂些画。我箱子里有一幅画,很美的一幅,叫作《打破的水罐》;画的是一个女孩子,她把她的水罐打碎了,可怜的姑娘。那是幅法国画。

弗莱特　什么罐子?

丽瑟　我可说不清,她的罐子,想必她有一个罐子。我想要一幅《老祖母》,和《女孩子》配一对。老祖母在织袜子或在给她的孙儿们讲故事。啊!我要拉开窗帘,打开窗子。(她这样做)天气真好!你瞧,一天又开始了。(伸懒腰)啊!真舒服:天气真好,我洗了一个舒服的澡,和你痛快地睡了一夜。我多么舒服,多么舒服!你来看看我窗外的风景,来!我这儿风景多美,全是树!这样显得阔气!你说,我运气不坏吧:一下子我就在繁华的市区找到了一间屋子。你不来看吗?你不爱你这城市吗?

弗莱特　从我的窗口望出去我才爱它。

丽瑟　（突然地)清早刚醒就看见一个黑人不算晦气吧?

弗莱特　为什么?

丽瑟　我……有一个黑人在对面人行道上走过。

弗莱特　看见黑人总是晦气的。黑人,就是魔鬼。（稍停）关上窗子。

丽瑟　你可允许我给房间换换空气?

弗莱特　我跟你说关上窗子。好,拉上窗帘,开电灯。

丽瑟　为什么?就因为黑人吗?

弗莱特　糊涂虫。

丽瑟　这样好的太阳。

弗莱特　这儿不要太阳。我要你的房间就像昨夜一样。我跟你说关上窗子。太阳,我到外面就会有太阳。（站起,走向丽瑟,注视她）

丽瑟　（稍感不安）怎么啦?

弗莱特　没有什么。去拿我的领带来。

丽瑟　领带在浴室里。（丽瑟下。弗莱特很快地打开桌子的各个抽屉,翻寻;丽瑟拿着领带回来）你的领带在这儿!等等。（给他打上领带）你知道,我不常做过路客人的生意,因为这样得接待太多的新客人。我的理想,就是要做三四个上了岁数的先生们的外室。比如说,一个星期二来,一个星期四来,另一个来度周末。我告诉你,你虽然还年轻,可是你样子倒很老成,也许你有时会起这个念头。好,好,我不说了。你瞧着办吧。瞧,你标致得像仙童一样。亲个嘴吧,漂亮小伙儿!吻我一下,慰劳慰劳!你不愿意吻我么?(他突然粗野地吻她,接着把她推开)唔!

弗莱特　你是个魔鬼。

丽瑟　你说什么?

弗莱特　你是个魔鬼。

丽瑟　《圣经》又来啦!你怎么啦?

弗莱特　没有什么。我觉得可笑。

丽瑟　你开玩笑的样子真特别。(稍停)你满意么?

弗莱特　满意什么?

丽瑟　(微笑着模仿他)"满意什么?"你真笨,我的小娃娃。

弗莱特　啊!对!很满意,很满意。你要多少钱?

丽瑟　谁跟你说这个?我问你是不是满意,你总可以客气点儿回答我吧。怎么啦?你并不满意么?啊!我可真没想到,你知道,我可真没想到。

弗莱特　闭嘴。

丽瑟　你夜里紧紧地抱着我,抱得那么紧。你还低声对我说你爱我。

弗莱特　你昨晚上喝醉了。

丽瑟　不,我没有醉。

弗莱特　不,你醉了。

丽瑟　我跟你说没有。

弗莱特　反正,我是醉了。我什么也记不起来了。

丽瑟　你全忘了,可惜得很。我在浴室脱的衣服,当我回到你身边的时候,你满脸通红,你不记得吗？我还对你说:"瞧我这只烤虾。"你不记得你要把灯熄灭,在黑暗中爱我吗？我还觉得这样做更亲切,更有礼貌,你不记得吗？

弗莱特　不记得。

丽瑟　我们俩玩两个婴儿在一只摇篮里的把戏,你记得吧？

弗莱特　我叫你闭上嘴。晚上的事是晚上的事。大白天,别说这些。

丽瑟　(挑衅地)如果我高兴说这些事呢？你知道,我玩得真痛快。

弗莱特　啊！你玩得痛快。(他走到她跟前,轻轻地抚摸她的双臂,突然两手掐着她的脖子)当你们认为一个男人被你们耍着玩儿的时候,你们就开心了。(稍顿)夜里和你的事我全忘了,完全忘了。我只记得跳舞场,没有别的。其余的事,只有你记得,你一个人记得。(他掐紧她的脖子)

丽瑟　你干什么？

弗莱特　我掐你的脖子。

丽瑟　你弄得我好痛。

弗莱特　只你一个人记得。假如我再掐紧一点儿,世界上便再没有人记得起这一夜了。(他放开她)你要多少钱？

丽瑟　你要是把夜里的事忘了,那是我没有侍候好。侍候得不好,我不要你的钱。

弗莱特　别啰唆;多少钱？

丽瑟　你听着:我是前天到这儿的,你是头一个来光顾的,我让头一个人白睡,不收钱,开个利市。

弗莱特　我用不着你白送。(把一张十元的票子放在桌子上)

丽瑟　我不要你的钞票;但是我要看看你怎样估我的身价。等一下,让我来猜猜看!(拿起票子,闭上眼睛)四十块钱?不,太多了,而且那样得有两张票子。二十块?也不是?那么,一定比四十块多。五十,一百?(当她说时,弗莱特静静地笑着看她)算了,我把眼睛睁开吧。(注视票子)你没弄错吗?

弗莱特　我想不会。

丽瑟　你知道你给了我多少吗?

弗莱特　知道。

丽瑟　收回去,立刻收回去。(他用手势拒绝)十块钱!十块钱!去你的吧,像我这样的姑娘,只值十块钱。我的大腿,你瞧见过吗?(给他看两腿)还有我的乳房,你看见了!这是只值十块钱的乳房吗?把你的票子拿回去,趁我没发脾气,赶紧滚罢!十块钱!大爷吻遍了我全身,大爷老要再干一次,大爷要我给他讲我的童年;可是今天早晨,居然大发脾气,给我脸色看,像把我包了月一样;这才给多少钱呢?不是四十块,不是三十块,不是二十块,只有十块钱!

弗莱特　这种像猪一样的肮脏事,给十块钱够手宽的了。

丽瑟　你自己才是猪呢!你是哪儿钻出来的,乡下佬?你母亲想必是一个大大的贱货,要不然她为什么没有教给你怎样尊敬妇女?

弗莱特　你闭嘴不闭?

丽瑟　大贱货!大贱货!

弗莱特　(用低沉严重的声调)我劝你,小丫头:如果你不愿被掐死的话,对我们这里的男子不要老提他们的母亲。

丽瑟　(走到他前面)掐死我吧!你掐死我瞧瞧!

弗莱特　(后退)安静点儿。(丽瑟在桌上拿起一个小瓷瓶,显然想要向他头上砸过去)再加你十块钱,你可得安静点儿。要不然,我叫人把你关起来!

丽瑟　你,你叫人把我关起来?

弗莱特　我。

丽瑟　你?

弗莱特　正是我。

丽瑟　我才不信呢。

弗莱特　我是克拉克的儿子。

丽瑟　哪个克拉克?

弗莱特　参议员。

丽瑟　真的吗?那我是罗斯福的女儿。

弗莱特　你在报上看见过克拉克的照片么?

丽瑟　见过……那便怎样?

弗莱特　瞧这个。(拿出一张照片给她看)我在他旁边,他扶着我的肩膀。

丽瑟　(一下子就平静下来了)嘿!你父亲他多体面!让我瞧瞧。

〔弗莱特从她手里抢回照片。

弗莱特　瞧瞧就行了。

丽瑟　他真体面。他神气那么公正,那么严肃。人们说他说话像蜜一样甜,真的吗?(他不回答)花园是你家的吗?

弗莱特　对啦。

丽瑟　看起来好像很大。坐在大椅子上的小姑娘们,是你的妹妹们吗?(他不回答)你家的房子是在小山坡上吗?

弗莱特　对啦。

丽瑟　那么,早晨,吃早点的时候,你从窗口看得见全城了?

弗莱特　是的。

丽瑟　吃饭的时候,是不是有人打钟通知你们?你回答呀。

弗莱特　有人打锣。

丽瑟　（出神）打锣！我简直不懂。我呢，要是我有这样一个家庭和这样一所住宅，得给我一笔钱，我才肯在外面过夜……（稍停）刚才我说了你妈，我向你赔个不是吧：刚才我生气了。照片上也有她吗？

弗莱特　我对你说过，不许你当我的面提起我母亲。

丽瑟　好吧，好吧！（稍停）我能问你一个问题吗？（他不回答）如果男女关系使你恶心，你到我这儿来干什么呢？（他不回答；她叹气）得，既然到这地步，我只好想法子对你的脾气慢慢习惯吧。（稍停。弗莱特在镜前拢头发）

弗莱特　你从北方来？

丽瑟　对啦。

弗莱特　从纽约来？

丽瑟　这跟你有什么关系？

弗莱特　刚才你提到过纽约。

丽瑟　谁都能提到纽约，这并不说明什么问题。

弗莱特　你为什么不在那儿待下去？

丽瑟　我在那儿待腻了。

弗莱特　惹了什么麻烦吧？

丽瑟　那还用说，是我自己招的。有人天性就是这样。你看见这条蛇吗？（她给他看一只镯子）这是不吉利的东西。

弗莱特　那你为什么戴它？

丽瑟　既然有这么只镯子，我就得戴着。听说蛇报起仇来很可怕。

弗莱特　那黑人要强奸的就是你吗？

丽瑟　什么？

弗莱特　你是前天六点的快车到这儿的？

丽瑟　对啦。

弗莱特　那么一定是你。

丽瑟　谁也没有想强奸我。(略带辛酸的笑)强奸我？你想得倒好！

弗莱特　是你,韦伯斯特昨天在跳舞场里对我说的。

丽瑟　韦伯斯特？(稍停)原来如此！

弗莱特　什么？

丽瑟　原来昨天你的眼睛发亮就为的是这个。这一说引你上劲儿了？是不是？坏蛋！亏你有那么慈祥的父亲。

弗莱特　蠢货！(稍停)如果我知道你和黑人睡过觉……

丽瑟　那又怎样？

弗莱特　我有五个黑人听差。有人给我打电话,他们之中的一个拿起电话筒来,在递给我之前还得擦一擦哩。

丽瑟　(赞叹地吹哨)我明白。

弗莱特　(和缓地)我们这儿不很喜欢黑人,也不很喜欢跟黑人胡搞的白种女人。

丽瑟　够了。我没什么跟黑人过不去的地方,但是我不愿意他们碰我一下。

弗莱特　谁知道？你是魔鬼,黑人也是魔鬼。(突然)那么他想强奸你吗？

丽瑟　这跟你有什么相干呢？

弗莱特　他们两人走进你的车厢,过了一会儿,他们扑到你身上。你喊救命,白人们来了。一个黑人抽出他的刮脸刀,一个白人一枪打死了他。另一个黑人逃跑了。

丽瑟　这就是韦伯斯特对你讲的吗？

弗莱特　对啦。

丽瑟　他从哪儿知道的？

弗莱特　全城都在谈论这件事。

丽瑟　全城？这真是我的运气。你们全闲着没有别的事干吗？

弗莱特　经过的情况是不是就像我说的那样？

丽瑟　完全不对。两个黑人很安静地待在那儿聊天。他们连看都没有看我。随后,上来了四个白人,有两个来纠缠我。他们刚赢了一场橄榄球,都喝得醉醺醺的。他们说有黑人的臭气,要把那两个黑人从车门口扔出去。两个黑人拼命招架;到末了,一个白人眼上挨了一拳,这下子他掏出手枪来开了枪。就是这么回事。正巧车进了站,另一个黑人跳车跑了。

弗莱特　人们认得他,让他等着吧!（稍停）要是让你到法庭上去,你也这么说吗？

丽瑟　可是这跟你有什么相干？

弗莱特　回答我。

丽瑟　我不会去见法官。我跟你说过,我就怕惹是生非。

弗莱特　你一定得去。

丽瑟　我不去。我不愿意跟警察打交道。

弗莱特　他们会来找你的。

丽瑟　那我就把我所看见的直说出来。（稍停）

弗莱特　你要干的是什么事,你意识到了吗？

丽瑟　我要干什么事？

弗莱特　你要替一个黑人作证,反对一个白人。

丽瑟　如果白人有罪,为什么不可以反对呢？

弗莱特　他没有罪。

丽瑟　他既然杀了人,就有罪。

弗莱特　犯了什么罪？

丽瑟　杀人罪!

弗莱特　但他杀的是一个黑人呀。

丽瑟　那又怎样?

弗莱特　要是每杀一个黑人就犯罪……

丽瑟　他没有权杀死黑人。

弗莱特　什么权?

丽瑟　他没有权杀死黑人。

弗莱特　你说的那个"权"是从北方来的。无论犯罪不犯罪,你反正不能让一个跟你同种的人受罚。

丽瑟　我不愿意使任何人受罚。别人要是问我,我就把我看见的事照直说出来。(稍停。弗莱特走到她面前)

弗莱特　你跟这黑人有什么关系?为什么你保护他?

丽瑟　我根本不认识他。

弗莱特　那又为什么?

丽瑟　我要说真话!

弗莱特　真话!一个值十块钱的妓女要讲真话!没有什么真话:只有白人和黑人。这儿有一万七千白人,两万黑人。我们这儿不是纽约,我们不能开玩笑。(稍停)汤麦斯是我的表兄。

丽瑟　什么?

弗莱特　汤麦斯——杀黑人的那个人,是我的表兄。

丽瑟　(惊诧)啊!

弗莱特　他是个正派人。你对这是无所谓的;可他是个正派人啊。

丽瑟　一个老挨着我挤,老想撩起我的裙子的正派人。别跟我提这样的正派人了!怪不得你跟他是一家。

弗莱特　(抬手要打)脏货。(控制住了自己)你是魔鬼,跟魔鬼在一起,人只能干坏事。他撩了你的裙子,开枪打死了一个肮脏的黑人,这算得了什么！这都是未加思索的举动,这无关紧要。要紧的是:汤麦斯是一个首领,这才算回事。

丽瑟　这有可能。但是那个黑人什么也没干。

弗莱特　一个黑人总不干好事。

丽瑟　我决不把一个人出卖给警察。

弗莱特　要不出卖他,就得出卖汤麦斯。无论如何,你反正得出卖一个。由你选择吧。

丽瑟　得啦。为了换个地方,我现在掉在牛屎堆里了,一直陷到脖子。(对着她的镯子)脏东西,烂东西,除了这种倒霉的事,你反正干不了别的。(她把它扔到地上)

弗莱特　你要多少钱？

丽瑟　我一分钱也不要。

弗莱特　五百块。

丽瑟　一分钱也不要。

弗莱特　挣五百块钱,你一夜一夜地得干多少回。

丽瑟　特别是碰到像你这样的吝啬鬼。(稍停)昨天晚上你招呼我,原来打的是这个主意。

弗莱特　不错！

丽瑟　原来打的是这个主意。你心里是这样想的:"就是这个丫头,让我送她回家,顺便让她接受这笔买卖。"原来打的是这个主意！你尽管捏着我的手,心里可冷得像冰一样,你在想,我怎么能使她上钩呢？(稍停)但是,告诉你,小子,如果你是来跟我谈你的这个勾当,你没有和我睡觉的必要。嘿？为什么你要跟我睡觉呢？坏蛋,为什么你要同我睡觉呢？

弗莱特　鬼晓得为什么。

丽瑟　(哭倒在一张椅子上)坏蛋,坏蛋,坏蛋！

弗莱特　五百块钱！上帝呀,别哭了！五百块钱！别哭！别哭！得啦,丽瑟,丽瑟,懂事点儿,五百块钱！

丽瑟　我不懂事。我不要你的五百块钱,我不愿意作假见证！我要回纽约,我要走,我要走,(有人按门铃。她立刻不说了。铃又响。她低声说)怎么回事？你别出声。(拉长的铃声)我决不开门。你安静地待着。

〔敲门声。

门外　开门,是警察。

丽瑟　(低声)警察,我早就知道会来的。(她指着那镯子)都是它招来的。(她俯身,拾起镯子,戴上)还是戴着它好些。(对弗莱特)你藏起来。

〔敲门声。

门外　警察！

丽瑟　你藏起来呀！到洗澡间去。(他不动。她用全力推他)快去,去呀！

门外　你在那儿吗,弗莱特？弗莱特,你在里边吗？

弗莱特　我在这儿。(他推开她。她发愣地注视他)

丽瑟　原来打的是这个主意。

〔弗莱特去开门。约翰和吉姆士上。

第 三 场

〔丽瑟,弗莱特,约翰和吉姆士。

〔大门敞开着。

约翰　我是警察。丽瑟·麦克·凯,就是你吗？

丽瑟　(置之不理,继续注视弗莱特)原来打的是这个主意！

约翰　（摇她的肩膀）跟你说话,回答！

丽瑟　啊？是,就是我。

约翰　你的证件？

丽瑟　（控制着自己,强硬地说）你们有什么权利来问我？你们到我家里来干什么？（约翰指指他的星章）谁都能佩戴星章。你们是这位先生的同伙,你们是商量好了来叫我上当的。

约翰　（拿出警察证送到她鼻子底下）你认识这个吗？

丽瑟　（指着吉姆士）他呢？

约翰　（对吉姆士）把你的证件给她看。（吉姆士给她看证件。丽瑟注视证件,一句话不说,走到桌边,找出她的身份证交给他们。约翰指着弗莱特）你昨天晚上把他带到家里来的？卖淫是犯法的,你知道吗？

丽瑟　你们有把握吗？没有公文就闯进别人家里,你们敢肯定有这样的权利吗？你们不怕我去告发吗？

约翰　你用不着替我们担心。（稍停）问你,是不是你把他带到你家来的？

丽瑟　（自从两个警察进来以后,她变了态度。她变得更强硬,更粗野了）别白费脑筋了。自然,我把他带到我家来了。可是,我让他白睡了觉。这回你们没话可说了吧？

弗莱特　你们在桌上可以找到两张十元的钞票,那是我的。

丽瑟　怎么能证明是你的？

弗莱特　（不看她,对其他两个人）我昨天早上从银行里取出来的票子,还有二十八张,都是连号的。你们只要对对号码就行了。

丽瑟　（强烈地）我没要,我没有要他的脏钱,我刚才冲着他的脸把票子扔还他了。

约翰　如果你不要,票子为什么还在桌上?

丽瑟　(寂静片刻)我算是完啦!(用一种麻木的神气注视弗莱特,用差不多已是温和的声音说)原来你打的是这个主意?(对警察)好吧,你们要我怎么样?

约翰　你坐下。(对弗莱特)你都对她讲了吗?(弗莱特点头)我叫你坐下。(把她摔在圈椅上)如果有你的书面证词,法官同意释放汤麦斯。(拿出一张纸)证词已经写好,你只要签名就行。明天,得按手续讯问你。你认识字吗?(丽瑟耸耸肩,他递给她一张纸)看完了就签字!

丽瑟　这从头到尾都是假的。

约翰　那也可能。假的又怎么样?

丽瑟　我决不签字。

弗莱特　把她带走。(对丽瑟)监禁十八个月。

丽瑟　十八个月,好。等我出来的时候,我要你的命。

弗莱特　那也得看我允许不允许。(对警察)你们得给纽约打电报,我相信她在那儿也惹了麻烦。

丽瑟　(赞叹地)你下流得像一个下贱女人。我做梦也不会相信一个男人能这么下流!

约翰　快决定。要不你就签字,要不我把你带到监狱里去。

丽瑟　我宁愿坐牢,也不撒谎。

弗莱特　你不撒谎,烂污货!你整夜干的是什么勾当?当你叫我"我的亲人,我的爱,我的小宝贝"的时候,你不是在撒谎吗?当你哼哼着,为使我相信我使你快乐的时候,你不是在撒谎吗?

丽瑟　(挑衅地)我说谎对你有利,是吗?不,我没有说谎。(他们互相注视,弗莱特终于避开了她的眼光)

弗莱特　够了,我的钢笔在这儿,你给我签字。

丽瑟　你收起来吧!

〔寂静片刻。三个男人很为难。

弗莱特　瞧!我们到了这步田地!他是全城最好的一个人,但他的命运却取决于一个丫头的任性。(来回左右踱步,又突然走向丽瑟)你瞧瞧他!(给她看一张照片)在你母狗一般的生活里,你见识过不少男子。可有多少像他那模样的吗?你瞧这额角,瞧这下巴,瞧他制服上的勋章。不,不,你别转过脸去。瞧,这就是你的牺牲品,欣赏欣赏吧。你看他多么年轻!样子多么神气!多么漂亮!你放心吧,十年以后,他出监狱的时候,他会比一个老头儿还要衰老,他的头发和牙齿也要掉了。你得意吧,你干的好事。直到今日,你还在人家口袋里偷钱,这一下你可挑了最有为的一个人,你要他的命。你怎么不开口?你连骨头都烂了吗?(推她跪下)跪下,娼妓!这个人,你要使他身败名裂,在他的照片前面跪下!

〔参议员克拉克由开着的大门口进来。

第　四　场

〔前场人物,加参议员。

参议员　放开她。(对丽瑟)您起来。

弗莱特　您好!

参议员　您好!您好!

约翰　您好!

约翰　(对丽瑟)这是克拉克参议员。

参议员　(对丽瑟)您好!

丽瑟　您好!

参议员　好,大家都介绍了。(注视丽瑟)就是这位姑娘？她样子多么可亲。

弗莱特　她不肯签字。

参议员　她完全有理。你们没有权利跑到她家里来。(看见约翰,做出一个不满的姿势,更强调地说)一点也没权利;你们对她很蛮横,想叫她违反良心说话,这不是美国人办事的方式。是不是那黑人强奸了你,孩子？

丽瑟　没有。

参议员　好极了,现在完全清楚了。您看我的眼睛,(注视她)我敢担保她没有撒谎。(稍停)可怜的玛利。(对其余的人)得啦,孩子们,走吧。我们在这儿没有什么事了,剩下的就是向小姐道个歉。

丽瑟　谁是玛利？

参议员　玛利？是我的姐姐,不幸的汤麦斯的母亲。她将要为汤麦斯的事而难过死的,怪可怜的老太太。再见,孩子。

丽瑟　参议员!

参议员　什么,我的孩子？

丽瑟　我后悔……

参议员　既然您说了真话,有什么可后悔的？

丽瑟　我后悔……这样的真话。

参议员　我们彼此都没有办法。谁也没有权力向您要一个假的证词。(稍停)不,您别再想她了。

丽瑟　想谁？

参议员　想我的姐姐。您刚才没想我的姐姐吗？

丽瑟　想啦!

参议员　孩子,我很了解您。要不要我对您说说您脑子里想些什么?(模仿丽瑟)"我要是签了字,参议员就会到可怜的老太太家里去找她,对她说:'丽瑟·麦克·凯是一个好姑娘,是她把你的儿子还给你的。'她会含着泪微笑,并且说:'丽瑟·麦克·凯?我永远不会忘记这个名字。'我,一个无家可归的人,一个被社会唾弃的苦命人,可能会有一位顶纯朴的老太太,在她的大住宅里想到我,会有一位美国母亲把我记在心头。"可怜的丽瑟,别再想这些了。

丽瑟　她头发白了吗?

参议员　全白了。但是面孔还年轻。假如您看见过她的微笑……可她再也不会微笑了。再见。明天,您去对法官说真话吧!

丽瑟　您要走吗?

参议员　对,可不是,我要到她家里去。我应当把我们的谈话告诉她。

丽瑟　她知道您在我这儿吗?

参议员　由于她的请求,我才来的。

丽瑟　上帝!她等着回音吧?要是您去对她讲,我拒绝签字,她会恨死我的!

参议员　(把两只手放在她双肩上)可怜的孩子,我不愿处在您的地位。

丽瑟　真倒霉!(对她的镯子)下贱东西,都是你闹的!

参议员　怎么回事?

丽瑟　没有什么。(稍停)事情既然到了这种地步,不幸的倒是黑人没有真的把我强奸了!

参议员　(感动)我的孩子!

丽瑟　(忧愁地)如果那样的话,可以使您们多么高兴;对于我,那倒也不至于太痛苦。

参议员　谢谢。(稍停)我多么想帮您忙。(稍停)可惜！事实终归是事实。

丽瑟　(忧愁地)对啊。

参议员　事实是黑人没有强奸您。

丽瑟　(同样的表情)对啊。

参议员　对。(稍停)不用说,这是起码的真理。

丽瑟　(不懂)起码的……

参议员　是啊,我的意思说,这是一种……平民百姓的真理。

丽瑟　平民百姓的？这不算是真理么？

参议员　算,算,为什么不算？可是……有种种不同的真理。

丽瑟　您认为黑人把我强奸了吗？

参议员　没有,没有。他没有强奸您。从某一种观点上看,他一点也没有强奸您。可是您瞧,我是一个经验丰富的老年人,还常常不免犯错误；不过近几年来,错误稍微少一些罢了。在这一切上面,我跟您有不同的看法。

丽瑟　您有什么看法呢？

参议员　怎么跟您解释呢？您听着：现在我们设想,美国这个国家忽然出现在您面前,它将对您说些什么呢？

丽瑟　(恐慌地)我想它没有什么跟我说的。

参议员　您是共产党么？

丽瑟　那还了得！我当然不是。

参议员　那么,国家有很多话要对您说。它将对您说："丽瑟,你现在必须在我的两个孩子之间选择一个。二者之中有一个必须消失。在这种情况下,我们应当怎样办呢？应当保留着那个好的孩子。那么,让我们现在找出哪一个是好的。你愿意么?"
丽瑟　我愿意。可是,对不起,我刚才以为是您在说话。
参议员　我用国家的名义说话。(接着说)"丽瑟,你保护的这个黑人,他有什么用处呢?他偶然出生在世上,天晓得他生在什么地方!我养活他,而他呢,他干些什么来报答我呢?什么也不干!他鬼混日子,小偷小摸,高兴就唱歌,买些粉红和翠绿的衣服穿在身上。这是我的孩子,我爱他就和爱别的孩子一样。但是我请问你:他过的是人的生活吗?他要是死了,我连觉察都觉察不出来。"
丽瑟　您说得真好。
参议员　(继续用前面的声调)"反过来说,另一个,就是汤麦斯,他杀了一个黑人,这是很糟糕的。但是我需要他。他是一个百分之百的美国人,我们最老的世家之一的子孙,他在哈佛大学毕了业,他是军官——我需要许多军官;在他的工厂里,雇着两千工人——要是他死了,两千工人就会失业;他又是一个首领,一座反对共产主义、工会活动和犹太人的铜墙铁壁。他应该活下去,您呢,有义务保全他的生命。就是这样。现在,您选择吧。"
丽瑟　您说得真好。
参议员　您选择吧!
丽瑟　(震惊)唵?对……(稍顿)您把我弄糊涂了,简直把我搞得晕头转向了。
参议员　请您看我,丽瑟。您信任我吗?
丽瑟　是的,参议员先生。
参议员　您认为我能劝您做坏事吗?
丽瑟　不能,参议员先生。

参议员　那么就应该签字。这是我的笔。

丽瑟　您相信她会满意我吗？

参议员　谁？

丽瑟　您的姐姐。

参议员　她将永远地，像爱亲生女儿一样地爱您。

丽瑟　也许她会给我送花来？

参议员　那是完全可能的。

丽瑟　或者把她亲笔签名的照片送给我？

参议员　很可能。

丽瑟　我要把照片挂在墙上。（稍停。她激动地走来走去）真见鬼！（回身向参议员）我要是签了字，你们将怎样处置那黑人呢？

参议员　对那黑人！呸！（他把手放在她的双肩上）假如您签了字，全城都会把您当自己人。全城，城里所有的母亲。

丽瑟　但是……

参议员　难道您以为全城的人都会错吗？全城的人，连同牧师、神甫、医生、律师、艺术家、市长和他的官员，以及一切慈善机关全算在内，难道您以为他们都会错吗？

丽瑟　不，不，不是。

参议员　把手给我！（他强迫她签了字）行啦！我代表我的姐姐和我的外甥，代表我们城市的一万七千个白人，代表我在此地所代表的美国国家，向您致谢。把您的额头伸过来。（他吻她的额头）你们大家跟我来吧！（对丽瑟）晚上我再来看您，我们还有话要谈。（下）

弗莱特　（一边出门）再见，丽瑟。

丽瑟　再见。（他们都下了场。她筋疲力竭地待着，接着冲向门口)参议员!参议员!我不愿意!请您撕了那张纸吧!参议员!(她回到台中间,机械地拿起吸尘器)美国国家!(她插上插销)我看他们把我骗了!(她狂怒地用吸尘器扫地)

——幕落

第 二 景

〔布景同上。前场十二小时以后。灯火齐明,窗开着,窗外夜色朦胧。人声喧腾,愈来愈响。黑人在窗口出现,跨过窗槛,跳到无人的房间中。他一直走到舞台的中间。有人按门铃。他藏在一块窗幔后面。丽瑟从浴室中出来,一直走到大门口,打开门。

第 一 场

〔丽瑟,参议员,黑人(躲藏着)。

丽瑟　请进!(参议员上)怎样了?

参议员　汤麦斯已经回到母亲的怀抱里。我代表他们母子,向您道谢。

丽瑟　她高兴么?

参议员　十分高兴。

丽瑟　她哭了么?

参议员　哭?为什么哭?她是一个坚强的女人。

丽瑟　您跟我说过,她会哭的。

参议员　那不过是一种说法罢了。

丽瑟　她没有想到吧?对吗?她本来以为我是一个坏女人,会替黑人作见证的。

参议员 她早已把自己托付给上帝了。

丽瑟 她觉得我怎样呢?

参议员 她谢谢您。

丽瑟 她没有问我长什么模样吗?

参议员 没有。

丽瑟 她觉得我是一个好姑娘吗?

参议员 她认为您做了您该做的事。

丽瑟 啊,真的吗?……

参议员 她希望您以后继续这样做。

丽瑟 对,对……

参议员 您瞧着我,丽瑟。(把手放在她的肩膀上)您以后继续这样做吗?您不愿意让她失望吧?

丽瑟 您别着急。我说过的话我再也收不回了。要不然,他们会把我抓去坐牢的。(稍停)外边这么叫喊是怎么回事呀?

参议员 没有什么。

丽瑟 这嚷劲儿我可受不了啦!(去关窗)参议员先生!

参议员 我的孩子……

丽瑟 你肯定我们没有弄错,我真的做了我应当做的事吗?

参议员 绝对肯定。

丽瑟 我自己也莫名其妙……您把我弄糊涂了;您想得快,我赶不上。几点钟了?

参议员 十一点。

丽瑟 离天亮还得有八个钟点。我觉得我没法儿合眼睡觉了。(稍顿)这里晚上跟白天一样的闷热。(稍顿)那个黑人呢?

参议员 什么黑人?啊!对,人们正在找他。

丽瑟 他们打算怎么处置他呢?(参议员耸耸肩,窗外人声愈来愈沸腾。丽瑟走到窗口）这股嚷劲儿到底为什么？拿着手电筒、带着狗的人走过去很多很多。这是提灯游行吗？要不然……这是怎么回事？告诉我，参议员先生！请您告诉我，这是怎么回事？

参议员　（从口袋中掏出一封信）我姐姐托我把这个交给您。

丽瑟　（兴奋）是她给我的信吗？（她撕开信封，从里面抽出一张一百元的钞票，又在信封内寻找，希望有信，没找到；于是揉皱了信封，将它扔在地上。她的声音变了）一百元。你们够满意了吧！您的儿子答应我五百元，您倒省下了一大笔钱！

参议员　我的孩子。

丽瑟　您替我谢谢您的姐姐。您对她说我宁愿要她一个小花瓶儿，要不就是几双尼龙丝袜，只要是她亲手挑的任何一件东西；重要的是一番心意，对吗？（稍停）我上了您的大当了。

（他们互相注视，参议员走近丽瑟）

参议员　我谢谢您，我的孩子；我想和您单独谈一谈。您现在精神混乱，您需要我的支持。

丽瑟　我尤其需要钱，但是我想咱们俩好商量。（稍停）我一向喜欢上年纪的人，因为他们看上去叫人尊重，可是现在，我开始产生了疑问，是不是上年纪的人比别人更滑头。

参议员　（开心）滑头！啊，我愿意让我的同事们来听听。多么可爱的天真爽直！您虽然过着放荡的生活，您身上有些地方却还是干净的。（抚摸她）是，是，有些地方……（她任他抚摸，一动不动，但脸上显出轻蔑的神气）我一会儿再来，不要送我。（参议员下。丽瑟站着发愣。她拿起一百元的票子，揉皱以后，扔在地上，随身倒在椅子上，呜呜地啼哭起来。外面，吼叫声越来越近。远处有枪声。黑人从躲藏处出来，站在丽

瑟面前。她一抬头,失声惊呼)

第 二 场

〔丽瑟,黑人。

丽瑟　啊!(稍停,站起来)我早就知道你要回来的。我准知道你要回来的。你从哪儿进来的?

黑人　跳窗子进来的。

丽瑟　你要干什么?

黑人　请您把我藏起来。

丽瑟　我对你说不行。

黑人　太太,您听见这些人了吗?

丽瑟　听见了。

黑人　他们已经在开始追捕了。

丽瑟　追捕什么?

黑人　追捕黑人。

丽瑟　啊!(停顿良久)你有把握他们没看见你进来么?

黑人　有把握。

丽瑟　如果他们捉住你,将怎样处置你?

黑人　汽油。

丽瑟　什么?

黑人　汽油,(用手势解释)他们要把我浇上汽油,然后点火。

丽瑟　我懂了。(走到窗前,拉上窗幔)你坐下。(黑人沉重地坐到椅子上去)你偏偏又到我这儿来,我算是一辈子缠不清了。(差不多恐吓地向黑人逼近一步)我怕惹事,你明白么?(用脚蹬地)腻烦死了!腻烦死了!腻烦死了!

黑人　太太,他们以为我冒犯了您。

丽瑟　那便怎么样?

黑人　所以他们不会到这儿来找我。

丽瑟　你知道他们为什么要抓你吗?

黑人　因为他们以为我冒犯了您。

丽瑟　你知道谁跟他们讲的吗?

黑人　不知道。

丽瑟　我讲的。(停顿良久。黑人注视她)你觉得怎么样?

黑人　太太,您为什么干这种事?啊!您为什么干这种事?

丽瑟　我自己也莫名其妙。

黑人　他们的心是狠毒的。他们要用鞭子抽打我的眼睛。啊!您为什么要这样做?我并没有对不起您呀。

丽瑟　噢!不,你做了对不起我的事。你不可能知道你多么对不起我呀!(稍停)你不想掐死我吗?

黑人　他们时常逼着人讲出违心的话。

丽瑟　对啊,时常这样。如果他们强迫不成,他们就用花言巧语把人弄糊涂。(稍停)怎么?你不掐死我?不?你这个人倒不坏。(稍停)我把你藏到明天晚上。(他想走近她)别碰我!我不喜欢黑人。(窗外喧哗声与枪声齐作)他们越来越近了。(走到窗前,撩起窗幔,看街上)咱们完蛋了!

黑人　他们干什么?

丽瑟　街道口都有人把守着,现在正挨户搜查。你不该到我这儿来!一定有人看见你进这条街了。(又瞧窗外)得,现在轮到搜查咱们了。他们上楼来了!

黑人　有多少人?

丽瑟　五六个人。其他的人在下面等着。(回到他面前)你别发抖,你别发抖,上帝呀。(稍停。对她的镯子)瘟蛇!(把它扔在地上,用脚践踏)下流东西!(对黑人)谁叫你到我这儿来!(黑人站起,预备逃走)站住。你要是出去,你就完蛋了。

黑人　上房顶。

丽瑟　在这样的月光底下?如果你愿意做他们的枪靶子,你就去吧!(稍停)别忙。他们在到咱们这里以前,还有两层楼要搜查。我跟你说不要发抖。(沉默片刻。她前后左右地走。黑人极颓丧地坐在椅子上)你身上没有枪吗?

黑人　哦!没有。

丽瑟　行。(在一个抽屉中翻寻,拿出一把手枪)

黑人　太太,您要干什么?

丽瑟　我要给他们开门,请他们进来。他们用什么"白发老母""光荣战士"和"美国国家"骗了我二十五年。可是我现在明白了。他们不能把我哄到底。我要打开房门,对他们说:"黑人就在这儿,黑人就在这儿。可是他什么也没有干。他们用诡计哄我签了一张假证词。我当着仁慈的上帝起誓证明,他什么也没干。"

黑人　他们不会相信您的。

丽瑟　那也可能。可能他们不相信我!那时你就用手枪瞄准他们,要是他们不走,你就开枪。

黑人　还有别的人会来的。

丽瑟　再来别人,你再开枪。尤其,如果你看见参议员的儿子,千万别放过他,因为都是他一手捣的鬼。咱们跑不了啦,对不对?反正这是咱们最后一次乱子。因为,你知道,要是他们在我这儿找着你的话,他们也不会轻易放过我的。那么,还不如大伙儿一起完蛋的好。(递给他手枪)拿着!我叫你拿着。

黑人　太太,我不能。

丽瑟　什么?

黑人　我不能开枪打白人。

丽瑟　真的吗?他们可不会这样客气。

黑人　他们是白人,太太。

丽瑟　那又怎样?因为他们是白人,他们就有权像宰猪一样放你的血吗?

黑人　他们是白人。

丽瑟　笨蛋!我看,你跟我差不多,你跟我一样窝囊。好吧,如果大家都同意……

黑人　太太,为什么您自己不肯开枪呢?

丽瑟　我跟你说我是蠢货。(听见楼梯上有脚步声)他们来了。(急促地笑了一声)瞧咱们这副嘴脸。(稍停)快跑到浴室里去。别动,憋住气。(黑人听命。丽瑟等着。门铃响了。她在胸前画十字,拾起镯子,去开门,有三个带着枪的人进来了)

第 三 场

〔丽瑟,三个男人。

男甲　我们来找一个黑人。

丽瑟　什么黑人?

男甲　在火车里强奸了一个白种女人,并且用剃刀扎伤了参议员的外甥的那个黑人。

丽瑟　活见鬼,不应当到我这儿来找他!(稍停)你们不认识我吗?

男乙　认识,认识,认识。前天我看见您下火车的。

丽瑟　对极了。因为他强奸的就是我,你们明白吧。(众人哄然。他们用充满惊诧、贪欲及憎恶的眼光注视她,并略向后退)要是他闯到这儿来,我就叫他尝尝厉害。

〔众人笑。

男丙　您不想瞧绞死这黑人吗?

丽瑟　等你们抓住了他,就来叫我。

男丙　这就快了,我的小甜姐儿,我们知道他就藏在这条胡同里。

丽瑟　祝你们顺利。(众人下。她关上门。把手枪放在桌上)

第 四 场

〔丽瑟,黑人。

丽瑟　你可以出来了。(黑人出来,跪下,吻她连衣裙的边缘)我跟你说过不要碰我。(注视他)既然全城的人跟着你跑,想必你是个古怪家伙。

黑人　太太,您知道得很清楚,我什么也没干。

丽瑟　他们说,一个黑人没有不干坏事的。

黑人　我从来没有干过坏事。从来没有。从来没有。

丽瑟　(用手摸自己的额头)我简直不明白怎么回事。(稍停)话说回来,全城的人总不能大家都错了吧。(稍停)他妈的!我简直完全糊涂了!

黑人　就是这样,太太。白人一向是这样的。

丽瑟　你也觉得你有罪吗?

黑人　是的,太太。

丽瑟　可是你什么也没有干呀!

黑人　没有,太太。

丽瑟　可是,他们究竟有什么本事,老是叫人让他们牵着鼻子走?

黑人　他们是白人。

丽瑟　我自己也是个白人。(稍停。外面脚步声近)他们下楼去了。(不由自主地靠近他。他颤抖起来,把手放在她的肩上。脚步声渐渐地远去。寂静。她突然挣脱黑人)你瞧?我们两个真孤立,像两个孤儿。(门铃响。他们屏息地听着。铃又响)快到洗澡间去。(有人打门。黑人藏起来,丽瑟去开门)

第 五 场

〔弗莱特,丽瑟。

丽瑟　你疯了?你为什么打我的门?不行,不许你进来。你那一套我已经瞧够了。滚开!滚开!下流东西,滚开!滚开!(他推开她,关上门,抱住她的肩头。长时间的沉默)怎么着?

弗莱特　你是魔鬼!

丽瑟　你要砸破我的门就为的来跟我说这个吗?瞧你这副嘴脸!你从哪儿来?(稍停)回答呀!

弗莱特　他们抓住了一个黑人。不是该抓的那个。可是他们也把他打得半死。

丽瑟　后来呢?

弗莱特　我刚在那边帮忙。

丽瑟　(吹口哨)我明白。(稍停)人家毒打黑人,大概你瞧着挺过瘾吧?

弗莱特　我想跟你睡觉。

丽瑟　什么?

弗莱特　你是魔鬼！你把我的魂都迷住了。我刚才跟他们在一起，拿着手枪，那黑人吊在树枝上摇摆。我一边瞧黑人，一边想，我要跟你睡觉。这可有点儿不正常。

丽瑟　放开我！我叫你放开我！

弗莱特　这里面到底有什么鬼？妖婆，你究竟给我使了什么邪道？刚才我眼睛盯着黑人，可是看见的却是你。我看见你在火焰上摆动。我开了枪。

丽瑟　脏货！放开我，放开我呀！你是个杀人的凶手！

弗莱特　你究竟给我使了什么花招？你粘在我身上，好像牙齿粘在牙床上。我到处都看见你，看见你的肚子，你的母狗肚子；我双手感觉到你身体的温热；我的鼻孔嗅到你的气味。我一口气跑到这儿，不知道是要杀死你，还是要用暴力占有你。现在，我才明白了。（突然把她放开）但是我不能为了一个妓女而入地狱。（又走近她）你今天早晨对我说的话是真的吗？

丽瑟　什么话？

弗莱特　说我让你得到乐趣？

丽瑟　别跟我闹。

弗莱特　你要起誓说这是真的。你要起誓！（扭她的手腕。浴室内发出一种声音）那是什么？（静听）有人在这儿。

丽瑟　你发疯了。什么人也没有。

弗莱特　可不，有人在浴室里。（向浴室走去）

丽瑟　不许进去。

弗莱特　你瞧，可不是有人在里边。

丽瑟　这是我今天的主顾，一个肯花钱的主儿。嘿，这一下你满意了吧？

弗莱特　主顾？你再不能接客了。永远不能接了。你是属于我的

（稍停）我要瞧瞧那人是什么嘴脸。（嚷）出来！

丽瑟　（嚷）别出来。别出来上当。

弗莱特　你这个婊子！（猛然推开她，走到浴室门口，打开门。黑人出来）就是这家伙，你的主顾？

丽瑟　我把他藏在这儿，因为人们要害他。你别开枪，你明知道他没有罪。（弗莱特掏出枪，黑人突然冲过来，出其不意地把弗莱特推开，就向外跑。弗莱特在后面追。丽瑟跟到房门口。弗莱特和黑人跑远了。丽瑟在嚷）他没有罪！他没有罪！（幕后枪响了两下。她回到室中，面孔恶狠狠的，走到桌前，拿起手枪。弗莱特回来。她转身向他，背向着观众，拿枪的手放在背后。弗莱特把他的手枪掷在桌上）好哇，你把他打死了？（弗莱特不回答）好的。现在可该轮到你了。（用手枪瞄准他）

弗莱特　丽瑟！我家里有老母亲。

丽瑟　闭上你的狗嘴！甭想再哄骗我了。

弗莱特　（慢慢向她走去）头一个克拉克单独开垦了整整一座森林。他亲手杀了十六个印第安人，最后中了埋伏丧了命。他的儿子几乎建筑了整整这个城市；他和华盛顿彼此称兄道弟，他为了合众国的独立牺牲在约克敦战场上。我的曾祖是旧金山"警卫党"的领袖，大火灾的时候，救了二十二个人的命。我的祖父回到这个城里安家。他完成了密西西比运河的工程，他当过州长。我的父亲是参议员！我将来也要接替他当参议员！我是他的独生子，克拉克家族传宗接代的人。这个国家就是我们克拉克家族建立的。它的历史就是我家的历史……阿拉斯加、菲律宾、新墨西哥都有我们克拉克家的人。你敢向全美国开枪吗？

丽瑟　你再向前走一步,我就崩了你!

弗莱特　开枪吧!你开枪呀!你瞧,你不敢。像你这么一个丫头,不能向我这样一个男子汉开枪。你是谁?你活在世上干些什么?你连自己的祖父是什么人都不见得知道吧。我呢,我有权力活下去,有许多事业要做,人们等待着我。把手枪给我!(丽瑟把手枪交给他,他随手把枪放进衣袋)至于那个黑人,他跑得太快了,我没打中他。(稍停。他用手臂抱住她的双肩)我要把你安置在小山坡上,在河的那一边,在一所有花园的漂亮住宅里。你可以在大花园里散步。可是我禁止你出去。我是顶爱吃醋的。我每星期去瞧你三次,天一黑我就到;星期二、星期四,加上周末。你将有几个黑人供你使唤,还有你从来没有梦想过的大把的钱。可是你得顺着我的性子,我任性的地方可多着哩!(丽瑟渐渐地依偎在弗莱特怀中)我让你痛快了?真的吗?回答,真的吗?

丽瑟　(疲乏地)对,是真的。

弗莱特　(轻轻拍她的面颊)这么着,一切都上轨道了。(稍停)我的小名叫弗莱特。

——幕落

七幕剧

脏　手

（一九四八年）

林秀清　译

人　物

贺德雷
雨　果
奥尔嘉
捷西卡
路　易
亲　王
史力克
乔　治
卡尔斯基
法朗兹
查　理
伊　凡

第 一 幕

〔奥尔嘉家中。
〔大路旁一座小房子的底层。右侧有一扇正门和一扇百叶窗紧闭着的窗户。尽里有一部电话放在一个带抽屉的衣柜上。左侧靠后有一扇门。屋里摆着桌子和椅子;都是一些七拼八凑的不值钱的家具。可以感觉到:住在这房子里的人对陈设是毫不在意的。在屋子左边,门旁有一个壁炉,上面挂着一面镜子。大路上不时有汽车驶过,发出呜呜声和喇叭声。

第 一 场

〔奥尔嘉先出场,雨果后出场。
〔奥尔嘉独坐在一台收音机前,正在转动收音机的旋钮。先是杂音,后来听见一个相当清晰的声音。
〔播音员:"德军全线撤退。苏军已占领距离伊利里亚国境四十公里的克雪纳尔。伊利里亚的军队只要有可能,到处都在拒绝战斗。很多倒戈者已经跑到联盟国一边去了。伊利里亚人民们,我们知道你们是被迫拿起武器来反对苏联的。我们理解伊利里亚人民对民主政治的深厚感情,我们还……"

〔奥尔嘉关掉收音机,声音中断。她动也不动,眼睛直瞪着。过了一会儿,有人敲门。她吃了一惊。又有人敲门。她慢慢地朝门走去。再次响起敲门声。

奥尔嘉　是谁?

雨果的声音　雨果。

奥尔嘉　谁?

雨果的声音　雨果·巴里纳。

〔奥尔嘉一惊,接着动也不动地站在门前。

雨果的声音　你听不出我的声音啦?开开门,好吗?给我开门。

〔奥尔嘉迅速地向衣柜走去……她左手从抽屉里拿出一件东西,接着用一条毛巾把左手裹住,然后去开门。开门时她猛然身体向后一闪,以防万一。一个身材高大的二十三岁的青年站在门口。

雨果　是我。

〔两人互相注视,沉默了一会儿。

雨果　这使你感到意外吗?

奥尔嘉　使我感到意外的是你那副样子。

雨果　对,我变了。(稍停)你看清我了吗?认出来了吗?不会搞错吧?(他指着藏在毛巾底下的手枪)那么,你可以把这东西搁下啦。

奥尔嘉　(没有放下手枪)我还以为你得坐五年牢。

雨果　不错,是这样。我得坐五年牢。

奥尔嘉　进来,把门关上。

〔她后退一步。手枪虽没有完全对着雨果,但也差不多。雨果感到好笑地对手枪看了一眼,慢慢地转身背对着奥尔嘉,然后把门关上。

奥尔嘉　逃出来的?

雨果　逃?我又不是疯子。是他们抓住我的双肩硬把我推出来的。(稍停)因为我表现良好,把我释放了。

奥尔嘉　你肚子饿吗?

雨果　你希望我肚子饿,对吗?

奥尔嘉　为什么?

雨果　施舍还不容易。这样可以保持距离;而且一个人在吃东西的时候,样子会显得温和些。(稍停)对不起,我既不饿也不渴。

奥尔嘉　你只要回答一句不饿就够了。

雨果　你忘记了我过去是个多话的人。

奥尔嘉　我记得。

雨果　(环视周围)多凄凉!可是,东西全在。我的打字机呢?

奥尔嘉　卖掉了。

雨果　什么?(稍停。他看看房间)空空洞洞。

奥尔嘉　什么空空洞洞?

雨果　(用手在屋内比画了一个圆圈)这些!这些家具的样子,像摆在沙漠里一样。在牢里,我伸开双臂就可以同时碰到左右两堵墙。走近来一点,(奥尔嘉不动)的确,在监牢外生活,就得保持适当的距离。但是,这么大的距离空间完全是浪费!获得自由这事可真怪,它使人晕头转向。我得重新养成习惯:和别人谈话时不去碰他。

奥尔嘉　他们什么时候放你的?

雨果　刚才。

奥尔嘉　你是直接到这里来的吗?

雨果　那你让我到哪里去呀?

奥尔嘉　你没有告诉别人吧?

雨果　(看看她,笑了起来)没有,奥尔嘉,没有。你放心,没有告诉任何人。

奥尔嘉　(变得轻松一点,看看雨果)他们没有把你的头发剃光。

雨果　没有。

奥尔嘉　可是他们把你那撮拳曲的头发剪掉了。

〔静场。

雨果　重新见到我你高兴吗?

奥尔嘉　我不知道。

〔外面有一辆汽车驶过,喇叭声,发动机的噪声。雨果战栗起来。汽车驶过去了。奥尔嘉冷静地观察他。

奥尔嘉　如果真的是他们释放了你,那么你用不着害怕。

雨果　(嘲讽地)你认为就不用害怕吗?(耸耸肩膀。稍停)路易怎么样?

奥尔嘉　还好。

雨果　洛朗呢?

奥尔嘉　他……他运气不好。

雨果　我料到会如此的。不知道为什么,过去我每次想到他,总是像想到一个死去的人一样。现在局势应当有所变化了吧。

奥尔嘉　自从德国鬼子来到这里以后,局势更艰难了。

雨果　(冷漠地)是呀,德国人在这里。

奥尔嘉　已经来了三个月了。一共五个师。照理说,他们只是过境开到匈牙利去的。可是,后来他们却驻扎下来了。

雨果　嗬!(感到兴趣)你们那里有新来的人吗?

奥尔嘉　很多。

雨果　一些年轻人?

奥尔嘉　不少是年轻的。我们现在吸收人员的方式和以前不一样了。不少空下来的位置需要人来填补。我们现在……没有那么严格了。

雨果　对,当然是这样,总得适应环境。(稍微有点担心地问)基本上还是同样的路线吗?

奥尔嘉　(尴尬地)唔……大致上,是这样——自然是这样。

雨果　这么说,你们活下来了。蹲在监牢里,一个人难以想象别人还在继续活下去。有人和你在一起生活吗?

奥尔嘉　有时候有。(看到雨果的一个手势)现在没有。

雨果　你们有时候……是不是……谈起我?

奥尔嘉　(撒谎,显得不自然)有时候谈起的。

雨果　像我过去在这里的时候一样,他们晚上骑自行车来到这里,围着桌子坐下。路易往他的烟斗里装烟丝,有人问起:"那年轻人自告奋勇去执行一项秘密任务,是不是就像今天这样的一个夜里?"

奥尔嘉　谈起这个或谈别的。

雨果　你们会接着说:他完成得不错,干得干净利落,没有牵累任何人。

奥尔嘉　是的,是的,是这样。

雨果　有时候,雨声使我醒来,我对自己说:他们可能浑身湿透了。后来,在我重新睡着之前,我对自己说:可能今天晚上他们会谈到我的。我比已经死去的人强,最主要的一点就是:我还能够想你们会想起我。(奥尔嘉不禁笨拙地抓住他的胳膊。两人相视。奥尔嘉放开他的手臂。雨果态度有点生硬)后来,有一天你们对自己说:他还得坐三年牢,而且当他出来的时候……(他的声调变了,但眼睛一直盯住奥尔嘉)当他出来的时候,作为报答,人家会把他当作一条狗似的打死。

奥尔嘉　(突然后退几步)你疯了吗?

雨果　算啦!奥尔嘉,瞧你!(稍停)是他们叫你给我寄巧克力的吗?

奥尔嘉　什么巧克力?

雨果　好啦!好啦!

奥尔嘉　(迫切地)什么巧克力?

雨果　酒心巧克力,装在粉红色盒子里的。一连半年,有一个叫德烈司的人定期给我寄来一些包裹。因为我认识的人里没有叫这个名字的,我明白了这些包裹准是你寄来的,我感到很高兴。以后包裹不寄来了,我对自己说:他们把我忘啦。后来,就在三个月前,我又收到一个包裹,寄件人姓名跟以前的一样,有巧克力和香烟。我抽了香烟,同牢房的难友吃了巧克力。这可要了那个可怜家伙的命,要了他的性命!这时我想:原来他们并没有忘记我。

奥尔嘉　后来呢?

雨果　完了。

奥尔嘉　贺德雷有些朋友大概不喜欢你。

雨果　那他们用不着等了两年才让我知道,用不着的,奥尔嘉。我用了充分的时间细想过这件事,我只能找到一种解释:那就是,开头党组织认为我还可以用,但后来改变了想法。

奥尔嘉　(态度并不严厉)你说话过多,雨果,总是过多。你老要讲话,无非是为了使自己感到还活着。

雨果　我不否认这一点。我说话过多,这我自己早就很清楚。而且你们从来不相信我。不过,现在不必再追究下去了。(稍停)你知道,我对你们并不怀恨。那一件事,从一开头就没有搞好。

奥尔嘉　雨果,你看着我。你讲的真是心里话吗?(盯着他看)不错,你认为是这样的。(暴烈地)那么,为什么你到我这儿来?为什么?为什么?

雨果　因为你不会向我开枪。(看看她手里还拿着的手枪,微笑起来)最低限度,我是这么想的。

〔奥尔嘉愤怒地把裹着手巾的枪扔在桌上。

雨果　你看,是这样吧?

奥尔嘉　雨果,听着,你向我讲的我一点儿也不相信,我也没有接到有关你的任何命令。要是我接到命令的话,你知道我会执行的。要是党内有人查问我,即使人家决定就在我面前把你干掉,我也会告诉他们,你在这里。你身上有钱吗?

雨果　没有。

奥尔嘉　我会给你点钱,然后你就走吧!

雨果　走到哪儿去?在港口的小街窄巷或者码头上到处游荡吗?奥尔嘉,海边冷冰冰的。在这里,不管怎样,有灯光,而且总是暖和的,死也死得舒服些。

奥尔嘉　雨果,党命令我的,我一定照办。我可以向你发誓,党的命令,我一定执行。

雨果　我知道这是真的。

奥尔嘉　你走吧。

雨果　不。(模仿奥尔嘉的口吻)"党的命令,我一定执行。"可是,有些事你是想不到的。你哪怕诚心诚意去干,也永远不能确切地完成党命令你去做的工作。"你到贺德雷家去对准他的腹部开三枪。"这是一道简单的命令,对吗?我到贺德雷家去了,朝他腹部开了三枪。但实际上并不是这么一回事。命令?不再有什么命令了。从某一时刻起,命令使你一人行动。命令撂到一边去了,我一个人向前,我一个人动手杀人,而且……我甚至不知道为什么。我希望党命令你向我开枪,好看看——仅仅是为了看看你将怎么样。

奥尔嘉　你会看到的。(稍停)现在你打算怎么办?

雨果　我不知道,我没想过。当他们把牢门打开时,我想的是到这里来,我就来了。

奥尔嘉　捷西卡呢?

雨果　在他父亲家里,开头一段时间,她有时还写信给我。我想她现在已不用我的姓了。①

奥尔嘉　你瞧,我让你住什么地方好呢?每天都有一些同志到这里来。他们随时都可以进来的。

雨果　也能进你的房间吗?

奥尔嘉　那不行。

雨果　过去我经常进去。在那里的沙发床上铺着一条红色的被子,墙上贴着菱形图案的黄绿花纸。还有两张照片,其中有一张是我。

奥尔嘉　你在清点财产吗?

雨果　不是的,我在回忆。过去我经常想这些东西。另一张照片使我大伤脑筋。我记不起那人是谁了。

〔外面有一辆汽车驶来。雨果吃了一惊。两人都不作声。汽车在门外停下。车门砰地关上。有人敲门。

奥尔嘉　是谁?

---

①　西方国家中,妇女婚后一般用丈夫的姓。

查理的声音　是查理。

雨果　（低声说）查理是谁？

奥尔嘉　（也低声说）我们组织里的人。

雨果　（看着她）怎么办？

　　　〔一会儿，查理又敲门。

奥尔嘉　喂，你还等什么？快到我房间里去，你记不起的东西就能补全了。

　　　〔雨果退场。奥尔嘉走去开门。

第 二 场

　　　〔奥尔嘉、查理和法朗兹。

查理　他在哪里？

奥尔嘉　谁？

查理　那家伙。他从监狱出来，我们就一直跟踪着他。（静场片刻）他不在这里吗？

奥尔嘉　在的，他在这里。

查理　在哪里？

奥尔嘉　那儿。（指她的房间）

查理　好！（示意要法朗兹跟随他，他的一只手放在上装的口袋里，脚往前踏一步，奥尔嘉挡住他的去路）

奥尔嘉　不行。

查理　奥尔嘉，用不了很多时间。你愿意的话，到大路上去溜一圈。到你回来时，人就不在了，任何痕迹也不留。（指法朗兹）这孩子是到这里来打扫的。

奥尔嘉　不行！

查理　奥尔嘉,让我干我的事。

奥尔嘉　是路易派你来的?

查理　是的。

奥尔嘉　他在哪儿?

查理　在汽车里。

奥尔嘉　把他找来。(查理犹豫不决)去!我叫你去把他找来。

〔查理打个招呼,法朗兹就走了。奥尔嘉和查理默默相对。奥尔嘉的眼睛一直紧盯着法朗兹,同时把放在桌上裹着枪的手巾收起。

第 三 场

〔奥尔嘉、查理、法朗兹和路易。

路易　你怎么啦?你为什么阻碍他们执行任务?

奥尔嘉　你们太性急。

路易　太性急?

奥尔嘉　你先把他们打发走。

路易　到外面去等着我。我喊你们就来。(查理和法朗兹退场)好吧,你有什么要跟我说的?

〔静场片刻。

奥尔嘉　(低声)路易,他为我们做过工作。

路易　奥尔嘉,不要孩子气了。这家伙危险。千万不能让他说出去。

奥尔嘉　他不会说的。

路易　他?这是一个最爱多嘴的人……

奥尔嘉　他不会说出去的。

路易　我怀疑你是不是把他看清了。你对他总是偏爱。

奥尔嘉　可你却对他偏恨。(稍停)路易,我并不是叫你来谈论我们的弱点。我是从党的利益考虑跟你谈话的。自从德国鬼子来这里以后,我们损失了很多人。我们不能看也不看这个年轻人是否还可以挽救,就贸然把他干掉。

路易　可以挽救?他一直是个无组织无纪律的无政府主义者,一个光想表态的知识分子,一个资产阶级,高兴干时就干,随便为一点小事就撒手不干。

奥尔嘉　但他刚二十岁就能够把四周有警卫保护的贺德雷干掉,而且能设法使人以为这是一件情杀案,借以掩盖这件政治谋杀案。

路易　这是一件政治谋杀案吗?这件事一直到现在还没有搞清楚。

奥尔嘉　对,正因为如此,现在应该把这件事搞个水落石出。

路易　这是一件丢人的事,我不想沾边。还有,不管怎样,我也没有时间去审查他的问题。

奥尔嘉　我有时间。(路易作了一个手势)路易,我怕你在这件事上过分感情用事。

路易　奥尔嘉,我担心你也太动感情,比我还厉害。

奥尔嘉　你什么时候看到我对感情让过步吗?我并不要求你无条件地给他一条活路,我不在乎他那条命。我不过是说,在把他干掉以前,应当看一看党是否还能重新要他。

路易　党不能再重新要他,现在更不能。这你是知道的。

奥尔嘉　他以前是用化名工作的,除了两个人外,没有别人认识他。洛朗已经死了,德累斯顿在前线。你担心他会讲出去吗?只要把他控制好,他不会讲的。对,他是知识分子,又是无政府主义者,不过也是个走投无路的人。只要好好领导他,无论要干什么,他总可以当个帮手吧。他的行动证明他办得到。

路易　那么,你认为该怎么办?

奥尔嘉　现在几点钟?

路易　九点。

奥尔嘉　你们半夜十二点再来。那时候我能弄清楚他为什么枪杀贺德雷,他现在又是怎么回事。如果我凭良心断定他还可以和我们一道工作的话,我在门缝里通知你们。那么你们就让他好好地睡一觉,明天早上你们有什么指示再告诉他。

路易　要是他无可救药呢?

奥尔嘉　我就开门让你们进来。

路易　这可是为了芝麻大的事冒一场大风险。

奥尔嘉　有什么风险?这房子周围都有人吧?

路易　四个。

奥尔嘉　要他们放哨到半夜十二点。(路易动也不动)路易,他曾经为我们做了工作。应当给他个机会。

路易　好吧!半夜十二点再碰头。(下)

第 四 场

〔奥尔嘉和后来出场的雨果。

〔奥尔嘉走向房门,把门打开。雨果走了出来。

雨果　那是你的妹妹。

奥尔嘉　什么?

雨果　墙上那张照片。是你妹妹的照片。(稍停)我的照片,你把它拿掉了。(奥尔嘉没有回答。雨果看着她)你样子好怪。

他们到底要干什么？

奥尔嘉　他们来找你。

雨果　啊！你告诉他们我在这儿了？

奥尔嘉　是的。

雨果　好。(想走出去)

奥尔嘉　今晚外面很亮,而且房子四周有我们的同志。

雨果　啊！是吗？(坐到桌子旁)给我一点吃的。

〔奥尔嘉找来一个碟子、一些面包和火腿。她站在他面前把碟子和食物摆在桌子上,在这当中,雨果说了下面一席话。

雨果　对你的房间,我过去没有想错,一次也没有错。一切都和我回忆的一样。(稍停)不过,在监牢里,我总对自己说:"这不过是回忆。真实的房间就在那里,在墙的另一边。"我走进去,看了你的房间,它好像并不比我回忆中的更真实些。牢房也是一场梦。贺德雷的一双眼睛,我向他开枪的那一天,也是梦。你想我有机会醒过来吗？也许会有,当你的那些伙伴拿着他们的玩意儿走来对付我的时候……

奥尔嘉　只要你在这里,他们不会碰你的。

雨果　你使他们同意了吗？(替自己斟了一杯酒)我最后总得出去。

奥尔嘉　等一等。你还有一个晚上的时间。在一晚之间,可能发生许许多多的事情。

雨果　你希望会发生什么事？

奥尔嘉　有些事物会起变化。

雨果　什么？

奥尔嘉　你,我。

雨果　你？

奥尔嘉　这取决于你。

雨果　是我使你变吗？

〔他笑起来，看看她，站起来向她走过去。她迅速避开。

奥尔嘉　别这样，别这样！只有我心甘情愿，别人才能改变我。

〔静场片刻。雨果耸耸肩膀，重新坐下。他开始吃东西。

雨果　还有什么？

奥尔嘉　为什么你不重新回来跟我们一起？

雨果　（笑了起来）向我提出这问题，你时间可选得太好啦。

奥尔嘉　要是这可能呢？要是那件事完全出于误会呢？你难道从没想过一旦从牢里释放出来，自己要干些什么吗？

雨果　我不想它。

奥尔嘉　那你想些什么？

雨果　想我干过的事。我想弄清楚为什么我干了那件事。

奥尔嘉　结果你弄清楚了吗？（雨果耸耸肩膀）你跟贺德雷之间到底发生了什么事？他搞上了捷西卡，是真的吗？

雨果　是真的。

奥尔嘉　是出于妒忌……

雨果　我不知道。我……我想不是的。

奥尔嘉　谈一谈吧。

雨果　什么？

奥尔嘉　全部经过，从头讲起。

雨果　谈谈事情的经过，这并不难。这件事我都背得出来了。在监牢里，我每天都反复回想这件事。至于谈到这件事的真正意义，那就又当别论了。这是件荒唐事，像所有的舞台布景一样。你要是远看的话，它还勉强站得住脚，可是走近一看，就全完蛋了。事情发生得太快,突然之间你不假思索就干了,你都不清楚到底是你存心要干呢,还是不由自主干的。事实是,我开了枪……

奥尔嘉　原原本本,从头讲起。

雨果　事情的开头,你和我一样清楚。不过,事情真的有个开头吗?可以从一九四三年三月路易把我叫去开始谈起。或者再早一年,从我入党开始。也许可以更早一些,从我生下来的时候就开始。不管怎样,我们就假设一切从一九四三年三月开始。

〔他说话时,舞台渐渐转暗。

第 二 幕

〔奥尔嘉家,景同;时间是在一幕时间之前两年。这是个晚上。通过朝着院子开的后门,可以听到好些人讲话的声音。嘈杂的语声时起时伏,似乎有几个人七嘴八舌在讲话。

第 一 场

〔雨果和伊凡。

〔雨果在打字。他比前一幕显得年轻得多。伊凡来回踱步。

伊凡　喂!
雨果　什么事?
伊凡　你不能把打字停下来吗?
雨果　为什么?
伊凡　我看到这个就恼火。
雨果　可是,你看起来不像容易恼火的人。
伊凡　说得对。但现在我感到恼火。你不能跟我聊聊天吗?
雨果　(殷勤地)我,我巴不得跟你聊聊。你叫什么?
伊凡　在地下活动中,我叫伊凡。你呢?

雨果　拉斯柯尼科夫①。

伊凡　（笑着说）叫这样一个名字！

雨果　这是我在党内的名字。

伊凡　这名字你从哪儿捞来的？

雨果　是一本小说里的一个人物。

伊凡　他干什么的？

雨果　他杀人。

伊凡　嗬！你杀过人吗？

雨果　没有。（半晌）谁派你到这里来的？

伊凡　路易。

雨果　你的任务是什么？

伊凡　等到十点钟。

雨果　以后呢？

〔伊凡作了个手势，向雨果示意不应该问下去。从隔壁房间传来吵闹声，似乎发生了争执。

伊凡　那些小青年，他们在那里面闹什么？

〔雨果也模仿伊凡刚才的手势，示意不该向他问起这件事。

雨果　你看，讨厌的是，聊天也聊不下去。

〔静场片刻。

伊凡　你入党很长时间了吗？

雨果　一九四二年到现在，整一年啦。我是摄政王向苏联宣战那时候加入的。你呢？

伊凡　我都记不得了。我想我一直是在组织里面的。（稍停）报

---

① 拉斯柯尼科夫本是俄国作家陀思妥耶夫斯基的名著《罪与罚》中的主人公。

纸是你编写的吗？

雨果　是我，还有别人。

伊凡　我手头经常有这份报，但是我不看。这不能怪你们，因为你们的消息比英国的BBC电台或是苏联广播电台要晚一个星期。

雨果　你叫我们到什么地方去搞消息？我们也和你一样靠听广播。

伊凡　我不是对你们有意见。你有你的任务，对你没什么可指责的。(稍停)现在几点钟？

雨果　差五分十点。

伊凡　啊！(打哈欠)

雨果　你怎么啦？

伊凡　没什么。

雨果　你好像不大自在。

伊凡　我对你说过，没什么。以前我总是这个样子。

雨果　什么时候以前？

伊凡　就是以前。(稍停)我要是骑上自行车，那就会好一些。(沉默片刻)我现在感到自己太温和了，连一只苍蝇也不肯伤害。

〔伊凡打哈欠。奥尔嘉从正门入场。

第 二 场

〔伊凡、雨果和奥尔嘉。

〔奥尔嘉把一个手提箱放在门旁。

奥尔嘉　(对伊凡说)就是这个箱子。你能够把它绑在车架上吗？

伊凡　我看看。行,好得很。

奥尔嘉　现在是十点钟。你可以走啦。已经跟你说过,目标是堤坝和房子。

伊凡　明白啦。

奥尔嘉　祝你顺利。

伊凡　别来这一套。(稍停)你吻一吻我吗?

奥尔嘉　当然要吻。

〔她吻伊凡的面颊。

伊凡　(他拿起箱子,在走出去之前转过身来做了一个滑稽夸张的动作)再见啦,拉斯柯尼科夫!

雨果　(微笑)见鬼去!

〔伊凡下场。

第 三 场

〔雨果和奥尔嘉。

奥尔嘉　你刚才不该向他说见鬼去。

雨果　为什么?

奥尔嘉　这不是该讲的话。

雨果　(有些吃惊)奥尔嘉,你是不是迷信?

奥尔嘉　(不高兴地)不是的。

雨果　他去干什么?

奥尔嘉　你没必要知道。

雨果　他要去炸掉科斯克大桥吗?

奥尔嘉　为什么你要我告诉你?遇到不测时,你知道得越少越好。

雨果　可是,你知道他要去干什么吗?

奥尔嘉　（耸耸肩膀）哎！我……

雨果　当然,你是守口如瓶的,像路易一样。即使把你杀了,你也不会讲的。（沉默片刻）但是谁向你证实我会讲出去呢？如果你们不让我受到考验,你们怎么能够相信我呢？

奥尔嘉　党组织不是夜校。我们不是要考验你,而是根据你的能力用你。

雨果　（指打字机）我的能力,就是这个吗？

奥尔嘉　难道你会拆掉铁轨吗？

雨果　不会。

奥尔嘉　那么？（静场。雨果从镜子里端详自己）你觉得自己漂亮吗？

雨果　我看看自己像不像我父亲。（稍停）要是有胡子,那就真像。

奥尔嘉　（耸耸肩膀）还有呢？

雨果　我不喜欢我父亲。

奥尔嘉　我们知道。

雨果　他对我说过："我年轻时也参加过一个革命组织。我替它的报纸写文章。你会过这一关的,正如我从前也过了一样……"

奥尔嘉　你跟我谈这些事干什么？

雨果　不为什么。每当我从镜子里看见自己,我就想起这个。

奥尔嘉　（指会议室的门）路易在里面吗？

雨果　在的。

奥尔嘉　贺德雷呢？

雨果　我不认得他,不过我想他在里面。他到底是个什么人？

奥尔嘉　国会被解散以前他是个议员。现在他是党的书记,贺德雷并不是他的真姓名。

雨果　他的真姓名叫什么？

奥尔嘉　我已经对你说过,你太喜欢打听了。

雨果　里面叫喊得很响,似乎打起来了。

奥尔嘉　贺德雷召集了委员会,打算让委员会通过一项建议。

雨果　什么建议？

奥尔嘉　我不清楚。我只知道路易反对这项建议。

雨果　（微微一笑）要是他反对,我也反对。用不着知道其内容是什么。（稍停）奥尔嘉,你得帮我的忙。

奥尔嘉　帮什么忙？

雨果　帮忙说服路易让我直接参加行动。当同志们遭到杀害的时候,我却只是在写文章,实在受不了。

奥尔嘉　你也是要冒险的。

雨果　但性质不一样。（稍停）奥尔嘉,我不想活下去了。

奥尔嘉　真的？为什么？

雨果　（作手势）活下去太难了。

奥尔嘉　可是你已经结婚了。

雨果　那又怎样！

奥尔嘉　你爱你的妻子。

雨果　是的,一点不错。（稍停）一个不想活下去的人,只要会利用他,是可以派点用场的。（稍停。从会议室传来叫喊和吵闹声）那里面不好啦。

奥尔嘉　（担心地说）很糟糕。

第 四 场

〔雨果、奥尔嘉和路易。

〔会议室的门打开,路易和两个人走出来。那两个人很快走过去,推开正门,走了出去。

路易　开完啦!

奥尔嘉　贺德雷呢?

路易　他跟波利和吕伽从后门走了。

奥尔嘉　怎么样?

路易　(耸耸肩膀,没有回答。静场片刻)一群浑蛋!

奥尔嘉　你们表决了吗?

路易　是的。(略停)委员会授权他去谈判。当他谈判回来带着对方明确的条件时,他的目的可就达到了。

奥尔嘉　下次开会是什么时间?

路易　十天后。我们总可以有一个星期的时间。(奥尔嘉向他指一指雨果)什么?呀!对……你还在这里吗?(他看看雨果,心不在焉地又说一句)你还在这里……(雨果作要走开的样子)别走,我也许有些工作要你做。(转向奥尔嘉)你比我对他更了解。他到底怎样?

奥尔嘉　还可以。

路易　他不会拉稀吧?

奥尔嘉　肯定不会。更确切点说……

路易　什么?

奥尔嘉　没什么。他还可以。

路易　好吧。(稍停)伊凡已经走了?

奥尔嘉　走了一刻钟了。

路易　我们离得很近,在这儿可以听见爆炸声。(稍停。他转过身来向雨果走去)听说你想参加行动,是吗?

雨果　是的。

293

路易　为什么？

雨果　就是为了要行动。

路易　那好。不过，你光有十个指头，什么也不会干。

雨果　的确，我什么也不会干。

路易　那你干什么呢？

雨果　上一个世纪末，在俄国有几个人，口袋里装着炸弹，站在一位大公要路过的地方。炸弹爆炸，大公炸死，那人也同归于尽。我也能这样干。

路易　那些人都是无政府主义者。你做这种梦，因为你跟他们一样，是一个无政府主义的知识分子。可是，你落后了五十年啦，恐怖主义已经过时了。

雨果　这样看来，我是一个无能的人。

路易　在这方面，是的。

雨果　那就没什么可说的了。

路易　等一等。（稍停）也许我会给你找点事干干。

雨果　是真正的工作吗？

路易　怎么会不是？

雨果　你真的信任我？

路易　这得看你怎样。

雨果　路易，我什么都干。

路易　以后再看吧。你坐下。（稍停）形势是这样：一方面是摄政王的法西斯政府，它采取与轴心国步调一致的政策。另一方面是我们的党，我们是为民主、自由和实现一个消灭了阶级的社会而斗争的。夹在这两者之间的是五角大楼党，它暗中组织了一批资产阶级自由主义者和民族主义者。这样就有了三个利益不可调和的集团，三个互相仇视的集团的人。（稍停）

今天晚上,贺德雷把我们找来开会,是因为他打算使无产阶级党这个组织去跟法西斯主义者和五角大楼党联合起来,这样,战争结束以后,就可以跟他们一起分享政权。你对这事情怎么看?

雨果　(微笑)开玩笑。

路易　为什么?

雨果　因为这荒唐可笑。

路易　可是,就为了这件事,我们刚才在这里讨论了三个钟头。

雨果　(目瞪口呆)原来是这样……这就像你对我说,奥尔嘉把我们全部出卖给警察了,而党组织还投票通过给予她嘉奖一样。

路易　要是大多数代表都公开宣布赞成这种联合呢?

雨果　你是一本正经地问我吗?

路易　是的。

雨果　在我开始懂得什么是压迫的那一天,我就背离了我的家庭和阶级。现在,不论在什么情况下,我都不会同意对这阶级的人采取妥协态度。

路易　要是事情到了这种地步呢?

雨果　那我就拿起一把手枪,跑到皇家广场去打死一名警察,或者打死一个民兵,如果我有一点运气的话。然后我就守候在尸体旁边,看会把我怎么样。(稍停)这不过是说说笑话。

路易　委员会已经以四票对三票通过了贺德雷的建议。下星期贺德雷就要和摄政王的使节会晤了。

雨果　他是不是被收买了?

路易　我不清楚,这我不在乎。客观地说,他是个叛徒,这就够了。

雨果　路易,但是……说实在的,我不知道……这是,这实在是荒唐:摄政王恨死我们,到处追捕我们,他站在德国鬼子一边打苏联,他下令枪毙我们的同志:他怎么会……?

路易　摄政王不再相信轴心国会胜利了。他想保他自己。万一联盟国赢了,他就可以说:他过去只不过是搞两面派。

雨果　可是同志们……

路易　以我为代表的共产党联盟全都反对贺德雷。不过,你知道,无产阶级党是由共产党联盟和社会民主党合并成立的。社会民主党赞成贺德雷,他们是多数。

雨果　为什么他们……?

路易　因为贺德雷使他们害怕……

雨果　难道我们不能甩了他们吗?

路易　搞分裂?不可能!(稍停)年轻人,你是和我们站在一起的吗?

雨果　奥尔嘉和你教会我懂得了一切,我今天的一切多亏了你们。对我说来,你们就是党。

路易　(转向奥尔嘉)他讲的是真心话吗?

奥尔嘉　是的。

路易　好。(转向雨果)现在的形势你清楚了吧:我们既不能一走了事,也不能在委员会中取胜。不过,这完全是贺德雷搞的诡计。没有贺德雷的话,我们完全可以掌握其他的人。(稍停)贺德雷上星期二要求党组织给他派一个男秘书去。要大学生,而且是要结了婚的。

雨果　为什么要已婚的?

路易　我不知道。你结婚了吗?

雨果　结了。

路易　你看怎样?你同意吗?

〔两人相视片刻。

雨果　(用力地说)同意。

路易　很好。明天你就和你的妻子一起去。贺德雷住在离此地二十公里的一座乡间别墅里，是一位朋友借给他的。有三个彪形大汉跟他住在一起。他们住在那里是防备万一的。你只要留心注意他的行动就行了。你一到那里，我们就会跟你建立联系。不能让他同摄政王的使节会晤。或者，无论如何也不能让他和使节再次会晤，你明白我的意思吗？

雨果　明白。

路易　在我们跟你约好的晚上，你给去执行任务的三位同志打开大门。大路上将有一辆汽车，在这段时间里，你就带着你的妻子跑掉。

雨果　唉！路易。

路易　什么？

雨果　就是干这种事吗？只不过是干这种事吗？这就是你认为我有能力做的事吗？

路易　你不同意吗？

雨果　不同意，完全不同意。我不愿当小绵羊。我们这种人有我们的一套。一个无政府主义知识分子是不会接受随便什么任务的。

奥尔嘉　雨果！

雨果　听着，我向你提出的建议既用不着搞联络，也用不着搞侦察。我一个人干就行了。

路易　你？

雨果　就是我。

路易　对一位不常搞这个的人来说，这项任务太难了。

雨果　你们那三位谋杀者也许会碰上贺德雷的警卫，他们有被干掉的危险。我呢，我要是当他的秘书，又能获得他信任的话，我每天都会有几个钟头单独和他在一起。

路易　（犹豫不决）我不……

奥尔嘉　路易！

路易　怎样？

奥尔嘉　（轻轻地说）信任他吧。这小伙子在寻找他的机会。他会干成的。

路易　你负责任吗？

奥尔嘉　负一切责任。

路易　行。那么你听着……

〔远方隐约地响起爆炸声。

奥尔嘉　他成功啦！

路易　把灯关掉！雨果，开窗！

〔雨果关灯并开窗。后台出现一片大火的红光。

奥尔嘉　那里烧起来啦，烧起来啦！一场大火。他成功了！

〔三人都跑到窗旁。

雨果　他成功了。在这个周末之前，在一个和现在一样的晚上，你们两个人将在这个地方等候消息。你们坐立不安，你们在谈论着我，你们心里有我。你们在想：到底他在干什么？后来有人打电话来，或者有人来敲门，你们相对微笑，正像你们现在一样。你们也会说："他成功啦！"

——幕落

第 三 幕

〔一座乡间别墅。一张床。还有衣柜、沙发、椅子。所有的椅子上全都是女人的衣服,床上摆着打开着的小提箱。〔捷西卡在布置新居。她走到窗口看看,又走回来。她走近一个放在墙角的锁着的小提箱(上有姓名缩写 H. B.),把它拖到台前,接着又向窗口瞥一眼。她在乱七八糟的壁橱里找出一套男人的套服,掏它的口袋,拿出一把钥匙,开了箱子,急忙搜索,然后又跑到窗口看看,再走回来,再翻箱子,最后找到了一件东西。她背向观众看那东西,接着又向窗外瞥一眼。她哆嗦着,迅速把箱子锁上,把钥匙放回上衣口袋,将手里拿着的东西藏在床垫下。
〔雨果上。

第 一 场

〔捷西卡和雨果。

雨果　他老是没个完。你觉得时间太长了吧?
捷西卡　长得厉害。
雨果　你在干什么?
捷西卡　我睡了一觉。

雨果　一个人睡着了就不会感到时间长了。

捷西卡　我做梦都梦见我感到时间很长,这样我就醒了。我把一些箱子打开了。这样安放,你觉得怎样?

〔她指指床上、椅子上乱七八糟堆着的衣服。

雨果　很难说,这是暂时的。

捷西卡　(坚定地说)定下来,不变了。

雨果　那很好。

捷西卡　他怎样?

雨果　谁?

捷西卡　贺德雷。

雨果　贺德雷吗?和所有的人一样。

捷西卡　他有多大年纪?

雨果　中年了。

捷西卡　大概在多少岁数之间?

雨果　二十与六十之间。

捷西卡　高大还是矮小?

雨果　中等身材。

捷西卡　有什么特征?

雨果　脸上一道很长的刀疤,一头假发,还有一只玻璃假眼。

捷西卡　多可怕!

雨果　我是瞎扯的。他并没有什么特征。

捷西卡　你在耍花枪。不过,要你给我描述他,你也做不到。

雨果　还用说吗,我当然做得到。

捷西卡　你做不到。

雨果　做得到。

捷西卡　做不到。他的眼睛是什么颜色的?

雨果　灰的。

捷西卡　我的小蜜蜂,你以为人的眼睛都是灰色的。其实有蓝的、绿的、棕色的,还有黑的,甚至有淡紫的。我的眼睛是什么颜色?(用手蒙着自己的眼睛)别看!

雨果　是两座丝织楼阁,两个安达卢西亚①式的花园,两条月光鱼。

捷西卡　我问的是什么颜色。

雨果　蓝的。

捷西卡　你已经看过啦?

雨果　没有,是你今天早上告诉我的。

捷西卡　傻瓜!(走近他)雨果,好好想一想:他有没有胡子?

雨果　没有。(稍停一停。口气坚决)肯定没有。

捷西卡　(伤心地)我希望能够相信你的话。

雨果　(想了一想,接着脱口而出)他有一条花点子的领带。

捷西卡　花点子的?

雨果　对,有花点子的。

捷西卡　这算什么?

雨果　这样的……(作一个打大花结领带的手势)你晓得的。

捷西卡　你露了馅啦,你漏了嘴啦。他跟你说话的时候,你一直望着他的领带。雨果,他让你感到害怕。

雨果　没这回事!

捷西卡　他让你害怕!

雨果　他并不使人害怕。

捷西卡　那你为什么老看着他的领带呢?

---

①　安达卢西亚是西班牙的南部地区,以富于南国风光著称。

雨果　好使他不感到怕我。

捷西卡　算啦。我去看看他,什么时候你想知道他是什么样子,只要问我就行了。他和你说什么了?

雨果　我告诉他:我父亲是托斯克煤炭同业公会的副董事长,我为了参加党组织同他脱离了关系。

捷西卡　他怎么说?

雨果　他说很好。

捷西卡　后来呢?

雨果　我对他并不隐瞒我得过博士学位,但我使他了解到:我并不是知识分子,让我做抄抄写写的工作我也并不感到见不得人。我认为服从命令、遵守最严格的纪律是光荣的事。

捷西卡　他怎么说呢?

雨果　他说很好。

捷西卡　就这么几句话,花了你们两个钟头。

雨果　有时我们两人没说话。

捷西卡　有些人总是告诉你他们对别人说的话,从来不告诉你别人对他们说了什么,你就是这种人。

雨果　这是因为我想:你对我比对别的人关心。

捷西卡　当然是这样,我的小蜜蜂。可是我占有你却不能占有别人。

雨果　你想占有贺德雷吗?

捷西卡　我想占有所有的人。

雨果　哼!他可是个庸俗的人。

捷西卡　你没有好好看看他,怎么知道?

雨果　一个庸俗的人才会系带花点的领结。

捷西卡　从前希腊皇后还跟野蛮民族的将军睡觉哩。

雨果　希腊从来没有皇后。

捷西卡　在拜占庭①有过的。

雨果　拜占庭从前是有过野蛮民族的将军和希腊的皇后,可是并没有人谈起他们在一起干什么。

捷西卡　他们在一起还能干别的什么呢?(静场片刻)他向你问起过我是怎么样的吗?

雨果　没有。

捷西卡　你总不能回答他,你什么也不知道吧。关于我,他有没有再打听些什么?

雨果　没有。

捷西卡　他礼貌不周。

雨果　唉,可是你要关心他已经太晚了。

捷西卡　为什么?

雨果　你答应不讲出去吗?

捷西卡　绝对保证。

雨果　他快死了。

捷西卡　他有病吗?

雨果　他没病,但他将被暗杀,就像所有搞政治的人一样。

捷西卡　哎哟!(稍停)而你,小蜜蜂,你是搞政治的人吗?

雨果　当然是。

捷西卡　这种人的寡妇该怎么办呢?

雨果　参加她丈夫的政党,完成他的事业。

捷西卡　我的天哪!我宁可在你墓前自杀。

雨果　只有在马拉巴②这个地方还有这样的事。

---

① 拜占庭是公元前七世纪建立的希腊古城,于公元三世纪被罗马帝国皇帝君士坦丁命名为君士坦丁堡。

② 马拉巴是印度的一个地方。

捷西卡　好,你听着,我会怎么办:我去把杀害你的凶手一个个找到,使他们为爱我而欲火中烧;最后当他们以为能够使我那带着傲慢与哀痛的抑郁心灵得到安慰时,我就把刀子插进他们的心脏。

雨果　到底最使你觉得有趣的是什么?杀死他们呢?还是诱惑他们?

捷西卡　你既愚蠢又庸俗。

雨果　我还以为你喜欢庸俗的男人。(捷西卡没有答话)开玩笑,还是当真?

捷西卡　再不闹啦!让我开箱子。

雨果　开吧!开吧!

捷西卡　只剩下你的那个箱子了。把钥匙给我。

雨果　我已经给你了。

〔捷西卡指着那个在这场戏开始时她打开过的箱子。

捷西卡　你没给我这箱子的钥匙。

雨果　这个箱子,我自己来开。

捷西卡　我的小宝贝,这不是你分内的事。

雨果　从什么时候起,这成为你分内的事了?你想扮演家庭主妇吗?

捷西卡　你演革命者倒演得挺不错的。

雨果　革命者不需要只操家务的女人:他们会把这种女人的脑袋砍掉的。

捷西卡　他们喜欢像奥尔嘉那样的黑头发母狼。

雨果　你忌妒吗?

捷西卡　我倒想忌妒。我从来还没有这么过。咱们试试看?

雨果　你高兴就来吧。

捷西卡　好！那么你把这个箱子的钥匙给我。

雨果　绝对不给。

捷西卡　这箱子里到底有些什么东西？

雨果　一个可耻的秘密。

捷西卡　什么秘密？

雨果　我不是我父亲的儿子。

捷西卡　我的小蜜蜂，这使你多高兴呀。不过，这做不到，你长得和他太像了。

雨果　捷西卡，这不是事实。你觉得我像他吗？

捷西卡　开玩笑还是当真？

雨果　开玩笑。

捷西卡　好，打开这个箱子。

雨果　我已经发过誓不打开。

捷西卡　箱子里塞满了母狼的信，或者照片？打开！

雨果　不。

捷西卡　打开，打开。

雨果　不，不。

捷西卡　你当真？

雨果　是的。

捷西卡　好，够了！我不闹了。把箱子打开！

雨果　闹吧，我不打开。

捷西卡　开不开都一样，我知道里面有什么东西。

雨果　有什么东西？

捷西卡　有……有……（把手伸到床垫底下，然后一只手藏在背后，另一只手拿着照片左右晃动）这个！

雨果　捷西卡！

捷西卡 （得意地）我在你的蓝色套服里找到了钥匙，我现在知道谁是你的情妇、你的公主、你的皇后。她既不是我也不是母狼。亲爱的，是你，是你自己。在箱子里一共有你的十二张照片。

雨果 把这些照片还我。

捷西卡 十二张你充满梦想的年轻时代照片。三岁时的、六岁时的、八岁时的、十岁时的、十二岁时的、十六岁时的。是你父亲把你赶走的时候你带出来的。这些照片跟着你到处跑：你是多么喜欢你自己呀。

雨果 捷西卡，我不再闹了。

捷西卡 六岁时你就穿硬领衬衫，大概把你那细鸡脖子的嫩肉都擦疼了；还有全是用天鹅绒做的衣服，系着花领结。多漂亮的小伙子，多乖的孩子！太太，乖孩子往往会成为最可怕的革命者。他们小时候不声不响，也不钻到桌子底下去，一次只吃一粒糖果。等到长大了，他可要社会付出很高的代价。对乖孩子可得当心啊！

雨果 （装作无可奈何的样子突然向捷西卡扑去）妖婆，把照片还我。你一定得还我。

捷西卡 放开我！（他把她推到床上）当心，你会使我们两人都死掉的。

雨果 还给我。

捷西卡 我告诉你，手枪要走火啦！（雨果站起来。她出示藏在背后的手枪）箱子里边，还有这件东西。

雨果 给我。

〔他从她手里拿了枪，跑去摸他那件蓝色上装的口袋，拿出了钥匙，走到箱子旁边，把它打开，接着，收好照片，把

　　　　它们和手枪一起放在箱子里。静场片刻。

捷西卡　这手枪是怎么回事？

雨果　我总是随身带支枪的。

捷西卡　这不是事实。在来这儿以前，你没有枪，也没有这个箱子。这两件东西是你一块儿买的。你要这支手枪干什么？

雨果　你想知道吗？

捷西卡　是的。正经地回答我的问题。你没有权利把我排除在你的生活之外。

雨果　你不会告诉别人吧？

捷西卡　任何人都不告诉。

雨果　这是为了杀死贺德雷。

捷西卡　雨果，你真烦。我跟你说，我不闹了。

雨果　哈！哈！我在开玩笑吗？我一本正经吗？别说出去……捷西卡，你将是一个杀人凶手的妻子！

捷西卡　可是，我可怜的小蜜蜂，你干不了这个。你愿不愿意让我来替你杀死他？我送上门去给他，然后我……

雨果　谢谢啦！送上门去以后，你会干不掉他的！我自己干去。

捷西卡　为什么你要杀死他呢？你并不认识这个人。

雨果　为了使我的妻子不敢小瞧我。你会把我当个人物吗？

捷西卡　我？我将钦佩你，把你藏起来，给你东西吃，在你躲藏的地方，给你解闷。一旦邻居告发了我们，我会推开警察扑到你身上，一边把你抱住一边叫喊：我爱你。

雨果　现在就对我说吧。

捷西卡　说什么？

雨果　你爱我。

捷西卡　我爱你。

雨果　要当真地讲。

捷西卡　我爱你。

雨果　这不是当真的。

捷西卡　你是怎么回事？你在开玩笑吧？

雨果　不，我不开玩笑。

捷西卡　那么，为什么你要我说这句话呢？你从来不这样的。

雨果　不知为什么，我很希望能想到你是爱我的。我有权利这样要求。来吧！说吧！好好地说。

捷西卡　我爱你，我爱你。不是这么说法，我爱你。唉！见鬼去！你怎么说法？

雨果　我爱你。

捷西卡　瞧，你不比我强。

雨果　捷西卡，你并不相信我说的。

捷西卡　说你爱我吗？

雨果　说我要去杀死贺德雷。

捷西卡　当然，我相信。

雨果　捷西卡，正经点，做到态度严肃。

捷西卡　为什么我要态度严肃？

雨果　因为我们总不能老是打打闹闹的。

捷西卡　我可不喜欢严肃的人，不过有办法。我就装出严肃的样子。

雨果　看着我的眼睛，别笑，听好：杀贺德雷的事，这是真的。是党派我干的。

捷西卡　我相信。但为什么你不早跟我说？

雨果　我要是早说了，你也许不肯跟我来。

捷西卡　为什么？这是男人的事，与我无关。

雨果　这件工作不大好搞,你知道……那家伙样子挺顽强。

捷西卡　既然是这样,那我们先把他麻醉了,然后把他缚在枪口上。

雨果　捷西卡,我是当真的。

捷西卡　我也是一样。

雨果　你,你是装出来的,你刚才还跟我说来着。

捷西卡　不,是你在装。

雨果　我请求你相信我。

捷西卡　我会相信你的,如果你相信我是严肃的。

雨果　好吧!那么,我相信你。

捷西卡　不对,你是装作相信我。

雨果　这样下去,我们永远也解决不了问题。(有人敲门)进来!

〔捷西卡走去站在箱子前面,背向观众,与此同时,雨果跑去开门。

第 二 场

〔史力克、乔治、雨果和捷西卡。

〔史力克和乔治微笑着走进来。他们手提轻机枪,腰挂短手枪。静场。

乔治　是我们。

雨果　什么事?

乔治　来看看你们是不是需要帮忙。

雨果　帮什么忙?

史力克　布置新居。

捷西卡　谢谢你们的好意,不过,我不需要别人帮忙。

乔治 （指着凌乱地搁在床上、椅上的女人衣服）这些都要叠吧？

史力克 四个人一起动手,那会快得多。

捷西卡 您以为是这样吗？

史力克 （从椅背上拿起一件连衫裙,伸直手提着）先从中间对着叠,然后两边合过来,对吗？

捷西卡 是这样吗？好啦,我看你们还是干力气活儿行。

乔治 史力克,别碰这种东西。这会引起你胡思乱想的。太太,请原谅,我们已经有半年没有见过女人了。

史力克 我们甚至想不起女人的身段是怎样的。

捷西卡 现在你们想起来了吗？

乔治 慢慢地想起来了。

捷西卡 这村子里没有女人吗？

史力克 有的,但是我们不出门。

乔治 以前那位秘书每天晚上都跳墙出去,结果有一天早上人家发现他的头倒栽在一个泥坑里。因此,这次老头子决定新来的秘书必须是结了婚的,这样他可以在家里得到满足。

捷西卡 他倒想得很周到哩。

史力克 可是对我们呢,他却想不到我们也需要得到满足。

捷西卡 有这种事？为什么？

乔治 他说,他要我们一个个又凶又猛。

雨果 他们是贺德雷的警卫。

捷西卡 我早就猜到了。

史力克 （指着他的轻机枪）因为看到了这个,是吗？

捷西卡 也是因为看到这个。

乔治 您不要把我们当成职业保镖。我呢,我本来是管工。现在是临时来这儿干干的,因为党需要。

史力克　您不怕我们吧？

捷西卡　一点也不。可是，我希望(她指着轻机枪和小手枪)你们把这些家伙放下，搁在角落里。

乔治　不行。

史力克　这是禁止的。

捷西卡　你们晚上睡觉的时候也不离手吗？

乔治　不离手，太太。

捷西卡　真不离手？

史力克　真的不。

雨果　他们是照规矩办事。当我头一次走进贺德雷家的时候，他们把机枪口顶着我。

乔治　(笑着说)我们就是这个样子。

史力克　(也笑着说)那时只要他动一动，您就变成寡妇了。(所有的人都笑起来)

捷西卡　你们的头头很怕死吧？

史力克　他不怕，但是他不想让人家把自己杀了。

捷西卡　为什么人家要杀他呢？

史力克　为什么，这我不晓得。但肯定是有人要杀害他。他的伙伴已经来给他通风报信。这事快有两个星期了。

捷西卡　这可真有意思。

史力克　总之，要站好岗。噢，您会习惯的，这没什么了不起的。

〔史力克回答时，乔治在房间里走了一圈，装作随便看看的样子。他走到打开的壁橱里，拿出雨果的那件衣服。

乔治　喂，史力克！你瞧，他穿着多么讲究！

史力克　这是他职业的需要。当你看着秘书把你的话记下来的时候，秘书应当能讨你喜欢，要不然，就会影响你的思路。

〔乔治装作刷衣服,摸摸衣服里有什么没有。

乔治　当心壁橱,里边的板壁很脏。

〔乔治把衣服放回壁橱,接着走到史力克旁边。捷西卡和雨果相视。

捷西卡　(有了主意)来吧!……请坐下。

史力克　不,不。谢谢啦。

乔治　站着就行了。

捷西卡　我们没有东西可以请你们喝。

史力克　在值勤的时间,不管怎样,我们都不能喝。

雨果　你们现在是在值勤吗?

乔治　我们总是在值勤。

雨果　啊?

史力克　我跟你们说吧,一个人要变成圣人才能干这种见鬼的差使。

雨果　我可还没有到值勤的时间。我是在我的家里,和我的妻子在一起。捷西卡,我们坐下吧。

〔两人坐下。

史力克　(走到窗口)景致真好。

乔治　他们的家蛮漂亮。

史力克　而且安静。

乔治　你看那张床可够大的……足够三个人睡。

史力克　够四个人:年轻夫妇总是挤在一起睡的。

乔治　这块地方白白浪费啦,可有人却得睡在地上。

史力克　别说啦,今晚上我要做梦了。

捷西卡　你们没有床吗?

史力克　(开心地)乔治!

乔治　（笑着说）我在这儿。

史力克　她问我们是不是有床。

乔治　（指着史力克）他睡在办公室的地毯上,我睡在老头子房门前的过道上。

捷西卡　不舒服吧？

乔治　要是你丈夫睡在那儿,是会觉得不舒服的,因为他看样子挺娇气。我们这些人已经习惯了。叫人难受的是,我们没有地方待。花园里不安全,我们白天只好待在门厅里。（他弯下腰看床底下）

雨果　你看什么？

乔治　有时候那里有老鼠。（直起身来）

雨果　没有吧？

乔治　没有。

雨果　那就好。

〔静场片刻。

捷西卡　你们让你们的头头单独待着吗？你们难道不怕,要是你们过久地不在他身边,会出事吗？

史力克　还有莱昂在那里。（指着电话机）再说,只要有一点风吹草动,他就可以把我们叫去。

〔静场。雨果站起来,紧张得脸色发白。捷西卡也站了起来。

雨果　他们挺和气的,是吗？

捷西卡　和气极了。

雨果　你瞧,他们长得多棒哪！

捷西卡　又高又大！嗳！你们倒可以凑成三人帮。我丈夫佩服杀手。他也想当。

史力克　他可不是当这号人的料。他生来是个当秘书的。

雨果　我们会合得来的。行呀！我是脑袋,捷西卡是眼睛,你们是肌肉。捷西卡,摸摸肌肉!(他摸摸他们)像铁一样。摸摸看!

捷西卡　可是,乔治先生也许不太高兴。

乔治　(生硬地)我不在乎。

雨果　你看,他很高兴。去吧,去摸摸,捷西卡,去摸摸看。(捷西卡摸乔治的肌肉)像铁一样,是吗?

捷西卡　像钢一样。

雨果　我们三个人彼此不用客气地称呼,好吗?

史力克　行,年轻人,你愿意就行。

捷西卡　你们来看望我们,实在太客气了。

史力克　我们也很高兴。乔治,对吗?

乔治　看见你们过得幸福,我们挺高兴。

捷西卡　当你们待在门厅里的时候,这就可以做你们的话题了。

史力克　一点不错。到了晚上,我们会说:"他们热乎乎的,小伙子怀里抱着他的小媳妇。"

乔治　这就给我们鼓了劲。

雨果　(走到房门前,把门打开)你们以后随便什么时候都可以来,这里跟你们自己家里一样。

史力克　(平静地走到门旁,把门重新关上)我们就走,马上就走。只消一点点时间就把一个小小的例行公事办了。

雨果　什么公事?

史力克　搜查房间。

雨果　不行!

乔治　不行?

雨果　你们什么也不许搜查。

史力克　别白费劲啦,小脑袋,我们是奉命来的。

雨果　谁的命令?

史力克　贺德雷。

雨果　贺德雷命令你们来搜我的房间?

乔治　好啦,小同志,别装傻了。我刚才跟你说了,有人已经来向我们报信,说最近几天将有一场火并。在这种情况下,你以为我们不看看你的口袋就会放你跑进来吗?尽管我看你连用气枪打飞碟的本事也没有,你也许会甩几颗手榴弹或放什么破枪。

雨果　我问你们,是不是贺德雷指名要你们来检查我的东西?

史力克　指名要我们俩来的。

乔治　是指名要我们俩来的。

史力克　没经过搜查,谁也不能进这里来。这是规定。就是这样。

雨果　对我,你们不能搜查。这是例外。就是这样。

乔治　你不是党员?

雨果　是党员。

乔治　那么在你们那儿都教了你什么啦?你难道不晓得什么是指令吗?

雨果　这我和你们一样清楚。

乔治　当你接到指令的时候,你不知道应当服从吗?

雨果　我知道。

史力克　那还有什么可说的?

雨果　我服从指令,但是我也不能失去我的体面。对于那些故意耍笑我的荒唐命令,我是不会服从的。

史力克　乔治,你听到吗?你说说,你就不知道体面吗?

乔治　我想不。这是有可能搞清楚的。史力克,你呢?

史力克　你疯了吗?你至少得是个秘书,那你才有权讲什么体面呢。

雨果　可怜的蠢材!我参加党组织就是为了有一天使所有的人,不管是不是秘书,都有这种权利。

乔治　史力克,叫他别说了,要不,我快哭出来了。小同志,我们这些人入党,是因为挨饿挨够了。

史力克　我们是为了有一天,所有我们这一类人都能有东西填饱肚子。

乔治　啊!史力克,别闲扯了。先把这箱子打开,开个头。

雨果　不许碰它。

史力克　不许?我的小同志,你怎能做到不让我动手呢?

雨果　我不想跟你这架压路机硬拼。不过,只要你的爪子碰一碰这只箱子,我们今天晚上就离开这个别墅,贺德雷可以另找一位秘书。

乔治　嚙!你居然吓唬我!像你这号秘书,我天天都可以捏出一个来。

雨果　那好!搜吧,你不怕的话,那就搜吧!

　　　　〔乔治搔搔头皮。捷西卡在这期间一直非常镇静,这时她向他们走过来。

捷西卡　为什么不给贺德雷打个电话呢?

史力克　给贺德雷?

捷西卡　他会使你们意见一致的。

　　　　〔乔治和史力克用眼光互相商量。

乔治　行。(走到电话机旁,揿一揿,拿起电话筒)哈啰,是莱昂吗?去告诉老头子,那位小同志不让干。什么?呃,别瞎吹!

（回过身来对史力克说）他问老头子去了。

史力克　好。不过，乔治，我跟你说，我虽然很喜欢贺德雷，但是，在我们连邮差都全身搜查的情况下，如果他居然对这位有钱人的少爷破格相待，我就不干了。

乔治　同意。这小子要查他，要不然我们就不干了。

史力克　我可能并不讲什么体面，但是我和别人一样有点自尊心。

雨果　我的高个儿同志，很可能是这样。但是当贺德雷亲自下令搜查的时候，我五分钟后就离开这座房子。

乔治　史力克！

史力克　什么？

乔治　你不觉得这位先生有一副贵族老爷的嘴脸吗？

雨果　捷西卡！

捷西卡　什么？

雨果　你不觉得这两位先生有一副警察的嘴脸吗？

史力克　（直冲他走去，接着把一只手搭在雨果肩上）小同志，当心点，我们要是警察的话，早就要动手打人了。

〔贺德雷走进来。

第 三 场

〔前场人物，贺德雷。

贺德雷　为什么打扰我？

史力克　（向后退了一步）他不让搜查。

贺德雷　为什么不让？

雨果　如果您答应他们搜查，我这就走。话就说到这里。

贺德雷　好吧！

乔治　如果你不让搜查,我们就走,不干啦。

贺德雷　你们都坐下。(其他的人全都勉强坐下)顺便提一提,雨果,你对我可以不称呼您。在这里,大家都不用客气的称呼。(从沙发椅背上拿下一条三角裤和一双长袜,准备搁到床上去)

捷西卡　让我来。(从他手里拿过那两样东西,卷成一团,仍坐回原处,一面把东西扔到床上)

贺德雷　你叫什么名字?

捷西卡　对妇女您也称呼"你"吗?

贺德雷　是的。

捷西卡　好吧,我会习惯的。我叫捷西卡。

贺德雷　(一直盯住她)我原以为你长得不好看。

捷西卡　我很遗憾。

贺德雷　(仍然盯住她)对。是遗憾的事。

捷西卡　我是不是该剃光头?

贺德雷　(不停地看她)不,(离开她远一点)是因为你,他们要打起架来吗?

捷西卡　还没到时候。

贺德雷　希望这种时候永远也别来到。(坐到沙发上)搜查,这是无关重要的事。

史力克　我们……

贺德雷　无关重要的。我们以后慢慢再谈。(向史力克)发生了什么事?你们对他有什么不满的?他穿着太好?他说话文绉绉?

史力克　是穿着的问题。

贺德雷　在这里不扯这个。把这问题放到一边。(看看雨果、史力克和乔治)我的孩子们,你们一开始就没搞好。(向着雨果)你摆出一副傲慢的样子,因为你是最弱小的一个。(转向史力克和乔治)你们呢,你们摆出一副对什么都不满的嘴脸。你们一开始就恶意地看着他。明天你们会捉弄他,等到下星期我需要他记录一封由我口述的信时,你们就会跑来对我说,人家把他从池塘里捞起来了。

雨果　办不到。如果我能够阻止……

贺德雷　你什么也阻止不了。年轻人,不要发火。不能把事情闹到这种地步,就是嘛。四个男人住在一起,如果不是亲亲热热,就会互相残杀。你们要亲亲热热,我才高兴。

乔治　(庄严地)不能靠命令叫人产生感情。

贺德雷　(用力地说)能的。在同一个组织里的同志之间,在执行任务的时候,是可以靠命令产生感情的。

乔治　我们又不是同一个党的。

贺德雷　(问雨果)你不是我们的人吗？

雨果　是自己人。

贺德雷　这不就行啦！

史力克　可能我们是同一个党的,但我们不是出于同一个动机参加党的。

贺德雷　我们参加党组织总是出于同样的动机。

史力克　对不起！他是为了使穷人懂得应该尊重自己。

贺德雷　什么？

乔治　这是他自己讲的。

雨果　你们呢,你们参加党只是为了可以有饭吃。这是你们说的。

贺德雷　那又怎样呢？你们意见是一致的。

史力克　什么？

贺德雷　史力克！你不是和我说过，说你因为挨饿而感到羞耻吗？（他俯身向着史力克，等着回答，但落空了）你还说你怒火冲天，因为一天到晚不能想别的事，对吗？你还说：对一个二十岁的青年来说，他还有比整天为自己的肚子忙碌更为重要的事要干，不是吗？

史力克　当着他的面，你没有必要讲这些。

贺德雷　你不是跟我讲的吗？

史力克　这说明什么呢？

贺德雷　这说明你想吃饱肚子还加上一点别的东西。他呢，按照他的讲法，这是尊重自己。他要这样讲，就让他讲吧。每一个人都可以自由选择自己爱用的字眼。

史力克　这可不是尊重。把这个叫作尊重，这可真叫我难受。他这个人用的字眼是在自己脑袋里找到的，他想事情，凭的是自己的脑袋瓜儿。

雨果　那你要我凭什么东西来想呢？

史力克　我的同志，当一个人饿肚子的时候，可不是凭头脑来想事情的。的确，我希望不再感到肚子饿，我的老天爷，的确是这样。我只希望有一点儿时间，短短的一点儿时间也好，让我能够对别的事情发生兴趣，对除自己以外任何别的事情发生兴趣，但这不是尊重自己。你从来没有挨过饿，可是你却到我们这里来给我们讲大道理，正像从前那个常来调查我母亲的慈善组织的太太们一样，她看见我母亲酗酒，就说她不尊重自己。

雨果　这不对。

乔治　你，你挨过饿吗？我想，你过去在吃饭前需要的是运动，好使胃口好些。

雨果　我的高个儿同志，这一次你讲对了：我一向不知什么是胃口。你如果看见过我小时候吃磷酸脂,总是剩下一半,你会叫:这是多大的浪费呀!于是,人们掰开我的嘴巴对我说:"为爸爸吃一匙,为妈妈吃一匙,为姑妈安娜吃一匙。"有时甚至把茶匙一直捅到我的喉咙口。你想想,我就这样长大了,可是我长不胖。由于我脸色发白,就送我去屠宰场喝鲜血,这一来我连肉也不肯沾了。每天晚上我的父亲总是说:"这孩子肚子不会饿……"每天晚上,你总看到这种情况:"吃吧,雨果,吃吧。你会生病的。"人们要我吃鱼肝油。奢侈到极点了,竟用药来使你感到饥饿,而这时候,别的一些人却为了一块牛排在街上出卖自己。我看见有些人在我窗前走过,身上挂着牌子,上面写着:"给我们一点面包吧!"可我看了一会儿之后,却走去坐在饭桌旁。"吃吧,雨果,吃吧。为失业的看守吃一匙,为在垃圾箱里拾菜帮子的老婆子吃一匙,为断了腿的木工一家再吃一匙。"我终于离开了家。我入党难道是为了听同样的老话:"你从来没有挨过饿。雨果,你管什么闲事?你能懂得什么?你从来没有挨过饿。"对的,我从来没有挨过饿。从来没有!从来没有!你也许能够告诉我:该怎么办才能使你们所有的人不再为这件事责备我。

〔静场片刻。

贺德雷　你们都听见了吗?好吧,你们教教他吧。告诉他该怎么办。史力克!你对他有什么要求?要他把一只手砍掉吗?挖掉自己一只眼睛吗?把他的妻子给你吗?到底他应当付出什么代价你们才能原谅他?

史力克　他没有什么需要我原谅的。

贺德雷　有的。他参加党不是迫于贫困。

乔治　我们没有因为这个而责备他。不过在我们和他之间隔了一座大山：他不过是个爱好者罢了。他入党是因为他觉得这样做好，办件好事。而我们呢？我们是出于没有别的路可走。

贺德雷　从他来说，你以为他就有别的路可走吗？看到别人饥饿，也并不是好受的。

乔治　也有不少人心安理得。

贺德雷　那是因为这些人缺乏想象力。这个小青年的不幸就在他想象力过于丰富。

史力克　算啦！我们并不是跟他过不去，并不憎恨他，总之就是这样。不过，我们还是有权利……

贺德雷　什么权利？你们没有任何权利，没有！"我们并不憎恨他"……你们这些浑蛋，去照照镜子看看自己那副长相吧！然后，如果有勇气的话，回来向我说说你们细致的感想。我们是根据工作表现来判断一个人的好坏的。当心我要根据你们的工作表现来判断你们，最近一个时期来，你们过分松懈了。

雨果　您不要袒护我！谁要您袒护我的？您看得很清楚，这是没有办法的事情；我好歹也习惯了。刚才我看着他们走进来的时候，我就看到他们脸上那种我见到过的微笑。他们并不漂亮。您可以相信我，他们来是要我还债，为我的父亲，我的祖父，我家里所有总是吃得饱饱的人还债的。我跟您说吧，我见过这种人。他们永远也不会容下我的。像他们刚才那样，带着那种微笑看我的人有千千万万。我进行过斗争，我低声下气，我尽了一切力量使他们忘掉这一切。我反复对他们说：我喜欢他们，羡慕他们，钦佩他们。可是，没用，一点儿也没用！我还是一个有钱人家的少爷，一个知识分子，一个不是用自己的双手劳动的人。算啦！他们要怎样想就怎样想吧！他们是对的，这的确是一个穿着的问题。

〔史力克和乔治沉默地彼此相视。

贺德雷　（向着两个警卫）怎么样？（史力克和乔治耸耸肩膀表示很难说）我不会比你们更宽待他，你们都晓得我不宽待任何人。虽然他将来也不是靠两手劳动的，但是我会使他工作到筋疲力竭的。（有点恼火）好，到此为止。

史力克　（下了决心）同意！（向着雨果）不过，我的孩子，这并不是因为我喜欢你。没有办法，我们之间有些什么东西使我们粘不到一块儿。可是，我不认为你是个坏人。的确，我们从一开始就没搞好关系。我们要设法不使彼此过不去。同意吗？

雨果　（有气无力地）随你的便。

史力克　乔治，你同意吗？

乔治　就这样吧。

〔静场片刻。

贺德雷　（心平气和地）还有搜查的问题。

史力克　对，搜查……噢！现在……

乔治　那么刚才说的，只是嘴上说说了？

史力克　那总不能不搜查呀。

贺德雷　（变了语调）谁征求你们的意见？我叫你们进行搜查，你们就动手。（转向雨果，恢复正常的口吻）我的孩子，我是相信你的，不过你得现实一些。如果今天我破例地对待你一次，明天他们就会要我破例两次。弄到最后，一个家伙就会跑进来把我们全都杀了，因为警卫没有把他的口袋翻出来看看。假使他们客客气气地向你提出要求，你让他们搜吗？现在，你们都是朋友了。

雨果　我……怕还是不行。

贺德雷　嗬！（看看雨果）要是我向你提出呢？（稍停）我看，你是有你的原则的。我也可以把这件事作为一个原则问题来看。不过原则和我……（稍停）看着我。你没有武器吧？

雨果　没有。

贺德雷　你的妻子也没有吗？

雨果　没有。

贺德雷　很好。我相信你。你们两个走吧。

捷西卡　等一等。（史力克和乔治回转来）雨果，不以信任回报人家的信任，这是不对的。

雨果　你说什么？

捷西卡　你们什么地方都可以搜查。

雨果　捷西卡，不过……

捷西卡　不过什么？你会使他们以为你藏着一支手枪哩。

雨果　你疯啦！

捷西卡　那就让他们搜吧。既然是我们主动要求他们搜的，就不会损害你的自尊心了。

〔乔治和史力克站在门槛上犹豫不决。

贺德雷　怎么啦？你们还在等什么？你们明白吗？

史力克　我们以为……

贺德雷　没什么好以为的，人家怎么要求你们，你们就照办好了。

史力克　行，行，行。

乔治　那刚才就用不着花那么些工夫讲一大套了。

〔他们两人开始搜查的时候，雨果浑身无力，目瞪口呆，一直看着捷西卡。

贺德雷　（向史力克和乔治）希望从这件事当中，你们学会相信人家。对什么人我都相信。（两人进行搜查）你们真马虎！既然人家抱着严肃的态度向你们提出要求，搜查就得认认真真。

史力克,看看衣柜底下。好。把衣服拿出来摸一摸。
史力克　已经看过了。
贺德雷　再看一遍。也要看看床垫底下。行啦!史力克,继续搜查。你,乔治,到这边来(指雨果)搜查他。你只要摸摸他上衣口袋就行了。那里!裤子的口袋。好。还有后面的口袋。好极啦。
捷西卡　我呢?
贺德雷　既然你提出来,乔治!(乔治动也不动)怎么啦,她把你吓住了吗?
乔治　嗳!好吧!(走到捷西卡前面,满脸通红,用手指轻轻地碰一碰她,捷西卡笑起来)
捷西卡　他的手像贵夫人的侍女一样。
　　　　〔史力克已走到放着手枪的箱子前。
史力克　箱子都是空的吗?
雨果　(紧张地)是的。
　　　　〔贺德雷注视着他。
贺德雷　这个箱子也是空的吗?
雨果　是的。
史力克　(提起箱子)不对。
雨果　呀……不对,这箱子不是空的。我刚才正要清理,你们就进来了。
贺德雷　打开。
　　　　〔史力克开箱搜查。
史力克　没什么。
贺德雷　好!完了!你们可以走啦。
史力克　(向雨果)请别介意。

雨果　没什么。

捷西卡　（当两个警卫走出去时,她说）我会到那个门厅里去看望你们的。

第 四 场

〔捷西卡、贺德雷和雨果。

贺德雷　我要是你,我就不会太经常地去找他们。

捷西卡　嘀！为什么？他们很可爱,特别是乔治,像个姑娘。

贺德雷　哼！（朝她走去）你长得很漂亮,这是事实。为此而后悔也没有用。既然事实是这样,我看只有两个解决办法:头一个是,如果你的心地宽厚,你使我们大家都感到幸福。

捷西卡　我的心地很狭窄。

贺德雷　我不相信。我看他们会落到彼此打起来的地步的。还有第二个解决办法:你丈夫外出的时候,你把自己关起来,对什么人都不开门,连我在内。

捷西卡　好。不过,请您别见怪,我要选择第三种办法。

贺德雷　那就随你的便。（俯身向她,深深地吸一口气）你闻起来很香。你去找他们的时候,不要擦这种香水。

捷西卡　我没有擦香水。

贺德雷　那就算啦！（转过身来,慢慢地走到房子中间,然后站住了。在整个过程中,他的眼光到处细细搜索。他好像在找寻什么。他的眼光不时停留在雨果身上,仔细观察他）好！到底是……对啦！（静场）对啦！（静场）雨果,明天早上十点钟你到我那儿去。

雨果　我知道了。

贺德雷 （心不在焉的样子,到处细心察看）不错,不错,不错,不错。瞧！一切都好,善始善终。我的孩子们,你们一脸不高兴。一切都好,是这样！大家彼此和解了,大家亲亲热热……（忽然问）我的孩子,你累了吗？

雨果　没什么,（贺德雷留神看着他。雨果发窘,费劲地说着话）就是因为……刚才发生的那件事,我……觉得很抱歉。

贺德雷　（一直看着他）我已经不再想那件事了。

雨果　往后,您……

贺德雷　我跟你说过,不要用客气的称呼。

雨果　往后,你不会有什么不满意的地方了。我一定遵守纪律。

贺德雷　这你已经对我说过了。你确实不觉得自己有病吗？（雨果没有回答）你要是有病,现在还来得及跟我说,我可以要求委员会另派一个人来顶替你。

雨果　我没有病。

贺德雷　那就太好啦。好,我要走了。我想你们俩巴不得没人在旁边。（走到桌子旁,看看桌上的书）恩格斯、马克思,很好。洛尔卡①、爱略特②,不认得。（翻一翻书）

雨果　这两位是诗人。

贺德雷　（拿起别的一些书）诗……诗……很多诗集。你写诗吗？

雨果　唔——不写。

贺德雷　可是,你写过的。（离开桌子,走到床前站住）睡衣,你的穿着确实讲究。是你离开你父亲的时候带出来的吗？

雨果　是的。

---

① 洛尔卡(1898—1936),西班牙戏剧诗人。
② 爱略特(1888—1965),原籍美国的英国诗人。

贺德雷　我想那两套衣服也是的,对吗？(递给雨果一支烟)

雨果　(拒绝)谢谢。

贺德雷　你不抽烟？(雨果作了一个手势,表示不抽)好。委员会告诉我说你从来没有参加过什么直接行动。真的吗？

雨果　真的。

贺德雷　你大概手痒了吧。所有的知识分子都梦想参加行动。

雨果　我的工作是编辑报纸。

贺德雷　我听说了。我已经有两个月没有收到报纸了。以前的报纸都是你编辑的吗？

雨果　是的。

贺德雷　这倒是个好工作。他们居然肯忍痛把一位这样得力的编辑派到我这里来吗？

雨果　他们想我会适合你的需要。

贺德雷　他们很不错。你呢？你高兴离开原来的工作吗？

雨果　我……

贺德雷　报纸完全由你负责,那倒是要担风险、负责任的。从某种意义来说,这也可以算作是实际行动。(看看雨果)现在你当起秘书来了。(稍停)为什么你要离开原来的工作？为什么？

雨果　因为服从组织纪律。

贺德雷　不要老讲纪律。我对那些言必称纪律的人很有戒心。

雨果　我需要有纪律。

贺德雷　为什么？

雨果　(厌倦地)我脑子里想的东西太多,我得把它们赶出去。

贺德雷　哪一类的思想？

雨果　"我在这儿干什么？我想要得到自己想望的东西,这想法对吗？我是不是在演戏？"诸如此类想法。

贺德雷　（慢条斯理地）哦！诸如此类想法。那么,现在你的头脑里也充满这些想法吗？

雨果　（发窘）没有,没有,现在没有。（沉默片刻）但是,有可能再出现。我要提防着点。要是我能把别的想法装进自己的头脑就好啦。譬如这样一些命令："干这个。齐步走。立正。说这个。"我需要服从。服从,光这个就够了。吃饭、睡觉、服从。

贺德雷　行呀。只要你服从,我们就能配合好。（把一只手搭到雨果肩上）听着……（雨果躲开,往后一跳。贺德雷用越来越感兴趣的眼光看着他,语气变得尖锐、无情）怎么？（稍停）哈！哈！

雨果　我……我不喜欢别人碰我。

贺德雷　（声音严厉急促）他们搜查你这个箱子的时候,你为什么心惊胆战？为什么？

雨果　我没有心惊胆战。

贺德雷　不对！你害怕了。里面到底有什么东西？

雨果　他们都搜过了,里面没什么。

贺德雷　没什么？让我们瞧瞧。（走到箱子旁,把它打开）他们刚才是搜查武器。然而箱子里既可以藏武器,也可以藏一些文件。

雨果　或者装一些完全属于个人的东西。

贺德雷　从你成为我的下属那一刻起,你要好好记住：任何东西都不属于你自己了。（他搜查箱子）衬衫、衬裤,全是新的。看来你有一些钱,对吗？

雨果　我的妻子有钱。

贺德雷　这是些什么照片？（他拿起来看。静场）是这个,原来是这个！(他看着一张照片)天鹅绒的衣服……(他看着另一张)海军服大翻领,还有风雪帽。多神气的小少爷！

雨果　把这些照片给我。

贺德雷　嘘！(他把雨果一把推开)全在这儿,这是些完全属于私人的东西。你刚才是害怕他们发现。

雨果　要是他们那双肮脏的手拿到了照片,要是他们一边看一边嘲笑,我就……

贺德雷　好啦,秘密已经揭开。瞧,这就叫作了亏心事,脸上看得出。我刚才几乎可以发誓：你至少藏着一颗手榴弹。(看看照片)你没有变。这双细腿……显然你从来胃口都不好。你那时候这么小,人家把你放在一把椅子上,你把双手交叉放在胸前,像拿破仑一样打量着你周围的人。你那时样子好像不高兴。不……做一个有钱人家里的孩子,不见得天天都好过。这是生活不幸的开始。既然你想埋葬过去,为什么你把这些照片放在这箱子里随身携带呢？(雨果作了一个含糊的手势)总之,你对自己想得过多。

雨果　我加入组织就是为了把自己忘掉。

贺德雷　你甚至每一分钟都想着应当忘记自己。好啦,各人自己尽力想办法去应付自己的境况吧！(把照片还给雨果)把它藏好。(雨果接过照片,放在上衣的里袋内)明天见,雨果。

雨果　明天见。

贺德雷　捷西卡,晚安！

捷西卡　晚安。

〔贺德雷走到门前,转过身来。

贺德雷　放下百叶窗,拉好铁闩。谁晓得在花园里转来转去的是些什么人。这是命令。(下)

第 五 场

〔雨果和捷西卡。

〔雨果跑到门旁,把门加两道锁。

捷西卡　他的确庸俗,可是并没有系花点子领带。

雨果　手枪在哪儿?

捷西卡　我的小蜜蜂,刚才我觉得真好玩。这是我第一次看到你和真正的男人较量。

雨果　捷西卡,那只手枪在哪儿?

捷西卡　雨果,你不懂得搞这种把戏该怎么搞法。窗子关上了吗?人家可以从外面看到我们。

雨果　(走去把百叶窗关上,再回到她身边)在哪儿?

捷西卡　(从自己衣服的上胸口掏出手枪)要进行搜查的话,贺德雷最好添个女的。我自告奋勇。

雨果　你什么时候把它拿走的?

捷西卡　当你跑去给那两只看家狗开门的时候。

雨果　你把我们要得够意思的。我还以为你落进他的圈套了呢。

捷西卡　我?我差一点要当面笑他。"我相信你们!对什么人我都相信。希望从这件事当中,你们学会相信人家……"不知他是怎么想的?对于信任这一招,只有男人才会上钩。

雨果　还有呢?

捷西卡　我的小蜜蜂,你少开口。你感情激动了。

雨果　我?什么时候?

捷西卡　当他跟你说他相信你的时候。

雨果　没有,我没有激动。

捷西卡　激动的。

雨果　没有。

捷西卡　说老实话,如果你有一天让我同一个漂亮的小伙子单独在一块,你可别对我说:"我相信你。"我事先给你打个招呼。要是我动了心,不是靠你这么一句话就能阻止我欺骗你的。恰恰相反。

雨果　我很放心,我会闭着眼睛走的。

捷西卡　你以为用感情就可以打动我吗?

雨果　不会,我的小白雪雕像,我是相信霜雪的寒冷的。最多情的引诱者在你身上也会冻僵手指。他抚摩你,想使你感到温暖,你却融化在他的手里了。

捷西卡　傻瓜!我不再开玩笑了。(短暂的静场)你很害怕吗?

雨果　刚才吗?没有。我不信我害怕了。我看着他们搜查时,心里在想:"我们在演戏!"对我来说,从来没有任何事物是完全真实的。

捷西卡　连我也在内吗?

雨果　你吗?(看了她一会儿,接着把头转过去)说真的,你害怕了吗?你也怕了?

捷西卡　当我意识到他们将要搜查我的时候。因为这就得看运气了。乔治嘛,我肯定他不会认真搜我身的,可是我怕史力克会把我抓在手里,其实我并不怕他搜到手枪,我是怕他的那双手。

雨果　真不该把你拖进这件事里。

捷西卡　恰恰相反。我过去老是梦想当一名冒险家。

雨果　捷西卡,这不是闹着玩的。那老头子是危险人物。

捷西卡　危险人物?对谁危险?

雨果　对党组织。

捷西卡　对党组织？我还以为他是党的领导人。

雨果　他是领导人之一。正是因为这样，他……

捷西卡　千万别对我来一通解释。我相信你说的。

雨果　你相信什么？

捷西卡　（像背诵似的）我相信这个人是危险人物，认为应当消灭他，你来这里是为了把他干掉……

雨果　嘘！（稍停）看着我。有时候我心里想：你装作相信我，其实你并不真正相信我。有时候我想：你心里是相信我的，可是你装作不相信我的样子，到底哪个是真的？

捷西卡　（笑着说）都不是真的。

雨果　要是我需要你帮忙，你怎么办？

捷西卡　难道我不是来给你帮忙的吗？

雨果　是的，我的小宝贝。可是，我要的不是这种帮忙。

捷西卡　忘恩负义。

雨果　（看看她）要是我能够看出你头脑里想的……

捷西卡　你就问吧。

雨果　（耸耸肩膀）算啦！（稍停）我的天哪，当一个人要去杀人的时候，应该感到像压了块石头那样沉重。我的头脑里应该一片平静。（大声叫喊）平静！（稍停）你刚才没看到他是多么难以捉摸？多么有活力？（稍停）真的！是真的！真的我要把他杀死。一个星期后他将倒在地上死掉，身上五个窟窿。（稍停）多有意思！

捷西卡　（笑了起来）我可怜的小蜜蜂，如果你想使我相信你将成为一个杀人凶手，首先你得确信自己能行。

雨果　我不像有信心的样子吗？

捷西卡　一点也没有。你没把自己的角色演好。

雨果　捷西卡,我不是在演戏。

捷西卡　不,我不是在演戏。

雨果　不对。演戏的是你,总是你。

捷西卡　不,是你。还有,枪在我这里,你怎么能够杀死他呢?

雨果　把枪还给我。

捷西卡　说什么也不行。枪是我保住的。没有我,你就会因为这支枪叫他们抓走。

雨果　把枪还我!

捷西卡　不,我不还给你。我要去找贺德雷,我对他说:我来供你开心,当他抱着我的时候……

〔雨果装作无可奈何的样子,突然扑到她身上。像第一场戏一样,两人倒在床上,又叫又笑。当幕布落下时,雨果终于夺回了枪。捷西卡叫喊:"当心!当心!枪要走火啦!"

——幕落

第 四 幕

〔贺德雷的办公室。布置严肃朴素,但相当舒适。右边是一张写字台,中间有一张桌子,上面堆满了书和纸,桌布拖到地面。办公室左侧有一扇窗户。从窗口可以看见花园里的一些树。右侧后方有一道门;门左侧有一张厨房用的小桌子,上面搁着一只煤气炉。炉上有一只咖啡壶。此外还有式样不一的几张椅子。时间是下午。

〔雨果一个人在场。他走近写字台,拿起贺德雷的蘸水笔杆,用手指轻轻碰一碰。然后走到炉子旁,拿起咖啡壶,一边看一边轻轻吹着口哨。捷西卡悄悄地走进来。

第 一 场

〔捷西卡和雨果。

捷西卡　你拿着这咖啡壶干什么?

雨果　(赶忙把咖啡壶放下)捷西卡,你不能进这办公室。

捷西卡　你拿着这咖啡壶干什么?

雨果　你呢,你到这里来干什么?

捷西卡　来看看你,我的宝贝。

雨果　好啦,你已经看见我啦。快走吧!

贺德雷　要下楼了。

捷西卡　我的小蜜蜂,你不在,我多想你呀。

雨果　捷西卡,我没时间跟你闹。

捷西卡　(看看四周)当然,要是叫你把这里的情景给我描述一番,你是办不到的。这里有一股烟味,像我小时候在我父亲的办公室里闻到的一样。其实,描述一种气味也不难。

雨果　你好好听我说……

捷西卡　慢点!(掏自己上衣的口袋)我是特地给你送这件东西来的。

雨果　什么东西?

捷西卡　(从口袋里拿出手枪,搁在手心上递给雨果)这个!你忘拿了。

雨果　我没有忘。我从来不把它带在身上。

捷西卡　你忘了,你不应当不随身带着。

雨果　捷西卡,既然你好像还不理解,我干脆明白对你说:我禁止你到这里来。你想要玩,到花园或阁楼里去玩吧。

捷西卡　雨果,你跟我讲话的样子,好像我是六岁的孩子。

雨果　这怪谁呢?简直到了令人无法忍受的地步!你一看到我就忍不住要笑。等我们到了五十岁的时候,这样笑倒是挺快活的。可现在不能再这样下去了。你知道,这不过是一种习惯,是我们俩一起养成的一种不好的习惯。你明白我的意思吗?

捷西卡　很明白。

雨果　你肯努力做到吗?

捷西卡　肯的。

雨果　好。那么,把这手枪收起来,这算开始。

捷西卡　我不能。

雨果　捷西卡!

捷西卡　枪是你的,应当你拿着。

雨果　可是我已经跟你说过,我才不想拿着它呢。

捷西卡　可我呢?你要我拿它作什么用?

雨果　随你便。这与我无关。

捷西卡　你总不能让你妻子整天口袋里放着一支枪到处逛吧?

雨果　回家去把它放在我的手提箱里。

捷西卡　可是我不想回去;你真讨厌!

雨果　那你本来就不该把枪拿到这儿来。

捷西卡　你呢?你本来就不该忘记拿它。

雨果　我对你说过,我没有忘。

捷西卡　没有吗?雨果,看来你已经改变计划了。

雨果　嘘!

捷西卡　雨果,看着我的眼睛。你到底改变计划没有?

雨果　没有,我没有改变。

捷西卡　是不是你有意要……

雨果　是的!是的!是的!可是,不是今天。

捷西卡　噢!雨果,我的小雨果,为什么不在今天呢?我感到无聊透了,我看完了你给我弄来的全部小说。我不喜欢像苏丹宫廷里的女奴那样整天躺在床上,这会使我肥胖起来。你还在等什么?

雨果　你又在胡闹了。

捷西卡　是你胡闹。这十天来,你神气活现,打算使我觉得你了不起。可是,那个人却始终活着。如果这是演戏玩玩,那时间未免拖得太长了。我们连讲话都得放低声音,生怕人家听见,我还得忍受你的各色各样的脾气,好像你是个怀孕的女人。

雨果　你很清楚,这不是演戏。

捷西卡　(冷淡地)这就更坏了!我讨厌那种拿定了主意却不动手干的人。如果你要我相信你的话,那么今天就干完它。

雨果　今天不是时候。

捷西卡　(恢复平常的声调)又来了!

雨果　唉!你叫我烦死了。他在等客人,就在那里!

捷西卡　多少客人?

雨果　两个。

捷西卡　一起干掉。

雨果　当别人不想演戏时,有一个人却硬要演下去,再没有比这更不识相的了。我不要求你来帮我忙。哎!不要。我只求你别来碍手碍脚。

捷西卡　行!行!既然你把我排除在你的生活之外,那随你的便吧。不过,把这手枪拿去,因为我带着它会使我的口袋走样的。

雨果　要是我拿了,你走吗?

捷西卡　你先拿着。

雨果　(拿过手枪,放在自己的口袋里)现在走吧。

捷西卡　等一下,我总有权利看一下我丈夫的办公室吧。(从贺德雷的写字台后面走过,指着桌子)谁坐在这儿?他,还是你?

雨果　(不高兴地)是他。(指着桌子)我是在这张桌子上工作的。

捷西卡　(没有听雨果对她说的话)这是他写的字?(从写字台上拿起一张纸)

雨果　是的。

捷西卡　(极感兴趣)哈!哈!哈!

雨果　放下。

捷西卡　你看到他的字是怎样写的吗？他是一个一个字母写的，中间不连起来，你看见了吗？

雨果　这有什么？

捷西卡　这有什么？这就够重要的了。

雨果　对什么重要？

捷西卡　对了解他的性格。就等于知道要杀死的是怎样一个人。你看他写的两个字之间离得很远，可以说每一个字母像一个小岛，每一个字是一列群岛。这肯定有什么含义。

雨果　什么含义？

捷西卡　我不知道。他童年的回忆，他搞过的女人，他恋爱的方式，按理都可以从他的字迹上看出来。可是，我看不出来，真使人恼火……雨果，你应该给我买一本研究字迹的书，我觉得自己在这方面具有天才。

雨果　要是你马上走的话，我给你买一本。

捷西卡　这椅子好像是弹钢琴用的圆凳。

雨果　是圆凳。

捷西卡　（坐在圆凳上，转来转去）多么惬意！那么说他坐在这儿，抽烟，聊天，在凳子上转来转去。

雨果　是这样。

捷西卡　（拔开写字台上一个小长颈瓶的瓶塞，嗅了几下）他喝酒吗？

雨果　像个无底洞。

捷西卡　一边工作一边喝吗？

雨果　是的。

捷西卡　他从来不醉吗？

雨果　从来不醉。

捷西卡　我希望你别喝烧酒,即使他请你喝也别喝。你会受不了的。

雨果　你别当我的大姐。我很知道我既喝不了烧酒,也抽不了烟,热不行,冷不行,潮湿也不行,闻稻草的味道受不了,什么都受不了。

捷西卡　(慢条斯理地)他在那里,说话,抽烟,喝酒,坐在他那小圆凳上打转转。

雨果　是这样。我呢?我……

捷西卡　(发现炉子)这是什么?他自己做饭吗?

雨果　是的。

捷西卡　(大笑起来)何必呢?既然我替你做饭,我也可以替他做饭。他可以来跟我们一起吃。

雨果　你做饭不一定比他强。我想这对他是一种消遣。早上他给我们烧咖啡,非常好的咖啡,从黑市买来的……

捷西卡　(指着咖啡壶)在这里面烧?

雨果　对。

捷西卡　我刚才走进来的时候,你手里拿着的就是这把咖啡壶?

雨果　对。

捷西卡　为什么你拿它?你要找什么?

雨果　不知道。(稍停)当他接触到这把壶时,这壶就好像变成真实的东西了。凡是他接触的东西,都使人觉得是真实的。他把咖啡倒在杯子里,我喝着,同时看着他喝,我感到咖啡的真实味道就在他的嘴里。(稍停)咖啡真实的味道要消失了,还有真实的热气,真实的灯光。将来剩下的只有这一样东西。(打了个手势,指指咖啡壶)

捷西卡　什么？只有这个吗？

雨果　（做了个更大的手势，指指整个办公室）这些，全都是虚构的。（重新搁下咖啡壶）我是生活在布景之中。（他沉思起来）

捷西卡　雨果！

雨果　（吃了一惊）什么？

捷西卡　要是他死了，烟草的气味就消失了。（突然说）不要杀死他。

雨果　你以为我要杀死他吗？回答呀！你真相信吗？

捷西卡　不知道。一切看起来都这样安静。此外，这里使我感受到我童年的气息……什么也不要发生！不可能发生什么事！你是跟我开玩笑的。

雨果　他来啦！快从窗口跑出去。（想要拖她走）

捷西卡　（不肯走）我想看看你们俩在一起的时候是怎么个样子。

雨果　（拖着她）快走吧！

捷西卡　（很快地说）要是在我父亲的房间里，我就躲到桌子底下，连续好几个钟头看着他工作。

〔雨果用左手推开窗子。捷西卡从他手里逃脱，钻到桌子底下。贺德雷走进来。

第 二 场

〔前场人物，贺德雷。

贺德雷　你在那底下干什么？

捷西卡　藏起来。

贺德雷　干什么？

捷西卡　为了要看看我不在场的时候,你们是怎么样的。

贺德雷　你看不成了。(对雨果说)谁让她跑进来的?

雨果　我不知道。

贺德雷　这是你的妻子,要管教好。

捷西卡　我的小蜜蜂,他把你当作我的丈夫哩。

贺德雷　他不是你的丈夫?

捷西卡　是我的小弟弟。

贺德雷　(对雨果)她不尊重你。

雨果　是这样。

贺德雷　那你为什么要娶她?

雨果　因为她不尊重我。

贺德雷　一个人入了党就应当跟党内的人结婚。

捷西卡　为什么?

贺德雷　事情就会简单些。

捷西卡　你怎么知道我不是党员呢?

贺德雷　这看得出来。(看看她)你什么都不会做,只会谈情说爱。

捷西卡　我连谈情说爱也不会。(顿了一下)你是不是认为我应当申请入党?

贺德雷　你要是愿意,可以嘛,不过,看来没有希望。

捷西卡　这是我的过错吗?

贺德雷　我怎么会知道?我想你像所有的人一样,一半是受害者,一半是同谋犯。

捷西卡　(突然粗暴地说)我不是任何人的同谋。人家没有征求我的意见就替我决定了命运。

贺德雷　很可能是这样。不过,对妇女解放问题,我不怎么热心。

捷西卡　（指着雨果）你认为我待他不好吗？

贺德雷　你到这里来是为了问我这个问题吗？

捷西卡　为什么不？

贺德雷　我想：你是他的奢侈品。资产阶级的子弟到我们这里来，总是强烈地想随身带来一点点过去的奢侈生活作为纪念。有的带来他们的自由思想，有的带来一枚领带别针。而他呢？带来的是他的妻子。

捷西卡　对。当然，我不需要奢侈。

贺德雷　当然不需要。（他们彼此对看）走吧，快点走开，以后不要再到这里来。

捷西卡　行。我走啦，让你们去谈男人之间的友情吧。（威风凛凛地下场）

第 三 场

〔雨果和贺德雷。

贺德雷　你对她很有感情吗？

雨果　当然。

贺德雷　既然这样，你得禁止她再到这地方来。当我必须在一个年轻男人和一个不错的女人之间作出选择的时候，我是选择年轻男人的。但是可别使我难以作出选择。

雨果　谁要您作出选择？

贺德雷　这不值得问。总之，我选择的是你。

雨果　（微笑）您不了解捷西卡。

贺德雷　很可能。还是不了解好些。（稍停）你去告诉她，往后不要再来。（突然说）现在几点钟啦？四点十分。他们迟到了。

(走到窗口,往外看了看,接着又走回来)

雨果　您没有什么要口授的吗?

贺德雷　今天没有。(雨果作了一个动作)不,你别走。四点十分了吗?

雨果　是的。

贺德雷　要是他们不来,将来会后悔的。

雨果　谁要来?

贺德雷　你瞧着吧。你那个社会的人。(走了几步)我不喜欢等人。(转身向雨果)他们要是来的话,大功稳能告成;如果他们在最后一分钟害怕了,那么一切又得从头开始。可是我想,我赶不上了。你有多大?

雨果　二十一岁。

贺德雷　你赶得上。

雨果　您年纪也并不很大。

贺德雷　我并不老,可是我已成为众矢之的了。(向雨果指指花园)在墙那边,有人朝思暮想要把我打死。既然我不想成天自保其身,他们最后肯定会把我干掉的。

雨果　您怎么知道他们朝思暮想要打死您?

贺德雷　因为我了解他们。这些家伙都是一些干不成不死心的人。

雨果　您了解他们吗?

贺德雷　了解。你听见有汽车的声音吗?

雨果　没有。(两人倾听)没有。

贺德雷　也许就在此刻,这些家伙中的一个从墙上跳进来,他就找到了机会漂亮地完成任务。

雨果　(慢慢地)也许是时候……

贺德雷 （看着雨果）你是晓得的,他们巴不得我无法会晤来客。（走到写字台旁,为自己斟了一杯酒）你要吗?

雨果 不。(稍停)您害怕吗?

贺德雷 怕什么?

雨果 怕死。

贺德雷 不怕。但是我没有时间了。什么时候我都没有时间。以前我不在乎等候,现在我再也等不住了。

雨果 您大概痛恨他们。

贺德雷 为什么?原则上我并不反对政治谋杀。所有的政党都搞这一手。

雨果 给我一点烧酒。

贺德雷 （惊讶）嗬!（拿起小长颈瓶,给他斟了杯酒,雨果喝酒,但眼睛一直看着他）怎么啦?对,你以前从来没有见过我吗?

雨果 没有,我以前没有见过你。

贺德雷 对你来说,我不过是你生活路程中的一个站头。当然你是站在你的前途的高处来瞧我的。你心里想:"我在这老头子这里挨过两三年,等他死了,我就到别的地方去,去干别的……"

雨果 我不知道是否有一天会干别的。

贺德雷 二十年以后,你将对你的伙伴说:"那个时期,我正在贺德雷那里当秘书。"二十年后!真有意思!

雨果 二十年后……

贺德雷 怎么?

雨果 很遥远。

贺德雷 为什么?你害了痨病吗?

雨果 没有。再给我一点烧酒。（贺德雷倒酒给他喝）我从来没有想过我会活到老。我也是时间不够。

贺德雷　你和我不是一回事。

雨果　对。(稍停)过去,有时候我曾经希望立刻长成一个大人,哪怕为此把我一只手砍掉也心甘情愿。有时候我又似乎不愿青春逝去之后还继续活着。

贺德雷　青春,我不知道它是怎么回事。

雨果　怎么会呢?

贺德雷　青春,我不知道它是怎样的,因为我是从童年直接进入成年的。

雨果　是的,这是一种资产阶级病。(笑起来)很多人因为害了这种病而死掉。

贺德雷　你要我帮忙吗?

雨果　为什么?

贺德雷　你似乎一开始就不顺当。你要我帮忙吗?

雨果　(震惊地)你不行!(马上恢复了镇静)没有人能帮得了我。

贺德雷　(朝他走去)我的孩子,听着。(他中断了说话,留神谛听着)他们来了。(走到窗旁,雨果随后)高个子是卡尔斯基,他是五角大楼党的书记。那个胖子是保尔亲王。

雨果　是摄政王的儿子吗?

贺德雷　对。(脸上的表情改变了,他神态冷淡、无情,非常自信)你喝多了。把你的杯子给我。(把杯子里的酒朝花园里一倒)现在去坐好。仔细听我们谈话,如果我向你示意,你就记下来。(他把窗子重新关上,然后坐到自己的写字台旁)

第 四 场

〔贺德雷、雨果、卡尔斯基、保尔亲王、史力克和乔治。

〔两位来客走进来,史力克和乔治跟在后面,用机枪顶着他们的腰部,推着他们向前走。

卡尔斯基　我是卡尔斯基。

贺德雷　（仍然坐着）我见过您。

卡尔斯基　您知道和我一起来的是谁吗？

贺德雷　知道。

卡尔斯基　那就把您的两只警犬打发走吧。

贺德雷　行！小伙子,你们走吧。

〔史力克和乔治退场。

卡尔斯基　（讽刺地）您戒备森严。

贺德雷　如果最近期间我没有采取一些预防措施的话,我今天就不可能有机会接待你们了。

卡尔斯基　（转过身来朝着雨果）这个人呢？

贺德雷　是我的秘书。他也参加。

卡尔斯基　您是雨果·巴里纳吗？（雨果没有回答）您跟这些人混在一起？

雨果　是的。

卡尔斯基　我上星期见过令尊。您还有兴趣知道他的情况吗？

雨果　没有。

卡尔斯基　很可能您对他去世要负责任。

雨果　他对我的在世也要负责任,这倒是几乎可以肯定的。我们之间没有牵扯了。

卡尔斯基 （低声说）您是个可怜的孩子。

雨果 请告诉我……

贺德雷 你不要说话。（向卡尔斯基）您不是到这里来侮辱我的秘书的，对吗？请你们坐下。（两人坐下）喝白兰地吗？

卡尔斯基 不，谢谢。

亲王 我想喝。

〔贺德雷给他斟酒。

卡尔斯基 这就是大名鼎鼎的贺德雷。（看看贺德雷）前天，您手下的人还向我们的人开枪。

贺德雷 为什么？

卡尔斯基 我们的汽车房里存有一批军火。您的那些人想要抢走。事情就这么简单。

贺德雷 他们拿走了军火吗？

卡尔斯基 拿走了。

贺德雷 干得好。

卡尔斯基 没什么可夸耀的，他们十个人对付一个人。

贺德雷 要取得胜利，最好以十对一，这样比较有把握。

卡尔斯基 这种讨论，我们不要继续下去了，我想我们永远也不会取得一致的，因为我们不是同一种类的人。

贺德雷 我们是同一种类，但不是同一阶级。

亲王 先生们，还是谈我们的正事吧。

贺德雷 同意。我听你们的高见。

卡尔斯基 是我们要听您的高见。

贺德雷 准是发生误会了。

卡尔斯基 很可能。如果我不认为您有一项明确的建议要向我们提出的话，我才不会跑来看您呢？

贺德雷　我没有什么要建议的。

卡尔斯基　好极啦！（站起来）

亲王　先生们，大家客气点。卡尔斯基，您坐下。开头就不好。我们不能稍微和睦一点进行这次会谈吗？

卡尔斯基　（对亲王说）和睦一点？当他的两只看门狗用机枪从背后推着我们走进来的时候，您看到他那双眼睛吗？这些人恨我们。只是因为您再三要求，我才同意进行这次会谈的。不过，我相信不会有什么好结果。

亲王　卡尔斯基，去年您曾经两次组织人行刺我的父亲，可是我仍然同意和您见面。我们之间也许没有什么理由要彼此相亲相爱，可是一旦关系到国家利益，我们也就不能斤斤计较个人感情了。（稍停）当然，对这种利益，我们双方的理解不总是一致的。贺德雷，您把自己过分地看作是工人阶级合法要求的独一无二的代表。我父亲和我本人，过去一直是赞成这些要求的。但是面对德国人的令人担忧的态度，我们不得不把这些要求放在次要的地位，因为我们认为，我们首要的职责是保卫国家领土的独立，不惜采取一些不得人心的措施。

贺德雷　这就是说，向苏联宣战。

亲王　（把话接下去）另一方面，卡尔斯基和他的朋友，在外交政策方面一直不同意我们的观点，可能他们没有充分估计到一种需要，就是伊利里亚必须在外国人眼里以一个团结一致、实力雄厚的国家出现，全国人民要万众一心支持一个唯一的领袖。因此他们组织了一个地下抵抗运动的政党。于是就出现了这样一种局面：同样都是正直、爱国的人士，却由于对自己的职责持不同的见解，一时不能携手合作。（贺德雷粗野地笑起来）对不起，请问有什么意见？

贺德雷　没什么。请讲下去。

亲王　今天,大家的立场有幸互相接近了。似乎我们每一个人都对别人的观点有了更广泛的理解。我父亲不想再继续进行这样一场既无谓又花钱的内战。当然,我们不可能分别媾和,政府的军事行动将敷衍了事地进行。另一方面,卡尔斯基也认为:国家内部的分裂只会损害祖国的大业。我们各方都希望今天在实现国家统一的同时,为明天的和平做好准备。当然,这种统一工作是不能公开进行的,否则将引起德国的疑心,但可以在已经存在的地下组织中进行。

贺德雷　还有呢?

亲王　没了,我的话完了。卡尔斯基和我想告诉您一个好消息:我们已在原则上达成协议。

贺德雷　这跟我有什么关系?

卡尔斯基　够啦!我们是在浪费时间。

亲王　(继续把话讲下去)这种联合的范围应当尽可能地扩大,这是不言而喻的。如果无产阶级党有意和我们联合的话……

贺德雷　你们给什么代价?

卡尔斯基　在我们即将成立的全国地下组织中央委员会中,给你们的党两票。

贺德雷　多少票中的两票?

卡尔斯基　十二票中的。

贺德雷　(故作惊讶,但不失礼貌)十二票中的两票?

卡尔斯基　四票由摄政王派他的顾问作为代表,其余六票归五角大楼党。主席由选举产生。

贺德雷　(讽刺地)十二票中的两票。

卡尔斯基　五角大楼党拥有大部分农民,等于全国人口百分之五十七,还加上几乎全部资产阶级。工业无产阶级在我国只不过占百分之二十,而且并不是全部都拥护你们的。

贺德雷　好,还有呢?

卡尔斯基　对我们两个地下组织的基层,要进行改组和合并。你们的人并入我们五角大楼党的机构里。

贺德雷　这等于说:我们的部队将被五角大楼党吃掉。

卡尔斯基　这是和解的最好方案。

贺德雷　事实是,这是一种把对方全部消灭的和解。照这样看来,在中央委员会里仅仅给我们两票,倒是完全合情合理的。甚至可以说这还多了,因为这两票不代表任何东西。

卡尔斯基　没有人强迫您接受这个条件。

亲王　(赶快补充)如果您肯接受,政府自然准备废除关于新闻、工会组织和劳动者证的第三十九号法令。

贺德雷　多有诱惑力呀!(敲敲桌子)好啦!既然我们已经相识了,现在让我们开始工作吧。我的条件是:一个领导委员会只由六名成员组成。三票归无产阶级党,其余的三票,你们爱怎么分就怎么分。各地下组织绝对保持独立性,只有在中央委员会通过的事情上,才采取一致行动。你们要么接受,要么拉倒。

卡尔斯基　您跟我们开玩笑吗?

贺德雷　没人强迫您接受。

卡尔斯基　(对亲王说)我早就和您说过,跟这些人没法取得谅解。我们手里有三分之二的国土,有钱,有武器,有训练有素的准军事组织,还有我们牺牲了的烈士为我们造成的道义上的优势。可是这里居然有一小撮人,穷得半分钱也没有,却心安理得地要求当中央委员会里的多数派。

贺德雷　怎么样？就是说你们不干了？

卡尔斯基　不干。没有你们,我们照样行。

贺德雷　既然这样,你们走吧。(卡尔斯基犹豫了一下,接着朝门口走去。亲王没有动)卡尔斯基,您看看亲王;他比您聪明,他已经明白了。

亲王　(对卡尔斯基低声说)我们不能未经研究就断然拒绝这些建议。

卡尔斯基　(激烈地说)这不是建议,这是些荒唐的要求,我拒绝研究。(站在原地不动)

贺德雷　一九四二年时,警察追捕你们的人和我们的人。那时你们组织人刺杀摄政王,我们破坏军火生产。尽管如此,那时只要我们的一个人遇上你们五角大楼党里的一个人,总要拼个你死我活。今天您突然想叫大家互相拥抱,这是为什么？

亲王　为了祖国的利益。

贺德雷　为什么祖国的利益和一九四二年时不同了呢？(静场片刻)难道不是因为俄国人在斯大林格勒打败了保卢斯①,德国军队正在输掉这场战争吗？

亲王　冲突的发展造成新的形势,这是显而易见的。不过,我看不出……

贺德雷　我可以肯定,正相反,您看得很清楚。我相信您想保住伊利里亚。不过,您想保住的是现在这个样子的伊利里亚,把这个国家的社会不平等的制度和阶级特权一起保存下来。当德国人好像打赢了的时候,您的父亲就站到他们那一边去。今

---

① 保卢斯,第二次世界大战时德军元帅,一九四三年在斯大林格勒被苏军生俘。希特勒失败后,被囚于苏联。一九五三年获释。

天风向转了,他就想办法和俄国人打交道。可是,这就比较难了。

卡尔斯基　贺德雷,我们有很多人是在跟德国的战斗中牺牲的。我不允许您说我们为了保住自己的特权曾经和敌人妥协过。

贺德雷　卡尔斯基,这我知道:五角大楼党是反对德国的。你们在这一局中占了上风:因为摄政王为了使德国人不入侵伊利里亚,曾经给过希特勒一些好处。不过,你们过去也反对俄国,因为俄国人离这里很远。我久已听惯:伊利里亚,伊利里亚自己管自己。你们对资产阶级民族主义者唱这类老调已有两年之久了。现在俄国人逼近了,不消一年时间,他们就将推进到我们这块土地上。到那时,伊利里亚就再也不可能自己管自己了。那可怎么办呢?得找一些保险的东西。如果到时候你们能够向俄国人讲:五角大楼党过去是为你们俄国人干事的,摄政王则不过是脚踏两只船罢了,那多好啊!可是,他们未必相信你们讲的。他们将会怎样呢?嗯?他们将会怎么样呢?我们的政府毕竟向他们宣过战呀。

亲王　亲爱的贺德雷,一旦苏联了解到我们是真心诚意要……

贺德雷　一旦苏联了解到一个法西斯独裁者和一个保守党所以真心诚意地跑来帮助他们取得胜利,我猜它未必会对这些人感激涕零。(稍停)只有一个党一直得到苏联的信任,只有这个党在整个战争期间跟它保持着联系,只有这个党能穿过火线派去使者,只有这个党能为你们打的小算盘提供成功的保证:这个党就是我们的党。当俄国人来到这里的时候,他们将以我们的看法来看事物。(稍停)因此,我们提出的条件是不得不接受的。

卡尔斯基　我就不该同意到这里来。

亲王　卡尔斯基！

卡尔斯基　我早就应当料到您会用一种卑鄙的敲诈勒索来回答诚挚的建议。

贺德雷　大喊大叫吧,我不是容易激怒的。像杀猪时的猪那样嚎叫吧。不过,请记住这一点:如果你们和我们一起合作过,当苏军驻在我们领土上的时候,就可以一起掌权了。如果我们之间不能取得谅解,战争结束时我的党就单独掌权。现在是选择的时候了。

卡尔斯基　我……

亲王　(向卡尔斯基)过激不能解决问题,要采取现实的态度来应付局势。

卡尔斯基　(向亲王)您太软弱了！您为了保自己,把我拖进了人家的陷阱。

贺德雷　什么陷阱？您要走,尽可以走。我可以和亲王取得谅解,用不着您。

卡尔斯基　(向亲王)您不走……

亲王　为什么要走？要是您不喜欢这个办法,我们并不一定要您参加。我不一定要根据您的决定才能作出我的决定。

贺德雷　显而易见,我们党和摄政王政府结成同盟,会使五角大楼党在战争的最后几个月里处于困难地位。当德国人完蛋的时候,我们要采取措施把五角大楼党彻底消灭,这也是势所必然的。不过,既然你们要保持你们党的纯洁性……

卡尔斯基　为了国家的独立,我们战斗了三年,成千上万的青年为我们的事业牺牲了。我们赢得了全世界的尊重。这一切难道就是为了有朝一日让德国的党和俄国的党联合起来,在树林里僻静的地方把我们杀死？

贺德雷　卡尔斯基,不要多愁善感了。你们失败,是因为你们必然要失败。"伊利里亚,伊利里亚自己管自己……"这种口号无法保护一个四周都是强邻的小国。(稍停)您接受我的条件吗?

卡尔斯基　我没有资格接受,我一个人不能作出决定。

贺德雷　卡尔斯基,我没有时间了。

亲王　亲爱的贺德雷,也许我们可以让他有点时间好好考虑考虑。战争还没有结束,我们还可以等一个星期。

贺德雷　我可不能等一个星期。卡尔斯基,我相信您。我总是相信别人的,这是一个原则。我知道您必须跟您的朋友们商量。不过,我也知道您是能够说服他们的。如果今天您能在原则上接受我的条件,明天我就可以告诉我党的同志们。

雨果　(突然站起来)贺德雷!

贺德雷　什么事?

雨果　您怎么敢……?

贺德雷　住口。

雨果　您没有权利这样做。就是……我的天,就是这些人!以前到我父亲家里来的就是这些人……同样阴沉、无聊的嘴脸……他们一直跟踪我到这里。您没有权利这样做。他们到处钻,使得一切都腐化堕落,他们的能量非常之大……

贺德雷　您别再说了!

雨果　你们两人听着,干这种勾当,他是得不到党组织的支持的!你们不要以为靠着他就可以洗刷自己,他不会得到党的支持。

贺德雷　(镇静地向其他两人说)没关系。这纯属个人的对抗。

亲王　对。不过这样大喊大叫很讨厌。能不能叫您的警卫把这个年轻人弄出去?

贺德雷　什么话！他自己就会出去的。(站起来向雨果走去)

雨果　(后退几步)不许碰我！(把手伸进放手枪的口袋里)您不想听我说吗？您不想听我说吗？

〔这时候，人们听到爆炸的巨响，窗玻璃碎片四面飞溅，窗框也震下来了。

贺德雷　卧倒！(抓住雨果双肩，把他推倒在地上。其他两人也卧倒)

第 五 场

〔前场人物，莱昂、史力克和乔治。

〔这些人跑了进来。后来，捷西卡也进来了。

史力克　你受伤了吗？

贺德雷　(站了起来)没有。没有人受伤吧？(对站起来的卡尔斯基说)您出血了？

卡尔斯基　没关系。给玻璃碎片擦破的。

乔治　是手榴弹？

贺德雷　是手榴弹或者炸弹。不过都没有打中。搜查花园！

雨果　(转身朝着窗口，自言自语)这些浑蛋！这些浑蛋！

〔莱昂和乔治从窗口跳出去。

贺德雷　(向亲王)我已经估计到要发生这一类事。遗憾的是，他们选了这样一个时间。

亲王　呸！这叫我想起我父亲住的皇宫里也曾有过这类事。卡尔斯基！这是您的人搞的吧？

卡尔斯基　您发神经病了吗？

贺德雷　要消灭的是我。这件事只跟我有关。(向卡尔斯基)您看,还是事先采取预防措施方为上策。(看看卡尔斯基)您流血很多。

捷西卡 （气喘吁吁地跑进来）贺德雷被杀死了吗？

贺德雷 您丈夫平安无事。(向卡尔斯基)让莱昂带您到我房间里去,替您包扎一下,然后我们继续谈。

史力克 你们全都该到楼上去,他们很有可能再来搞一下。你们可以一面让莱昂包扎,一面谈。

贺德雷 就这样。(这时乔治和莱昂从窗口跳进来)怎么样？

乔治 是炸弹。他们是从花园里扔进来的,扔了就跑。只有墙全都坍了。

雨果 浑蛋！

贺德雷 我们上楼吧。(他们四人向办公室门口走去,雨果跟在后面)你不用去了！(两人彼此对视,接着贺德雷转身走出去)

第 六 场

〔雨果、捷西卡、乔治和史力克。

雨果 （咬紧牙关）这些浑蛋。

史力克 讲谁？

雨果 那些扔炸弹的家伙,混账东西！(跑去倒酒喝)

史力克 有点紧张,是吗？

雨果 呸！

史力克 没有什么可难为情的。这是炮火的洗礼。你将来会习惯的。

乔治 甚至还可以对你说:时间一久,这会使人觉得好玩。史力克,是吗？

史力克　会使人变化,会使人清醒,使你两腿不再发麻。

雨果　我不是紧张。我是气愤。(端起酒来喝)

捷西卡　我的小蜜蜂,你对谁呀？

雨果　对那些扔炸弹的浑蛋。

史力克　你过分善良了。我们这些人早已不感到气愤了。

乔治　这种事倒同我们的饭碗有关。要不是有这些个家伙,我们也不会在这里。

雨果　你看,所有的人都无所谓,所有的人都心安理得。那个人像一只大肥猪一样地流血,一边擦自己脸上的血一边微笑地说:"没关系。"这些人有勇气。这些由世界上的娼妇生下来的最伟大的儿子,他们有足够的勇气,足以使你无法彻底地蔑视他们。(伤心地)这是件伤脑筋的事。(再喝酒)美德与邪恶不是公平合理地均分的。

捷西卡　我的宝贝,你并不懦弱。

雨果　我不懦弱,但也并不勇敢。我过于神经质。我希望睡着后梦见自己是史力克。瞧他：身上一百公斤肉,可头颅里装着的只不过是一个胡桃般大小的东西,他真像一条大鲸鱼。那个胡桃般的东西发出的害怕和愤怒的信息,在这堆肉中烟消云散了。他充其量不过是觉得有点发痒罢了。

史力克　(笑起来)你听见他说的了吗？

乔治　(笑着说)他说得对。

　　　〔雨果喝酒。

捷西卡　雨果。

雨果　什么？

捷西卡　不要再喝啦。

358

雨果　为什么？我再没有事情可干了。我被撤职了。

捷西卡　贺德雷把你撤职了吗？

雨果　贺德雷？谁谈贺德雷？对贺德雷,你爱怎么想就怎么想,可是这个人信任我,不是任何人都能够说这样的话的。(又喝酒。接着向史力克走去)有一些人叫你去办一项秘密任务,你呢,你豁出命去干,可是当快要成功的时候,你发现人家根本不在乎你,人家已经叫别人去干了。

捷西卡　你少说点行不行！别向他们谈咱们家里的事啦。

雨果　家里的事？哈！(快活起来)她真妙极啦！

捷西卡　他谈的是我。他责备我对他不信任已经有两年了。

雨果　(向史力克)这是一个聪明的女人,对吗？(朝捷西卡)没有,你没有信任过我。你现在信任我吗？

捷西卡　现在当然不信任。

雨果　没有一个人信任我。大概我的外貌有些什么古怪的地方。对我说:你爱我。

捷西卡　不能当着他们的面说。

史力克　不要因为我们在场你们就觉得难为情。

雨果　她并不爱我。她不懂得什么是爱情。她是天使,是用盐堆的雕像。

史力克　盐堆的雕像？

雨果　不对,我刚才是想说:她是一尊雪堆的雕像。如果你轻轻抚摩她,她就融化了。

乔治　别开玩笑。

捷西卡　雨果,走吧,我们一起回家。

雨果　等一下,我要给史力克一个劝告。我喜欢史力克。我对他有好感,因为他有力气,他不思考。史力克,你要听我的劝告吗?

史力克　如果我没法不听的话,我就听。

雨果　听着:不要过早结婚。

史力克　早婚也没什么危险。

雨果　(开始醉了)不,你听着:不要过早结婚。你明白我要讲的话吗?不要过早结婚。不要把你挑不起的担子放在自己的肩上,因为到后来,它就会变得过分沉重了。一切都很沉重。不知道你们是否注意到:做年轻人不是容易的事。(笑起来)秘密任务!告诉我,信任,它在哪里?

乔治　什么任务?

雨果　噢!我担负着一项任务。

乔治　什么任务?

雨果　他们想使我讲出来,可是把力气花在我身上,那是白费工夫。我是一个难以捉摸的人。(从镜子里瞧自己)难以捉摸!一副毫无表情的脸,普通人的脸。这是应该看得出来的,我的天,是应该看得出来的。

乔治　看得出什么?

雨果　我接受了一项秘密任务。

乔治　史力克?

史力克　唔……

捷西卡　(镇静地)你们用不着费脑筋去猜:他这是说,我不久要生孩子了。他照镜子是想知道自己是不是像个父亲。

雨果　真了不起!做父亲!对,正是这么回事。做父亲!她和我两个人之间是心有灵犀一点通。难以捉摸!一个做父亲的人,大概是可以辨认出来的。从某一点上辨认出来,像脸上的神气,嘴里的味道,心里的痛苦。(喝酒)对贺德雷,我感到抱歉。因为,我跟你们说吧,他本来能帮我忙的。(笑起来)瞧,他们在楼上谈话,莱昂在洗卡尔斯基那副肮脏的猪猡似的嘴脸。你们难道是木头,是笨蛋吗?朝我开枪吧。

史力克 (向捷西卡)这小年轻不该喝酒。

乔治 他干不了这个。

雨果 我跟你们说,向我开枪吧。这是你们的本行。你们听着:一个做父亲的人,总不会真正是做父亲的。一个杀人凶手,总不会完全是凶手。你们要明白,他们是在演戏。可是一个死去的人,那是真正地死去了。生存,还是死亡,怎么才好呢?你们明白我的意思吗?除了做一个埋在六尺土下的死人外,我不可能成为别样的人。这一切,我跟你们说,都是演戏。(突然打断自己的话头)这些,这些也是演戏。一切都是!我跟你们说的全都是演戏。你们也许认为我是灰心绝望了吧?完全不是的。我是在演绝望的戏。我们是不是能够从戏里摆脱出来?

捷西卡 你愿意回家吗?

雨果 等一等。我不回去。我不知道⋯⋯一个人怎么能说,我愿意或者我不愿意呢?

捷西卡 (把酒杯斟满)那就喝吧。

雨果 好!(喝酒)

史力克 您还叫他喝,不是发疯了吗?

捷西卡 这样可以使事情快点结束。现在,只好等着吧。

雨果 (一饮而尽。捷西卡又替他斟满酒杯。雨果醉醺醺地)刚才我说什么来着?我谈到杀人凶手吗?捷西卡和我两人懂得这是什么意思。事实是,我这里面,话讲得太多了。(拍拍自己的额头)我希望平静。(对史力克)你的脑袋里大概是蛮惬意的吧:黑夜沉沉,寂静无声。为什么你们要赶紧转过身去?不要笑:我知道自己喝醉了,我知道自己卑鄙无耻。我要对你们说:我不希望处在我现在的地位。不。这不是一个值得称羡的地位。别转过去!全部要干的就是点燃炸药引火线。看起来这没什么,不过我并不希望你们担任这项任务。引火线全在这儿了。点燃引火线。接着,所有的人都被炸死,连我也在内。这样就无须证明你在场不在场,只有沉寂、黑夜。除非死人也演起戏来。你们不妨设想一下:要是一个人快要死的时候,发现那些死人不过是一些活人扮演的,那会怎样?以后再说,以后再说。不管怎样,只要把引火线点燃爆炸,这就是了解心理状态的时刻。(笑起来)我的老天爷,不要转过身去!否则我也要打转转了。(想打转,但结果倒在一张椅子上)瞧,这就是资产阶级教育干下的好事。(头左右摇晃,捷西卡走近看他)

捷西卡　好!结束了。你们肯帮我把他抬到床上去吗?

史力克　(抓抓头,看着她)你的丈夫话太多了。

捷西卡　你们不了解他。他的话都是扯淡。

〔史力克和乔治抓住雨果的脚和肩膀,把他抬了起来。

——幕落

第 五 幕

〔在雨果的房间里。

第 一 场

〔雨果、捷西卡和奥尔嘉。

〔雨果和衣躺在床上,盖着一条被单。他睡着了。他在梦中辗转反侧,低声呻吟。捷西卡静坐在他的床头。雨果又呻吟。捷西卡站起来,走进盥洗间。可以听见自来水的声音。奥尔嘉躲在窗帘后面。她拨开窗帘,露出头来。她下决心走到雨果旁边看着他。雨果呻吟。奥尔嘉扶起他的头,把他的枕头摆好。就在这时候,捷西卡手里还拿着一块浸湿的纱布,回到屋里,看见了这情景。

捷西卡　多体贴啊！您好,太太。
奥尔嘉　不要嚷嚷。我是……
捷西卡　我并不想嚷嚷。请坐！我倒是想笑。
奥尔嘉　我是奥尔嘉·罗拉姆。
捷西卡　我已经料到了。
奥尔嘉　雨果跟您谈起过我吗？
捷西卡　是的。

奥尔嘉　他受伤了吗?

捷西卡　没有,他喝醉了。(从奥尔嘉前面走过去)对不起。(把湿纱布敷在雨果的额上)

奥尔嘉　不是这样敷的。(把纱布弄好)

捷西卡　很抱歉。

奥尔嘉　贺德雷呢?

捷西卡　贺德雷?不要客气,请坐下。(奥尔嘉坐下)太太,炸弹是您扔的吗?

奥尔嘉　是的。

捷西卡　可惜一个人也没有炸死。下一次您的运气会好一些的。您是怎么进来的?

奥尔嘉　从门口进来的。您出去的时候,没有把门关上。永远也不应当让门开着。

捷西卡　(指雨果)您刚才知道他也在办公室吗?

奥尔嘉　不知道。

捷西卡　可是您知道他很可能在那里。

奥尔嘉　总是要冒点风险的。

捷西卡　您要是运气好一点,就已经把他炸死了。

奥尔嘉　倘若这样,对他倒是大吉大利。

捷西卡　真的吗?

奥尔嘉　我们的党不太喜欢叛徒。

捷西卡　雨果不是叛徒。

奥尔嘉　我相信。可是我不能强迫别人也相信。(稍停)这项任务被他耽误了:一星期前就该完成。

捷西卡　总得找到机会才行。

奥尔嘉　机会要人去创造。

捷西卡　是党派您来的吗?

奥尔嘉　组织不知道我在这里,是我自己来的。

捷西卡　我明白了。您把一颗炸弹放在手提包里,然后您好心好意地跑来把它向雨果扔去,以保全他的名誉。

奥尔嘉　当时要是我成功了,人家会以为雨果故意使自己和贺德雷同归于尽。

捷西卡　对。不过,那他就死了。

奥尔嘉　不论他怎么死,反正他现在难逃一死。

捷西卡　您的友情倒是挺深的。

奥尔嘉　肯定比您的爱情要深些。(她们两人相互注视)是您阻止他去完成任务的吗?

捷西卡　我丝毫没有阻止他。

奥尔嘉　您也没有帮他的忙?

捷西卡　为什么我要帮他忙?入党以前,他征求过我的意见吗?当他决定:除了去谋杀一个素昧平生的人以外,再也不能更好地使用自己的生命时,他征求过我的意见吗?

奥尔嘉　为什么他要征求您的意见呢?您能够给他出些什么主意呢?

捷西卡　当然有主意可出。

奥尔嘉　他已经选择了这个党,他要求交给他这项任务,这对您来说就够了。

捷西卡　这不够。

〔雨果低声呻吟。

奥尔嘉　他不舒服。您不该让他喝酒。

捷西卡　要是他的脸挨了您的炸弹的弹片,他会更不舒服。(稍停)真可惜他没有和您结婚:他需要的是一个足智多谋的女人。在您去十字路口扔手榴弹的时候,他会留在您的房间里为您熨好连衫裙,这样就皆大欢喜啦。(看看奥尔嘉)我还以为您身材高,人很瘦。

奥尔嘉　还有胡子,是吗?

捷西卡　没有胡子,但鼻子底下长着一个疣子。每次他从您家里回来,神气总是那么庄重严肃。他说:"我们谈了政治。"

奥尔嘉　当然,他跟您是从不谈政治的。

捷西卡　您要知道,他不是为这个和我结婚的。(稍停)您爱上他了,对吗?

奥尔嘉　爱情在这里有什么关系?您小说看得太多了。

捷西卡　一个不搞政治活动的人总得找点事做。

奥尔嘉　您放心吧。爱情不会使一个足智多谋的女人感到烦恼的。我们并不靠这个活着。

捷西卡　我呢?我靠这个活着?

奥尔嘉　所有痴情的女人都靠这个活着。

捷西卡　就算是个痴情的女人。比起您的聪明机智,我更喜欢自己的感情。

奥尔嘉　可怜的雨果!

捷西卡　对,可怜的雨果!太太,您大概很讨厌我。

奥尔嘉　我吗?我时间不多。(沉默片刻)把他叫醒。我有话要跟他讲。

捷西卡　(走到床旁,摇摇雨果)雨果!雨果!有人来看你。

雨果　嗳!(半个身子坐了起来)奥尔嘉!奥尔嘉!你来啦!我真高兴你在这儿。你得帮我忙。(坐到床边)我的天,我的头真疼。我刚才讲什么来着?你知道,你来了我真高兴。等一下!发生了一件事,一件很伤脑筋的事。你再帮不了我的忙了。现在,你帮不了我啦。是你扔的炸弹,对吗?

奥尔嘉　是的。

雨果　为什么你们不相信我?

奥尔嘉　雨果,过一刻钟,会有一位同志从墙外抛过一条绳子来,我就得走了。我没有时间。你听我说。

雨果　为什么你们不相信我?

奥尔嘉　捷西卡,把杯子和水瓶递给我。

〔捷西卡把这两样东西递给奥尔嘉。奥尔嘉把杯子灌满,朝雨果的脸上泼去。

雨果　噗!

奥尔嘉　你听我说吗?

雨果　听。(擦干自己的脸)我的头怎么啦。瓶子里还有水吗?

捷西卡　有的。

雨果　倒点水给我喝,好吗?(捷西卡递给他一杯水,他喝了下去)同志们是怎么想的?

奥尔嘉　他们认为你是叛徒。

雨果　他们夸大其词了。

奥尔嘉　你现在一天也耽误不得。在明晚以前,这件事必须解决。

雨果　你不该扔那个炸弹。

奥尔嘉　雨果,你当初要求担当一项艰巨的任务,而且要单独干。当我们有上百条理由可以拒绝你的要求时,我是第一个相信你的人,而且我使别人也相信了你。我们不是童子军,党组织并不是为了给你提供表现英雄主义的机会而建立的。现在既然有一件事要做,那就得完成,谁去完成都可以。如果在二十四小时内你没有完成你的任务,人家就会派另一个人来代替你去完成。

雨果　如果派人来代替我,我就脱离党。

奥尔嘉　你在打什么主意?你以为可以脱离组织吗?雨果,我们是在战争期间,同志们可不是开玩笑的。现在一个人要脱党,除非在他到阎王那里去报到的时候。

雨果　我不怕死。

奥尔嘉　死并没有什么大不了。在一切都失败了以后就这么窝囊地死去,像一个告密者那样被处决掉,或者更糟糕,像一个小笨蛋那样,由于人家怕他笨手笨脚误了事而把他干掉。这是不是你所希望的呢?当你第一次到我家里来的时候,当你脸上的表情是那样幸福,那样骄傲的时候,难道这就是你所希望的吗?(向捷西卡)您跟他好好谈谈!您既然有点爱他,自然不愿意人家把他当作一条狗似的打死。

捷西卡　太太,您知道我对政治一窍不通。

奥尔嘉　你到底决定怎样?

雨果　你不该扔炸弹。

奥尔嘉　你决定怎样?

雨果　你们明天就知道。

奥尔嘉　那好。雨果,永别啦!

雨果　奥尔嘉,永别啦!

捷西卡　太太,再见!

奥尔嘉　把灯关掉,不能让人家看见我出去。

〔捷西卡熄灯,奥尔嘉开门走出去。

第 二 场

〔雨果和捷西卡。

捷西卡　要再开灯吗?

雨果　等一下。也许她还得回来。

〔两人在黑暗中等着。

捷西卡　可以稍微拉开百叶窗看看。

雨果　不要。

〔静场。

捷西卡　你难受吗?(雨果没有回答)回答呀,现在反正黑洞洞的。

雨果　我头疼,没别的。(稍停)连一个星期的等待都经受不起的信任,算不了什么。

捷西卡　对,算不了什么。

雨果　要是没有一个人信任你,你怎么活呀?

捷西卡　从来没有人信任我,你比别人更不信任我。可我还是活下来了。

雨果　以前,只有她对我有点信任。

捷西卡　雨果……

雨果　只有她,你是知道的。(稍停)现在她大概没有危险了。我想可以开灯了。(开了灯。捷西卡突然转过身去)怎么啦?

捷西卡　在灯光下看到你,我不大舒服。

雨果　要我把灯关掉吗?

捷西卡　不要。(转过身来朝他走去)你呀,你呀,你要去杀一个人。

雨果　难道我知道自己要去干什么吗?

捷西卡　让我看一看手枪。

雨果　为什么?

捷西卡　我想看看它是什么样子的。

雨果　整个下午，你都随身带着它到处走。

捷西卡　那时候它不过是件玩具。

雨果　（把枪递给她）当心。

捷西卡　唉！（看看枪）挺有意思的。

雨果　什么东西有意思？

捷西卡　现在这支枪使我害怕。拿回去吧。（稍停）你要去杀一个人。

〔雨果笑了起来。

捷西卡　你笑什么？

雨果　现在你相信了！你终于决心相信这件事了。

捷西卡　是的。

雨果　你的时机选得很不错，现在正是没有人相信这件事的时候。（稍停）要是你在一星期前这样，也许还能帮我点忙。

捷西卡　这不是我的过错。我只相信自己眼睛所看到的东西。今天早上我还不能想象他会死。（稍停）刚才我跑进办公室的时候，看见有一个人鲜血淋漓，你们几个人全都像死了似的。贺德雷也像死人一样。我是从他脸上看出来的！要是你不杀死他，他们也会派别人来杀的。

雨果　杀他的将是我。（稍停）那个流血的家伙，一副肮脏样子，是吗？

捷西卡　是的，是肮脏。

雨果　贺德雷也要流血的。

捷西卡　别说啦。

雨果　他将躺在地上，一副蠢相，衣服上全是血。

捷西卡　（声音低沉，慢慢地说）别说啦。

雨果　她不过是向墙上扔了个炸弹，没什么值得骄傲的。她甚至没有看到我们。无论是谁都能杀人,只要人家不强迫他去看他所干的事就行了。我当时正要动手。我已经站在办公室里,面对着他们,正要开枪,是她使得我没干成。

捷西卡　你真的就要开枪了吗?

雨果　我的手已经放在口袋里,手指扣住扳机。

捷西卡　你真要开枪!你肯定那时候会开枪吗?

雨果　我……我那时候幸亏是在气头上。当然,我是要开枪的。现在,一切又得从头做起了。(笑起来)你听到她的话了吗,那些人说我是叛徒。他们可真行。在他们那儿,当他们决定要干掉某个人的时候,他们就像在电话簿上把一个名字画掉一样,既干净利索又无伤大雅。而在这里,死却是一项任务。这里是屠宰场。(稍停)他喝酒,抽烟,跟我谈党组织,制订计划,而我呢,我却老是想着他将变成一具死尸,够丑恶的了。你看见过他那双眼睛吗?

捷西卡　看见过。

雨果　那双眼睛是何等炯炯有神但又冷酷无情,是吗?何等机警灵活,是吗?

捷西卡　是。

雨果　也许我要对着他的眼睛开枪。你知道,我要瞄准腹部。可是,你知道,开枪时,枪会朝上跳的。

捷西卡　我喜欢他的一双眼睛。

雨果　(突然说)这是难以理解的事。

捷西卡　什么?

雨果　我说,谋杀是难以理解的事。你扣动扳机,以后,就不再理解所发生的事了。(稍停)要是开枪时能够不看人就好了。(稍停)我不知道为什么要跟你谈这个。

371

捷西卡　我也纳闷你为什么说这个。

雨果　请原谅。(稍停)不过,要是我躺在这张床上眼看就要死了,你不至于丢下我不管吧？

捷西卡　不会的。

雨果　其实,都是一样;杀人也好,死去也好,都是一样:都是孤独一人。他,他倒运气好,只死一次。而我呢？十天来,我每一分钟都在杀他。(突然粗暴地说)捷西卡,你怎么办？

捷西卡　什么？

雨果　听着:如果我明天还没有杀死他,那么我或者是销声匿迹,或者是去找他们,对他们说:随你们的便,怎么处置我都可以。如果我杀死……(以手掩面)我怎么办呢？你怎么办呢？

捷西卡　你是问我,要是我处在你的地位,该怎么办吗？

雨果　你想,我能去问谁呢？我在世界上只有你了。

捷西卡　真的,你只有我了,只有我一个人了。可怜的雨果。(稍停)我要是你,我就去找贺德雷,对他说:事情是这样,人家派我来杀死你,可是现在我改变了主意,我愿意在你手下工作。

雨果　可怜的捷西卡！

捷西卡　这不可能吗？

雨果　这正是那种被称为背叛的行为。

捷西卡　(伤心地)你看！我什么主意都不能给你出。(稍停)为什么这不可能呢？因为他跟你想法不同吗？

雨果　你可以这样说:因为他跟我想法不同。

捷西卡　那么凡是跟你想法不同的人都应当把他们杀掉喽？

雨果　有时候是这样。

捷西卡　为什么你选择了路易和奥尔嘉的想法呢？

雨果　因为他们的想法很现实。

捷西卡　可是,雨果,假使去年你碰见的不是路易而是贺德雷,那么你就会觉得有现实性的是贺德雷的想法了。

雨果　你发神经病。

捷西卡　为什么？

雨果　照你这么说,似乎各种不同意见都是可取的,无好坏之分。人们像得病一样,接受这种或那种意见。

捷西卡　我并不这样想。我……我不清楚自己在想些什么。雨果,他是一个强有力的人,只要他一开口,大家就会确信他是对的。此外,我认为他是个诚心诚意的人,他希望自己的党好。

雨果　他的愿望,他的思想,我不管它。重要的是看他的行动。

捷西卡　可是……

雨果　客观上他的行动像一个社会主义的叛徒。

捷西卡　（没有听懂）客观上？

雨果　对。

捷西卡　是吗？（稍停）他如果知道了你准备动手干的事,是不是会认为你是个社会主义的叛徒呢？

雨果　我不知道。

捷西卡　他会不会这样想呢？

雨果　这又能怎么样呢？是呀,可能他会这样想。

捷西卡　那么,谁是正确的呢？

雨果　我。

捷西卡　你怎么知道？

雨果　政治是一种科学。你可以证明自己是正确的,其他人是错误的。

捷西卡　既然如此,你为什么还犹豫不决呢?

雨果　向你解释起来话可就长了。

捷西卡　我们晚上有时间。

雨果　需要好几个月、好几年的时间。

捷西卡　哎呀!(走到书堆旁边)这些书里都写着吗?

雨果　从某种意义来说,是的。只要会看书就行。

捷西卡　我的上帝!(拿起一本书,翻开,着迷似的看看,接着叹一口气,搁下了书)我的上帝!

雨果　现在,让我一个人留在这儿。你睡觉去,或者去干你想干的事。

捷西卡　怎么了?我刚才说什么惹了你了?

雨果　没什么。你没说什么。错的是我。过去我要求你帮忙,实在是发疯了。你的主意是从另一个世界产生出来的。

捷西卡　这怪谁?为什么不教会我懂得一点东西呢?为什么你任何事情都不告诉我呢?你听见他说什么了吗?说我是你的一种奢侈品。我被安排在你们男人的社会里已经有十九年了。禁止我去碰展现在我眼前的任何东西。你们使我相信一切都很顺利,我什么都用不着管,只要把鲜花插到花瓶里就行了。为什么你们过去对我说假话?为什么你们把一切都瞒着我?难道只是为了有一天向我承认,这个世界到处在土崩瓦解,你们却无能为力,而且迫使我在自杀与谋杀之间作出抉择。我可不愿作出抉择,既不想你让人家杀死,也不想让你去把他杀死。为什么把这样一个重担压在我的肩上?对于你们的事情,我一无所知,我完全不相干。我既不是压迫者,又不是社会主义的叛徒,也不是革命者,我什么都没有干过,我完全是无辜的。

雨果　捷西卡,我不再向你提出任何要求了。

捷西卡　雨果,太迟了。你已经把我拖进来了。现在,我必须作出抉择。为了你,也为了我自己。我选择的是我要活,和你一起活着,我……啊!我的上帝!我不能。

雨果　你看得很清楚。

〔静场。雨果坐在床上,两眼发呆。捷西卡坐在他身旁,双臂搂住他的脖子。

捷西卡　不要说什么。不要管我。我不跟你谈话,不妨碍你思索。我只是待在这儿。清早天气寒冷,分享我身上一点热气你会高兴的,因为我没有别的可以给你了。你的头还老是疼吗?

雨果　疼的。

捷西卡　把头搁在我肩上。你的额头很烫。(抚摩他的头发)可怜的头!

雨果　(突然间挺起身来)够啦!

捷西卡　(温柔地)雨果!

雨果　你在扮演贤妻良母。

捷西卡　我不是在演戏,我再也不演戏了。

雨果　你的身体冷冰冰的,不能给我一点热气。带着慈母的神态俯身向着一个男人,用手抚摩他的头发,这并不是难事。无论哪一个小姑娘都希望像你这样。可是当我拥抱你,向你求婚的时候,你可没有演得这么好。

捷西卡　别说了。

雨果　为什么?你难道不知道我们之间的爱情不过是一场喜剧吗?

捷西卡　今天晚上要紧的不是我们的爱情,而是你明天怎么办。

雨果　这一切事情都是互相关联着的。我要是早能肯定……（突然说）捷西卡，看着我。你能对我说，你爱我吗？（看看她。静场）瞧你！我甚至连这个也得不到。

捷西卡　雨果，你呢？你认为自己一直爱我吗？（他没有回答）你是很清楚的。（稍停。突然说）为什么你不去试试说服他呢？

雨果　说服他？说服谁？贺德雷吗？

捷西卡　既然他错了，你应当能够向他证明他犯了错误。

雨果　你想得可真美！他是一个非常狡猾诡诈的人。

捷西卡　既然你不能证明他错了，你怎么知道自己的想法是正确的呢？雨果，你要是能使大家都和解，大家都满意，那该多好哇。雨果，我求你试试看。至少，在杀死他以前试一次。

〔有人敲门。雨果挺起身来，眼睛闪闪发光。

雨果　是奥尔嘉。她又回来了。我知道她一定会回来的。把灯关上，把门打开。

捷西卡　你多么需要她。

〔她走去把灯关了，并把门打开。贺德雷走进来。门关上时，雨果重新把灯打开。

第 三 场

〔雨果、捷西卡和贺德雷。

捷西卡　（认出是贺德雷）哎！

贺德雷　我使你吓了一跳吗？

捷西卡　今晚我神经紧张。刚才那炸弹……

贺德雷　当然，这是难免的。你们习惯在黑暗里待着吗？

捷西卡　我不得不这样，因为我眼睛很累。

贺德雷　哦！（稍停）我可以坐一会儿吗？（在沙发上坐下）你们不要因为我在这里而感到拘束。

雨果　您有什么话要跟我说吗？

贺德雷　没有，没有，没有。刚才你使我很好笑。你气得面红耳赤。

雨果　我……

贺德雷　用不着抱歉，我料到你会这样。如果你不抗议，我反而会感到不安。有很多事情应当向你解释。等明天，明天我们两人再谈。现在你一天的工作已经结束，我的也结束了。多么有意思的一天，对吗？为什么你们不挂一两幅版画在墙上呢？这样四壁就不显得光秃秃了。屋顶阁楼里有一些版画，史力克可以给你们找来。

捷西卡　是些什么样的画？

贺德雷　什么样的都有。你可以自己挑选。

捷西卡　谢谢您。我并不一定要版画。

贺德雷　随你便吧。你们没有什么可喝的吗？

捷西卡　没有，很抱歉。

贺德雷　算啦！算啦！我来以前，你们在干什么？

捷西卡　我们在聊天。

贺德雷　好哇！聊吧！聊吧！不用管我。（把烟丝装在烟斗里，点火抽烟。沉闷的寂静。微笑着）当然，不用管我。

捷西卡　可是要我们当作您不坐在这里是很难的。

贺德雷　你们很可以把我赶出去。（向雨果）当你的上级有什么古怪念头的时候，你不是非得接待他不可的。（稍停）我不知为什么要跑到这里来。我睡不着，试着做点工作……（耸耸肩膀）一个人不能老是工作。

捷西卡　是的。

贺德雷　这件事快结束了……

雨果　（急切地）什么事？

贺德雷　和卡尔斯基打交道的事。这人有点敬酒不吃吃罚酒，但事情的进展比我设想的要快。

雨果　（激烈地）您……

贺德雷　嘘！明天，明天！（稍停）当一项工作快结束的时候，人们就会感到闲散无聊。刚才你们开着灯吧？

捷西卡　是的。

贺德雷　我刚才靠窗站着。站在黑暗里，免得给人当靶子。你们看到今晚是何等阴沉沉静吗？亮光从你们的百叶窗缝里透射出来。（稍停）我们看到死就在眼前。

捷西卡　是的。

贺德雷　（隐约带笑）就在眼前。（稍停）我从我房间里悄悄出来。史力克睡在过道上，客厅里睡着乔治。莱昂睡在门厅里，我本来想叫醒他的，但后来……算啦！（稍停）后来，我就到这里来了。（向捷西卡）怎么回事？今天下午你看起来不像现在这么害怕。

捷西卡　那是因为看到了你的样子。

贺德雷　什么样子？

捷西卡　我觉得你好像不需要任何人。

贺德雷　我不需要任何人。（稍停）史力克告诉我，你怀孕了。

捷西卡　（急忙地说）没这回事。

雨果　好啦，捷西卡，你已经告诉史力克了，为什么要瞒着贺德雷呢？

捷西卡　我和史力克开玩笑。

贺德雷 （盯着捷西卡看了好一会儿）好啦。（稍停）我当议员的时候，住在一个开汽车维修店的人家里。晚上我经常到他家的餐室去抽一斗烟。那儿有一台收音机，小孩子在玩……（稍停）好啦！我要去睡觉了。这已经成为过去的一场幻梦。

捷西卡 什么是过去的一场幻梦？

贺德雷 （作一个手势）这一切。你们也在内。好好工作，这就是我们所能做的一切。（向雨果）你打个电话到村子里去，通知木匠来修好办公室的窗子。（看看雨果）你的样子像是筋疲力尽了。好像你喝醉了，是吗？今天晚上好好睡一觉。明天早上你用不着九点钟以前来。

〔他站起来。雨果向前一步。捷西卡很快跑到他们两人之间。

捷西卡 雨果，是时候啦。

雨果 什么？

捷西卡 你答应过我要说服他的。

贺德雷 说服我？

雨果 住嘴。

〔雨果极力想推开她，但她站到他前面，挡住他。

捷西卡 他不同意您的意见。

贺德雷 （觉得蛮有趣）我已经发觉了。

捷西卡 他想对您解释一下。

贺德雷 明天！明天！

捷西卡 明天就太迟了。

贺德雷 为什么？

捷西卡 （仍然站在雨果前面）他……他说，如果您不听他的，他再也不想当您的秘书了。你们两个都睡不着，你们还有整整一个晚上的时间,而且……而且你们都是死里逃生。这样,你们两人更容易和解了。

雨果　我说,你别提这事啦。

捷西卡　雨果,你答应过我的!(对贺德雷)他说您是社会主义的叛徒。

贺德雷　社会主义的叛徒!仅此而已!

捷西卡　客观上是。他说:客观上是。

贺德雷　(声音和脸色都变了)好哇!既然谁也不能让你不说,我的年轻人,把心里想的都告诉我吧。在睡觉之前,我得把这件事解决了。为什么我是一个叛徒?

雨果　因为您没有权利把党组织拖进您搞的勾当里去。

贺德雷　为什么没有权利?

雨果　因为党是一个革命组织,而您却要把它变成执政党之一。

贺德雷　建立革命政党就是为了夺取政权。

雨果　夺取政权是对的。不过,是通过武力来夺取,而不是利用不正当的手段去得到。

贺德雷　你是惋惜没有流血吗?我也感到遗憾。不过,你要知道,我们无法靠武力取得地位。一旦爆发内战,五角大楼党有武器、有军官,它可以作为反革命军队的骨干力量。

雨果　谁说会爆发内战?贺德雷,我不懂你说的话。只要稍微有点耐心,再等待一下就够了。您自己也说过:红军将赶跑摄政王,我们将独掌政权。

贺德雷　可是我们有什么办法保持政权呢?(稍停)一旦红军越过我们的边境,我可以向你保证:一定会有一段艰难的日子。

雨果　红军……

贺德雷　对,对。我知道。我也在等待红军到来,而且在耐心等待。不过,你得明白:一切作战的军队,不论是来解放我们的或者不是来解放我们的,都有一个共同点:就是靠被占领的国家养活。我们的农民会讨厌俄国人,这是必然的。我们的领导地位是由俄国人强行建立的,试问,农民怎么会喜欢我们呢?他们会把我们叫作外国人的党,或者用更难听的名称。五角大楼党将转入地下,它甚至连口号也用不着更改。

雨果　五角大楼党,我……

贺德雷　不仅这样,国家还将遭到破坏。很可能会变成战场。不论接替摄政王的是什么样的政府,都不得不采取严厉的措施。这样一来,它就不得人心。红军一旦撤走,第二天我们就会被一场暴动赶下台。

雨果　一场暴动,这是能粉碎的。我们将建立铁的秩序。

贺德雷　铁的秩序?靠什么去建立?即使在一场革命之后,无产阶级在长时间内力量仍然是非常薄弱的。铁的秩序?在资产阶级政党进行破坏,农民烧掉粮食来饿死我们的情况下,这能行吗?

雨果　那又怎样?布尔什维克党在一九一七年的时候,遇到的困难比这大得多。

贺德雷　但它不是靠外国人建立自己的政权。现在,我的孩子,你好好听着,想想明白。我们要和卡尔斯基的自由主义者和摄政王的保守党人一起取得政权。建立民族联合政府,那就不会有麻烦,不会有破坏,也没有人会骂我们是靠外国势力取得的政权。我要求的是在抵抗运动的委员会中占有一半席位,可是我不会蠢到要求拥有一半的政府部长的席位。我们应当是少数派。这个少数派让其他政党去为种种不得人心的措施承担责任,而它在政府内部则作为反对党,以此来取得人民的拥护。其他政党将被逼得无路可走。在两年内,你就可以看到自由主义者的政策一败涂地。那时,全国将要求我们去主持政府。

雨果　到那时,我们的党也就完蛋了。

贺德雷　完蛋？为什么？

雨果　我们党有一个纲领:那就是建立社会主义经济。还有一种手段:就是阶级斗争。可是您却利用党在资本主义经济的框框中搞阶级合作的政治。多少年内,您不得不说假话,耍手段、玩权术,一次又一次地妥协。您将在我们同志面前为您参加的那个政府所采取的反动措施辩护。没有同志会理解您,激进的人将离开我们,其他的人会把刚学到的政治思想全都抛掉。我们将受到腐蚀,变得软弱无能、失去方向。我们将成为改良主义者和民族主义者。到最后,资产阶级只要以举手之劳就可把我们消灭干净。贺德雷！这个党是您的党,您不应该忘记您为了建立它所花的心血,为了它应做的牺牲,以及它所要求的纪律。我恳求您:不要用您自己的双手毁了这个党。

贺德雷　废话！如果你不想冒风险,就不要搞政治。

雨果　我不想冒这种风险。

贺德雷　那好！那么请问怎样保持政权呢？

雨果　首先,为什么要取得政权呢？

贺德雷　你是发神经病吗？一支社会主义的军队眼看要占领我们的国家,而你却白白地让它来了又走了,一点不去利用它的帮助？这是一去不复返的机会。我告诉你,我们没有足够的力量单独进行一场革命。

雨果　我们不应当为了能够取得政权而付出这样的代价。

贺德雷　你想把党派什么用处？做赛马用的马厩吗？如果不是为了用在一时,磨刀千日又有什么用呢？一个政党永远只是一种手段,目的只有一个,那就是政权。

雨果　它只有一个目的:那就是实现我们的理想,我们全部的理想。只实现我们的理想。

贺德雷　说真的,你有一些理想。不过,你会忘掉它们的。

雨果　您以为只有我一个人有理想吗？我们那些过去被摄政王的警察杀害的同志,不就是为了理想而死的吗？您不认为,我们利用自己的党组织去开脱那些杀害我们同志的家伙是背叛先烈吗？

贺德雷　我才不去管那些死去的人。他们是为党而死的,而党是有作出决定的自由的。我是搞活着的人的政治,是为活人的。

雨果　您以为活着的人同意您干的勾当吗？

贺德雷　我会慢慢地使他们接受的。

雨果　欺骗他们吗？

贺德雷　有时候要用欺骗的办法。

雨果　您……您的样子看起来这么真诚！这么可靠！您是不可能同意欺骗同志们的。

贺德雷　这有什么呢？我们是在打仗。按照习惯,没有必要每一个小时都让士兵知道军事行动的进展。

雨果　贺德雷,我……我比您更清楚说谎是怎么一回事。在我父亲那里,所有的人都彼此说假话,所有的人都对我说假话。我入党以后,才呼吸到自由。我生平头一次看到一些不对别人说谎的人;人人可以信任大家,大家可以信任人人。连最平凡的一个战士都可以感到上级的命令反映了自己深切的愿望;要是遇到危险,他知道为什么要不惜牺牲自己的生命。您不要……

贺德雷　你到底要讲什么？

雨果　讲我们的党。

贺德雷　我们的党？可是在我们党内，正像在别的地方一样，多少总要说点假话。而你，雨果，你能肯定自己从来没有对自己说过假话，从来没有对别人说过假话，你此时此刻也没有说假话吗？

雨果　我从来没有对同志说过假话。我……如果我们认为人们不值得尊重，可以用甜言蜜语去欺骗他们，那我们为这些人的解放去斗争又有什么用呢？

贺德雷　必要时我说假话，但我并不看轻任何人。假话并不是我创造发明的，它是在人分为阶级的社会中产生的，我们每个人生下来就继承了这东西。并不是拒绝谎言就可以消灭谎言的，要消灭谎言就应当运用一切手段消灭阶级。

雨果　不是任何手段都值得采用的。

贺德雷　只要是有效的手段，就值得采用。

雨果　照这么说，你有什么权利谴责摄政王的政策呢？他向苏联宣战，是因为这是保存国家独立的最有效的办法。

贺德雷　你以为我谴责这种政策吗？他干的事，他的阶层中任何处在他那种地位的人都会这样干的。我们斗争的对象既不是人也不是政策，而是产生这些人和这些政策的阶级。

雨果　那您所找到的跟这个阶级作斗争的最好方式，就是建议它和您一起分掌政权了？

贺德雷　一点不错。在今天看来，这是最好的方式。（稍停）我的孩子，你多么洁身自好啊！你是多么害怕弄脏自己的手啊！好吧，保持纯洁吧！但这对谁有用处呢？为什么你到我们中间来呢？纯洁,这是印度的出家人和僧侣的理想。你们这些知识分子,这些资产阶级无政府主义者,你们不过是为了什么也不干,便找纯洁做个借口罢了。什么也不干,动也不动,两只手臂贴着身体,戴着手套。我呢？我有一双肮脏的手,一直脏到臂肘上。我把手伸到大粪里去,血污里去。还有什么话可说呢？你以为人们可以不干坏事就掌权吗？

雨果　也许有一天人们会发现我并不害怕血污。

贺德雷　好极啦！戴上鲜红的手套,多好看！你怕的是其他的事,是你那贵族的鼻子闻起来太臭的事。

雨果　瞧,又是那一套。我是一个贵族,一个从来没有挨过饿的人！可是对您来说,不幸的是,事实上持我这种看法的不是我一个人。

贺德雷　并非你一个人？这样说来,你在来这里以前,已经有点知道我谈判的情况了。

雨果　唔——不知道。在党内有些传闻,大部分人都不赞成。这些人,我可以向您发誓,都不是贵族。

贺德雷　我的孩子,这里发生了一些误会。我清楚这些人——这些不赞成我的政策的党内年轻人。不过,我可以告诉你:他们是我这种人,而不是你那种人,不久你就会发现这一点。他们不赞成这些谈判,只不过是认为时机未到。要是在别的时候,他们会带头赞成的。而你呢,却把这件事看作是原则问题。

雨果　谁说是原则问题？

贺德雷　你不是把它作为原则问题吗？好。那就要摆摆事实说服你。如果我们现在和摄政王谈判,他一定会停止战争,伊利里亚的军队就会乖乖地等着俄国人来解除他们的武装。如果我们中断谈判,摄政王看见自己完蛋了,必定会像疯狗那样顽抗,成千上万的人就会因此而丧失生命。你看怎样?(静场)喂,你看怎样?你能够一笔勾销十万人的生命吗?

雨果　(费力地说)干革命不是捧着鲜花。如果他们那些人没有别的办法……

贺德雷　怎么样?

雨果　那就只好算啦!

贺德雷　你看!你好好地看看!雨果,你爱的不是人,你爱的只不过是一些原则。

雨果　人?为什么我要爱他们?他们爱我吗?

贺德雷　既然是这样,为什么你到我们这里来?如果我们不爱人类,我们不可能为他们而斗争。

雨果　我参加党组织是因为它的事业是正义的。一旦它的事业不再是正义的,我就脱离这个组织。至于人类,我所关心的不是他们的现状,而是他们能成为什么样的人。

贺德雷　而我,我爱的是处于现状的人,连他们的卑鄙龌龊和一切恶习在内。我爱他们的声音、他们劳动的手和他们的肌肤——世界上最赤裸裸的肌肤,还有他们那忧虑重重的眼睛,以及他们每一个人面对死亡和痛苦所进行的绝望的斗争。对我来说,世界上多一个人或少一个人是重要的;人是可贵的。我的孩子,对你,我了解,你是一个毁灭者。你恨人们,因为你恨自己。你的纯洁与死亡相似,你所梦想的革命并不是我们的革命。你并不想改造世界,你只想把它炸毁。

雨果　(站起来)贺德雷!

贺德雷　这不是你的过错。你们这些人都是一个样。知识分子不是革命者,只适合做一个杀手。

雨果　一个杀手。对的!

捷西卡　雨果！

〔她站到两人之间。门上的锁孔里有钥匙转动的声音。门打开了。乔治和史力克走进来。

第 四 场

〔前场人物,史力克和乔治。

乔治　你原来在这里。我们到处找你。

雨果　谁把我门上的钥匙给了你们的？

史力克　所有门上的钥匙,我们都有。你知道,我们是警卫。

乔治　（向贺德雷）你叫我们吓了一跳。史力克醒来一看,贺德雷没啦。你出去透透气,也该事先打个招呼。

贺德雷　你们都睡着了。

史力克　（目瞪口呆）是这样！打什么时候起,当你想要叫醒我们时,却还让我们继续睡下去呢？

贺德雷　（笑着说）真的,我是怎么回事？（稍停）我马上跟你们回去。年轻人,明天见。九点钟。我们明天再好好谈一谈这些事。（雨果没有回答）捷西卡,再见！

捷西卡　贺德雷,明天见。

〔三人同下。

第 五 场

〔捷西卡和雨果。

〔长时间的静场。

捷西卡　怎样？

雨果　你在场,你都听见了。

捷西卡　你怎么想的?

雨果　你要我怎么想?我已经清清楚楚告诉你,他是一个狡猾诡诈的人。

捷西卡　雨果!他有道理。

雨果　可怜的捷西卡,在这方面你能知道些什么?

捷西卡　可你呢?你又知道些什么?在他面前,你也挺局促。

雨果　是呀!跟我比起来,他当然占上风。我希望他跟路易打打交道,路易可就不那么容易对付了。

捷西卡　可能路易早已听他摆布了。

雨果　(笑着说)哈!路易?你不了解这个人。路易不会上当受骗的!

捷西卡　为什么?

雨果　因为,因为他是路易。

捷西卡　雨果!你说的是违心话。你在和贺德雷讨论时,我一直在看你,他把你说服了。

雨果　他并没有说服我。谁也没法说服我应当对同志说假话。要是他已经把我说服,那就更有理由把他干掉,因为这证明他也会说服其他的人。明天早上,我将完成我的任务。

——幕落

第 六 幕

〔贺德雷的办公室。

〔两个被震下来的窗框靠墙摆着。玻璃碎片已经扫掉。窗上蒙着一块垂地的长被单,用图钉揿着。

第 一 场

〔贺德雷,随后捷西卡上场。

〔开场时贺德雷站在炉子前面,一边抽烟一边煮咖啡。有人敲门。史力克从门缝里探进头来。

史力克　那个女人要见您。

贺德雷　不见。

史力克　她说有非常要紧的事。

贺德雷　好吧,让她进来。(捷西卡上,史力克下)什么事?(她默不作声)走近些。(她仍然站在门前,头发全披在脸上。他向她走去)你有什么事要对我说吗?(她点点头)那么说吧,说完就走。

捷西卡　您总是那么忙……

贺德雷　我在工作。

捷西卡　您不在工作,您在煮咖啡。我可以喝一杯吗?

贺德雷　当然可以。(稍停)有什么事？

捷西卡　先让我歇一口气。跟您说话可太难啦。您在等雨果来，可是他还没有开始刮胡子。

贺德雷　好吧，给你五分钟定定神。喝咖啡吧。

捷西卡　您谈谈。

贺德雷　什么？

捷西卡　好让我定定神。您跟我谈谈。

贺德雷　我没有什么要跟你谈的，而且我也不善于跟女人谈天。

捷西卡　不，您很会。

贺德雷　什么？

〔静场片刻。

捷西卡　昨天晚上……

贺德雷　怎么样？

捷西卡　我觉得还是您有道理。

贺德雷　道理？哈！(稍停)谢谢，你是在鼓励我。

捷西卡　您是在跟我开玩笑。

贺德雷　是真的。

〔静场片刻。

捷西卡　如果我加入党组织，你们会把我怎么样？

贺德雷　首先人家得让你加入。

捷西卡　如果让我加入，人家会把我怎么样？

贺德雷　我也在想这个问题。(稍停)你来就是为了跟我说这个？

捷西卡　不是的。

贺德雷　那是什么呢？到底有什么事？你生雨果的气，想走，是吗？

捷西卡　不是的。要是我走了，您不会苦恼吗？

贺德雷　那我可高兴了。我可以安心地工作。

捷西卡　您讲的不是您所想的。

贺德雷　不是吗?

捷西卡　不是的。(稍停)昨晚上您进来的时候,样子非常孤独。

贺德雷　那又怎样?

捷西卡　一个孤独的男人看起来很可爱。

贺德雷　很可爱,以致使人马上想要陪陪他。这一来,他就不再是孤独的了;这世界总搞不好。

捷西卡　噢!跟我在一起,您尽可以保持孤独。我不会妨碍您的。

贺德雷　跟你在一起?

捷西卡　这不过是说说罢了。(稍停)您结过婚吗?

贺德雷　结过。

捷西卡　跟党内的一个女人吗?

贺德雷　不是的。

捷西卡　您说过,一个党员应当和党内的女人结婚。

贺德雷　确是这样。

捷西卡　她长得漂亮吗?

贺德雷　那要看在什么时候,根据什么人的眼光了。

捷西卡　我呢?您觉得我长得漂亮吗?

贺德雷　你跟我开玩笑吗?

捷西卡　(笑着说)是的。

贺德雷　五分钟已经过去了。有话就说,说完就走。

捷西卡　您不要伤害他。

贺德雷　伤害谁?

捷西卡　伤害雨果!您对他怀有友情,对吗?

贺德雷　噢!别提什么感情啦!他想杀死我,是吗?这就是你要讲的事吗?

捷西卡　不要伤害他。

贺德雷　不会,我不会伤害他。

捷西卡　您……您已经知道这件事了吗?

贺德雷　昨天起就知道了。他打算用什么东西杀我呢?

捷西卡　什么?

贺德雷　用什么武器?手榴弹、手枪、斧头、军刀还是毒药?

捷西卡　手枪。

贺德雷　再好没有了。

捷西卡　今天早上他来的时候,身上会带着手枪的。

贺德雷　好,好,好!为什么你告发他?你恨他吗?

捷西卡　不。可是……

贺德雷　可是什么?

捷西卡　他要我帮他忙。

贺德雷　你就这样帮他的忙吗?你使我惊讶。

捷西卡　他并不想杀死您,一点也不想。他简直太喜欢您了,可是他接到了命令。如果有人使他无法执行这项命令,我敢肯定,他一定会打心眼里感到高兴,虽然他嘴里不会说出来。

贺德雷　那还得看看。

捷西卡　您要怎么办?

贺德雷　我还不知道。

捷西卡　叫史力克去好好地解除他的武装。他只有一支手枪。要是把他的枪拿掉了,事情就解决了。

贺德雷　不行,这样会使他丢脸。不能使一个人丢脸。我跟他谈谈。

捷西卡　您等会儿让他带着武器进来吗?

贺德雷　为什么不呢？我想说服他。只要冒五分钟的风险,最多五分钟。如果今天早上他不动手,以后就再也不会动手了。

捷西卡　(突然说)我不愿意他杀死您。

贺德雷　我要是让人干掉了,你会感到烦闷吗？

捷西卡　我？我会高兴的。

〔有人敲门。

史力克　雨果来啦！

贺德雷　等一下。(史力克把门重新关上)赶快从窗口出去。

捷西卡　我不想离开您。

贺德雷　要是你在这儿,他一定会开枪。在你面前,他不会泄气的。走吧！快！(捷西卡从窗口出去。窗上挂着的被单重新垂下)让他进来。

第 二 场

〔雨果和贺德雷。

〔雨果上场。贺德雷一直走到门口,陪着雨果走到他平时工作的桌子旁,站在靠他很近的地方,一边和他说话,一边观察他的动作,以便在雨果拿出枪来的当儿就抓住他的手腕。

贺德雷　怎样？睡得好吗？

雨果　还可以。

贺德雷　酒醉过后嘴干吗？

雨果　干极了。

贺德雷　你决定了吗？

雨果　(吃了一惊)决定什么？

贺德雷　昨天晚上你不是对我说过：如果你不能使我改变主意，你就要离开我。

雨果　我的决定没变。

贺德雷　好吧。那么，我们一会儿再商量吧。现在，我们先工作。你坐下。（雨果坐到自己桌子上）上次讲到什么地方？

雨果　（念他的笔记）"根据专业统计的数字，农业工人的人数从一九〇六年的八百七十七万一千人下降到……"

贺德雷　喂，你知道扔炸弹的是一个女的吗？

雨果　是个女的？

贺德雷　史力克发现了花坛边上的脚印。你认得这个女人吗？

雨果　我怎么会认得她？

〔静场。

贺德雷　事情很蹊跷，是吗？

雨果　的确。

贺德雷　可是看样子你并不觉得蹊跷。你怎么啦？

雨果　我不舒服。

贺德雷　要我今天早上放你的假吗？

雨果　不用。工作吧！

贺德雷　好，那就重新念那一句。

雨果　（再把笔记拿起来，开始念）"根据专业统计的数字……"

〔贺德雷笑了起来。雨果蓦然抬起头。

贺德雷　你知道为什么她没有炸中我们吗？我敢打赌，她是闭上眼睛扔那颗炸弹的。

雨果　（心不在焉）为什么？

贺德雷　因为怕震响。女人们为了怕听见响声而把眼睛闭上。你爱怎样解释就怎样解释吧。这些小老鼠都怕响声，要不然的话,她们都可以成为出色的杀手。你晓得的,她们都很固执:她们接受一些现成的想法以后,就把这些想法当作上帝一样信奉。我们这些男人,要我们为了一些原则问题去向一个人开枪可就没那么便当了,因为那些原则是我们想出来的,我们知道要的是什么花招:我们总是不能百分之百地肯定自己是正确的。你,你能肯定自己是正确的吗?

雨果　能。

贺德雷　不管怎样,你成不了一个杀手。干这个,还得有天赋。

雨果　如果是党的命令,无论谁都能够杀人。

贺德雷　要是党命令你在硬钢丝上跳舞,你认为你办得到吗?杀手是天生的。你呢?你想得太多,你干不了。

雨果　如果我有决心,就干得了。

贺德雷　因为我不同意你的政见,你也许能无情地朝我眼睛上开枪把我打死。

雨果　只要我下了决心,或者是党命令我这样干,我就能。

贺德雷　你使我感到意外。(雨果准备把手伸到口袋里去,贺德雷把他的手抓住,轻轻地举到桌子上面)假如这只手拿着一支枪,这手指正扣在扳机上……

雨果　放开我的手。

贺德雷　(没有放开他)假如我就像现在这个样子站在你前面,而且你瞄准我……

雨果　放开我,让我们工作吧。

贺德雷　当你瞧着我,当你正要开枪时,你想道:"万一是他对呢?"你考虑过吗?

雨果　我不会去想的。除了要杀人以外,我什么也不想。

贺德雷　你会想的;一个知识分子是要思索的。甚至在你扣动扳机以前,你恐怕早已看到你的行动可能造成的一切后果了:一个人一生的工作从此完了,一项政策失败了,再没有人来替代我,党也许永远也不能取得政权……

雨果　我跟您说了,我不会去想的。

贺德雷　你不能不想。先想一想也许更好,因为像你这种人,如果事先不想想,以后一生的时间也不够你在事后想的了。(稍停)你们这些人狂到什么程度,居然想当杀手?那种人都是一些没心眼的人:他们杀起人来毫不在乎,因为他们对于生活没有任何认识。我倒是喜欢那些怕别人死的人,因为这证明他们懂得生活。

雨果　我这个人天生就不适合于活着。我既不懂得什么是生活,也不需要懂得。我是多余的人,我没有自己的立足之地,我使所有的人都感到厌烦。既没有人喜欢我,也没有人相信我。

贺德雷　我,我相信你。

雨果　您?

贺德雷　当然。你还是一个孩子,要过渡到成年时期你还有困难;如果有人在这个过程中给你一点帮助,你将成为一个受欢迎的人。如果我逃得过他们大大小小的炸弹,我会把你留在我身边,给你帮助。

雨果　为什么对我讲这些?为什么要今天讲?

贺德雷　(放开了他)只不过是向你证明:除非你专门受过训练,否则你想无动于衷地杀个人是办不到的。

雨果　如果我下了决心,我应当办得到。(怀着一种绝望的心情,好像是在对自己说)我应当办得到。

贺德雷　当我看着你的时候,你下得了手杀死我吗?(两人相视。贺德雷离开桌子,向后退了一步)真正的杀手甚至想不到被害者脑子里想的是什么。而你呢,你却清楚。如果我看着你把枪口对准我,我脑子里想的东西你能受得了吗?(稍停。他一直看着雨果)你喝咖啡吗?(雨果没有回答)咖啡煮好了,我给你倒一杯。(他背向雨果,把咖啡倒在杯子里。雨果站了起来,把手放在藏着手枪的口袋里。可以看出他内心在斗争。过了一会儿,贺德雷转过身来,平静地朝雨果走去,手里拿着一满杯咖啡,递给雨果)现在把你的枪交给我。来吧,交出来。你看,我已经给你机会,可是你没有利用。(把手伸到雨果的口袋里,掏出了手枪)这不过是一件小玩具。(走到自己的写字台旁,把枪扔在桌上)

雨果　我恨您。

贺德雷　(近身朝他走去)不,你并不恨我。你有什么理由恨我呢?

雨果　你把我当作一个胆小鬼。

贺德雷　为什么?你不会杀人,并不等于不知道怎样死。正相反。

雨果　我刚才手指已扣住扳机了。

贺德雷　是这样。

雨果　而我却……(作了一个软弱无能的手势)

贺德雷　是的。我已经告诉你了:这比想象中的要难。

雨果　我知道你刚才是故意把背向着我的。正是因为这样……

贺德雷　噢!不管怎样……

雨果　我不是叛徒!

贺德雷　谁说你是了?叛变也得看有没有本事。

雨果　他们会把我看作叛徒,因为我没完成他们交给我的任务。

贺德雷　他们是谁?(静场)是路易派你来的吗?(静场)你什么都不愿讲,这并不奇怪。(稍停)听着,你的命运跟我的联结在一起了。从昨天起,在我这一局赌博里我已掌握了一些王牌。我要设法把我们两条性命都保全下来。明天我进城去跟路易谈一谈。他这人很强硬,不过我也是这样。至于你那些伙伴,这好办。最困难的倒是:你自己怎么办?

雨果　困难吗?很快就可以解决。您只要把手枪还给我。

贺德雷　不行。

雨果　我朝自己打一枪,这对您有什么关系呢?我是您的敌人。

贺德雷　首先,你不是我的敌人。其次,你还有用处。

雨果　您很清楚我完蛋啦。

贺德雷　什么话!过去你想对自己证明,你是能够干点事的;你选择了艰难的道路,就像一个人想建立与上帝同等的功勋。在你这样的年纪,往往是这样的。可是你没有成功。是这样,还有什么?其实又有什么要证实的呢。你知道,革命不是一个谁行不行的问题,而是要讲求效果;上帝是没有的,有的是要做的工作,全部问题就在于此。一个人应当干自己力所能及的事。如果这种事是容易做的,那就再好也没有了。最好的工作不是要你付出最大代价的那一种,而是你能干得最好的那一种。

雨果　我干什么都不行。

贺德雷　你有写作能力。

雨果　写作?搞文字!总是搞文字!

贺德雷　那又怎样?人当好胜。一个优秀的新闻记者总比一个蹩脚的杀人者要有价值些。

雨果　(举棋不定,但怀着某种信心)贺德雷!当您像我这种年纪的时候……

贺德雷　怎么样?

雨果　要是处在我的地位,您会怎么样?

贺德雷　我吗?我会开枪的。不过,这并不是我能够干得最好的事。还有,我们俩不是同一类型的人。

雨果　我希望属于那一类型的人:像你那样,应该感到自在吧。

贺德雷　你以为是这样吗?(笑了一笑)有一天,我要向你谈谈我自己。

雨果　有一天?(稍停)贺德雷,我失败了,而且现在我知道,我再也不能向您开枪了,因为……因为我器重您。不过,您不要错误地以为,对于昨天晚上我们讨论的问题,我会同意您的观点;我是永远也不会同意的,我也不会成为您的人。我不希望您袒护我,不论是明天或是今后哪一天。

贺德雷　好吧。

雨果　现在,我请您允许我离开。我要好好地想想这一切。

贺德雷　你得保证:在你再见到我以前,你不会干出傻事来。

雨果　我照您的办。

贺德雷　那就去吧。去呼吸点新鲜空气,能够回来的时候就回来。不要忘记你还是我的秘书。当你还没有杀死我或者我还没有辞掉你的时候,你要为我工作。

〔雨果下。

贺德雷　(走到门口)史力克!

史力克　嗳?

贺德雷　这年轻人有些烦恼的事。远远地监视着他,必要时要阻止他自杀,不过,要悄悄地。等一会儿要是他想回到我这里来,别借口要先禀报我而在半路上拦住他。让他高兴来就来,不高兴就走,特别是不要刺激他。

〔贺德雷把门重新关上,回到放着炉子的桌旁,给自己倒了一杯咖啡。捷西卡拨开蒙在窗上的被单走了出来。

第 三 场

〔捷西卡和贺德雷。

贺德雷　还是你吗,讨厌的女人？你要干什么？
捷西卡　我刚才坐在窗沿上,我全听到了。
贺德雷　那怎么样？
捷西卡　我很害怕。
贺德雷　你刚才走掉就好了。
捷西卡　我不能离开您。
贺德雷　你帮不了大忙。
捷西卡　我知道。(稍停)我也许早该用身子挡住您,代替您,让子弹打到我身上。
贺德雷　你真够浪漫的。
捷西卡　您也一样。
贺德雷　什么？
捷西卡　您也是,您也是富有浪漫色彩的；为了不让他感到丢脸,您可以豁出自己的生命。
贺德雷　如果一个人要知道生命的价值,那么有的时候就应当拿它去冒冒风险。
捷西卡　您向他提出要帮他的忙,他还不愿意接受哩,可是您并不因此灰心：看起来您似乎喜爱他。
贺德雷　还有呢。
捷西卡　没有啦。刚才就是这些事。说完啦。
　　　　〔两人对视。

贺德雷　走吧！（她没有动）捷西卡，我的习惯是来者不拒，而且我已经有六个月没有接触女人了。现在你走还来得及；五分钟后，那就太晚了。你听见我说的吗？（她还是不动）这个小青年在世界上只有你一人，而且他将遇到更不称心的事。他需要有人给他勇气。

捷西卡　可以给他勇气的是您，不是我。我们俩只是彼此互相折磨。

贺德雷　你们是相亲相爱的。

捷西卡　没这回事。我们俩太相像了。

〔静场。

贺德雷　什么时候你想到这个的？

捷西卡　你说什么？

贺德雷　（作了一个手势）你头脑里的一切，一切。

捷西卡　我不知道。我想，是昨天吧，当您看着我的时候，您那样子显得寂寞孤独。

贺德雷　我要是早知道的话……

捷西卡　那您就不会来了，是吗？

贺德雷　我……（看着她，耸耸肩膀。稍停）我的天！要是你精神空虚的话，史力克和乔治都会给你解闷的。为什么你偏偏选中我？

捷西卡　我精神并不空虚，我也没有看中谁。我并不需要选择。

贺德雷　你叫我厌烦啦。（稍停）你还在等什么？我没有时间应付你。你总不至于要我把你按倒在这张沙发上，然后再抛弃你。

捷西卡　您拿主意吧。

贺德雷　可是你早该知道……

捷西卡　我什么都不知道。我既不是女人也不是姑娘,我过去一直生活在梦中。有人吻我的时候,我就想笑。现在,我就在您面前,我好像刚刚睡醒,而且时间是在清晨。您不是梦,您是实实在在有血有肉的人。我实在怕您,可是我想,我真的是爱上您了。您要拿我怎样就怎样:不论发生什么事,我决不责怪您。

贺德雷　有人吻你,你就想笑吗?(捷西卡羞赧地低着头)是吗?

捷西卡　是的。

贺德雷　这么说,你是冷冰冰不动感情的喽?

捷西卡　有些人是这样说的。

贺德雷　你呢?你自己怎么想的?

捷西卡　我不知道。

贺德雷　那就让我们试试看。(他吻她)怎么样?

捷西卡　我没有想笑。

〔门打开,雨果上。

第 四 场

〔贺德雷、雨果和捷西卡。

雨果　原来是这样!

贺德雷　雨果……

雨果　好啊。(稍停)原来是这样,所以您刚才对我那么宽大。我当时一直在想:为什么他没有叫手下的人把我打死,或者把我驱逐出去。我对自己说:他不可能发疯到这种程度,或者宽宏大量到这种地步。现在一切都明白了。原来是为了我妻子的缘故。我倒宁可是这样。

捷西卡　听我说……

雨果　捷西卡,不要讲啦,再不要讲啦。我不恨你,我并不妒忌。我们过去彼此并不相爱。可是他,他差点使我上了他的圈套,"我要帮助你,我要使你过渡到成年时期。"我多么傻!他其实在开玩笑。

贺德雷　雨果,你要不要我向你保证……

雨果　您用不着抱歉。正相反,是我应当感谢您。至少您总算有一次让我高兴地看到您狼狈不堪。还有……还有……(他一个箭步窜到写字台旁,抓起手枪,对准贺德雷)还有就是,您解放了我。

捷西卡　(大喊一声)雨果!

雨果　贺德雷,您看,我盯着您的眼睛,我用枪瞄准你,我的手也不发抖,我不管您头脑里在想些什么。

贺德雷　等一等,年轻人,不要为了一个女人干出蠢事。

〔雨果连打三枪。捷西卡嚎叫起来。史力克和乔治奔入办公室。

贺德雷　傻瓜。你把一切都搞糟了。

史力克　浑蛋!(拔出手枪)

贺德雷　别伤害他。(倒在沙发椅上)他是由于吃醋才开枪的。

史力克　这话什么意思?

贺德雷　我和那个年轻女人睡过觉。(稍停)啊!这实在是太愚蠢了。(死去)

——幕落

第 七 幕

〔在奥尔嘉的房间里。

独 场

〔奥尔嘉和雨果。
〔可以听到他们两人在黑夜里说话的声音,接着舞台上的灯光渐渐亮起来。

奥尔嘉　这些都是真的吗？你真的是为了捷西卡而杀死他的吗？
雨果　我……我杀死他是因为我把门推开了。这就是我所知道的一切。如果我当时没有把门打开的话……他站在那里,把捷西卡抱在怀里,下巴上印着唇膏。不过,这都是不值一提的小事。我长久以来是在悲剧中生活着。为了弥补这场悲剧,我才开枪的。
奥尔嘉　你那时候并不嫉妒吗？
雨果　嫉妒？也许。但不是因为捷西卡。
奥尔嘉　好好地看着我,真心诚意地回答我,因为我要向你提出的是非常重要的问题。你对自己的行动感到骄傲吗？是你自己要干的吗？如果要你再来一次,你肯干吗？
雨果　干这件事的仅仅是我一个人吗？其实杀人的不是我,是偶然性。要是我早两分钟或是迟两分钟开门,我就不会出其不意地看到他们俩拥抱在一起,我也就不会开枪了。(稍停)我当时回到办公室,是想要对他说:我同意接受他的帮助。

奥尔嘉　原来是这样。

雨果　完全是由于偶然,开了三枪,正像蹩脚的侦探小说里描写的那样。由于偶然,你可以用"如果"这类假设开始:"如果我当时在栗子树前多待一会儿,如果我一直走到花园的尽头,如果我回到自己住的小楼里去……"但我这个人,我,这个内在的我,会怎样呢?这是一桩没有杀手的谋杀案。(稍停)在监牢里,我经常想:如果奥尔嘉在这里的话,她会对我说些什么,她会要我想什么?

奥尔嘉　(冷淡地)后来呢?

雨果　噢!我知道你会对我说的话;你会对我说:"雨果,你要谦虚点。你的理由,你的动机,人家并不放在眼里。我们要求你去把这个人杀死,而你的确把这个人杀死了。重要的是结果。"我……我并不是谦虚,奥尔嘉。要我把谋杀的行动和动机分开,我办不到。

奥尔嘉　我认为这样倒更好些。

雨果　什么?这样倒更好些?奥尔嘉,这是你讲的吗?你过去一直对我说……

奥尔嘉　我会向你解释的。现在几点了?

雨果　(看看自己的手表)十一点四十分。

奥尔嘉　好,我们还有时间。刚才你对我说什么来着?说你当时并不理解自己的行动。

雨果　更确切地说,我理解过头了。行动好比是一个什么钥匙都可以开的匣子,瞧,如果我高兴的话,我完全可以对自己说:我是出于政治热情而杀人的。当我推开门时我身上的那一阵狂怒，只不过是使我易于下手的一个小小的冲动。

奥尔嘉 （不安地打量他）雨果,你相信是这样吗？你真相信自己是出于良好的动机而开枪的吗？

雨果 奥尔嘉,我什么都相信。可是我现在想的是：我是不是真的把他杀死了。

奥尔嘉 真的吗？

雨果 是不是这一切只不过是演一出戏？

奥尔嘉 你当时真的扣动了枪的扳机。

雨果 真的。我的确动了一动手指,但是,在舞台上,演员开枪时手指也动的。你看,就这样：我动一动食指,我对你瞄准。（他用右手对她瞄准,食指弯起）当时的手势就跟这会儿一样。也许我不是真实的,也许只有子弹才是真实的。你为什么笑？

奥尔嘉 因为你减少了我许多困难。

雨果 过去我觉得自己过于年轻。我希望在自己的脖子上像挂一块大石头那样缚上一桩罪行。可是我又怕它沉重得难以忍受。这种想法大错特错；因为它一点也不重,非常之轻,一点分量也没有。你看看我：我已经老了,我在监牢里度过了两年,离开了捷西卡,过着一种不知怎么办才好的鬼日子,一直到同志们想方设法使我得到释放。这一切都是我的罪行造成的,不是吗？可是这罪行并不使我感到沉重,我甚至感觉不到它的存在——无论在脖子上,在肩膀上,在心上,我都感觉不到它的存在。你明白吗？罪行已变成我的命运,它从外部统治了我的生活,可是我既看不到它,也摸不到它。它不是我的,它是一种不使人感到痛苦的致命的病症罢了。到底它在什么地方？它存在吗？可是，我的确开了枪，推开了门……奥尔嘉，我是喜欢贺德雷的。在世界上所有我喜欢过的人当中，他是我最喜欢的。我喜欢看见他。听他讲话；我喜欢他的双手，他的面容，而且当我跟他在一起时，我头脑里的一切风暴都平息了。致我死命的不是我犯的罪，而是贺德雷的死。(稍停)事情就是这样。其实什么都没有发生，什么都没有。我不过是在乡下过了十天，在监牢里过了两年；我并没有改变，我仍然老是喋喋不休。杀手应当戴有鲜明的标志，例如纽扣洞上插一朵丽春花。(稍停)够啦。怎么样？结论呢？

奥尔嘉　你将重新入党。

雨果　好。

奥尔嘉　午夜十二点钟，路易和查理要回来把你干掉，我不给他们开门。我要对他说，你是可以回收的。

雨果　(笑起来)可以回收！多么滑稽的字眼！这是用在废品身上的字眼，对吗？

奥尔嘉　你同意吗？

雨果　为什么不同意？

奥尔嘉　明天你会接到新的命令。

雨果　好的。

奥尔嘉　哎！(往椅子上一坐)

雨果　你怎么啦？

奥尔嘉　我很高兴。(稍停)你讲了三个钟头，我一直在担心害怕。

雨果　担心害怕什么？

奥尔嘉　害怕我不得不告诉他们的那一切。现在什么问题都没有了。你将回到我们中间，你将干一个成年人的工作。

雨果　你像从前一样帮助我吗？

奥尔嘉　雨果！当然，我会帮助你的。

雨果　奥尔嘉，我很爱你。你始终没有变：这样纯洁，这样鲜明！是你教会我懂得了什么是纯洁。

奥尔嘉　我变老了吗？

雨果　没有。(握住她的手)

奥尔嘉　我每天都想念你。

雨果　喂，奥尔嘉！

奥尔嘉　什么？

雨果　那个包裹，不是你寄的？

奥尔嘉　什么包裹？

雨果　有巧克力的。

奥尔嘉　不，不是我寄的。不过，我知道他们要给你寄。

雨果　你就让他们寄？

奥尔嘉　是的。

雨果　你那时心里怎么想的？

奥尔嘉　(指着自己的头发)你看。

雨果　什么？白头发吗？

奥尔嘉　是在一夜之间变白的。你再不要离开我了。如果遇到艰难险阻，我们一起来忍受。

雨果　(微笑)你可记得：拉斯柯尼科夫。

奥尔嘉　(吃了一惊)拉斯柯尼科夫？

雨果　这是你为了我的地下工作替我起的名字。哎！奥尔嘉，你忘了。

奥尔嘉　不，我记得的。

雨果　我要重新用这个名字。

奥尔嘉　不要用。

雨果　为什么？我很喜欢这个名字。你说过：它对我最合适不过了。

奥尔嘉　你用这个名字，很多人都知道你。

雨果　知道我？什么人知道？

奥尔嘉　（忽然感到厌倦）几点钟了？

雨果　差五分钟十二点。

奥尔嘉　雨果，你听着，不要打断我的话。我还有一点事要跟你说。无关重要，不必重视。你……你开头会感到惊讶，后来就会慢慢懂得的。

雨果　是吗？

奥尔嘉　我……我很高兴听到你刚才对我谈的，有关你的……你的行动的看法。要是你过去为此感到骄傲或者自满，那么这事情对你来说就会更困难些。

雨果　更困难些？去做什么事情会更困难些？

奥尔嘉　忘记它更困难些。

雨果　忘记它？可是，奥尔嘉……

奥尔嘉　雨果！你应当把它忘记掉。我对你没有过分的要求。刚才你自己说：你既不知道自己干了什么，也不知道为什么要干。你现在还不能肯定自己是否杀了贺德雷。这样，你就走上正确的道路了。以后接着朝前走，就行了。忘掉你过去干的那件事，那不过是一场噩梦。再不要谈起这件事了，连对我也不要谈。那个杀死贺德雷的人已经死了。他叫拉斯柯尼科夫，他已经因为吃了酒心巧克力中毒死了。（她抚摩他的头发）我要替你另取一个名字。

雨果　奥尔嘉，发生了什么事？你们干了些什么事？

奥尔嘉　党已经改变了政策。(雨果盯住她看)不要这样看我。你应当设法理解这一点。当我们派你到贺德雷那里去时,我们和苏联的联系中断了,因此不得不独自决定我们的路线。不要这样盯着我!雨果!不要这样看我。

雨果　后来呢?

奥尔嘉　后来,联络重新建立起来了。去年冬天,苏联转告我们,纯粹出于军事上的需要,希望我们接近摄政王。

雨果　而你们……你们服从了命令?

奥尔嘉　是的。我们同政府的人和五角大楼党的人一起建立了一个由六名成员组成的地下委员会。

雨果　六名成员。你们占了三席?

奥尔嘉　对。你怎么知道的?

雨果　我不过是这么想。继续讲下去吧。

奥尔嘉　从那时候起,我们的军队实际上再没有参加什么军事行动了。我们也许保全了十万人的生命。不过,德国人却突然入侵我国。

雨果　妙极啦。我想苏联人还有个目的,就是让你们晓得,他们并不希望把政权单独交给无产阶级党,否则他们就可能跟同盟国发生纠葛,而且,你们也很快就会被暴动消灭掉。

奥尔嘉　不过……

雨果　这些事我似乎已经不是初次听到了。那么,贺德雷呢?

奥尔嘉　他曾打算这么做,但为时过早,何况他也不是执行这项政策最合适的人。

雨果　因此就得把他杀掉,这是够明智的。不过我想,你们已经恢复他的名誉了吧?

奥尔嘉　当然该恢复。

雨果　等战争结束,他的雕像会树立起来,在我们所有的城市里都会有以他命名的街道,在历史书上也会记载着他的名字。这实在使我为他高兴。至于杀死他的人,这是一个什么样的人呢?是一个被德国收买过去的家伙吗?

奥尔嘉　雨果……

雨果　你说!

奥尔嘉　同志们知道:你当时是我们的人。他们从来也没有相信过这是情杀。因此,我们尽可能……向他们作了解释。

雨果　你们向同志们说了假话。

奥尔嘉　没有说假话。不过,雨果,我们……我们现在还是在战争时期,不能把全部真相都告诉部队。

〔雨果哈哈大笑。

奥尔嘉　你怎么啦?雨果!雨果!

雨果　(往沙发椅子上一坐,笑得眼泪直流)一切都是他讲过的!一切都是他讲过的!这是一场闹剧!

奥尔嘉　雨果!

雨果　奥尔嘉,等一等!让我笑个够。十年来我没有这样大笑过。瞧,这是一桩棘手的罪行,谁也不愿碰它。我不知道为什么干了这桩事,而你们呢,不知道该怎么处理。(他看着她)你们都是一个样的。

奥尔嘉　雨果,我求你……

雨果　一个样的!贺德雷、路易、你,你们全都属于一个种类——优秀的种类。你们都是一些冷酷无情的人,一些征服者,一些领袖人物。只有我走错了门。

奥尔嘉　雨果,你一直是喜欢贺德雷的。

雨果　我想,我从来没有像现在这个时候那样喜欢他。

奥尔嘉　那么,你就应当帮助我们继续完成他的事业。(他看着奥尔嘉。她向后退)雨果!

雨果　(温和地)奥尔嘉,别害怕。我不会伤害你。不过,你不要说话。一分钟,让我把思路整理一下。好。照这样看来,我是可以回收的了。好极了。不过得是孤单单的,赤裸裸的,没有任何包袱。条件是我要脱胎换骨——如果我能变成患健忘症的病人,那就更好。罪行,人们是不回收它的,对吗?这是过去犯的一个无足轻重的错误。把罪行抛进它该去的地方——抛进垃圾箱里。至于我呢,从明天起,我改名换姓,我叫于连·索雷尔,或者是拉斯蒂涅,或者是牟司吉纳,我将和五角大楼党的人携手合作。

奥尔嘉　我要去……

雨果　奥尔嘉,别说话。我求你什么也别说。(想了一会儿)我拒绝。

奥尔嘉　什么?

雨果　我拒绝。我不和你们合作。

奥尔嘉　雨果,你还没有明白吗?他们就要带着枪来了……

雨果　我知道。他们甚至已经迟到了。

奥尔嘉　你不应当让自己像一条狗似的给人打死。你不能同意无谓地死去!雨果,我们相信你。你会看到,你将是我们真正的同志,你已经受过考验了……

〔汽车声和发动机声。

雨果　他们来啦。

奥尔嘉　雨果,这样做是有罪的!党组织……

雨果　奥尔嘉,不要用这些好听的字眼了。在这件事上,好听的字眼已经用得太多了,这些好听的字眼干了不少的坏事。(汽车驶过去了)这不是他们的汽车。我还有时间给你解释。听着:我不知道当时我为什么杀死了贺德雷,可是我知道早就该把他杀死,因为他不是正大光明地搞政治活动,因为他对他的同志们说假话,因为他有腐蚀党组织的危险。如果我有勇气在单独和他待在办公室里的时候开枪,他就会因为上面讲的原因而死,这样,我在想起自己时就会毫不羞愧。而我现在感到羞愧,是因为我杀死他是在……以后。而你们呢,你们使我更加羞愧,因为你们使我断定自己是平白无故地把他杀死的。奥尔嘉,对于贺德雷的政策,我现在还在思考。在监牢里的时候,我一直以为你们是和我意见一致的,因此使我感到有支持。现在,我晓得了:持这种意见的只有我一个人。但是,我不会改变自己的看法。

〔汽车发动机的声音。

奥尔嘉　这次真的是他们来了。听着,我不能够……你拿着这把枪,从我房间的窗口跳出去,试试运气吧。

雨果　(没有接过枪)你们已经把贺德雷树成一个伟人。可是我过去敬爱他的程度比你们将来可能达到的要深得多。如果我否定了自己过去所干的事,他就会变成一具默默无闻的尸体,变成党内的渣滓。(汽车停下的声音)为了一个女人偶然被杀。

奥尔嘉　快走。

雨果　一个像贺德雷这样的人不会死于偶然的。他是为了他自己的想法、自己的政策而死去的,他对自己的死亡负起全部责任。如果我在大家面前承担我的罪行,如果我宣布我的名字是拉斯柯尼科夫,如果我同意付出应有的代价,那么,贺德雷就死得其所了。

〔有人敲门。

奥尔嘉　雨果,我……雨果(向门口大步走去)奥尔嘉,我还没有杀死贺德雷,还没有。现在我才去杀死他,我也同归于尽。

〔有人再次敲门。

奥尔嘉　(大声叫喊)你们滚蛋!你们滚蛋!
雨果　(一脚把门踢开,大声叫道)不能回收!

——幕落

三 幕 剧

魔鬼与上帝

(一九五一年)

罗嘉美 译

人　物

格茨

海因里希

纳斯蒂

特策尔

卡尔

希尔达

卡特琳

大主教

主教

银行家富克尔

李纳哈特上校

施密特

海因茨

格尔拉赫

赫尔曼

军官数人

仆役数人

沃尔姆城居民若干

第 一 幕

第 一 景

〔舞台左侧,凌空是大主教官的一个大殿;右侧,主教府和城墙。

〔开幕时,灯光只照着大殿。

〔舞台其余部分均在暗中。

独　　场

大主教　（在窗前）他会来吗?主啊,臣民们的指头已把金币磨得连我的头像都看不清,您那严厉的拇指又折磨得我面容憔悴:现在我这个大主教只剩下一个影子了。让今晚带给我失败的消息吧,这样大家就会看到我已被折磨到何等地步!主啊,您打算怎样处置我这个名存实亡的使者呢?（仆人上）李纳哈特上校到了吗?

仆人　不,来的是银行家富克尔。他想……

大主教　等会儿再说。（稍停）李纳哈特在干吗?他该到了,该给我带来最新消息了。（稍停）现在连厨房里都在谈论这场战争了吧?

仆人　大家成天净谈这个,大人。

大主教　都说些什么?

仆人　说胜利大有希望,说康拉德已被逼得走投无路,还说……

大主教　我知道,我知道。但真打起来,我们也可能失败……

仆人　大人……

大主教　退下。(仆人下)主啊,您为什么允许这一切?敌人侵占了我的土地,我心爱的沃尔姆城起来造我的反。我在和康拉德作战,市民们却从背后给了我一刀。我原来不知道,上帝,您对我竟是打的这个算盘:我将来难道还得变成瞎子,让一个孩子领着去挨家挨户讨饭不成?自然,如果您执意要实现您的意志,我将完全听从您的安排。但请您考虑一下,我已经不是二十岁的人了,而且我从来就没有充当殉教者的使命。

〔远处传来"胜利了!胜利了!"的呼喊。喊声越来越近。大主教把手放在胸口,仔细倾听。

仆人　(上)胜利了!胜利了!我们胜利了,大人。李纳哈特上校到。

上校　(上)我们胜利了,大人,完完全全,不折不扣地胜利了。一场堪称典范的战斗。这个日子应当载入史册:我们共打死、淹死敌人六千,其余的落荒而逃。

大主教　感谢上帝。康拉德呢?

上校　他也死了。

大主教　感谢上帝。(稍停)既然他已经死了,那我就饶恕他。(对李纳哈特)我祝福你。现在去把好消息告诉大家吧。

上校　(挺直腰板)太阳升起不久,我们发现尘土飞扬……

大主教　(打断他的话)不,不!不必细说!千万别谈细节。一谈细节,胜仗和败仗就没有多大区别了。怎么说我们还是打了胜仗吧?

上校 了不起的胜仗:打得太漂亮了。

大主教 去吧。我要祈祷了。(上校下。大主教跳起舞来)我胜利了!我胜利了!(把手放在心口)啊呀!(跪到跪凳上)我们来祈祷吧。

〔灯光照亮舞台右侧。可以看到城墙和一段巡查道。海因茨和施密特俯身在雉堞上。

海因茨 这不可能……这不可能:上帝不会允许的。

施密特 等等,他们就要重新开始了。看!一,二,三……三……又来了,一,二,三,四,五……

纳斯蒂① (出现在城墙上)喂!什么事?

施密特 纳斯蒂!大事不好!

纳斯蒂 对于上帝选中的人来说,永远不会大事不好的。

海因茨 我们看了一个多钟头了,是烟火信号。它不停地反复出现。瞧!一,二,三,一共五个!(指着那座山)大主教打赢了。

纳斯蒂 我知道。

施密特 现在败局已定:我们被困在沃尔姆城,没有盟军,没有粮草。你对我们说过格茨会厌战,最终会解除对我们的包围,说康拉德会打败大主教。而结果呢,你看,死的是康拉德,大主教的军队将在我们城下和格茨的军队会师,我们只有死路一条。

格尔拉赫 (跑上)康拉德打败了。市长和官员们正在市政府开会商议。

---

① 英语:卑贱的人。

420

施密特　当然啦!他们在商量归顺的办法。

纳斯蒂　你们信上帝吗,弟兄们?

众人　是的,纳斯蒂,我们信!

纳斯蒂　那你们就什么也别怕。康拉德的失败是个征兆。

施密特　征兆?

纳斯蒂　是上帝给我的征兆。格尔拉赫,你去,快到市政府去,设法探听委员会的决定。

〔城墙隐没在黑暗中。

大主教　(站起来)来人哪!(仆人上)让银行家进来。(银行家上)请坐,银行家。你浑身是泥,打哪儿来呀?

银行家　我一路走了三十六个小时,为的是阻止您干出荒唐事来。

大主教　荒唐事?

银行家　您要杀掉一只每年给您下一个金蛋的母鸡。

大主教　你指什么?

银行家　我指您的沃尔姆城:我听说您在围攻这座城。如果您的军队洗劫了这座城市,您就会破产,我也跟您同归于尽。穷兵黩武难道是您这把年纪的人该干的事吗?

大主教　并不是我去招惹康拉德。

银行家　您也许没招惹他。但谁能担保不是您促使他来招惹您的呢?

大主教　他是我的臣属,应当服从我。但他受了魔鬼的指使,煽动骑士们造反,领着他们来进攻我。

银行家　您为什么不在他翻脸之前把他想得到的东西给他呢?

大主教　他什么都要。

银行家　好吧,不谈康拉德了。既然他被打败了,那他肯定是罪魁祸首。但是您的沃尔姆城……

大主教　沃尔姆是我的心肝宝贝,是我的掌上明珠。但就在康拉德越过边界的那一天,沃尔姆忘恩负义地背叛了我。

银行家　这过错是很严重。但您四分之三的收入来自沃尔姆。如果您学老提比略①的样,屠杀您的市民,那谁来付您的捐税,谁来偿还我的贷款呢?

大主教　他们折磨教士,把他们禁闭在修道院里,他们侮辱主教,禁止他出主教府。

银行家　真孩子气!但如果不是您把他们逼成那样,他们是绝不会动武的。只有一无所有的人会使用暴力。

大主教　你要我怎么办?

银行家　宽恕他们。向他们课一大笔罚金,把事情了结算了。

大主教　唉!

银行家　唉什么?……

大主教　我爱沃尔姆,银行家。即便不罚款,我也由衷地愿意宽恕他们。

银行家　对呀,说下去!

大主教　包围沃尔姆的不是我呀。

银行家　那是谁呢?

大主教　是格茨。

银行家　格茨是什么人?是康拉德的兄弟吗?

大主教　是的。是全德国最出色的军官。

银行家　他在您的城下干什么?他是您的敌人吗?

大主教　说实话,我也不太清楚他是什么人。最初他与康拉德联

---

① 提比略(公元前42—公元37),古罗马第二任皇帝,奥古斯都的继承人,于公元十四年登基。

手,以我为敌,后来他和我结成同盟,又以康拉德为敌,而现在……他是个反复无常的人,起码可以下这个结论。

银行家　为什么和这样不可靠的人结盟?

大主教　我难道有选择的余地吗?康拉德和他一道侵占了我的土地。幸而我听说他们之间产生不和,我便私下给格茨许愿,只要他站到我们这边来,他兄弟的土地就归他。要不是我离间他和康拉德,我早就输掉这场战争了。

银行家　这么说,他和他的军队都站到您这边来了。后来呢?

大主教　我把后方的防卫任务交给了他。他大概厌倦了:我想他是不喜欢驻守生活,一天,他领兵来到沃尔姆城下,未经我下令就包围了城市。

银行家　您命令他……(大主教苦笑并耸了耸肩)他不服从您的命令?

大主教　你什么时候听说过将在外而听从君命的?

银行家　总而言之,您是在他的手心里。

大主教　是的。

〔灯光照亮了城墙。

格尔拉赫　(上)市政府决定派军事谈判代表去见格茨。

海因茨　果然如此。(稍停)胆小鬼!

格尔拉赫　我们唯一的希望就是格茨提出令他们无法接受的条件。如果格茨真的是大家所说的那种人,他是不会姑息我们的。

银行家　对财产他可能会手下留情。

大主教　只怕他连人的性命也不放过。

施密特　(对格尔拉赫)这是为什么?为什么?

大主教　这种私生子从娘肚里带来了坏坯,他专以干坏事为乐。

423

格尔拉赫　这杂种是只猪，最爱干坏事。假如他想洗劫沃尔姆城，那市民们就只有背水一战了。

施密特　他要是打算把城市夷为平地，绝不会天真地说出来。他会要求人们放他进城，保证秋毫无犯。

银行家　（愤怒地）沃尔姆欠我三万杜卡托，应该立即结束这一切了。您下令让部队去攻打格茨吧。

大主教　（垂头丧气地）只怕他会打垮我的军队。

〔大主教的大殿隐没在黑暗中。

海因茨　（对纳斯蒂）你说，我们真的完了吗？

纳斯蒂　上帝和我们在一起，弟兄们，我们完不了。今夜我要出城，设法穿过他们的营地到沃尔多夫去，不出一个星期，我就可以召集到一万名武装起来的农民。

施密特　我们怎样才能坚持一个星期呢？他们今晚就可能向格茨大开城门。

纳斯蒂　不能让他们打开城门。

海因茨　你想夺取政权吗？

纳斯蒂　不。大局未定。

海因茨　那怎么办呢？

纳斯蒂　我们应当把市民都卷进来，让他们为自己的脑袋提心吊胆。

众人　怎么做呢？

纳斯蒂　来一场大屠杀。（这时，城墙下整个舞台都被照亮。一个妇女坐在通往巡查道的台阶旁，她三十五岁上下，目光呆滞，衣衫褴褛。一个神甫读着日课经从台上走过）……这神甫是谁？他为什么不和别人关在一起？

海因茨　你认不出他了？

纳斯蒂　噢！原来是海因里希。他变化真大。但不管怎么说，当时应该把他关起来。

海因茨　穷人喜欢他，因为他和他们过着同样的日子。我们怕穷人不满意。

纳斯蒂　他才是最危险的人。

妇女　（看见神甫）神甫！神甫！（神甫逃跑。她喊了起来）你跑这么快，要上哪儿去？

海因里希　（站住）我已经一无所有！一无所有！一无所有了！我把一切都施舍给别人了。

妇女　不能因为这个缘故，别人一叫你你就逃跑啊！

海因里希　（疲乏地转向她）你饿吗？

妇女　不饿。

海因里希　那你要什么？

妇女　我要你给我解释一下。

海因里希　（激动地）我什么也解释不了。

妇女　你连我要说什么都还不知道呢。

海因里希　好，你说吧，快点说。要我解释什么？

妇女　为什么孩子死了？

海因里希　什么孩子？

妇女　（微微笑了笑）我的孩子。瞧你，神甫，昨天是你埋葬了他：他三岁就饿死了。

海因里希　我累了，教友，我认不出你来了。我看你们每个人的脸都长得一样，连眼睛都一样。

妇女　他为什么死了？

海因里希　我不知道。

妇女　可你是神甫呀！

海因里希　对,我是神甫。

妇女　连你都不知道,那还有谁能告诉我呢?(稍停)我要是现在去死,是坏事吗?

海因里希　(坚决地)是的,很坏。

妇女　我也这么想。但我非常想死。你瞧,你应该好好开导我一下。

〔一阵沉默。海因里希摸摸额头,努力振作了一下。

海因里希　没有上帝的允许,任何事也不会发生,而上帝是最最善良的,因此,发生了的事都是最美好的。

妇女　我不明白。

海因里希　上帝知道的事比你多:在你看来是坏事的,在他眼里却是好事,因为他权衡了它的一切后果。

妇女　你能明白这些吗,你?

海因里希　不!不!我不明白!我什么也不明白!我不能明白,也不想明白!应该相信!相信!相信!

妇女　(笑了笑)你说应该相信,可看样子,你对自己说的话也根本不信。

海因里希　教友,这番话,这三个月来我已经重复了那么多遍,所以我已闹不清是出于信念还是出于习惯。但请你不要弄错了:我是相信它的。我坚决地、全心全意地相信。上帝可以作证,我心里一刻也没有怀疑过。(稍停)教友,你的孩子在天堂里,你会在那里找到他的。

〔海因里希跪下。

妇女　是的,神甫,当然是这样。可是天堂是另一回事。再说,我太疲劳了,永远也快活不起来了,即使进了天堂也一样。

海因里希　教友,饶恕我吧。

妇女　为什么要饶恕你呢,好神甫?你没有对不起我。

海因里希　饶恕我,饶恕了我,你就饶恕了所有的神甫,不管是有钱的还是穷的。

妇女　(乐了)我由衷地饶恕你。这样你高兴吗?

海因里希　我高兴。现在,让我们一起祈祷吧,教友;一起来祈求上帝重新赐予我们希望。

〔在他们说最后几句话时,纳斯蒂慢慢走下城墙的台阶。

妇女　(看见纳斯蒂,高兴地停止了祈祷)纳斯蒂!纳斯蒂!

纳斯蒂　你叫我干吗?

妇女　面包匠,我的孩子死了。你应当知道这是为什么,你是什么都知道的。

纳斯蒂　是的,我知道。

海因里希　纳斯蒂,我求求你,住口吧。惹事的人要自找倒霉的。

纳斯蒂　他死是因为我们城里的有钱人起来反对大主教,反对他们那非常富有的大主教老爷。富人打仗,穷人送命。

妇女　上帝准许他们打仗吗?

纳斯蒂　上帝明明是禁止的。

妇女　这人说,没有上帝的允许什么事也不会发生。

纳斯蒂　对,除了来自人类凶恶本性的灾难。

海因里希　面包匠,你撒谎,你在混淆真伪,欺骗世人。

纳斯蒂　你坚持上帝允许这种无谓的流血和苦难的看法吗?我说上帝对这一切是没有责任的。

〔海因里希不说话了。

妇女　这么说,上帝不愿意我的孩子死掉?

纳斯蒂　他如果要他死,又何必让他生下来呢?

妇女　(宽慰地)我比较喜欢这种说法。(对神甫)你看,这样,我就明白了。这么说,善良的上帝见到我痛苦他也伤心,是吗?

纳斯蒂　伤心得要命。

妇女　那他就不能帮助我吗?

纳斯蒂　当然能。他会把孩子还给你的。

妇女　(失望地)对,我知道!在天上。

纳斯蒂　不,不在天上。在人间。

妇女　(惊讶地)在人间?

纳斯蒂　首先必须穿过针眼①,忍受七年的苦难,然后上帝的统治就会在世间建立起来:死者会复活,普天下人人相爱,谁也不会挨饿了!

妇女　为什么必须等七年?

纳斯蒂　因为需要七年的斗争才能除掉那些坏人。

妇女　要做的事很艰巨。

纳斯蒂　正因为如此,上帝需要你的帮助。

妇女　万能的上帝也需要我的帮助?

纳斯蒂　是的,大姐。魔鬼还要在大地上统治七年。但是如果我们每个人都勇敢地斗争,我们就都会得救,上帝也会和我们一同得救。你相信我的话吗?

妇女　(站起身)相信,纳斯蒂,我相信你的话。

纳斯蒂　你的儿子不在天上,大姐,他在你怀里。你要怀着他过七年,七年以后,你会第二次生下他来,然后他将和你手拉着手并肩前进。

妇女　我相信你,纳斯蒂,我相信你。(下)

海因里希　你把她给毁了。

---

① 阿拉伯谚语"骆驼穿针眼",比喻很难做到的事。

纳斯蒂　要是你敢肯定这一点,那你刚才为什么不打断我?

海因里希　噢!因为看样子她不那么痛苦了。(纳斯蒂耸耸肩,下)主啊,我没有勇气叫他住口,我罪过。但是,主啊,我相信您万能,我相信您神圣的教会。教会是我的母亲,是耶稣的圣体,我是其中的一员。我坚信,万象皆出自您的旨意,即使一个孩子的死也如此。我坚信一切都是美好的。我相信这一切,因为这一切都是荒谬的!荒谬的!荒谬的!

〔这时整个舞台都被照亮,市民们带着眷属聚集在主教府周围等待着。

众人　——有什么消息吗?

——没有……

——你们在这儿干什么?

——等待……

——等待什么?

——没什么……

——你们看见了吗?

——右边。

——对。

——那些坏家伙。

——风浪一起,泥沙就会泛起。

——现在上街可得小心。

——这仗该打完了,该快点结束它了。否则好戏还在后头。

——我想见主教,我想见一见主教。

——他不会露面的,他在生气……

——谁?……谁?……

——主教……

——自打他被关在这儿起,我们有时看见他站在窗口,掀起帘子,往外看。

——他的脸色不大好看。

——你们想要主教对你们说些什么?

——可能他有新消息。

〔窃窃私语声。

人群里的声音　——主教!主教!出来吧!

——给我们出出主意。

——会发生什么情况?……

一个声音　世界末日来临了!

〔人群中出现一人,他扑向主教府前,背靠在墙上。海因里希离开他,回到人群中去。

先知　人世气数已尽!气数已尽!

痛打那些行尸走肉吧,

打呀!打呀!狠狠地打!上帝已降临。

〔喊叫声。人们惊恐万状。

一市民　喂!喂!安静点儿。他不过是个先知。

众人　又是一个?够了!闭上你的嘴。到处都冒出先知。真该把神甫们都关起来!

先知　大地乌烟瘴气,

太阳在向上帝诉泣!

上帝,我愿将我的光芒停熄。

我厌恶这腐烂的人间,

我越散发热量,它越臭气熏天。

它玷污了我的光华,

"真不幸!"太阳说,"粪水浸泡着我美丽的金发。"

一市民　（打他）闭嘴！

〔先知跌坐地上。主教的窗户猛然打开,主教穿着礼服出现在阳台上。

众人　主教！

主教　康拉德的部队在哪儿？骑士们在哪儿？前来击溃敌人的天使军团在哪儿？你们是孤立的,没有朋友,没有希望,只有别人的诅咒。来吧,沃尔姆的市民们,回答我的问题。假使你们是为了讨好上帝才把他的使者关起来,那么主为什么抛弃了你们呢？（众人叹息）请回答呀！

海因里希　别让他们失去勇气。

主教　谁在说话？

海因里希　我,海因里希,圣吉洛的本堂神甫。

主教　吞下你的舌头吧,叛逆的教士。你敢正眼看看你的主教吗？

海因里希　如果他们冒犯了您,我的主教大人,请饶恕他们的罪过吧,就像我饶恕您对我的辱骂一样。

主教　犹大！犹大·伊斯卡里奥特！你去吊死得了！

海因里希　我不是犹大。

主教　那你在他们中间待着干什么？为什么你支持他们？为什么你不和我们关在一起？

海因里希　他们让我自由,因为他们知道我爱他们。我之所以没主动去和别的神甫关在一起,是为了在这注定要毁灭的城市里继续做弥撒和举行圣事。没有我,教会就不存在,沃尔姆就无法在异端邪说面前自卫,人们就会像狗一般地死去……大人,不要使他们丧失勇气吧！

主教　是谁哺育了你？是谁把你抚养成人？又是谁教会你识文断字,使你明辨善恶？是谁使你成了教士？

海因里希　是教会,我最圣洁的母亲。

主教　你的一切都是她给予你的。你首先属于教会。

海因里希　我首先属于教会,但我也是他们的兄弟。

主教　(强烈地)你首先属于教会。

海因里希　是的,首先属于教会,但……

主教　我要对这些人说话。如果他们执迷不悟,如果他们继续叛乱,我就命令你重新回到你真正的兄弟——教士们中间来,和他们一起关到最小兄弟会或神学院的修道院里去。你服从你主教的命令吗?

一平民　别扔下我们不管,海因里希,你是穷人的神甫,你属于我们。

海因里希　(沉重地,但声调很坚决)我首先属于教会。主教大人,我将服从您的命令。

主教　沃尔姆的居民们,好好看看你们这座洁白而人口稠密的城市吧,再看上最后一眼:它很快就要变成饥荒和瘟疫流行的臭地狱;富人和穷人终将互相残杀。当格茨的军队开进来时,他们见到的将只有臭肉和瓦砾了。(稍停)我能拯救你们,但你们应当先获得我的同情。

众人声音　救救我们,主教大人,救救我们吧!

主教　跪下,傲慢的市民,祈求上帝宽恕你们吧!(富人陆续跪下,平民仍然站着)海因里希,你跪不跪?(海因里希跪下)至高无上的主啊,饶恕我们的罪过,让大主教息怒吧。跟着我说一遍。

众人　至高无上的主啊,饶恕我们的罪过,让大主教息怒吧。

主教　阿门。起来吧。(稍停)你们首先释放教士和修道士,然后打开城门。你们要跪在教堂前的广场上,边忏悔边耐心等待。

我们列队前去恳求格茨宽恕你们。

一市民　要是他根本不听您的呢？

主教　格茨之上还有大主教。他是我们共同的神师。他会做出仁慈的裁决。

〔纳斯蒂出现在巡查道上有一会儿工夫了。他静静地听着。主教说到最后一段话时，他从城墙的台阶上往下走了两级。

纳斯蒂　格茨不是大主教的人。他属于魔鬼。他在他亲兄弟康拉德面前起过誓，但最后还是背叛了他。就算他今天保证不杀你们，你们能当真傻到听信他的话吗？

主教　你，上边的那个家伙，不管你是什么人，我命令你……

纳斯蒂　你是什么人，可以给我下命令？还有你们，你们为什么要听他的话？除了你们自己选举的首领以外，你们不必服从任何人的命令。

主教　那么是谁选举了你这个邋遢鬼？

纳斯蒂　是穷人。（对其他人）士兵们和我们是一伙儿的。我在城门设了岗，如果有人扬言要打开城门，就立即将他处死。

主教　干吧！卑鄙的东西，你把他们都引向毁灭吧。他们只有一线得救的希望，而你却使它破灭了。

纳斯蒂　假如真的没有希望，我会第一个出来劝你们投降的。谁在散布上帝将抛弃我们的谬论？有人想叫你们怀疑天使吗？弟兄们，天使就在那儿！不，不要抬头看，天是空的。天使们正在地上行动，他们正在向敌人的营垒猛攻。

一市民　什么天使？

纳斯蒂　霍乱和瘟疫，饥饿和争端，这就是天使。坚持住！我们的城是坚不可摧的，上帝会帮助我们。他们会撤围的。

主教　沃尔姆的百姓们,听信这个异教徒的话是要进地狱的;我用我进天堂的那份权利来担保。

纳斯蒂　你进天堂的权利,上帝早就把它喂狗了。

主教　而你的那份,上帝自然好好地给你留着,等着你去取喽!他现在听见你在辱骂他的教士,一定很高兴吧!

纳斯蒂　谁把你变成教士的?

主教　神圣的教会。

纳斯蒂　你那教会是婊子:谁有钱谁就能买到它的宠爱。你想接受我的忏悔?你想洗刷我的罪孽?你自己的灵魂才百孔千疮呢,上帝见到它就咬牙切齿。我的弟兄们不需要教士,所有的人都能给别人行洗礼,所有的人都能赦别人的罪,所有的人都会布道。我以真理的名义①对你说:要么所有的人都是先知,要么上帝不存在。

主教　呸!呸!呸!你这个叛逆!

〔他把化缘的钱袋往纳斯蒂脸上扔。

纳斯蒂　(指着主教府的大门)这门已被虫蛀空了,用肩一顶就倒。(沉默)你们真有耐心,我的弟兄们!(稍停。对平民)他们全是一丘之貉:主教、市政府、财主;他们想投降,因为他们怕你们。可是交出了城市,谁来替大家受过呢?是你们!永远是你们!好了,站起来吧,弟兄们,要进天堂就得学会杀人。

〔平民们发出低沉的吼声。

一有钱人　(对他的妻子)来!我们走吧。

另一有钱人　(对他的儿子)快,我们去关好铺子的门板,躲到家里去。

---

① 耶稣的话。这里出自不信耶稣的人之口,当然有讽刺意味。

主教　上帝作证,我尽了自己的能力拯救这些臣民。我带着您的荣誉,将死而无憾,因为我知道现在您的怒火即将降临沃尔姆,这城市将化为灰烬。

纳斯蒂　这老东西在吸你们的血。他的声音为什么这样浑厚?因为他吃得好。你们到他的谷仓去转转,在里边会发现足够一个团吃上半年的面包。

主教　(大声地)你撒谎。我的粮仓是空的,这你明明知道。

纳斯蒂　去看看吧,弟兄们。去看看。凭他这几句话你们就相信他了?

〔富人们匆匆走开。只剩下平民和纳斯蒂在一起。

海因里希　(走到纳斯蒂跟前)纳斯蒂!

纳斯蒂　你要干吗,你?

海因里希　其实你明明知道他的粮仓里空空如也。你知道他几乎不吃什么东西,他把他那份口粮分给了穷人。

纳斯蒂　你是支持还是反对我们?

海因里希　你们受苦时我支持你们,你们想要血洗教会,我就反对你们。

纳斯蒂　当人们杀害我们时你支持我们,而当我们敢于自卫时,你就反对我们了。

海因里希　我是教会的人,纳斯蒂。

纳斯蒂　冲开大门!

〔人们撞击大门。

〔主教站着,默默地祈祷。

海因里希　(扑向门前)除非把我杀了……

一平民　把你杀了?为什么?

〔他们打他,把他推倒在地。

海因里希　你们打了我！我爱你们胜过爱自己的灵魂,而你们却打了我！(他站起来,气势汹汹地向着纳斯蒂)不许打主教,纳斯蒂,不许打主教！你要打就打我吧,别打主教。

纳斯蒂　为什么不打他？他囤积粮食！

海因里希　你很清楚不是这么回事！你心里很清楚。假使你想把你的弟兄们从压迫和欺骗下解放出来,那你为什么首先欺骗他们？

纳斯蒂　我从来不骗人。

海因里希　你撒谎！主教的粮仓里一颗粮食也没有。

纳斯蒂　那有什么关系！他的教堂里有金银财宝。我要说,那些饿死在大理石基督像和象牙圣母像脚下的人,都是他弄死的。

海因里希　这不是一回事。你可能没有制造谎言,但你说的也不是真理。

纳斯蒂　我说的不是你的真理:我说的是我们的真理。如果上帝爱穷苦人,那么在最终审判日,他是会把我们的真理看作他自己的真理的。

海因里希　那好,那你就让上帝去审判主教吧。但不要制造教会的流血事件。

纳斯蒂　我只认识一个教会:人类的社会。

海因里希　那就是所有的人的社会,所有被爱联系在一起的基督教徒的社会。然而,你却以大屠杀来给你的社会行洗礼。

纳斯蒂　现在谈爱还为时过早。我们必须以流血的代价来换取爱的权利。

海因里希　上帝禁止暴力:他憎恶暴力。

纳斯蒂　那么地狱呢？你以为对地狱里的罪人就不使用暴力吗？

海因里希　上帝说:拔剑者……

纳斯蒂　死于剑……好,对,我们将死于剑。我们全体。但我们的子孙将看到上帝的统治在大地上建立起来。好了,滚你的吧,你不比别的传教士强。

海因里希　纳斯蒂!纳斯蒂!为什么你们不爱我?我哪里得罪你们了?

纳斯蒂　你得罪我们就因为你是神甫,不管神甫干什么,他总是神甫。

海因里希　我是你们中的一员。我是穷人,是穷人的儿子。

纳斯蒂　好,这就证明你是叛徒,没有别的。

海因里希　(喊着)他们把门撞开了!(门真的撞开了,人们冲进主教府。海因里希跪倒在地)我的上帝,如果您还爱人类,如果您还不痛恨所有人的话,请您制止这场杀戮吧。

主教　我不需要你的祈祷,海因里希!你们这些人全都不知道自己在干什么,对你们我可以宽恕。但我诅咒你,你这无耻的叛徒。

海因里希　啊!

主教　哈里路亚!哈里路亚!哈里路亚!①

〔有人打他。他倒在阳台上。

纳斯蒂　(对施密特)好,现在,让他们交出城市试试。

一平民　(出现在大门口)粮仓里没有粮食。

纳斯蒂　因为他们把它藏到最小兄弟会修道院去了。

那人　(喊着)到最小兄弟会修道院去!到修道院去!

〔一些人跑下。

一些平民　到修道院去!到修道院去!

---

① 希伯来语,为赞美、高兴时的呼语。

纳斯蒂　（对施密特）今夜,我将设法通过封锁线。

　　　　　〔他们下。海因里希站起来,环视一下周围。他旁边只有先知。他一眼瞥见主教正睁大眼睛盯着他。

海因里希　（走过去准备进教堂。主教伸起胳膊不准他进）我不进去。放下你的胳膊吧,放下。如果你还有一口气,那你就饶恕他们吧。积怨是沉重的包袱,它只属于人间,你把它留在大地上,轻快地死去吧。（主教想说什么）什么？（主教笑）叛徒？是的,当然是的。你知道,他们也管我叫叛徒。但请你告诉我:我怎么有本事同时背叛所有的人呢？（主教仍在笑）你为什么笑？说呀。（稍停）他们打了我。可我是爱他们的。上帝！我是多么爱他们呀！（稍停）我爱他们,然而我欺骗了他们。我以沉默欺骗了他们。我不说话,不开口！我闭紧嘴唇、咬紧牙关。他们正像苍蝇一样地死去,而我却一声也不吭。当他们需要面包时,我给他们带去的是耶稣的十字架。你以为十字架可以吃吗？啊！放下你的胳膊吧,得了,我们是同谋。我想体验一下他们的贫困,像他们那样挨冻受饿,但他们还在死,不是吗？瞧,这也是一种背叛他们的方式:让他们相信教会也很穷。现在,他们怒火中烧,杀了人了。他们因此入了歧途,只能永远和地狱打交道:今生如此,来世亦如此。（主教说了几个无法听清的词）可你要我怎么办呢？我怎能阻止得了他们？（他走到舞台深处,往街上看）广场上挤满了人,他们在用板凳撞击修道院的大门。门很结实,可以坚持到天亮。我什么办法也没有。我毫无办法！毫无办法！算了,你闭上嘴,尊严地去死吧。（主教手里掉下一把钥匙）这是什么钥匙？开哪扇门的？你府上的门？不是？大教堂的门？是的？圣器室的门？不是？……地下室的门？……是地下室的门吗？老是关着的那一扇？说呀！

主教　地道。

海因里希　它通到哪里？……别说了！但愿你还没说出来就死掉。

主教　通到城外。

海因里希　我不捡这把钥匙。（沉默）一条地道从地下室通到城外。你是要我去找格茨，让他从地道进城来？别指望我吧。

主教　二百个教士！他们的生命在你手里。

〔沉默片刻。

海因里希　不错，你是因为这个缘故才笑的。你的恶作剧真高明。谢谢你，好主教，谢谢。不是穷人杀死教士，便是格茨杀掉穷人。二百个教士还是两万百姓，你要我作出美妙的选择。当然，两万人比二百人要多得多，问题在于不知道多少个百姓顶得上一个教士。我应该作出抉择：我好歹也是教会的人。我不捡这把钥匙，这样，这些神甫就会直接升入天堂。（主教倒下）除非他们也像你似的怀着满腔怒火死去。好，你终于完了，安眠吧。饶恕他吧，我的上帝，像我一样饶恕他吧。我不捡这把钥匙。对。不捡！不捡！就不捡！（他捡起钥匙）

先知　（站起身来）上帝，愿您的意志快快实现。

世界已不可救药，不可救药！

愿您的意志快快实现！

海因里希　上帝，你诅咒了该隐①和他的子孙，愿你的意志化作现实。你预言人们的心将被吞噬，他们的邪念将化成泡影，他们的行动将不攻自破并遭到唾弃，愿此成为现实！愿此成为现

---

① 该隐，《圣经》故事中亚当和夏娃的长子，因嫉妒杀死了自己的亲兄弟亚伯。

实！愿此成为现实！（下）

先知　痛打那些死灵魂吧。

打吧，打吧：上帝就在眼前！

第 二 景

〔格茨营房旁。夜。舞台深处是沃尔姆城。一军官上，遥望城市。另一军官随即上。

第 一 场

〔军官们、赫尔曼。

军官乙　你在干吗？

军官甲　我在看这个城市：万一有一天它插上翅膀飞走了……

军官乙　（对军官甲）它飞不走。我们没有这福气。（突然转身）什么事？

〔两个人走过，担架上抬着一个蒙着被单的人。他们一言不发。军官甲走到担架前，掀起单子，后又盖上。

军官甲　扔到河里！立即执行！

军官乙　他……？

军官甲　皮肤都黑了。

〔沉默片刻。两个护士抬起担架走了。病人发出呻吟。

军官乙　等一等。

〔他们停下脚步。

军官甲　怎么啦？

军官乙　他还活着。

军官甲　我不想知道。把他扔到河里去！

军官乙 （对护士）哪个团的？

护士 蓝十字团的。

军官乙 哟,是我的团。向后转!

军官甲 你疯了!把他扔到河里去!

军官乙 我不能让人把我手下的人像猫仔似的淹死。

〔他们互相注视着。护士们好笑地互相交换一下眼色,放下垂死的病人,等着。

军官甲 死也好,活也好,留着他就会使全军都染上霍乱。

军官丙 （上）不染上霍乱也会引起恐慌。好了!把他扔到河里去!

护士 他还哼哼呢。

〔沉默片刻。军官乙生气地转向护士,怒气冲冲地拔出匕首,刺向病人。

军官乙 他不会再哼哼了。去吧!（两人下）三个了。从昨天到现在已经三个了。

赫尔曼 （上）四个。刚才又有一个倒在军营里了。

军官乙 士兵们看见了？

赫尔曼 倒在军营里了,我再说一遍。

军官丙 假如是我指挥的话,今天夜里我就撤围。

赫尔曼 同意。但指挥的人不是你。

军官甲 那应该去跟他说。

赫尔曼 谁去说呀？（沉默。他看着他们）你们还是该干什么干什么吧。

军官乙 这么说,我们算完了。即使幸免于霍乱,我们也会被手下人干掉的。

赫尔曼 除非是他死掉。

军官甲　他？因为霍乱？

赫尔曼　因为霍乱或因为别的。(沉默片刻)人家透露给我,大主教倒是乐意他死的。

〔沉默。

军官乙　我不能这样做。

军官甲　我也不能。我对他厌恶透顶,犯不上去伤害他。

赫尔曼　人家也没要求你做什么。你只要守口如瓶,让那些不像你那样厌恶他的人去干就行了。

〔沉默。格茨和卡特琳上。

第 二 场

〔前场人物、格茨、卡特琳。

格茨　(上)你们没什么要报告的吗？连战士们已没有面包吃,霍乱将使部队大批减员也不报告我吗？你们对我没有任何要求吗？连撤围以避免灾难的要求也没有吗？(稍停)你们就这么怕我？

〔军官们沉默不语。

卡特琳　瞧他们怎样瞧着你,我的宝贝。这些人不大喜欢你,要是有一天看到你肚子上插着一把大刀躺在地上,我是不会感到惊奇的。

格茨　你喜欢我吗,你？

卡特琳　鬼才喜欢！

格茨　那,你看,你并没有杀死我呀。

卡特琳　并不是我不想杀。

格茨　我知道:你在做着杀我的美梦。可是我很踏实,我一死,马上会有两万个男人来拍你马屁。而即使是对你这样的人,两万个男人也还是太多了些。

卡特琳　两万个也比一个令人厌恶的人强。

格茨　我之所以喜欢你,就是因为你厌恶我。(对军官们)你们要我什么时候撤围?星期二?星期四?星期天?告诉你们吧,我的朋友,我不等到星期二,也不等到星期四,而是今天夜里就去攻城。

军官乙　今天夜里?

格茨　再过一会儿。(看着城市)那边有一小点蓝色的光线,你们看见了吗?我每天晚上都看它,而每天晚上,就在这个时辰,它就要熄灭。瞧:我对你们说什么来着?好了,我今天是第一百零一次,也是最后一次看见它熄灭了。安睡吧,我们不得不毁掉自己之所爱了。还有别的灯火……别的灯火也正在熄灭。天哪,有些人睡得早,因为他们想明天早起。但是不会有明天了。夜很美,对吗:不很明亮,却满天星斗。过一会儿,月亮就要升起。正是那种平安无事的夜。他们什么都料想到了,他们一切听天由命,包括大屠杀在内。但他们绝对想不到是在今天夜里。天色这样晴朗,使人放心,使他们相信今夜是属于他们的。(突然)我的力量多大呀!上帝,这城市是属于我的,而我要把她献给你。过一会儿,为了你的荣誉,我将使它燃烧起来!(对军官们)一个教士从沃尔姆逃了出来,声称要领我们进城。乌里斯上尉正在审问他。

军官丙　哼!

格茨　什么意思?

军官丙　我不信叛徒的话。

格茨　真的?我最喜欢他们了。

〔一个军官和一个士兵推着教士上。

第 三 场

〔前场人物、海因里希、上尉。

海因里希 （跪到格茨面前）拷打我吧！拔掉我的指甲！把我活剥了吧！

〔格茨大笑起来。

格茨 （跪到教士面前）挖出我的五脏六腑吧！活活打死我吧！把我五马分尸了吧！（站起来）好了,不必拘束了。（对上尉）他是谁？

上尉 他是海因里希,沃尔姆的神甫,他本来想把城市献给我们。

格茨 后来呢？

上尉 他不愿说了。

格茨 （走向海因里希）为什么？

上尉 他只说他改变主意了。

军官丙 改变主意了！该死的东西！敲掉他的牙！砸断他的脊梁骨！

海因里希 敲掉我的牙！砸断我的脊梁骨吧！

格茨 你真是疯了！（对海因里希）你最初为什么想献出城市？

海因里希 为了救教士,那些群氓要杀他们。

格茨 你为什么又改变主意了？

海因里希 我看到了你那些大兵的嘴脸。

格茨 怎么样？

海因里希 很说明问题。

格茨 说明什么问题？

海因里希　他们告诉我,如果我想制止对一些人的杀害,反而可能引起一场大屠杀。

格茨　可是你明明以前也见过大兵。你知道他们的样子并不善良。

海因里希　这些兵比别的还要坏。

格茨　得了,得了!所有的大兵都一个样。你以为到这儿来能见到谁,见到天使吗?

海因里希　见到人。我想恳求这些人宽恕另一些人。如果他们向我起誓一个居民都不杀,他们就可以进城。

格茨　那你相信我的话吗?

海因里希　相信你的话?(他看着他)你是格茨?

格茨　是的。

海因里希　我……我原来以为可以相信。

格茨　(惊讶)信我的话?(稍停)我向你起誓。(海因里希保持沉默)如果你让我们进城,我发誓保证居民的生命安全。

海因里希　你想让我相信你?

格茨　你没有这种想法吗?

海因里希　有的,在见到你以前有过。

格茨　(笑起来)对,我知道:见到我的人很少有相信我的话的。我大概样子太聪明了,不像是守信用的人。但请你听着:要记住我的话。咱们走着瞧!信我一回试试……我好歹是个基督徒,我以圣经的名义向你起誓,怎么样?你就盲目地信任我一回吧!你们这些当教士的,你们的本分不就是以善来感化恶人吗?

海因里希　以善来感化你?那你可太得意了!

格茨　你很了解我。(他微笑地看着他)你们都下去。

〔军官们和卡特琳下。

第 四 场

〔格茨、海因里希。

格茨 （带着几分体贴）你浑身是汗，太受罪了！

海因里希 受得还不够！受罪的是别人，不是我。上帝要我时刻不忘别人的痛苦，却从来不让我感受他们的痛苦。你为什么看着我？

格茨 （仍很亲切地）我也有过你这样一副骗子的嘴脸。我看的是你，怜悯的是我自己：我俩是一丘之貉。

海因里希 胡说！你出卖了你的亲兄弟。我可不会出卖自己的兄弟。

格茨 今夜你就要出卖他们。

海因里希 今夜不会，永远不会。

〔沉默片刻。

格茨 （漠然置之的语气）穷人将如何处置那些教士？把他们挂在卖肉的钩子上吗？

海因里希 （喊起来）住嘴！（他镇定下来）这是战争恐怖。我只不过是个小小的神甫，没有能力来避免这种恐怖。

格茨 伪君子！今天夜里你掌握着两万人的生杀大权。

海因里希 我不要这权力。这权力来自魔鬼。

格茨 你不要，但你却掌握着它。（海因里希逃跑）喂！你这是干吗？你跑就说明你已经作了决定。

〔海因里希往回走，看着格茨，笑了起来。

海因里希 你说得对。我逃也好，自杀也好，都无济于事，都是沉默的表现。我是上帝选中的人。

格茨　与其说你是上帝选中的人,不如说你像只耗子。

海因里希　这其实是一回事:被上帝选中的人也就是被上帝的指头逼到墙角里的人。(稍停)上帝,你干吗选中我呀?

格茨　(和气地)你弥留的时刻到了。我想替你把这时刻缩短一点,让我来帮助你吧。

海因里希　帮助我,你?上帝可没发话。(稍停)算了,我承认我撒谎了:我不是他选中的人。我干吗要他来选呢?谁强迫我出城了?谁委派我来找你了?事实上是我自己选中了自己。在我来请求你对我的弟兄们手下留情时,我早已肯定达不到这个目的。不是你们凶恶的嘴脸使我改变了主意,而是你们的为人。我是想作恶,而见到你以后,我才明白我真的要作恶了。你知道我恨穷人吗?

格茨　是的,我知道。

海因里希　当我向他们伸出臂膀时,他们为什么走开?为什么他们一直在受着比我多得多的苦难?上帝,您为什么允许世上有穷人存在?您又为什么不让我去当修士?在修道院里,我将全部属于您。可是当还有人饿死的时候,我又怎能只侍奉您一个呢?(对格茨)我本是为了把他们都交给你,希望你把他们斩尽杀绝才来的,这样我就可以忘掉他们曾经存在过。

格茨　后来呢?

海因里希　后来,我改变了主意:你不必进城了。

格茨　而如果上帝的意志是叫你来领我们进城呢?听着:如果你不开口,今夜教士们就没命了,这是毫无疑问的。而穷人呢?你以为他们就会幸存下来吗?我不撤除对城市的包围,一个月之后,沃尔姆所有的人都将饿死。对你来说,不是主宰他们存亡的问题,而是在两种死法之间替他们作出选择的问题。蠢东西,还是选择最快的解决办法吧。你知道这对他们有什么好处吗?如果他们今夜在杀死教士之前就死掉的话,他们是清白的,所有的人都可以升入天堂。反之,如果你让他们多活几星期,他们的双手将沾满鲜血,你就只好把他们送进地狱。得了,神甫,是魔鬼给你出的点子,叫你姑息他们在世间的生命,为了给他们留出时间来造孽,将来好下地狱。(稍停)告诉我怎么进城。

海因里希　你这个人不存在。

格茨　唔?

海因里希　没你这个人。你的话还没进我的耳朵就消失了,你的脸也不是那种大白天见得到的脸。我知道你要说的一切,我也料到你要做的一切。你是我创造的。你的想法是我提示的。我在做梦,一切都已死亡,只有一片长眠的气息。

格茨　既然如此,那我也在做梦,因为我对你的一举一动也预先了如指掌,所以你已经让我厌倦了。现在的问题是要搞清楚我们两个人中间是谁老在另一个人的梦中反复出现。

海因里希　我并没有出城!谁说我出城了!我们在画好的布景前演戏。好,能说会道的家伙,接着演戏吧。你背得出台词吗?我的台词是不!不!不!不!你不说了?这场戏很平常,对我没有多大吸引力,而且演得也不像。我在格茨的军营里干什么?(他指着城)这万家灯火能熄灭就好了!既然我在城里,这城怎么跑到那儿去了?(稍停)魔鬼在引诱我,但我不知道它在哪儿。(对格茨)我知道得最清楚的是我早晚要去见魔鬼:每当他准备对我做鬼脸时,我总是先看到光怪陆离的幻影。

格茨　你已经见过魔鬼了?

海因里希　比你见你亲娘的次数还要多。

格茨　我长得像他吗?

海因里希　你这可怜的人?你是小丑。

格茨　什么小丑?

海因里希　总是有个小丑。他的作用就是跟我过不去。(稍停)我赢了。

格茨　什么?

海因里希　我赢了。最后一盏灯熄灭了:沃尔姆那魔鬼般的幻影已经消失。好了!你也该消失了,这可笑而诱人的幻景也就结束了。夜,到处是漫漫长夜。多么宁静!

格茨　接着说,神甫,接着说。你要说的一切我都能回忆起来。一年前……噢,对,我的哥哥,我记起来了:你多想把今夜的情况牢牢记在你的脑袋里呀!和我想的不谋而合!

海因里希　(低语)我醒来时会在哪里?

格茨　(突然笑起来)你醒着呢,装疯卖傻的东西,你明知自己醒着。一切都是真的。你看看我,摸摸我,我是有血有肉的。瞧,月亮升起来了,你那魔鬼的城市从暗处出现了。好好看看:这会是幻景吗?算了吧!这岩石是真的,这城墙也是真的,这是座真正的城市,里边住着真正的居民。而你这家伙呢,也是个货真价实的叛徒。

海因里希　只有叛变的人才是叛徒,你在枉费心机,我是不会叛变的。

格茨　是叛徒就会叛变,所以你会叛变的。瞧,神甫,你已经是叛徒了:两军对峙,你竟自称同时属于双方。所以,你在玩弄两面派的把戏,你在用两种语言思考问题:穷人的苦难,你用教会的拉丁语称之为考验,又用德语称之为罪孽。弄我进城难道会加重你的罪状吗?你现在已是叛徒,将来还会变成叛徒,如此而已。叛徒叛变,就是承认自己是叛徒。

海因里希　不是我指点,你哪能知道这些?

格茨　因为我就是个叛徒。(稍停)我已经走过了你还没有走完的道路。然而,请看看我:我难道不是容光焕发的吗?

海因里希　你容光焕发,因为你做的事符合你的本性。所有的杂种都叛变,这人人皆知。而我不是杂种。

格茨　(想打他,但控制住了自己)一般情况下,叫我杂种的人都叫不成第二次。

海因里希　杂种!

格茨　神甫,神甫,放严肃点。别逼我把你耳朵割下来。再说割了也没什么用,因为我还会留着你的舌头。(他突然拥抱神甫)你好!小兄弟!向你致以杂种的敬礼!因为你也是杂种!为了造就你,教会和穷困私奸在一起,这种满足多么不三不四!(稍停)杂种当然要叛变的,除此而外,他们还会干什么呢?我的出生造就了我的两重性:我的母亲委身于一个乡巴佬,我这个人是由两个拼凑不到一起的半拉组成的:每半拉都使另外半拉感到厌恶。你以为你的运气比我好一点吗?半个神甫加上半个穷人,永远也成不了一个整人。我们不存在,我们一无所有。所有合法的孩子都可以不付代价就享有人间的生活。而你却不行,我也不行。我从小就通过钥匙洞观察着这个世界。这世界是个漂亮的小鸡蛋,里边一点空隙也没有,每人都占着既定的位置,但我可以明确地告诉你,我们不在其中。而在外边!拒绝这个不承认你的世界吧!作恶吧!你会看到这有多么痛快!(一个军官上)什么事?

军官　大主教的使者到。

格茨　叫他过来。

军官　他传来消息,敌人扔下七千具尸体溃逃了。

格茨　那我的兄弟呢?(军官想凑着他耳朵说)别走近我,大声说。

军官　康拉德死了。

〔从这时起,海因里希注意地观察格茨。

格茨　好。找到他的尸体了吗?

军官　找到了。

格茨　尸体怎么样?说!

军官　面容全毁了。

格茨　被剑砍的?

军官　被狼咬的。

格茨　什么狼?这儿有狼?

军官　阿尔汉森林……

格茨　好。让我去算这笔账,我要把全军开进去打狼;我要把阿尔汉森林里的狼全都剥了皮。下去吧。(军官下。稍停)他没有忏悔就死了,狼把他的脸给吃了,可是你看见了吧,我在微笑。

海因里希　(低声地)你为什么背叛他?

格茨　因为我不喜欢模棱两可。神甫,我是自己造就的自己。私生子嘛,我生来就是,但杀害亲兄弟的美名却只能归功于我自己。(稍停)现在它是我的了,它属于我一个人了。

海因里希　什么是你的了?

格茨　海登斯坦的家产。海登斯坦家族完了,绝嗣了,我把他们全都集中到我一个人身上,上自老祖宗阿尔贝里克,下至最后一个男性继承人康拉德。仔细看看我,神甫,我是埋葬我们家族的地下墓穴。你笑什么?

海因里希　我还以为今夜我要一个人去见魔鬼呢,现在我想我们两个人都会见到他的。

格茨　魔鬼根本不在我眼里!他回收灵魂,但把人打入地狱的并不是他。只有上帝我才肯俯就,妖怪也好,圣人也好,都属他管辖。上帝看得见我,神甫,他知道我杀了我的亲兄弟,他心如刀割。哎,是的,上帝,我杀了他。可你能把我怎么样?我的罪天诛地灭,而公正的上帝却对我无可奈何。早在十五年前他就把我打入地狱了。够了,今天谈得不少了,现在要来庆贺一番。我要喝上一杯。

海因里希　（走向他）喏!

〔他从口袋里取出一把钥匙,递给格茨。

格茨　这是什么?

海因里希　一把钥匙。

格茨　什么钥匙?

海因里希　沃尔姆城的钥匙。

格茨　今天够了,我再说一遍。一个兄弟,真见鬼!埋葬亲兄弟是件难得的事,所以我有权给自己放放假了,明天再干吧。

海因里希　（逼近他）胆小鬼!

格茨　（停下步来）假如我拿了这把钥匙,我就要把全城付之一炬。

海因里希　山谷深处有块巨大的白岩石。岩石脚下的荆棘丛中有一个洞。你们顺着地道走,就会看见一扇门,这把钥匙可以打开它。

格茨　你的穷人们该多么爱你呀!他们要大大地祝福你一番了!

海因里希　这已与我无关了。我反正完了。但我把我的穷人托付给你这个杂种。现在,该由你来进行选择了。

格茨　你刚才说只要看看我的嘴脸就……

海因里希　我刚才没看清楚。

格茨　那你现在看清什么了?

海因里希　我看清了你非常憎恶你自己。

格茨　这不假,但你别轻信!十五年来我一直憎恶我自己。那又怎么样?难道你不懂得我活着就是为作恶吗?把钥匙给我。(他接过钥匙)好了,神甫,你将自己欺骗自己到底。你以为找到了一个诀窍可以掩盖你的背叛行径。但你到底还是叛变了,你出卖了康拉德。

海因里希　康拉德?

格茨　别担心;你实在太像我了,所以我把你当成了我。

〔下。

第　三　景

〔格茨的帐篷。

〔从帐篷口可以看到远处月光下的城市。

第　一　场

〔赫尔曼、卡特琳。

〔赫尔曼进来,想躲到行军床后面。他的头和身子藏进去了,大屁股却露在外面。

〔卡特琳进来,走过去踢了他一脚。

〔他惊慌失措地站起来。

〔她往后一跳，哈哈大笑起来。

军官丙 （即赫尔曼）你要是喊叫……

卡特琳 我要是喊叫，你就会被抓起来，格茨就会把你吊死。所以我们最好还是谈谈。你要把他怎么样？

军官 臭婊子，你如果有点胆量，我要干的你早就干了。好了！你走远点吧，你要感谢上帝，这差事现在有人替你干了。听见了吗？

卡特琳 他死了我怎么办？全军营的人都要扑到我身上来了。

军官 我们会让你逃走。

卡特琳 你们会给我钱吗？

军官 我们会给你一点儿的。

卡特琳 给我一笔财产，我进修道院去。

军官 （笑）进修道院！你？如果你愿意过集体生活，我建议你不如去妓院，凭你大腿的才干，你可以挣不少金子。好了，下决心吧。我只要求你别作声。

卡特琳 这一点你完全可以放心，无论如何，我不会出卖你的。至于让不让你杀他……那可要看情况。

军官 看什么情况？

卡特琳 我们的利害不一致，我的上尉。男人失去的荣誉可以用刀尖恢复。而我呢，他已经把我变成了妓女，这可难补救多了。（稍停）今夜就要攻下城市，战争一结束，大家就得散伙。等会儿他回来，我要问问他打算把我怎么办。如果他留下我……

军官 格茨，留下你？你疯了。你说他要你干吗？

卡特琳 如果他留下我，你就不许碰他。

军官 那要是他赶你走呢？

卡特琳　那他就归你。假如我喊："是你自作自受!"你就从躲着的地方出来,怎么处置他都行。

军官　这对我毫无意义。我不喜欢自己的事情受裙子里的勾当牵制。

卡特琳　(已经朝外看了一会儿了)那你就只能跪下来向他求饶了:他来了。

〔赫尔曼跑过去躲起来,卡特琳笑。

第 二 场

〔格茨、卡特琳、赫尔曼(躲着)。

格茨　(上)你为什么笑?

卡特琳　我想到些好笑的事,我看见你死了,背上插着把匕首。(稍停)怎么样,他说了吗?

格茨　谁?

卡特琳　神甫。

格茨　哪个神甫?哦,对!说了,说了,当然说了。

卡特琳　今天夜里干吗?

格茨　这和你有什么相干?给我把靴子脱下来。(卡特琳给他脱靴子)康拉德死了。

卡特琳　我知道,全军营的人都知道了。

格茨　给我拿酒来。应当庆贺庆贺。(她给他倒酒)你也喝。

卡特琳　我不想喝。

格茨　你喝,他妈的,今天是好日子。

卡特琳　以屠杀开始,又将以屠杀告终的大好日子。

格茨　是我一生中最美好的节日。明天我就动身去我的领地。

卡特琳　（震惊）这么早就去？

格茨　这么早！我三十年来一直梦想着这一天。我一天也不再等了。（卡特琳好像心绪很乱）你不舒服了？

卡特琳　（镇定下来）康拉德尸骨未寒，你就说是你的地了。

格茨　三十年来它暗地里已经属于我了。（举杯）为我的土地和城堡干杯！碰杯！（她默默地举起杯来）你说：为你的土地干杯！

卡特琳　不。

格茨　为什么，不要脸的女人？

卡特琳　因为这地不是你的。难道杀了你的兄弟，你就不再是私生子了？（格茨笑起来，要打她耳光。她往后闪避开了，同时也笑了起来）土地是继承的。

格茨　要我继承它，当初该付给我很高的代价。我拿到手的就是属于我的。好了。碰杯，不然我要生气了。

卡特琳　为你的土地，为你的城堡干杯！

格茨　为今夜从城堡走廊里出来的许多愤怒的幽灵干杯！

卡特琳　这不假，没有观众，你这蹩脚演员还能干什么？我也为幽灵干杯。（稍停）这么说，我的宝贝，你拿到手的就属于你喽？

格茨　只有我拿的才属于我。

卡特琳　我说，除了你的城堡和你的地产，你还有一件无价之宝，而你却好像没想起来。

格茨　什么？

卡特琳　我，亲爱的，我。我难道不是被你强占的吗？（少时）你打算把我怎么办？快决定吧。

格茨　（看着她，想了想）好吧，我带你走。

卡特琳　带我走？（她犹豫不决地走起来）你为什么把我带走？

为在古城堡中安置一个妓女吗？
格茨　为了让妓女睡在我母亲的床上。
　　　　〔沉默片刻。
卡特琳　假使我拒绝呢？要是我不愿意跟你走呢？
格茨　我当然希望如此。
卡特琳　啊！你要把我强行带走。这样我心里就松快了。自愿跟你走是丢人的。(稍停)为什么你总是要强夺别人本来也许会心甘情愿给你的东西呢？
格茨　就为了肯定人家打心眼里不愿意给我。(向她走去)看着我,卡特琳。你有什么事瞒着我？
卡特琳　(激动地)我,什么也没有！
格茨　这阵子你和过去不一样了。你还是那么痛恨我,对吗？
卡特琳　那还用说？恨得要死！
格茨　你还老梦见你在暗杀我？
卡特琳　每夜都要梦见好几次。
格茨　你至少没忘了是我糟蹋了你,败坏了你的名声吧？
卡特琳　我经常提醒着自己。
格茨　我的爱抚仍然使你厌恶？
卡特琳　使我浑身颤抖。
格茨　好极了。倘若你敢在我的怀抱里感到陶醉,我马上赶你走。
卡特琳　但是……
格茨　我以后不接受任何东西了,即使是一个女人的爱。
卡特琳　为什么？
格茨　因为以前我接受得太多了。二十年来,他们把什么都恩赐给我,连我呼吸的空气也是他们给的:一个私生子就该吻养活他的人的手。嘿！现在该我来施舍了！我要大大地赏赐一番了。

弗兰茨 （上）大主教阁下的使者到。

格茨 让他进来。

第 三 场

〔前场人物、银行家。

银行家 我是富克尔。

格茨 我是格茨,这是卡特琳。

银行家 能拜见您这样出色的将领感到非常荣幸。

格茨 见到您这样富有的银行家我也很荣幸。

银行家 我带来三个非常好的消息。

格茨 大主教胜利了,我兄弟死了,他的领地属于我了。是这些吗？

银行家 完全正确。好吧,我……

格茨 让我们来庆贺一番吧。您想喝酒吧？

银行家 我的胃不行了。我……

格茨 您要这俊俏的姑娘吗？她是您的了。

银行家 我要她没用。我太老了。

格茨 我可怜的卡特琳,他不要你。（对银行家）您喜欢年轻小伙子吧？今晚您帐篷里会有的。

银行家 不,不！不要小伙子！不要小伙子！我……

格茨 来个大兵怎么样？我有个身高六尺、满脸是毛的,就像是波吕斐摩斯①再世。

---

① 波吕斐摩斯,希腊神话中的独眼巨人。

银行家　哟！哟！千万不要……

格茨　既然如此,我们就给您荣誉。(唤人)弗兰茨!(弗兰茨上)弗兰茨,待会儿领着这位先生去军营里到处转转,要战士们高呼"银行家万岁!",同时往上抛帽子。

〔弗兰茨下。

银行家　我很感激您,但我希望能和您单独谈谈。

格茨　(惊讶地)自打您进来到现在,您都在干吗呢?(指着卡特琳)啊,这一个。她是我养的牲口:您别拘束,谈吧。

银行家　大主教阁下一向是爱好和平的,您知道,您已故的兄弟是这场战争的罪魁祸首……

格茨　我的兄弟!(十分粗暴地)要不是这头老蠢驴把他逼得走投无路……

银行家　先生……

格茨　对。请忘掉我刚才说的话吧。不过,您要是不提我的兄弟,我将非常感激您。不管怎么说,我还在给他戴孝呢。

银行家　所以,大主教阁下决定,为欢庆和平的恢复,将实行特赦。

格茨　太好了!他打算打开监狱吗?

银行家　监狱?噢,不!

格茨　他希望我给受处分的战士减刑吗?

银行家　他肯定希望您这样做。但他打算特赦的范围要宽得多。他想把它推广到沃尔姆的庶民身上。

格茨　啊!啊!

银行家　对他们一时误入歧途,他不准备追究。

格茨　好啊,这主意很高明。

银行家　这么说,我们意见一致了?这么快就一致了?

格茨　完全一致。

〔银行家兴奋地搓了搓手。

银行家　那么,一切都很顺利。您是位通情达理的人。您打算何时解除对城市的包围?

格茨　明天就全结束了。

银行家　明天倒是早了一点。大主教阁下想和被围的臣民举行谈判。如果您的军队在城下再待几天,谈判将会便利些。

格茨　我明白了。那谁去和他们谈判呢?

银行家　我。

格茨　什么时候?

银行家　明天。

格茨　不可能。

银行家　为什么?

格茨　卡特琳,要告诉他吗?

卡特琳　当然啦,我的宝贝。

格茨　你来告诉他吧。我不敢说,这会对他打击过大。

卡特琳　银行家,明天,这些人就都死了。

银行家　死了?

格茨　全部。

银行家　全部死了?

格茨　死光了。就在今天夜里。您看见这把钥匙了吗?这是沃尔姆城的钥匙。从现在起再过一小时,我们就开始大屠杀。

银行家　所有的人,连有钱的也杀?

格茨　连有钱的也杀。

银行家　但您是赞成大主教大人的赦免政策的……

格茨　我现在还赞成。人家冒犯了他,他又是教士,所以有双重理由饶恕别人。而我呢,我为什么要饶恕人家?沃尔姆的市民没有触犯我。没有,没有!我是军人,所以我杀人。我从我的职责出发杀死他们;而主教则饶恕他们,这是他的职责。

〔沉默片刻。银行家笑了起来。卡特琳、格茨也笑了。

银行家　您喜欢笑。

格茨　我就爱笑。

卡特琳　他很风趣,对吗?

银行家　很风趣。他的事进行得很不错。

格茨　什么事?

银行家　三十年来,我信守一条原则:主宰世界的是利益。在我面前,人们总是用最最高尚的动机来标榜他们的行为。而我只是心不在焉地听他们说,心里却想:找出利益之所在。

格茨　而当您找到之后呢?

银行家　大家就坐下来谈。

格茨　您找到我的了吗?

银行家　当然!

格茨　是什么!

银行家　慢着点。您属于一种很难驾驭的类型。对您必须一步步地来。

格茨　哪一种类型?

银行家　理想主义者。

格茨　这是些什么人?

银行家　您看,我把人分成三类:有很多钱的,根本没有的,稍为有一点的。第一种人想保住他们既得的东西,他们的利益在于维持现有秩序;第二种人想取得他们没有的东西,他们的利益在于破坏现有秩序,建立一种对他们有利的秩序。第一种和第二种人都讲究实际,和他们可以说得通。第三种人想推翻现有社会秩序以取得他们没有的东西,同时又想保住现有秩序以免别人取走他们已有的东西。结果,他们事实上在保存他们思想上所要摧毁的东西,或者事实上在摧毁他们好像在保存的东西。他们就是理想主义者。

格茨　可怜的人。怎么改掉他们的毛病呢?

银行家　采取使他们转入另一种社会级别的办法。倘若让他们发财,他们就会保卫已建立起来的秩序。

格茨　那就让我发财吧。你们给我点什么?

银行家　康拉德的土地。

格茨　你们已经给了我了。

银行家　不错。但别忘了,这多亏了大主教阁下的仁慈。

格茨　请您相信,我不会忘的。说下去。

银行家　您兄弟背着债。

格茨　可怜的人!

〔他画十字,同时神经质地抽泣。

银行家　您这是怎么啦?

格茨　没什么:这是亲属观念。这么说,他欠着债。

银行家　我们可以偿还。

格茨　我对此不感兴趣,因为我压根不打算承认这些债务。这是他的债主们所关心的事。

银行家　给您一千杜卡托的年金好吗?……

格茨　那我的士兵呢?如果他们拒绝两手空空地解散呢?

银行家　再来一千杜卡托发给军队。这样够吗?

格茨　太多了。

银行家　这么说,我们的意见又一致了?

格茨　没有。

银行家　二千杜卡托的年金？三千。再多我不给了。

格茨　谁求您给了？

银行家　那您想要什么？

格茨　攻城,并把它毁掉。

银行家　攻城就攻城吧。可是见鬼,为什么要毁掉它？

格茨　因为所有的人都要我对它手下留情。

银行家　(愕然)我大概听错了吧……

格茨　哎,是的！你没能找到我的利益之所在！想想,我的利益是什么？动动脑子！把它想出来！但要快,你必须在一小时之内想出来。到时候如果你还没有发现指导我的行为的动机,我就领你上街去走走,你会看见一家家的房子着起火来。

银行家　您辜负了大主教对您的信任。

格茨　辜负？信任？你们全是一路货色,你们这些现实主义者。当你们没词儿的时候,就不惜使用理想主义者的语言了。

银行家　假如您胆敢夷平该城,您就得不到康拉德的地。

格茨　你们留着它吧！银行家,我的利益原是占有这些地,在这土地上生活。但我不完全确信人的行动是从利益出发的。好了,你们留着它吧,请大主教阁下把它藏到裤裆里去。我为大主教牺牲了自己的兄弟,现在却要我放过这两万没教养的老百姓？我把沃尔姆的居民献给康拉德的亡灵,为祭康拉德,他们将被烤熟。至于海登斯坦的领地嘛,大主教愿意的话,请他隐退到那里去吧,让他搞搞农业。他会需要这样做的,因为我要叫他今夜就破产。(稍停)弗兰茨。(弗兰茨出现)把这个老现实主义者带出去,让大家给他最高的荣誉,当他进了帐篷以后,把他的手脚结结实实地捆起来。

银行家　不！不,不,不！

格茨　怎么啦？

银行家　我风湿病很厉害,您的绳子会把我的老命送掉的。您要我发誓不离开帐篷吗？

格茨　发誓？眼下你的利益是对我发誓,可是过一会儿你的利益就成了违背你的誓言了。去,弗兰茨,把绳子的扣系紧点。

〔弗兰茨和银行家下。附近立即传来"银行家万岁"的呼声,声音一点点远去,慢慢减弱。

第 四 场

〔格茨、卡特琳、赫尔曼(藏着)。

格茨　银行家万岁！（他放声大笑）永别了,土地！永别了,田野和河流！永别了,城堡！

卡特琳　（笑）永别了,土地！永别了,城堡！永别了,祖先们的肖像！

格茨　别遗憾！我们在里边会烦闷死的。（稍停）这个老笨蛋！（稍停）唉！他不该来惹我！

卡特琳　你不好受了？

格茨　你管什么闲事？（稍停）作恶会使所有的人都痛苦。首先是作恶的人自己。

卡特琳　（胆怯地）要是你不攻城呢？

格茨　要是我不攻城,你就会成为城堡的女主人。

卡特琳　我没往那儿想。

格茨　当然没有。那么你该高兴了:我要拿下这城市。

卡特琳　为什么呢？

格茨　因为这是恶。

卡特琳　为什么要作恶?

格茨　因为善事有人干了。

卡特琳　谁?

格茨　万物之主上帝。我呢,我要创造。(喊人)喂!申恩上尉,马上过来!

〔格茨站在帐篷门口,看着外边。

卡特琳　你在看什么?

格茨　看城市。(稍停)我不知道那一夜有没有月光。

卡特琳　什么时候?在哪儿?……

格茨　去年,我要打哈雷尔①的时候。那天夜里和今夜一样,我也在帐篷口待着,望着城墙上方的钟塔。凌晨,我们发起了进攻。(他回身走向她)不管怎样,在没闻到臭味之前,我就溜走,骑上马,再见了。

卡特琳　你……要走?

格茨　明天,中午之前。而且不告诉任何人。

卡特琳　那我呢?

格茨　你?堵上你的鼻子,但愿风别往你这边吹。(上尉上)叫两千人拿好武器:沃尔夫玛和乌利希的两个团。叫他们准备半小时后跟我出发。余下的部队戒备待命。摸黑准备,不许出声。(上尉下。直到这场戏结束,都可以听见压低了的准备工作的声音)所以,宝贝,你当不了城堡女主人了。

卡特琳　我早就知道。

格茨　你很失望吧?

卡特琳　我根本没往那儿想。

---

① 哈雷尔,德国东部城市。

465

格茨　为什么？

卡特琳　因为我了解你。

格茨　（粗暴地）你，你了解我？（他不说了，笑了起来）说到底，我和别人一样，也是可以预见的。（稍停）你脑子里大概老在琢磨一套治我的办法：你老在那儿观察我，注视我……

卡特琳　狗都能看主教，我干吗不能看你？

格茨　对，但狗眼看出去，主教也像狗。我像什么？像狗？像开妓院的？像娼妓？（看着她）上床来。

卡特琳　不。

格茨　来呀，我叫你呢。我要亲亲你。

卡特琳　我从来没见过你这么催命。（他抱住她的肩膀）也没这么迫不及待的。你怎么啦？

格茨　现在是开妓院的格茨在向我招手。我们俩要合二而一。另外，心里一焦虑，就想干这种事。

卡特琳　您感到焦虑了？

格茨　是的，（他又上床，坐到床上，背对着躲着的军官）快点！来吧！

〔卡特琳向他走过去，迅速把他拉过来，然后自己坐到他刚才的位子上。

卡特琳　我来了，来了，我是你的。但是你得先告诉我，我以后干什么。

格茨　什么时候？

卡特琳　从明天起。

格茨　我怎么能知道呢！你爱干什么就干什么呗。

卡特琳　也就是说，去当婊子。

格茨　嗯，我看这是最好的解决办法，不是吗？

卡特琳　要是我不喜欢干呢?

格茨　找个蠢货,嫁给他。

卡特琳　你呢,你干什么?

格茨　还去当兵。人家说胡斯党①很不老实,我要去教训他们。

卡特琳　带我去吧。

格茨　干什么?

卡特琳　有时候你会需要女人,当有月光,你要攻城的时候,你会感到焦虑,会变得多情。

格茨　所有的女人都一样。如果我想要,我手下的人就会给我找来一打又一打。

卡特琳　(突然)我不愿意!

格茨　你不愿意?

卡特琳　我可以成为二十个女人,一百个女人,如果你高兴,我可以代替所有的女人。把我放在你的马背上,我分量很轻,你的马感觉不出我来。我愿意充当你的随军妓院!

〔她紧紧地靠在他身上。

格茨　你怎么回事?(停稍。他看着她。突然)滚开!我替你感到羞耻。

卡特琳　(哀求地)格茨!

格茨　你用这种眼光看我,我受不了。你可真是地道的破鞋,我那样糟蹋你,你竟敢爱我!

卡特琳　(高喊)我不爱你!我发誓!我就是爱你,你也永远不会知道的!只要不说出来,爱你对你又有什么妨碍?

格茨　我要人家爱干什么?如果你爱我,快乐就全成你的了。快

---

①　胡斯是十五世纪捷克的宗教改革家,胡斯党人是他的信徒。

给我滚,不要脸的东西！我不愿意别人占我的便宜。

卡特琳 （大喊）格茨！格茨！别赶我走！在这个世界上我再也没有别的人了！

〔格茨想把她扔出帐篷。但她牢牢地抓住他的双手。

格茨 你走不走？

卡特琳 那你就自作自受了,格茨！你活该。(赫尔曼从躲着的地方出来,举着刀扑过去)噢！当心！

格茨 （一转身抓住了赫尔曼的手腕）弗兰茨！(几个士兵进来,他笑起来)总算有人被我逼得忍无可忍了。

赫尔曼 （对卡特琳）下流坯！就会告密！

格茨 （对卡特琳)你是同谋？这我倒喜欢:我很喜欢这样！(他抚摸她的下巴）把他带走……我过一会儿来处置他。

〔士兵把赫尔曼带下。沉默片刻。

卡特琳 你要把他怎么样？

格茨 我不能怪罪试图杀死我的人。我太理解他们了。他像只大酒桶,我只在他身上钻个洞,这就行了。

卡特琳 那我呢,你对我怎么打算？

格茨 真的,我还得惩罚你。

卡特琳 你不是非这么做不可。

格茨 就要这样做。(稍停)我好多士兵一看见你走过,嗓子眼就发干。我把你送给他们。完事之后,要是你还活着,我们就选上个独眼的大麻子兵,由沃尔姆的神甫来主持你们的婚礼。

卡特琳 我不信你的话。

格茨 不信？

卡特琳 不信。你不是……你不会这样干的。我敢肯定。我肯定！

格茨　我不会这样做？(喊人)弗兰茨！弗兰茨！(弗兰茨和两个士兵上)新娘交给你了,弗兰茨！

弗兰茨　哪个新娘？

格茨　卡特琳。你先把她嫁给大家,婚礼要隆重,然后……

第 五 场

〔前场人物,纳斯蒂。

〔纳斯蒂上,走向格茨,弹了弹他的耳朵。

格茨　喂,喂,乡巴佬,你在干什么？

纳斯蒂　我在弹你的耳朵。

格茨　这我感觉出来了。(抓住他)你是谁？

纳斯蒂　面包匠纳斯蒂。

格茨　(对士兵)他是纳斯蒂吗？

士兵们　对,是他。

格茨　被我抓住了,抓得好。

纳斯蒂　你没抓住我,是我自己送上门来的。

格茨　随你怎么说,结果是一样的。今天上帝给我送的礼真多。(看着纳斯蒂)原来你就是纳斯蒂,全德国所有乞丐的上帝。一点不错,我想你就是道德的化身,见了就让人泄气。

纳斯蒂　我没那么多的德行。我们的子孙可能会成为那种人,但我们必须流很多血,才能使他们获得这种权利。

格茨　我明白了:你是先知！

纳斯蒂　和大家没什么两样。

格茨　真的？那我也是先知喽？

纳斯蒂　人的每句话都证明上帝存在,每句话都说明一切事物。

格茨　糟了！我说话得注意了。

纳斯蒂　那有什么用？你不可能不把一切都说出来。

格茨　好。那请你回答我的问题，尽量别把一切都说出来，不然我们就没完了。这么说，你是纳斯蒂，先知和面包匠。

纳斯蒂　对，是的。

格茨　人家说你在沃尔姆城里。

纳斯蒂　我从城里出来了。

格茨　今天夜里？

纳斯蒂　是的。

格茨　为了和我谈谈？

纳斯蒂　为了去找援兵，从背后袭击你们。

格茨　好主意。什么使你改变了计划？

纳斯蒂　走过你们军营时，我听说有叛徒把城市出卖给你们了。

格茨　想必你度过了一段很难熬的时刻。

纳斯蒂　是的，非常难熬。

格茨　后来呢？

纳斯蒂　我坐在帐篷后面的一块石头上。后来，我见到帐篷里亮起了一点光，有影子晃动了。这时，我就接到了使命来见你，和你谈谈。

格茨　谁给你的使命？

纳斯蒂　你说是谁？

格茨　对呀，是谁呀？你真是个走运的人：你既有使命在身，又清楚是谁给你的使命。你想象一下，我也一样有使命在身，喏，是烧毁沃尔姆城的使命。但我无法知道是谁给我的使命。（稍停）是上帝命令你来弹我的耳朵吗？

纳斯蒂　是的。

格茨　为什么？

纳斯蒂　我不知道。可能是为了除掉塞着你耳朵的蜡。

格茨　人家在悬赏要你的头。上帝通知你了吗？

纳斯蒂　上帝无须通知我。我一向知道自己会有怎样的下场。

格茨　你毕竟是先知。

纳斯蒂　这无须当先知，因为我们这种人跑不出两种死法：逆来顺受的饿死，不逆来顺受的被绞死。一个人十二岁时就已经知道自己是不是逆来顺受的了。

格茨　说得很对。那你快给我跪下。

纳斯蒂　干什么？

格茨　我想是求我开恩吧。上帝没给你下这个命令吗？

〔弗兰茨给他穿靴子。

纳斯蒂　没有，因为你没有怜悯心，上帝也没有。再说，到了那天我不会怜悯任何人，为什么倒要恳求别人来怜悯我呢？

格茨　（站起身来）那你到这儿来捣什么鬼？

纳斯蒂　来开导开导你，我的兄弟。

格茨　嚆！多美妙的夜晚，一切都在活动。上帝降临大地，我的帐篷成了充满流星的夜空。瞧瞧这一颗最美的——纳斯蒂，面包店的先知——来开导我了。谁能料想到，为了这么一个二万五千人的城市，上界下界竟如此像煞有介事？说到底，面包匠，谁能证明你不是魔鬼的牺牲品呢？

纳斯蒂　当太阳光照得你睁不开眼时，谁能证明你不是在黑夜里呢？

格茨　当你夜里梦见太阳时，谁能证明你是在白天呢？假使我也见过上帝呢？嗯？哈！我们就成了太阳对太阳。（稍停）我已把他们都捏在手心里了，一个也不漏：这个要杀我的女人，大主教的特使，还有你，乞丐王。上帝的指责挫败了你们的阴谋，揭露了罪犯，更妙的是，是上帝的一名使者以上帝的名义给我送来了城门的钥匙。

纳斯蒂 （改变声调，以命令式的生硬语气）他的一名使者？哪一个？

格茨 这和你有什么相干？你马上就要死了。得了，你快承认上帝站在我这边吧。

纳斯蒂 站在你那边？不对。你不是上帝的人。你充其量只不过剽窃了他的名义。

格茨 你怎么知道？

纳斯蒂 上帝的人不是破坏就是建设，而你只知道维持现状。

格茨 我？

纳斯蒂 你在制造混乱。而混乱是现有秩序最忠实的走狗。你背叛康拉德削弱了整个骑士会，你又要摧毁沃尔姆削弱资产阶级。这对谁有好处？对大人物。你是为大人物效劳的，格茨，你不管干什么都是为了他们的利益：一切没有章法的破坏行为，都会使弱者更弱、富者更富、强者更强。

格茨 那我做的事恰好与我的愿望背道而驰啦？（讽刺地）多亏上帝派你来启发我了。你究竟有何高见？

纳斯蒂 建立一种新的同盟。

格茨 噢！好再来一次新的背叛？你太体贴我了：对这种事我至少是习惯的。这对我来说没有多大的变化。但是如果我既不同资产阶级，也不同骑士会，也不同王公贵族结盟，我就不太明白应该去同谁结成同盟了。

纳斯蒂 你去攻城，杀掉有钱人和教士，把城交给穷人，建立起一支农民的军队，赶走大主教。这样，明天全国都会跟你走。

格茨　（惊呆）你要我和穷人结盟？

纳斯蒂　和穷人,对！和城市以及乡村的庶民结盟！

格茨　古怪的建议！

纳斯蒂　他们本来就是你的天然盟友。如果你真想破坏,想夷平撒旦①建造的宫殿和教堂,想砸碎异教徒的淫秽塑像,烧毁成千上万册宣扬魔鬼邪说的妖书和废除金银钱币,那你就站到我们这边来吧。没有我们,你只能在原地打转,只能做对你自己有害的事。和我们在一起,你就会成为上帝的灾星。

格茨　你们将怎样对待有钱人？

纳斯蒂　我们将没收他们的财产,好让没有衣服的人穿上衣服,让饥饿的人吃上饭。

格茨　教士呢？

纳斯蒂　打发他们回罗马。

格茨　贵族呢？

纳斯蒂　砍掉他们的脑袋。

格茨　等我们赶走大主教之后怎么办？

纳斯蒂　创建上帝之城的时刻就到来了。

格茨　在什么样的基础上建立它？

纳斯蒂　人人平等,人人皆兄弟,上帝身上有大家,大家心中有上帝。圣灵的话通过每个人的嘴说出来,每个人都是教士或先知,每个人都可以给别人施洗礼,主持婚礼,传布福音、饶恕罪孽。在大地上,在众人面前,每人都公开地生活,而在灵魂深处,在上帝面前,每人都孑然一身。

格茨　在你们的国度里,不会每天都很开心的。

---

① 魔鬼之王。

纳斯蒂　难道能拿自己所爱的人开心吗？将来的法律是爱。

格茨　我在里边充当什么角色，我？

纳斯蒂　和大家一样。

格茨　但如果我不喜欢和你们一样呢？

纳斯蒂　和大家一样，还是充当所有王公贵族的奴才，你选择吧。

格茨　你的建议是诚恳的，面包匠。问题是穷人们让我烦透了，凡是我喜欢的，他们都恨。

纳斯蒂　你喜欢什么？

格茨　你们想砸烂的一切：塑像、奢华、战争。

纳斯蒂　你这是异想天开，上了当还不知道，你在打仗，而享受的是贵族。

格茨　（由衷而诚恳地）可是我喜欢贵族。

纳斯蒂　你？但你在杀他们。

格茨　嗨！我杀一点点，时不时地杀几个，因为他们的女人很会生，我杀一个，她们生十个。但我不愿意你们把他们全吊死。我干吗帮你们去吹灭太阳和地上所有的火把呢？那样大地将会变成北极式的漫漫黑夜。

纳斯蒂　那你就继续这样无谓地吵闹？

格茨　无谓地，对。对人们没有意义。但人们对我又有什么意义？上帝听得见我在闹，我吵的是上帝，这对我就够了，因为唯有他配得上当我的敌人。世上只存在上帝、我和鬼怪。我今夜要让上帝为你和两万人受折磨，因为他的苦难是无穷尽的，而这种苦难会使折磨上帝的人也变得无限伟大。这城市将被一把火烧光。上帝也知道。现在他很害怕，我感觉得出来。我感到他在注视着我的手，我感到他的气息吹着我的头发，他的天使们在哭泣。他在想"格茨也许不敢"——就像他只不过是个凡人似的。哭泣吧,天使们,哭泣吧:我会敢的。过一会儿,我将伴随他的恐惧和愤怒前进。这城市会变成一片火海:上帝的灵魂是镜子组成的长廊,火光将会在成百万面镜子里映出来。那时,我就会明白我是个地地道道的魔鬼。(对弗兰茨)我的腰带。

纳斯蒂　(声音变了)饶了那些穷人吧。大主教很富有,让他破产你可以开心。可是穷人,格茨,让穷人受罪并不好玩。

格茨　噢!对,确实不好玩。

纳斯蒂　那你怎么做呢?

格茨　我也有我的使命。

纳斯蒂　我跪下恳求你。

格茨　我还以为你是绝对不恳求人的呢。

纳斯蒂　当关系到救人的时候,没有任何做不得的事。

格茨　先知,我好像觉得上帝把你送进一个陷阱里来了。(纳斯蒂耸耸肩)你知道等待你的将是什么吗?

纳斯蒂　毒打和绞刑,我当然知道。我对你说过我从来就清楚这一点。

格茨　毒打和绞刑……毒打和绞刑……太单调了。作恶使人厌烦就是因为干多了就习以为常了,得有点儿天才才能想出新名堂来。今晚我觉得自己一点灵感都没有。

卡特琳　给他个神甫,叫他忏悔。

格茨　一个……

卡特琳　你不能不让他得到宽恕就死去。

格茨　纳斯蒂!这才是天才呢。当然,你是个好人,我一定要给你一个忏悔神甫!这是我这个基督徒的责任。另外,我要给你来个出其不意。(对弗兰茨)去把神甫找来……(对纳斯蒂)

我喜欢这出戏：它千变万化。这戏是好是坏？真使人晕头转向。

纳斯蒂　一个罗马人玷污不了我。

格茨　我们要严刑拷打你，直到你同意忏悔。这是为了你好。

　　〔海因里希上。

第 六 场

　　〔前场人物、海因里希。

海因里希　对我，你能作的恶全都作了。放开我。

格茨　他刚才在干吗？

弗兰茨　他刚才坐在黑地里摇头。

海因里希　你要把我怎么样？

格茨　要你干你的本行。先是这个女的，你马上主持她的婚礼。至于这个家伙呢，你来办他的临终圣事。

海因里希　这一个？……（看见了纳斯蒂）啊！……

格茨　（假装惊讶）你们认识？

纳斯蒂　他就是送给你那把钥匙的上帝的使者？

海因里希　不！不，不！

格茨　神甫，你撒谎也不害臊！

海因里希　纳斯蒂！（纳斯蒂根本不看他一眼）我不能任人屠杀那些教士。（纳斯蒂不回答，海因里希走近他）你说，我能听任人家杀害他们吗？（稍停，转身走向格茨）说吧，为什么要让我来听他忏悔？

格茨　因为我们要绞死他。

海因里希　快点吧，那就请快点吧！快绞死他！忏悔的事，你们另请高明。

格茨　要么是你,要么拉倒。

海因里希　那就拉倒好了。

〔他要出去。

格茨　喂!站住!(海因里希站住)你能让他不忏悔就去死吗?

海因里希　(慢吞吞地往回走)不,小丑,不能。你说得对:我不能这样做。(对纳斯蒂)跪下。(稍停)你不愿意?教友,我的错误不会玷污教会,我是以教会的名义来赦你的罪的!你要我公开忏悔吗?(对所有的人)我出于恶念和怨恨而出卖了我的城市,任人来屠杀。我应当被所有的人唾弃。啐我一口,以后我们不再提这事了。(纳斯蒂不动)你这个大兵,来啐我一口。

弗兰茨　(高兴地对格茨)我啐他吗?

格茨　(宽厚地)啐吧,我的孩子,痛快地乐一乐吧。

〔弗兰茨朝海因里希脸上吐了一口唾沫。

海因里希　事情了结了。海因里希已羞愧而死。现在只剩下教士了。一个很普通的教士,你应该在他面前跪下。(等待片刻后,他突然动手打纳斯蒂)杀人凶手!我真是疯了,明明一切过错都是你造成的,而我却在你面前卑躬屈膝。

纳斯蒂　过错是我造成的?

海因里希　对!对!是你造成的。你想扮演先知的角色,现在你失败了,被人逮住了,要被绞死了,所有相信你的人也都得死。所有的!所有的!哈!哈!你吹牛,说你懂得爱护穷人而我不懂。好吧,你看:你对他们作的恶比我还多。

纳斯蒂　比你多!臭狗屎!(他扑到海因里希身上。人家把他们拉开)谁叛变了?是你还是我?

477

海因里希　是我！是我！是我！但若不是你害死了主教，我是决不会叛变的。

纳斯蒂　上帝命令我打他，因为他使穷人挨饿。

海因里希　上帝，真的吗？你说得多简单呀！这么说，是上帝让我背叛穷人的，因为他们想杀死教士！

纳斯蒂　上帝不可能命令你背叛穷人，因为上帝和穷人在一起。

海因里希　他要是和穷人在一起，那为什么穷人造反总是失败？他今天怎么又让你的反抗以失败而告终呢？喂！回答呀！回答！说呀！你答不上来了？

格茨　好了，时候到了。它使人焦虑，使人汗里渗出血来①。好！没关系！焦虑是好事。你的脸多么和蔼呀，看着它我就感到两万人即将死去。我喜欢你。（他吻海因里希的嘴）得了，兄弟，事情还未最后定下来：我是决心攻沃尔姆的，但是如果上帝和你站在一起，那就可能发生一件什么事来阻止我去攻城。

纳斯蒂　（低沉但坚信不移地）这样的事会发生的。

海因里希　（喊叫）不会的！任何事都不会发生！不会产生奇迹的，不然就太不公平了。如果上帝要创造奇迹的话，为什么他不在我背叛之前就这样做？他为什么要牺牲我而救你？

〔进来一个军官，大家为之一惊。

军官　一切准备就绪。战士们在山谷边上，战车后面列队待命。

格茨　已经准备好了！（稍停）去对乌利希上尉说，我马上到。

〔军官下。格茨倒在一张椅子上。

卡特琳　这就是你说的奇迹，宝贝。（格茨用手摸摸脸）去吧！去烧杀抢掠吧！再见！

---

① 基督临刑前汗里渗出了血。

格茨　（从厌倦逐步转向做作的狂热）告别的时刻到了。回来的时候,我将混身血渍斑斑,我的帐篷会空空如也。真遗憾,我已习惯于你们的存在了。(对纳斯蒂和海因里希)你们俩像一对情人似的过上一夜吧。(对海因里希)人家用烧红的钳子夹他时,你注意轻轻地握住他的手。(指着纳斯蒂对弗兰茨说)他一旦接受忏悔,马上停止拷打;他被赦罪后,立刻绞死他。(好像刚想起卡特琳的存在似的)啊!新娘!费兰茨,你去把马夫们都找来,把他们介绍给这位女士。只要不杀她,他们可以随心所欲地对待她。

卡特琳　（突然扑到他膝前）格茨!可怜可怜我!别这样!这太可怕了!发发慈悲吧!

格茨　（惊讶地后退）你刚才那么充好汉……你不是不相信我会这么做吗?

卡特琳　是的,格茨,我不相信你会做这种事。

格茨　其实,我自己也不信。恶,只有做出来了之后才能信。(她吻他的膝盖)弗兰茨,把她给我弄走,(弗兰茨抓住她,把她扔到床上)好,喏,我什么也没忘……没有!我想一切就绪了。(稍停)还是没有出现奇迹。所以,我现在相信上帝已授予我全权。谢谢,上帝,我非常感谢你。我谨代表将被奸淫的妇女,被扎死的孩子,被砍头的男人感谢你。(稍停)我如果愿意说出来的话,我知道的内情可太多了!说实话,你是个卑鄙的伪君子。喏,纳斯蒂,我要向你坦白:上帝在利用我。今夜你看到了:是他把他的天使派来鼓动我的。

海因里希　他的天使?

格茨　你们都是。卡特琳毫无疑问是天使,你也是,银行家也是。(回到纳斯蒂面前)而这把钥匙呢?我管他要了吗,我?我连有这么一把钥匙都没想到过。所以上帝只得派他的一个神甫来把它交到我的手里。你当然清楚他想干什么,他要让我救出他的狗教士和他的狗修女。因此,他暗中引诱我,制造一些机会而他自己不出面。如果我被人抓住尾巴,他可以不承认我。其实不管怎么说,我本来完全可以把钥匙扔到山谷里去的。

纳斯蒂　是啊,可以的,你本来可以,现在也还可以。

格茨　算了,我的天使,你明知道我不能这样做。

纳斯蒂　为什么?

格茨　因为我不可能变成另一个人。得了,我就来一次小血洗,为他效效劳吧。但干完这差事后,他会又一次堵住鼻子叫嚷说他不愿看到这种事。你真的不愿意吗,上帝?那现在还来得及阻止我。我不要求天塌下来掉到我头上,你只要啐上一口唾沫就行:我在上面滑一跤,摔断大腿,今天的事就了结了。你不干?好,好。我并不坚持。瞧,纳斯蒂,看看这把钥匙。很好,一把钥匙,它有用处。现在要的是手!上帝把活给做绝了:应当感谢他把手也给了我们。手上有把钥匙,这不是坏事,让我们代表此时此刻掌握着世上所有钥匙的所有的手感谢他吧。至于手用钥匙去干什么,上帝就不负任何责任了,下文就和可怜的上帝无关了。是的,上帝,您绝对清白无辜,您是丰饶的化身,怎能想象一切会化为乌有?您的目光就是光明,它照亮一切,您怎会知道我心中的阴影?您无穷的智慧怎能潜入我的头脑,而不爆出威力?仇恨、怯懦、暴力、死亡、痛苦,这仅仅属于人类,它们组成了我唯一的王国,我孤独地处在其间。在这个王国中发生的事只能归咎于我。好,好,没关系,我忍辱负重,毫无怨言。到最终审判之日,我将一言不发,守口如瓶,我太自负了,甘愿默默地接受判决。然而,把你的打手打入地狱,这难道不使你略微感到一点儿,感到有那么一点点儿不自在吗?我马上就走,这就走:战士们还在待命,这把好钥匙也在往前拽我,它要回到它的锁眼里去。(走到门口停住,转过身来)你们见过像我这种人吗?我能使万能的上帝不自在。在我身上,上帝发现了他自身之可憎!世上可以有两万个贵族,三十个大主教,十五个国王,人们也曾经同时见过三个皇帝、一个教皇和一个伪教皇,但你们举得出第二个格茨来吗?有时,我想象地狱像一片荒野,就等着我一个人去。永别了。(欲下。海因里希大笑起来)怎么啦?

海因里希　地狱就像庙会,蠢货!(格茨站住,看着他。海因里希对别人说)这个人是最古怪的幻想家,他自认为世上唯有他在作恶。每天夜里德国都被燃烧的火把照得通明,今夜没有什么特别的。成打成打的城市在燃烧,而那些洗劫城市的军人不说这么多的废话。工作日他们杀人,礼拜天他们老老实实地去忏悔。而这个人却因为自己尽了士兵的职责就自认为是魔鬼的化身了。(对格茨)小丑,如果你是魔鬼,那我这个自称爱穷人而把他们出卖给你的人又是什么?

〔在他讲话的整个过程中,格茨始终出神地看着他。听完后,他振作了一下精神。

格茨　你在祈求什么?进地狱的权利吗?我给你这个权利。地狱够大的,咱俩在里边碰不上。

海因里希　那其他人呢?

格茨　哪些人?

海因里希　其他所有的人。不是所有的人都有运气杀人的,但所有的人都想这么做。

格茨　我作恶和他们不同；他们出于淫荡或私利才胡作非为，我却是为作恶而作恶。

海因里希　只要证实了人们只能作恶，那作恶的动机又有什么要紧？

格茨　这点证实了吗？

海因里希　是的，小丑，这确凿无疑。

格茨　谁证实的？

海因里希　上帝自己。上帝的意志就是尘世间不能行善。

格茨　不能行善？

海因里希　完完全全不可能：爱，不可能！公正，不可能！你去爱爱你身边的人试试看，到时看你说什么。

格茨　干吗不能爱，假如我偏要爱呢？

海因里希　因为只要有一个人恨另一个人，这仇恨就会一传十，十传百，最终传到全人类。

格茨　（接茬）这人原来爱过穷人。

海因里希　他那是在用高明的手段欺骗他们，激起他们最卑鄙的情感，强迫他们打死了一个老人。（稍停）我有什么办法，我？哼，我有什么办法？我没有罪，但罪恶就像小偷似的扑到了我身上。杂种，告诉我善在何处？善在何处？哪里的恶最少？（稍停）你自吹有罪是徒劳的！如果你想获得进地狱的资格，只要待在床上就成。世界本是伤风败俗的，如果你承认它，你就是同谋；如果你改变它，你就是刽子手。（大笑）哈！大地散发的臭气把星星都熏臭了。

格茨　那所有的人都得下地狱？

海因里希　噢不！不是所有的人！（稍停）我是有信仰的，我的上帝，我有信仰。我不犯绝望的罪过。我虽然病得脚底都流脓，但我知道如果你下决心,一定会拯救我的。(对格茨)杂种,我们大家同样有罪,我们都配入地狱,但上帝一高兴,就会饶恕我们。

格茨　我要是不情愿,他就不会饶恕我。

海因里希　卑微的小人,你怎么斗得过他的仁慈?他的耐心是无穷的,你怎能奈何得了他?他如果高兴,就会把你抓进他的手掌,送进天国;他用手轻轻一指,就会粉碎你作恶的企图;他会撬开你的嘴,用善心填满你的肚子,你哪怕不情愿,也会感到自己在变成好人。去吧!去放火烧沃尔姆城吧,去抢,去杀,你现在在这儿白白浪费你的时间和心血,早晚有一天你会和大家一样,进入炼狱。

格茨　这么说大家全在作恶。

海因里希　所有的人。

格茨　从来也没有人行善?

海因里希　没有。

格茨　很好。(他回到帐篷里来)我和你打赌我要干。

海因里希　干什么?

格茨　我要行善。你敢和我打赌吗?

海因里希　(耸耸肩)不,杂种,我什么也不赌。

格茨　你错了,你告诉我行善是不可能的,所以我打赌我要行善,因为这是保持我与众不同的最好办法。我以前是罪犯,现在我要洗心革面:我要放下屠刀,我打赌要当圣人了。

海因里希　谁来评定真假呢?

格茨　你,一年零一天之后。你只需打赌就成。

海因里希　你要是打赌,那你就输定了,蠢货!你行善是为了赌赢。

格茨　说得对！好吧,我们来掷骰子。如果我赢了,那就是恶占上风……我要是输了……啊！我要是输了,我连该干什么都不知道。怎么样,谁和我赌？纳斯蒂！

纳斯蒂　不！

格茨　为什么？

纳斯蒂　这是坏事。

格茨　当然,是的,是坏事。你胡想什么？得啦,面包匠,我还是个恶人嘛。

纳斯蒂　你要是想行善,下决心做就得了,很简单。

格茨　我要将上帝一军,这回一定要他说出个是或非来。他让我赢了,全城就会着起火来,他的责任就确定无疑。来,玩吧：既然上帝和你在一起,你就不该害怕。你不敢,胆小鬼！你宁愿被吊死吗？谁敢？

卡特琳　我！

格茨　你,卡特琳？（看着她）为什么你不行呢？（给她骰子）来吧。

卡特琳　（掷出）两点加一点。（颤抖）看来你输不了了。

格茨　谁告诉你们我想输？（他把骰子放进摇骰子的杯子里）上帝,这下您不好办了吧。现在该揭穿您的花招了。

〔他掷出骰子。

卡特琳　一加一……你输了！

格茨　我按上帝的意志办事。别了,卡特琳。

卡特琳　吻我。（他吻她）别了,格茨。

格茨　你拿着这个钱包,想去哪儿就去哪儿吧。（对弗兰茨）弗兰茨,去告诉乌利希上尉打发战士们睡觉去。你,纳斯蒂,回城里去,现在还来得及阻止骚乱。如果你们在黎明时打开城门,放教士们安全出城,由我来看管,我就在中午撤围。同意吗?

纳斯蒂　同意。

格茨　你恢复你的信念了,先知?

纳斯蒂　我从来也没有失去过它。

格茨　你真走运!

海因里希　你恢复他们的自由,把生命和希望还给他们。但对我呢,你这狗东西,你强逼我背叛了,就不还我清白吗?

格茨　恢复清白是你自己的事。总而言之,你也没有作出什么十恶不赦的事来。

海因里希　做什么有什么重要?重要的是我的动机。好吧,我要跟着你,我会寸步不离地日夜尾随着你,评判你行为的事交给我好了。你可以放心,一年零一天之后,不论你走到哪里,我都将前去赴约。

格茨　拂晓了。好冷啊。拂晓与善良已进入我的帐篷,但我们并不因此比原来快活:这个女的在呜咽,这个男的在恨我:简直像刚发生过一场灾难似的。也许善就是令人绝望的……这没什么关系,再说,评论它不是我的事,我只需去做。永别了。

〔格茨下。卡特琳放声大笑起来。

卡特琳　(笑出了眼泪)他作弊了!我看见了,我看见他捣鬼了,他是故意输的!

——幕落

第 二 幕

第 四 景

第 一 场

〔卡尔、两个农民。

农民甲　里面吵得真凶。
卡尔　他们是男爵。明摆着,他们都气疯了。
农民甲　要是他害怕了,不干了呢?
卡尔　没事,他倔得像条牛。你们躲起来,他来了。

第 二 场

〔两个农民(躲着)、格茨和卡尔。

格茨　我的兄弟,你给我们弄瓶酒来好吗?三杯就够,我不喝。看在我的面上吧。
卡尔　看在你面上,我去拿,我的兄弟。
　　　〔格茨下。两个农民从躲着的地方出来,一边笑一边拍着大腿。

农民甲　我的兄弟，我的小兄弟！小老弟！喏！看在你的面上，给！

〔他们一边哈哈大笑，一边相互拍打着。

卡尔　（把杯子放在托盘上）所有的仆人都是他的兄弟。他说他爱我们，他拍我们马屁，有时候还拥抱我们。昨天他一高兴，还给我洗了回脚。一个好老爷，好兄弟。呸！（他啐了一口唾沫）这词扎我的嘴，每回说到它我就要啐上一口。他有一天会因为叫过我兄弟而被绞死，等人家把绞索套在他脖子上的时候，我要亲亲他的嘴，对他说："晚安，小老弟。看在我的面上死去吧。"

〔他举着杯子和托盘下。

农民甲　这是条汉子。人家骗不了他。

农民乙　人家说他识字。

农民甲　见鬼！

卡尔　（回来）传令。你们到诺萨克和舒尔汉去跑一圈，让这条消息家喻户晓："格茨把海登斯坦的土地给了农民。"然后让他们喘一口气，再接着说："连他这个嫖客、私生子都把地给了大家，为什么舒尔汉的大老爷不把他的土地给你们呢？"去煽动他们，气死他们，让到处都乱起来。去吧。（农民们下）格茨，我亲爱的兄弟，你将看到我怎么去败坏你的好事。把你的地给他们吧，给吧：有一天你会后悔没在分地之前就死掉的。（笑）爱！我每天给你穿衣服，给你脱衣服，看你的肚脐、你的脚趾、你的屁股，你还要我来爱你。我才不爱你呢！康拉德又凶又狠，但我宁愿受他的辱骂而不要你的仁慈。（纳斯蒂上）你有什么事？

487

第 三 场

〔卡尔和纳斯蒂。

纳斯蒂　格茨叫我来。

卡尔　纳斯蒂！

纳斯蒂　（认出他来）是你！

卡尔　你认识格茨？这号人你也交？

纳斯蒂　用不着你管。（稍停）我知道你打的什么算盘,卡尔！你最好少废话,乖乖地等我的命令。

卡尔　城里的命令对农村没用。

纳斯蒂　你小子要是敢干这种不要脸的勾当,我绞死你。

卡尔　你倒得留神自己别给绞死。你先说说,你上这儿来干什么？这很可疑。你说你来找格茨谈话,结果倒劝告我们不要造反。谁能保证人家没收买你呀？

纳斯蒂　谁能保证人家没收买你呢？你这样过早地发动骚乱,为的是让老爷们来断送它吧？

卡尔　格茨来了。

第 四 场

〔格茨、纳斯蒂、贵族们。

〔格茨退着上场,舒尔汉、诺萨克、里歇尔等男爵围着他狂叫。

诺萨克　农民在你眼里算老几？说穿了,你要的是我们的命。

舒尔汉　你想用我们的血来洗刷你娘干下的丑事？

诺萨克　你想充当德国贵族的掘墓人。

格茨　弟兄们,我最亲爱的弟兄们,我简直不知道你们在说些什么。

里歇尔　你不知道你的举动是在往火药桶上点火吗?如果我们不立时把土地、金子、直到贴身衬衣都给农民,外加对他们的祝福,他们会成为一群疯子。这你不知道吗?

舒尔汉　你不知道他们会到我们的城堡里来围攻我们吗?

里歇尔　你不知道我们同意了就得破产,拒绝了就得掉脑袋吗?

诺萨克　你不知道吗?

格茨　我最亲爱的弟兄们……

舒尔汉　别净说好听的了!你放弃你的主张吗?回答是或不。

格茨　我最亲爱的弟兄们,请原谅:我的回答是不。

舒尔汉　你是个杀人凶手。

格茨　对,我的兄弟,和大家一样。

舒尔汉　一个私生子。

格茨　对,和耶稣基督一样。

舒尔汉　臭浑蛋!臭狗屎!

〔他朝格茨脸上打了一拳。格茨踉跄一下又重新站稳,并朝他走去。众人后退。突然,格茨直挺挺地扑到地上。

格茨　救救我吧,天使!帮我控制住自己吧!(全身颤抖)。我不能打人。如果我的右手痒痒,我就砍断右手。(他在地上扭动,舒尔汉踢了他一脚)玫瑰花啊,花如雨下,温柔地抚爱我。上帝多么爱我啊!我接受这一切。(站起身来)我是狗杂种、臭狗屎、大叛徒,为我祈祷吧。

舒尔汉　(打他)你放弃你的想法吗?

格茨　别打,你们会弄脏自己的手的。

里歇尔　(威胁地)你放弃吗?

格茨　上帝,我实在忍不住要笑,快帮我摆脱这可恶的欲望吧!

舒尔汉　仁慈的上帝啊！

里歇尔　走吧，别浪费我们的时间了。

第 五 场

〔纳斯蒂、格茨、卡尔。

〔格茨转身走向纳斯蒂。

格茨　（愉快地）你好，纳斯蒂。你好，我的兄弟。我很高兴又见到你。两个月前，在沃尔姆城下你建议我和穷人结成同盟。你看，我接受了。等一下，该我先说，我告诉你一个好消息。在行善之前，我心想应当首先知道什么是善，我思考了很长时间。好了！纳斯蒂，我现在知道了，善就是爱。但事实是人们并不相爱。是什么阻碍了他们？是因为不平等、奴役和贫困。因此要消灭这一切。说到这儿为止，我们的意见是一致的，对吗？这没什么可奇怪的，我这是受益于你的开导。是的，纳斯蒂，最近我常想到你。不过，你是想推迟建立上帝的统治；我呢，比你机灵一点，我找到了让它立即实现的途径，至少是在地球的一角，在这儿，先建立起来。第一阶段：我把我的地给农民。第二阶段：就在这片土地上，我来组织第一个基督教共同体，所有的人一律平等！啊！纳斯蒂，我是指挥官，我在发动一场善的战斗，我要马上不流血地赢胜利。帮助我吧，你愿意吗？你善于对穷人讲话。我们两个将重建天堂，因为上帝选择了我来洗刷我们的原罪。喏，我已经为我的法伦斯泰尔[①]找好了名字：我管它叫太阳城。怎么啦？噢！你

[①] 法伦斯泰尔，法国空想社会主义者傅立叶幻想的社会基层组织。本剧以十六世纪为背景，这词显然还不存在，是作者故意用的。

这驴脾气！哎！真扫兴！你难道还有什么要责怪我的？

纳斯蒂　留着你的地吧。

格茨　留着我的地！是你,纳斯蒂,要我这样做？说实话,我一切都料想得到,唯独这点除外。

纳斯蒂　留着它吧。如果你为我们好,就安静点,别插手我们的事。

格茨　这么说,你也认为农民要造反？

纳斯蒂　我不是认为,我知道他们要造反。

格茨　我早该想到这一点。我早该预见到我会得罪你这个狭隘而固执的家伙。刚才是那些猪猡,现在又是你。你们叫得那么凶,可见我是多么有理。好,这才叫我来劲呢！我要把地给农民,我就要给！不管众人怎样反对,好事一定要做。

纳斯蒂　谁要求你给地了？

格茨　我知道我应当给。

纳斯蒂　可是谁要你给了？

格茨　我告诉你,我知道我该给。我对自己的道路就像对你看得一样清楚,因为上帝给了我光明。

纳斯蒂　当上帝沉默的时候,你想要他说什么他说的就是什么。

格茨　噢！可敬的先知！三万农民正饿得要死,我把自己全部财产拿出来减轻他们的困苦,你却心安理得地对我说上帝禁止我拯救他们。

纳斯蒂　你,拯救穷人？你只能使他们堕落。

格茨　那谁来拯救他们呢？

纳斯蒂　不必为他们担忧,他们会自己救自己的。

格茨　如果剥夺了我行善的手段,那我干什么呢？

纳斯蒂　你有事干,管理好你的财产,使它越来越多,这够你干一辈子的了。

格茨　为了让你高兴,我就得变成坏财主?

纳斯蒂　无所谓坏财主,财主就是财主,如此而已。

格茨　纳斯蒂,我是你们的人。

纳斯蒂　不。

格茨　我不是穷了一辈子吗?

纳斯蒂　世上有两种穷人,一种是和大伙穷在一起的,另一种是自己穷自己的。第一种是真正的穷人,另一种是不走运的富人。

格茨　我想,把财产给了别人的富人也不是穷人喽。

纳斯蒂　对,他们是从前的富人。

格茨　这么说,我注定没有希望了。你不害臊,纳斯蒂,你斥责一个基督徒,也不容他申辩。(激动地来回走着)那些小贵族恨我,他们很傲慢,但你们比他们更傲慢。我加入他们的社会等级可能比加入你们的社会等级还要容易一些。走着瞧吧!谢谢,上帝:我将爱他们而得不到回报。我的爱将瓦解你的敌意,平息穷人的怒火。我爱你们,纳斯蒂,我爱你们大家。

纳斯蒂　(温和些)如果你爱我们,那就放弃你的计划吧。

格茨　不。

纳斯蒂　(改变语气,变得咄咄逼人)听着,我需要七年时间。

格茨　干什么?

纳斯蒂　七年后我们准备就绪,可以开始圣战。早了不行。如果你今天把农民投入战争,我看要不了一星期他们就会被残杀。你一个星期破坏的东西,要花半个多世纪才能重建起来。

卡尔　农民来了,老爷。

纳斯蒂　打发他们回去,格茨。(格茨不回答)听着,如果你真的想帮助我们,你是做得到的。

格茨 （对卡尔）请他们等一等,我的兄弟。（卡尔下）你要我怎么做?

纳斯蒂 你留着自己的地。

格茨 那得看你的建议是什么。

纳斯蒂 你把土地留着,它可以成为我们藏身和聚集的场所。我将住到你的某个村子里去。我的命令可以从那里发向全德国。七年后那里将发出战斗的信号。你给我们帮的忙将是无法估量的。怎么样?

格茨 不同意。

纳斯蒂 你不同意?

格茨 我不能小手小脚地行善。你看来没明白吧,纳斯蒂?因为我的缘故,到不了年底,在一万阿尔邦①的土地上将充满幸福、博爱和道德。我要在我的领地上建立太阳城,而你,却要我把它变成杀人犯的巢穴。

纳斯蒂 为善服务像战士打仗一样,格茨,哪个战士能独自打胜仗?你还是先放谦虚点吧。

格茨 我不会谦虚的。我可以忍辱负重,但不能谦虚。谦虚是庸人的品德。（稍停）我为什么要帮助你准备战争?上帝禁止流血,而你却要血洗德国!我不当你的帮凶。

纳斯蒂 你就不杀人?那好,把你的地给农民吧,把你的城堡也给农民,你会看到德国的土地上是否就不流血了。

格茨 不会流血的。善不会引起恶。

纳斯蒂 善不会引起恶,就算是吧。而正因为你这种无理智的慷慨会引起残杀,所以说明你并不是行善。

---

① 阿尔邦,古时度量衡单位,一阿尔邦相当于二十至五十公亩。

格茨　善难道是使穷人的苦难长期延续下去吗？

纳斯蒂　我要求七年时间。

格茨　那不到七年就死掉的人怎么办？他们在仇恨和恐惧中生活了一辈子，最后将在绝望中死去。

纳斯蒂　愿他们的灵魂属于上帝。

格茨　七年！而七年之后又将有七年的战争，接踵而来的将是七年的磨难，因为需要修复废墟，而谁知道随之而来的又是什么。也许是一场新的战争，新的磨难，又会有新的先知来要求大家再耐心地等上七年。你这江湖骗子，你要让他们一直耐心地等到最后的审判那一天吗？我说，善是可以做到的，每天、每时，甚至此时此刻都可以。所以我将做个立即行善的人。海因里希说："只要有两个人互相仇恨，仇恨就会一传十，十传百地蔓延到全世界。"而我说，实际上只要有一个人毫无保留地爱所有的人，这种爱就会一传十，十传百地感染全人类。

纳斯蒂　那你就当这个人？

格茨　我就当这个人，对，在上帝的帮助之下。我知道行善比作恶要艰难。恶仅仅是我自己，善却包罗万象。但我不害怕。如果需要使大地回春，我就去温暖大地。上帝要我发出耀眼的光辉，我就发出耀眼的光辉，我会像抛洒热血一样把光明洒向人间。我是炽热的火焰，上帝的气息把我拨得更旺，我自己将活活烧死。面包匠，我得了行善的不治之症，我要使它成为一种传染病。我要脚踏实地去做，要为善而献身，并诱发众人。

纳斯蒂　你招摇撞骗！

格茨　你搅乱不了我！我看得明白，我心里清楚，一切都在光天化日之下。我也会预卜未来。

纳斯蒂　声称"我认为是好事,我就去做,哪怕天崩地裂"的人是假先知,是魔鬼的帮凶。

格茨　声称"让世界先毁灭,我再来看善是否可行"的人才是假先知和魔鬼的帮凶。

纳斯蒂　格茨,如果你碍我的事,我要打倒你。

格茨　你会杀掉我吗,纳斯蒂?

纳斯蒂　是的,假如你妨碍我的话。

格茨　我可不会杀掉你,因为我的本分是爱,我去把地分给他们。

第 五 景

〔乡村教堂门前。门洞下有两把椅子,一把上有个鼓,另一把上放着一支笛子。

第 一 场

〔格茨、纳斯蒂,有几个农民后上。

格茨　(喊着进来)喂!噢!方圆百里就没个人,他们全躲起来了。我的仁慈简直像灾难般降到了他们头上。这些人真蠢。(他突然转身朝着纳斯蒂)你干吗老跟着我?

纳斯蒂　为了亲眼看到你的失败。

格茨　不会失败的。我今天在给我的国家奠基。我想他们都在地窖里。请耐心点。我只要抓住五六个人,你看看我能不能说服他们。(喊声、短笛的音乐)这是怎么回事?(一群醉醺醺的农民抬着放有石膏圣像的架子列队上场)你们真高兴。你们是在庆贺你们的前老爷的恩赐吗?

一个农民　上帝保佑,我们不干这种事,好修士。

495

格茨　我不是修士。(他摘下斗篷的风帽)

农民们　格茨!

　　　　〔农民惊恐地后退。有的人在画十字。

格茨　格茨,对,是凶神格茨!阿提拉①格茨出于基督徒的仁慈把地给了农民。我的样子就那么吓人吗?过来:我有话对你们说。(稍停)怎么啦?你们在等什么?过来呀!(农民固执地沉默着。他用命令的口气)谁是你们的头?

一个老人　(不情愿地)我。

格茨　上前面来。

　　　　〔老人离开队伍,朝他走去。农民们默默地看着他们。

格茨　你说说,我在领主的谷仓里见到了成袋的粮食。你们难道没明白我的意思吗?以后不征什一税,也不征杂税了。

老人　在短期内我们还要让一切维持现状。

格茨　为什么?

老人　为了看情况。

格茨　很好。粮食会烂掉。(稍停)你们对自己现在的条件怎么想?

老人　我们不谈这些,老爷。

格茨　我已经不是你们的老爷了。叫我兄弟,你听见了?

老人　是,我的老爷。

格茨　你的兄弟,我再说一遍。

老人　不,这可不行。

格茨　我命……我请求你。

---

① 阿提拉,匈奴帝国国王,五世纪时在位,打败了东西罗马帝国的皇帝,外号"上帝的灾星",见本剧第一幕第五场纳斯蒂的台词。

老人　只要您高兴,您就当我的兄弟好了,但我可不是您的兄弟。每人有他自己的位置,老爷。

格茨　好了!好了!你以后会习惯的。(指着笛子和鼓)这是什么?

老人　笛子和鼓。

格茨　谁会演奏它?

老人　修士们。

格茨　这里有修士吗?

老人　特策尔修士带着两个小徒弟从沃尔姆来了,来卖赦罪符。

格茨　(伤心地)你们那么高兴,原来是这个缘故?(突然)见鬼去吧!我这里不要这种东西。(老人沉默)这种赦罪符一钱不值。你以为上帝会以他的宽恕来骗钱吗?(稍停)如果我还是你的主人,我命令你赶走这三个骗子,你照办吗?

老人　是,我会照办的。

格茨　那好,你的主人最后一次命令你……

老人　您已经不是我们的主人了。

格茨　去你的,你太老了。(他推开老人,跳上一级台阶,对众人说)你们想没想过,为什么我把地当作礼品送给你们?(指着一个农民)你回答。

农民　不知道。

格茨　(对一个妇女)你呢?

妇女　(犹豫不决地)也许……您是想使我们幸福。

格茨　答得好!是的,我就是这么想的。不过,幸福只是手段。有了它,你们打算干什么?

妇女　(惊恐地)干什么?可我们得先得到它啊。

格茨　你们会得到的,别担心。得到幸福后你们用它干什么?

妇女　我们还没想过。我们连幸福是什么都不知道。

格茨　我替你们想过了。(稍停)你们知道,上帝命令我们爱。不过问题是到目前为止不可能爱。兄弟们,直到昨天你们都很不幸,所以人们想不到要求你们去爱。好,我现在要使你们没有理由不爱。我要让你们吃得饱饱的,养得肥肥的,这样你们就会爱了。妈的,我要求你们爱所有的人。我不再摆布你们的躯体,而要指导你们的灵魂,因为上帝在启发我这样做。我是建筑师,你们是工人。一切属于大家,工具和土地都归公,以后没有穷人,也没有富人,除了爱之外,也没有其他的法律了。我们将成为全德国的榜样。来吧,伙伴们,我们来试试看?(沉默)乍一开始我有点让你们害怕,这我挺高兴,因为最让人放心的莫过于一个善良的老鬼了。而天使呢,弟兄们,天使反而让人怀疑!(众人微笑,叹息,激动)到底笑了!你们到底对我笑了。

众人　他们来了! 他们来了!

格茨　(转身看见特策尔,气恼地)让修士们都见鬼去吧!

第 二 场

〔前场人物、特策尔、两个小修士,一个神甫。

〔两个小修士拿起他们的乐器。有人取来一张桌子放到最高的那层台阶上。特策尔把一卷卷的羊皮纸放在桌上。

特策尔　喂,胖大爷们! 过来,过来呀! 我没吃大蒜!(众人笑)这一带情况怎么样? 地好吗?

农民们　不算太坏。

特策尔　那娘儿们呢？还是那么讨厌吗？

农民们　噢，当然啦！到处都一样。

特策尔　别埋怨，她们在保护你们不受魔鬼的欺侮，因为她们比魔鬼还可恶。（众人笑）啊！亲爱的伙伴们，这还没说完呢，我们来谈点儿正经的吧！奏乐！（鼓和笛作响）你们老是埋头干活，这千真万确，但有时候你们不免扶着铁锹，看着远处，心里想："我死了之后会发生什么情况？"有一个布满鲜花的美丽的坟墓并不是一切，因为灵魂不在里头。它上哪儿去了？进了地狱（鼓声）还是进了天堂？（笛声）善良的人们，你们当然知道上帝想到了这个问题。他为你们操心不尽，我们的好上帝，他连觉都睡不着了。喂，你，那边的那个，你叫什么名字？

农民　彼特。

特策尔　怎么样，彼特，你时常喝酒喝过了头吧？得了，别撒谎了！

农民　唉！有时候是这样。

特策尔　你老婆呢，你打她吗？

农民　我喝多了的时候打她。

特策尔　但是你怕上帝。

农民　噢，对，修士！

特策尔　那圣母呢，你爱圣母吗？

农民　超过爱亲娘。

特策尔　这么一来，善良的上帝很为难。"这人并不太坏，"他想，"我不想跟他过不去。但他有罪孽，所以我必须惩罚他。"

农民　（难过地）唉！

特策尔　等一下。幸亏有圣人，他们每人都有资格进十万次天堂，但这对他们没用，因为他们只能进去一次。于是，上帝是怎么想的呢?他想:"为了不浪费没有使用的权利,我去把它发给那些不配进天堂的人。这老实的彼特,要是买上特策尔修士的一张赦罪符,就可以拿着圣马丁的一份请帖进入我的天堂。"唔?唔?这主意真妙,对不对?(众人欢呼)来吧,彼特,拿出钱包来吧。教友们,上帝建议的买卖是做梦也想象不到的:出二个埃居①就可以进天堂。哪个吝啬鬼,哪个守财奴不愿为自己永久的生命花上两个埃居呢?(他收下彼特的两个埃居)谢谢。好了,回家去吧,别再造孽了。谁还要?瞧瞧,这才上算呢,只要给神甫看看这卷东西,你们要他赦免你们哪桩滔天大罪,他就得赦免你们哪桩滔天大罪。对不对,神甫?

神甫　一定得赦免,这不假。

特策尔　这一卷呢?(他高举一卷羊皮纸)啊!教友们,上帝为大家想得多周到!这些赦罪符是专为有亲人在炼狱中的好人设计的。如果你们付足了钱,你们全家的亲人就会展开翅膀,飞向天堂。每花两个埃居,就可以送一个人进天堂,而且马上就过去。来吧!谁要?谁要?你,你家死了谁?

一农民　我娘。

特策尔　你娘,就没别人了?你这年纪,只死了娘?

农民　(犹豫不决地)还有一个伯伯……

特策尔　你难道就让你可怜的伯伯待在炼狱里吗?来吧,来吧!数四个埃居给我。(他拿了钱,把它举在化缘袋口上)注意,伙伴们,请注意:埃居一落,灵魂就上天。(他让埃居一个个地落到钱袋里。长长的笛声)一个!(第二声笛声)两个!他们在那儿!在那儿!在你们头上飞翔:两只美丽的白蝴蝶!

---

① 埃居,古代钱币,一埃居值三法郎。

（笛声）再见！再见！请为我们祈祷,请向所有的圣人请安。喂,乡亲们,向这两个可爱的小东西说声再见吧。（掌声）现在该谁了？（许多农民拥上前去）为你的老婆和你的祖母？为你的姐姐？（笛声——笛声）拿钱来！拿钱来！

格茨　往后退！

〔众人喧哗。

特策尔　（对神甫）这是什么人？

神甫　是他们的前领主。不用怕。

格茨　你们疯了,以为施舍几个钱就把事儿了了,你们以为殉难者被活活烧死就是为了使你们像进磨坊似的进天堂吗？圣人们的功德你们用钱是买不来的,只有具备了他们的美德才能得到拯救！

一农民　那我宁肯吊死或者立刻被打入地狱。每天干十六小时活儿的人是没法变成圣人的。

特策尔　别说了,大笨蛋,对你没那么高的要求。你只要时不时地买上一对赦罪符,上帝就会发慈悲收你进天堂的。

格茨　去吧！去买他的破烂货吧。他会让你以两埃居的代价换取重新作恶的权利,但上帝是不会批准你们这种买卖的！你还是在往地狱跑。

特策尔　剥夺他们的希望吧！消除他们的信念吧！干吧！看你将来拿什么来取代这些东西！

格茨　爱。

特策尔　你知道什么是爱？

格茨　你自己呢？一个这样歧视他们而出卖天堂给他们的人怎么会爱他们呢？

特策尔　（对农民）我,我的小羔羊,我歧视你们吗？

众人　噢!

特策尔　我,我的小宝贝们,我不爱你们吗?

农民们　爱!爱!你爱我们!

特策尔　教友们,我属于教会。教会以外不存在什么爱。教会是我们大家的母亲,她通过修士和教士的渠道,给予她所有的孩子,不论命好不好,都以同样的母爱。(铃声、木铃声。麻风病人出现。农民们惊慌失措地躲到舞台另一端)怎么回事?

〔神甫和小修士跑回教堂去了。

农民们　(用手指着麻风病人对他说)那儿!那儿!留神!有麻风病人!

特策尔　(吓坏了)仁慈的耶稣啊!

〔片刻。格茨走近麻风病人。

格茨　(指着麻风病人对特策尔说)拥抱他!

特策尔　呸!

格茨　教会要是真的对她最苦命的孩子也无反感、无保留地爱,那你干吗还不快拥抱他?(特策尔摇头)要是耶稣在,他肯定会把他搂在怀里的。我比你更爱他。

〔片刻。他走向麻风病人。

麻风病人　(从牙缝里挤出)又来一个吻麻风病人的家伙。

格茨　过来,我的兄弟。

麻风病人　果然!(不乐意地走近他)如果这样能拯救你,我是不能拒绝的,但请你动作快一点。这些人全一个样,上帝好像是故意让我得了病,好让他们有机会升天。(格茨过去拥抱他)别亲嘴!(吻)呸!(他擦嘴)

特策尔　(笑起来)怎么样?你高兴了?你看他在擦嘴。他的病比原来减轻了吗?告诉我,麻风病人,生活怎么样?

麻风病人　要是圣人少一点,麻风病人多一点,生活就会好得多。

特策尔　你在哪里过日子?

麻风病人　在树林里,和别的麻风病人在一起。

特策尔　你们成天干什么?

麻风病人　我们互相讲些麻风病人的故事。

特策尔　你干吗到村里来?

麻风病人　我来看看能不能捡到一张赦罪符。

特策尔　好极了。

麻风病人　你们真的卖赦罪符吗?

特策尔　两个埃居一张。

麻风病人　我一个子儿也没有。

特策尔　(以胜利者的姿态对农民说)你们瞧!(对麻风病人)你看见这崭新的漂亮的赦罪符了?你喜欢什么?喜欢我把它送给你,还是喜欢我吻你的嘴?

麻风病人　当然……

特策尔　啊!你愿意我干什么我就干什么。你选择吧。

麻风病人　当然喽,我宁愿你把它送给我。

特策尔　给你,gratis pro Deo① 这是你神圣的母亲——教会给你的礼物。拿着。

麻风病人　教会万岁!

〔特策尔把赦罪符扔给他,他在半空中接住。

特策尔　现在,你快走吧!

〔麻风病人下。铃声和木铃声起。

特策尔　怎么样?是谁最爱他?

---

① 拉丁文:上帝免费给你的。

众人　是你！是你！乌拉，特策尔！

特策尔　好，教友们！该谁了？为你死在远方的姐姐？（笛声）为抚养过你的姑姑婶婶。为你母亲。为你爸爸、妈妈、为你的大儿子！给钱吧！给钱！给钱！

格茨　这些狗东西！（他敲打桌子，鼓滚到台阶下面）耶稣赶走了教堂里的商人……（他突然缄口不语，瞧着沉默而怀有敌意的农民；接着把帽子拉下遮住脸，呻吟着跪在教堂墙脚下）噢！噢！噢！我真丢人！我不会和他们谈话。上帝，指引我找到通向他们心灵的道路吧！

〔农民们看着他，特策尔在微笑。农民们瞧着特策尔。特策尔向他们递眼色，把手指放在嘴上不让他们出声，然后头一歪，示意他们进教堂去。

〔他自己踮着脚尖先进去了。

〔农民们举起圣像也走了进去。他们都消失了。沉默片刻。然后海因里希穿着世俗的服装出现在教堂门口。

第 三 场

〔海因里希、格茨、纳斯蒂。

〔海因里希走下台阶，向格茨走去，他没看见纳斯蒂。

海因里希　你把灵魂当地里的蔬菜对待。

格茨　谁在说话？

海因里希　园丁可以决定什么对胡萝卜合适，但任何人也不能替别人作出对他们有利的选择。

格茨　谁在说话？海因里希？

海因里希　是的。

格茨　（站起身来,把风帽抛向脑后）我肯定第一步一走错,就会见到你。(稍停)你到这儿来干吗?来找恨我的理由吗?

海因里希　"善有善报。"你说的,对吗?

格茨　我说的,我今天还这么说。

〔沉默片刻。

海因里希　我把报应给你带来了。

格茨　还早了点。

〔沉默片刻。

海因里希　卡特琳要死了:这是你的第一个报应。

格茨　她要死了?她的灵魂属于上帝。你要我怎么办呢?(海因里希笑起来)别笑,蠢货,明摆着你不会笑。

海因里希　（抱歉的口气）他在对我做鬼脸。

格茨　（迅速转过身来）谁?（突然醒悟）啊!（转向海因里希）显然,你们已经形影不离了!

海因里希　差不多了。

格茨　这样你就有伴儿了。

海因里希　（用手摸摸脸）他很讨厌。

格茨　（向海因里希走去）海因里希……我要是做了对不起你的事,请饶恕我。

海因里希　饶恕你!好让你到处去吹嘘你把仇恨变成了爱,就像基督把水变成了酒!

格茨　你的恨属于我。我会使你摆脱它和魔鬼的。

海因里希　（改变嗓音,很像是另一个人在通过他的嘴说话）我以圣父、圣子和圣灵的名义讲话。圣父是我,魔鬼是我的儿子,仇恨就是圣灵。要把我们这三位一体分成三部分,那可比拆散天上的圣三位一体还要难。

格茨　那么,只好祝你晚安了。你去沃尔姆城做弥撒吧,我们九个月后再见。

海因里希　我永远不回沃尔姆去,也永远不再做弥撒了。我不再是教会的人了,小丑。人家取消了我主持日课和圣礼的资格。

格茨　他们对你有什么好责备的?

海因里希　他们谴责我为了钱出卖了城市。

格茨　真是无耻的谎言。

海因里希　这谎言是我制造的。我登上讲坛,在大家面前忏悔了一切:我贪财,我嫉妒,我不守教规,我恋女色。

格茨　你撒谎。

海因里希　那有什么?反正沃尔姆城里都在传,说教会厌恶穷人,是它命令我出卖他们,任人来屠杀他们的。总得给教会找到一个贬斥我的借口吧。

格茨　这么说,你赎罪了。

海因里希　你很清楚,罪是永远赎不了的。

格茨　这倒是真的。世上任何东西都抹不掉。(稍停。突然走向海因里希)卡特琳怎么了?

海因里希　她的血变质了,全身都是溃疡。她不吃不睡已经三个星期了。

格茨　你为什么不待在她身边?

海因里希　她不需要我,我也用不着她。

　　　　〔纳斯蒂上,站在舞台深处。

格茨　应该给她治病。

海因里希　治不好了,她只能死。

格茨　她害的什么病?

海因里希　耻辱病。她厌恶自己的身体,因为那么多男人的手都在上边摸过。她更厌恶自己的心,因为你的形象还留在里边。她得的是不治之症,病因就是你。

格茨　这是去年的事,神甫,我不承认去年犯的错误。在另一个世界里,在永生中,我会为这个错误付出代价的。但在这个世界上,不行,我一分钟也不能浪费。

海因里希　这么说有两个格茨。

格茨　两个,对。一个活着,在行善;另一个死了,他作恶。

海因里希　你把你的罪孽和死去的格茨一起埋葬了?

格茨　是的。

海因里希　好极了。不过,正在杀死这个姑娘的并不是已经死了的格茨,而是纯洁漂亮,正在把自己贡献给爱的事业的格茨。

格茨　你撒谎。这罪行是作恶多端的格茨犯下的。

海因里希　这不是罪行。你玷污她的时候,给予她的比你自己所有的要多得多:你给了她爱。事实是她在爱你,尽管我不明白这是为什么。后来,有一天,你发了慈悲,于是,你放了一个钱包在卡特琳手里,把她撵走了。她是为这个缘故而死的。

格茨　我能和一个妓女生活在一起吗?

海因里希　能,因为是你把她变成妓女的。

格茨　要么放弃善,要么放弃她。

海因里希　假使你留下了她,你也许还能救她,而且你自己也一起得救。你说什么?拯救一个人的灵魂,仅仅一个?一个叫格茨的人怎么能这样降低他的身份?他的志向远大多了。

格茨　(突然)她在哪儿?

海因里希　就在你的土地上。

格茨　这么说她想再见见我?

海因里希　是的。后来,半路上她被恶魔压垮了。

格茨　在哪儿？

海因里希　我不告诉你，因为你对她干的坏事已经够多的了。

格茨　（举起拳头，愤怒地）我……（他平静下来）好，我会自己找到她的。别了，海因里希。（向魔鬼的方向鞠了一躬）向你致敬。（他转身向着纳斯蒂）来，纳斯蒂。

海因里希　（吓了一跳）纳斯蒂！

〔纳斯蒂想跟着格茨走。海因里希挡住了他的去路。

第 四 场

〔海因里希、纳斯蒂。

海因里希　（犹豫不决地）纳斯蒂！（提高嗓门）纳斯蒂，我在找你。站住！我有话跟你说。你只管看不起我好了，只要听我说就行。我经过了舒尔汉的领地，那里在酝酿着暴动。

纳斯蒂　让我过去。我知道这些。

海因里希　你希望发生这场暴动吗？说，你希望这样吗？

纳斯蒂　这和你有什么关系？让我过去。

海因里希　（伸出胳膊）你不回答就休想过去。

〔纳斯蒂默默地看着他，最后下了决心。

纳斯蒂　我希望也好，不希望也好，现在谁也阻挡不了它了。

海因里希　我可以。我可以在两天之内筑起一道堤岸挡住海水。作为交换条件，纳斯蒂，我要你宽恕我。

纳斯蒂　又来这套宽恕的把戏了？（稍停）这种把戏让我讨厌，我跟它不相干。我既无资格判罪，又无资格赦罪：这是上帝的事。

海因里希　如果上帝让我在他的宽恕和你的宽恕之间进行选择的

话,我就选你的。

纳斯蒂　你选错了,你为了听这么一句话也许连天堂都放弃了。

海因里希　不,纳斯蒂,我放弃天上的宽恕,要得到的是人间的宽恕。

纳斯蒂　人间是不宽恕的。

海因里希　你真讨厌。

纳斯蒂　什么?

海因里希　我不是对你说话。(对纳斯蒂)你不给我提供方便。人家在逼我恨,纳斯蒂。我的恨是逼出来的,而你也不帮我。(他画了三次十字)好,现在我可以安静一阵子了。好了,听我说,要快。农民在组织起来。他们准备和男爵们谈判,这样我们就有了几天的时间。

纳斯蒂　你准备用这几天干什么?

海因里希　(指着教堂)你看见他们了,为了教会他们宁可千刀万剐。在这一带乡村,人们比德国所有其他地方的都更虔诚。

〔纳斯蒂摇头。

纳斯蒂　你们的神甫是无能之辈,农民喜欢他们,这不假,但是如果神甫们谴责起义,那他们的说教就没人听。

海因里希　我指望的不是他们的演说,而是他们的沉默。你想想,某天早晨,当村民们醒来时,发现他们教堂的门大敞着,里边空空的,神甫们像鸟似的远走高飞了,祭台前没人,圣器室前没人,地下室没人,神甫的住处也没人……

纳斯蒂　这办得到吗?

海因里希　一切都准备好了。你这儿有人吗?

纳斯蒂　有几个。

海因里希　让他们在这一带到处跑,用比谁都高的嗓门嚷嚷,尤其是要他们辱骂宗教。一定要让他们引起愤怒和恐慌。然后,下个礼拜天,在里格希,当弥撒做到一半时,让他们把神甫绑架走,把他拖到树林里,再带着有血迹的剑回来。这个地区所有的神甫就会在当天夜里悄悄地离开他们的村子,躲到马克斯坦的城堡里去,那儿有人等着他们。从下星期一开始,上帝就回天上去了。孩子们不能受洗礼,人们犯了过错得不到宽恕,病人们害怕不忏悔就死去! 恐惧终将使暴动窒息。

纳斯蒂　(思索着)这可能……

〔教堂的大门打开了。传来一阵阵风琴声。农民们抬着放有圣像的架子出来。

纳斯蒂　(看着他们)如果能做到这一点,就一定成。

海因里希　纳斯蒂,我恳求你,如果事情办成了,你就对我说你宽恕我。

纳斯蒂　我很愿意说这句话。但不幸的是我了解你是什么人。

第 六 景

〔半个月后,在教堂里。全村的人都躲在里边不出去了。他们在里边吃,在里边睡。现在他们正在祈祷。纳斯蒂和海因里希看着他们祈祷。一些男男女女睡在地上,病人和残废人也被抬进了教堂,讲道台下有人在呻吟和翻动。

第 一 场

〔在祈祷的农民,纳斯蒂和海因里希。

纳斯蒂　(自言自语)我不能再听下去了! 唉! 原来你们除了发

火什么都不会,而我却吹灭了你们的怒火。

海因里希　你说什么?

纳斯蒂　什么也没说。

海因里希　你不高兴了?

纳斯蒂　是的。

海因里希　不管在哪儿,人们都挤在教堂里,吓得要死,暴动已被葬送在胚胎里了。你还要怎么样?(纳斯蒂不回答)我为我们两个高兴呢。(纳斯蒂打他)你怎么搞的?

纳斯蒂　你要是高兴,我就打断你的脊梁骨。

海因里希　你不愿意我为我们的胜利而高兴?

纳斯蒂　我不愿你因为把人们变成软骨头而高兴。

海因里希　我这样做是为了你,而且也得到了你的同意。你怀疑你自己吗,先知?(纳斯蒂耸耸肩膀)再说,你对他们撒谎也不是头一次了。

纳斯蒂　但我还是头一次把他们弄得跪在地上爬不起来,不能自卫。头一次和迷信勾结,和魔鬼串通。

海因里希　你害怕了?

纳斯蒂　魔鬼是上帝创造出来的。如果上帝愿意,魔鬼就会服从我。(突然)这教堂快憋死我了,我们走吧。

第 二 场

〔海因里希和纳斯蒂往外走。格茨突然出现,愤怒地冲着海因里希。

格茨　狗东西!你为了赌赢真不择手段。你害我白白浪费了半个月的工夫,为了找她,我在我的领地上来回跑了十次。我刚听说她就在这儿,而我却在老远的鬼地方找她。她病倒在这儿,躺在石头地上。这是我的过错。(海因里希挣脱出来,和纳斯蒂下。格茨自言自语)我的过错……没意思,这话真空洞。你要我感到羞愧,我没有。我全身的伤口里渗出的只有骄傲:三十五年来我目空一切,但这却是我无地自容的表现。应该改变这种状况。(突然)剥夺我的思维能力吧!快一些!让我忘却往事!把我变成一条虫吧!但愿如此!(农民低低的祈祷声提高了一些,随后又低了下去)卡特琳!(他从人群中走过,看着每一个人,叫着)卡特琳!卡特琳!(他走近躺在石板上的一个阴暗的身形,掀开裹着的被子,看清楚不是她后又把被子放下。接着他转到一根柱子后面,还听见他在叫喊)卡特琳!

第 三 场

〔农民们。

〔一座大钟敲了七下。

一个睡觉的人　(他躺在石板上,这时突然惊醒)几点了?今天礼拜几?

一男人　礼拜天早晨,现在七点。不,今天不是礼拜天。

——礼拜天完了,没有了,以后永远不会再有了。我们的神甫把礼拜天带走了。

——他给我们留下的是工作日,该诅咒的干活和挨饿的日子。

农民　那就见鬼去吧!我又要睡着了!到最后审判时你们再叫醒我。

一妇女　我们来祷告吧。

〔希尔达抱着一捆麦秸进来,身后跟着两个农妇,也都抱着麦秸。

第 四 场

〔前场人物、希尔达,格茨后上。

妇女甲　希尔达,希尔达来了!
妇女乙　我们很想你。外边有什么事吗?说给我们听听。
希尔达　没什么好说的。到处是一片寂静,只有受惊的牲口在叫唤。
一个声音　天气好吗?
希尔达　不知道。
声音　你没看看天吗?
希尔达　没有。(稍停)我抱回一些麦秸给病人铺床。(对两个农妇)来帮我一下。(她们抬起一个病人,把他放到草垫上)这儿,现在该这一个了。(同样的过程)还有这个。(她们抬起一个老太太,老人哭了起来)别哭,求求你,别弄得大家都气馁。好了,老奶奶,你要是哭,他们全都会和你一起哭的。
老妇　(抽泣着)我的念珠,那儿……
　　　〔她指着刚才她躺过的地方的石板。
希尔达　(恼火,拣起念珠扔到她膝盖上)喏!(镇定下来,温和了些)祈祷吧,来呀,祈祷吧!祷告比哭好,声音小。哟!怎么啦,可不能又哭又祷告啊。(她用手绢给老人擦眼睛)来!来!擤擤鼻涕!行了!别哭了,我说。我们没有罪,上帝没有权利惩罚我们。
老妇　(哭哭啼啼地)唉!我的姑娘!你明知道一切权利都掌握

在他手里。

希尔达　（粗暴地）如果他有权惩罚无辜者,那我马上就嫁给魔鬼。（人们大吃一惊,注视着她。她耸了耸肩,走过去靠在柱子上。她两眼发直地愣了一阵,好像沉浸在什么回忆之中。然后突然厌恶地）呸!

妇女甲　希尔达!你怎么啦?

希尔达　没什么。

妇女甲　你一向最知道怎样重新唤起我们的希望……

希尔达　对谁的希望?对什么的希望?

妇女甲　希尔达,你要是绝望,我们全都会和你一起绝望的。

希尔达　好。那你们别注意我说的好了。（她打了个寒战）天真冷。你们是世界上唯一的温暖。你们应该互相挤紧点等着。

一个声音　等什么?

希尔达　等身上暖和起来。我们又饥又渴,心里害怕,身上又不舒服,但唯一要紧的是暖和。

妇女甲　那你过来挨着我吧,来吧!（希尔达不动。女甲站起来,走近她）她死了?

希尔达　是的。

妇女甲　愿她的灵魂属于上帝。

希尔达　上帝?（笑了笑）上帝不要她的灵魂。

妇女甲　希尔达!你怎么敢说这话?

〔人群中一片嘈杂声。

希尔达　她死以前已见过地狱了。她突然坐起来,说她看见了些什么,后来她就死了。

妇女甲　没人守着她?

希尔达　没有。你愿意去吗?

妇女甲　给什么我也不去。

希尔达　好。我过一会儿去。给我点时间暖暖身子。

女甲　（转向人群）祷告吧，乡亲们！为可怜的死者祈求宽恕吧，她见过地狱，很可能会被打入地狱。

〔她走开，跪下。一阵单调的祈祷声。格茨出现了，他瞧着仍靠在柱子上的希尔达。

希尔达　（低声）祈求你的宽恕！我们有什么要你来宽恕的？应该是你来求我们宽恕你！虽然我不知道你给我安排的是什么命运，也不怎么认识这个女人，但如果你把她打入地狱，我就不接受你的天堂。你以为准许我在天堂里生活一千年就能使我忘却她眼中的恐惧吗？对你那些愚蠢的选民，我根本就看不起。地狱里有罪人，大地上有穷人，他们居然高兴得起来。我站在人类一边，我决不离开他们，你可以不让神甫听我忏悔就让我死去，可以突如其来地把我传到你的审判庭前，不过我们倒要看看谁将审判谁。（稍停）她爱着他。她整夜呼唤着他的名字。这私生子到底有什么特别的？（她突然转向众人）如果你们愿意祈祷，那就让里格希所流的血都落到格茨的头上吧！

一个声音　格茨！

希尔达　罪人是他！

声音　让上帝惩罚私生子格茨！

格茨　（笑了笑）就是这样。我这人作恶也好，行善也好，总是招人恨。（对一个农民）这人是谁？

农民　她呀，是希尔达。

格茨　姓什么？

农民　希尔达·莱姆。她父亲是村里最富的磨坊主。

格茨　（痛苦地）你们像领上帝的谕旨那样听她的话。她让你们祈求上帝惩罚格茨,你们就全跪下了。

农民　噢!这是因为我们很喜欢她。

格茨　你们喜欢她?她有钱,你们还喜欢她?

农民　她现在没有钱了。去年她本来要去当修女,后来发生了饥荒,她便放弃了她许下的誓愿,来和我们同甘共苦了。

格茨　她怎样才使大家爱她的?

农民　她就像一个修女,节衣缩食来帮助大家……

格茨　对,对。这一切,我都做得到。这里边也许还有别的原因吧,唔?

农民　据我所知,没有了。

格茨　没有了,哼!

农民　她很……可亲。

格茨　（笑起来）可亲?谢谢,好人,你开导了我。（他走开去）要是她真在行善,我将很高兴,上帝,我会高兴的。只要能实现你的统治,通过她或通过我都无关紧要。（他仇恨地看着她）像个善良的修女!那我呢?我难道不像修士吗?她干的什么事我没干?（走上前去）你好!你认识卡特琳吗?

希尔达　（吓了一跳）你为什么问我这个?你是谁?

格茨　回答我。你认识她吗?

希尔达　是的,是的。我认识她。（她突然掀掉格茨的风帽,露出他的脸）你,我也认识,尽管我从来没见过你。你是格茨?

格茨　是的。

希尔达　你终于来了!

格茨　她在哪儿?

〔她看着他不回答,愤怒地微笑着。

希尔达　你会看见她的,不必着急。

格茨　你以为她想再多痛苦五分钟吗?

希尔达　你以为她见到你就不痛苦了吗?(她注视着他。稍停)你们两个都等等吧。

格茨　等什么?

希尔达　等我称心如意地看看你。

格茨　你疯了!我不认识你,也不想认识你。

希尔达　我可认识你。

格茨　不对。

希尔达　不对?你胸脯上有一束像黑丝绒般的卷毛,左大腿根有一道青筋,当你占有女人时它就鼓起来。你腰部上方有一颗草莓大小的胎痣。

格茨　你从哪儿知道的?

希尔达　我守护卡特琳已经五天五夜了。我们三个人在一间屋里,她、我、你。我们三个成了一家人。她眼里到处都看到你,弄得我最终好像也见到了你。每夜门总要打开二十次,然后你走进来。你懒洋洋而自命不凡地看着她,用两个指头抚摸她的脖子。就像这样。(她粗暴地抓过他的手)喂,你这指头有什么特别的?上边有什么?有肉有毛。

〔她猛烈地甩开他。

格茨　她都说些什么?

希尔达　没有一句不是让我厌恶你的话。

格茨　说我粗暴、下流、让人讨厌?

希尔达　说你漂亮、聪明、勇敢,说你傲慢而冷酷,还说女人见了你不能不爱。

格茨　她对你说的是另一个格茨吧?

希尔达　格茨只有一个。

格茨　你用你的眼睛看看我吧。我哪儿冷酷？哪儿傲慢？唉！我的聪明又在哪里？从前我看得清看得远，因为作恶很简单。而现在我的视觉变得模糊了，世上充满了我不理解的东西。希尔达！我求求你好吗？不要与我为敌。

希尔达　与你为敌又能把你怎么样？我又不能害你。

格茨　（指着农民们）你在他们面前损害了我。

希尔达　这些人属于我，我也属于他们。你别把他们扯到你的事里去。

格茨　他们爱你，这是真的？

希尔达　是的，是真的。

格茨　为什么？

希尔达　我从来没想过。

格茨　唔！是因为你长得美！

希尔达　不，我的长官。你们这些人喜欢漂亮女人是因为你们无所事事，吃香的喝辣的。我的乡亲们可成天干活，饿着肚子，他们没心思去欣赏妇女的美貌。

格茨　那是为什么呢？是因为他们需要你吗？

希尔达　不如说是因为我需要他们。

格茨　为什么？

希尔达　你理解不了。

格茨　（走向她）他们一见你就喜欢你了？

希尔达　一见就喜欢了，对。

格茨　（自言自语）和我想的完全一样：要么一见就喜欢，要么永远也不喜欢。输赢都是事先注定的，时间和努力无济于事。（突然）上帝的意志不可能是这样的，这不公正。这就等于说有人生来就得下地狱。

希尔达　有这样的人,比如卡特琳。

格茨　(不听她说)你对他们搞了什么名堂,巫婆?你一定是对他们搞了鬼,所以我才失败而你成功了。

希尔达　那你呢,你对卡特琳搞了什么鬼,使她这样着魔?

〔他们互相出神地看着。

格茨　(目不转睛地看着她)你偷走了他们对我的爱。当我看着你时,我见到的是他们的爱。

希尔达　而当我看着你时,我见到的是卡特琳的爱,真叫我恶心。

格茨　你有什么要责备我的地方?

希尔达　我以卡特琳的名义责备你使她陷入绝境。

格茨　这和你无关。

希尔达　我以这些妇女和男人的名义谴责你把土地一车车地扔到我们身上,把我们埋在底下。

格茨　滚你的!……我不需要在一个女人面前解释自己的行为。

希尔达　我以我自己的名义谴责你强迫我和你睡觉。

格茨　(愕然)和你睡觉?

希尔达　一连五夜,你狡猾而粗暴地占有了我。

格茨　(笑)你可真是在做梦!

希尔达　在做梦,是的。是在梦里,在她的梦里,她把我也拽了进去。我本想分担她的痛苦,就像分担这么多人的苦难一样,但我上了圈套,因为我不得不以她的爱来爱你。感谢上帝,我现在见到你了。大白天见到你,这样我解脱了!白天你不过就是你而已。

格茨　那好,对了,你醒醒吧,一切只是你头脑中的幻想。我没有碰过你,直到今天早上为止,我从没见过你。所以在你身上什么也没发生过。

希尔达　什么也没有。绝对没有。她在我的怀抱里叫喊,但没什么要紧,没出什么事,因为你既没碰过我的胸部也没吻过我的嘴。当然啦,我漂亮的军官,你像富翁一样孤独,除了别人打伤你以外,你从未感到过痛苦,这是你的不幸。而我却几乎感觉不到自己肉体的存在。我不知自己的生命何时开始,何时结束。人家叫我,我也不一定答应,我有时甚至奇怪自己有个名字。但所有的人身上的痛苦我都能感觉得到,别人挨打就打在我的脸上,别人死就是我在死,你糟蹋被你强占的妇女,就是糟蹋我的肉体。

格茨　(胜利地)到底有了!(希尔达惊讶地看着他)你将是第一个!

希尔达　第一个?

格茨　第一个爱我的人。

希尔达　我?

　　　　〔她大笑起来。

格茨　你已经爱上我了。我连续五夜把你搂在怀里,我已在你身上打下了烙印。因为卡特琳对我的爱所以你爱我,因为穷人爱你所以我爱你。你会爱我的。如果像你说的,他们属于你,那他们一定会因为爱你而爱我的。

希尔达　假若有一天我的眼睛会温情脉脉地看你,那我就立刻把它挖出来。(他抓住她的胳膊。她突然停止了笑,凶狠地望着他)卡特琳死了。

格茨　死了!(深受打击)什么时候?

希尔达　刚才。

格茨　她……痛苦吗?

希尔达　就像在进地狱。

格茨　（踉跄地）死了!

希尔达　她可逃脱你了,对吗?去抚摸她的后脖颈吧。

〔寂静。随后教堂深处发出了喊声。农民们站起来,转向教堂入口。片刻的等候。

〔嘈杂声大起来,海因里希和纳斯蒂抬着担架出现,担架上抬着卡特琳。

第 五 场

〔前场人物、海因里希、纳斯蒂、卡特琳。

卡特琳　（不再叫喊,半撑起身子咕噜着）不!不!不!不!不!

格茨　（喊叫）卡特琳!（对希尔达）臭东西!你骗了我!

希尔达　我……我没骗你,格茨,她的心脏已经停止了跳动。

〔她俯身看卡特琳。

海因里希　我们在路上听见她喊叫,她说魔鬼在盯着她。她要求我们把她抬到十字架下面来。

〔人群威胁地站在他们面前。

声音　不!不行!她是入地狱的人!抬出去!出去!马上出去!

格茨　好啊,狗东西,我要教教你们什么是基督徒的仁慈!

希尔达　住嘴,你只知道作恶。（对农民）这是具尸体,但灵魂还紧紧地附在上边,因为它周围全是恶魔。你们也一样,魔鬼也在偷偷地盯着你们。如果你们不怜悯她,将来谁会来怜悯你们呢?如果穷人不相爱,那还有谁来爱穷人?（人群默默地散开）既然她这样要求,就把她抬到十字架下面去吧。

〔海因里希和纳斯蒂把担架抬到十字架下。

卡特琳　他在吗？

希尔达　谁？

卡特琳　神甫。

希尔达　还没来。

卡特琳　去找他来！快！我将坚持到他来。

格茨　（走近前去）卡特琳！

卡特琳　是他吗？

格茨　是我，亲爱的。

卡特琳　你？啊！我还以为是神甫呢。（她喊叫起来）我要一个教士，去把他找来，快一点，我不愿意不忏悔就死！

格茨　卡特琳，你不用害怕，魔鬼不会伤害你的。你在人间受的苦太多了。

卡特琳　可是你要知道，我看见他们了。

格茨　在哪儿？

卡特琳　到处都是。往他们身上洒点圣水。（她又喊起来）救救我吧，格茨，救救我。事情都是你干出来的，我没有罪。你要是爱我就救救我吧！

〔希尔达搂着她，试图让她躺回担架上。卡特琳边挣扎边喊叫。

格茨　（哀求地）海因里希！

海因里希　我已经不是教会的人了！

格茨　她并不知道。你只要在她额头上画个十字，就可以把她从恐惧中解救出来。

海因里希　有什么用？她一到阴间又会恐惧的。

格茨　这都是胡说八道，海因里希！

海因里希　你这样看？

〔他笑。

格茨　纳斯蒂,你不是说所有的人都是教士吗……

〔纳斯蒂耸耸肩,做了个无能为力而沮丧的动作。

卡特琳　(没听他们的话)你们怎么不明白我就要死了?(希尔达想迫使她躺下)放开我!放开我!

格茨　(自言自语)要是我能……(突然下定决心,转向人群)这个女子是因为我的过错而堕落的,只有我才能救她。你们走开。(他们慢慢走开去。纳斯蒂拽走了海因里希。希尔达还在犹豫)你也走,希尔达。

〔她看了看他,出去了。

第 六 场

〔格茨、卡特琳,众人后上。

格茨　这回我抓住你了!不管你多么舍不得显灵,这次你无论如何得给我显出一个来。

卡特琳　他们去哪儿?别把我一个人留下。

格茨　不会的,卡特琳,不会的,亲爱的,我会救你的。

卡特琳　你怎么救法?你又不是教士。

格茨　我要求基督把你的罪孽加给我。你听见我的话了吗?

卡特琳　是的。

格茨　我替你承担罪孽。你的灵魂会和你出生时一样纯洁,比教士恕了你的罪还要纯洁。

卡特琳　我怎样才能知道上帝满足了你的心愿没有呢?

格茨　我去祈祷。如果我回到你身边来时脸上被麻风或坏疽蛀烂了,你能相信我吗?

卡特琳　是的,亲爱的,我会相信你的。

〔他走到一边去。

格茨　这些罪孽都是我的,你也知道。把属于我的归还我吧。你没有权利谴责这个女人。因为唯一有罪的是我。来吧!这是我的胳膊、我的脸、我的胸脯。啃烂我的脸颊吧,把她的罪过化作脓血灌到我眼睛和耳朵里,让它像硫酸一样腐蚀我的后背、大腿、生殖器,让我染上麻风、霍乱、瘟疫吧,但请你救救她!

卡特琳　(声音更微弱了)格茨!救救我!

格茨　你在听我说吗,聋子上帝?你总不至于拒绝我提出的这笔交易吧?因为它是公正的。

卡特琳　格茨!格茨!格茨!

格茨　噢!这声音我再也听不下去了。(他攀上讲坛)你是为人类而死的,是还是不是?你看一看吧:人们还在受折磨,你应当再死一次。给我!把你的伤给我吧!把你肋部的创伤给我,把你手上的两个窟窿也给我。如果上帝曾为他们蒙难,一个人为什么就不能这样做呢?你是嫉妒我吗?把你的五伤给我①!给我吧!(他面向基督,伸开两臂成十字状)给我!给我!给我!(他重复着:"给我!"就像在念咒语一般)你聋了?真是,我太笨了,自助者天助!(他从腰带上抽出一把匕首,拿它用右手刺左手,又用左手刺右手,然后往肋部扎。最后,他把刀扔到祭台后面,身子凑过去,把血抹到基督的胸脯上)你们都来呀!(众人进来)基督流血了。(人声鼎沸。他举起双手)看见了吗?上帝发慈悲了,他让我带上了五伤。基督

---

① 天主教有些圣人曾要求上帝把五伤转到他们身上,如圣方济各。据说他身上就出现了圣痕。

的血,教友们,基督的血在我手上淌。(他从讲坛下来,走到卡特琳跟前)什么也别怕了,亲爱的。我用我们耶稣的血来抹你的额头、眼睛和嘴。(他把血抹到她脸上)你还见到魔鬼吗?

卡特琳　见不到了。

格茨　你放心地走吧。

卡特琳　你的血,格茨,这是你的血。你为我献出了自己的血。

格茨　耶稣的血,卡特琳。

卡特琳　你的血。

〔她死了。

格茨　你们都跪下。(众人跪下)你们的教士是些狗东西。但你们别害怕,我留在你们中间。只要这双手上流着基督的血,任何不幸就都不可能降临到你们的头上。回到你们家去庆贺一番吧,今天过节。上帝今天开始统治大家。我们要建设太阳城。

〔寂静。

〔人群默默地逐渐散开。一个妇女从格茨身边走过,抓住他的手,用他的血往脸上乱涂。希尔达留到最后,她走近格茨,但格茨看不见她。

希尔达　别伤害他们。

〔格茨不回答。她走开了。格茨摇摇晃晃地走过去靠在柱子上。

格茨　他们属于我了。终于属于我了。

——幕落

第 三 幕

第 七 景

〔阿尔特韦勒的一个广场。

第 一 场

〔农民们聚集在一个农妇周围,她在当他们的教师。卡尔和一年轻妇女后上。

教师 (一个样子温和的年轻妇女。她手执细棍,指着地上的字母)这是什么字母?

一农民 这是 A。

教师 这个呢?

另一农民 是 M。

教师 这三个呢?

一农民 OSR。

教师 不对!

另一农民 OUR。

教师 整个字是什么?

一农民　　AMOUR。①

所有的农民　　AMOUR,爱……

教师　加油吧,乡亲们,不久你们就能认字了,你们会分清好坏和真假。现在,你回答,那边的那个……我们的天性是什么?

一农妇　(像在上教理课似的)我们的天性是我们在认识格茨之前的本性。

教师　这本性怎么样?

一农民　(以同样的语气)是坏的。

教师　应该怎么来和它作斗争呢?

一农民　创造出第二天性。

教师　怎样在我们身上创造出第二天性来呢?

一农妇　要学会表现爱。

教师　表现爱就是爱吗?

一农妇　不,表现爱不是……

〔希尔达上,农民们指着她。

教师　什么?(转过身来)啊!希尔达!……(稍停)姑娘……你在妨碍我们。

希尔达　我怎么妨碍你们了,我一句话也不说。

教师　你一句话也不说,但你在看着我们,而且我们知道你不赞成我们。

希尔达　我不能有我自己的想法吗?

教师　不能,希尔达。这里的人想法都暴露在光天化日之下,都公开地说出来。每人的思想都是大家的思想。你愿意加入到我们中间来吗?

---

① 爱,读作"阿慕尔"。

希尔达 不！

教师 这么说你不爱我们？

希尔达 爱，但有我自己的爱法。

教师 你不为我们的幸福而高兴吗？

希尔达 我……噢！乡亲们，你们受了那么多的苦，你们要是幸福，我也该感到幸福。

〔卡尔眼睛上蒙着布条，由一年轻妇女领上。

教师 谁？

年轻妇女 我们在寻找太阳城。

一农民 这儿就是太阳城，你们到了。

年轻妇女 （对卡尔）我准知道没错。真可惜你看不见他们容光焕发的样子。你见到了一定高兴。

〔农民们热情地围在他们身边。

农民们 可怜的人！你们渴吗？饿吗？请坐！

卡尔 （坐下）噢！你们真善良。

一农民 这里人人都善良，大家都幸福。

另一农民 在这动乱的时代，我们几乎不出门了。我们只好自己互相爱。所以你们来到这里我们非常高兴。

一农妇 能款待一个外来人是很愉快的事。你们想要什么？

年轻妇女 我们想见见手上淌血的那个人。

卡尔 他真能让上帝显灵吗？

一农妇 他专门让上帝显灵。

卡尔 他的手真会淌血吗？

一农民 没一天不淌血的。

卡尔 我希望他抹点血在我可怜的眼睛上，好让它重见光明。

一农妇 啊！啊！这正是他的事。他会治好你的。

卡尔　你们运气真好,有这么一个人。你们再也不做坏事了?

一农民　没人酗酒,没人偷东西。

另一农民　禁止丈夫打妻子。

一农民　禁止父母打孩子。

卡尔　(在凳子上坐下)但愿永远如此。

一农民　只要上帝愿意,就会永远如此的。

卡尔　唉!(他叹了口气)

教师　你为什么叹气?

卡尔　这姑娘到处都见到拿着武器的人。农民和贵族们就要打仗了。

教师　在海登斯坦的土地上吗?

卡尔　不,在它周围。

教师　这样,就和我们没有关系了。我们不愿意别人不幸,我们的任务是让爱统治世界。

卡尔　妙极了!让他们去互相残杀吧。仇恨、屠杀、别人的血是你们的幸福的必要食粮。

一农民　你在说些什么?你疯了!

卡尔　真的,我只是重复人家到处都在说的话。

教师　人家说些什么?

卡尔　人家说你们的幸福使他们的痛苦更加无法忍受,绝望把他们推上了极端的道路。(稍停)算了!你们有理由不理会这些话。你们的幸福被染上几滴血有什么了不起的!这代价不算太高嘛!

教师　我们的幸福是神圣的,格茨对我们说过。因为我们不仅是为了我们自己而幸福,也是为了所有的人。我们向所有的人,当着所有人的面证明幸福是可以做到的。我们的村子是一座神殿,所有的农民都会把目光转向我们,就像全体基督徒的眼睛都注视着圣地一样。

卡尔　等我回到村里,我要到处传播这好消息。我知道有的人全家都快饿死了,他们要是知道你们的幸福也是为了他们,一定会很高兴的。(农民们尴尬地沉默着)善良的人们,如果战争爆发了,你们干什么?

一农妇　我们祈祷。

卡尔　啊!我怕你们不得不表明态度。

教师　这个,不会!

全体农民　不会!不会!不会的!

卡尔　奴隶想成为人的战争难道不是一场圣战吗?

教师　所有的战争都是大逆不道的。我们要继续当爱的守护者,和平的殉难者。

卡尔　老爷们在你们的大门口大肆掠夺、奸淫妇女、屠杀你们的弟兄,你们就不恨他们?

一农妇　我们可怜他们这样坏。

全体农民　我们可怜他们。

卡尔　既然他们那么坏,那他们的受害人造反不是正义的吗?

教师　暴力不论来自哪一方,都是非正义的。

卡尔　你们谴责你们的弟兄的暴力,那说明你们支持贵族的暴力了?

教师　当然不。

卡尔　肯定是支持的,因为你们不愿阻止这种暴力。

教师　我们要贵族们自愿放弃暴力。

卡尔　谁能使他们自愿放弃暴力?

教师　我们。

全体农民 我们!我们!

卡尔 在他们没放弃暴力之前,农民们该干什么?

教师 顺从、等待和祈祷。

卡尔 叛徒,你们的嘴脸暴露了:你们爱的只有你们自己。请留神,一旦战争爆发,人们是要和你们算账的,他们绝不允许你们看着你们的弟兄被杀害而保持中立。要是农民胜利了,你们就等着他们来烧掉太阳城,等着他们来惩罚你们的背叛行为吧。而老爷们要是胜利了,他们是不会容忍一块贵族的土地留在农奴手里的。拿起武器来吧,伙计们,拿起武器!即使你们不为博爱而战,至少也应为自己的利益而战,幸福是要捍卫的。

一农民 我们不打仗。

卡尔 那人家就会来打你们。

教师 我们将吻打我们的人的手,我们死的时候将为杀害我们的人祈祷。只要我们活着,就有被杀的可能,但我们死后就会活在你们的灵魂中,我们的声音就会在你们耳中回响。

卡尔 显然,你们的功课背得很熟!啊!你们不是罪魁祸首,罪魁祸首是那个假先知,是他把这毫无理智的甜言蜜语灌给了你们。

一农民 他辱骂我们的格茨!

〔农民逼近卡尔。

年轻妇女 你们口口声声说活着是为了爱,你们难道要打一个瞎子吗?

一农民 (扯下卡尔的蒙眼布条)好一个瞎子!你们瞧:是卡尔,城堡里的奴仆,他的心被仇恨蛀烂了,好几个星期来他一直不怀好意地逛来逛去,挑拨离间,鼓吹叛乱。

农民们　绞死他!

希尔达　怎么啦,可爱的绵羊,你们怎么突然发起狂来了?卡尔是条狗,因为他鼓动你们去打仗。但他说的是真话,我不允许你们打说真话的人,不管他是打哪儿来的。乡亲们,你们的太阳城确实是建立在别人的痛苦之上的。要让贵族老爷容忍它,农民就必须甘心受奴役。乡亲们,我不责怪你们幸福,但我感到,当我们一起受苦时我要自在得多,因为我们的不幸也是所有人的不幸。在这流血的大地上,一切欢乐都是不道德的,幸福的人是孤独的。

一农民　得了!你就喜欢贫困,格茨可要建设!

希尔达　你们的格茨就会招摇撞骗。(嘈杂声)怎么?你们为什么还等着,不来打我,不绞死我呀?

〔格茨上。

第 二 场

〔前场人物、格茨。

格茨　你们的脸怎么这样吓人呀?

一农民　格茨,这……

格茨　住口!我不愿再见到有人皱眉头。先笑,然后你们再说话。哎,笑啊!

〔农民们微笑。

一农民　(微笑着)这人来煽动我们造反。

格茨　那太好了,这是对你们的考验。应该善于听取仇恨的语言。

一农妇　(微笑着)他骂你了,格茨,说你是冒牌先知。

格茨　我的好卡尔,你就这么恨我?

卡尔　确实如此,我够恨你的。

格茨　可见我不会讨人喜欢,请原谅我。你们把他送到村口,给他点粮食,吻他一下就和解了。

卡尔　这一切的后果将是一场大屠杀,格茨。愿这些人的血淌到你的头上。

格茨　但愿如此。

〔卡尔和年轻女子下。

第 三 场

〔前场人物,少了卡尔和年轻妇女。

格茨　为他们祈祷吧!

教师　格茨,有件事使我们很苦恼。

格茨　说吧。

教师　是关于希尔达的。我们很爱她,但她在妨碍我们,因为她不同意你的意见。

格茨　我知道。

希尔达　这对你们有什么影响?反正我马上就要走了。

格茨　(震惊)你要走?

希尔达　过一会儿就走。

格茨　为什么?

希尔达　因为他们幸福了。

格茨　怎么?

希尔达　对于幸福的人我没有用。

格茨　他们爱你。

希尔达　当然啦,当然爱我。但他们会慢慢忘掉的。

格茨 他们还需要你。

希尔达 你这么想吗？（转向农民）你们还需要我吗？（农民为难地沉默着）你看见了吧。他们有了你，还要我有什么用？永别了。

格茨 （对农民）你们一句话也不说就放她走？忘恩负义的家伙们，你们不幸的时候是谁把你们从绝望中解救出来的？留下来吧，希尔达，我以他们的名义恳求你。而你们呢，我命令你们把对她的爱还给她。

希尔达 （突然粗暴地）你把一切都留着吧。你虽然偷走了我的钱包，但你不能用我的钱来施舍我。

教师 既然他要求你留下，你就留下来吧，希尔达。我们会服从他的，我向你发誓，我们会按圣人的命令爱你的。

希尔达 嘘！嘘！你们曾从心里自然地爱过我，现在这已经结束了，别提它了。忘掉我，快点忘掉我吧，越早越好。

格茨 （对农民）请你们让我们单独谈谈。

〔农民们下。

第 四 场

〔格茨、希尔达。

格茨 你上哪儿去？

希尔达 随便哪儿。贫困俯拾皆是。

格茨 永远是贫困！永远是不幸！再没有别的了吗？

希尔达 对我来说没有了。这就是我的生活。

格茨 难道应该永远为人们的苦难而痛苦？难道不能为他们的幸福而高兴吗？

希尔达　（暴躁地）我不能,我！多美好的幸福啊！人们在咩咩叫。（失望地）噢,格茨,自从你来到我们中间,我成了自己灵魂的仇敌,我为自己灵魂深处的想法感到羞耻。我知道他们现在不挨饿了,劳动也不像以往那样艰苦了。如果他们要的是这种羔羊的幸福,我也该和他们分享这种幸福。但是,我不能,我不能要这种幸福。我也许是个怪物,因为自从他们的苦难减轻以后,我对他们的爱也减少了。然而我却是憎恨痛苦的。（稍停）我是个坏人吧？

格茨　你？不,你嫉妒。

希尔达　嫉妒。对,嫉妒得要命。（稍停）你明白吗,我走的时候到了,因为你败坏了我。你不管在哪里,不管做什么,你总是在别人心里引起邪恶。别了。

格茨　再见。（她并不走）怎么了？你在等什么？（她正往外走）希尔达,请不要抛弃我。（她笑）你怎么啦？

希尔达　（无恶意地）是你,夺走了我的一切,你却来要求我不要抛弃你？

格茨　他们越爱我,我越是孤独。我是他们的家,而我自己却没有家。我是他们的天,而我自己却见不到天。不对,我有天：这一片,你看它是多么遥远。我想变成柱子,支撑苍穹。说得好听！天是空洞。我甚至不知道上帝住在什么地方。（稍停）我对他们爱得不够,根子就在这里。我做了爱的姿态,但爱并没有产生。看来只能说是我缺乏天才。你干吗看着我？

希尔达　你根本不爱他们。你偷走了我的爱但却一无所获。

格茨　啊！我该偷的不是他们对你的爱,而是你对他们的爱。我应该用你的心去爱他们。瞧,我真羡慕你,连你的嫉妒都羡慕。你在这里,看着他们,摸着他们,你是热,你是光,而你不是我,这让我受不了。我不明白为什么我们是两个人,我愿意变成你,但同时也仍是我自己。

〔纳斯蒂上。

第 五 场

〔格茨、希尔达、纳斯蒂。

纳斯蒂 （以喑哑的声音）格茨！格茨！格茨！

格茨 （转过身去）谁？……纳斯蒂！……

纳斯蒂 人们都聋了。

格茨 聋了？听不见你的声音了？真新鲜。

纳斯蒂 是的。是新鲜。

格茨 上帝跟考验别人一样考验起你来了？我们来看看你怎样应付这场考验吧。

纳斯蒂 愿上帝尽情地考验我吧。我不会怀疑他,也不会怀疑我自己的使命。上帝如果怀疑我,那他就是疯了。

格茨 现在你说吧。

纳斯蒂 （指着希尔达）把她打发走。

格茨 她就是我。要么说话,要么走你的。

纳斯蒂 好吧。（稍停）暴动开始了。

格茨 什么暴动？（突然）不是因为我,这不是我的错！让他们自相残杀吧,我没有责任！

纳斯蒂 他们原来只是因为怕教会才没敢动手。是你向他们证明了他们不需要什么教士,所以现在先知到处泛滥。不过全是些鼓吹复仇的愤怒的先知。

格茨 这些都是我造成的？

纳斯蒂　是的。

格茨　是么！（打纳斯蒂）

纳斯蒂　打吧！打呀！

格茨　哈！（原地转了一圈）当年作恶多舒服：我可以杀人！（踱步。稍停）好吧！你要求我干什么？

纳斯蒂　你可以阻止最坏的情况发生。

格茨　我？（冷笑）我是毒眼①，蠢货。你怎么敢利用我呀！

纳斯蒂　我没有选择的余地……我们没有武器，没有钱，没有军事将领，我们的农民太缺乏纪律性，当不了好兵。几天后我们就会遭受挫折，几个月后就会遭到大屠杀。

格茨　那怎么办？

纳斯蒂　还有一个机会。今天，我阻挡不了起义的洪流，但三个月后，可以。只要我们打赢一场阵地战，只要一场，贵族们就会求和。

格茨　我在里边扮演什么角色？

纳斯蒂　你是德国最优秀的指挥官。

格茨　（看着他，然后转过身去）啊！（稍停）补救！总是补救！你们这些人全在浪费我的时间。上帝，我有别的事要干，我。

纳斯蒂　只要你能建设你的玩具城，你的模范城，你就可以听任全世界互相残杀？

格茨　这个村子是一艘挪亚方舟，我把爱置于它的保护之下，洪水再大也没关系，因为我拯救了爱。

纳斯蒂　你是精神不正常吗？你逃脱不了战争，它会打到这里，上门来找你的。（格茨沉默）怎么样？你接受吗？

----

① 传说毒眼看人会给此人带来灾难。

格茨　没那么快。(他回身走向纳斯蒂)现在缺乏纪律,所以我得进行整顿。你知道这意味着什么吗?意味着绞死一些人。

纳斯蒂　我知道。

格茨　纳斯蒂,要绞死的是穷人。不分青红皂白地杀几只鸡来吓猴,无辜的和有罪的一起杀。我在说些什么呀?他们全是无辜的。今天我是他们的兄弟,所以我看得清他们是无辜的。明天,如果我成了他们的首领,那他们就全是罪人,我就什么也不明白了,我就光知道绞死人。

纳斯蒂　行。必须这样。

格茨　我也得变成屠夫。你们既没有武器又没有打仗的本领,你们唯一的王牌就是人多。你们将无谓地牺牲许多人命。肮脏的战争!

纳斯蒂　你牺牲两万人,但将拯救十万人。

格茨　我对这点如果有把握就好了!纳斯蒂,你可以相信我的话,我太懂得战争是怎么回事了。如果投入这场战争,我们百分之九十九是要输的。

纳斯蒂　那我还是要争取这百分之一的希望。好了!不管上帝的意图如何,我们都是他的选民,我是他的先知,你是他的屠夫,现在已经不是后退的时刻了。

〔沉默片刻。

格茨　希尔达!

希尔达　干吗?

格茨　帮助我吧。你要是处在我的地位怎么办?

希尔达　我永远不会,也不愿意处在你的地位。你们是些头目,我只是个女人。对你们我无可奉告。

格茨　我只信任你。

希尔达　信任我？

格茨　胜过我自己。

希尔达　为什么你要让我当你的同谋？为什么你要强迫我来替你作决定？为什么你要把决定乡亲们生死的大权交给我？

格茨　因为我爱你。

希尔达　住口（稍停）啊！你赢了，你把我推过了鸿沟。以前我站在受苦人一边，现在我站到了决定人们苦难的人一边。噢！格茨，我永远也不可能睡得着觉了！（稍停）我不许你杀人。拒绝他吧。

格茨　我们一起来采取决定吗？

希尔达　对，一起。

格茨　我们也共同承担后果？

希尔达　共同承担，不论发生什么情况。

纳斯蒂　（对希尔达）你管什么闲事？

希尔达　我代表穷人说话。

纳斯蒂　除了我以外，任何人也无权以穷人的名义说话。

希尔达　为什么？

纳斯蒂　因为我是他们中的一员。

希尔达　你，是个穷人？你早就不是了，你是长官。

〔格茨在沉思，没听他们说话。这时忽然抬起头来。

格茨　为什么不把实情告诉他们？

纳斯蒂　什么实情？

格茨　他们不会作战，一旦打起来他们就会失败。

纳斯蒂　因为谁说了他们就会把谁杀掉。

格茨　要是我去说呢？

纳斯蒂　你?

格茨　我在他们面前有威信。因为我是先知,我把财产分给了他们。威信要来干吗,不就是在危险的场合使用它吗?

纳斯蒂　只有千分之一的希望。

格茨　千分之一,好!你有权拒绝这千分之一的希望吗?

纳斯蒂　不,我没有这个权利。走吧。

希尔达　别去。

格茨　(搂住她的肩膀)别害怕。这次,上帝站在我们一边。(他喊)你们都来!(农民们回到舞台上)现在到处都在打仗。明天,战火会蔓延到全德国。我要到人们中间去拯救和平。

全体农民　唉!格茨,不要扔下我们。没有你我们怎么办呢?

格茨　我会回来的,乡亲们。这里有我的上帝,这里有我的幸福,这里有我的爱。我会回来的。这是希尔达,我把你们托付给她。我不在的时候,如果有人让你们参加这一方或那一方的战争,你们就拒绝。要是人家威胁你们,你们就用爱来回答他。记住,乡亲们,要记住:爱将挫败战争。

〔格茨和纳斯蒂下。〕

第 六 场

〔前场人物,少了格茨和纳斯蒂。

农民们　他要是不回来呢?

〔沉默。

希尔达　我们祈祷吧。(稍停)祈求上帝,让爱挫败战争吧。

农民们　(跪下)我的上帝,愿爱挫败战争。

希尔达　(站着)愿我的爱挫败战争。愿此成为现实。

〔舞台消失在黑暗中,第八景的头几句话紧接希尔达的尾白。

第八和第九景

〔农民的营地。

〔黑暗中一片嘈杂声、喊叫声。

第 一 场

〔格茨、纳斯蒂、卡尔、农民们。

声音　呜!呜!呜!

格茨的声音　(压过众人的喧闹声)你们全都得死!

声音　打死他!打死他!(光亮。这是树林里的一片空地。夜。农民手里举着棍棒和长叉,有的人佩着剑,还有人举着火把。格茨和纳斯蒂站在一块突出的岩石上,俯视着人群)呜!呜!呜!

格茨　可怜的人,你们连正视现实的勇气都没有吗?

一个声音　现实就是你是个叛徒。

格茨　现实,弟兄们,瞎子也能见到的现实,就是你们不会打仗。

〔一个长得像赫拉克勒斯①似的农民站出来。

壮汉　我不会打仗?(哗然)哎,伙计们,有人说我不会打仗!我抓住公牛的角能把它脖子拧下来。

〔格茨跳下来,走近他。

格茨　看起来,老兄,你比我壮三倍吧?

---

① 赫拉克勒斯,希腊神话中力大无穷的英雄。

壮汉　我吗,老弟?

〔他用胳膊肘撞了格茨一下,把他推出五步以外。

格茨　好极了。(对一个农民)给我这根棍子。(对壮汉)你拿着这根。准备。开始,刺、砍、劈、挑。(他闪过,避开了一次次的进攻)你看!你看!你看见了!你的力量对你有什么用?你只会让空气里的精灵哭泣,让风流血。(他们对打)现在,我的老兄,请原谅,我要轻轻地揍你一下,这是为了大家好。嘿!(他猛击了一下)仁慈的基督,饶恕我。(壮汉倒下)你们服了吗?他是最壮的,我可谈不上是最机灵的。(稍停。农民们瞠目结舌。格茨因胜利而一时很得意,然后他接着说)你们要我告诉你们为什么你们不怕死吗?因为你们每个人都以为死的将是你旁边的人。(稍停)现在我来问问我们的圣父,我来对他说:我的上帝,你如果要我帮助这些人,那就显显灵,告诉我哪些人将死于战争。(他突然装出十分恐惧的样子)喔!喔!喔!喔!我看见的是什么?啊呀,教友们,你们怎么啦?这景象太可怕了!啊!你们成了这副样子!

一农民　(不安地)发生什么事了?怎么啦?……

格茨　上帝把你们身上的肉像火漆似的融化了,我只看见你们的白骨。仁慈的圣母!到处全是骷髅。

一农民　依你看,这是什么意思?

格茨　上帝不愿意你们暴动,他在指给我看哪些人将死在战场上。

该农民　谁呀?举出来。

格茨　谁?(用食指指着他,用可怕的声音说道)你!(沉默)还有你!你!和你!多可怕的骷髅舞!

一农民　(震惊,但还有些怀疑)谁来证明你是个先知?

格茨　不信上帝的人,你们如果要证据,只要看看这血就可以了。

(他举起双手。沉默。对纳斯蒂)我赢了。

纳斯蒂　（喃喃地）还没有。(卡尔站出来)留神这家伙,他最难对付。

卡尔　噢,我的弟兄们,你们太好骗了,什么时候你们才能学会怀疑呢？你们太老实、太温和了,连恨都不会！今天还是这样,只要有人用上帝的口气跟你们说话,你们马上就低下头来。怎么啦？他手上有点血？这有什么？要是淌点血就能使你们信服,我马上就淌血。

〔他把双手举起来,手开始淌血。

格茨　你是谁？

卡尔　和你一样,也是先知。

格茨　仇恨的先知？

卡尔　仇恨是通向爱的唯一道路。

格茨　可我认得出你。你是卡尔,我的奴仆。

卡尔　是的,为您效劳。

格茨　奴仆加先知,那是小丑。

卡尔　不见得比将军加先知更像小丑。

格茨　(走下台阶)我看看你的手！（把他的手翻过来)当然啦,这人在袖子里藏了盛血的猪尿泡。

卡尔　也让我看看你的手。（看他的手)这人用指甲抠老伤疤让它淌出了几滴脓来。喂,乡亲们,你们来考验考验我们吧,看看谁是真正的先知。

嘈杂声　对……对……

卡尔　你会这手吗？(他在一根细棒上变出花来)这个呢？(他从帽子里抓出一只兔子)还有这个？(浑身冒烟)让我们看看你会干点什么？

格茨　这类杂耍我在广场上见过一百次了。我可不是走江湖的。

一农民　走江湖会干的,先知也该会。

格茨　我不和我的随身男仆比什么绝招。教友们,在当先知之前,我是将军。现在是谈打仗,你们如果不信先知,也请信任将军吧。

卡尔　你们等将军证明了他不是叛徒再来相信他吧。

格茨　忘恩负义的东西!我是出于对你和你弟兄们的爱才放弃自己的财产的。

卡尔　出于对我的爱?

格茨　对,对你这个仇恨我的人的爱。

卡尔　这么说你爱我?

格茨　对,我的兄弟,我爱你。

卡尔　(胜利地)他说漏嘴了,乡亲们!他在骗我们!你们看看我这张脸,告诉我人家怎么会爱我?还有你们,伙计们,你们这些人都想想,你们是可爱的吗?

格茨　白痴!我要是不爱他们,干吗要把自己的地给他们?

卡尔　不错,为什么?根本问题就在这儿。(突然)上帝!明察秋毫的上帝,救救我吧!我把躯体和嘴借给你,你告诉我们,为什么私生子格茨把地给了我们。

〔卡尔开始发出可怕的叫喊声。

农民们　上帝附身了!

　　　　上帝要说话了!

〔他们跪下。

格茨　天啊!这回可齐全了。

卡尔　(闭上眼睛,用好像不属于他的声音说)喂,噢,嚰,嚰,大地!

农民们　喂,噢,嗬！喂,噢,嗬！

卡尔　（仍用刚才那套表演）上帝在此。我看见你们了,人们,我看见你们了。

农民们　可怜可怜我们吧。

卡尔　（同样的表演）格茨在吗？

一农民　在,我们的圣父,在右边,在你后边一点儿。

卡尔　（同样的表演）格茨！格茨！为什么你把地给了他们？回答。

格茨　请问你是哪位？

卡尔　（同样的表演）我是我。

格茨　好,如果你是你,那你就知道你知道的事,那你就该知道为什么我做了我所做的事。

农民们　（威胁地）呸！呸！回答！回答！

格茨　对你们,我会回答的,教友们。是回答你们,而不是回答他。我把地给大家是为了实现人人平等。

　　〔卡尔笑。

农民们　上帝笑了！

　　　上帝笑了！

　　　〔纳斯蒂走下台阶,站到格茨身后。

卡尔　（同样的表演）你撒谎,格茨,你在欺骗你的上帝。而你们,我的孩子们,听着！

　　一个老爷不论干什么,永远也不会和你们平等。

　　所以我命令你们把他们全杀光。

　　这人把地给了你们。

　　但你们能把自己的地给他吗？

　　给或不给,他可以选择。

545

而你们难道能拒绝吗?
对吻你们或打你们的人
你们也同样回敬他。
而对给了你们而你们无法回敬的,
你们就献上心里全部的仇恨吧。
因为你们原是他们的奴隶,而他现在仍在奴役你们,
因为你们曾经受过侮辱,而他现在还在加倍侮辱你们。
早晨的礼物使人悲!
中午的礼物使人愁!
晚上的礼物使人忧!

格茨　啊!高明的说教!谁给了你们生命和光明?是上帝。赐予是他的法则,不论他做什么,他都在赐予。你们不过是尘埃,你们难道能还给他什么吗?什么也还不了!所以,结论是你们应该恨的是上帝。

一农民　上帝不一样。

格茨　为什么上帝按照他自己的形象塑造了我们?既然上帝是慷慨和爱的化身,那他创造的人类也应充满慷慨和爱!教友们,我恳求你们:接受我的礼品和我的友谊吧。我不要求你们感谢我,噢,绝不,我只要求你们别把我的爱当作邪恶,别把我的礼品当作罪行来谴责。

一农民　扯你的淡去吧,我不喜欢别人的施舍。

卡尔　(重新用他自然的声音说话,指着一个乞丐)到底有人明白了。土地是你们的,所以声称赐给你们土地的人是在欺骗你们,因为他给的不是他自己的东西。接受这土地吧!如果你们想成为真正的人,就该先接受了土地再杀掉他。我们是用暴力来教育自己的。

格茨　难道世上只有仇恨吗,教友们?我的爱……

卡尔　你的爱来自魔鬼,它碰到什么什么就烂。啊!伙计们,你们要是见到阿尔特韦勒的人就好了。他只用了三个月的时间就把他们变得不男不女。他太爱你们了,他会把这里的人都阉了,换上长春花。别听他的摆布。你们从前是牲口,是仇恨把你们变成了人;如果抛弃仇恨,你们就会重新四脚着地,成为沉默而不幸的牲口。

格茨　纳斯蒂!帮帮忙。

纳斯蒂　(指着卡尔)诉讼已见分晓,上帝站在他一边。

格茨　(愣住了)纳斯蒂!

农民们　滚!滚!见鬼去吧!

格茨　(狂怒)我就走,你们别怕。快去死吧,你们死了,我就跳舞。你们多么丑恶!你们这群幽灵和亡魂。我感谢上帝让我看到了你们的灵魂,因为这使我懂得我错了。贵族们占有土地是正确的,因为他们的灵魂是骄傲的;你们四只脚爬也是正确的,乡巴佬,因为你们不过是些猪猡。

农民们　(想扑到他身上)打死他!打死他!

格茨　(从一个农民手里夺过剑)来抓我吧!

纳斯蒂　(举起手来)够了。(鸦雀无声)这人已经相信你们的话了。但你们得学会遵守诺言,即使对敌人也一样。

〔人慢慢走空了,舞台又回到一片黑暗中。岩缝中还有最后一个火把,纳斯蒂取过来,准备下场。

纳斯蒂　走吧,格茨,快点走!

格茨　纳斯蒂!纳斯蒂!你为什么抛弃了我?

纳斯蒂　因为你失败了。

格茨　纳斯蒂,他们是一群狼。你怎么能和他们待在一起呢?

纳斯蒂　他们心里充满了爱。

格茨　他们心里？你要是能在这些垃圾桶里看到一丝爱,那说明你眼神好。我什么也没看见。

纳斯蒂　这不假,格茨,你什么也没看见。

〔纳斯蒂下。

〔夜。

〔嘈杂声远去,远处传来一声妇女的喊叫,最后一抹微光照在格茨身上。

第 二 场

〔格茨一人。

格茨　你们会死的,畜生！我要让你们倒霉,叫你们永远忘不了。我的邪恶,来帮助我吧,让我轻松一下吧。(稍停)这不过是说说罢了。善已洗净了我的灵魂,我身上再也找不到一滴毒液了。好极了,上路,去行善吧。去阿尔特韦勒,要么上吊,要么行善。我的孩子们在等我,我的阉鸡,我的不男不女的娃娃们,我的家禽场里的天使们,他们会来欢迎我的。仁慈的上帝,他们多么让我讨厌啊。我喜欢的倒是那些人:那些狼。(踱起步来)好吧,上帝,该你来引导我在黑夜里行进了。既然失败了也要坚持,既然失败是一种征兆,那么所有的不幸就都是幸运,所有的灾祸都是你对我的恩宠。请教教我怎样好好运用我的厄运吧,上帝,我认为,我就这样认为,你之所以允许我存在于世界之外,是为了要我完全属于你。

现在,我的上帝,我们又重新面对面了,像很久以前我专作恶时一样。啊！我根本就不该去管人们,他们真碍事。他们是荆棘,要到达你那里,应该劈开它们才是。我来找你了,上帝,我来了,我在你的黑夜中行进,请把手伸给我。告诉我:夜就是你,对吗?夜,凄惨的、一无所有的夜!因为你存在于虚无缥缈中,只有万籁俱寂时才能听见你,一无所见时才能见到你。古老的夜,尚未产生生命的漫漫长夜,混沌朦胧,带给人厄运和不幸的夜,把我笼罩起来,吞噬我肮脏的躯体,钻到我的灵魂和躯体之间来,腐蚀我吧。我要忍受歧视、窘困、羞耻和孤独,因为人生来就是为了摧毁自身,最后像雌性一样,在庞大漆黑的夜的躯体面前毫无保留地暴露自己。在我饱尝一切辛酸苦辣之前,我将对任何东西都不感兴趣,在我占有一切之前,我将一无所有。在我成为一切之前,我将什么也不是。我要在众人面前卑躬屈膝,而最后,你,上帝,就将以你用夜织成的网把我捞起,使我凌驾于众人之上。(以强烈而忧伤的声调)我的上帝!我的上帝!这就是你的意志吗?当我还是恶人时,我不是已经在追寻这种对人的仇恨、对自己的鄙视了吗?行善时的孤独和作恶时究竟有什么区别?(天慢慢亮了)天亮了,我已度过了你的夜晚。我赞美你给了我光明:我将看得清了。(他转过身来,看见了阿尔特韦勒的一片废墟。希尔达坐在一堆石头瓦砾上,双手捧着脑袋。他喊)啊!

第 三 场

〔格茨、希尔达。

希尔达 (抬头看)终于回来了!

格茨 其他人哪儿去了?死了吗?为什么?因为他们拒绝打仗吗?

希尔达　是的。

格茨　还我黑夜吧,我不愿见人。(稍停)事情是怎样发生的?

希尔达　从瓦尔申来了些武装的农民,他们要求我们参加他们的队伍,我们没同意。

格茨　所以他们烧了村子。很好。(他狂笑)你为什么没和别的人一块儿死?

希尔达　你感到遗憾吗?

格茨　当然啦!没人活下来,事情要简单多了!

希尔达　我也感到遗憾。(稍停)他们把我们关在一所房子里,放了火。这很好。

格茨　对,很好,非常好。

希尔达　最后,有扇窗打开了。我跳了出来。死对我无所谓,但我想再见你一面。

格茨　见我干吗?你在天上会见到我的。

希尔达　我们不会上天的,格茨,即使我们都上了天,我们的眼睛也顾不上互相看上一眼,手也互相摸不着。在天上,我们只能照顾上帝。(她来摸摸他)你在这儿,这么一点儿疲惫不堪、粗糙而可怜的皮肉,一个生命——可怜的生命。我喜欢的是这种有血有肉的生命。人只能在尘世间,违背上帝的意志去爱。

格茨　我只爱上帝,我已不在人世了。

希尔达　那你不爱我?

格茨　不爱。你也一样,希尔达,你也不爱我。你认为是爱的,其实是恨。

希尔达　我为什么要恨你呢?

格茨　因为你认为我杀害了你的亲人。

希尔达　是我杀害了他们。

格茨　你？

希尔达　是我说的不同意。我宁愿乡亲们死而不愿他们杀人。噢,格茨,我有什么权力来替他们作出选择呢？

格茨　嘿！照我的样做吧！别把这次流血事件放在心上。我们微不足道,我们对任何事情都无能为力。人幻想自己是在行动,其实是上帝在支配他。

希尔达　不,格茨,不。没有我,他们还能活。

格茨　好,就算是吧。没有你,他们也许还能活。但这于我毫无意义。

希尔达　"我们一起采取决定,共同承担后果。"你别忘了。

格茨　我们并没在一起。你想见我？好吧,看看我,摸摸我。好,现在,走你的吧。我这一辈子,不再看人家的脸了。我只看大地和石头。(稍停)我曾问过你的意见,我的上帝,你也回答了我。我感谢你,因为你向我揭示了人的恶毒本性。我要在自己的肉体上对他们的过错进行惩罚,我要用饥饿、寒冷和鞭子来折磨它,要用小火,很细的文火慢慢地煎熬它。我要摧毁人类,因为你创造人类就是为的毁掉他。这些人是我的臣民,人数很少,只住在一个村子里,简直像一家人。我的臣民死了,我虽是生者,但要作为死者存在于世上。我的余生将用来对死进行思考。(对希尔达)你还在这里？去吧。到别处去寻找贫困和生命吧。

希尔达　一贫如洗的是你,所以我的位置在这儿。我要留在这里。

第 十 景

〔半年后,在变成废墟的村子里。

第 一 场

〔希尔达,海因里希后上。

〔希尔达坐在前一景的老位子上,注视着大路。看得出她突然见到有人来了。她半侧着身子等着。

〔海因里希上。他帽子上戴着花,手里也拿着一束鲜花。

海因里希　我们到了。(他转向一个无形的人)摘下你的帽子。(对希尔达)我叫海因里希,以前我主持弥撒,今天我靠施舍度日。(对魔鬼)你往哪儿跑?到这边来。(对希尔达)哪里有死亡的气息,他就上哪儿忙活。但他不会伤害一只苍蝇的。

希尔达　一年零一天了,对吗?从沃尔姆事件算起一年零一天了吧?

海因里希　谁告诉你的?

希尔达　我数了日子。

海因里希　有人对你说起过我?

希尔达　对。从前。

海因里希　今天天气真好,嗯?我在路上采了些花,这是周年纪念的花束。(把花递给她)

希尔达　我不要。(把花放在一边)

海因里希　不应该害怕幸福的人。

希尔达　你并不幸福。

海因里希　我告诉你,今天是节日,昨夜我睡了个好觉。好了,姑娘,应该对我微笑,除了一个人以外,我爱所有的人,我愿所有的人都高兴。(突然)去找他来。(她不动弹)得了!别让他等了。

希尔达 他没有等你。

海因里希 他？你的话真使我惊讶。我们是一对好朋友,我敢打赌他一定打扮得漂漂亮亮准备迎接我呢。

希尔达 饶了他吧。拿起你的花束,快点走吧。

海因里希 (对魔鬼)你听见她的话了吗？

希尔达 别提你的魔鬼了,我不信这套。

海因里希 我也不信。

希尔达 那怎么……？

海因里希 (大笑)哈！哈！哈！你是个孩子。

希尔达 得罪过你的人不存在了,他身在人世但已死亡。他根本就不会认出你来的,你呢,我肯定你也认不出他来了。你在寻找一个人,找到的将是另一个人。

海因里希 我找到谁就是谁吧。

希尔达 饶了他吧,我求求你。我没有什么对不起你的地方,你为什么要害我呢？

海因里希 我不想害你,因为我很喜欢你。

希尔达 你在他身上造成的每一处创伤中都将淌出我的血来。

海因里希 你爱他？

希尔达 对。

海因里希 这么说还有人能爱他？真有趣。(笑)好几个人都试过要爱我,但都没有成功。他也爱你吗？

希尔达 他曾像爱他自己那样爱过我。

海因里希 要是他爱你,对你的痛苦我就不那么遗憾了。

希尔达 你如果宽恕他触犯了你,上帝也就会饶恕你触犯了他。

海因里希 但我根本不想让上帝宽恕我。惩罚也有好的一面,一切全在于习惯。我已经习惯了。我还没入地狱,但对那儿已经有点习惯了。

希尔达　可怜的人!

海因里希　(怒)不!不!不!我不可怜。我很幸福,我告诉你,我很幸福。(稍停)行了!叫他来吧。(她沉默)最好是你叫他,这样他见到我就会喜出望外。你不愿意?那我就自己叫。格茨!格茨!格茨!

希尔达　他不在这儿。

海因里希　他在哪儿?

希尔达　在树林里。他有时在里边一待就是好几个星期。

海因里希　离这儿远吗?

希尔达　二十五里地。

海因里希　(对魔鬼)你信她的话吗,你?(他闭上眼睛听着魔鬼的提示)对,对,对。(他狡黠地微笑着。最后说)那我怎么才能找到他?

希尔达　找吧,好神甫,找吧。你的同伙会指点你的。

海因里希　愿上帝保佑你,姑娘。(对魔鬼)喂,你来呀。

〔他消失了。希尔达一个人待着,注视着他远去。

第 二 场

〔希尔达、格茨。

〔格茨上,右手拿着一根鞭子,左手提着水罐。看样子他筋疲力竭了。

格茨　谁在叫我?(希尔达不回答)有人在叫我。我听见他的声音了。

希尔达　你饿肚子时老是幻听。

格茨　这花是从哪里来的?

希尔达　我采来的。

格茨　你很少采花。(稍停)今天是什么日子?这一年过到哪一天了?

希尔达　你干吗问这个?

格茨　今年秋天有人来。

希尔达　谁?

格茨　我记不得了。(稍停)喂,今天是几号?几月几号?

希尔达　你以为我在数日子吗?现在只剩下唯一的日子了,不断反复的日子:黎明把它给我们带来,黑夜又把它收回去。你是一座停了摆的钟,永远指在同一个点上。

格茨　停了?不,我在走。(他晃了晃水罐)你听见了吗?水在汩汩地响。它发出的是天使的音乐。我嗓子里冒着地狱里的火,耳朵里听到的是天堂里的音乐。

希尔达　你有多长时间没喝水了?

格茨　三天。我得坚持到明天。

希尔达　为什么要到明天?

格茨　(像白痴似的笑着)哈!嘻!必须这样!必须这样!(稍停,他摇摇水罐)汩!汩!唔?我看对一个渴得要死的人,再也没有比这更使他讨厌的声音了。

希尔达　好好乐一乐吧,馋馋你自己吧。渴了就喝,这也太简单了!你如果不在自己头脑中不断保持一种诱人的欲念,就有可能忘掉自己。

格茨　要是不诱惑自己,我又怎能战胜自己呢?

希尔达　噢,格茨,你怎么可能以为自己是第一次过这种日子呢?水罐、水声、你嘴唇上干裂的白皮,这我都背出来了,你难道不知道下一步是什么吗？

格茨　我将坚持到明天早上,没别的。

希尔达　你从来没有坚持到底过,因为你强加给自己的考验太长久了。你去晃这个罐子,一直晃到你倒下为止。等你倒下后,我就给你喝水。

格茨　你想见点新鲜的吗？瞧。(他侧过水罐)花渴了。喝吧,花,喝我的水,让天来看看你们金黄色的小花蕊。你看：它们又活了。大地和植物接受我的礼物,只有人类才拒绝。(他把水罐倒翻)好了,没法再喝了。(他笑,艰难地重复)没法再喝了……没法再……

希尔达　是上帝的意志让你变成老糊涂的吗？

格茨　当然。应该毁掉人类,不对吗？(他扔掉水罐)好了,现在你让我喝水吧！

〔他倒下。

希尔达　(冷冷地看着他,大笑起来)当然啦,我总是存着水的,因为我了解你。(她去找来一罐水,回来托起格茨的头)好了,喝吧。

格茨　不到明天早晨不喝。

希尔达　上帝愿你变得怪僻、糊涂,但并不要你死。所以,你应该喝。

格茨　我这个人能让整个德国发抖,但现在我却像婴儿似的仰面躺在妈妈的怀里。你满足了吗,上帝,你见过比我更可鄙的吗？希尔达,你能预见一切,你知道如果我不渴了会发生什么事？

希尔达　是的,我知道,你会动真格的,会产生肉欲,想同我睡觉。

格茨　那你也还要我喝水？

希尔达　是的。

格茨　我要是扑到你身上呢?

希尔达　就像你现在这个样子吗?得了,一切都会像做弥撒那样了结:你大骂一通,说一通下流话,最后给自己一顿鞭子。喝吧。

格茨　(接过水罐)又输了!(喝水)肉体是腐败的。(他喝水)

希尔达　肉体是健康的,腐败的是你的灵魂。

格茨　(放下水罐)不渴了,我感到空虚。(稍停)我困了。

希尔达　睡吧。

格茨　正因为困,所以我不睡。(他看着她)让我看看你的乳房。(她不动)喂,让我看看,引诱我呀,让我馋死。不吗?啊!混账女人,为什么?

希尔达　因为我爱你。

格茨　把你的爱激发到白热化,让它钻进我心里,让它烤我,让它冒烟!你要是爱我,就该折磨我。

希尔达　我是你的,为什么我要把自己的身体变成折磨你的刑具呢?

格茨　你要是看清了我是什么人,就会杀掉我的。我脑袋里像在开巫魔夜会①,你就是参加夜会的所有巫婆。

希尔达　(笑)你在吹牛。

格茨　我要你变成一头牲口,好跟你像牲口似的交配。

希尔达　对你来说,做人是多么痛苦啊!

格茨　我不是人,我什么也不是。只有上帝才存在。人,是视觉的

---

① 传说每年四月三十日至五月一日间的夜晚,魔鬼和女巫们在勃罗肯山山顶举行狂欢聚会。

幻象。我让你感到恶心,对吗?

希尔达 (平静地)不,因为我爱你。

格茨 你明白我是在想尽办法贬低你吗?

希尔达 是的,因为我是你最珍贵的财产。

格茨 (怒)你不跟我配合!

希尔达 对,我不搞你那套把戏。

格茨 只要你待在我身旁,我就不觉得自己是个彻头彻尾的卑鄙小人。

希尔达 我就是为这个缘故才留下的。

〔格茨吃力地站起来。

格茨 我要是把你抱在怀里,你会推开我吗?

希尔达 不会。

格茨 即使我来时心里充满了肮脏的想法?

希尔达 你要是敢碰我,就说明你心地是纯洁的。

格茨 希尔达,人们怎么能相爱而不感到羞耻呢?淫欲是最卑鄙的罪过。

希尔达 看着我,仔细看着我,看看我的眼睛、我的嘴唇、我的胸脯、我的胳膊,我是罪过吗?

格茨 你很美。美就是恶。

希尔达 你肯定吗?

格茨 我现在对什么都不肯定了。(稍停)我要是满足自己的欲望,那我就犯了罪,但我得到了解脱;我要是拒绝满足欲望,它就毒化我的整个灵魂……夜幕正在降临,在黄昏时分必须有好眼力才能辨清上帝和魔鬼。(他走近希尔达,摸摸她,又突然走远)在上帝的注视下和你发生关系?不,我不喜欢放纵自己。(稍停)要是某一天,夜色是那样的深沉,可以使他的眼睛看不见我们……

希尔达　爱就是这样的夜,因为上帝是看不见相爱的人的。

〔格茨犹豫了一会儿,然后往后闪去。

格茨　给我一双彼俄提亚①人的锐利眼睛,让我的眼光透过这层皮肤吧。让我看看这鼻孔和耳朵里藏着什么。我手指碰了垃圾都要恶心,怎么还会希望把这一整袋大粪②搂在怀里呢?

希尔达　(激昂地)你灵魂里的垃圾要比我身上的多。肉体的丑恶和肮脏只存在于你的灵魂里。我不需要锐利的目光:我照料过你,给你洗过澡,闻过你发烧时身上的气味。我终止了对你的爱吗?你一天比一天更像你死后的那具尸体,但我也还在爱你。你要是死了,我会挨着你躺着,不吃也不喝直到死。你会在我的怀里腐烂变质,你成了臭肉,我仍将爱你。因为,如果不是一切都爱,那就是什么都不爱。

格茨　(把鞭子递给她)抽我一顿吧。(希尔达耸耸肩)喂,抽吧,抽吧,抽在我身上你就可以替死去的卡特琳,为你失去的青春和所有因我的过错而被烧死的人报仇。

希尔达　(放声大笑)对,我会鞭笞你的,卑鄙的修士,因为你毁了我们的爱。

〔她拿起鞭子。

格茨　照着眼睛打,希尔达,往眼睛上抽。

第 三 场

〔同前,海因里希。

---

① 彼俄提亚,古希腊的一个地区。
② 某些教士说,女人的美在于皮肤,皮肤下面不过是大粪。

海因里希　抽吧！抽吧！就当我不在。（他走上前去，对希尔达说）我的伙伴教我先去转上一圈，再悄悄溜回来。人家骗不了他，你知道。（对格茨）她想阻挠我们见面。你真的没在等我吗？

格茨　我？我数着日子呢。

希尔达　你在数日子？噢！格茨，你骗了我。（她看着他）你怎么啦？你的眼睛闪闪发光，你和原来不一样了。

格茨　这是因为见了他我高兴。

希尔达　这种高兴真古怪：他会想尽办法害你的。

格茨　这证明他爱我。你嫉妒了，唵？（希尔达不回答。格茨又转向海因里希）花是你采来的？

海因里希　是的，为你而采的。

格茨　谢谢。（拾起花束）

海因里希　周年纪念快乐，格茨。

格茨　祝你快乐，海因里希。

海因里希　你也许今天夜里就死……

格茨　真的吗？为什么？

海因里希　有些农民在找你，要杀你。为了赶在他们前面，我不得不跑着来。

格茨　杀我，他妈的！我太荣幸了，我还以为人家把我忘光了呢。他们为什么要杀我呢？

海因里希　星期四在贡施巴希平原上，男爵们把纳斯蒂的军队打得一败涂地，死了二万五千人，剩下的都逃跑了。两三个月后暴动就会被彻底镇压下去。

格茨　（暴跳如雷）死了二万五千人！这仗不该打，这些蠢货！他们本该……（平静下来）见鬼去吧。我们生来就是要死的。

（稍停）他们自然把责任都推到我身上喽？

海因里希　他们说如果是你指挥部队，就可以避免这场屠杀。这回你高兴吧，你是全德国最受人痛恨的人了。

格茨　纳斯蒂呢？他逃跑了？被抓走了？死了？

海因里希　你猜猜看。

格茨　滚你的。

〔他陷入了沉思。

希尔达　他们知道他在这儿吗？

海因里希　知道。

希尔达　谁告诉他们的？你？

海因里希　（指着魔鬼）我没有，是他。

希尔达　（轻声地）格茨！（碰碰他的胳膊）格茨！

格茨　（吃了一惊）嗯！什么？

希尔达　你不能待在这儿。

格茨　为什么？欠账要还，不是吗？

希尔达　你不应该还账，因为你没有罪。

格茨　你管你自己的事去吧。

希尔达　这就是我自己的事。格茨，该走了。

格茨　到哪儿去？

希尔达　随便到哪儿，只要你躲到安全的地方就行。你无权让人杀掉你。

格茨　是没有。

希尔达　不然就是作弊。

格茨　啊，对，作弊……那又怎么样？我这一生不都在作弊吗？（对海因里希）你可以开始宣读我的罪状了。时间到了，我准备好了。

海因里希　（指着希尔达）叫她走开。

希尔达　你当着我的面说吧,我不会离开他的。

格茨　他说得对,希尔达:这场官司应当秘密审理。

希尔达　什么官司?

格茨　我的官司。

希尔达　你为什么让人家来审判你？把这个教士赶走,我们离开这个林子吧。

格茨　希尔达,我需要人家来审判我。我每日每时都在给自己判罪,但我心里没法信服。因为我太了解自己了,所以不能相信自己。我看不清自己的灵魂,因为它就在我鼻子底下。所以我需要有人把眼睛借给我。

希尔达　把我的借去吧。

格茨　你也看不清,因为你爱我。海因里希恨我,所以他能说服我。当我的思想出自他的嘴时,我就会相信了。

希尔达　我要是走开,你答应过会儿和我一起逃走吗?

格茨　是的,要是我的官司打赢了的话。

希尔达　你明知自己是决心输的。别了,格茨。

〔她向格茨走去,拥抱他,下。

第 四 场

〔格茨、海因里希。

格茨　（扔掉花束）快,开始吧！你有什么坏招都使出来吧。

海因里希　（看着他）我想象中你不是这样的。

格茨　勇敢些,海因里希,这事不难办。我的一半可以充当你的同谋,反对我的另一半。来吧,来搜索我的内心深处,因为要审判的是我的内心世界。

海因里希　这么说你真的是存心要输？

格茨　不,你别怕。我不过是觉得稀里糊涂还不如绝望的好。

海因里希　好吧……(稍停)等等,有些东西我记不起来了。我常忘事,但我会想起来的。(他激动地走着)可我还是有所准备的,今天早晨我还把经过都回想了一遍……毛病出在你这儿,你的样子不对头。你应当是头上戴着玫瑰花冠,眼里闪烁着胜利的喜悦,那样我就会摘掉你的花冠,践踏你的胜利,最终你就会跪倒在地上……你的威风在哪里？你的傲慢到哪里去了？你这样半死不活,我再踩上一只脚又有什么乐趣？(狂怒)啊！我还不够狠！

格茨　(笑)你太紧张了,海因里希,放松些,别着急。

海因里希　现在一分钟也不能浪费。我告诉你,他们紧跟在我屁股后面。(对魔鬼)提提词,提提词呀,帮助我,让我对他深恶痛绝。(抱怨地)需要他的时候他总不在。

格茨　我来给你提提词。(稍停)那土地。

海因里希　土地？

格茨　我把地给大家,做错了吗？

海因里希　啊！地……但你并没有把它给人,因为给人家的只能是自己所有的东西。

格茨　说得好！占有是人和物之间的一种友情,但是东西到我的手里就叫嚷受不了。我什么也没给,不过是当众宣读了一纸赠送土地的文约,如此而已。但是,神甫,虽然我没把地给人是真的,但农民们得到了土地却也是真的。这怎么解释呢？

海因里希　他们没有得到土地,因为他们留不住它。等爵爷们侵入了这片领地,并把康拉德的一个小表弟安顿在海登斯坦城堡里以后,这种魔幻不就化为泡影了吗?

格茨　说得太好了。既没给,也没得到,这样就简单多了。当人们要花魔鬼的皮斯托尔①时,它就变成枯叶。我的善行就像这种钱,用手一摸,它就僵死了。可是意图呢,不管怎么说,我的意图还是好的吧? 唔? 我如果真心想做好事,那上帝也好,魔鬼也好,都不能剥夺我的想法。现在你来抨击我的意图吧,把它驳得体无完肤吧。

海因里希　这不费吹灰之力。因为你不能享有这些财产,所以你超然置之,假装放弃了它。

格茨　噢,多么铿锵有力的声音啊,把我的思想公之于世吧。我简直闹不清是在听你说还是我自己在说了。这么说一切不过是欺骗,是在演戏? 我并没有行动,而只是做了做姿态。啊,神甫,我哪儿痒你就搔我哪儿。接着说,接着说! 这蹩脚演员又干了什么? 怎么,你这么快就喘不上气来了?

海因里希　(染上了格茨的狂热)你给地是为了破坏。

格茨　你说到点子上了! 光杀死继承人对我是不够的……

海因里希　(同样的表情)你想使遗产化为乌有。

格茨　我把海登斯坦古老的领地举起来……

海因里希　(同样的表情)接着掼到地上,把它摔得粉碎。

格茨　我要我的善心比我的恶行摧毁力更大。

海因里希　你成功了:二万五千具尸体! 你做了一天的功德,而杀死的人比你三十五年作恶杀死的还多。

格茨　再加这些死者都是穷人——正是我假装把康拉德的财产给了他们的那些穷人!

---

① 皮斯托尔,西班牙、意大利古币名。

海因里希　当然！你一向是恨他们的。

格茨　（举起拳头）狗东西！（他停下，笑了起来）我想打你，这表明你是正确的。哈！哈！我的弱点就在这里。你要在这点上做做文章！你应该控告我痛恨穷人，并利用他们的感激来奴役他们。从前我以酷刑来玷污人们的灵魂，现在用的是善行。我把这村里的人变成了一束枯萎的灵魂。可怜的人们，他们傻乎乎地学我的样，我则傻乎乎地假装积德。他们无谓地牺牲了，却不知是为什么死的。听着，神甫，我背叛了所有的人，也背叛了自己的亲兄弟，但我背叛的胃口还未满足。于是，一天夜里，在沃尔姆城下，我发明了反戈一击背叛恶的办法，这就是事情的来龙去脉。不过，恶并不是那么容易背叛的，从骰子杯里出来的不是善，而是更坏的恶。再说，这又有什么要紧，做个妖魔或做个圣人对我都无所谓，我就是不要人性。你说呀，海因里希，你说我当时羞愧得发了疯，为了逃避人们的歧视，就想惊天动地。喂，你在等什么？说话呀！噢，对，你不愿说话，因为从我嘴里发出的是你的声音。（模仿海因里希）你并没有变成另一个人，格茨，你改变的是语言。你把对人的恨称作爱，把摧毁一切的狂热叫作慷慨，但你的本性丝毫没有改变，仍和原来一样：你不是别的，是个地地道道的私生子。（用自己原来的声音）我的上帝，我证明他说的是真话，作为被告，我承认我有罪。我的官司打输了，海因里希。你满意了吗？

〔他晃晃悠悠地靠到墙上。

海因里希　不。

格茨　你这人真不好对付。

海因里希　噢，天哪，这难道就是我的胜利吗？它是多么的凄惨！

格茨　我死了你怎么办呢？你该想我了。

海因里希　（指魔鬼）这家伙会给我许多事干,我不会有工夫去想你的。

格茨　他们想杀我,这你至少可以肯定吧？

海因里希　肯定。

格茨　他们是好人。我将把脖子伸给他们,一切就将这样结束,大家就全都解脱了。

海因里希　一切都永远结束不了。

格茨　一切？噢,对,还有地狱。那起码可以换换花样。

海因里希　对你来说并没有什么变化,因为你已经在地狱里了。我的伙伴告诉我,（指魔鬼）尘世只是表面现象,天堂和地狱才是一切。对于亲属来说,死是骗骗傻瓜的花招,对于死者来说,一切都在继续。

格茨　对我,一切也都将继续下去吗？

海因里希　一切。在永恒世界中,你可以享有你自己。

〔稍停。

格茨　在我专门作恶时,善显得近在眼前,唾手可得。我伸出了胳膊,它却化作穿堂风跑了。善是海市蜃楼吗？海因里希,海因里希,善是可能的吗？

海因里希　祝你周年快乐。一年零一天前,你曾向我提过同样的问题。我回答:不可能。当时是在夜里,你看着我大笑,你说："你像只耗子。"然后你就用掷骰子来打马虎眼。怎么样,你看,现在又是夜晚,和那天一模一样的夜晚,如今是谁被扣在捕鼠器里了？

格茨　（小丑似的）是我。

海因里希　你还逃得出来吗？

格茨　（不再做小丑样）不。我出不来了。（来回踱步）上帝,您既然拒绝给人以行善的手段,那您为什么又给了我们行善的强烈愿望呢？既然您不允许我成为好人,那为什么又要打消我作恶的愿望？（走动着）真奇怪,竟不给人一条出路。

海因里希　你干吗装出和他谈话的样子来？你明知道他不会回答你的。

格茨　他为什么沉默不语？他能在先知的母驴面前显灵①,为什么不在我面前显灵？

海因里希　你算老几？你欺凌弱者或折磨自己,你去吻妓女或去吻麻风病人的嘴唇,你死于清贫或死于虚荣,上帝都嗤之以鼻。

格茨　那谁才能算数呢？

海因里希　谁也不算数。人类等于零。别装出一副吃惊的样子,你向来就知道这一点,你掷骰子时也知道。不然你为什么要作弊呢？（格茨想说话）你作弊了,卡特琳看见了。你拼命提高嗓门来掩盖上帝的沉默。你声称接受的那些命令都是你自己指派给自己的。

格茨　（思考着）是我,对。

海因里希　（惊奇地）哎,对,是你自己。

格茨　（同样的神态）我一个人。

海因里希　是的,我说,是的。

格茨　（抬起头来）我一个人,神甫,你说得对。是我一个人。我当时在哀求,在乞求一个征兆,我往天上传递了信息,但没有

---

① 典出《旧约·民数记》第二十二章：摩押王巴勒率军同以色列人对阵,用重金聘巴兰前去诅咒以色列人,巴兰骑驴南下时,耶和华使驴吐人言阻之。

回音。上天连我的名字都不知道。我无时无刻不在想,我在上帝眼里究竟算什么。现在我知道答案了:什么也不是。上帝看不见我。上帝听不见我。上帝不认识我。你看见我们头上这空空的一片了吗?这就是上帝。你看见门上这个缺口了吗?这也是上帝。你看见地上这个洞了吗?这还是上帝。寂静无声就是上帝,虚无空幻就是上帝。人类的孤独就是上帝。当时只有我,我一个人决定了恶,又独自发明了善。是我作的弊,是我显的灵,我是唯一能宽恕自己的人,今天恰恰是我自己在控告自己。我是人。如果上帝存在,人就不存在;如果人存在……你往哪儿跑?

海因里希　我走了,我跟你再没什么可干的了。

格茨　等等,神甫:我要让你笑。

海因里希　住口!

格茨　可你还不知道我要对你说些什么呢。(他看着海因里希,突然地)你知道的!

海因里希　(喊)胡说!我什么也不知道,什么也不想知道!

格茨　海因里希,我要向你揭穿一个弥天大谎:上帝并不存在。(海因里希扑到他身上,打他。格茨一边挨打,一边笑和喊)上帝不存在,我太高兴了,高兴得眼泪都流出来了!哈利路亚。疯子!别打了。我把我们都解救出来了,再没有天堂,也没有地狱了,只有人间。

海因里希　啊!让上帝把我一百次、一千次地打入地狱好了,只要他存在就行。格茨,人们曾把我们叫作叛逆,杂种,他们谴责过我们。要是上帝不存在,就再也没有逃避人们的办法了。我的上帝,这人亵渎神明,我却是相信您的,我相信!我们的在天之父,我甘愿接受永恒者的审判而不愿受我同类的审判。

格茨　你在对谁说话？你刚才还说他是聋子。(海因里希默默地看着他)现在无法躲避人们了。永别了，妖魔鬼怪，永别了，神仙圣人，永别了骄傲，世上只有人。

海因里希　只有那些抛弃你的人，私生子。

格茨　嗯！这问题会解决的。(稍停)海因里希，我没有输掉这场官司，因为没有审判官，所以也没打成官司。(稍停)我要一切重新开始。

海因里希　(震惊)你重新开始什么？

格茨　生活。

海因里希　这太便宜你了。(扑到他身上)你不会重新开始的。已经完了，今天必须把事情了结。

格茨　放开我，海因里希，放开我。一切都变了，我要活。

〔他挣扎着。

海因里希　(掐住格茨的脖子)你的力量在哪里，格茨，你的力量在哪里？你想活，真是太凑巧了，你偏偏将在绝望中咽气！(格茨软弱无力，试图推开他，但推不动)让你入地狱的权利，再坚持这最后一秒钟吧。

格茨　放开我。(挣扎)当然，如果我们两人里非得死一个，那你死也一样！

〔他用刀扎海因里希。

海因里希　啊！(稍停)我不愿放弃我的仇恨，不愿停止我的痛苦。(他倒下)一死什么都不会有了，不会有了，不会有了。而你，明天你将见到光明。

〔他死去。

格茨　你死了，世上并没有缺少什么，谁也不会怀念你的。(他拿起花，把它扔到尸体上)行善的喜剧已经以杀人告终。这样很好,我也开不了倒车了。(他喊)希尔达!希尔达!

第 五 场

〔希尔达、格茨。

〔夜幕降临了。

格茨　上帝死了。

希尔达　死也好,活也好,和我什么相干!我早就不再想他了。海因里希在哪儿?

格茨　他走了。

希尔达　你的官司打赢了吗?

格茨　没打什么官司,我不是说上帝死了吗?(他拥抱她)现在没人在场了,只有我一个人看得见你的头发和额头。上帝一死,你是多么真实啊。你看着我,一刻不停地看着我,世上的人对我已视而不见,你要是再转过头去,恐怕我就要消失了。(他笑)终于只有我们自己了!

〔出现光亮。一些火炬在逐渐靠近。

希尔达　他们来了。跟我走吧。

格茨　我要等他们来。

希尔达　他们会杀死你的。

格茨　嘿!谁知道呢?(稍停)我们就待在这儿吧:我需要见到人。

〔火炬光越来越近。

第 十 一 景

〔农民的营地。

第 一 场

〔卡尔、巫婆、两个农民,纳斯蒂后上。

〔巫婆用木制的假手按摩农民。

纳斯蒂 (上)你在干什么?

巫婆 用这木手擦过的农民会刀枪不入,他们可以打人而挨不着打。

纳斯蒂 扔掉这只手!(逼近她)快!扔掉它。(巫婆躲在卡尔身后)卡尔!你跟她串通好的?

卡尔 是的。你让她干吧。

纳斯蒂 只要是我指挥,头头们就不许对部队胡说八道。

卡尔 那部队就会和头头一起完蛋。

纳斯蒂 (对农民)出去。

〔农民们下。稍停。卡尔走向纳斯蒂。

卡尔 你在犹豫,纳斯蒂,你在做梦,而此时此刻,越来越多的人正在开小差!军队在失去它的战士,犹如伤员正在失血。现在应当立即止血。我们无权在手段问题上犹豫不决。

纳斯蒂 你要干什么?

卡尔 下命令让所有的人都让这美人儿擦一下。只要他们以为自己可以刀枪不入,就不会逃跑。

纳斯蒂 我把他们变成了人,你又在把他们变成畜生。

卡尔 牺牲在战场上的畜生比开小差的人强。

纳斯蒂 你这个胡说八道的十恶不赦的先知!

卡尔 好,对,我是个假先知。那你呢,你是什么?

纳斯蒂 我本来不愿意打这场战争……

卡尔　这是可能的,但既然你没能制止它发生,这就说明上帝不和你站在一起。

纳斯蒂　我不是冒牌先知,而是被上帝欺骗了的人,你爱怎么干就怎么干吧。(卡尔和巫婆下)是的,我的上帝,您欺骗了我,因为您让我相信了我是您的选民。话说回来,一个像我这样爱我的弟兄们,但又这样在欺骗他们的人,有什么资格来责备您欺骗了您创造的人类,又有什么资格怀疑您的爱呢?

第 二 场

〔纳斯蒂、格茨、希尔达、三个武装的农民。

纳斯蒂　(并不惊讶)你们来了!

一个农民　(指着格茨)我们在找这家伙,想要干掉他。但这人跟原来不一样了,他承认错误,还说愿意到我们的队伍里来参加战斗。所以,我们把他带来了。

纳斯蒂　你们走开。(农民们下)你愿意和我们并肩战斗?

格茨　对。

纳斯蒂　为什么?

格茨　我需要你们。我愿意做众人中的一员。

纳斯蒂　仅仅如此。

格茨　我知道,这是最困难的。为此,我必须从头做起。

纳斯蒂　什么是开头?

格茨　犯罪。今天的人生来就要犯罪。如果我想分享人们的爱和德,就必须索取我应有的那份罪孽。我过去要的是纯洁的爱,多么幼稚!因为互相爱就意味着仇恨共同的敌人。所以我要和你们同仇敌忾。我过去要行善,多么愚蠢!因为在这个世界,在这个时代,善和恶是不可分割的。为使自己成为善者,我答应先作恶人。

纳斯蒂 (看着他)你变了。

格茨 变多了!我失去了一个亲爱的人。

纳斯蒂 谁?

格茨 一个你不认识的人。(稍停)我要求立刻到你手下服务,当普通一兵。

纳斯蒂 我不接受。

格茨 纳斯蒂!

纳斯蒂 现在我每天都要损失五十个士兵,你说我要一个士兵来有什么用?

格茨 当我像傲慢的财主似的来找你们时,你们摒弃我是正确的,因为我口口声声说你们需要我。但今天我对你们说是我需要你们,如果你们再拒绝我就错了,因为赶走乞丐是不对的。

纳斯蒂 我不拒绝你。(稍停)一年零一天以来,你的位子就一直在等待着你。你就位吧,你来指挥全军。

格茨 不!(稍停)我不是生来就指挥别人的。我愿服从别人。

纳斯蒂 妙极了!那好,我命令你当我们的头。服从吧。

格茨 纳斯蒂,我可以服从命令去杀人,必要时也可以去送命;但我将不再把任何人派去送死。因为现在我知道死是什么了。世上什么都不存在,纳斯蒂,什么都不存在:我们有的只是我们的生命。

希尔达 (不许他说)格茨!住口!

格茨 (对希尔达)是。(对纳斯蒂)当首领是孤独的,我希望到处都是人,我的周围,我的上面,我愿他们把天遮住。纳斯蒂,请允许当个普普通通的人吧。

纳斯蒂　可你就是个普普通通的人呀。你以为一个首领就比别的人珍贵些吗？如果你不愿指挥，那就请便。

希尔达　（对格茨）你接受吧。

格茨　不。三十六年的孤独，我已经受够了。

希尔达　我将和你在一起。

格茨　你，就是我。我们两人将孤独地在一起。

希尔达　（小声）如果你在战士们中间，你会对他们说上帝死了吗？

格茨　不会。

希尔达　你瞧。

格茨　我瞧什么？

希尔达　你和他们永远也不一样。你不比他们好，也不比他们坏，而是另外一种人。假如你和他们意见一致，那也是出于误会。

格茨　我杀死了上帝，因为他把我和人们分开，但他一死却使得我更加孤立了。我不能让这个庞大的尸体来毒化我和人的友谊，必要的话，我将揭穿这个秘密。

希尔达　你难道有权夺走他们的勇气吗？

格茨　我一点点地做。经过一年的努力……

希尔达　（笑）一年，得了，那时我们都死绝了。

格茨　既然上帝不存在，那我这个愿意和大家生活在一起的人为什么还是孑然一身？

〔几个农民推着巫婆进来。

巫婆　我发誓这对你们没有坏处。用它擦过后刀枪不入。

农民们　要是纳斯蒂也让你擦，我们就相信你。

〔巫婆走近纳斯蒂。

纳斯蒂　见你的鬼去吧！

巫婆　（小声）看在卡尔的面上,让我干,否则一切都完了。

纳斯蒂　（大声）那好,快一点。

〔巫婆给他擦。农民们鼓掌。

一农民　你也给这修士擦擦。

格茨　胡闹!

希尔达　（温柔地）格茨!

格茨　来吧,美人儿,使劲擦。

〔巫婆给他擦。

纳斯蒂　（粗暴地）你们都走。

〔女巫和农民们下。

格茨　纳斯蒂,你已经落到这步田地了?

纳斯蒂　是的。

格茨　这么说你看不起他们?

纳斯蒂　我看不起的只有我自己。（稍停）你听说过比这更古怪可笑的事吗?我这人痛恨撒谎,但我却对自己的弟兄们撒谎,好叫他们鼓起勇气到一场我所痛恨的战争中去送死。

格茨　对,希尔达,这人和我一样孤独。

纳斯蒂　比你孤独得多。你这个人从来就是孤独的。而我呢,我曾经代表十万人,而现在我只是我了。格茨,从前我不知道什么是孤独、什么是失败和忧虑,而现在我对它们束手无策。

〔一士兵上。

战士　头头们要和你谈谈。

纳斯蒂　让他们进来。（对格茨）他们会对我说,现在大家没有信心了,他们说话不灵了。

格茨　（用响亮的声音）不。（纳斯蒂看着他）痛苦、焦虑、悔恨,对我都合适。但你,你要是痛苦,那最后一支烛光就将熄灭,那就是黑夜。我来指挥军队。

〔头头们和卡尔上。

一军官　纳斯蒂,应当善于结束一场战争。我手下的人……

纳斯蒂　我让你说话你再开口。(稍停)我告诉你们一条新闻,这新闻不亚于一场胜仗:我们有将军了,而且是德国最著名的军官。

一将领　就是这个修士?

格茨　我什么都是,唯独不是修士!

〔他扔掉教袍。变成了士兵。

将领们　格茨!

卡尔　格茨!当然……

一将领　格茨!这就大不一样了!

另一将领　有什么不一样,嗯?有什么不一样?他是个叛徒。你们瞧,他早晚会叫你们全上他的圈套,叫你们一辈子忘不了。

格茨　过来!纳斯蒂任命我当首领和统帅。你服从我吗?

一将领　我宁肯死。

格茨　那你就死吧,兄弟!(刺死了他)你们呢,都听着!我违心地负起指挥全军的责任,但我不会撒手的。请相信,这场战争只要有一线胜利的希望,我就将赢得这场战争。请立即宣布,绞死所有打算开小差的战士。今晚我要全面清理人员、武器和给养。你们要用自己的脑袋担保一切就绪。等你们手下的人对我比对敌人还要害怕时,我们就肯定可以取得胜利。(军官们想说话)不,一句话也别说,去吧。明天我就宣布我的计划。(军官们下。格茨用脚踢尸体)现在人的统治开始了。这头开得好。算了,纳斯蒂,我将成为刽子手和屠夫。

〔他一时有点支持不住。

纳斯蒂 （把手放到他肩上）格茨……

格茨 别怕,我不会垮。我要使他们怕我,因为我没有别的方法来爱他们;我将给他们下命令,因为我没有别的方法来服从他们;我将一个人头顶着上面这一无所有的天空,因为我没有别的方法可以和大家待在一起。既然有这场战争要打,我就来打这场战争。

——幕落